根据邓一光同名电视剧改编

黎明之战

邓松阳 / 著

海天出版社（中国·深圳）

图书在版编目（CIP）数据

黎明之战 / 邓松阳著.— 深圳：海天出版社，
2017.1
ISBN 978-7-5507-1785-5

Ⅰ.①黎… Ⅱ.①邓… Ⅲ.①长篇小说－中国－当代
Ⅳ.①I247.5

中国版本图书馆CIP数据核字(2016)第248687号

黎明之战
Limingzhizhan

出 品 人：聂雄前
责任编辑：蒋鸿雁
责任技编：梁立新
责任校对：熊 星 叶 果
装帧设计：李松璋书籍设计工作室

出版发行：海天出版社
地　　址：深圳市彩田南路海天综合大厦(518033)
网　　址：www.htph.com.cn
订购电话：0755-83460293(批发) 83460397(邮购)
排版制作：深圳市思成致远创意文化有限公司 0755-82537697
印　　刷：深圳市希望印务有限公司 0755-89502333
开　　本：787mm×1092mm 1/16
印　　张：41.25
字　　数：660千
版　　次：2017年1月第1版
印　　次：2017年1月第1次
定　　价：58.00元

黎明之战
LIMING ZHIZHAN

目录
CONTENTS

目录
CONTENTS

第一章
受命探敌　蚂蚁撼象

1945年3月22日，澳大利亚莫尔斯比港，盟军海军基地港口，各式大小军舰进港出港，一派战争准备景象。脏兮兮的军工们来来往往，大声吆喝着，野战炮车和辎重被起重机吊上大型运输舰。美、英、澳、荷等盟军陆战队员全副武装排队登上大型登陆舰。

长着东方脸孔、身着美军情报部门常服、佩戴上尉衔的年轻情报官C.罗匆匆走来，登上美军太平洋舰队旗舰"密苏里号"舷梯。C.罗被两名校级军官领进"密苏里号"旗舰作战室。

作战室里将星云集，佩戴五星上将衔的太平洋舰队司令尼米兹和一大群舰队指挥官已经等在那里了。C.罗向尼米兹敬礼，报到。

尼米兹："中国人？"

C.罗："我是在沈阳出生的，将军。"

尼米兹知道C.罗已经领受指令回中国去执行任务，说："我的那些嗷嗷叫的大兵已经准备好了，他们等得不耐烦了。我要你3个月后在华南的海岸线迎接我和我的舰队，如果你还活着，告诉我，我该去哪儿找最好的中国美食。走吧，C.罗小子，把头仰起来，去告诉那些该死的小鬼子，切斯特·威廉·尼米兹要去踢他们的屁股了！"

C.罗向尼米兹敬礼，大步走出作战室。

广州惠爱东路，街上人头攒动。数辆日军的95式运兵车从大街上驶过，街头行人乱躲。日军士兵端立车上，目不斜视。

一辆老式福特民用小货车驶来，与日军运兵车相错而过，在路边停下。东纵情报部兼联络处负责人吴为，司机打扮，坐在驾驶位上。他30岁左右，精明强干不在脸上，看起来人很憨厚，内里却老到冷静。他身边的副驾座上坐着18岁的东江纵队联络处翻译杨桃，她娇媚美丽，一身富家小姐打扮，举手投足透露出一种对谁也不惧的气质。

马路对面的李占记钟表店门前。20多岁、高个儿黑皮肤的东纵游击队员蔡广得一身黄包车夫打扮，守着一辆黄包车。14岁、机灵豆似的东纵小鬼班成员丁荷学生装扮，背着书包在一旁玩耍。蔡广得不老实，看什么都新鲜，东瞄西看，朝过路的女学生嬉笑，见到过路的老大妈也热心快肠地上去搀扶一把，动静很大，一点儿也不像拉客做生意的样子。

吴为示意杨桃往马路对面的李占记钟表店门前看，并问："看清那两个人了？"杨桃点头。吴为："高的叫蔡广得，小的叫丁荷，他俩负责保护你。人一定要救出来，不能落到鬼子手上，我在皇上皇等你们，人救出来后去那儿和我接头。记住接头暗号，行动吧。"

杨桃下车，没站稳，趔趄了一下。车内，吴为皱眉头，突然紧张，手快速伸向腿弯处，抓住枪柄。两辆日军车从杨桃身边驶过，风将杨桃的衣裙摆撩起来，杨桃呆在那里。车上日军们的目光盯着杨桃。杨桃面色如灰，怔忡在原地。日军军车掠过车窗驶远。吴为不易觉察地松了口气，松开握枪的手，不放心地看了杨桃一眼，将车开走。

杨桃直愣愣地穿过马路向街对面走去。她上了人行道，从蔡广得和丁荷身边走过，径直进了钟表店。

丁荷欣喜，说："嘿，是、是、是、是她！"

蔡广得教训道："别结巴，话说清楚；也别咋呼，我知道是谁。"

丁荷解释说："我是说，我喜欢她演的电影。"

蔡广得痞笑，戏谑道："让她给你当媳妇？"蔡广得在丁荷脑袋上抽了一下教训道："眼睛放尖点，一会儿让鬼子捉去，剥皮抽筋点天灯！"丁荷咧嘴乐，同时瞪着机灵的眼睛观察着来来往往的路人。蔡广得也收了心，坐在黄包车上观察着路边的情况，还不时朝钟表店里看上几眼。

李占记是老招牌钟表店，店内陈设和生意流程均有讲究，有的顾客在柜台前由店员陪着挑西洋钟表，有的顾客坐在休息区等着拿修好的钟表。一名店员殷勤地迎上来招呼杨桃："小姐来了，请问小姐是买时钟还是修钟表呀？"

柜台后面的修表区。那里坐着好几位修表师，其中一位30多岁的修表师，人长得皮皱肉糙，面目老相，若不是一身长褂，倒像风吹雨打的渔民，正专注地修着一只表。

杨桃对店员说："我找叶德全叶师傅，找他修表。"店员道声小姐稍候。进入修表区，在那个渔民似的修表师傅耳边小声低语。修表师隔着柜台抬头看了杨桃一眼，起身过来。杨桃不等他开口，把一块怀表放在他面前，说："请叶师傅看看，这块表还能修吗？"

叶德全取过表看了一下牌子和时间，面无表情地说："18K彩瓷珍珠金袋表，不多见。如果没认错，是1812年德国产的。"

杨桃："您还真看错了，是1813年英国伦敦表厂专为中国生产的，我家还有一块。"

暗号对上了。杨桃附在叶德全耳边说："你暴露了，鬼子马上会来抓你，组织上通知你立刻撤离。"叶德全仍然面无表情，没有一丝惊慌，回头吩咐店员："陈生，我回去替这位客人取块表，你替我张罗一下。"

休息区里，一位瓜条脸的男人不满地放下手中的时尚杂志起身过来，说："我还等着取表呢，怎么说走就走？先把我的表修好，彭市长等着用呐。"叶德全："对不起"黄先生，我有点儿事，去去就回，误不了您的活。"瓜条脸："不行，我先来的，先把我的活干完再走。"叶德全："这位客人的表我给耽搁了好几天，我立刻回来，一定不耽搁您的事儿。"瓜条脸："不许走！你这儿还是老李记吗，当堂摆脸子，你要敢走我查封了你，让你关门！"杨桃心里着急，却说不上话。

钟表店经理一脸殷勤地过来，先按下黄先生的怒火，表示自己一定处理好。然后请杨桃通融一下，说李占记是广州独一份的好名号，不敢怠慢客人，由店家给她记一份免费洗油去尘。杨桃救人心切，哪里肯依。瓜条脸扬言，只要叶德全走出这店门一步，他今天就让叶德全把这一店的钟全送出去！店里已经吵得一塌糊涂。

蔡广得发现了店里的情况，向丁荷使了个眼色。丁荷进了钟表店，拉瓜条脸的长褂，说："黄先生，外面有人找，是个大人物。"瓜条脸跟着丁荷从店里出来。蔡广得迎上去说："黄先生，治安委员会那边出了事儿，彭市长要我尽快接您回去。"瓜条脸一听急了，立马上车。催促快走！蔡广得拉着瓜条脸匆匆离开。

杨桃和叶德全从钟表店里出来。杨桃要领叶德全去皇上皇。叶德全不同意，表示得先回家布置一下，否则我们的同志会落入敌人手中。杨桃说："那就快点。"丁荷冲到前面去，杨桃和叶德全警觉地离开。经理跑出店来，看着远去的叶德全，一脸无奈。

空巷子里，蔡广得把瓜条脸抵在墙头，一柄短刀架在瓜条脸脖颈上。瓜条脸吓得脸都白了。蔡广得警告他："回去给彭东原这狗东西带句话，他卖国求荣媚敌欺民，东纵账本上给他记着，总有一天会连本带利收回来。"

瓜条脸心虚嘴不软："你、你、你他妈是谁？"蔡广得手起刀落，将瓜条脸的裤腰带挑断，瓜条脸连忙抓住掉下一半的裤子。

蔡广得："别动，在这儿待满10分钟，10分钟内敢迈出这条巷子你脑袋就得开花。"说罢收了短刀，拉起黄包车就走。看着蔡广得消失在巷子口，瓜条脸提着裤子拔腿就跑。没跑出巷子口，看见蔡广得阴沉地站在巷子口拐角处，就刹住脚，提着裤子退回巷子里，无奈地站在屋檐下的阴影中。骑楼上有人往下泼水，泼了他一头，他抹一把脸上的水，没敢动。

丁荷在前，叶德全和杨桃匆匆走在路上。一辆黄包车杂耍般驶来，刹停在3个人面前。叶德全下意识一把揽过杨桃。杨桃轻言别怕，是自己人。叶德全一眼看到拉车的蔡广得，怔了一下说："是你？"蔡广得冲叶德全阴阳怪气地笑了一下，说："手拿开，别熏着人家。没想到吧，我会来救你。"杨桃只知道蔡广得和丁荷是保护自己的，之前并不认识3个人，有些不明白。问："怎么回事？"蔡广得："我俩的账和你没关系，你别问。"

两辆日军的警车呼啸着驶过。叶德全："你们不来，我也会设法脱身。不光我们，军事调查统计局的人也被鬼子盯上了。"蔡广得："那还愣着干什么，打算请我们吃肠粉？快上车吧。"杨桃拉叶德全上了车。蔡广得拉起车就跑，很快消失在人群中。

日军华南占领军情报部负责人浅丘经道的指挥部不像军事单位，像书斋，充满东方文化气氛。浅丘经道在写毛笔字，他写的是《孙子兵法》中的：形兵之极，至于无形。他40岁出头，身子骨有点弱，一脸书卷气，目光中常常夹带着一丝令人费解的猜测，完全迥异于人们眼中的孔武军人。

日军华南占领军情报部特别行动队指挥官小林正雄，一名年轻英俊的少佐；日军华南占领军情报部特别行动队副指挥官朴渚芳，一名容貌娇好的年轻女中尉，两人双双走进指挥部。浅丘经道头都没抬，吩咐两名助手：名单上那些反日情报站，一个也别漏下。行动吧。小林正雄和朴渚芳领命转身离开。

院子里停满了日军的九五式轻型战车和陆王边斗摩托，日军特别行动队严阵以待。小林正雄和朴渚芳从指挥部冲出来。小林正雄下令出发！满载日军特别行动队队员的轻型战车和摩托车相继冲出院子。

随后，日军特别行动队在全市大肆搜捕抗日情报员。货栈、中山大学教室、海关处等地的抗日情报员有的被抓捕了，有的当场被枪杀，一片惨状。

万福街一栋当街的骑楼。一名军统局的情报员撞碎窗玻璃，纵身从骑楼上跳下。情报员从地上爬起来夺路而逃。路人纷纷惊吓得四散逃开。楼上追捕的日军和楼下守候的日军纷纷向情报员开枪，将情报员乱枪打倒在血泊中。

小林正雄带着两名日军特别行动队队员上前检查情报员的尸体。枪声再度响了，两名日军队员中弹倒下。小林正雄连忙趴在尸体后面，四下寻找目标。

军统情报员岳小白出现在骑楼上。他20岁出头，是一名清瘦俊美的特工。他开枪打死一名追来的日军特别行动队队员，矫健地飞身跳上楼群，很快消失在楼群顶上。

小林正雄："抓住他，别让他跑了！"日军特别行动队队员纷纷追去。

蔡广得警觉地守在一条僻静的巷子里，抬头朝楼上看了一眼。叶德全在楼上窗户外挂上一把拖布。

丁荷向这边跑来报告："鬼子来了！"蔡广得抽出手枪，吩咐："渣子，你带他俩从后面河道走！我留下掩护。别把人带去皇上皇，老吴会有危险。去西关联络点，我在那儿和你们会合。快去！"丁荷一猫腰钻进了民宅。

蔡广得冲到巷子口，将一堵便捷砖墙推倒，手脚麻利地沿巷子将每家每户门口的杂物推倒，再把自己的黄包车卡在巷子里，形成障碍物。

　　日军特别行动队队员出现在巷子口。蔡广得先敌开枪。日军特别行动队队员被阻止在巷子口，向蔡广得还击。蔡广得胡乱开了几枪，钻进另一条巷子，把身后的追兵往巷子里引。日军特别行动队追上来。他们在蔡广得消失掉的巷子口挨了一颗手榴弹。爆炸的气浪将几名特别行动队队员掀回巷子口，顿时躺下好几个。

　　日军军官："别开枪，抓活的。"特别行动队队员行动有素地追进巷子，另两名队员快速包抄进入另一条并行的巷子。蔡广得在巷子里狂奔。他一脸紧张，拧撒着长手长脚，像一只长腿鹿，跑得飞快。隔着一条巷子，两名日军特别行动队队员高速奔跑，几乎与蔡广得隔墙并行。两名日军特别行动队队员从巷子里冲出。蔡广得鼠窜着从并行的巷子里冲出。两名特别行动队队员向蔡广得扑去。蔡广得措手不及，人被扑得砸到大街上一家铺子的门脸上，很快失去反抗。就在这时，两声枪响，两名日军行动队员相继倒地。蔡广得紧张地大喘着气爬起来四下看。一个人影在临街的一栋骑楼上晃了一下，消失掉。一名中弹但没死的特别行动队队员忍着伤痛向掉在一旁的手枪爬去。没等他够住手枪，蔡广得扑过去，手枪顶在他太阳穴上，将其打死。蔡广得跳起来，一眨眼溜掉。

　　鱼虾市场里乱哄哄的，鱼虾欢腾，污水四溢，贩子和顾客讨价还价。蔡广得满头大汗，冲进人群，东躲西藏。两名日军行动队队员追来，冲进人群，人群立刻炸开了。鱼虾四跳，水花四溅。蔡广得被一名特别行动队队员飞身扑住，压倒在地上，拼命挣扎，情急中抓过一条鱼塞进对方嘴里，一巴掌拍进嗓子眼，呛得特别行动队队员一时失去了搏击力。另一名特别行动队队员追上来，扑在蔡广得身上。一声枪响，特别行动队队员从蔡广得身上滑下去，脑后冒出大团的血花。蔡广得一拳将鱼揍进剩下那名特别行动队队员嘴里，开枪将他击毙，翻身起来四处看。乱糟糟四处逃散的人群外站着持枪的岳小白。蔡广得抹了一把脸上的血花，冲岳小白的方向抱了抱拳头，未及言谢，岳小白已经不在那里了。蔡广得收了拳，对目瞪口呆的鱼贩子说："对不起老乡，记在东纵账上，以后赔你。"说罢猫腰钻进一条巷子。

　　少顷，日军特别行动队队员追到，他们失去了目标，大声嚷叫着四下搜寻。

　　浅丘经道站在书橱边端视着书橱中的一幅照片，照片里是一个年轻的日本军人，他是浅丘经道的儿子浅丘平山。小林正雄和朴渚芳恭敬地立于浅丘经道身后。浅丘经道："这么说，你们还是放跑了两组反日情报网的人？"

　　小林正雄："其余的都被我们抓住了，短期内，重庆方面不可能再组织起他们的情报网。"

　　浅丘经道："中共方面呢？"

　　小林正雄："只要彻底击溃了重庆军事调查统计局的情报网，他们翻不起大浪。"

　　浅丘经道："那还等什么，去欢迎美国联络小组的那几个同行吧，把他们请到我的办公室来，我和他们聊聊太平洋上的战事。"小林正雄和朴渚芳转身离去。

　　罗浮山中共东江纵队根据地，一挂饱满的红荔枝缀满枝头，随风摇动。罗浮山的山坳里，一栋不起眼的客家围屋。稍远处是村庄，鸡犬鹅鸭声声相映，东纵游击队的练兵声不绝入耳。

　　中国战区中美联合司令部派驻东纵的美军联络官欧戴义少校匆匆走进围屋院子。东纵三号首长廖将军疾步迎上，翻译老刘跟在后面。三号问："盟军战略情报局的人什么时候到？"

　　欧戴义："4个美国人，能顺利上岸就成功了一半。不过，四战区派了10名特工护送，应该没有问题。"三号忧虑重重地看他一眼，没有说话。

　　一条空旷的山路。远处，两辆日军95式轻型战车，车身上满是泥泞，沿着崎岖的山路颠簸着开来，车轮碾过，尘土飞扬。颠簸的战车内坐着5名全副日军野战装束的军人，他们一脸紧张，汗水顺着下巴滴下来，紧紧抓着怀里的日制四式自动步枪。副驾座上坐着C.罗上尉。后座上坐着碧眼金发的美军甘兹上尉和另两名年轻的美军士官，4人中，3位碧眼金发，他们是美军情报人员。驾驶车辆的是国民政府军事调查统计局特工岳小白上尉，他一脸的警觉。C.罗问："还有多远？"

　　岳小白："已经进入东纵七支队的活动半径，快了。"话音刚落，岳小白看见一群鸟儿从窗前飞起来，他用力踩下了刹车。一众人撞向前去。

战车戛然而止。

岳小白："有埋伏，下车！" C.罗犹豫，岳小白一脚将他踢下车，自己也滚出车外。后座上的人纷纷扑向车门。岳小白素质非常高，快速出枪射击。日军特工队员一色国军军装，一名冲近的日军士兵被打得飞了起来，另一名日军士兵扬手跌入灌木丛中。20多名身着国军军装的日军士兵从山坡上、山脚下冲过来，他们手中的武器冒出火花，子弹密集得岳小白抬不起头来。

岳小白："周童，掩护上尉走！"从后面那辆战车上跳下来的头一名国军特工被一串子弹打得在山路上跳舞。接踵下车的数名国军特工中弹倒下。一枚手雷飞来，准确无误地击中了后一辆战车，火光和气浪将岳小白和C.罗撞倒在地，两个人滚到山坡下，一条残肢从天而降，跌在两人当中。只是一眨眼时间，除岳小白外，担任美军联络组护卫的9名国军特工尽数牺牲，联络组失去了抵抗力。

灌木丛中，朴渚芳一身整洁的国军军装，从望远镜中冷漠地注视着山坡下。身着国军军装的日军特工队从四面八方向被袭者冲去。朴渚芳向身边的一名日军特工交代："别伤着美国人，要活的。"

C.罗趴在灌木丛中，抱着脑袋躲避蝗虫般飞来的子弹，对岳小白说："他们是你们国军的人，我们让这身衣裳害了！"

岳小白伸手将试图站起来向袭击者喊话的C.罗按倒，说："国军不使用九九式机枪。他们不是我们的人！"岳小白在按倒C.罗时被一发子弹擦伤了胳膊，即便这样，他手中的日制四式自动手枪一刻也没有停火。他的枪法非常准，枪响必有人倒下。C.罗朝山路上的车辆爬去，说："我们跑不了了，得把情报销毁掉！"岳小白仍在射击。C.罗冒着弹雨滚到车旁。油箱已被打穿，正在漏油。C罗的身上沾满了汽油，他不顾一切地从车里取回公文包。

不远处，一名美军士官站了起来，双手举起，枪声稀疏下来。隔着漏油的油箱，C.罗哆嗦着打开文件包，子弹不断地打在他的身边。又一名身穿日军军装的美军士官高举双手从隐蔽处走出来，日军特工队正从四面八方包抄过去。

朴渚芳冷漠地看着山坡下，并向部下交代："除了那四个美国人，别的不用留下。动作要快，防止他们销毁文件。"

岳小白的枪口抵住C.罗的脑门。C.罗一脸无辜，说："我是军官，他们得按日内瓦国际公约的战俘条约对待我。"岳小白反唇相讥道，"我是国军，我得按国军的方式处置你。"C.罗吃惊。他下意识地看了一下四周，说："岳，我们是盟友，你不能对一名美国海军军官开枪。"

岳小白："盟军不光你们美军，我得保护盟军的情报不泄露。我可以。"

C.罗绝望地闭上眼睛。岳小白突然抬手扣动扳机。子弹飞出，将日军设伏地雷击爆炸，数名围过来的日军特工被地雷炸倒。日军还击，岳小白被打得直往车轮后躲。战车被子弹打得四下溅花。汽油流向火焰，引起巨大的爆炸，战车被掀上天去。

与此同时，集束的枪声响起来，激烈得连岳小白都不由愣了一下，下意识将C.罗推到车下。

日军特工队一个个中枪倒下，剩下的人拼死抵抗，无暇顾及车辆旁的人。朴渚芳犹豫了一下，用手帕擦拭脸上的血迹。吩咐撤出战斗。

C.罗不解，岳小白告诉他："有人救我们来了，要是救不了，你还得当烈士。"

一群衣着杂乱无章的东纵游击队员跃出丛林，边射击边往山下冲。领头的是蔡广得，他身后跟着机灵豆似的丁荷。丁荷问，我们打日本人还是打国军？蔡广得有些幸灾乐祸地说，谁不顺眼打谁。

游击战斗结束，游击队队员们在清理战场。岳小白脱去日军军服从坡下上来。一个日军特工朝灌木丛跑去，岳小白看也没看举手一枪，日军特工一头栽倒在灌木丛里。一名受了伤的日军特工朝自己太阳穴开了一枪。丁荷趁人不备，将一块日军手表掖进裤裆，踢一脚日军尸体，动作快得像鸟儿掠过似的。

叶德全领着两名政保人员拎着匣子枪出现在战场上，安抚惊魂未定的C.罗等人。叶德全："我们是东纵的，上面派我们来接应你们。你们都没事吧？"

岳小白拎着枪捂着肩头的伤口过来说："我是岳小白，盟军联络小组护送组的。这是C.罗上尉，甘兹上尉。盟友们都没事，我的人丢了9个。"

丁荷："切，要不是我哥指挥得好，绕到鬼子的背后打，你们一个也剩不下。喏，跟他一样。"C.罗和岳小白朝丁荷示意的一名血糊糊的特工尸体看一眼。

C.罗问："指挥官先生在哪儿？"叶德全："我就是。"

丁荷："你瞎说，你不是，我哥才是！"

战场的另一头，蔡广得正一个个扒拉日军特工的尸体，查看尸体身上的国军军装。蔡广得："啧啧，多好的军装，可惜了。廖少武，把没打烂的衣裳剥下来，带走。"C.罗和甘兹过来，上来就拥抱蔡广得。蔡广得措手不及，差点儿一屁股坐到地上去。

C.罗："谢谢，谢谢你少尉先生！"

蔡广得："你会说中国话？你刚才说什么？少尉？我不是少尉，我们没授衔，要授衔我也不能往少上说，怎么也得弄个中尉上尉当当。兄弟，你是我要接的美国人？怎么长这副寒碜模样？"

蔡广得正陶醉在和美国人的热络中，C.罗被人拉开，蔡广得没防备，趔趄一下。两名政保人员上来下掉他的枪，扭住他的胳膊。稍远处，丁荷已被两名游击队队员控制住，挣扎着跳着脚喊叫。

蔡广得："干吗？你们下我的枪干什么？"

叶德全："你就没放一枪，要枪没用。捆了。"蔡广得看出情况不好，飞起一脚踢倒一名政保人员，一拳打倒另一名，一头撞向叶德全。数名游击队队员扑上来，叠罗汉似的将蔡广得摁倒在地，七手八脚捆了起来。

岳小白问："你们这是干什么？他救了我们。"

叶德全："我党武装的事，别说你，蒋委员长也管不了，对吧？"

蔡广得一眼认出岳小白。叶德全一脸平淡地从地上爬起来，抹了一把鼻血，冷冷地看蔡广得，吩咐："他本事不小，捆结实点儿。"蔡广得被游击队队员的几只大脚踩结实了，七手八脚地捆起来，处境窝囊，他还不老实，挣扎着骂道："叶德全我操你妈，我救了你你还绑我，你敢放我试试，我非杀了你不可！"

东纵驻地，杨桃、丁荷分别被两名政保人员带进不同房间。

政保干部老梁带着一名政保人员上来，以目光示意叶德全。叶德全怔忡一下，不甘地乖乖将武器交给政保人员，跟着老梁走开。蔡广得一脸的困惑。

吴为示意手下人为蔡广得松绑，说："不拿你，拿叶德全。怕你手快伤了人，所以先连你一块拿下。"蔡广得一拍脑袋，说："明白了，他是鬼子的情报员，你让我们把那狗日的从广州带回来就为抓他。干吗不早说，早说我在广州就抓了他，省下麻烦。那，为什么拿丁荷？"

吴为："一样，他也是鬼子的情报员。"

蔡广得："不可能，他要是鬼子的情报员，我就是鬼子的情报头子。"

吴为："这话得组织说。"蔡广得："那为什么拿杨桃？"

吴为："你哪来这么多为什么？"

蔡广得："她演过抗日救国的电影，不可能是鬼子的情报员。"

吴为："菜花头，别瞎操心了，管好你自己的事吧。你做了瞒着组织的事，有那么一两件吧？该说的事情老老实实说出来，不老实还得捆。带走。"两名政保人员过来，将一脸无辜的蔡广得带走。

正是荔枝树变叶季节，荔枝林红沉绿浮，硕果累累，像一幅油画。荔枝林外，三三两两的美丽村姑，她们手里都拎着短家伙，是东纵情报部门保密安全组的。荔枝林下，一方青石桌，几架竹躺椅，石桌上放些时鲜瓜果，一派田园牧歌气氛。东纵三号首长盯着东方面孔的C.罗。C.罗无可奈何地耸了耸肩膀说："我知道将军为什么吃惊，尼米兹上将也是这样看着我。杰拉尔德·C.罗，美军战略情报局C-3组战地情报部中国组上尉联络官。我是在中国沈阳出生的，我父亲是中国人。"

三号："不，我不吃惊，你们的军队中不止一个华裔军人。坐吧。"东纵三号首长、吴为、中美联合司令部派驻东纵观察员欧戴义少校、美国情报局上尉联络官C.罗、美军第四舰队海军上尉情报官甘兹、翻译老刘，6个人围坐在石桌边。

吴为："时间紧，进入正题吧。"

C.罗将两封撕毁后又粘连起来皱巴巴的信递给三号。说："这是陆军第14航空队陈纳德将军给您的亲笔信。这是美军战略情报局汉密尔将军的亲笔信。抱歉，一路上没有住过旅馆，它们有点皱了。"老刘把C.罗的中国话翻译给欧戴义和甘兹听。

C.罗："战争进入最后阶段，盟军司令部希望早日结束这场战争，可日本人采取了逐岛保卫作战的战术，我们打得很苦，损失很大。在这种情况下，盟军司令部决定开辟第二战场，实施（沙马计划），结束这场战争。"

三号："（沙马计划）？"

C. 罗："（沙马计划）的作战规模超过（诺曼底登陆）所动用的兵力，将是战争史上规模最大的登陆作战。"

三号："太好了！这场了不起的登陆作战什么时候实施？"

C. 罗："28天之后。但日本人已经知道我们的计划，他们会做出反制。"三号一愣。

C. 罗："参谋部将登陆地点选择在大鹏半岛和稔平半岛附近，C-3战区情报战指挥官惠特尼上校希望你们把甘兹上尉的小队送进大鹏湾，实地勘察登陆地点。"

三号："我们的海上大队能请你们在大鹏湾的任何一座岛上吃烤鲳鱼。"

C. 罗："惠特尼上校还希望你们派出更多情报人员，帮助我们收集日本人在沿海一带的防御情报。"

吴为："盟军情报局中国组的人在干什么？"

C. 罗："我们一直在努力，可惜成效不大。9个月来，戴笠将军在华南的情报网已经被日本人清除为零。军统局在华南敌占区保持着开机状态的23部秘密电台，没有一部能支持我们的工作。"

三号十分为难，一个劲地给美国人递水果。说："鬼子不光破坏了你们和重庆方面在华南的情报网，我们的损失也不小。你们也知道，我们本来就没有太多受过训练的情报人员，在外面的情报网这几个月也基本丢光了。"欧戴义一旁证实，廖将军所说属实。

三号："如果你们需要的仅仅是敌占区的电台，我能给你们几部，10部也行。你们需要的不只是这个吧？"

C. 罗："我们需要一份完整的日军防御作战情报。"

三号："这个，我们做不到。实不相瞒，鬼子最近不但加紧了对我根据地的扫荡，还派出情报员打入我内部，我们正在解决这件事，实在没有能力再往外面派人了。"

C. 罗："将军，您知道，（冰山行动）战事进行了一个月，55万名美军士兵登上冲绳岛，阵亡人数达到1.2万。这样打下去，美利坚打不起，美国政府会垮台，美国将会退出这场战争。"

欧戴义："廖将军也许有耳闻，麦克阿瑟总司令并不同意先打击日本本土和解放中国沿海的作战计划，他和尼米兹将军有巨大分歧，如果尼米兹将军得不到支援，贵国可能会晚几年解放，也许会是盟国中最后获得自由的国家。"

三号："我们已经坚持了13年，不在乎晚几天。"

C.罗："可是，中国战区和太平洋战争已经死掉了2000多万人，如果战争继续下去，还会有数百万同盟国的平民和军人丧命，尼米兹将军希望贵部派出情报组深入目标腹地，帮助我们做出最后决策。"

三号："你刚才说，登陆作战的时间在28天以后？"

C.罗："对。这之前我们需要48小时来完成情报搜集的准备工作，准确地说，情报收集时间只有26天，超过这个时间，任何情报都没有了意义。因为28天之后，热风暴季会来临，大规模登陆作战会失去条件，登陆作战只能被放弃。"

三号："就是说，如果得不到我们的支持，登陆作战现在就可以放弃，你们回国过万圣节？"

C.罗："可以这么理解。"

三号："我就料到会这样。"三位美军军官都没听明白，一起看翻译老刘。

老刘："首长的意思是，东纵已经考虑到这种情况了。"

三号："老实告诉诸位，在欧戴义上尉的电台接到陈纳德将军的电报之后，我们就推测会用上我们，第一时间就做了准备。"

吴为："不过，我们共产党人不说假话，我们在外面的重要情报网的确被鬼子打光了，靠外面的情报网无法组织有效的情报工作，我们也不像重庆方面，没有那么多情报人员。我们会派一些别的同志去执行这项任务。"

C.罗："太好了！贵部真是藏龙卧虎！谢谢将军的支持！我想立刻见见贵部派出的人员。"

三号："别说谢，盟军不光是你们，也算我们一个。都是打鬼子，反法西斯战线同盟嘛。三位品尝一下罗浮山的木瓜和杨桃，你们在马里亚纳群岛可吃不到这么好的水果。"

　　广州，华南派遣军司令部。一幅大型太平洋的战略图挂在后墙上。华南占领军高级作战会议正在进行，主持会议的是华南占领军中将指挥官酒井隆，（光作战计划）的执行者。参加会议的除了负责情报战工作的浅丘经道大佐，还有华南占领军主力师团的高级将领，坐在浅丘经道身边的是鹈泽尚信，他是（光作战计划）作战主力，129师团中将师团长。

　　屋外巨大的爆炸声不断响起，封上了防爆纸条的门窗颤动得厉害。吊灯上的灰尘掉落下来。屋外有参谋和警卫人员匆忙跑动。将领们十分镇定，坐得笔直，纹丝不动。

　　酒井隆："据我南方派遣军情报部门获取的情报，美国人沙马计划的框架是，在支那本土登陆作战，切断我对太平洋作战部队的支援，建立空中战略攻击基地群，对我本土进行大规模轰炸，迫使我大本营放弃抵抗，向同盟国投降。军部已经确定了本土决战方针，军队必须对帝国本土和支那沿海地区进行保护作战，阻击美国人的登陆。现在，我宣布《华南沿海作战准备要纲腹案》。"将领们起立受命。

　　酒井隆："根据大本营之企图，支那派遣军主力23军建制即日划归我华南派遣军调动，23军目前已经停用电台，隐匿番号，向南方秘密移动，伺机进入反登陆作战地区，随时准备击溃进攻之敌，以确保本土为核心的国防要域。我华南沿海方面作战代号（光一号作战）。"

　　会议后，高级将领们纷纷上车离去。酒井隆送浅丘经道出门，两人军衔相差悬殊，酒井隆对浅丘经道却十分看重。酒井隆："美国人的登陆部队已经在澳大利亚和菲律宾海面集结待命了，他们的轰炸机群正在加满航空油，舰炮很快就会在帝国军队的头顶落下。浅丘君，尽快弄到美国人登陆作战的全部情报，我需要它们，把来犯之敌消灭在滩涂上。"

　　浅丘经道："情报部门抓到的那些间谍，没有一个知道美国人的登陆作战核心计划的，美国人攻在暗处，我守在明处，美国人能找到我，我却没处去找他们。"

　　酒井隆："之所以把浅丘君从南方军调来华南战区，是浅丘君有过人的情报工作能力，请拿到美国人的作战情报，拜托了。"酒井隆不顾将星在肩，向浅丘经道鞠躬。浅丘经道深深鞠躬。

　　浅丘经道回到指挥所，目光停留在儿子的照片上。小林正雄和朴渚芳笔直地站立在他身后，面露不安之色。

浅丘经道："你是平山的同学。"

小林正雄："是，我是平山君在京都大学的同学，也是您的学生，教授。"

浅丘经道："我像爱平山一样的爱着你。"小林正雄："教授……"浅丘经道转过身来，目光转向朴渚芳，说："你是釜山人，和我的家乡长崎很近啊。"

朴渚芳："教授的家乡对马岛和我的家乡东莱只隔着一道朝鲜海峡。"

浅丘经道："我像疼怜侄子似的疼怜你。对了，我应该说，像疼怜侄女一样的疼怜你。你背叛重庆方面，投奔大东亚光明阵线，戴笠一直在寻找你。受累了。"浅丘经道向朴渚芳鞠躬。朴渚芳还礼。

浅丘经道指了一下旁边的一个坛子，说："萝卜渍菜。是你师母托铃木将军带来的，路上走了半个月，甜醋的味道还是那么的浓，真让人怀念家乡的食物啊。拿去，让你的人尝尝家乡的渍菜吧。"小林正雄："教授您……"

浅丘经道："我们在太平洋已经失去了海空控制权，交通被阻断，一些在远海孤岛上的军队开始定量用粮。小笠原群岛上，栗林忠道中将的第109师团从1月份就开始每天只供应125克粮食，已经有士兵偷吃战友的尸肉了。"

小林正雄："我明白，他们在为帝国的最后光荣活下去。我们会努力作战，为海外作战的战友赢得生机。"

浅丘经道走到桌边，看着桌上的军事地图说："3天前，我们在香港抓住了布莱克，截获了美国人（沙马计划）的情报，知道了他们开辟第二战场的企图。可布莱克的情报就像一幅谁也看不懂的浮世绘，一点用处也没有。我必须知道他们在华南的准确登陆方向和时间，提供给酒井隆将军，从而彻底击溃同盟国方面的进攻企图。"

小林正雄："在您的领导下，美国人和中国人在华南的情报网已经被我们全部捣毁了，英国人的情报机关远在桂林，盟军方面已经彻底失去了耳目，就算他们要实施登陆作战，也得防备我们的反击吧。"

浅丘经道："这正是他们不断派出情报人员的目的。可惜，这次你们没能抓住那四个美国人，让他们溜进了东江纵队的手里。"小林正雄和朴渚芳面面相觑。

浅丘经道："东江纵队这只会钻山沟的猴子，他们在美国人控制的情报网之外，但他们是美国人的救星。他们将决定美国人的（沙马计划）是否能够实施，决定这场战争什么时候结束、以什么方式结束。美国人不傻，他们知道自己该做些什么。"

浅丘经道拍了拍地图上的罗浮山位置。又说："盯住东江纵队，他们会和美国人达成协议。和我们的情报员联系，让他们尽快从东纵内部弄清美国人的意图。封锁罗浮山对外的所有出口，东纵会派人出山搜集情报，只要人一出来，立刻捉住他们，从他们嘴里套出美国人的登陆作战计划。"二人："是。"

黄昏时分，彩霞漫天。

吴为将一份名单递给三号，并向欧戴义、C.罗和甘兹介绍情报小组名单，东纵组织了3支情报搜集行动小组，代号分别为"候鸟""凉帽"和"蚂蚁"。

C.罗脸上露出欣喜的神色，说："没想到，你们的动作这么快！"

吴为："3个小组中，只有少数人干过情报工作，我们给每个组配备了懂得一些侦察、格斗、爆破、驾驶、易容技能的人员，同时配备了电台和日语翻译。根据贵方的要求，我们让'凉帽'小组护送甘兹上尉去大亚湾和汕头一带，实地勘察滩头阵地地形。我们想知道，盟军要另两支行动小组的目的是什么。"

C.罗："请先介绍一下另两支小组的人员情况。"

吴为介绍，"蚂蚁"小组由14人组成，10人为各支队精调来的战士，负责武装掩护和技术支持，另4人是按照要求，甄别挑选出的小组核心成员，他们4个人都带有你们要求的情报搜集任务。组长叶德全，36岁，红军时期的老战士，是我们刚从敌占区收回来的干部。他脑子好使，有一套敌后生存经验，人称"老鳗鱼"。丁荷，14岁，游击队小鬼班队员，他是东北军的后代，在深圳墟有个堂兄，是汪伪45师的一名连长，到了深圳墟，这个关系用得着。杨桃，18岁，新加坡华侨回乡服务团成员，联络处翻译。她是"蚂蚁"行动小组真正的宝贝。她有个亲叔叔，叫杨子昆，是国民政府战略物资局的重要成员，公开身份是香港葡萄牙银行董事兼襄理，但他同时还和南京汪伪政府、日军驻九龙宪兵部司令小野平口有关系，是个身份扑朔迷离的人物。小组深入敌后之后，这个关系可能起到重要的作用。蔡广得，22岁，游击队排长。他父亲是乡间私塾先生，父母亲都是我们的情报员，都牺牲了。这个人作战非常勇敢，炸过广九铁路，单枪匹马闯过鬼子的炮楼，从鬼子手里抢回过英国盟友。两年前他在港九大队干过，熟悉香港的情况。

三号："我们这方的情况介绍完了，现在你们可以说说'蚂蚁'小组和'候鸟'小组的任务是什么。"

C.罗："抱歉将军，我现在还不能说。"

欧戴义："将军，请您谅解，我们在搜集日本人的情报，日本人也在找我们。我们派出的3个行动小组都有可能成为对方的情报来源。"

吴为："这个请放心。为防止任务泄密和路上有变，甘兹上尉带领的'凉帽'小组由你们决定路上的安全策略，另两个小组，我们特别制定了保密措施。阶梯式接受和执行任务。先让他们到第一个联络点，在那里接受下一步目标地的指示，然后到下一个联络点接受新的任务，直到接近目的地。如果中途发生变化或者总部认为他们有问题，就切断下一步联络，这样就能保证任务内容万无一失，不会有任何情报泄露。"

C.罗："太好了，看来贵部的情报手段不比重庆方面差！"

三号："应该说，比他们强，不然你们不会找到我们。"

吴为："'蚂蚁'行动小组目标地在哪儿，现在可以说了吧？"C.罗和欧戴义交换了一下目光，谁也没有说话。

叶德全一样一样收拾东西，毛毯、衣裳、斗笠和油披，那副架势就像和这些东西诀别。蔡广得推门进来，叶德全殷勤招呼。蔡广得在叶德全身边坐下，没好气地说："你杀了我妈嫌不够，还想对我下手？"

叶德全愣了一下，说："你妈妈的事，事情发生后我就向组织上交代清楚了，也告诉过你，我不想再说了。"

蔡广得："你当然用不着说，我家就剩下我一个，杀了我，你就不用对任何人交代了。可你也太心急了吧，我气还没喘匀，你就下手绑我。"叶德全不想和蔡广得谈这事，起身离开。蔡广得："听说了吗，我俩在一个组，你没什么想法啊？"叶德全回头看蔡广得。蔡广得："你没想法，我有。"说完起身走到门口，又回过头来说："我一直想杀掉你，替我妈报仇，你在广州吃香喝辣，我没机会下手，现在机会来了，注意好你的脑袋，我饶不了你。"

叶德全阴鸷地点头，说："我会注意。"

黎明时分，"蚂蚁"行动小组驻地。小组中的13个男人集中了，他们扮成一个"白戏仔"剧团。蔡广得在人群中显得非常显眼，到处拿主意，俨然剧团班主。叶德全不掺和蔡广得的事，躲得远远的，琢磨一张纸头上的内容。

东西收拾好了，蔡广得要求大家都过来，围着他站。要给大家普及常识。蔡广得动静大，他在中央唾沫横飞，将剧团命名蔡家班，主要剧目有《槐荫记》《高文举》，还有《陈世美不认妻》，木偶戏演《三国》。大家对蔡广得的这一套见怪不怪，全拿他打趣。

三号首长、吴为、C.罗、欧戴义、纵队一行首长前往"蚂蚁"行动小组驻地。岳小白穿着国军中尉衔军装，一个人掉在最后。

三号首长问，"蚂蚁"小组的名字是谁取的，他觉得怪小气的。吴为说是他取的，这是个比喻，蚂蚁斗大象的意思。廖首长一听吴为的解释，感觉挺形象，只是觉得挺悲壮的。

三号首长走到前面去和C.罗说话了。而吴为拉住欧戴义又追问"蚂蚁"和"候鸟"的任务内容到底是什么，可欧戴义还是不肯说。吴为有些恼火地说："行动小组要上路了，人是我们派出去的，总不能连任务内容都不告诉我们吧？"

欧戴义："吴，你可能不知道，我虽说是盟军联合司令部联络员，可C.罗所在的盟军情报局在外国军事战区享有高度的自主权，不受所在国指挥和控制，包括战区总司令官蒋先生。你知道，我只是中美联合司令部的一名联络官，无权干涉他的任务。"吴为无奈。岳小白在后面观察。

蔡广得唱完，小组的人啪啪地给他鼓掌。他更来劲儿，三脸，四净给大家分配角色。

丁荷："还有五旦呢，谁来扮？"

蔡广得："五旦你扮不了，组里就一个女的，五旦都归她，一会儿人来了，让她扮给咱们看。"

话音刚落，杨桃站在院子门口，换下富家小姐装，一身客家女宽大的绸葛布居家装，明眸皓齿，分外妖娆，手里捧着一堆红棉花，犹豫着过不过来。院子里立刻安静下来，拧着身子的，半蹲坐的，都定格似的僵在那儿，一个个张大嘴，目不转睛盯着杨桃看，空气像凝固了。杨桃让那么多男人盯着看，生气，使坏劲娇媚地对着众人一笑。那一笑坏了，小组的人好几个软了身子往下倒，多米诺似的连撞数人。

先醒悟过来的是叶德全，他收起纸头朝杨桃走去，才刚说"欢迎你……"一旁的蔡广得过来用肩扛开叶德全，争着和杨桃握手，说："杨桃同志，咱俩并肩战斗过，是战友，比他们多一份友谊，对吧？我代表'蚂蚁'行动小组欢迎你！大家给杨桃同志鼓掌！"众人拼命鼓掌，手都拍疼了。

院子里，"蚂蚁"小组的人把杨桃围成粽子。丁荷说："《天涯流浪人》，你演那个东北学生，又美丽，又凄凉，后来打死了汉奸张百顺，我看了21遍，还没看够！"

众人附和："我们都看过21遍，我们也没看够！"

蔡广得："我说怎么回事，让你上楼送个信，你刺溜不见了影儿，留我一个人挡鬼子，差点儿把命丢了。一会儿我给三号建议建议，今晚再放一遍，让你坐最前面，够着脑袋看。"

三号："我看行。"三号带人走进围屋。众人这才发现站在院子门口的三号等人，立刻散开站好。

吴为拉了C.罗一把，两人落在后面。吴为："我知道你们战略情报局权力大，可我需要知道'蚂蚁'和'候鸟'的任务内容。"

C.罗："抱歉同行，我不认为现在是时候。"

吴为："上尉，我心里没数，请你告诉我具体任务，不然会误大事。"

C.罗："别这么紧张朋友，我们会打败日本人，你也看到了，我们正在这么做。"C.罗轻松地拍拍吴为的肩膀，进了围屋。岳小白一声不响地站在后面。

三号："老张，看来进步电影就是管用，怎么样，今晚让放映队给他们放《天涯流浪人》，放两遍，不行再来一遍，让他看个够。"

政治部主任："行。"

三号："不过，你们也别太贪了，杨桃同志和你们一个组，要共同生活战斗26天，你们不用看电影了，光看她就行了。"众人不好意思地笑。

唯独蔡广得注意力转移到站在人群后的岳小白身上，三号说话的时候他挪到岳小白身边，小声招呼。岳小白回头看蔡广得。蔡广得："老兄，是你呀，昨天就认出来了，没顾上打招呼。"

岳小白军容整洁，洒脱俊雅，不屑地看一眼穿一身乱糟糟长马褂的蔡广得，反问："你没死？"那边杨桃注意到了，向岳小白多看了两眼。

蔡广得："干吗死，鬼子还没杀够，一时半会儿我死不了。老兄，你是国军的人呀？"

岳小白："注意口气，你得叫我长官，顺便提个醒，回队列中去，不然你会吃亏。"

蔡广得："我说，咱俩一条战线，好比一张床上睡着，都光着膀子，你就别床头的跟床脚的说样子丑了。你们的军装不错，挺威风的……"

三号："蔡广得。"蔡广得："有！"

三号："蔡得仔。"蔡广得："到！"

三号："听说你想当你们这个组的班主，有这回事？"

蔡广得："有。真让我当了？那我就当。不就是白戏仔剧团吗？班主我能当，保证个个都拥戴我，能干出好活儿。"

三号："我看行。不过这事我说了不算，得吴主任说。小吴，我交权，你来吧。"

吴为站到行动小组面前，说："现在，我宣布'蚂蚁'行动小组负责人名单。'蚂蚁'行动小组的人迅速站立成一排，等待任命。"杨桃又朝岳小白方向看了一眼。

吴为："组长，叶德全。"

蔡广得正向其他人炫眼神，等着给自己鼓掌，没想到是这个结果，问："哎，不是说我当吗，怎么让他当了？"

吴为："谁说让你当了？"

蔡广得："三号刚才说的，我也准备好了。"

吴为："你不是爱开玩笑吗，首长的玩笑话你没听出来？叶德全是老同志，论级别是你的上级，什么时候改上级给下级当差了？"

蔡广得："这不是特别行动吗，不兴改呀？你和林主任还当过他下级呢，你们不是改得挺好吗？再说，他历史上说不清，我不想跟着这种人干。"

叶德全："首长，刚才的情况首长们都看到了，蔡广得上蹿下跳，不服从领导，无组织无纪律，私下封官许愿，我不说我委屈，这种组员带出去，会影响任务的完成，我带不了。我建议换人，让他离开'蚂蚁'行动小组。"

蔡广得："哎，怎么就给开了？"

吴为："你觉得呢？开还是不开？"

蔡广得："当然不能开。谁让开的？谁说你带不了？你当然带得了，你带得好好的。行行行，组长我不当了，我当副组长，这里再没有别的排级干部了吧？该轮到我了吧？"

C.罗在一旁观察，越来越困惑。他和欧戴义交换了一下目光。欧戴义无奈地耸了耸肩。

吴为："排级干倒是真没有了，可还有一个连级干部。岳小白同志，请到前面来。"岳小白走到众人面前。

吴为："给大家介绍一下，岳小白，友邻部队的同志，上尉军衔，这次护送盟军联络小组来到根据地，组织上决定，由他担任'蚂蚁'行动小组副组长，协助叶德全同志工作。"

蔡广得瞪大了眼看岳小白。岳小白嘲笑地看他一眼。吴为："岳小白同志是你们当中唯一的特工人员，有一身本事，你们都要向他学习，同时支持他的工作。"众人鼓掌。杨桃的掌鼓得最热烈。蔡广得彻底傻眼了。

吴为抬手示意大家停下鼓掌，说："好了，巴掌留着，等任务结束以后再拍。现在我给大家说说这次的任务。同志们，咱们打鬼子已经进入第八个年头了，现在我们不再和他熬下去了，我们要把日本法西斯分子彻底打垮。"众人一下子被吴为的凝重口气说得严肃起来，个个挺起了胸脯。

吴为："同志们，这次任务事关重大，任务的艰巨性超过了我们的想象，我们只有26天时间来完成这次任务……"

夜幕降临，蔡广得情绪低落，坐在打谷场旁，从这里能听见打谷场传来的电影中杨桃的声音。杨桃远远地过来，像正放着的电影没她的事似的散着步，看见蔡广得，走到他面前站住，歪着脑袋看他。蔡广得被她看得莫名其妙，问："看什么？不在电影上好好待着，黑灯瞎火的，能看清吗？"

杨桃在他身边蹲下，问："没当上组长生气了？如果就咱俩，我给你当组长，你干吗？"蔡广得扭头看杨桃。黑暗中，杨桃的眼睛非常亮。

蔡广得："你拿我当什么了？我不给人当差，想也别想。"

杨桃："有种。"

蔡广得："才看出来？往后接着看，26天时间，够你看的。"杨桃笑了笑，起身走了。蔡广得受了轻慢，气得在杨桃身后做怪相。

丁荷跑来说："班主，杨桃姐偷到那把枪了，她要杀张百顺了，快去看！"蔡广得瞪了丁荷一眼。说："再叫班主我揍你。"

丁荷不惧，笑嘻嘻地在蔡广得身边坐下，说："明天一早就走了，我能出山去找我爹娘了，多好啊。你干吗不开心？"

蔡广得："开心什么？这回把老鳗鱼抓回来，以为能整治他了，没想到还落在他手里，我不憋气呀？"

丁荷："他都是老鳗鱼了，你斗不过他。要不，出去以后我帮你，我们审他。"

蔡广得："就他那防人比防屁还严的人，做梦他也不会承认杀了我妈。行了，渣子，有你这句话哥就满足了，我也不和他纠缠了，我走人。我不想再钻山沟溜海上，谁打正面战场我投奔谁去。"

丁荷想跟蔡广得去。蔡广得没答应，禁不住丁荷软磨硬泡，才应允丁荷跟着自己，并帮他找到亲爹丁荷乐。

蔡广得："渣子，你有没有注意到，那个岳小白不是平凡人。"

丁荷："注意到了，杨桃姐老看他。"

蔡广得："谁让你注意这个了？我是说，他腰上那支家伙，日本货，挺沉的。我得想办法把它弄过来，杀杀他的傲气。"丁荷从屁股后面摸出一支南部式自动手枪，塞到蔡广得手里。

蔡广得高兴地抽了丁荷一脑门，说："你手怎么就这么快，不能慢点？"蔡广得将枪揣进怀里，起身离开。丁荷跳起来，撵上去。

黑暗中，杨桃静静地站在不远处，看着蔡广得亲热地将丁荷揽进怀里，两个人说说笑笑走向打谷场。那里电影已经结束了，屏幕上一片雪花，然后开始放第二遍。

吴为和叶德全在油灯下密谈。吴为："'接头暗号是，今天天晴，蚂蚁都在窝里。'回答：'天气就要变了，一会儿它们还得出来。'记住，除了你和岳小白，接头暗号不要告诉组里任何人。"

叶德全："我记住了，首长。"

吴为："出去之后得数着天数，你们只有26天时间，一天都不能多，多一天都白干，就算任务完成了也没用。"

叶德全："知道了，首长。"

吴为被叶德全的郑重其事弄得不好意思，说："老叶，你别听得仔瞎嚷嚷，这里没有外人，就咱俩，就别叫首长了。得仔也没说错，你当排长的时候，我是你手下的兵，你看现在弄的。不说这事儿，说说岳小白吧。我们对他的情况一点也不了解，只知道他是重庆方面的人，负责送联络小组的人过来。我和他谈过，观察了一下，总觉得他多一只耳朵。C.罗上尉坚持让他进组，我原来想拦住，'蓝衣社'的事你知道，戴笠的人防不胜防啊。"

叶德全："我心里也没底。能拦住他吗？"

吴为："这次行动是盟军联合指挥部决定的，你们完全在敌占区里活动，组织上帮不上忙，小组中需要一个真正的特工，想来想去，得认下他，就算向四战区借一个人吧。"

叶德全："我明白。我会心里加根弦，把握好分寸。"

吴为："好，现在说最重要的。你们这次出去执行任务，组织上也为你们做了策应，我下面说的话，你连岳小白也得瞒着……"

C.罗和岳小白在溪涧边说话。C.罗："我在棉兰老岛的丛林里干过两年，用自制弓箭在5步之内杀死过鬼子，我知道你在干什么，也原谅你用南部式手枪抵住我的脑门。中尉，我们做一个约定，这次出去，你按我说的做，给我我要的东西，你做什么我不管。怎么样？"

岳小白一动不动，没有说话。

第二章
出师不利　遭遇狙杀

1945年5月18日，山里的早晨静悄悄的，乳白色的山岚笼罩着岭南群山。一辆破旧的德国产货车在山路上停下。叶德全和交通员从驾驶室里跳下来。交通员告诉叶德全，前面就是三不管地区，过了前浅村就是鬼子的地盘了，只能送你们到这里。叶德全道谢。

岳小白攀住车厢板跳下地，接住后面的丁荷，并问他，大家为何叫你渣子。蔡广得抢白："他东北老家出苞米渣子。"蔡广得帮助杨桃下了车，又卖力地帮着往车下卸戏衣箱子，到处指挥，一副不当家却热心管事的样子。岳小白："你挺能干活的。"

蔡广得："得看在什么时候。哎，我说老兄，你有没有觉得，我俩挺投脾气的？"

岳小白："说实话，真没觉得。"

蔡广得："你脑子不好使吧。你看看，咱俩吧，都一表人才，一身本事，人群里一站，给座山它都挡不住，那叫鹤立鸡群，对吧？"

岳小白冷笑一下，指指蔡广得的裆部。丁荷机灵，明白窃枪事露，着急地在岳小白身后冲蔡广得打手势。岳小白："那玩意儿怪沉的，你不嫌硌着，我还嫌膘得慌呢。"

蔡广得明白了，装傻说："你要我在人前掏出来？就在这儿？别扯了，我才不干呢，没看见有女人呀？"杨桃白一眼蔡广得走开了。

岳小白不耐烦周旋，上来钳住蔡广得，且由不得他反抗，三两下擒住，在蔡广得裤裆里掏出自己那支南部式手枪，掖进后腰。蔡广得被拧疼了手腕，摇着手腕嘶嘶抽气，说："不能好好说，商量商量？破玩意儿，当我稀罕。"岳小白走开，顺手抽了丁荷一耳光。

蔡广得："你抽他干什么？"岳小白："手再贱我还抽。"

蔡广得脸垮下来，扑过去一把揪住岳小白说："你试试，再抽他我碎了你！"岳小白使一招儿挣脱蔡广得往一边走，路过冷冷看着这一幕的叶德全时丢下一句："够难为你的，一群尿包。"

天还没大亮，C. 罗和吴为在一群鸭子当中争执。欧戴义站在一旁冷眼相看。C. 罗认为东纵派出去的人无军事素质，不能建立操作和维修无线电台、辨认敌军飞机和军舰、预报天气情况、使用复杂的技术设备，与草包无异。吴为反唇相讥，说共产党战士是游击队员，不是特工，这是一开始就向你们说清楚了的。就算有特工又能怎么样？你们已经找过第三战区中国特别组的人了，你们还找过四战区的人，他们派出了一水的职业特工，可他们全都被干掉了，就剩下一个岳小白。

C. 罗感到愤怒。反问："你是说，我们没办法才找到你们？"

吴为："专业特工都拿不回情报，人倒是一个没回来，有脑子的人都知道，日本人没闲着，情报不是放在那儿的烤番薯，行动小组派出去也是找死。说句风凉话，想毙了谁就派谁出去。"

C. 罗和欧戴义支吾，吴为："你们一直防着我们，到现在还不肯说出派行动小组出去的真实目的，傻瓜都知道，你们这是不相信我们，不相信东纵。"

C. 罗和欧戴义没料到，吴为发起火来一点也不憨厚，而且嘴快，让他们接不上话，一时愣住。

老梁匆匆赶来。吴为瞪了两个美国人一眼，迎上去。老梁："3个全抓住了，一个没跑掉，都给摁在床上了。"

吴为："别让他们喘气，立刻提审。"吴为撇下两个美国盟友离开鸭棚。醒过来的鸭子扑腾得到处都是，把两个美国军人撺得在棚里站不住，退出鸭棚。

一名日军打入东纵内部的中国籍情报员被吊在梁上，接受审讯。

老梁："骨头挺硬的，怎么，真不想合作？"日方情报员："落在你们手里，没什么可说的，要杀要剐，看着办吧。"说完冲地上吐一口血唾沫，眼闭上。

老梁："行，先喘喘气，我们接着再来，反正山里日子好过，有的是时间。老李，他那两个小崽子带来了？"老李："在那边等着呢。"

老梁："你们俩把他放下来，让他活动活动，身上的血弄干净，别让他那两个宝贝儿子见了吓住。"日方情报员闻听儿子被抓，浑身一抖，眼睛里充满了恐惧。

日军宪兵部的院子外停着特别行动队的车辆，大街的两头被特别行动队员封锁住，无人可以通过。浅丘经道安静地站在大街当中，几名特工站得远远的。

几名特别行动队队员押着一名头上蒙了黑罩布的宪兵军官从宪兵部里出来，塞上车，车疾速开走。小林正雄兴奋地从宪兵部出来报告浅丘，"薄荷叶"抓住了，他的电台和密码也起获了。不愧是东纵的情报人员，手雷弦都拉开了，让我们的人给按住，没让他拉响。浅丘经道安静地看小林正雄。小林正雄知道自己失口，有些不安。

浅丘经道："立刻提审，撬开他的嘴。"

朴渚芳匆匆过来报告："教授，一切都在您的预料中，东纵的人出来了，3支小部队，每支队伍12人至15人。"

浅丘经道："跟上他们，弄清楚是不是诱敌术，准备捕捉时机和地点。我要他们当中的核心成员，我说的是活的，越多越好。"

小林正雄和朴渚芳双双奔向自己的车。车疾速驶去。空空的大街上，只剩下浅丘经道一个人，他散步似的悠闲地走进宪兵司令部。几名特工跟了上去。

一间简陋的房间，简单的桌椅板凳。C.罗和欧戴义沮丧地坐在三号和吴为对面，显得很慎重。三号的脸色不好看，问："和吴主任谈崩了？藏着掖着，迟早谈崩。是我让炊事班给你们做碗肠粉，吃完你们睡觉去，还是撒泡尿，接着谈？"

C.罗长吸了口气。说："贵部知道日军的23军。"

三号："你是说，那个在中国为所欲为，被日本人称作'天皇之花'的王牌军？"

　　吴为："代号'波'部队，驻扎在武汉和长沙一带，一个月前它突然消失了，关闭了军用电台，失去了踪迹。消息是我们提供给联合指挥部的。"

　　C.罗："我们用了3架电台交叉寻找它的信号，都没有找到它的踪迹，它就像在人间蒸发掉了。"

　　三号："为什么找它？"

　　C.罗："你们知道去年这个时候盟军在欧洲的诺曼底登陆，如果没有把希特勒的大量兵力吸引在加莱，登陆不可能成功。"

　　吴为："如果23军在华南沿海出现，盟军的登陆部队就会遇到劲敌，难以建立滩头阵地，登陆作战会失败。"

　　C.罗："我们希望第九战区的人能在长沙拖住23军，阻止它南下，可惜薛岳将军没能做到，23军突然之间就消失在他的眼皮底下。我们必须找到它，以此判断（沙马计划）是否可以执行。"

　　吴为方知，"蚂蚁"和"候鸟"行动小组的任务是寻找23军。C.罗这才承认，根据美军的情报，23军已经南下了，但不知道去了什么地方。盟军情报局判断，它很可能已经进入左右江一带，并且隐藏起来。情报局的专家提供了两个目标，东莞和汕尾一带，"蚂蚁"和"候鸟"的任务是分别去上述两个地方寻找23军的踪迹，同时搜集日军是否在那一带建有防御登陆阵地。

　　三号和吴为交换目光。欧戴义："上尉已经把我方的意图……"

　　吴为火了："那是鬼子的一个主力军，知道吗？"翻译老刘十分紧张。欧戴义不知吴为何以发火。

　　吴为："方先觉的第10军没能干过他们，向他们交出了指挥刀和衡阳城，连薛岳九战区的20万人都没有拦住他们，他们路过的地方连草都不再长一棵！四战区拼光了所有的情报网，死了这么多人，你们战略情报局中国组拼光了所有的情报网，死了这么多人，两支15人的小部队，他们从没干过情报，不过是一些只知道使用老式武器的游击队员，你们没干下来的事，你们要他们硬往23军身边闯，不是让他们找死是什么！"

　　三号拦住冲动的吴为。吴为气得发抖，他发现老梁在门口着急地向他示意，起身离开。

　　三号沉思着。他反而平静了，自言自语："战争到了最后关头，都盼着胜利，可光盼没用，要不死人，这个胜利来不了。"老刘把三号的话翻译给欧戴义听，两个美国人都沉默了。

吴为匆匆进来，欲言又止。三号看他的脸色，说："对盟友，我们没什么可隐瞒的。"

吴为："'薄荷叶'被俘了。在被敌人抓住之前，他发来了最后一份情报。证实日军情报部门已经获取了我派出3支行动小组的情报。"

三号爆粗口："妈的，到底还是没把家门口清扫干净！"

C. 罗问'薄荷叶'是谁，吴为："我们安插在日本人中的情报员。"C. 罗和欧戴义面面相觑。

吴为艰难地咽了一口唾沫。说："还有。今天凌晨，我们破获了日军潜伏在我内部的一个情报网，抓住了3名日方情报员。据他们交待，他们获取了我们3支行动小组的名单，拍下了每个人的照片，照片已经送回了广州。"

三号："就是说，鬼子知道3支行动小组中的每一个人？"

吴为："不光如此，有一名日方情报员已经打入了'蚂蚁'小组内部，而且是小组核心人员中的一个。"众人大惊。三号："是谁？"

吴为："那3名情报员和打入'蚂蚁'小组中的情报员之间没有工作关系，互不认识，他们不知道他的名字，只负责了解3支行动小组都有哪些人、有没有在出发前换人、换了谁。据抓住的情报员交代，打入我'蚂蚁'小组的日方情报员不是武装护送人员。"屋里的人彻底傻了。

三号："'蚂蚁'小组核心人员都有谁？"

吴为："叶德全、岳小白、蔡广得、杨桃、丁荷。"三号挥手狠狠地将一只竹筒茶杯砸到地上。

三号焦急地分析，日方情报员的交代印证了"薄荷叶"提供的情报，两份情报内容完全一致。可以判定，鬼子在"蚂蚁"小组中渗透了他们的人，这个内容是真实的。吴为提议，立刻把"蚂蚁"小组收回来。三号认为小组中有鬼子的人，如果收回来，等于把一颗定时炸弹收了回来，总部得先转移，躲开炸弹，再做清查，要是没能控制住，根据地都可能丢掉，危险太大。

吴为："我把'蚂蚁'小组的人带到其他地方严格审查，查出那个鬼子的人。"

三号："你能保证很快查出来？"

吴为："小组5个核心成员，除了岳小白，我都熟悉，而且在派出去之前，每个我都严格审查过，没有可疑迹象。"

C.罗："岳小白是联合情报部的人，他的情况非常可靠。"

吴为："可见鬼子的情报员隐藏得很深，如果这个人不行动，我们抓不住他的尾巴，他是安全的。说实话，没法查。"

三号："接下来呢？小组收回来，我们还有别的小组派出去吗？我们自己身边的内鬼呢，除了你抓住的3个，还有没有别人，你往哪儿带，怎么查？"

吴为："而且，情报小组中最重要的人不是作战者，是情报关系人，东纵没有这样的人了，派不出去。"

C.罗和欧戴义在一旁，一通快速英语商量后，C.罗要求立即清理掉"蚂蚁"行动小组，干掉他们。吴为不解，问："为什么？"

C.罗："吴，你是情报官，知道这么做是为什么，你不该这么问。"

三号火了："上尉，你拿我的士兵不当人？"

C.罗："将军，这是战争，日本人不会因为我们心软就炸掉他们的K2攻击机和自杀式潜艇生产工厂，丢掉15个人，可以保证战争的最后胜利。"

三号："别拿这个教训我！杰拉尔德·C.罗，小子你才在太平洋上打了3年仗，我可是在你祖宗待过的地方当了8年的老兵，我比你知道什么叫战争！"

C.罗："很遗憾，将军，我没有冒犯您的意思，可我不希望发生这样的悲剧，因为贵部的一念之差，盟军已经开始实施的（沙马计划）被毁掉。"

三号："毁什么？拿什么毁？那些派出去的人，他们知道（沙马计划）是什么吗？'蚂蚁'小组的任务方向明明在香港，你们为了保密非让去深圳墟兜个圈子。如果任务真的交代实了，你不清理，我还要清理呢，可他们什么也不知道，要清理什么？"

谁也不说话了，一番激烈的交战后，屋内一时气氛紧张起来。

特别行动队的车辆全部发动着，全副武装的队员在车上等待命令，随时准备出发。浅丘经道一身军装，显得更加文弱。在驾旁踱步琢磨。朴渚芳静候一旁。

小林正雄拿着电文匆匆从屋里出来，向浅丘经道报告："东纵派出的3支小分队分别到达了我们的预伏地点。据可靠消息，他们没有其他预案，可以排除是诱饵。"

浅丘经道："去吧，把他们抓来，我要他们站在我面前。"

小林正雄迟疑片刻，说："打入东纵的第三情报网被破获了，3名组员全都被捕。"

浅丘经道："情报核实过？"

小林："核实过了。"

朴渚芳："东纵已经知道了我们的行动。"

浅丘经道："关键不在这儿。美国人和支那人不是傻瓜，如果他们稍微懂一点情报作战，在派出他们的行动组之前，会留一手。立刻撤销伏击行动，放他们出来。"

小林正雄不解。朴渚芳已领会，说他们会按照拼图方式设计3支小分队的路线，只有到达最后一个联络点，3支小组才会知道任务是什么。小林正雄这才明白，即使抓到了他们的人，也无法获取所需情报。

浅丘经道："这3支小部队不可能永远不知道自己的任务，等他们知道之后，我们再下手。在深圳墟和惠阳安置临时指挥部。"

朴渚芳驾驶着车。浅丘经道和小林正雄坐在后座。小林正雄："他们想和我们玩拼图游戏，可我们没有别的渠道了解美国人的进攻企图。"

浅丘经道："不。有。西南太平洋地区，美军的攻击部队已经开始调动了，尼米兹的太平洋舰队也在接近香港海域，他们没有更多的时间了。除非他们让自己的几十万士兵停泊在海上，让赤道的烈日把他们一个个烤成鱼干。"

小林正雄："要是这样，我们也没有时间了！"浅丘经道没有说话。

深圳墟，情报参谋们抢先进入指挥部布置通讯和作战图，参谋人员进进出出，非常忙碌。

浅丘经道在院子当中停下，回身盯着小林正雄问："你是不是有一种喘不过气来的感觉？"小林正雄点头。浅丘经道："美国人也一样。我要知道美国人的登陆方向和时间，美国人也要知道我的防御方向和布置，我们同在水下，没有谁比谁更能憋住呼吸，只有一个真正的杀手会取得胜利，时间。我赌这个。"

小林正雄："可如果那样，东纵派出的情报部队就有可能接近我们的防御阵地！"

浅丘经道："越是那样，他露出的尾巴越长，我就能顺着这只尾巴逮住停在海上的尼米兹。"

小林正雄："这样做太危险了，教授！不如把东纵派出的情报分队全部干掉！"

浅丘经道："然后呢？等着他们再派人出来？要是他们新派出的人在我们不知道的方向，我们还能盯上他们吗？"小林正雄傻了。

浅丘经道叫过上尉参谋春山二路，春山将一份档案袋递给浅丘经道，掏出记录本。浅丘经道："请求南方派遣军提供敌尼米兹第四舰队的活动情况。通知气象队严密观测华南海面未来30天的天气和海洋情况，测算和判断美军登陆作战的最佳时间入口。"春山二路快速记录。浅丘经道："改变情报搜集方向，密切监视重庆方面第九战区、第四战区主力调动情况。请求对罗浮山东江纵队主要根据地进行不间断扫荡，把他们从根据地里撵走，阻止他们派出新的行动小组。"

浅丘布置完，交代小林正雄，对东纵派出的3支行动组分别作清除术、限制行动和跟踪处理，重点在"蚂蚁"小组。浅丘经道把手中的档案袋递给小林正雄，说："这是我们的人送回来的照片。"小林正雄打开档案袋，袋子里是5张人头照片，匆忙中，能分辨出那里面有叶德全、岳小白、蔡广得、杨桃和丁荷。浅丘经道："这5个人是'蚂蚁'小组的核心人员，不要动他们当中的任何一个人。对另两个小组做清除行动，打掉武装人员，抓两个活的，其他的留下，然后跟上他们，直到他们找到自己的任务。"

乡村小路上，"蚂蚁"行动小组的人挑着、抬着戏衣箱，沿田埂走来。叶德全忙着关照队伍。岳小白落单，和人拉开距离。蔡广得过来和他傍着肩走。田埂窄，走得非常别扭。岳小白想让开蔡广得，蔡广得偏要傍近乎，说："你救过我，查我裤裆的事，我原谅你了。你吧，不懂我们东纵的事儿，我们有些人假模假式，其实一肚子坏水，就等着机会来了整人，往死里整，不是一天两天了。"

岳小白："你说老叶？"

蔡广得："看出来了？我就说你这个人聪明，眼光好使，看什么都明白。"

岳小白："你刚才不是说我没脑子吗？"

蔡广得："我指的是你上脑，没说你下脑。我看人没错，这是我的优点之一。我说兄弟，我俩是一路人。"岳小白仔细看蔡广得。蔡广得端足了架子让他看。岳小白："可惜，没看出来。"

蔡广得："这样，我提醒你一下，我俩应该携起手来，共同抗战。"

岳小白："不是共同抗着吗？"

蔡广得："得结成新的统一战线呀，把行动小组的指挥权拿下来，我俩说了算。"

岳小白："你是说，把老叶干掉，我正你副，咱俩都升一级。"

蔡广得："这主意不错。还说不聪明，你就别谦逊了，够聪明的，我就喜欢交你这样的朋友。"蔡广得亲热地拍拍岳小白的肩膀，又说："兄弟，我是这么想的，等任务完成了，你不是得回部队吗？你还得往上提一级吧？你别白提，带上我，我跟你去正面战场干。"

岳小白："你去干什么？"

蔡广得："打鬼子啊，往死里打。我打鬼子这么多年，就等着在正面战场上和他们较量了。"

岳小白："得仔……他们都这么叫你吧？"

蔡广得："叫我菜花头也行。我妈给取的小名儿，大家都这么叫，挺喜庆的。"

岳小白："菜花头，我知道你想干什么，我得告诉你，不行。"说完往前赶。

杨桃等在那儿，拦住路，两人过不去。杨桃盯着岳小白说："你要帮我。剧团里就我一个女的。"

岳小白："看见了。可剧团里有14个男人，他们都等着帮你。"

杨桃："可他们不是特工。"

蔡广得："特工也没什么了不起，我可以……"

岳小白："我给你个建议，平常少说话，多睡觉，没事的时候别找事，枪响的时候往后躲，看着不行了，别疼惜自己的脸蛋，手雷销子拔掉，弹出去，闭眼数到七。"

杨桃生气，想说什么，岳小白不愿意说下去，挤过杨桃往前去。蔡广得靠得太近，没提防，被岳小白挤得站不稳，扬手跌下田埂，摔进稻田的泥水里，惹得杨桃反气为乐，腰都笑岔气了。岳小白不笑，回头看杨桃。杨桃止住笑，问：看什么？岳小白不说话，走到前面去了。蔡广得挣扎着从田泥里爬起来，完全一个泥人，看不清了。骂道："我操，妈皮的这算什么？"

高高的树梢上，丁荷向远处眺望。远处的村庄炊火点点。正是黄昏晚炊时分，暮色初起，田人归舍，耕牛回圈，村庄里一派安宁气象。丁荷跳下大树，向树下放哨的组员李望生示意一下，朝不远处的一栋围屋走去，顺手从瓜田里摘了两只瓜揣进怀里。

"蚂蚁"小组在围屋里宿营。灶房里，组员廖少武和朱二忙着抱柴烧水。杨桃守着一只木桶在一边等着。丁荷跑进来，从怀里掏出一只瓜给杨桃，和她亲近。他们听见屋里传来争吵声。

蔡广得生气："为什么要我值夜哨？"

叶德全冷静："出发前分过工，你负责小组安全。"

蔡广得："谁这么无聊分这种工？"

叶德全："我，还有岳副组长。"

蔡广得："哟嗬，来头挺大的。我怎么不知道？"

叶德全："小组的人都在场，你也在。你当时在给丁荷挖耳屎。"

蔡广得："我算什么？武装分组组长？挺大的干部嘛。你们不用我的时候往死里踩，用我的时候连觉都不让睡，还让人活不让人活？"

叶德全："菜花头，不要说没有觉悟的话，你不是打鱼捞虾的，是游击队员。"

岳小白在布置睡前准备。手枪压在凉枕下，一枚手雷藏在窗户边，另一枚藏在门沿上，匕首钉在门后。他听见隔壁的争吵，置之不理，布置好一切，拎着水桶出去，等他提着水桶进了灶房，里面争吵依旧。

蔡广得："别拿这一套对付我，就你？政治面貌差了一档，比我你个矮了点。"

叶德全："我没给你讲条件，你必须去值哨。如果你拒绝执行命令，我会给你处分。"

蔡广得："别处分，直接开了我得了。我不去。要去你去。你当组长不能白当。"

水热了。杨桃坐着不动，把自己的桶递给一旁的岳小白。说自己脚疼，求他帮个忙，给她拎进去。岳小白不理会杨桃，自己去舀了水，提着水走了。杨桃也不生气，起身去舀水。廖少武已经提着一桶水出去了。岳小白提着水桶进房，正遇上蔡广得气冲冲地从叶德全房里出来，没躲过，撞洒了水。岳小白不和蔡广得冲突，擦着墙过去。

蔡广得反而不依了，追着岳小白喊："凭什么你们一正一副合着伙儿压人，你们就该洗了身子睡大觉，我听你们打鼾，还让群众活不活？"岳小白不理蔡广得，进了自己的屋子，插上门。蔡广得："啧啧啧，插上门了，又不是女人，谁爱看哪。"

廖少武提着水桶过来。蔡广得要求给他拎到楼上去。廖少武说是给组长的。蔡广得找茬："我说，这一套还真吃香啊，都离开根据地了，三不管地带，你们还抬臭脚，难怪干部腐败，都是你们这帮没骨气的人抬轿子给抬出来的。"蔡广得一把夺过水桶，推开廖少武，大步走到后门口，一桶水泼出去。杨桃被泼得落汤鸡似的，拎着水桶发窘地站在那儿。丁荷和朱二听见叫声跑出来。丁荷见状，连忙过来给杨桃抹身上的水。蔡广得从屋里出来，一看傻了眼。

丁荷："你看把杨桃姐泼的！"蔡广得："没泼着吧？"

丁荷："还说没泼着，全湿了！"蔡广得："我是说，幸亏水没开。朱二，你怎么烧的水？都怪你。我给你记着，下回水要再烧这么烫，我把你摁进锅里剥了你的毛！"

朱二无辜地站在那儿，不知所措。杨桃一点没生气，抹一把脸上的水，冲丁荷笑，回头去灶房重新打水。丁荷追上去要帮杨桃打水。蔡广得松了口气，回头想起叶德全的事，指使朱二："去，到田里弄半桶水，给那个叛徒送去。"朱二："哪个叛徒？"

蔡广得："机要上的事，说了你也不知道。回来的时候，到猪圈里弄块粪放水里。"

朱二："弄粪干吗？"蔡广得："叫你干什么你就干什么，问那么多。"朱二连忙提着水桶去了。蔡广得偷偷地乐："我让你捧臭脚，我看踩进猪屎里你臭不臭。"

杨桃拎着水桶从灶房里出来。蔡广得讨好地给她让路，还没让开，杨桃提起水桶兜头泼来，蔡广得哎呀一声立刻成了落汤鸡。杨桃咯咯地笑。连丁荷都笑了。

叶德全琢磨着事儿，起身端着油灯出了房间，朝楼梯口走去，低头往楼下看。

几个组员趴在门缝上你挤我我挤你往里看。杨桃在房间换衣裳。她觉得不对，一脚将门踢开，组员们都被撞了脑袋，倒在地上，讪笑着看杨桃。杨桃站在门口，冷冷地将一枚手雷挂在门环上说，就这一次，下次再偷看，我把另一颗扔进来。说罢离去。组员们面面相觑，你推我我推你，指使人去取挂在门上的手雷。

叶德全忧心忡忡地离开。来到岳小白门外敲门，敲两下没人应，端着油灯推门进来。却发现床上没人，奇怪，朝床下看，也没人。他慢慢抬头。岳小白从屋梁上跳下来，枪别回腰上。叶德全摇头，往床上坐。岳小白："别坐！"走过去，从被子下取出一颗手雷。叶德全："你是不是从不相信人？"

岳小白："是。但你比我更不相信人。这么晚了，找我是不是觉得队伍带不动了？不关我的事。但你会越来越困难。你拿不住他。"

叶德全："没那么严重。我有办法对付他。"

岳小白："你若需要我的帮助，至少目前为止，我会支持你。"叶德全："谢谢。"

蔡广得一身湿漉漉的和丁荷在哨位上值班。蔡广得心事重重。丁荷想说话，拉蔡广得的衣裳。蔡广得烦躁地打开他的手说："警告你，别见色忘义，要这样，下回再遇到危险，我可不管你。"丁荷盯着远处，打了个哈欠，连忙解释："我没睡。"

蔡广得："我得走。"丁荷兴奋了，翻身过来。蔡广得："原来以为那白脸家伙能帮我，根本没指望，算我看错人了。我自己走，去找独九旅。"

丁荷："现在？"蔡广得："怎么，你想不想跟我走了？"

丁荷："哥，再等几天吧？"丁荷话没说完就被蔡广得捂住嘴，按进草丛里。蔡广得的枪口指出去，警觉地观察着。对方发来几声蛤蟆叫。蔡广得回了暗号，收了家伙。一会儿廖少武过来通知：得仔，班主叫你回去。

叶德全、岳小白和杨桃各找地方坐着。蔡广得不坐，拉屎似的蹲在屋子当中的地上。叶德全："开个短会，强调几个问题。行动小组出来前，任务都分配了，我和岳小白同志负责小组的指挥，杨桃和丁荷负责关系人的联络，得仔负责行动小组路上的安全，我们5个人算是小组的核心。这里，我再重申一下……"

蔡广得："慢着。我负责小组的安全，那10个战士都归我指挥，对吧？"

叶德全："错了。我指挥，岳小白同志协助。"

蔡广得："那我光杆司令一个，拿什么负责安全？"

叶德全："遇上事情我会安排，你只管执行。"

蔡广得："就你这指挥水平，谁跟着你谁嫌委屈。"叶德全起身将那碗倒好的水递给蔡广得，讨好说，对个人有意见放在后面提，现在说小组的事。蔡广得接过碗，一口气将碗里的水喝光，碗丢开。

叶德全："我们出来，这才第一天，小组就出了问题，有人不服从领导安排，在小组中造成恶劣的影响，这种现象不能继续下去……"

蔡广得："你就明说，造成了恶劣影响的人是我。"

叶德全："说的就是你，蔡广得同志，你……"

蔡广得："不叫我得仔了？拉下脸了？要不你彻底点，叫我菜花头。"

岳小白看不过去，说："你这算什么，你这是闹分裂。"

蔡广得："你们四战区的人才闹分裂，整天挤东纵的地盘，有本事你挤鬼子去，把广东给挤回来，让老百姓给你们送猪肉的时候不觉得委屈。"

岳小白："就你这种口气，要放在国军，先挨10个嘴巴，还得站直了。"

蔡广得："可惜，你现在在人民武装的队伍里，军阀作风行不通。还10个嘴巴呢，你就别在这儿装正经了。小白小白，算个男人的名字吗？"

岳小白："你要叫不出口，也可以叫我绰号，叫我竹叶青。不是汾酒，是蛇。"

蔡广得："嗬，这号还真大，吓着我了。"

杨桃看不下去。说："菜花头，你别太自以为是。你这是搞分裂。"

蔡广得："你别维护他俩，不就一张老脸，再加一张小白脸。"

杨桃："你懂什么，一个叫沧桑，一个叫冷酷，你连气质都不懂，就知道贫嘴。"蔡广得被杨桃说，气得脸发青，起身朝门外走。叶德全喝住。蔡广得不理会，过去拉开门。岳小白出溜一步上前，一把钳住蔡广得的胳膊。蔡广得拉下脸，岳小白犹豫了一下，松开他。蔡广得哼一声走掉了。叶德全没招，直拍脑袋。岳小白："你们东纵就养这种人？"

杨桃："喂，干吗说我们东纵坏话？我也是东纵的，我也有绰号，叫小蜜蜂。"

岳小白打了个哆嗦，说："我还是睡觉去吧，免得被蜇着。"说罢逃出房间。

第二天，天蒙蒙亮，一只手捂住丁荷的嘴，轻轻将他摇醒。蔡广得已经收拾好了，示意醒来的丁荷别说话，说："我得走，跟我还是跟你那姐，你随便。"说罢背上行囊，悄悄拉开门朝外面看看，出去了。蔡广得蹑手蹑脚下楼，一脚踩滑了，幸亏抓住上面的横梁，人悬在空中，十分狼狈。蔡广得蹑手蹑脚路过叶德全和岳小白的房间，趴在门口听了听，里面什么动静也没有。他冲两个房间扮了个怪脸，刚要转身开溜，猛然看到了站在那儿的杨桃。蔡广得看出杨桃有些伤感，显得有点无措。两人静静地站在那儿对视着，然后蔡广得扭头离去。

天还没亮全，村庄传来第一声公鸡打鸣。蔡广得背着行囊从院子里出来，站住。叶德全躺在靠椅上打盹，手中的扇子有一搭没一搭地摇着。岳小白坐在一旁的石墩上，用匕首认真削着什么。蔡广得刷地抽出手枪，对准两人，往后退。蔡广得："你们拦不住，我得走。"

岳小白说："提醒你，别撞上。"蔡广得："用不着你操心，又不是没打过鬼子，撞上我也能对付……"话没说完他撞上了身后廖少武和另两名组员，3支枪口对准他。岳小白拍拍身子站起来。说："你吧，大小算条汉子，论勇敢不差，就缺点脑子。"蔡广得枪口指向岳小白，说："别教训我。"

叶德全："回你的房间睡觉，我就当这事没发生。"蔡广得枪口指向叶德全，怪笑说："鸭出圈牛下田，我得走，谁也拦不住我。"叶德全：

"得仔，你要真这么顽固不化，你要对发生的一切负责。"蔡广得："我能一枪打死你，知道吗？可我跟你不一样，我得找到证据再打死你，不像你，自己人也杀。"

岳小白提醒："菜花头，你脑袋后面顶着3支枪，你疯了？"蔡广得："还没呢，趁我现在没疯，你们躲远点。"蔡广得转着圈用枪口指住众人，一边往院子前的小路上退。3名组员端着枪跟上去。岳小白不耐烦，去腰上拔枪，但没拔出来。蔡广得傻笑着，手从怀里取出一枚手雷。说："别怪我没通知，去了销的，脱手就响。"叶德全刷地从靠椅上滚下地，趴在地上。3名组员纷纷后退，找地方躲。连岳小白都连忙躲在大树后面。蔡广得道声后会有期，一猫腰消失在树木后。

天刚亮开，远处的村庄鸡鸣声一片。蔡广得连滚带爬沿着小路跑来，他撞上一头夜里没收回圈的水牛，吓了一大跳。蔡广得绕过牛再走，回头往后看，等再回过头，差点没撞上丁荷。晨雾涌过来，蔡广得眼圈湿润了，丁荷抽一下鼻子，蔡广得脱下自己的外套，替丁荷套上。丁荷："你呢？"

蔡广得："你还顾得着我？出来不多穿一件衣裳，受了风我还得背着。"丁荷委屈地又抽一下鼻子说："我跟他们说出门撒尿，东西要带多了，人家早看出来了。"蔡广得抽着气地乐。丁荷生气："你要这样，我还回去。"蔡广得连忙不笑了，严肃起来，拍拍屁股，行囊背上要走。丁荷的手中拎着一双布鞋，在他眼前晃荡着。蔡广得问："老鳗鱼的？"丁荷点头，又摸出一双胶鞋。蔡广得乐了："竹叶青的。好小子，仇你都替我报了！好鞋，到底是国军，装备就是好！"蔡广得把脚下的草鞋脱下扔掉，换上岳小白的胶鞋，试试合脚。叶德全的那双鞋闻一下扬手丢到稻田里，冷得打个喷嚏，在丁荷脑门上抽了一巴掌，亲热地搂着丁荷，一大一小两个人向晨曦中走去。

"蚂蚁"小组在紧张地收拾东西，准备离开交通站。廖少武从屋里冲出来报告："班主，渣子也不见了！"叶德全："别找了，他跟得仔走了。收拾东西，我们尽快上路。"

岳小白过来，叶德全："改变路线，不走杨汊河，换成七梁子。"

岳小白冷冷地说："菜花头要真想出卖你，会赶在你前面到达联络点。"

叶德全："所以我才要在他前面赶到深圳墟。"

岳小白："他要是在下个村子就找到鬼子呢？"

叶德全："他在我手下当过两年队员，我知道他会干什么，不会干什么。他不会那样做。"

岳小白："所以，你才想办法把他赶走。你知道他想干什么，也知道他受不了什么。你故意给他设了个局，拿我和杨桃当枪使，合着伙挤兑他，让他没有退路，自己做下离开的决定。"

叶德全面无表情地说："你也看到了，他要留在小组会是一种什么情况。"

岳小白："那不怪他，是你带不动他。为什么？他妈妈的事，到底是怎么回事？"

叶德全："我不想说这个。"

岳小白："那你至少应该在出来之前对你们的长官说明情况，别带这样的人出来。"

叶德全："我试过。你在场。你也看出来了，我们的人都被鬼子打光了，上级也没有别的办法。我只能这样做，走掉两个，我能保住其他13个，我对得起组织。"岳小白点点头，不再说什么，将一双草鞋丢在叶德全的光脚边。

一条美丽的河流上，一条带篷的小船顺流而下。船家撑着船。蔡广得赤条条的，拉着一条绳索把自己挂在船后的水里，活像一条得了环境的大鱼。他心情大开，在水里玩得有模有样，一会儿装蟹，一会儿装鳖，活像个顽皮的大孩子。他叫丁荷下水来玩，丁荷歪在船舱里睡觉不为所动，换了个姿势再睡。蔡广得被鱼蹿了裆，痒得他咯咯地乐，用力踢水打水。船家被他逗乐了，劝其上来。

蔡广得要上船，发现对面一行3条带篷的船逆水而上。船上都是人，船舱里坐不下，连船头都挤满了。船吃水深，行驶得不快。两船交错时，蔡广得朝那边打水花。叫："喂，你们是哪个湾子的？"对面船上全是年轻人，齐刷刷回头看这边，一个个脸上没有表情。蔡广得："兄弟，下来玩会儿，不少海里蹿上来的大红鲳，可肥了！"对面船上没人回话，都面无表情地看着蔡广得。3条船过去了。船上身着中式装的小林正雄默默地看着远去的蔡广得。蔡广得觉得受到了冷落，没意思，拽着绳子往水面上蹦。说："摆什么谱！一群呆猪。"

蔡广得拽着绳子休息，慢慢的，脸上的坏劲没有了，发呆想事，一没留意被船尾搅起的水花呛住，一个劲地咳嗽。蔡广得从水里上来，衣裳穿上，问船老大，平时这一带有日本人来吗？船家告诉他，这里是游击区，年前国军的队伍在这儿打了一仗，日本人开来好多人，还有铁甲车。这今年你们来了，日本人倒是没见着了。蔡广得坐在那儿闷闷不乐，闲得无聊，抠脚丫子，抠几下呆呆地沉思。

"蚂蚁"小组沿路往前赶，速度非常快。好几个队员想帮杨桃，杨桃都警觉地拒绝了。她看见前面打头的岳小白等在那里，她不满地看了他一眼，过去了。岳小白笑了笑，没在意。等叶德全上来，岳小白建议让剧团的人歇歇脚，喘口气。

船头轻轻撞在河湾上。船舱板被掀开，一支支狙击步枪被快速取出。5张照片在人手中稍作停留，快速传递到下一只手中。与蔡广得在河中遭遇的那3条船上的约20个便衣人，他们拎着枪快速跳下河湾，训练有素地向河岸上攀去。小林正雄站在船头，从最后一名便衣人手中接过照片，揣进兜里。一道草沟里，中式便衣的朴渚芳领着两名便衣日军特工，迎上匆匆过来的小林正雄。小林正雄身后是迅速散开寻找狙击点的日军便衣狙击手。小林正雄下令按计划行动。跟着小林而来的日军便衣狙击手在灌木中鼹鼠似的分散开去。

一处高坡，两名"蚂蚁"行动小组的组员在这里设哨。他们啃着干粮，一名组员盯着远处的公路，一名组员盯着其他方向。他俩背后的山坡下，能隐约看到一座茶棚。森林边上的小路，人迹稀疏，路边一块空地，一座草扎的茶棚，"蚂蚁"小组在这里歇脚喝水。叶德全和杨桃在茶棚外坐着喝水。杨桃："你们不该这么对付菜花头和渣子。菜花头那张嘴的确讨厌，可他也没干什么对不起人的事。"

叶德全："他是自己走的。"杨桃不满地瞥了叶德全一眼，说："当我看不出来？"杨桃起身向茶棚里走去。叶德全："这个组有几个聪明人？"岳小白笑了笑，手中的水碗放回去，说："走吧。我去把坡上的人收回来。"组员们纷纷走出茶棚，去空地上整理东西，准备上路。

岳小白朝茶棚背后的山坡走去。枪响了。山坡上，负责放哨的一名组员被子弹击中了脑袋，瞪着眼躺在草丛中。另一名组员慌里慌张往坡下滑。叶德全迅速拔枪，说："有情况，准备战斗！"组员们纷纷掏枪。戏箱子被打开，组员快速从箱子里取出长武器。只有杨桃还有卖茶的老两口傻在那儿。枪声又响了。另一名放哨的组员坠石似的顺着山坡滑到坡底，不动了。组员后脑门上一个弹眼，人还睁着眼，已经没气了。岳小白拔出枪向坡上蹿去。几个狙击手同时射击，子弹打在岳小白四周。岳小白敏捷地躲避着子弹，扑上山坡。

　　茶棚前的空地上已经乱成一片。两匹马挣脱开扬蹄跑远。叶德全："廖少武，带两个人去前面看看！李望生，保护电台！朱二，掩护杨桃！其他人跟我来！"一声枪响，朱二扑地而绝。杨桃被他带倒在地上，沾了一手血，吓得尖声叫。没等叶德全反应过来，又是3声枪响。一名组员、卖茶的老两口3人倒地而亡，连动弹一下都没有。叶德全趴在地上，手持武器四下看。其他人也照他的样子办，可他们什么也没看见。叶德全完全被这种无常的袭击打蒙了。他看见吓傻的杨桃颤悠悠站起来。忙喊："别站起来！趴在那儿别动，千万别动！"叶德全胡乱朝四下放了几枪，朝站着的杨桃爬去。一名"蚂蚁"小组的组员试探着站起来，人还没站直，一声枪响，脸上冒出一团血花。叶德全把杨桃摁倒在地上，他显得很惊恐。吩咐："都别站起来，谁也不许站，往草丛里爬！"

　　岳小白趴在高坡的草丛中。四处寂静。他慢慢拨开草丛。一声枪响，离他两尺开外的一棵蒲公英被打飞了，花叶纷纷落下，吓得他连忙藏起来。岳小白摘下死去组员的草帽顶在枪口上，慢慢伸出草丛。没有枪声。岳小白丢下草帽，倒着身子向山坡下滑去。灌木丛中突然跃出一名丛林装的便衣，猛地扑住滑下来的岳小白。岳小白的匕首早等在那儿，便衣直接扑到匕首上，不动了。岳小白抽出匕首，把便衣推开，继续往坡下滑。枪响了，子弹打在他经过的路上，打得草叶直飞。

　　一阵密集枪弹射去，茶棚茅草被打得纷纷坠落，撑柱断掉，茶棚轰然坍塌。杨桃吓坏了，紧紧捂住耳朵。叶德全一脸苍白地四处观察。枪声突然间一起停下，四处一片寂静。叶德全看不见任何敌人，对手不知道隐藏在什么地方，他声音颤抖地小声骂了一句妈的，他们在哪儿！岳小白滚过来了，额头上淌着大颗的汗珠，说："坡上的两个没了。是79式步枪，对方是狙击手。这样不行，得到林子里去。"森林离着二三十米远。叶德全："怎么过去？"岳小白："你带杨桃走，我掩护。"

杨桃："你呢？"岳小白："别管我，快行动，不然谁也走不掉。"岳小白把南部式手枪别在后腰上，朝朱二的尸体爬去，把枪拾起来，查一下枪膛，一手抓住朱二的衣襟，回头向跟着爬过来的廖少武和李望生示意：走！岳小白站起来，同时一把拎起朱二的尸体，用他挡住自己，机敏地四处观察。枪没响。叶德全拽住杨桃，两人跳起来弓着身子连滚带爬向树林跑去。枪没响。廖少武和李望生看枪没响，也站起来往树林里跑。两声枪响，两人先后仆地而死。岳小白发现了枪响的方向，他躲在朱二的尸体后面，向枪响的方向连续扣动扳机，直到打光枪里的子弹，空枪丢掉，抽出腰后的南部式手枪继续射击。叶德全和杨桃跑进了树林。岳小白边射击边拖着朱二的尸体往树林退。剩下两名组员胡金水和小山子也边射击边逃进树林。岳小白退到树林边，丢下朱二的尸体钻进树林里，跑几步站住回头看。朱二的尸体躺在那儿，身上一发新的弹痕也没中。

阳光如漏，洒进森林。森林里很安静，有鸟儿轻快的叫声。叶德全、杨桃和剩下的两名组员胡金水、小山子躲在树林里，一个个张皇失措。岳小白："他们会随时追来，我们得尽快离开这里。"

叶德全："他们是谁？"岳小白："不知道。我们是便装，手中没有武器，没有人知道我们是谁，照说没有道理遭到袭击。"岳小白摸了摸树皮，观察了一下日光的方向，带着大家朝北边跑去。其他人紧紧跟着。岳小白跑出几步站住，皱眉头说："别这样跟着，这是找死。别走一条直线，散开，找树干做掩护，学着我。"岳小白猫腰向前蹿去，贴住一棵树，稍许观察一下再往前蹿。众人学岳小白，一棵树一棵树往前蹿。

岳小白攀在森林边一棵大树上，向外观察。森林外是一片茂盛的灌木丛，再前面是一处绝壁，看不到绝壁下的情况，能听到传来的哗哗的流水声。岳小白从树上溜下来说："没有异常。外面是灌木，过了灌木是绝壁，下面是河流，看不见绝壁离河有多高。得找条路下去。胡金水，你去看看。"胡金水小心地握着枪摸出森林，穿过灌木带，朝绝壁下探头看，再回头冲树林里挥手。说："这里有一条小路……"一声枪响，胡金水扬手向后倒去，人消失掉，好一会儿才听见尸首的落水声。小山子："组长，这儿也有埋伏，我们走不掉了！"叶德全："那也得走。敌人就在后面，退不回去了。胡金水说，下面有一条路，只要冲过灌木丛，下到绝壁下，沿着小路到河里，他们就拿咱们没办法了。"

岳小白："没看见胡金水是怎么中的弹？他们在暗处等着我们。"

叶德全："我们一块冲，他们不可能同时打中我们，只要冲到绝壁边，往下一跳，让河水冲着走，能走几个算几个。"

岳小白："没听见刚才他落下去时隔了多长时间？绝壁太高，跳下去也是死。"

叶德全："那也得跳。没有别的出路。不管那些人是谁，有一点可以肯定，他们要我们死，摔死比死在他们手里强。"杨桃："我愿意摔死！"

叶德全："好姑娘！"岳小白："别急，让我想想……"枪声又响了，这回响得激烈，而且响得怪，子弹没有射进森林，而是在别的方向响。众人立刻掩身树后。他们听见枪声中，有一枚手雷爆炸了。岳小白："是手枪！有人袭击了埋伏者，可能是我们的人！"

叶德全："还等什么，走啊！"叶德全跳起来，带头冲向森林外。杨桃一咬牙跟了上去。小山子也跟了上去。岳小白深深地吸了一口气，跃出树林。

蔡广得骑在一棵大树的树枝上，向不远处的灌木丛开了两枪，枪掖进怀里，猴子似的从大树上溜下来，连蹦带跳向绝壁下跑去。不远处的灌木丛中，两名日军便衣狙击手边开枪边向这边追来。蔡广得拼命奔跑。一名日军便衣狙击手从灌木丛中跃起，扑倒了蔡广得。蔡广得一脚将便衣蹬开，抵近胸口一枪将便衣打得滚下悬崖。蔡广得爬起来，扬手向身后丢出一枚手雷。手雷爆炸，追来的两名日军便衣狙击手倒下。蔡广得在烟雾中溜下绝壁。

4个人在灌木丛中艰难地跳跃，冲向绝壁。叶德全已经跑近绝壁了，他发现杨桃没有跟上来，返身回去拽杨桃。子弹打中他脚下的灌木。岳小白没有跑向绝壁，而是大步迎向附近追来的数名日军便衣狙击手，连续射击，掩护其他人。日军便衣狙击手与岳小白对射，顽强地追来。有日军便衣狙击手中弹倒下。岳小白不断射击，快速换弹匣，一边焦急地回头看。叶德全、杨桃和小山子站在绝壁前发呆，低头向绝壁下看。岳小白："愣着干什么？快跳啊！"

河流在这一段十分湍急，绝壁离它的距离太远了。一条船停在绝壁下，丁荷在船上拼命地招手。蔡广得看见3个人站在绝壁上发呆，捶胸顿足："跳啊，快跳啊！"几发子弹打在鹅卵石上，怪叫着跳得老高。蔡广得抱头鼠窜，向船上跑去。

叶德全一咬牙，纵身跃下绝壁。杨桃眼睛一闭，跳下绝壁。小山子纵身向前，在跳起来的一刹那，他后脑勺上中弹了。叶德全、杨桃重重地砸进湍急的河里。小山子横着身子砸进湍急的河里。

蔡广得跳上船，从丁荷手中抢过撑杆说："快，把他们捞起来！"船家和丁荷用力向河里的人划去。岳小白出现在绝壁，还在向身后射击，打光弹匣里的最后一发子弹，枪揣好，燕子似的凌空飞起来。然后河里溅起一朵高高的浪花。

船在激流中快速往下游驶去。叶德全和杨桃被拽上船，两人全身湿透，躺在船板上喘着粗气。杨桃一个劲地呕吐。丁荷照顾她，要帮她把嘴里的草拽出来！蔡广得用力把岳小白拽上船。小山子冒着血沫的尸体快速消失在船尾后。杨桃躺在船舱中，人呕吐完，晕厥着，丁荷在照顾她。蔡广得脱自己的干衣裳，脱得赤条条的，只剩下裤衩，衣裳往地上一丢。说："湿衣裳扒下来，给她换上。"杨桃努力撑起来，表示不换。走到船舱外的蔡广得回头说："你当我愿意光着？有本事回去把你那些漂亮衣裳找回来。"杨桃气结。

船行非常快，叶德全和岳小白坐在船头，两个人都是湿的。岳小白在检查两天前肩头受的伤，用一块布包扎上。蔡广得过来坐下。叶德全："你怎么会在这儿？"蔡广得："不是我负责路上安全吗？你俩分工的，我能在哪儿？"叶德全惊吓不小，没力气和蔡广得拌嘴，没接蔡广得的话。蔡广得告诉他们，在路上遇到3条船，挤得都快沉了，一色的年轻人，没穿军装，可头剃得整齐。喊他们，他们没理，脸绷着，像欠了他家二斗银子似的，觉得不对劲，就跟过来了。岳小白："你要不在后面打一下，我们就全完了。"蔡广得："就剩下你们3个？"岳小白看叶德全一眼。叶德全一脸苦相，是害怕，还有极度愧疚，牙齿得得响。岳小白："嗯，就剩我们3个。"

蔡广得："有本事，真有本事，出来第二天就把队伍给丢没了。我就说过，谁跟你谁委屈，这回不是丢一个人，是丢了10个。"岳小白："你能不能不说风凉话，让人喘口气？"

蔡广得："行，我不说，你们自己反省，看能反省出什么。"蔡广得起身离开，突然发作地返身回来暴跳如雷："我他妈凭什么就不能说？凭什么就该剩下你们3个？10个好好的兄弟，昨晚还在一个锅里舀汤，廖少武还给了我半个馍，朱二睡在那儿打鼾我都能听见，今天就把人家给丢了！他们在哪儿，你们他妈的凭什么剩下，剩在这儿喘气？有资格喘吗！"岳小白知道蔡广得发火有道理，低着头不回话。叶德全痛苦地闭上眼睛，不敢见光。丁荷紧张地看着船舱外。杨桃一把将丁荷搂过来，搂得紧紧的，全身发着抖，眼眶里噙着泪花。

黄昏时分，夕阳将河水映照得金红一片。他们还坐在船头，头低着，像打坐。船家端来一锅鱼汤，说姑娘已经喝过了，你们也喝点吧，压压惊。丁荷端来一些煮番薯。众人活过来，腾地方。船家悄悄拉了拉蔡广得，对他说，前面就是日本人的地盘了，不能再往前走，一会儿吃完了你们就上路吧。蔡广得要船家一块吃，船家只说去顺船，离开。

岳小白真饿了，拼命往嘴里填番薯，问："你亲戚？"蔡广得："不认识。今天早上认识的，就当是我叔吧。"岳小白狐疑地看蔡广得，问："我的鞋在哪儿？"

蔡广得："湿了，后面晾着。怎么，想要回去？我要不回头救你，你人都没了，要鞋干什么？"

岳小白："你的意思，倒是我没觉悟了？"蔡广得："你自己觉得呢？看看他，他也光着脚，他找我要鞋了吗？有脸要吗？"

岳小白回头看叶德全。叶德全呆坐在那儿，赤着脚，像一只掐架掐蔫了的公鸡。

船家在船上挥手。5个人也挥手，很快消失在晚霞中。

第三章

遭计谋算　遣而不散

深圳墟日军情报指挥部，通信室里灯火通明，报务员和机要员在紧张地忙碌。

小林正雄向浅丘经道汇报，对"蚂蚁"小组进行了清除术，干掉10个，就剩下那5个核心组员。并请示接下来怎么办。浅丘经道首肯，要求跟上那5个人，看他们下一个接头地点在什么地方。并加紧时间对另两个小组进行清除和跟踪。朴渚芳问，我们就这么一直跟上去？这得跟到什么时候？

浅丘经道将一份电报丢在两个部下面前的桌上说，大本营对海军第2舰队、第5舰队下达了解散令，富永恭次将军的第4航空军也被解散了。昨天，第2航空舰队也被解散了。我们不会再有新的"武藏号"和"大和号"，没有那么多的兵力支援了。战争进行到现在，和同盟国军比，我们在兵力上不公平，在制空权和制海权上不公平，可在一样事情上，我们是公平的。感谢大本营和南方军的帮助，我们和对手共同拥有的时间表计算出来了。25天之后，华南一带将进入热带暴风季节。

小林正雄这才明白，同盟国军必须在25天内完成他们的（沙马计划）。而日军也必须在25天内获取他们的登陆情报。

月色很好，将一片坟地映照得如同白昼。叶德全呆呆地靠坐在一座坟碑上。岳小白重新包扎肩头的伤口。杨桃坐在不远处，紧张地看四周的坟茔。四周不断传来令人恐怖的声音，她非常害怕，一声尖锐的叫声吓得她跳起来，一头将岳小白撞倒。岳小白："别紧张，是夜猫子。"蔡广得走来，放下两只木瓜。说："夜里不好找，凑合着啃两口木瓜吧。"岳小白："得向联合指挥部汇报情况。"

蔡广得："拿什么汇报，电台不是让你们弄丢了吗？"

岳小白："我们遇到的不是野战部队，是鬼子的特工队。"

蔡广得："你怎么知道是鬼子不是伪军？"

岳小白："一色的79式狙击步枪，战术动作非常有条理，只能是鬼子。事情不正常，一定出了什么问题，可又说不好出了什么问题。"蔡广得："那你还说。"岳小白："当然得说。我们出来才第二天，走的路也不是常规交通线，没人知道我们的情况，鬼子怎么就知道在哪儿等着我们？还有，鬼子是一色的狙击手，一枪一个，没有空枪。这不是伏击，是狩猎。"

蔡广得："你到底想说什么？"岳小白："鬼子的目标就是我们，他们知道我们的行踪，而且特意安排了狙击手，我们遭到了有目的的伏击。"

蔡广得嘲讽："你是说，我们的领导告诉他们的？"

岳小白："我没这么说。照说不可能，可事实就是这样。"

蔡广得："你把鬼子也说得太玄乎了。要这样，我怀疑是你向鬼子通风报信。我们4个都是东纵的，有意见，那是内部矛盾，就你是外人，谁也不知道你的来历，要有问题，你的问题最大。"

岳小白冷笑了一声说："一边去，我就不爱跟你说话，和你说话没道理可讲。"

杨桃："你们俩就别掐了，说说该怎么办吧。"

蔡广得朝叶德全看了一眼。说："问你呐，你是组长，得拿主意，靠在那儿乘凉也乘半天了。"叶德全不说话。蔡广得："我知道你在想什么，刚出来就把小组给丢了，交代不了。有用吗？人丢光了，任务是没法完成了，你就想想回去以后怎么向组织上交代吧。"

叶德全动了动，像是活过来，说："你们放心，我是组长，出了事我会负责，不用你们承担。"

岳小白："说下面怎么办吧。"

杨桃："还能怎么办，回罗浮山，组织上该怎么处理就怎么处理。"

蔡广得："要回去你们回去，我不回去。我和渣子，我们自己走。"

叶德全："不行，出来是一块儿出来的，回去也得一块儿回去。"

蔡广得："能一块吗？那10个怎么办，回头找尸首把他们背回去？"

丁荷匆匆溜过来报告，公路那边有车灯，一长溜。众人闻听草木皆兵，一下子跳起来。蔡广得："赶紧说，怎么办吧。"

叶德全："先去完村交通站，找我们的联络员，和组织上接上头，然后再说以后的事。"

岳小白："不能一块走，得分头走，减少再丢人的机会。"叶德全："行，那就分头走。"

杨桃为难，分头行动，她不知道交通站在哪儿。叶德全要蔡广得带着杨桃，其他人自己走。蔡广得只愿意带丁荷。叶德全："你有经验，你带杨桃，遇到事也能对付，你带我放心。"

蔡广得："竹叶青呢，怎么不叫他带。"岳小白："你都说了，我是外人，你们的人不能交给我。"

杨桃："我不在乎，外人我也跟着你。"

岳小白："你俩动动脑子好不好，你当他是真关心你？他是要把这小子带回罗浮山，怕他半路上带着渣子跑了，拆开一对，再搭上一个，他往哪儿跑？不信你们试试，我带你走，你看他干不干。"叶德全不说话，回避众人的目光。蔡广得气得咬牙。说："我真佩服你，都这样了，还算计。没事，我还真不急着走，抗日都抗八年了，我陪他日本人打下去，看谁耗得过谁。我跟你回罗浮山。"

叶德全："都别说了，按我刚才说的，分头行动。"

岳小白："补充一句，明天中午前，如果我们当中有一个人没到，其他的人立刻离开沙井镇，别让鬼子一块拿了。"5个人分成4拨，很快消失在夜幕中。

清晨，杨桃睡在一棵大树下。她睡相怪诞，人坐在地上，怀里搂抱着树，脸枕在树干上，睡得香甜。蔡广得在一旁拍杨桃，叫她别睡了。杨桃迷迷糊糊："烦不烦，人家困……"蔡广得急了："姑奶奶，还有20里路，中午之前不赶到沙井镇，他们要溜了，我也走人，我可不会带着你。"杨桃不理蔡广得，树干抱得更紧，香甜地吧嗒着嘴，睡得踏实。蔡广得焦急地朝前面的小路望去，无处发泄，又揍树叶又踢树，把脚踢疼了，扳着腿直跳，朝睡梦中的杨桃瞪眼，行囊一背撇下杨桃走掉。

杨桃还在睡。下雨了，雨点落在她脸上。她抹抹脸上的雨水醒来，爬起来四下看，四周一点雨星子也没有，正纳闷儿，蔡广得坏笑着从大树上跳下来。倒掉鞋里剩下的水，弯腰穿鞋。杨桃这才发现蔡广得是用鞋装的"雨水"浇她，大怒地朝他扑过去。蔡广得抱着脑袋绕着树林躲避杨桃的追打。并声明，鞋昨天在河里洗过了，一点也不臭。杨桃："不臭你咬一口！我打死你！"

蔡广得突然停下，返身搂住杨桃，不由分说摁倒在灌木丛中。杨桃挣扎。蔡广得死死捂住她的嘴。一串马蹄声传来。很快，一队伪军骑着马从小路上驶过。马队走远，蔡广得松了一口气，松开杨桃。杨桃扬手给了蔡广得一耳光。蔡广得被打得蒙头蒙脑，责问打我干什么，杨桃："谁让你往草丛里摁我？你想干什么？"蔡广得："那是伪军的人，要让他们抓去，你就别想活……"

杨桃狠狠地踢蔡广得一脚，说："谁叫你拿臭鞋浇我？"蔡广得："我不浇你你能醒吗？我都叫你老半天了。"杨桃再踢一脚，不理蔡广得，离开路边树林上了路，扬头走了。蔡广得站在那儿发蒙。杨桃回头，蛾眉倒竖说："走还是不走？中午赶不到沙井镇，你负责！"蔡广得哭笑不得。

两个人走在路上，走不到一块，蔡广得在前，杨桃在后，嘴上没停。蔡广得："你能不能走快点？都什么时候了？"杨桃："我爱慢，要你管。你有本事不带呀。"

蔡广得："你有本事自己走，别缠着我。"

杨桃："我缠你什么啦？你当我愿意让你带？一身汗臭，盐末都盖满耳朵眼儿了，熏死人了……"蔡广得说不过杨桃，扬言谁也别管谁，大步走到前面去了。杨桃见蔡广得真走了，担心地回头看。说："伪军来了怎么办？"蔡广得还不停下。杨桃："他们会杀了我！"

蔡广得："放心，他们不会杀你，他们会往地上摁你。你让他们摁，摁完你踢他们。"蔡广得头也不回，很快消失在拐弯处。杨桃吓住了，向后看看，连忙往前跑，摔一跤。

岳小白迈进沙井镇南海客栈，四下打量。楼上一个妙龄女子倚在栏杆上，嗑着瓜子看楼下，正与岳小白的目光对上。店小二迎上来问，老板，住店还是吃饭？岳小白："卖河沙的周老板还在这儿吗？"

店小二："周老板去顺德送货了，没说什么时候回来。请问老板您是？"岳小白："我是周老板的朋友，他替我帮点小忙。"店小二一听是大老板来了，连忙恭迎。岳小白也不客气，吩咐开三间房，准备一桌酒菜，再弄一身干净衣裳，账给记着。

店小二："敢问大老板贵姓？"岳小白："免贵，单姓竹。"

店小二："竹老板走急了吧，换洗衣裳没带。小的立刻去办，账记在周老板账上。您是周老板的老板，周老板想贴还不一定能贴上，小的懂，这就去给您张罗。"店小二离去。岳小白抬头。那个妙龄女子还在那儿看着他。

岳小白进到客房，把匕首扎在门后，听见动静，连忙过去装作脱衣裳。店小二端着木盆进来说，竹老板，洗洗尘土，衣裳已经让人去张罗了，饭一会儿就好。岳小白走到门口，问天井那边住着的那个姑娘是干吗的，店小二："是姚姑娘，昨晚来的，大概是宝安城那边的姑娘，城里做不动了，过咱们这边来打点草食。竹老板想找乐子？"岳小白："看出来了？"

店小二："不是小的拆生意，外面来的流莺不体面，竹老板真想找人伺候，小的去后街给您寻个体面的。"岳小白："你办事倒是有眼水。"

店小二："承竹老板夸奖。竹老板风流倜傥，一表人才，还能不好点侍候？"店小二离开。

岳小白脱下衣裳检查肩头的伤口。听见身后的门吱呀推开，连忙套上衣裳回头。姚姑娘嘴里嚼着槟榔，笑吟吟靠在门口。岳小白慢慢系上纽扣，凑近姚姑娘。姚姑娘用眼神挑逗岳小白。岳小白伸手搂住姚姑娘，顺手关上门，两人情投意合来到床边，倒在床上。岳小白脱姚姑娘的衣裳。姚姑娘不阻止，笑吟吟地说："岳老板，您就这么急，不打算给本姑娘赎了身再吃花酒？"岳小白像被蛇咬了一口，推开姚姑娘，从床边跳起来，扑到门后拔出匕首，厉色道："你是谁，怎么知道我姓岳？"

姚姑娘："慌什么，本姑娘这身衣裳纽扣多，解起来难了点儿，可要是遇到相好的熟客，也不是没有办法解，用不着动刀子。"岳小白扑向姚姑娘，轻松地将她钳住，匕首横在她颈下。姚姑娘："今天天晴，蚂蚁都在窝里。"岳小白的手停住。

叶德全来到南海客栈，四下观察，没有发现异常，朝一旁看了一眼，走进客栈。一旁，丁荷趁摊主不注意，快速顺了一只煎饼揣入怀里，进了客栈。

集市主街上人来人往。杨桃从人群中挤过，东张西望，对什么都好奇。蔡广得警惕地观察四周，不断拉杨桃快走。杨桃已经到镇上了，还没到中午，反倒不急了。蔡广得："你这儿张头探脑的，也不怕让人发现。"杨桃："怕什么，我脑门上又没贴标签，谁知道我是谁？"她拉住一位大婶，笑眯眯地问："大婶，你知道我是谁吗？"大婶摇头。杨桃再拉住一个小姑娘问："小妹妹，你要说出我是谁，我给你买糖吃。"小姑娘："你是嫦娥。"杨桃开心地笑，一摸身上没钱，扭头看见旁边有个转糖的，过去了，嘴里甜甜的："大哥，糖好吃吗？"转糖人："麦芽糖，北方运来的麦子，可甜了。"转糖人拿起一个糖画递给杨桃，叫她尝尝。杨桃回头把糖画塞到小姑娘手里。

蔡广得把杨桃拉出人群，责备："你能不能省点事，不招摇？"杨桃："你能不能不管我，让我招摇？"蔡广得一看管不了。告诉杨桃，南海客栈，背街上，自己问去。蔡广得扭头走了。杨桃玩得兴致勃勃，去一个摊上挑绣花鞋。两个阔少打扮的青年从人群中钻出来，跟上了杨桃。

蔡广得没走远，不放心地躲在主街旁一个巷子角落里，不断朝主街看，只见杨桃躲避着两个阔少。两个阔少先要求杨桃跟他们去玩玩。杨桃不允。阔少甲："今天天晴，蚂蚁都在窝里。"

杨桃："天晴管我什么事，走开！"阔少甲："这儿说话不方便，去我家，我请小姐喝茶。"蔡广得见两个阔少开始对杨桃动手动脚，想冲出去，想想又站住，窃笑着回到原地，在摆鱼干的摊子前蹲下闲聊。没聊几句，蔡广得心不在此，回头往集市上看，那里已经没有了杨桃和两个阔少。蔡广得拔腿跑出巷子。

两名阔少拉着杨桃往一家阔宅里走。杨桃拼命反抗，又踢又咬。过路人见状，连忙四散避开。看着人要拉进大门了，一个阔少腰上挨了一棍，哎呀一声跌倒，另一个阔少腿上挨了一棍，哎呀一声松开杨桃。蔡广得手上握着一根木柴，劈柴似的几下把两个阔少打得爬不起来，丢下木柴拉住发呆的杨桃就跑。杨桃反应过来，不解气，回头又狠狠踢了两个阔少几脚，被蔡广得拉着跑掉。两个阔少鼻青脸肿，哎哟哎哟地从地上爬起来，互相埋怨。两人一商量，赶忙汇报去了。

蔡广得和杨桃一路争吵。杨桃埋怨蔡广得来这么晚，故意把她丢下让人欺负。蔡广得声称自己又不认识那两人。杨桃："谁知道你们认不认识。说不定你们早就约好了，他俩就是你叫来的。让人家欺负我，你再假装出来英雄救美，凡属公鸡的都这么干，以为谁不知道。"

蔡广得："你，我要早知道这样，我就躲在巷子里不出去了，让他俩欺负个够。"杨桃一听，说："你自己说的，让他俩欺负个够，就是你指使的！"蔡广得有理辩不清。

杨桃一眼看见南海客栈的招牌，回头冲蔡广得扮怪脸，说："我们到了，我太高兴了，我再不需要你了。知道吗，你很烦。"蔡广得气得没办法："我？我这一路带着你，我还烦？"

杨桃："对，你很烦，你是天下最最最最让人讨厌的累赘。知道最是什么意思？知道就好，以后别跟着我。"蔡广得肺都气炸了："天下，天下还有公理吗？还成我跟着你了？我还是累赘？我冤枉不冤枉？你当你是谁？你当我不知道，到处祸害人，祸害到上面去了，你当你是香饽饽？"杨桃盯着蔡广得。蔡广得立即掩住嘴巴，说："一不留神，说漏了嘴。"杨桃："我祸害谁了？"

蔡广得："你，你祸害谁了自己清楚。"杨桃："我不清楚，你告诉我。"

蔡广得支支吾吾，不愿说。杨桃笑眯眯地说："咱俩都一路了，你看你多照顾我，比亲哥对我还亲，要有什么瞒着我，就是你的不是了，对吧？说。"蔡广得："那我真说了啊。我听人说，是听人说的啊。我听人说，你把两个……"蔡广得朝两边看了看，凑近杨桃的耳朵嘀咕了几句。杨桃听完，笑一下，抬手一掌推去。蔡广得猝不及防，跌进街边人家的消防水缸里，狼狈不堪地在水缸里挣扎。

蔡广得、叶德全、岳小白、杨桃，还有姚姑娘，5个人围桌而坐。岳小白略显尴尬，不看姚姑娘。蔡广得换下了湿衣裳，头发还是湿的。姚姑娘得知小组在路上遭到了敌人伏击，有些惊讶地问："就是说，就只剩下你们5个了？"叶德全一脸痛苦："嗯。"姚姑娘沉默片刻，要求大家将武器交出来。几个人不明白，不肯交。姚姑娘：我没有时间，后面的话不再说第二遍。交出你们的武器。杨桃没有武器，其他3人照吩咐，把手枪掏出来放在桌上。姚姑娘令人眼花缭乱地将3支枪的撞针卸掉揣进兜里，枪放回桌上。几个人看这副架势，有些不安。岳小白喝茶，茶饮尽，装作失手将茶盅掉在地上。茶盅碎掉，吓众人一跳。蔡广得不满意地说，别吓破了胆好不好，她是自己人。岳小白不解释，捡茶盅时偷偷将一片碎片握在手中。

姚姑娘危言正色宣布，奉组织的命令通知你们，你们五个人当中，有一个鬼子的人。几个人同时跳起来。蔡广得撞上叶德全，叶德全再撞上杨桃。岳小白伸手去抓桌上的枪，想起没用，放弃了。叶德全还算镇定，问是谁？姚姑娘说，现在还不知道，但他就在你们五个当中，是你们五个人当中的一个。四个人下意识地躲开对方。屋子小，别无避处，于是各自退到一个安全的角落里去，相互警觉。姚姑娘摸出一把小巧的勃朗宁手枪放在桌边，笑着说，别这么紧张。敌人就一个，你们三对一，都空着手，那个鬼子的人不可能把剩下的3个人当糖葫芦串起来。坐下。3个人都警惕地站在原地不动。还是叶德全带头，众人回到桌边坐下。蔡广得刚要坐，被杨桃紧张地推到岳小白那边。叶德全催姚姑娘快说，总部怎么指示，我们该怎么抓到这个鬼子的人？

姚姑娘："我刚才说了，组织上不知道他是谁。总部指示你们，立即放弃原计划，'蚂蚁'行动小组就地解散。"众人一下子跳起来。姚姑娘："总部并不知道你们遭到了伏击，原来的命令是让你们五个人分散，10个战士我带回去，看来我做不到了。现在，你们五个人立刻分开，自己选择去路，组织上没有联络你们之前，不得返回根据地，也不许以任何方式与东纵的关系取得联络，违者严惩不贷。"五个人一时炸了。

蔡广得："什么意思，这不是把我们丢掉了吗？"

岳小白："C.罗上尉知道这个决定吗？"

杨桃："不回根据地，我们能去哪儿？"

蔡广得："那我们算什么，开除，逃兵，叛徒？总得给个说法吧。"

杨桃："不让回根据地，又不让联系别的组织关系，接下去我们怎么办？"

姚姑娘见众人心绪不平，叫大家坐下。然后说，你们真是白在根据地待了，也不想想，组织上让你们分开是为什么。岳小白说，那个鬼子的人在我们五个人当中，我们不知道他是谁，抓不住他，五个人分开，他就没有作用了，我们就安全了。姚姑娘说，而且，他也无法回到根据地去，再起任何破坏作用。叶德全说，他不会冒那个险，就算回去也会受到严格的审讯，在身份确认之前，组织不会重用他，即使身份确认了，也会监视使用。姚姑娘："照说发生了这种情况，你们会被限制起来，经过层层审讯，如果审讯没有结果，你们就会被长期监视，直到结果出现。所以，看似组织上让你们五个人分开行动，自己选择去路，好像委屈了你们，其实组织上是用心良苦，在保护你们。"屋里一片沉寂，大家都不说话了，像死过去似的。

丁荷在客栈对面的杂货铺旁警觉地放风。不远处，那两个纠缠过杨桃的阔少坐在一家铺子里，丁荷警惕。姚姑娘从客栈里出来。丁荷跳过一串担子跑过去，迎上姚姑娘。姚姑娘看了一会儿还没长大的丁荷，问："有亲人吗？"丁荷："有，菜花头。"姚姑娘疼怜地摸了摸丁荷的头，说："从今往后，学会过没有他的日子。"丁荷笑嘻嘻地说："不可能。他是我哥，比亲哥还亲，我俩永远不会分开。"姚姑娘不想再说下去，要走了。丁荷："他们在茶馆里等你。"姚姑娘吃惊于丁荷的机敏。丁荷悄悄塞给她一支漂亮的竹簪子，说："你是家里来的人，对我们关心，我们要谢谢你。我代表他们4个，一块送你的。"姚姑娘突然一下子觉得受不了，什么也说不出，点点头快速离开。两个阔少从茶馆里出来，迎向姚姑娘。丁荷笑眯眯地看着家人远去。

4个人在客房里，离得远远的，你看我，我看你，目光狐疑。杨桃打了个寒战，醒来，问："她不是在骗我们的吧？也许，是组织上和我们开玩笑？"

叶德全："姚同志是保密组的人，我过去见过她，暗号也对。组织上不会开这种玩笑。"

杨桃："那你们告诉我，你们谁是那个坏蛋？"3个男人一起把目光转向杨桃。叶德全："别忘了，组织上说，那个鬼子的人在我们5个人当中，你也脱不了干系。"岳小白："所以，别急着把自己摘掉。"

蔡广得："还有一种情况，我们是这次行动计划中的诱饵，组织上拿我们来开路，掩护另外两个小组的人。"叶德全："组织上不会拿10条人命来开玩笑。"

岳小白："昨天中埋伏的时候我就觉得不对劲，狙击手，枪全是单发单发地响，10个武装护送，一枪一个，没有空枪，就剩下我们5个。一定有内鬼，而且内鬼就在我们5个人当中。"

蔡广得："对呀，你怎么没挨枪？"岳小白："我也说不清楚。我在坡上用帽子试过，他们没冲我开枪。在茶铺前掩护老叶和杨桃逃进林子的时候，我身边的廖少武和李望生一枪倒一个，可我一枪也没中，连我拿牛二的尸首挡子弹，他身上也没挨一枪。这不是狙击手的枪法，他要灭我早灭了。"

蔡广得带倒桌椅板凳扑向岳小白，将他撞倒在地，按住他，叫道："快，帮我把他捆起来！他就是那个内鬼！"岳小白反抗，一旁叶德全和杨桃冲过来，3个人七手八脚按住岳小白。叶德全操过一把靠椅用椅子腿掐住岳小白的脖子。蔡广得一屁股坐上靠椅，抬脚踩住岳小白的脑袋。岳小白的脖子被靠椅腿卡住，动弹不得。岳小白："你们动动脑子！我们活着的5个人，谁中枪了？"杨桃连忙检查自己的身上。岳小白："菜花头，我们出林子的时候你也在，小山子中弹的时候你也看到了，是在跳下绝壁的时候中的枪，你在那儿又蹦又跳，一个人打了一仗，你和渣子，你俩连皮都没破一块，你俩谁中枪了？"众人想想也对，不甘地放开岳小白。

岳小白却急红了眼，不起来，说，必须找出那个内鬼，不然大家都好不了。你们的上级不知道他是谁，那就让我们自己来找出他。他要求从自己开始审，挖出内鬼。

叶德全："他说得对，得审，不然谁都说不清楚。"

岳小白："我不说你们知道的，只说你们不知道的。"

蔡广得："招吧，招好了给你个痛快的死法。"

岳小白咬牙切齿，捶着地发誓："我没少杀鬼子，我是掉了脑袋光着身子也要砍鬼子的头，我不是那个内鬼！"

蔡广得："我也砍过鬼子的头，砍过不少，我脑袋没掉那是运气好，你不是内鬼，难道我就是了？"

杨桃："我也不是内鬼。我没砍过鬼子脑袋，可我干吗要当鬼子的人？"

叶德全："这么说没用，苦肉计的事人干了几千年，杀几个自己人证明不了什么。你们军统审人，皮鞭大棒外加往鼻子眼里灌辣椒水，打个半死，再上老虎凳、钉竹签子，不招再换别的刑具伺候。"

蔡广得："他蹲过你们的大牢，这他没说谎话。好办法，凳子这儿有，大棒我们改成用脚踢，小蜜蜂，你去找竹签子，我去后面要点辣椒面。"

叶德全："别闹了。他会承认自己是内鬼？他们军统审咱们的人审出几个？他们就没审出我来，他就不能像我一样，咬死了不说？"

岳小白知道叶德全说得有道理，沮丧起来了。4个人发着呆，毫无章法。

夜已深了，荔枝林下吊着一只马灯，三号和欧戴义在研究派出小组的情况，C.罗心事重重地在一边散着步。欧戴义试探性地说，以目前的情况，"蚂蚁"小组中有日军间谍，已经下令放弃任务了，"候鸟"小组中没有专业情报人员，不能指望，只有"凉帽"小组有甘兹上尉和他的两名侦察军士，有情报作战能力，一切都靠他们了。可是，香港和东莞方面的侦察任务怎么办？三号告诉他东纵正在从四、七两个支队挑选人，尽快组成新的行动小组。任务的确棘手，但东纵能做到。

吴为手握一份电文焦急地跑来，说："首长，'蚂蚁'行动小组遭到埋伏，'候鸟'行动小组被鬼子盯上了！"三号："有多大伤亡？"吴为："'蚂蚁'小组情况很严重，10名武装护送人员全部牺牲，一个都没剩下。'候鸟'和鬼子干了一仗，阵亡两个，一个失踪，现在已经摆脱了鬼子的跟踪，转移到隐蔽地点等待命令了。"三号和两名美军军官大惊。

三号："什么时候发生的事？"吴为："昨天上午。"

三号："事情发生的时候，终止行动任务的命令送到他们手上了吗？"

吴为："联络员6个小时之前见到了剩下的5个人，传达了小组解散的命令。首长，'蚂蚁'遭到了伏击，足以证明鬼子已经打入了这个小组，并且开始实施破坏行动了！"

三号："我们让'蚂蚁'小组5个核心成员自行解散，是为了保护其他4位同志的安全。现在，鬼子已经上手了，剩下的那5个人中不管谁是鬼子的人，另外4个人都有危险，不能不管他们，不能把他们丢掉。立即改变计划，把剩下的5个人收回来！"

吴为："可是，我们已经通知他们终止任务，分头解散了。"三号："再送命令，让他们回来！"

吴为："首长，叶德全是红军时期的老革命，对组织的命令会毫不含糊地执行；岳小白是特工，会严格执行上级的命令。这种情况下，他们1分钟也不会停留，会立刻分头离开，消失在人群中！"

三号："那就去找，派人去找！去他们家里，找他们的亲人，去他们可能去的任何地方，一个也别漏，全都给我找到！"

小组里出了内鬼，谁都不敢睡。蔡广得两天没睡，困得不行，和衣靠坐在床上，撑不住，头一顿一顿地打着盹。和他一个房间的岳小白不在屋里。门被急促地敲响了。蔡广得一下子醒来，抓住身边的枪跳起来。岳小白不知从哪里冒出来，打开门将门外的人捂住嘴拖进来，匕首架在他脖颈上。等看清是丁荷，两人都松了一口气。岳小白收了匕首。丁荷："组长不见了！我夜里起来喝水，发现他不在床上，我四处找，没找着他！"

杨桃警惕地蜷缩在窗前，透过窗户缝儿，观察着外面。听到敲门声，她下意识地跳起来，抓起烛台紧张地盯着门。4个人在蔡广得和岳小白的房间里紧张地凑在灯下商量。岳小白："没有什么好分析的，内鬼就是他！"蔡广得："内鬼的事刚冒出来他就不见了，明摆着心虚，我早该想到，这只害人不浅的老鳗鱼，这就合理了。别耽搁时间，说怎么办吧。"

丁荷提出跑。蔡广得说他是去带鬼子来抓咱们的，不能坐等。蔡广得带头，杨桃、丁荷随后，3个人冲向门口，都想抢先，挤成一团，谁也出不去。岳小白将大家叫住，问："你们得分头跑吧？往哪儿跑？"杨桃要回罗浮山。蔡广得要带丁荷去找独九旅去。

岳小白："你回罗浮山怎么说？老鳗鱼是内鬼？上面问，证据呢，怎么证明他是内鬼而你不是？也许正是你这个内鬼杀了他，再栽赃于他。你俩也一样，独九旅也会追查你们的来历，如果来历说不清，你俩也可能是内鬼。"杨桃："你是说，我们这样一跑，反而说不清了？"

蔡广得："你是说，独九旅会把我们当成鬼子的人？"岳小白："对。不管去哪儿，你们都得证明自己是清白的，在找出内鬼之前，谁也不能证明自己就不是内鬼，谁也脱不了干系。"丁荷："那怎么办，一会儿老鳗鱼就带鬼子来抓我们了！"

岳小白："如果他带了鬼子来，我们4个人就能证明他是内鬼；4个人同时看见，不会有误。"

杨桃："那，我们就坐在这里等他带鬼子来？"岳小白想了想说："跟我来。"

漆黑的夜，4个人隐藏在一条巷子口的柴火堆后面，远远地监视主街上的南海客栈。杨桃胆小地、一点一点往后退，想溜走，被岳小白一把抓住。岳小白说，谁也不许走开。蔡广得："放开她，她要是内鬼，能当着我们的面跑？我怎么觉得老鳗鱼一跳出来，你倒成事了？"

岳小白："你要想成事，就拿出成事的样子来。"蔡广得："那你说，我们怎么相信你？"

岳小白："你只能相信，至少现在我还在这儿，没跑。"

蔡广得："不行，你不放心小蜜蜂，我还不放心你呢，一会儿你在我后面使招。我去那边待着。"岳小白坚持大家得在一块儿。蔡广得心存顾虑，不愿和岳小白待在一起，要带丁荷走。杨桃也想跟他们去。蔡广得："你不是希望他保护你吗？机会来了，你就待在这儿吧。"

蔡广得带着丁荷消失掉。岳小白看杨桃。杨桃害怕得往后缩。岳小白劝她别害怕，不说还好，越说杨桃越害怕，往后缩。岳小白想拉杨桃。杨桃抓起一根柴火棒高高举起来，威胁地看岳小白。岳小白只好放弃了。蔡广得和丁荷很快出现在对面的巷子里，双方都能看见。岳小白松了一口气，抹一把冷汗，收了家伙。

天蒙蒙亮，街头已经有人在卸下铺门，更多的送菜人从主街上经过。

蔡广得和丁荷躲在消防水缸后监视着主街上的南海客栈和对面巷子的柴堆。他们只能看到岳小白，看不见杨桃。丁荷不断打着哈欠，抱怨不知要守到何时。蔡广得说，老鳗鱼心眼儿多，竹叶青是鬼大胆，咱们得走。刚想开溜，突然发现，南海客栈门口有几个黑影在晃动。同时，岳小白也发现了，他大惊，急忙捂住杨桃的嘴将她叫醒，示意她不要出声。然后抽出枪猫腰不见了。

几个黑影摸进南海客栈。少顷，岳小白警觉地跟进客栈。少顷，蔡广得摸过来，没走正门，顺着门脸上了房。回廊中和楼梯上各站了3名持枪的21师士兵，一名下级军官带着，如临大敌地将枪口对准楼上。伙计出现在那里，困惑地冲楼下摇了摇头说，他们不见了。军官扬言店小二谎报军情，要毙了他。店小二忙解释，说昨天下午一个女的到客栈里来找过他们，他们都带着家伙，明明认识，却故意装作不认识，关着门说了半天话，那女人走了以后，他们神色慌张，自己见情况不对，才去报告长官的。军官问，他们人在哪儿？岳小白闪身出来说："在这儿。"连续开枪，一匣子弹打倒了3个。剩下的4个伪军开枪还击。岳小白躲到回廊的柱子后面换弹匣。店小二一抱脑袋跑掉。

蔡广得出现在楼上，居高临下打倒3个伪军。岳小白跃身出去，扑倒伪军军官，脖子一拧，伪军官没气了。没等他们喘口气，门外冲进3名伪军，向岳小白和蔡广得开枪。但他们很快也被打倒在门口。躲藏在桌下的岳小白和趴在楼梯上的蔡广得对视一眼，正纳闷。晨光中，叶德全出现在门口，说："别趴着了，快走！"

5个人重新聚集在一起，在镇边一座马厩里。叶德全坦言相告，他哪儿也没去，就在客栈屋顶上猫着，暗中观察他们。很长时间后，岳小白问，为什么那么做？叶德全："甄别。在我突然消失之后，看看你们每个人的表现，从中发现破绽，判断敌我。"蔡广得："判断出来了？"

叶德全："现在我以组长的名义宣布，第一轮甄别结束，你们4个人都没有现出破绽。"

马厩里一片沉寂。突然间，蔡广得和岳小白同时扑上去将叶德全按倒，两个人连踢带打，把叶德全打得哎哟哟直叫。马厩里的马惊了，又踢又叫。杨桃和丁荷上前去拉两个人，身上挨了两拳。岳小白一肩膀把丁荷扛到草料堆里躺着，再一把掀开蔡广得，操起地上的铡草刀狠狠砍向叶德全。杨桃尖叫一声扑过去，用身子挡住岳小白的胳膊，人被巨大的惯性打倒在地，立刻晕了过去。岳小白呆住，连忙丢掉铡草刀过去从丁荷手中抢下杨桃，人没抢到手，蔡广得一肩膀扛开他，抱过杨桃，又是掐人中又是拍脸。杨桃被两巴掌拍醒，手非常快，啪一个嘴巴子把蔡广得扇到一边坐着。蔡广得："你扇我干什么，是他！"

众人再度回归理性，回头看叶德全。叶德全自始至终都很冷静，没有还手，此时才说，我知道，你们想杀了我，也知道你们会说，我甄别你们，谁来甄别我。现在我就来告诉你们。我和得仔，我俩在东纵的时间不短，岳小白是国军特工，我们3个人都知道东纵和国军的一些事，如果落入鬼子手里，没人能保证逃得过酷刑，我们封不住自己的嘴，最终都得招。岳小白哼了一声。叶德全不予理会，又说，总部做出决定，小组解散，让我们终止行动分头消失，这已经说明总部有心保人，却无力回天了。

岳小白："你当他们真没脑子？保下我们当中4个没有问题的，等于同时也保下了那个内鬼，他们会这么做吗？"

叶德全："我们出来前，已经接受过严格审查了，再回去，什么证据也没有，还按原来的程序审一遍，内鬼审不出来，可那个时候，我们就什么也说不清了。"

蔡广得："绕那么大的圈，你到底想说什么？"

岳小白："他的意思，我们执行总部命令，行动小组就地解散。"

叶德全："对。内鬼必须在人群中才能起作用，我们一散，他就失去了作用。"

岳小白："你是说，你现在宣布执行小组解散的命令，就证明了你不是那个内鬼？"

叶德全苦笑说："道理很简单，如果我是内鬼，我会千方百计拖住你们，不会让小组解散。"

蔡广得："小组解散以后呢，你去哪儿？"

叶德全："我会回罗浮山，去说明情况，向上级请罪，就算组织上处置我，我也认了。"杨桃一下子感动了，表示跟他回去。叶德全："不，你和我不一样。我参加革命18年，已经经历过一次这样的事情，这次带了14位同志出来，让我丢了10位，有愧于上级和同志们，已经说不清楚了，不能再把剩下的一点……一点念头给丢没了。你要回去，我没法替你作证，组织上不会放你走，你这一辈子就毁了。"

岳小白："他说得对，你不能回去，我们也不能回去，内鬼不现身，回去谁也说不清楚。"

蔡广得："他是组长，让他当替死鬼去吧。"杨桃一时惶然，问："我们真的就这么分手？"谁也没有回答她的话。马厩里的马儿咴咴地叫了一声。

清晨，镇外河边。"蚂蚁"行动小组的5个人在这里告别。叶德全默默地看着其他4个人，勉强笑了笑，说："同志一场，任务刚开始就结束了，是我指挥不当，我承担责任。我能说的是，大家都别回去，去你们能去的地方，隐姓埋名。相信上级的，就等待上级的召唤和甄别，不相信的，就彻底消失掉，再也别出现，凭良心活着。要是被抓住了……你们就自我了断吧。"众人沉重地缄默着，没人回应。叶德全狠狠心，一扭头走掉了。

丁荷："哥，我跟你走。你说过带我去独九旅。"蔡广得："不行。说好了各走各的，分散走。你自己想办法，爱去哪儿去哪儿。"丁荷："可是……"蔡广得："少废话，滚！"丁荷眼里噙着眼，冲蔡广得喊："我恨你！"一扭头跑走了。

岳小白阴沉着脸，什么话也没说，扭头就走。杨桃："哎，你怎么也走了……"岳小白没有回头，就像没听见杨桃的叫声。

杨桃见岳小白走远，连忙回头看蔡广得。蔡广得："别看我，我不会带任何人。"背上行囊朝另一个方向大步走去。杨桃撵上去。蔡广得："我说了，谁也不带。"杨桃害怕了，跟着蔡广得说："我没有家，没有亲人，我不知道该去哪儿……"蔡广得："不关我的事。"杨桃："我没有什么地方可去，求你了，带上我，不管去哪儿都行……"蔡广得："走开！"杨桃："你说得对，我是不公平，我不该说你是天下最最最最讨厌的累赘，我不该说我很高兴，求你带着我，我不会再任性了……"蔡广得："你烦不烦？你是我见到的最烦人的人，明白了！"杨桃害怕极了，不顾一切地拉住蔡广得的胳膊。蔡广得猛地挥手将杨桃甩倒在地，头也不回扬长而去。杨桃坐在地上绝望地哭了。

黄昏时分，深圳墟商埠东门老镇。这里是日军的重要据点，隔着一条深圳河就是香港，粤港铁路从老镇外通过，镇上街巷四通八达，街头有日伪军经过。

背街的一家酱园外，风尘仆仆的蔡广得探头探脑朝酱园的院子里看，看一会儿不耐烦了，说："行了，出来吧。"丁荷探了探脑袋，翻过墙朝蔡广得走来。蔡广得亲昵地在他脑袋上抽一下，说："有眼色，脚也不慢嘛，跑到我前面了。"丁荷："哥，我已经侦察过了，酱园子里没有发现鬼子。"

蔡广得："行，到底没白带你，等到了独九旅，我让他们给你个侦察兵当当。"丁荷要求，现在就去独九旅。蔡广得把丁荷拉到拐角处，朝两头看看说："竹叶青在南海客栈里说的话你没听明白？独九旅不会要一个鬼子的人，那不是污点，是罪恶。独九旅不要，哪支打正面战场的部队会要咱们？他们倒是会给咱们两发子弹，杀了我俩。"丁荷："那，我们不能去独九旅了？"

蔡广得："当然去，不去怎么和鬼子打正面战？但得清清白白地去，没人拿我们当汉奸，明白了？"

丁荷："所以咱们才来联络点，把事情弄清楚。你朝我一瞥眼，我就知道你让我先走。我还知道你想把老鳗鱼拿住。"蔡广得左右转着看丁荷，说："带出来了。跟我你没白跟，我的优点全学会了。"

丁荷："你怀疑内鬼是他？"蔡广得："不全是，七成是他，三成是竹叶青，那小子也有鬼。可要真是老鳗鱼，我还不急着走人了，我先逮住他，替我妈把仇报了，提着一颗鬼子头去见独九旅，不把这个麻烦留给东纵。"丁荷："我帮你！"

几名做酱师傅在院子里晒豆子翻酱缸。蔡广得进来问，借问一下，清河凌乡的崔大元师傅在吗？酱师傅告诉他，崔师傅走了，回家了。叶德全从院子外面进来，两人呆住。丁荷在院子外着急地跳脚，被岳小白从后面捂住他的嘴，将他拖过去，示意丁荷不要出声。天空中传来奇怪的轰鸣声。岳小白把丁荷往怀里一带，躲到暗处。一架被击中的美军侦察机，屁股上冒着黑烟，摇摇晃晃地飞去。

山顶一座宝塔。丁荷在宝塔下玩，四处张望着望风。蔡广得在山墙边靠着，叶德全和岳小白坐在山墙边，都有些沮丧。岳小白开口说，大家想的都一样，谁都想找一份清白，可又不相信其他人。叶德全："这是表面的。你说过，我们不是一个组织，可天下的组织纪律都一样，它需要绝对的忠诚，不能欺瞒，不讲条件，组织的生命高于一切，如果让组织怀疑，你就永远也回不去了。"

岳小白："如果让组织怀疑，不管我们打了多久的鬼子，这场战争是不是我们赢，我们活着还是死去，都是民族的叛徒，国家的敌人。"

叶德全："所以，现在我不能回去，我得把事情弄清楚了再回去。"

岳小白："我也一样，出来一趟，弄个内鬼嫌疑，我没法向上司交代。可没想到，上面把我们唯一知道的联络点给掐掉了。"叶德全说，他想到了，既然任务已经撤销，小组解散，联络点留下有危险，组织上会把它立刻撤掉。蔡广得一听不高兴了，回头说："既然你想到了，为什么还要来这儿？"

叶德全："我在想，也许组织上没那么绝。"

蔡广得："组织上让咱们散，总得给个散法吧？你让我们到联络点喝碗茶，安慰两句，吃顿饭，给两个遣散费也成。连个托底的交代都不给，这样的组织，不伺候也罢。"

叶德全："我们这些人叫什么，叫国家子民，抗战打了八年，打到这会儿工夫，国家把祖宗八代的气数都赌上了，拼着命和鬼子干，国家荣辱比什么不大？我们光想着自己明哲保身，你不觉得没觉悟？"蔡广得："我忘了你是共产党，算我自找。"

一名护沙队的小头目带着一队全副武装的护沙队员沿石阶快速上山。丁荷发现了山脚下的武装人员，扭头向宝塔跑，被身后两名护沙队员扭住。丁荷拼命挣扎，知道跑不掉，打了一个响亮的呼哨。蔡广得听见呼哨声，趴在护栏上往下看了一眼。说有情况！3个人抽出枪，快速冲出宝塔。宝塔已经被护沙队持枪围住。岳小白伸手要开枪，被蔡广得一把拦住，说别开枪，渣子在他们手上！小头目将被捆成五花大绑的丁荷推到前面。蔡广得率先把枪放下，高高举起双手。叶德全也放下了枪。岳小白不甘，犹豫片刻，把枪丢在地上，举起手，突然抬腿接连踹倒两名护沙队员，朝一旁冲去，从陡坡上往下跳。护沙队一拥而上，先制服了岳小白，再抓住蔡广得和叶德全。

小头目上来，一个个看3个人，随后问："谁是菜花头？"蔡广得："我是。"小头目："谁是竹叶青？"岳小白："我。"小头目走到蔡广得面前，突然出手，一拳将蔡广得打倒在地，狠踹两脚。叫声，给我揍！数名护沙队队员冲上来，对蔡广得拳打脚踢。另几名对付岳小白，将他打倒。剩下叶德全没有人碰，紧张地看着这一切。丁荷挣扎着跳起来，破口大骂。蔡广得和岳小白被紧紧捆住，毫无还手之力，打得满地滚。即使这样，蔡广得还挣扎着抬起头朝丁荷喊，别喊！别让他们揍你！

街上，4个人五花大绑地被护沙队押解过来。蔡广得和岳小白鼻青脸肿，蔡广得被打得尤其厉害。3个人都知道没有脱身之计，小声交换意见。叶德全："他们知道我们的底细，各自想办法吧。我知道的事情比你多，一会儿押进去，我先咬舌头，要没死，你往心窝上狠狠踹我两脚。"护沙队队员："不许说话！"蔡广得："我踹你，那我留着让他们老虎凳加辣椒水侍候，我就能挺过去？你自不自私？"两名护沙队队员上来用枪托狠揍蔡广得，把他打倒在地，再把他拖起来操进队伍中。一队日军从对面过来了。护沙队小头目点头哈腰。日军看都不看护沙队小头目一眼，过去了。

4个人被押进一座气派的大院子。护沙队队员们离开，剩下两名持枪看押。杨桃和黄叔从屋里走出。众人呆住。丁荷："杨桃姐，快放了我们！"杨桃不搭理叶德全和丁荷，走过来挨个看岳小白和蔡广得，噗地一乐，说："怎么给揍成这样，要这样，不用画脸了。菜花头，给我唱两句《陈世美不爱妻》。"蔡广得："别闹了，快让他们给解开，先给碗热水喝，把刚才揍我的人叫来，我挨个揍回来，再慢慢说话。"杨桃拉下脸说，我和你有什么话好说？你当抓你是闹着玩？4个人发现情况不妙，刚刚有些松弛的神经又绷紧了。岳小白："别说了，她不是在和我们开玩笑。"

杨桃："我和你们有什么玩笑好开？无情无义的男人！明说了吧，揍你俩是我吩咐的，菜花头，我专门叮嘱要多给你一点苦头吃。"蔡广得："那你为什么不揍老鳗鱼，他也没带你走。"

杨桃："他是为了保护我才不让我跟着他。本小姐就欣赏这个，这样的男人算男人，不能揍坏了脑子。"叶德全："杨桃，你打算把我们怎么办？"

杨桃："没想好。押回罗浮山太麻烦。送给日本人，那得他们来求我。等我想好了再说吧。"说完转身离开。黄叔吩咐："来人，伺候小姐沐浴更衣。"立刻有人过来领着杨桃进了屋。

4个人被护沙队的士兵粗野地丢下一口地窖。蔡广得不甘心，撑住地窖的门。说："兄弟，一天多没吃东西，饿坏了，先给弄点干粮和水。"护沙队队员一脚将蔡广得踹进地窖，盖子咚地关上。

蔡广得精力充沛，看叶德全和岳小白都靠在墙壁上闭目养神，将两人闹起来。声称总不能坐着等死，要大家起来找点事做。岳小白不满意，说巴掌大的地方，放个屁能崩倒3个人，能做什么事？蔡广得："真不知道你凭什么当上特工，你们国军也就这点水平。忘了，内鬼呀？咱们中间有内鬼，这个内鬼到底是谁，总得查出来，不能等着他来祸害咱们吧？"蔡广得要求大家自己交代。来历、社会关系、在部队犯过什么错误、和鬼子打过什么交道、干过什么坏事，一交代，狐狸尾巴就露出来了。叶德全和岳小白交换目光，不以为然。蔡广得过去把叶德全和岳小白挤开，自己坐到两人当中，清清喉咙，抢先说："我是宝安县大鹏人，我爸教私塾，他和我妈是东纵的老同志，都牺牲了，这个老鳗鱼比谁都清楚。我16岁到东纵，要说表现，大家有目共睹，优点不少。当然，也有缺点，主要是不安心钻山沟，想打正面战场。还有，爱顶撞上级，偶尔闹点儿独立性，这些问题我以后一定改正。"

岳小白："我怎么听着，你这不是交代，像是在给自己开表扬会。"

叶德全："你当头儿一回，哪回他都这样。"

蔡广得："竹叶青，你不一样，我们几个人当中，就你材料少，没人知道你的来历，你的问题最大。他是老顽固，留着最后审，你先交代。"

岳小白："我是上海人，陆军大学毕业，中美特种技术合作所情报组一期学员，在联合司令部战地情报部任职。这是你们想知道的来历。我干的事谈不上好坏，说了你们也不懂。我和鬼子的关系很简单，根据命令找到他们，然后把他们干掉。交代完了。"

蔡广得："你们中美合作所没开吹牛课吧？你当你说自己是中美合作所的人，脸就比别人宽二寸，是不是？"岳小白："跟你这种人就没法说话。"

蔡广得："那你交代，你的任务是什么？上峰派你到我们这儿来干什么？"叶德全紧紧盯着岳小白。岳小白沉默。蔡广得："说不出来？说不出来先记你一笔，回头再交代。渣子，该你了。"

丁荷："我是民国21年生的……"蔡广得："他刚满岁，他爹他娘就抱着他随大本营离开了东北。"丁荷："在河北保定，我爹我娘走散了……"蔡广得："他爹一路被鬼子撵着打，一直逃到广东，他娘就抱着他到处打听他爹。"岳小白："是他交代还是你交代？"蔡广得："他交代，我知道，就跟知道我自己的事似的。渣子，继续。"

丁荷："人家说，我爹没了，让鬼子给打死了，我娘不信，一直找到广东……"蔡广得："民国29年，他娘也不见了，就在这老东门，那天是大年三十吧，渣子？"

丁荷："嗯。我娘说，渣子，过年了，我去给你讨一串糖葫芦，出了门就再没回来……"蔡广得安抚说不下去的丁荷，拉他过来，让他靠在自己身边，说："以后，渣子就到处找他爹娘，再以后遇到我，就跟上我了；年轻的老革命，带着屁帘到部队，屎片子能把日本人熏出二里地外去，论革命资历没人能跟他比。交代得不错，挺清楚的。"

岳小白："清楚什么？他一直在敌占区，还跟着鬼子南下，你怎么知道他和鬼子没有关系？从日俄战争开始鬼子就在收集汉蒙孤儿，训练他们为鬼子做事，这些事你们不会知道。"

叶德全问："真有这事？"丁荷委屈得要哭了："你，你冤枉人！我和鬼子没有关系！"

蔡广得："你这是屁话。他一个屁大点的孩子，和鬼子关系得上吗？渣子，别听他胡说，狗嘴里吐不出象牙。"岳小白跳起来责问："你骂谁？"蔡广得也跳起来，随手操起墙角的一把钉镐，说："我骂你了，怎么了？"两个人同时扑向对方。叶德全连忙去拉，没想挨了一腿，人往后倒，带倒油灯。地窖里漆黑一片。拳脚噗噗地响，都落在叶德全身上，他哎呀叫成一片。

第四章

分离无间　智救盟军

浅丘经道正与一个30岁左右的少佐军官小声谈话。小林正雄和朴渚芳进来。小林正雄汇报，抓住的那个"候鸟"小组游击队员，他不知道他们的任务是什么。浅丘经道："这不怪他们，我的最初判断是对的，他们是按拼图方式接受任务，最后完成它。在第一块图还没有拼出来的时候，我们就下了手，打乱了他们的计划，当然拿不到情报。"浅丘经道示意那个少佐军官过来，说："介绍一下，千夏少佐，我刚从南方派遣军要来的情报专家，你们以后是同事了。"

随后千夏麻也按照浅丘经道要求介绍，根据美国人的战争准备、香港及汕尾地区气象资料，美国人的最佳登陆作战时间测算出来了。和先期得到的技术参数一样，从现在开始，美国人和我们拥有22天时间。小林正雄："就是说，22天之后，美国人就会发起华南登陆战役？"

浅丘经道："如果错过了这个窗口，太平洋热带风暴季就到了。千夏，还记得吗？我们在菲律宾和马尼拉度过的美好的两年，热带风暴为我们留下了多么深刻的记忆。"

千夏麻也："我记得，6300吨的'子野'号战列舰在码头上掀了个个儿，看起来它像一座奇怪的建筑。"浅丘经道："我们有良好的战斗友谊。"

浅丘经道从一旁的桌上拿过一封信交给小林正雄，说："把这封信送到东纵最高指挥官手中，我希望能利用22天这段漫长的时间，和我的对手谈谈战争之外的问题。"

小林正雄："怎么对付东纵那3个行动小组？"浅丘经道："清除术已见成效，沉住气，继续跟踪'凉帽'和'候鸟'，跟他们到下一个联络点，了解他们的目标方向在哪儿。他们不可能在外面逛庙会，会有所行动。重点目标是'蚂蚁'小组。别担心，它会为我送来我需要的东西的。"

千夏麻也："教授已经在'蚂蚁'小组中埋下了钉子，你们会看到一个情报战的奇迹如何发生。"

小林正雄和朴渚芳默默地对视了一眼。

C. 罗："欧戴义少校的电台刚刚接到陈纳德将军转来的情报，今年的热带风暴提前了，尼米兹将军希望在21天之内获得日军在华南沿海地区准确的防御计划。"三号和吴为吃惊地看着C. 罗。

吴为："不是26天吗？我们的人出去才两天，时间怎么提前了？"

三号："上尉，你觉得能做到吗？"

C. 罗沉默了半晌，说："您是对的，将军，我不得不说，我们做不到。"

欧戴义在一旁不说话，一脸的苦相。

油灯重新亮起来，叶德全、蔡广得、岳小白锲而不舍地自审自查。丁荷靠在一边打盹。

叶德全："我是湖南邵阳人，29年的中共党员。"

蔡广得："别翻你那过五关斩六将的破黄历，说你走麦城，说你被捕的事。"岳小白："你被俘过？"

叶德全："你们抓的。36年，我在东莞一带作战，仗打败了，被你们的人抓住关进下关监狱。37年国共二次合作，我被放出来，回到广东人民抗日游击总队对日作战。这就是我被俘的经历。"

岳小白："不是鬼子抓的，这个不算。现在是抗日民族统一战线，一致对外。"

蔡广得："然后呢，就一笔勾销了？对完外呢？把小日本赶走了，再关上门，咱们两党继续对掐？"

岳小白："菜花头，我看你这才叫胡搅蛮缠。我们查的是鬼子的人，除非他瞒着不说，他要说和鬼子没有关系，你让他交代什么？"

蔡广得："你怎么知道没有关系？他帮助鬼子杀害抗日志士，算不算关系？"岳小白盯住叶德全。叶德全豁出来了，说："菜花头，你要老揪着这事不放，咱俩就得一辈子拼个你死我活。"

蔡广得："我跟你有什么一辈子？老实告诉你，我不会让你活过一辈子，内鬼抓出之日，就是咱俩最后告别之时，你别想混过去。"

叶德全："事情发生之后，我已经向组织上说清楚了，那次任务的确由我指挥，我在指挥上的确有失误，但江李红同志不是我杀害的，是日本人！"蔡广得："谁替你证明？"

叶德全："事情发生的时候只有我和你妈妈在场，没人能为我做证明。"

蔡广得："那你还有什么好狡辩的？"

岳小白："听出来了，你们说的是个人恩怨的事，不在交代的范围内。"蔡广得爬起来冲向岳小白。岳小白早有防备，操起身边的家什，说："还想动手？有本事让渣子把油灯护住，别倒了，我不趁亮把你打得满地找牙我不叫竹叶青。"蔡广得："我……"岳小白："你什么？你当这样就能交待出内鬼了？要都这么容易，我审审你。你在东纵是有名的犯上作乱人物，这个我没说错吧？"

蔡广得："算是。"岳小白："行动小组从罗浮山一出来，你就带着渣子强行脱队，为此不惜拔枪和小组人对峙，这个也没冤枉你吧？"

蔡广得："我不爱受你们的气。"岳小白："你一走，小组就遭到鬼子的算计，死了10个人，这个有证人吧？说吧，怎么你一走，鬼子就来，为什么就这么巧？要交代，不是现在，你早就在帮鬼子做事了。"

叶德全："这么分析，的确有道理……"

岳小白："有什么道理？老鳗鱼，收起你玩心眼的那一套，这一套你对付他行，在我这儿不管用。我问你，他要是鬼子的人，干吗要犯上作乱，主动跳出来暴露给大伙儿看？"蔡广得："我傻呀。"

岳小白："小组出来，什么事也没发生，他干吗就开溜？既然当上内鬼，就一定得干内鬼的活，活不干了拍屁股走人？"蔡广得："我继续傻。"

岳小白："溜走了，他干吗又要回头来救咱们？救完再背后捅刀子玩，有这样的内鬼？"大家都沮丧地坐回原处。岳小白："怎么，不审了？我们这儿只有4个，还剩一个，你们不审审小蜜蜂？"蔡广得和叶德全对视一眼。岳小白："她族叔是什么人，组织上都向你我两个组长交代过，你们……"岳小白话没说完，头顶上的地窖盖子开了，一道马灯光出现，3个人打住，抬头看地窖口。

叶德全站在杨桃面前，人有点拘谨。杨桃："说吧，你们在下面，怎么议论我。"叶德全："竹叶青说到你族叔，我猜，他是想说你族叔和鬼子、汪伪政府都有联系，关系复杂，现在把我们全绑了，内鬼的嫌疑最大。"杨桃："我就知道，出来的时候上面会向你们交代。"杨桃笑了一下，挥挥手。一边两名护沙队队员过来，把叶德全带走……

岳小白站在杨桃面前，目光老往两个持枪的护沙队队员身上瞄。杨桃："别打主意了，光收拾掉他俩还不够，门外还有七八个带枪的，你逃不出去。"岳小白清清喉咙，开始交代："菜花头说，要吃亏大家伙一块吃，如果你是那个内鬼，你饶不了我。"杨桃："你觉得，我会怎么对付你？"岳小白："这我还真想不出来，不过，如果你真是内鬼，我们当中你最恨的不是我，是菜花头。"杨桃："为什么？"岳小白："一路上就你俩打得厉害，他脸上的瘀青现在还没消，我让他别忘了是谁让揍的。"杨桃笑了，挥手……

蔡广得大大咧咧站在杨桃面前说："我告诉竹叶青，别拿这个吓唬我。你是恨我，往他身上贴，欣赏老鳗鱼，可他俩也好不了。"杨桃："为什么？"蔡广得："你要是内鬼，要保下他俩，会拉着他俩投降鬼子吧？他俩不干，鬼子饶不过他俩，他俩要干了，东纵饶不过他俩，他俩往哪儿跑？"杨桃："挺聪明的。"蔡广得："我对他俩说，我们是面饼，小蜜蜂是芝麻，谁落到她手里都是一张麻脸，好过不了。"蔡广得一边说一边往桌边凑，伸手从桌上点心盘里抓点心。一边护沙队队员过来阻挡。蔡广得已经快速塞了一只到嘴里。杨桃挥手示意："行了，带他走。"护沙队队员过去推蔡广得。

3个人重新回到了地窖。岳小白："现在看明白了？审半天没什么，所以现在倒是应该好好想一想，接下去该怎么办。"蔡广得："能怎么办？地窖里就一把镐，无路可逃，如果小蜜蜂真是鬼子的人，死都没法赚一个垫背的。反正我比你们好，我抓上一块点心，你俩等着当饿死鬼吧。"

叶德全："看来，只能赌小蜜蜂不是鬼子的人了。"两个人看叶德全。叶德全："你们没发现？抓我们几个时辰了，她并没有把我们送到鬼子手上，刚才审我们，也没问一句组织上的事。"

岳小白："如果内鬼真不是她，逃过这一劫，咱们就散伙，不散是孙子，别整天担惊受怕的，人都保不住，还想弄清楚什么事？"

叶德全："真要能出去就散吧，散掉以后大家改头换面，凭良心做事，也别说什么组织上的事了。"

蔡广得："你就别老提你那组织了，别人顶多就是个上香的，就你属往庙里添灯油的，整天不停地敲木鱼。渣子，咱俩不跟他们扯，头上这块破盖子一揭，咱俩就走。"丁荷没回答。蔡广得回头找丁荷。丁荷靠在墙角，在众人的争吵中睡着了。

第二天，油灯的灯捻燃至将尽，摇晃着。叶德全、岳小白、丁荷都靠在角落里睡了。蔡广得没睡，他显得有些焦虑，抹一把脸上的汗水，一只手慢慢摸向铁镐，盯着靠在对面墙边睡着了的叶德全，犹豫着。叶德全睡得很熟。蔡广得狠狠心，一咬牙操起铁镐。头顶一响，一道强光射进来。蔡广得抬头，地窖被打开，露出人影。

4个人蓬头垢面站在院子里。杨桃着白色纱裙一路飘来，美丽动人。4个人看着她，神情复杂。叶德全："你不会把我们交给日本人。如果是，你早就把我们交给日本人了。"杨桃："我想好了，我不干了，你们自己干去吧。"杨桃回头示意。几个家仆把一摞干净衣裳、一些食物、一摞军票和各人的武器拿过来。杨桃："拿上盘缠，这是我能为你们做的最后的事。离开这儿，滚吧。"

杨桃走向一边。那里，黄叔正带人守在一座轿子边准备送杨桃离开。叶德全："你要去哪儿？"杨桃："南洋。"叶德全："你去南洋干什么？"杨桃一下子语塞，半晌泪花晶莹，说："这儿不容我，我也不伺候。我走，从此不做中国人！"杨桃上了轿子。轿子起身。4个人突然有一种戚戚然的感觉。叶德全冲动地撵上一步说等等！

杨家在深圳河边的专用码头。一艘出海船正解缆起锚，准备启航，水手在船上忙碌。杨桃站在码头上，眼圈红着。4个人站在她面前，气氛从未有过地伤感。丁荷不断地抹眼泪。杨桃努力让自己笑出来，走过去抱住丁荷说："别那样，要是我后悔留下不走，说不定会杀了你们。"叶德全劝丁荷别哭了，说你杨桃姐走是对的，一会儿我们大家都得走。杨桃向船走去。岳小白："你一路上往我们身上贴，你是想在我们当中找一个保护者，对吗？"杨桃站下，回头说："对，因为我害怕。"

岳小白："你为什么不早说？"杨桃："能改变什么？我知道，其实你们都不喜欢我。我也没有什么让人喜欢的。我认了。现在我要走了，以后我们再也不会见面了，你们别恨我，多记着我点好。"蔡广得的腮帮子抽动了几下。

杨桃上了船。船驶走了。4个人默默地目送船驶走。丁荷冲动地跳下码头，站在河水里，向驶走的船挥手。船驶远了。3个人收回视线，六目相视。蔡广得突然气急败坏地喊："这一走就不见面了，谁是内鬼有鸡巴用！有本事站出来，让大伙儿看看你是谁，是什么嘴脸！"叶德全和岳小白都不说话。岳小白深深地看了两个人一眼，扭头快步向码头上走去。叶德全站了一会儿，欲言又止，叹息一声，也转身向码头上走去。蔡广得孤零零地站在码头上。人影如豆。

杨桃站在船尾，不舍地看着渐远的码头。她看见岳小白和叶德全向码头上走去，蔡广得孤零零站在码头上，丁荷还在那儿向她招手。她突然跌跌撞撞地攀上船舷，纵身跳入深圳河。黄叔："快，去救小姐！"家仆和水手纷纷冲向船头。

丁荷大叫一声杨桃姐跳下来啦！蔡广得向码头下奔来，纵身跃入河中，在河中拼命地游。丁荷跟着蔡广得往河里跳，可他不会水，被呛得直咳嗽。蔡广得飞快向河中游去。已经走上码头的岳小白和叶德全闻声回头看，返身向码头下奔来。岳小白纵身跳进河里，拼命地游。叶德全跳到水里，死死抱住疯狂的不顾性命的丁荷。

杨桃用力扑腾着水，河水几度将她淹没。她大口呛着水，没力气了，不再扑腾，慢慢沉入河底……蔡广得像一条棱子鱼，飞快地游向前去，潜入河中揽住杨桃的腰，带着她升向河面。杨桃被捞上岸，众人七手八脚替她控水。醒过来的杨桃放声大哭，杨桃："我不想走，我不想叫一个别人的名字，躲在南洋不敢回来……我已经没有妈妈和爸爸了，离开你们，我就再也没有亲人了……我不是想游回来……我是想，就活到18岁吧，这辈子，我活够了……"大家被她哭得心酸，众人唏嘘。丁荷陪着抹泪。正手脚忙乱地替杨桃揉着脚的蔡广得怔忡住，他呆呆地站起来，问："她刚刚叫咱们什么？她叫咱们亲人。她说，如果离开我们，她就再也没有亲人了。"蔡广得伸手扇了自己脸一巴掌，说："我们这些人，我们算她的什么亲人？我们他妈的一个个把她往外踹，谁都嫌她累赘，谁都不想带上她，我们有资格当她的亲人吗？"众人一时沉默，都说不出话来。

黄叔带着家仆匆匆登上码头。

杨桃和黄叔在杨宅后花园小门边说话，丁荷在进入后花园的小径口把着风。黄叔："小姐，这里不是久留之地，还是跟我走吧。深圳墟是日本人的地盘，就算大先生在这儿，恐怕胳膊也伸不出太长，小姐要是出了事，我没法向大先生交待。"杨桃宽慰黄叔，说会很快安排好，带着他们离开。

后花园凉亭里，叶德全、岳小白和蔡广得坐在里面，3个人都冷静下来。杨桃回到凉亭中，问："是不是我们要不散，组织上就会派除奸队来抓我们？"岳小白："按照规矩，上面让散就得散，不散就是违抗命令，上面会清除掉我们，以防节外生枝。这种事我也干过。"

蔡广得："不是怕挨黑枪，要想玩龙舟，就得背落水的命，是这个水落得冤枉，这样的黑枪挨得憋气。"杨桃："那我们就散。我不想流浪国外，你们谁把我带走，不管去哪儿，干什么，我都没有一句怨言，我不会再胡闹了，我保证听你们的话。"

蔡广得："可要是就这样散掉，事情不弄清楚，就算活着也窝囊。"

叶德全："这两天我一直在想，革命了十几年，摸着良心说，我没背叛过组织，可我现在说不清楚，要是这个关口让人用枪口指住脑门，我真是冤哪！组织上不明白这个，怨不得组织，可毕竟脑袋不是面团，一旦砍掉再也安不上。我不能让组织替我背这口冤杀自己人的黑锅，我得把自己洗清，完成任务。就算死也死在任务上，让上面知道我是谁，后人面前，不背恶名。"

蔡广得："怎么完成任务？让咱们来深圳墟接受下一步任务，半道上队伍让鬼子给打掉了，上面让咱们剩下的人分散隐蔽，这儿的联络点也撤销了，罗浮山不让回去，组织上的关系不能接触，我们只知道出来的任务是搜集情报。可我们连任务方向和内容都不知道，怎么完成？"

岳小白："知道又能怎么样，你们想想，为什么派10名武装护送跟随小组？现在武装护送全都牺牲了，就算知道要完成什么任务，靠我们5个人，怎么去完成？"

杨桃："你的意思，我们还是得放弃，还是得散？"

蔡广得："我有一个主意。红花蟹没捕上，换成花脸蟹也成，咱们趁夜摸进鬼子司令部，把鬼子驻深圳墟的最高指挥官干掉，这算一件大事吧，比起情报，任务不算小吧？"

叶德全："我们5个人当中除了竹叶青，谁是干这个的？别说在人家的地盘上杀掉人家的最高指挥官，恐怕连人家的马桶你都接近不了。"

蔡广得："那我们还能干什么？不知道任务，我们拿什么去完成，又怎么洗清自己？"

叶德全接着分析，说小组中，有两个负责关系人的成员，杨桃，还有丁荷。出来时上面交代了，杨桃的关系人是她的族叔，丁荷的关系人是他表哥。蔡广得："渣子的表哥就在深圳墟。"众人看杨桃。杨桃犹豫了一下，说："我不知道我叔叔现在在哪儿，不过，他经常来往深圳墟。"

叶德全："我和竹叶青负责领导小组，菜花头负责武装护送，小蜜蜂和渣子负责联系人，他俩的关系人都与深圳墟有关，任务可能就在深圳墟，至少是接近。既然如此，我们已经到了深圳墟，我们就自己找任务。小蜜蜂和渣子立刻开始工作，和自己的关系人联系上。"

岳小白："我们在敌后，又失去了组织关系，先建立小组新的策应，这个非常重要。"

叶德全："然后，通过两个关系人，以深圳墟和周边地区为范围，了解最近鬼子发生了什么大事，这可能就是上面要我们搜集的情报。"

岳小白："老叶，你分析起来一套套的，干过情报？"叶德全："算是吧。"

蔡广得："东纵野战医院用的绷带和盘尼西林全是他弄来的，他就干这个，这算干情报？"

叶德全："有一件事，我要叮嘱大家，从现在开始，要尽量小心，远离一切组织上的关系，不让人知道我们的行踪，也不让别人知道我们在干什么。如果大家没有意见，我们就这么行动。"

蔡广得："这样干，有希望吗？"

叶德全："没有别的出路，不干大家就散伙，各自滚蛋。现在选择：干，还是散？"蔡广得和岳小白选择干。当叶德全问到杨桃时，只见杨桃在一旁脸色苍白，要求单独和叶德全谈。两个人来到屋里，杨桃问："我能不能不去见我叔叔？我不想见他。"叶德全："为什么？可这是你参加小组的唯一任务。如果没有你叔叔杨子昆的关系，我们怎么建立起新的策应，怎么了解组织上交给我们的任务？"杨桃低头寻思，然后豁出去说："好吧，我说。有一件事，我一直隐瞒着组织。"

叶德全一脸平静地回到后花园的凉亭。岳小白："她呢？"叶德全："和黄叔安排点事。我们等等。渣子呢？"蔡广得："去找他表哥了。"叶德全跳起来问："谁让他去的？"

岳小白："和他没关系，是我安排的。得抓紧时间，你不在，我就做主了。"蔡广得白了叶德全一眼，哼一声走开。叶德全："小组安排的事，必须由我决定，以后这种事情不许再发生了。"

杨桃和黄叔坐在客厅里。黄叔一脸为难地说，你们昨天来，已经打草惊蛇了，消息已经传到宪兵司令部，日本人在过问了。好在日本人那边我有办法抵挡，可我这里的确不宜久待，小姐还是尽快离开为好。杨桃沉默片刻，问："我能见见他吗？他现在在哪儿？"黄叔："大先生在香港，不过，我已经让人通知他了。"

叶德全、蔡广得和岳小白焦急地等在后花园。叶德全突然脸色大变说："不好，要坏事！"蔡广得和岳小白同时跳起来，拔出枪，3个人依次翻出围墙，拔腿溜掉。一个老乡打扮的东纵游击队员从暗处出来，向身后示意。好几个东纵游击队员从暗处出来，跟上了3个人。

3个人转移到距杨家不远的茶楼上。窗户外，能看到不远处杨宅的后花园。岳小白收回视线，回头问叶德全："说来说去，你还是不放心小蜜蜂？"叶德全："你呢，你放心吗？"岳小白沉默片刻，说："不，我也不放心。"蔡广得在茶楼里到处逛，看茶客们喝着茶，吃着点心，馋虫勾起，直咽口水。蔡广得装作没事似的踱到柜台前，看看两边没人注意，伸手去抓柜台上的点心。柜台后冒出账房先生的脑袋，瞪蔡广得。蔡广得冲账房先生笑笑，闻了闻点心，讪讪地放下。蔡广得懒散地靠在柜台上，他下意识地回头。一名东纵队员快速从门口消失掉。蔡广得警觉了。

蔡广得领头，叶德全和岳小白匆匆离开茶楼。像是约好了，茶楼对面的几家铺子里分别走出几名东纵游击队员，迎着3人上来。岳小白领头，3人回头往另一个方向快步离开。几名游击队员紧紧跟随在3人身后。岳小白回头看了一眼，见游击队员的手悄悄往腰间摸去。岳小白："去大街上。"

深圳墟大街上，人流如织，3人在前，游击队员在后，两拨人快速在人群中穿梭。好几次，游击队的人想上前拦住3人，都因为日伪军的出现不得不放弃，只能紧紧跟随，等待机会。眼见着甩不掉身后的跟踪，岳小白站住，返身拦住一名带着太太逛街的伪军军官，告诉他，那个人身上有枪。伪军军官和马弁立刻拔出枪回头看。岳小白朝后面的游击队员指了指，扭头溜掉。伪军军官和马弁朝人群中看去。游击队员发觉不对，纷纷往后躲，藏进人群中。

3个人钻进了一条巷子。蔡广得愤怒地揪住岳小白的衣领，责备他出卖自己人，问，你想让他们被敌人抓住？岳小白反问，难道你想让他们抓住我们？岳小白搡开蔡广得。两人同时出枪指住对方。叶德全扭头回来说："还嫌不够是不是？"岳小白收了枪。蔡广得哼了一声，也将枪收掉。

丁荷在52师表哥的连部里逛来逛去，东张西望，什么东西都想动一动。有人从院子外面进来，让二排副转告郭连长，说昨天抓到那个美国机师，皇军明天送广州，师长让你们连派一个排去送人。二排副答应一会儿告诉连长。另一名伪军匆匆过来，往屋里的丁荷瞟了一眼，小声对站岗的说了一句什么。站岗的立刻握紧了枪，回头看了丁荷一眼。丁荷感觉不对，等伪军走后，来到门口。站岗的紧张地用枪拦住。丁荷声称给表哥带了点东西，放在对面的铺子里，要去取。站岗的不让离开。丁荷借口不认识铺子里的人，说东西丢了，看你们连长怎么收拾你。站岗的犹豫了。

丁荷装作取东西，领着站岗的来到大街上的店铺前。丁荷磨磨蹭蹭，拔腿想溜。站岗的有准备，一把揪住他的衣领。丁荷眼睛一亮，说："表哥？"站岗的回头看。丁荷一头撞过去，将他撞倒在地，抬脚将长枪踢得老远，拔腿就跑。站岗的从地上爬起来，跑过去捡起枪。丁荷已经消失在拐角。

东门镇郊外一座破庙改成的菜园子，菜畦翠绿。这里离深圳墟一河之隔，能隐约看到镇上。杨桃默默地看着叶德全和岳小白，问："为什么你们招呼都没打一个就离开？"叶德全："不解释了，说你的事吧。"

杨桃尽量克制住说："前两天，英军战地服务团的人到黄叔这儿来收买情报，让人看见了，日本人追查下来，差点出事，他不能再留我们。黄叔给了我们一些钱财和武器，说只能帮我们这些了。"杨桃打开一个包袱，里面是一堆军票，几支短武器和一些弹药。岳小白去解另一个包袱。杨桃："别动。那是我的衣裳。黄叔知道我不能没有衣裳换，他替我准备的。"岳小白熟练地检查那些武器，问："杨子昆呢，没联系上他？"

杨桃犹豫了一下说："他不在深圳墟，在香港。"岳小白："就是说，你这条线只能用到这儿了？"杨桃沉默。叶德全替杨桃解围："有了钱和武器就好办，比什么都没有强。"岳小白没搭话，突然出枪对准墙外。几声鸟叫的暗号之后，蔡广得匆匆把丁荷带了过来。丁荷不断地抹汗。岳小白收了枪。蔡广得："渣子的表哥变了脸，要不是渣子脚快，人就被捉住了。"

叶德全盯着丁荷看了半天，问："见到你表哥了？"

丁荷："没见到。他在队部挑马，下面的人去叫了，说一会儿就到。"

叶德全："人没见到，怎么知道他变了脸？"

丁荷："有个带班的过来和门岗说话，两个人的眼睛都在我身上，门岗还把枪抓紧了。我试了一下他，进去的时候点头哈腰，出门就不让了，很紧张，我觉得不对劲，就溜了。"

叶德全："我刚才说坏了，说的就是这事。你们不该在我没回来的时候派他出去，他表哥的情况照说该先摸一摸。要真有个疏忽，现在52师的枪就顶在我们后背上了。"

蔡广得："你能不能不撒谎，你就直说，你怀疑渣子是内鬼，他会去出卖咱们。"叶德全一点也不惭愧，说："防人在先，没有什么不对。"

蔡广得："渣子还了解到一个信息，你防还是不防？"

叶德全看丁荷。丁荷："鬼子抓到一个美国机师，明天派皇协军把他送到广州去。"

岳小白："是昨天那架美军侦察机的驾驶员。"

蔡广得和岳小白交换了一下目光。蔡广得："上面不放心，已经派人到联络点来拿我们了；两个关系人都掐断了，深圳墟待不住，我们还留在这儿干吗？"

岳小白："不如打一下，捉个舌头，摸摸情况，也许能探听点什么出来。"

叶德全想了想。说："这样吧，我和杨桃去买几身衣裳，弄点干粮带在路上，顺便摸摸外面的情况。杨桃带来的武器不少，我们一时用不了，你们先埋起来，然后睡上一觉，晚上好行动。"

部队在准备转移，保卫部队在收拾东西准备撤离根据地。一派忙碌。

三号在读浅丘经道的那封信，读完抬头猜疑地看了吴为一眼，一脑门不明白。三号说："先说你的事吧。"吴为："延安发来电报，询问联合情报搜集工作。中央军委要求我们，一定要配合好盟军的作战计划，为反法西斯战争做出贡献。"

三号："嗯。这是军委对我们的信任，一会儿在路上，我给军委回电报。"

吴为："'候鸟'小组发来电报，失踪的那个组员确定被俘，现在在敌人手上。"

三号："他不知道具体任务，对鬼子作用不大，设法把他营救出来。'蚂蚁'小组那5个人呢，找到了吗？"吴为："没有。他们撤得很快。派出去的人后脚到，他们前脚已经离开了沙井镇，我让他们继续寻找。"

三号："小吴，鬼子这次扫荡来头不小，看来是有目的的。联络处跟着指挥机关随我去外线转转，你们要保护好盟友的安全，不许出任何差错，和C.罗那边的工作也不要停。"

三号把手中的信递给吴为。吴为坦言已看过了，说浅丘经道是华南派遣军情报部指挥官，我的对手，他的信我得替首长先看看。

三号："他和我讨论'报子'的事，问我知不知道马萨诸塞州埃塞克斯博物馆收集的中国外销画，其中有一幅《报子图》，他很喜欢。他发了哪门子邪，和我讨论这个？"

吴为："我在海外的时候，研究过范家印先生的19世纪中国市井风情著作，插画就是浅丘经道说的那些画，《报子图》是广州画家关联昌的作品。浅丘故意拿广州说事，炫耀他对岭南文化的了解，他是在告诉我们，他知道我们的根底。老实说，信写得挺有文采。"

三号："这么说，他就不是扯闲淡了，他说'报子'，是说他会向咱们报喜，他喜我悲。来而不往非礼也，我得给他回封信，别让他觉得咱们不懂事。"吴为不动声色地递过一封信。说："部队上了路，一时半会儿停不下来，我私下做主替首长回了。"

三号："咱们至少有三个目的要完成，礼尚往来、心理战、文化保卫战。"

吴为："我稍许回应了《报子图》的问题，让他去找范家印先生请教，也告诉了他赏钱如何讨法。然后和他谈日本文化，佛教在日本的兴起。当然，这得谈到渊源，还得从唐文化谈起，往咱们这儿谈。"

三号首肯，认为这场仗不输。让把信送出去。吴为拿着信走了。

躺在破庙前睡得正香的蔡广得被弄醒，醒来就发觉不对劲，一条绳索套在他的脖子上，他下意识地挣扎，身后叶德全冷酷地用力勒紧绳索，膝盖将他顶到地上，把他制服。一旁，丁荷已经被岳小白拿下了。杨桃站在水井旁打水，惊诧地看着这一幕。杨桃责问，你们为什么抓他俩？岳小白："没你的事，一边待着。"蔡广得还想挣扎，叶德全用力拧绳索，蔡广得喘不过气，只能放弃，瞪着眼珠子骂，老鳗鱼，我饶不了你。

叶德全："先别说这个话。你操镐子的时候我没动弹，不等于我就是在等死。还记得出来第一天晚上你喝的那碗水吗？我在那里面下了药，你已经中了我的蛊，就算杀了我也没用，没有解药，你就得死。"蔡广得这才想起，出来第一天自己确实将叶德全递来的一碗水喝光，他心有不甘说："你撒谎。"

叶德全："那你就试试。解药在我这儿，每3天你会发作一次，如果你不听我的，继续胡来，我会用那些解药去喂牲口。"蔡广得傻了，回头看岳小白。岳小白耸耸肩膀，说："他下蛊的事没和我商量。"

蔡广得："为什么帮他？"岳小白冷冷地把蔡广得的枪丢回给他，说："你脑子不够用，帮你白帮。枪里就两发子弹，你得一枪把他打死，再给自己留一发。"

蔡广得一屁股坐在地上发呆，越想越害怕，幻觉中药劲儿上来，趴在地上大口呕吐起来。丁荷挣扎着，又是踢又是咬。岳小白抬手给了丁荷一耳光。蔡广得已经顾不上丁荷了，掐着脖子痛苦得在地上打滚。杨桃丢下水桶沿着菜畦走过来，从岳小白手中夺下丁荷，扬手给了岳小白一记耳光，再走到叶德全面前，伸手给了他一耳光，动作之快，让所有人猝不及防。杨桃蛾眉倒竖指责："卑鄙！一个内鬼就把你们吓成这样，连孩子也要算计，毒药也能下，你们还算男人吗？"

叶德全拨开蒿草朝高地下看。高地下不远处，是日军的一个驻地。岳小白趴在日军驻地外一处低洼地里，就近观察日军驻地。日军驻地里很安静，驻地大门口各有一名日伪军在站岗。蔡广得蔫蔫地坐在一旁的草棵里，人完全没了精神，没精打采地拔着草。叶德全："不是属草的就能做解药，也有长药性的，找那些没用。"一阵草棵响动，丁荷摸了回来，同情地看了蔡广得一眼，抹一下鼻子，向叶德全汇报："鬼子一个小队，警备队两个班。根本进不去，进去也是死。"话还没说完，就听见高地下面日军驻地里枪声响了。3个人立刻趴在高处往下看。

约摸20名武装人员正在攻打驻地。两名岗哨已经被打死，武装人员往驻地里冲去。驻地里机枪响了，冲在最前面的武装人员倒下几个，更多的武装人员勇敢地向驻地里丢手榴弹，继续向驻地里冲。岳小白侦察回来，向叶德全汇报说，像是四战区武工队的人，看来不光我们惦记着这事。蔡广得来劲了。说："借这个机会，正好一块儿打。"叶德全趴在草丛中往下看了看，缩回身子，说："再等等。"

蔡广得："还等什么，帮忙的来了，不比咱们4个人小偷小摸地往里面混强？"叶德全："要是枪不响，我们偷偷进去，摸一个舌头出来，闹不出动静。现在动静这么大，听声音鬼子至少有两挺机枪，那帮冒失鬼未必能讨到便宜，我们没有必要去接子弹。"

蔡广得："那我们干吗，躺在这儿睡觉？"叶德全："要是不想睡，抠抠你脚上的泥，身子利索点，一会跑得快。"丁荷："要是鬼子增援部队来了怎么办？"

叶德全："枪响成这样，附近的抗红义勇军不敢出来，最近的鬼子离这儿20里地，再快也得一个时辰，够你抠两斤泥了。"岳小白："他是对的，我们没有必要替人家挡枪子。"

蔡广得没趣，往地上一坐，枪往草丛中一丢。枪走火了，身边丁荷哎哟一声往后倒去。蔡广得一愣，和另外两个人扑过去抱起丁荷。蔡广得正不知所以。岳小白抱怨，你他妈的走火打中他了！丁荷眼闭着，怎么摇都摇不醒。叶德全："别摇了，快看看打中哪儿了！"蔡广得醒悟过来，连忙哆哆嗦嗦在丁荷身上翻找，丁荷睁开眼说："我困了。"蔡广得鼻子一酸，慢慢把丁荷拉起来，搂进怀里。众人这才明白丁荷没中枪，蔡广得就像搂失而复得的宝贝似的搂紧丁荷。

驻地那边的枪声一直激烈地响着。叶德全趴到高处往下看。战斗在进行，武装人员损失惨重，被猛烈的火力赶出驻地，且战且退。不断有人中弹倒下。日军追了出来。岳小白："鬼子撵出去了，营地里没剩多少。"叶德全决定趁乱下去救人，4个人摸下高地。

驻地中只留下少数几个日军在紧张地抢救伤号，泼水救火。两声枪响，两名日军倒下。蔡广得一马当先，连续向院子里的日军射击。叶德全紧随其后，连续射击。叶德全："得仔，我掩护，你去抓舌头！"蔡广得："我去看看机师！"叶德全："别管他，我们只要舌头！"蔡广得不听叶德全的，和丁荷向屋内冲去。叶德全骂了一声，一分神，差点被子弹打中，连忙向冲上来的日伪军射击。岳小白幽灵般出现在日军身后，搂住一名日军的脖子，一挥手，鲜血一溅，那名日军倒下断了气。

外面激烈的枪声中，脑袋包扎着的美军飞行员小汤姆缩在角落里，害怕地看牢房的门。门被撞开，丁荷冲进来说："快，跟我走！"小汤姆："上帝，我已经交出了武器，我是被俘人员，你们想把我怎么样……"丁荷听不懂英语，急得上前拽住飞行员就走。一出牢房，丁荷和小汤姆就差点被子弹击中。小汤姆吓得一猫腰，又钻回牢房里。蔡广得在走廊门口连续射击，同时告诉丁荷去灶房！丁荷再度从牢房里拉出小汤姆，两人低头躲避着了弹顺着回廊朝灶房退去。蔡广得且战且退，在后面掩护，跟着退进灶房。3名日军冲进走廊。

院子里不断传来枪声，那是叶德全在和日军厮杀。

偌大的灶房。蔡广得躲在门口不断向外射击。丁荷用一口铁锅用力砸窗户，想从那里出去。蔡广得："来不及了，从后院柴房翻出去！"丁荷领着小汤姆钻进后面的柴房，顺手操走一把日本菜刀。蔡广得退进灶房，用灶台作掩护换弹匣。3名日军冲进灶房，子弹将蔡广得打得抬不起头。

丁荷拼命往墙上推小汤姆。墙太高，小汤姆人高马大，丁荷推不动。小汤姆比画着说："你先上去……"丁荷："不把你带出去，菜花头会打死我！"丁荷看到一旁的柴，跑过去抱起一根粗的柴竖在墙下，用瘦弱的肩膀扛住，说："快上来！"

岳小白在院子里。他作战的方式奇特，手中只有一把匕首，动作敏捷，快速出现在一名日军身后，扳住他的脖颈，挥刃一带，日军从他手中滑落下去。

子弹打得灶台砖石四溅，蔡广得埋着脑袋向案台后射击。日军的子弹打下一口铁锅，罩在他脑袋上。蔡广得大叫竹叶青快救我，我出不去了！岳小白听见蔡广得的叫声，轻盈地躲避着子弹，向灶房方向跑去。蔡广得索性把铁锅顶在脑袋上当掩护，凭借灶台与3名日军对射。岳小白的脑袋在灶房门口冒了一下，缩回去。日军发现了，其中一名对付岳小白，向门口开枪。另两名继续对付蔡广得。岳小白跃进灶房，找地方躲避子弹。蔡广得："开枪啊，你妈的傻了！"蔡广得头上的一盏马灯被打得粉碎。灯油落在蔡广得身上燃起来。他扣动扳机，将一名日军击中。岳小白躲避着子弹，不断接近日军。在日军换弹匣的时候他飞身而出，将日军踢倒，箍住日军的脖子，手中的匕首一挥，日军颓然倒下。

蔡广得扑灭身上的火焰，喘着粗气换上一匣子弹，然后他站起来，大步走出灶台向案台走去，连续扣动扳机。子弹打得躲在案台后面的日军士兵抬不起头来。岳小白从背后快速接近日军士兵，在蔡广得枪声停下的一刹那，他跃了出去，捂紧日军士兵的嘴，一把带血的匕首架在他的脖颈上。蔡广得："留下他！"

天还没有亮，稍见熹微。浪头在礁石上溅得粉碎。

浅丘经道和日军129师团师团长鹈泽尚信在随从的陪同下视察日军反登陆作战防御阵地。规模宏大的防御阵地隐藏在海滩、礁石、岸丛和伪装网中。崖壁洞穴里堆满了炮弹，一门门平射炮炮口对准海滩。浅丘经道凭高面海，遥望海上成群结队的海鸟。鹈泽尚信："盟军不会知道，我129师团在静静地等待着他们，这里将成为陪伴他们度过漫长岁月的墓地。"浅丘君，我的反登陆防御作战计划就靠你来保护了。浅丘经道没有回话。

朴渚芳匆匆攀上崖壁，对浅丘经道说，教授，昨晚驻深圳墟第三联队二小队被袭。第二小队抓了两个负伤的袭击者，是四战区武工队的人，他们受雇于英军服务团，营救美国机师。

浅丘经道："英国人在香港和缅甸仗打成这样，把祖宗的荣耀丢光了，收罗一下自己的逃兵倒也没什么，管美国人的事，这就不应该了。"

朴渚芳："敌人的战术很狡猾，他们把二小队引出驻地，从背后偷袭，不但救走了美国机师，还抓走了我们一名伍长。"

浅丘经道思索片刻，说："通知南京政府21师，把守住公路，让45师在东门镇搜查，他们一时半会儿不会走远。小林在干什么？"

朴渚芳："在监视罗浮山、大岭山和羊台山方向出来的东纵主力部队。"

浅丘经道："告诉他，绝不允许任何一支情报队从他们的根据地里出来，出现在我占领区，只要一露头就打掉他。"朴渚芳领命而去。

杨桃在菜地里拔了两根萝卜，到水井边洗。美军飞行师小汤姆获得了自由，人显得轻松多了，坐在破庙的台阶上好奇地往庙里看。庙里，被俘的日军伍长被捆个五花大绑，嘴里塞了块破布躺在地上，呆呆地看着菩萨身边凶神恶煞的四大金刚。菜地旁一棵大王椰树下，叶德全、蔡广得和岳小白3个人在争执。蔡广得："人救出来了，舌头抓到了，你不快点离开，让我带着渣子在镇子里到处显摆，我俩满城串，就差惹是生非了。你到底玩的是哪门子花招？"叶德全："我说过，中午之前藏在这儿不动，太阳一当顶我们就走。你别问我，关心关心你自己的事。"

蔡广得："我有什么好关心的，不就是带着渣子到处逛茶馆，逢人就说我们手头有值钱的东西？那个大鼻子能换钱吗，做上门女婿人家嫌肚子大，干不了农活。"蔡广得又说岳小白："还有你，昨晚你想害死我呀，偷偷摸摸的，像个贼似的。你们国军不会用枪啊，害我差点把命丢掉。"蔡广得当啷一声将一把日军菜刀丢到岳小白面前说，渣子找日本人借的，给你换把大号的，拿这个割脖子比小刀子利索。

叶德全："看来你真不明白，那我提醒你。今天是你中蛊的第四天，一会儿你会头蛊发作。记住，发作的时候找我讨解药，别到时候管不住手，把自己的眼珠子抠出来。"蔡广得一下子想起这事，呆住了。岳小白："老叶，我也觉得没这个必要，捉了人家的舌头，待在原地不动，再满城嚷嚷说手里有人，不要说他一个中了毒的，连我都不知道你玩的是哪一门。"

叶德全："你先帮杨桃审鬼子，审完我再告诉你们。"岳小白猜疑地看了叶德全一眼，起身走开。

　　杨桃把洗好的萝卜递给小汤姆，和岳小白一起进了破庙。岳小白为日军伍长解开绳索，让他在杨桃面前坐好，两个人用日语审问他。伍长仇恨地盯着杨桃。岳小白飞起一脚将他踢个嘴啃泥，叫他老实点！杨桃："你踢他干什么，没见他害怕吗？"

　　岳小白："你问他杀中国人的时候害怕过吗？"

　　杨桃："他现在不是俘虏吗？"杨桃把伍长搀扶起来，替他整理斜到一边的帽子和手上绑着的绳子说："没磕着吧？你现在是俘虏，俘虏不受虐待，可你得回答我的问题，明白了？"伍长坚持了一会儿，妥协地低下脑袋。杨桃："好了，放心，我会保护你的安全。"伍长："是，请多关照。"

　　杨桃："我们重新开始，你叫什么？"伍长："岩下健男。"

　　杨桃："告诉我你的情况，你多大，战前是干什么的，你的部队、军衔和番号……"

　　岳小白："跟他费那个劲，直接问他知道什么。"

　　杨桃："要不你来。"岳小白："我日语没你好。"

　　杨桃："那就在一边待着，请别打断我……"

　　伍长："明白了。我是奈良县吉野町人，今年18岁，战前在家里种地……"

　　杨桃："健男君，我们同年，我也十八。"

　　蔡广得和叶德全坐在树下。两人隔着几尺默默地看着对方，目光中充满敌视。蔡广得心里骂：卑鄙的小人！叶德全默言：小子，跟我玩，你还嫩了点。蔡广得心想：不能被他掐住，得把解药弄到手，不然我就完了。他把解药放在哪儿了？叶德全心想：你想要解药？没那么容易。蔡广得脸色越来越苍白，眼睛突然一翻，人倒在地上痛苦地挣扎。叶德全不在意地看了蔡广得一眼，根本不理会。蔡广得痛苦地扼住喉咙，在地上打着滚。蔡广得："我蛊毒发作了，快给我解药……"

　　叶德全不知从哪儿变出一个小纸包，冷漠地丢给蔡广得，说："别闲着，干点活，出去找找渣子，看看他打听到消息没有。"说罢起身走开。蔡广得连忙爬过去，从地上抓过小纸包打开，将一些泥色的粉末胡乱吞下去。小汤姆见叶德全离开后过来了，将蔡广得搀扶起来，递给他一碗井水，同情地看着他。

杨桃："就是说，你什么都不知道？"

伍长："是，我们是藤本大队第二小队，在城郊驻守，听候命令，我只是伍长，您问的情况，就是藤本大队长知道得也不多。关于这件事，实在对不起。"

杨桃和岳小白相视一眼，面露遗憾之色。杨桃脸上漾起微笑："你是奈良人？"

伍长："是，奈良吉野町。"杨桃："我在纪伊半岛生活过半年，去过你们奈良县。"

伍长脸上露出喜悦，问："小姐去过我的家乡？"

杨桃："嗯，我的老师大岛先生给我讲过东大寺的故事，那可是世界上最了不起的木质建筑。"

伍长："它是日本寺院的总寺，有不少远道而来的著名僧侣。这样说，小姐一定看过吉野山上的樱花了，它们是日本最好的樱花"杨桃："我喜欢吉野山上的樱花，不光花美，名字也美。吉野千本，八重红彼岸，简直就是仙女的名字。现在记起来，我还吃过春日社的樱花寿司和渍菜呢。"伍长兴奋得往杨桃面前挪了挪身子，说："经历短暂的灿烂，七日后凋谢，樱花死在最美的一刻，这是多么壮丽的生命……"话未说完，他的喉间溅出一道血沫，遗憾地看了杨桃一眼，颓然倒下。他身后站着冷酷的岳小白。杨桃呆呆地看着前一刻还在和她议论樱花的伍长，突然尖锐地叫起来，扑向岳小白，又踢又打。杨桃："为什么要杀他！"岳小白："他杀过中国人。"

杨桃："他现在是我们的俘虏，我答应过他不会死……"

岳小白面无表情地上前将带血的匕首在尸体上揩了一下，收起匕首。叶德全进来，看了一眼地上伍长的尸体，面无表情，说："收拾一下，太阳一当顶我们就走。"

杨桃："他把人杀死了！"叶德全不惊不乍："杀就杀吧，别说一个伍长，就是捉一个更大的官也别想审出什么。"杨桃呆呆地看着叶德全说："那你还带人捉舌头？"

叶德全："打一下，让大伙出出气，不然队伍全垮了。"杨桃一下子明白过来叶德全的计谋，气坏了，说："你这是故意为竹叶青提供杀人机会。那好，仗打过了，他们都拎着脑袋往上冲了，谁也没怕过死，你的第三次甄别该结束了吧！"

叶德全："打仗不算，苦肉计谁不会，这个没用。"

杨桃气呼呼地问岳小白和叶德全，除了投毒和杀人，你们还会干什么？岳小白："救我们5个人的命，包括你的。"丁荷匆匆进来，看一眼地上的伍长尸体，抹一把汗，说："和我们的人联系上了！是英军服务团的人，他们也在找美国机师。"叶德全和岳小白交换了一下眼色。

丁荷："还有，鬼子开始搜城了。"

叶德全："这儿收拾一下，我们走！"

杨桃蹲了下去，呆呆地看死掉的岩下健男，慢慢伸出手，轻轻合上他的眼睛。

海平面上浮现着晨光，一艘拖往上海滩修理的大渔船旁，数名抗日武装人员持枪警戒。蔡广得和岳小白提着手枪离着不远，警觉地监视着抗日武装人员。

叶德全与一名华人牧师和抗日武装林司令在船舱中交谈。牧师："没想到，我们没能做到的事情，你们替我们做到了。我代表祁德尊少校谢谢叶先生。请问小汤姆先生在哪儿，他受伤了吗？"

叶德全："先别急，请回答我几个问题。"叶德全知道对方和东江纵队有联系，就问："能告诉我，东纵最近委托你们搜集过什么情报吗？"牧师："没有。我们之间的合作仅限于战俘营救和转移工作，而且，一直是我们接受他们的帮助，无以报答。上帝知道这些好心人。"

叶德全："能告诉我，最近深圳墟一带的鬼子有什么动静吗？"

牧师："我们全部的爱都给了那些被上帝抛弃的灵魂，受上帝的指派，为这些可怜的人打通一条回归上帝光照的交通线，我们会尽量避免日本人的注意，从不打听他们的情况。"

叶德全想了想，问抗日武装头头："林司令在这一带活动了多长时间？"

林司令："我的队伍去年打光了，刚刚组建起一支新的武装，由华南特别行动总队节制。"

叶德全："您的部队负责对日军进行情报搜集工作吗？"

林司令："上级给我的任务是破坏公路和桥梁，暗杀汉奸，为国军筹粮，任务十分艰巨，情报工作不属于我的任务范围。请问叶先生是哪支部队的，受何方节制？"

叶德全不再废话，起身向舷窗外的岳小白示意，拱手向牧师和头头作揖。道："二位，人交给你们，头上有点轻伤，碍不着吃喝。时间紧，不多叨扰，告辞了。"林司令："哎，叶先生，请问你们是哪个部分的……"叶德全已经跳出船舱。岳小白朝远处打了个响亮的呼哨。远处树林里钻出杨桃和丁荷，两人领着小汤姆向这边快步走来。抗日武装快速撤掉远处的警戒，两名教会人员迅速为小汤姆换上教士长袍，领他转移。

叶德全带头，蔡广得、岳小白、杨桃和丁荷沿海岸线向远处走去，大家都垂头丧气。林司令领着两名武装人员不舍不弃地跟在后面，一脸困惑地问："叶先生，请告诉我们你们是哪支部队的，我好向上司汇报，给你们嘉奖。"叶德全头也不回，脚下撩起一串细沙。林司令："受人之助，总不能这样不明不白，诸位是哪支部队，留下大名，日后……"

蔡广得突然回身说："老子哪支部队都不是！老子连自己是谁都不知道！满意了？"林司令吓了一跳，站住。岳小白刷地一下拔出枪，指向林司令，说："别再问了，回去藏你的人吧。"林司令和两名随从立刻紧张地举枪相向。岳小白眼没挪，抬手向身旁打了一枪。远处的海面上，一只海鸟跌落进大海中。林司令和随从吓得连忙跑掉了。

叶德全大步往前走，脸阴得厉害。杨桃紧随其后，眼里噙着泪水。杨桃："我们去哪儿？我们就这样被组织上丢掉了？"叶德全没有回答，大步往前走去。蔡广得："我们就是组织。"岳小白："我们自己当自己的家。"叶德全决绝坚定地往前行。杨桃脸上挂着泪珠迎风而行。蔡广得、岳小白迎风而行。海边，一行人风中前进。风很大，海浪汹涌。

第五章
信任危机　心魔作祟

　　天蒙蒙亮，东纵指挥机关在转移。老式自行车、马、担架，队伍呈纵队前进。因为是机关，人员大多是干部、知识分子和小鬼班队员。战时鼓动队在作鼓动。吴为、老梁、三号等都在其中。

　　部队从一处陡坡滑下。吴为和老梁等联络处的人接住滑下的C.罗和欧戴义。C.罗心事重重，一滑下来就去找三号。三号借着微弱的晨曦在一棵荔枝树下找荔枝，三号把几颗荔枝递给C.罗，自己塞了一颗在嘴里，说："八百多年前，有个叫苏东坡的中国诗人在这儿写过一首诗，'罗浮山下四时春，卢橘杨梅次第新。日啖荔枝三百颗，不辞长作岭南人'。说的就是它。天要亮点儿能多摘不少。再有20天就熟了，不过，能凑合着解解渴。"C.罗："将军，我们也只有20天时间了，这样在大山里转来转去，什么时候新的行动小组才能派出去？"

　　三号："部队在转移，我们需要时间组织人员。你也看到了，特别情报处1分钟也没有停下来，正在做这个工作。"

　　C.罗："要等到什么时候？我们的情报局正在等待情报，我们没那么多时间！"三号吐出嘴里的荔枝核，生气地把C.罗手中的荔枝拿回来，说："你太急了上尉，这个你吃不了。小吴，给你吃，吃不了喂马。"C.罗无奈，张开双臂。

　　太阳出来了，东纵转移的部队停下打尖。大部队在埋锅造饭。三号在帮着炊事员吹火。C.罗在稍远处的地方磨蹭，眼睛往这边看，按捺不住，过来了，刚想开口。三号："叫我老兵吧。"

C.罗："以您的战争资历，我更愿意叫您前辈。"

三号递给C.罗一只生番薯。说："生的，先垫垫肚子吧，鬼子跟得紧，一会儿我们会和鬼子捉迷藏，还有30里地要走。"

C.罗："前辈，太平洋战争打了4年，您知道盟军伤亡了多少？"三号："150万。"

C.罗："我知道，您会说，中国人的伤亡更大。"

三号："不是更大，是大得多，不说伤亡，说死难，光是战死在沙场上的将军就有250多名，老百姓怎么也得往2000万上数，同盟国中，没有这样的前例。他们当中，一定有你父母家族的人。"

C.罗："这场战争不能再打下去了，再往下打，连赢都赢不起。"

三号："我知道你想说什么。你们的军事长官有分歧，麦克阿瑟主张放弃中国，先解放菲律宾。"

C.罗："军队和政府之间的意见也不一致，美国国内的反战情绪一直在持续，内讧使战争力量瓦解。"

三号："不光你们，我们也一样。"

C.罗："我在想，如果华盛顿被占领了，我们也会出现汪精卫把持政府。"

三号："是啊，你们的总统已经无力拖延战争的时间表了。所以，你们打算尽快用空中优势压制日本本土，炸垮日本人的气势，迫使他们投降。"

C.罗："军队必须回避日本本土作战这口令人绝望的陷阱，尽快结束掉这场战争。"

三号："我们一直在这么做，我们牵制和抗击了日本陆军三分之二以上的兵力，日军百分之七十的战场伤亡是在我们手上。别忘了罗斯福总统的话，美国忘不了中国人民在长达8年的时间里怎样抵抗住了日本人的野蛮进攻，在亚洲大陆和太平洋战场牵制住了大量敌人。"

C.罗："但我们需要最彻底的，毫无保留的支持。"

三号看着C.罗，刚要说什么，吴为从山坡上匆匆下来。吴为："首长……"三号："还是那句话，对自己人，我们没有秘密。"

吴为："刚接到消息，三支队和四支队派出去的两支新的行动小组，刚出根据地就被鬼子打掉了。"

　　三号猛地站起来。C.罗吃惊地站起来。吴为："两支小组的22个人都牺牲了。浅丘经道说的'报子'，指的就是这个。"三号朝C.罗看了一眼说："继续派。"

　　吴为："首长，能动用的人都动用了。"三号："我说了，继续派。"

　　吴为："首长，纵队机关在转移，主力部队都在外线作战，我们再组织不起新的行动小组了！"

　　三号咆哮："派不出也要派！不惜一切代价也要派出去！我们和鬼子拼人，他打掉一个我们再派出去一个，看他能不能把中国人都堵在家门口！我们不给鬼子报喜的机会，代价再大也要结束掉这场战争！"

　　5个人回到菜园子，坐在破庙的台阶上开会，神情很庄重。

　　叶德全："深圳墟的两个关系不能使用，打了一仗，什么情况都没有摸到，这里不能久留，得尽快离开。大家说说，接下去怎么办。"众人沉默着。叶德全："如果想不出办法，大家只能散，小蜜蜂还去南洋，其他人爱去哪儿去哪儿，自己想办法。"杨桃非常紧张。岳小白打破沉寂说："我们不知道下一步行动是什么，又没有关系可以利用，要想不散，只能靠推测。"

　　叶德全："我先说，你们补充。我们不知道下一步的任务是什么，但组织上告诉了我们，是来深圳墟搜集日军情报的。"蔡广得："行动小组配备了10个武装护送人员，他们都是战斗部队抽上来的最优秀的战士。不是简单的情报搜集，肯定得动真格。"

　　叶德全："提示得好，就是说，不是一般的情报任务，而且，在出来之前，除了岳小白，我们4个人都受到了严格审查。"

　　丁荷："他们一直追问我和表哥的关系，威胁说要枪毙我。我吓得差点尿裤子。"

　　叶德全："还有，行动小组的主要人员中，特意安排了杨桃和丁荷两个特殊关系。"

　　杨桃："他们说，等到了联络点，会告诉我了解哪些情况。"

　　丁荷："他们也是这么告诉我的，说到时候会告诉我向表哥打听什么。"

叶德全提醒大家注意一个细节，说在送行的总部首长当中，有两名盟军的军官。众人受到叶德全启发都活过来。杨桃："第一，这是一次重要的情报搜集任务。第二，这次任务的保密级别非常高。第三，这项任务和盟军有关。"蔡广得："盟军不会和鬼子搞联欢，只会打鬼子。是不是盟军想知道什么地方是鬼子的七寸，要在那里对鬼子下手？"叶德全："现在我们只需要做一件事，确认这个任务是否与盟军有关系，它是什么任务。"蔡广得："怎么确认？"

叶德全："有一个人会帮助我们，这个人就在我们当中。"众人随着叶德全把目光投向岳小白。在众人目光的逼迫下，岳小白妥协了，说："好吧，也没有什么好隐瞒的了。我交代，我的确接受了任务。"蔡广得跳了起来。叶德全拦住他说："让他说完。"岳小白："C.罗上尉要我在任何情况下都把获取到的情况掌握在手中，首先向他汇报。我就是这么被安排进行动小组的。"

蔡广得："敢情你是埋藏在我们当中的杨延辉呀，投降了契丹人，娶了个公主，然后当上了叛徒。"

岳小白："我不是C.罗上尉的人。我只奉命护送盟军联络组安全到达罗浮山，这才是我的任务。C.罗上尉希望我能再为他们做一件事，他给了我一套密码，说路上会设法和我取得联系，告诉我该怎么做。"叶德全："电台在我们手里，我不会让你接近。"

岳小白："头一天搬戏箱的时候我就下了手，电台一旦使用，就会出问题，除了电报员，你们当中只有我能对付。我有办法骗过你们的电报员，把情报发出去。"蔡广得："我怎么说的，审他的时候我就料到他有猫腻。难道你们的人别的事不干，只会偷人家的情报？"

岳小白："少给我说这些没用的。你出来干什么？鬼子会把情报拱手交给你？不偷，你从哪儿来？"

蔡广得："至少我不偷自己人的东西！"岳小白："盟军也是自己人！"

蔡广得："那他干吗偷偷摸摸往鸡笼子里塞黄鼠狼？他是狐狸养的？"

叶德全阻止住双方的争吵，说："按照我们的分析，任务的目的是为了盟军，那盟军一定参与了总部终止任务的决定，竹叶青这个机关也就没用了，他现在和我们一样，不再被信任。"

大家继续分析。岳小白说，在执行这次任务前，他参加了一次联合司令部的情报搜集工作，目标在惠阳。和这次一样，也是具体任务不告诉参加人员，只有带队的指挥官知道。他那个组刚到广州就被鬼子盯上了，5个人独剩他一个。而且不到10天时间，换了两个地方，参加了两个组，干了两次情报搜集工作，可究竟干什么他却不知道。蔡广得一听国军指挥官知道任务。就问叶德全："按国军的待遇，你该知道任务是什么。"叶德全否认自己知道。蔡广得："不可能。你等于在说咱们的待遇比人家差，你在污蔑人民抗日力量。"叶德全："我真不知道，我以党员的名义起誓！"

蔡广得突然说："你等等，你先别起誓，一会儿再审你。"说完问岳小白："你刚才说，你那个小组要去惠阳执行情报搜集任务？"岳小白："对，准确地说，是惠阳料水村，那里有我们一个情报组在工作，可也被打掉了。"蔡广得一拍大腿说："不是没地方去吗，我们为什么不去惠阳？"

叶德全："情报在深圳墟，去惠阳干什么？"

蔡广得："你蠢。竹叶青的任务也是联合司令部布置的，目标在惠阳，说明惠阳就是情报方向。"

岳小白："菜花头说得有道理，不如先去惠阳，弄条船沿西海岸跑一趟，说不定能嗅出点异常。"

蔡广得："我在惠阳有个房东，我们去那儿看看，说不定歪打正着，能弄到情报。"

丁荷和杨桃看到了希望，都说同意，气氛一下子活了。4个人默契地同时起身，同时走开，谁也不理叶德全。叶德全反倒困惑了："你们，你们不问我的事了？"蔡广得："问也白问。小蜜蜂说得对，你脑子比谁都好使，如果你是鬼子的人，我们问还不如不问。"叶德全傻了。

军票和武器摆在一旁，蔡广得和岳小白在菜园子的一棵大树下挖坑，准备埋起来。两人不说话，不看对方，动作一致，像是在完成规定动作。蔡广得和岳小白抬头默契地对视了一眼，同时从土坑里捡起一支枪，几支弹匣，快速别在后腰上，然后填坑。岳小白去一旁铲草皮。蔡广得趁岳小白不注意，偷偷捡了几张军票掖进裤裆里。两人看到叶德全从破庙那边过来，状态立马警惕起来。

叶德全："武器和军票都埋上了？"岳小白："正埋着。除了菜花头偷偷藏在裤裆里那几张军票。"叶德全手伸向蔡广得。蔡广得瞪一眼岳小白，无奈地从裤裆里掏出军票，辩解："我又不是为自己，路上没吃的，我可不去弄。"

叶德全："粮草的事用不着你，用你丁荷有意见。"说完往蔡广得手心里拍了一下，留下个小纸包，说："一包解药管3天。别弄丢了，丢了没多的。"蔡广得一脸坏笑说："你不担心我夜里把你弄死，拿了解药远走高飞？"叶德全："别费心思，3天之后你还得继续用解药。"蔡广得慢慢收了脸上的坏笑，问："你是说，解药是现做的？"叶德全："得看做解药时的心情，心情不好，解药做坏了，蛊毒下得更深。"蔡广得闻言傻了。

岳小白："老叶，话我已经说过了，不说第三遍，你的确太毒了。"叶德全："屁话收起来，东西埋结实，事情完了还得取回来。鬼子的钱也是钱，完事后交公，不能留在这儿让潮气腐了。"说完撇下两人走开了。

岳小白看一眼傻在那儿的蔡广得，摇摇头，低头继续埋武器，说："别说谢我，我没打算帮你说话。我就是觉得奇怪，他这条老鳗鱼是什么变的，怎么就没有七寸，打不死他？"

叶德全、蔡广得、岳小白3人在破庙里换衣裳。叶德全布置角色："我是舅舅，开渔具店的，竹叶青是徒弟，菜花头，你和小蜜蜂扮成我的外甥女和外甥女婿，随身行李丁荷挑着，他是家佣。"

蔡广得："干吗我扮女婿？我不想缠小蜜蜂，免得她蜇我。我也不给你当女婿，我怕我妈从坟里爬出来掐死我。"叶德全："不当外甥女婿你当什么？"

蔡广得："我当舅舅。"叶德全："你当舅舅我当什么，舅老爷？"岳小白："他说得有道理，就他这模样，皮粗肉糙的，小蜜蜂配他糟蹋了。要不我和他换，我来当外甥女婿，他来当徒弟。"

叶德全："不行，他行动毛躁，非得小蜜蜂这样的主儿才能拿住。就这样定了。你懂化装术，给他把糙皮搓搓，让他显得嫩生点。渣子，你杨桃姐好了没有？"丁荷叫声好了，笑嘻嘻牵着打扮好的杨桃从外面进来。叶德全一下子就傻了眼，正系着裤子，差点没掉下来。杨桃按客家媳妇的模样打扮过，一身香云纱，头盘了，脸开了，光鲜动人，比姑娘打扮时更多了一分韵味，笑盈盈走过来。

岳小白为蔡广得收拾，拿一把香灰往脸上搓。蔡广得被搓得吱哇乱叫，正不耐烦地埋怨着。两人抬头。岳小白倒抽了一口冷气："我的妈，这得迷死多少人。"蔡广得一脸坏笑："这是我媳妇？怎么没人给我说？外甥女婿我当了，别跟我抢，谁抢我踹谁。"

杨桃扑哧一声乐了，笑着指着蔡广得说不出话。连丁荷和叶德全都乐了。蔡广得被岳小白故意打扮得傻里傻气，裤腰吊老高，衣袖差半尺，头发用水抹成一片瓦，活像个小丑，自己却不明白，一脸不解："笑什么？"杨桃："他，他，他把你……"

叶德全："竹叶青，你别夹私心，看你把他收拾的，有这么呆气的姑爷？这要一出去非让人认出来不可。还有，小蜜蜂这样也不行，不是招人吗？给她脸上抹点土，别让她那么光鲜。"

那边丁荷守着一堆东西闹起来，说这么多行李，干吗我一个人挑，这不公平！况且竹叶青个大，他能挑。叶德全："他是我们当中唯一懂情报的，要把他用坏了，你去哪儿搞情报？"

蔡广得收住笑，看叶德全一眼，再看岳小白一眼，大步过去，一脚踹倒行李挑子。再一件一件往外砸东西，一气把行李扬了个七七八八，回头恶狠狠地对叶德全说："还有没有让渣子拿的？要有一块拿来，我替他拾掇。"

一辆马车嘚嘚地在公路上走。马车上坐着各怀心事的5个人。岳小白赶马。叶德全舒舒服服坐在当中，闭着眼打盹。丁荷气鼓鼓坐在车尾，守着一担挑子。

蔡广得和杨桃扮成新婚的人儿，傍着肩儿坐在车沿上，蔡广得就像身上钻了蚂蚁，老看一边的杨桃，往一边躲。蔡广得不习惯新衣裳，不断拉衣领。杨桃打他手，说："别露出脖子，也不嫌泥厚，我可没这么不讲卫生的姑爷。"蔡广得瞪一眼杨桃。杨桃比他眼睛瞪得更大。蔡广得瞪不过，只得放弃，揶揄道："长那么大一对牛眼睛，难怪人躲你。"杨桃："你才牛眼。你螃蟹眼懒驴眼蛤蟆眼。"蔡广得："我说什么了你就骂我？有你这样当媳妇的？"丁荷："你说杨桃姐牛眼睛。"蔡广得："小屁孩，听什么墙脚？守你的包袱去。"

蔡广得脱鞋，盘腿坐舒坦。杨桃敲蔡广得的腿，说："你不嫌脚臭，人家还嫌我没管好，嫁个男人没教养。"蔡广得："你有完没完，谁是你男人？"杨桃："舅舅，你给我换个姑爷，这样的男人我不稀罕。"叶德全："你说吧，换谁？"杨桃："换竹叶青。"

岳小白："刚才换行，现在不换了，我喜欢这匹马。驾！"

杨桃："喜新厌旧，没个长性子！那我换渣子，我要渣子做我的姑爷。"杨桃故作亲昵地把胳膊挂在蔡广得的肩膀上，眼波流盼，往一边推蔡广得，说："过去，坐那头去。以后我得叫你什么呀？相好，还是前相好？"蔡广得往一边躲，没躲好，一屁股掉下马车去。杨桃开心地咯咯笑。

岳小白勒住马，看前面。不远处是一个检查哨。

汪伪52师在公路上设了检查哨，盘查来往路人，遇到可疑的人带走。马车过来，查哨的班长伸手拦车，并盘问。岳小白一一应答。班长朝马车上的人看了看，目光停在杨桃和蔡广得身上，在二人中间来回睃。

岳小白："我师傅的外甥女外甥女婿。"班长："傻姑爷配个俊媳妇，糟蹋了。"

蔡广得本来脸上僵硬着笑，一听生气了。杨桃暗中掐蔡广得的手，暗示他别冲动。岳小白憋着笑背过脸去。班长挤开蔡广得，坐到杨桃身边，问："你们不是右江支队的人吧？"

叶德全："老总开玩笑，就我们这老的老小的小，人家共产党的队伍能要吗？"

班长："不开玩笑，都下车。张德刚，过来检查一下，看看车上拉了什么。"

两名士兵过来了。叶德全心无牵挂地跳下车。蔡广得和岳小白开始紧张。士兵先检查人，挨个搜身上，检查行为很粗鲁，人不当人。一名士兵欲检查杨桃。杨桃主动上前，用大家闺秀的气势把士兵逼站住，大大方方各处一掸，再冲士兵一笑说："渣子，来，让这位大哥检查一下。"说完，没事似的走开了。士兵愣一下，扭头去搜丁荷，走出两步还没忘回头看杨桃一眼。

张德刚在马车上乱翻。岳小白和蔡广得交换了一下目光，两人过去了。岳小白只说一大早就上路，牲口跑急了，想讨点水，饮牲口。张德刚推开岳小白，继续检查马车。蔡广得想与他套近乎，也未得逞。蔡广得看着张德刚上了车，头上冒出汗，小声对岳小白说："要坏事。"杨桃一旁已看出端倪，她一把拉住蔡广得，往他身上贴，撒娇说："得仔，我累了，我们什么时候才能到啊？"杨桃的声音又娇又嗲，吸引了两个士兵。两人不检查了，抬头呆呆地看杨桃。

杨桃蛇似的往蔡广得身上贴，咬他耳朵："笨蛋，搂住我。"蔡广得一经提醒省过神来，伸手搂住杨桃的腰，手被电了似的一抽，被杨桃暗下里用力按紧不让动。杨桃："我饿了，你给我买碗鱼粥去。"蔡广得："别闹了，一会儿到沙面给你买蟹黄肠粉，啊？"

两个士兵不检查了，靠在马车上发起感慨。班长："你说，人家这小日子过得，这才叫日子。"张德刚："这是明摆着气人，哪像我们这些北佬，放着江南水乡不守，到这儿来惹一身瘴气，死了也是岭南鬼，你说我们这兵当得冤不冤？"

班长把枪一顺，从马车上下来，说："别在这儿馋人了，上路吧。黑脸儿，给媳妇多买点好吃的，好媳妇啊，别亏了她。"

众人连忙七手八脚地爬上车。蔡广得和岳小白悄悄松了一口气。岳小白一扬鞭子，马车一溜烟走了。都受了惊吓，叶德全一脸的不满意，蔡广得一脸的丧气。杨桃："你们怎么也不表扬我一下？"

叶德全："表扬什么？破绽百出，你俩那样根本蒙不住人，我在一边看着急死了。这样不行，别说惠阳，沙面没到就得让人拿住。"

蔡广得："谁叫你乱安排，我就不是当姑爷的料，娶个媳妇受活罪。"杨桃一听就生气，说："就你这样的，娶了媳妇也是糟蹋。"蔡广得表示，姑爷不当了，不受这个折磨，要求散伙，不干了，大家分头走。叶德全："散什么？谁让散的？不许散。"

蔡广得："又不是一个娘胎落下的，至于非得亲热成这样？小蜜蜂让竹叶青带去，我带渣子，你自己走，大家在惠阳碰头，路上落个轻松。"

叶德全坚持，谁也不许分开。岳小白："你俩就别费劲了，他是担心我们当中的内鬼。"一经提醒，蔡广得和杨桃不说话了，都看叶德全。叶德全："光我担心，你们就不担心？你们大伙儿想想，我们5个人，谁都有可能是那个内鬼，谁都有可能出卖其他4个人，稍有看不见的地方，信就递出去了，不然就是后背捅进一把刀子。"

岳小白："他的意思，内鬼就在我们中间，所以我们5个人必须一块行动。"叶德全："我就是这个意思，谁也不许单独离开，大家不光要一同上路，一同歇下，而且要一口锅里舀食，一个碗里喝水，一张床上睡觉，谁也别想算计谁，谁也不许离开团队。这就是我们5个人现在的现实，我们5个人都得认，不认就散伙，大家做冤死鬼。"

叶德全的话让大伙儿无话可说，都坐在车上发呆。叶德全刚要再说，听到后面马蹄声。远处的公路上，几匹骑着马的52师士兵和一辆载着士兵的大车远远地追来。蔡广得一个激灵，说："他们追来了！"叶德全："我说破绽百出一点没错，还是让他们看出来了，快走！"岳小白用力鞭打驾马。马车在公路上狂奔，看上去有些失控。隔着老远，追兵快速追上来。岳小白用力驱马。蔡广得采取作战预案。杨桃和丁荷吓坏了，颠动着东倒西歪，坐不住。

追兵开枪了。子弹擦着头皮嗖嗖地飞过，车上的人都趴着。叶德全："再快点！"蔡广得："马车根本跑不过他们，下车！"叶德全："两条腿更慢，谁也不许脱离队伍，谁也不许下车！"蔡广得："那样全都得死在车上！竹叶青，你带他们走小路！"蔡广得翻身起来，一出溜下了车，被惯性带着在公路上打了好几个滚，摔得厉害。

岳小白吁住马，将车停下，帮助车上的人下了车，要大家去树林那边。叶德全带着杨桃和丁荷往公路边的野地里跑。岳小白回头看了一眼蔡广得，毫不犹豫地跟上了队伍。

蔡广得爬起来，顾不得身上的摔伤和脸上手上擦划伤，就地跪着，出枪瞄准。追兵近了，子弹打在蔡广得身边。蔡广得紧张得脸抽搐了一下，他开枪了，一匹马被打中，摔倒在公路上。另一匹马冲近了。蔡广得连续击发。另一匹马上的士兵被打下马，坐骑扬蹄沿着公路向蔡广得冲来。

4个人在齐肩的蒿草中狼奔豕突。岳小白听见身后公路上传来的枪声，站住，要叶德全带他俩先走，转身向公路奔去。杨桃站下回头看，叶德全一把拽住她。丁荷要返身回去救蔡广得。被叶德全用力掐住脖子，连同杨桃一块儿带走。

追兵慢了下来，依据口令四散而开，一边放枪一边向蔡广得迂回包围。蔡广得趴在一览无余的公路上，不断向追兵开枪射击，不断地换弹匣。蔡广得要顾及好几个地方，顾头不顾腚，很快打光了弹药。蔡广得愣了一下，站起身慌忙逃跑。子弹撵上了他。他像兔子似的拼命跳跃着，向公路另一边的洼地上跑去。

公路的另一段，岳小白飞速奔来。他拼命奔跑，冲下公路。他试图去拦截那匹失去了主人的坐骑。马惊慌地从他面前冲过去，他扑了个空，人重重摔在地上。岳小白从地上爬起来，冲向丢弃在那里的马车，抽出匕首去割绳套。

蔡广得撒丫子冲进洼地，没命地在野花野草中狂奔。蔡广得在飞奔中踩虚了，重重地摔倒，他爬起来再跑。子弹追上他。他躲避子弹，非常无助，狼狈而绝望。

班长、张德刚和另一个兵，3个骑兵快速追来，一边向蔡广得开枪，一边包围蔡广得。蔡广得满脸汗泥，东跑一下，骑兵上前拦截住，西跑一下，骑兵拦截住，他站住了，绝望地从地上抓起一块石头捏在手中，大喘着气。3个骑兵停下射击，慢慢收缩包围圈。张德刚："妈的，还想冒充小两口蒙混过去！"班长："投降吧，不然一枪打碎你的脑袋！"蔡广得一咬牙，举着石头冲上去。枪响了。张德刚扬手摔下马去。一匹没鞍的驾马疾速冲来，枪声再次响了。班长扬手摔下马去。第三个骑兵还没缓过神来，没鞍的驾马已经冲到眼前。岳小白从马上跃起，飞身扑向骑兵，将他扑下马来。岳小白和骑兵滚出老远，手起刀落，骑兵的颈间飞起一串血珠子，没气了。

蔡广得傻呆呆站在那儿喘粗气，手里捏着石头。岳小白："还愣着干什么，快走！"蔡广得拔腿就跑。岳小白飞身撵上一匹马，纵身跃上去，扭转马头去追蔡广得。岳小白很快追上蔡广得，叫声上来！蔡广得紧跑两步跟上一旁的马，跃身上去，紧紧搂着岳的腰，两人很快消失在野地里。

丁荷守在海边的一处高坡上望风，人有些发呆。他身边不远，那马匹悠闲地啃着青草。海边一片晒盐场，盐场上的海水正在阳光下干去，露出亮晶晶的海盐粒。蔡广得、岳小白、杨桃和叶德全坐在晒盐场边。一场死里逃生后，都清醒了。叶德全问，"让你们把武器埋掉，枪是哪来的？敢情过哨卡的时候，你怀里掖着枪，你不是害大家伙吗？"

岳小白检查完自己的枪，丢了两只弹匣给蔡广得，说："害什么，要不是我断后，你们能跑出来？我害谁了？要想活下去，光往一块捆捆不住，得放弃内讧，联手行动，至少暂时别互相掐，别没让敌人掐掉，自己把自己掐没了。"蔡广得："我同意。别说什么任务，先让自己活下来，再洗干净。人要没了，洗的就是尸首，那还有什么好洗的。"叶德全："那我就说一件事，也算瞒着你们。出来的时候上面给了我指示，如果有人不服从命令，不用请示，立刻就地正法。"

蔡广得："拿什么正？给你块盐块，你能劈开我脑子？"叶德全冷冷一笑，伸手够过杨桃的包袱，从包袱里摸出一支手枪。众人面面相觑。蔡广得咬牙切齿："你还要怎么算计？"

杨桃："就是说，你可以随时开枪打死我们中间的任何人？"

蔡广得："就是说，我们头上悬着三把剑，鬼子、内鬼，还有组织，他一人特殊，就悬两把？"

岳小白："这回你脑子够用。"

叶德全："说那个没用，这里不是久留之地，先找地方躲一下，然后再合计。"

丁荷还在那儿发呆。蔡广得过来说："走了。"丁荷没动。蔡广得注意到他的情绪，问怎么了？丁荷起身就走。蔡广得撵上去拉住他问："到底怎么了？"

丁荷："你向竹叶青投降了。"

蔡广得："我投什么降？"

丁荷："内鬼就是他，你还让他去救你。"

蔡广得："我没让他救我，他自己去的。再说，你怎么知道内鬼是他？"

丁荷："肯定不是杨桃姐，天下没有那么漂亮的鬼。要是老鳗鱼，他干吗吓成那样，有自己吓自己的鬼吗？"蔡广得嬉皮笑脸地问："要是你和我呢？"丁荷瞪蔡广得一眼，甩手走掉。蔡广得连忙追上去说："好好好，就算我没说。"

一众人在一家农舍的院子里打尖。丁荷在帮蔡广得洗脸上、手上的擦伤，蔡广得夸张地喊疼。岳小白在检查自己肩头的伤。杨桃犹豫了一下，过去接过他手中的绷带。岳小白冲杨桃讨好地笑，杨桃没理他。

叶德全敲敲桌子说："开个会，说说今天这事儿，蔡广得和小蜜蜂的事儿。"

蔡广得："我俩怎么了？"

叶德全："我把话说白一点，我们在敌占区，在敌人面前，就得装。"

蔡广得："能不能说得好听点儿，那叫演戏。"

叶德全："就说演戏。大家意见不合，互不买账，窝里斗，这种事在哪儿都有，问题在内鬼。"

蔡广得："你能不能不提这茬儿，天已经黑了，让人睡觉不？"

岳小白："让他说，不说你能睡，他睡不着。"

叶德全："这个内鬼，他埋伏得很深，大家不知道他是谁，他比咱们能装，于是，大伙儿不放心，互相怀疑，互相设防……"

岳小白："草木皆兵，各自筑城，四分五裂。"

叶德全："说得对，这个鬼，不是鬼子给咱们埋下的，是我们自己，我们自己心里有鬼，再装神弄鬼吓唬自己。拿菜花头做例子吧……"

蔡广得："说我干什么，你的意思，我是内鬼？"

叶德全："我是比喻。比喻，你懂不懂？"

岳小白："就是当你是驴，你就不是马。"

蔡广得："你才是驴。别比喻我，你拿自己比喻。"

叶德全："就说你，说表演的事儿。你的问题是没入心。你当姑爷，小蜜蜂就是你媳妇，你得把她当成真媳妇，得真往心里装她。"

蔡广得："我心眼儿小，装不下。"

杨桃："想装也没门儿。"

叶德全："谁说没门儿？我现场教你，你学着点。"

叶德全现场演示，将蔡广得拉起来，人推到杨桃面前。问："她是你媳妇，对不对？"杨桃拿眼瞪蔡广得。蔡广得无助地看叶德全。叶德全："看我干什么，看她。你别拿她当媳妇，你拿她当你养的小鸡娃，走到哪儿，你得带着她，她要想跑，你拿根绳子拴住……"

蔡广得："往哪儿拴？"

叶德全："腰上。没听说呀，女人得往腰上拴。"

杨桃："他敢？！"

叶德全："你别多话，他脑子笨，你再插嘴他更糊涂。"

蔡广得："你才糊涂。"

叶德全："说你。看你媳妇，她长得俊不俊？"

丁荷："俊！"

叶德全："俊你能不多看她两眼？放着个仙女似的人，你能忍得过去？你多看，看够。你看得自己看，别人看不行，别人看你就不干了……"

蔡广得："别人看，我拿大棒子劈他？"

叶德全："那得看你能不能劈过人家。"

蔡广得："劈不过怎么办？"

叶德全："劈不过你不会扇你媳妇耳光？媳妇起了外心，你还饶得了她，你还是个男人吗？会了？明白了？你就得这么伺候媳妇，白天你把她拴在裤腰带上，夜里你把她……夜里就算了。"

杨桃被两个人一教一学的笨拙劲儿逗得笑弯了腰。岳小白瞪一眼叶德全，说："老鳗鱼，没想到你阴里阴气的，还有这一手？"

蔡广得："我就不明白，你媳妇早没了，你打哪儿来的这一手？"

叶德全突然泄了劲，脸上的亢奋瞬间化为乌有，离开众人走到一边，一屁股蹲下去捧住脑袋说："我真是那么想的。我想她，一整夜一整夜地想，想得睡不着。我就想，要是她还能回来，日子还能从头过，我不会把她拴在裤腰带上，我会把她捧在手心里，当她是我一辈子的宝贝。"4个人都呆住了，被叶德全一番动情的话击中，却不知道他在说什么。

蔡广得在田边打水。杨桃过来说："老叶不让睡在屋里，说怕让人给包圆了，竹叶青去找地方了。"蔡广得拎着水桶上了田埂。

杨桃问："老叶的爱人怎么了？"

蔡广得："让鬼子杀掉了。羊台山突围那次。那会儿，他爱人肚子里还怀着孩子。打那次之后，他就犯了魔怔，总是说，他该死，突围的时候，他怎么就没给他爱人换双好跑路的鞋，怎么就没给别的同志叮嘱一声，他爱人怀着孩子，遇上事，让她跑在前面，别让她落在后面，怎么就把她给弄丢了？"说完看杨桃一眼，拎着水桶走了。

杨桃："老叶要你去找根长绳子，夜里睡觉拴在手腕上。"

夜晚，5个人在一片瓜地里露宿。大通铺。叶德全、蔡广得和岳小白3人在整理东西，准备睡觉。3个人手腕上都系着绳子。

蔡广得："真感谢那个内鬼兄弟，要没有他，咱们还抱不到一块睡呢。"

岳小白："你自己抱自己睡吧。"

蔡广得："你抱谁？"

岳小白："我有抱的吗？哪像你，媳妇就睡在身边。"

蔡广得："你当我能抱？媳妇不蜇死我，媳妇她舅也会整死我，我不讨那个折磨。"

杨桃从外面洗漱进来，用一块手绢抹着脸。蔡广得和岳小白相视一笑，停下话。杨桃警觉地问："你俩琢磨什么坏主意？"

蔡广得："放心，鬼就一个，但凡两人的事，铁定不是坏主意，这算一个好处。"

杨桃："神经病。"

叶德全："以后不许一个人单独行动。"

杨桃："我去洗脸。你不会说，洗脸也不行吧？"

叶德全："不行。以后叫上一个人一起去洗。"

杨桃到自己的铺前，自觉地把绳头捡起往手腕上拴，发现自己的位置在蔡广得和岳小白之间，不满意，要求睡边上，不睡男人当中。

叶德全："就你不会使用武器，你得睡中间，他俩保护你。"

杨桃："保护什么，翻过来黑金刚，翻过去青脸兽，夜里一睁眼，吓也吓死了。"

蔡广得："你什么意思？我怎么就吓着你了？我长得有那么难看吗？"

杨桃不理蔡广得，起身往棚外去。叶德全："去哪儿？"杨桃不回答。蔡广得："老鳗鱼，你明知故问。我媳妇去方便，总不能也两两相傍吧？"叶德全："你跟着去。她不是你媳妇吗？"蔡广得："喂，你这就不地道了。"杨桃什么话也没说，出了棚子。蔡广得一时无主张，见一旁叶德全面无表情，岳小白笑得在稻草上打滚。蔡广得无奈，跟着出了棚子。

丁荷负责值第一班夜哨，怀里抱着一把西瓜刀，倚靠在一棵红棉树下。月光照在他身上，那样的他，显得十分孤独可怜。月光下，丁荷在轻轻哆嗦，默默地流泪。他的手腕上系着一根绳索，索扣是死结。绳索从他手腕上垂下，一直通往不远处的瓜棚。绳子的另一头拴在叶德全手上。一声尖锐的猫头鹰叫，一只巨大的飞鸟从头顶飞过去，丁荷吓坏了。瓜田和周边景物全都显得莫测可疑，它们在黑暗中随时变成恐怖的怪物向丁荷扑来。他感到有什么东西在自己脚下动弹。他紧张地慢慢顺着脚往下看。是一只夜里出来觅食的野兔，同病相怜地傍着他。

丁荷的目光越来越呆滞，死死盯着那根绳索。丁荷慢慢站起来，顺着绳索移动，越过瓜地，来到瓜棚前。瓜棚里，众人都睡着了。丁荷来到熟睡的岳小白面前，站住。他直着眼，高举起西瓜刀，用力砍向岳小白的脑袋。丁荷的胳膊被一只手握住。岳小白睁着眼，一用力将丁荷带进自己怀里，另一只手中的匕首横在丁荷颈下。他刚要拉动匕首，一支枪管顶住了他的脑门。蔡广得竖一根手指在嘴上，示意岳小白别出声。岳小白停下动作，手中的匕首被抽走。

野地里一棵大树下，岳小白被堵住嘴，绑吊在树上。他试图自救，没章法，放弃了。蔡广得在一旁安慰丁荷，确定没事？丁荷直着眼，僵硬着脖子摇摇头。蔡广得："去找家伙。"丁荷直着身子木偶似的离开。

蔡广得走向大树，说："我真不想吊你，可不怪渣子砍你，我也怀疑你。只能是你，不然说不过去。说吧，说出来对咱们都好。"岳小白呜呜地说不出话。蔡广得除掉他嘴里的布团。岳小白喘息着说："你还看不出来吗？渣子是崩溃了。他人小，经不住这个，难道你也糊涂？"

蔡广得："别他妈在这儿嘴硬。实话说，要没你，我可能会猜别人，可到底我们都是东纵出来的，我只能往你这儿猜。"

岳小白："说你糊涂，你还真糊涂，你就不想想，你们的人就审一次，我是军统审，联合司令部再审，到了战略情报局还得审，就我这样的审法，你们4个加起来也没法比。最清白的那个人是我，内鬼在你们4个人当中。"蔡广得上去就是一脚。岳小白压低喉咙呻吟了一下。

蔡广得："你不该说东纵的坏话。算你懂事，没叫，不然我把你舌头割下来。"

岳小白："我不会叫。"

蔡广得："这就对了。我这个人什么都吃，就不吃阴沟里的东西，我讨厌特务。子弹是你给补上的，我不用在你身上，你要招了，我保证就一刀，让你死得痛快，否则我凌迟了你。"

岳小白："我要是内鬼，不会夹在你们的人当中，最笨的特工也不会这么干。"

蔡广得："你是说，内鬼只能在我们4个当中，那样他会很安全？"

岳小白："因为要怀疑，就得同时怀疑其他3个人，这是你们的软肋，你们想明哲保身，不想把自己牵连进去，你们害怕那样，会下意识地保护其他3个人。"

蔡广得："你怀疑我吗？"

岳小白："老实说，怀疑。我不相信任何人，但我不会像你这么做，我会等着你自己跳出来。"

蔡广得见岳小白把自己摘得很干净，就说："那我只能把你吊在这里，喏，蚂蟥过来了，它们会吸光你的血，也许到了明天晚上，你会考虑招供。"

岳小白："我要是硬扛，我不够聪明；可我要是屈招，我就傻到底了。我赌你什么也得不到。我愿意死在蚂蟥嘴里。"话刚说完，黑暗中冲出丁荷。他手中提着一根树棍，狠狠砸向岳小白。岳小白一声惨叫。蔡广得连忙捡起丢在地上的布团，上去塞进岳小白嘴里。丁荷树棍雨点般地落下。岳小白叫不出声，惨叫声憋在胸膛里，痛苦地挣扎。打了一会儿，蔡广得害怕了，说，渣子，你会打死他。丁荷不说话，咬牙一棍接一棍。蔡广得："行了渣子，他救过我，别下那么狠的手。"丁荷疯了。蔡广得上去紧紧搂住他，让他平息下来。蔡广得："渣子，你还小，手里别沾血，你要真不解气，我来。"蔡广得从腿上抽出匕首，朝岳小白走去。

身后传来一声清脆的响声。蔡广得站下，握住匕首，慢慢回头。杨桃站在不远处，双手握着一支枪，对蔡广得说，放开他。蔡广得和丁荷待在那儿。杨桃："我说了，把他放下来。"蔡广得慢慢收了匕首，朝丁荷看了一眼，向杨桃走去。杨桃往后退，枪口抬了起来，说："别过来，过来我就开枪！"蔡广得继续往前走。枪声响了。子弹从蔡广得头顶上擦过，吓得他脖子一缩。子弹将丁荷手中的木棍打飞，打在大树上，尖啸着飞开。杨桃被手枪的后坐力震得一屁股坐到草地上。

叶德全被枪声惊醒，猛地坐起来，下意识拽手腕上的绳索。绳索头散乱在地上，瓜棚里只剩下叶德全一个人。

附近村庄的狗被枪声惊得狂叫不已。炮楼里冲出一队日军，举着一串火把，人声鼎沸地追进黑暗中。

5个人跌跌撞撞在黑夜中狼狈逃窜。叶德全架着一瘸一拐的岳小白跑在前面，丁荷直着眼跑在中间，杨桃和蔡广得跟在后面。

蔡广得："你差点打死我。"

杨桃："你差点杀死他。"

叶德全："吵什么？说了不许带武器，你们谁身上还藏着枪？"大家都不说话了，喘着粗气跑。叶德全："我拖不动了，你拉的屎自己擦，过来搀着！"蔡广得抢到前面，从叶德全手中接过岳小白。

5个人匆忙过溪流，凌乱的脚步踢起一串水花。蔡广得和岳小白摔倒了。蔡广得用力拽起呛了水的岳小白。岳小白喘着粗气说："我腰疼，肾被打坏了……"蔡广得："忍着点儿，逃掉再处理。"

杨桃想牵住丁荷。丁荷眼直直地盯着杨桃。杨桃吓一跳，连忙缩回手。过了溪流，5个人慌里慌张沿着小路跑来。身后的火把和狗叫声越来越近。子弹从后面射来，打在5个人周围。蔡广得："枪给我，你们先走。"杨桃警惕，不给蔡广得。岳小白掏出枪交给蔡广得。叶德全快速从蔡广得手中接过岳小白，和杨桃、丁荷跑掉。

蔡广得手持双枪，向身后追来的日军开枪，马上引来日军还击。蔡广得埋着脑袋，蹦跳着躲避，不停地向身后还击，把日军引向相反方向。

晨曦洒入橡胶林，林中一片鸟叫。岳小白靠在枯木上，杨桃绷着脸为他检查伤口，手很快，一言不发地摇腿掰腰。杨桃全身查了个遍，岳小白也说没事，昨晚跑了半宿，腰也好像不疼了。杨桃去一旁的水流边拧湿毛巾，剩下蔡广得和岳小白。

蔡广得："这事没完。你觉得完了吗？"岳小白："我会小心。你也注意，别落到我手里。"

蔡广得："我知道。不过我不想欺负你，我和渣子两个，你得再长两只眼，这样我们才公平。"

杨桃过来了。两个人立刻恢复原样。杨桃为岳小白擦脸。杨桃："还好，没让他俩打死。"蔡广得："没渣子的事，我一个人干的。"

杨桃："你一个人干的就该了？你把他捅了，接着再捅谁？老鳗鱼还是我？"

蔡广得："那得看我怀疑谁。我要怀疑了，就……"杨桃突然失控，丢掉湿毛巾尖叫起来："别靠近我！离我远点！"蔡广得吓得跳起来，茫然无措。

橡胶林中一片灌木丛，花蝶纷乱。叶德全在给丁荷治病。他回头朝杨桃尖叫的方向看了一眼，继续往丁荷的脑门上、额头上和两腮涂抹植物捣成的泥。丁荷被涂成绿人，样子很可笑。叶德全："好点没？有没有觉得脑瓜里有一股凉气在打转？你是走火入魔了，得几天好。"丁荷眼睛直直的，瞪着叶德全。叶德全："我这方子救过很多人。"丁荷一点反应也没有，好像灵魂不在身体里。叶德全："没感觉？一点感觉也没有？不可能，是痰淤住了，坐稳。"叶德全往那3个人的方向看看，伸手打了丁荷一耳光。手没放下，丁荷抬手还了叶德全一记耳光，速度之快，叶德全完全来不及防备，挨了个结实。叶德全非常恼火，要发作，突然改怒为乐，说："哎，没让痰淤着？这就有救了，不然你得废掉。这一巴掌不算你目无上级，以后别当着他们的面打……"叶德全话没说完，丁荷直着眼抬手又是一巴掌。

杨桃躲开想走近她的蔡广得，声称："别靠近，离我远点！"

蔡广得："我没靠近你，我去那边弄水。"

杨桃："你是想去拿枪。你为什么不正大光明地说，你在害怕，你想杀掉他，没得逞，现在你想杀掉所有人！"蔡广得："我看你是疯了。"

杨桃："你才疯了。你还把丁荷逼疯了。"蔡广得哼了一声走开。

岳小白试图缓解杨桃的愤怒，说："小蜜蜂，谢谢你，要不是你昨晚救了我，我就没命了。"

杨桃："还有你，你也不是什么好东西，你们都别碰我！"

岳小白呆住，和回过头来的蔡广得交换了一下眼色。丁荷脸上糊着植物泥，眼睛直着，人呆呆地走来，谁也不看，说："他叫你们过去。"

3个人坐定。叶德全："这叫什么，人人自危，闹得心惊胆战，和民国16年的白色恐怖有什么两样，这样下去，别说他俩，大家都得垮。"

岳小白："民国16年我才4岁，委员长干的事，我不替他负责。我先说我的事。"

蔡广得："别找事啊。"

岳小白："我不找事，我说一致对外，那是说咱中国人和日本，不是政党间掐脖子，如果你们一定要4个人对付我一个，我现在就离开。"

叶德全："你不能走。我们4个人没人干过情报，你要走了，我们怎么完成任务？"

岳小白："我不要求你们把我供起来，我知道做不到，我只希望拿证据说话。如果我是内鬼，让你们拿住，不用你们绑我，我一块稀泥就能把自己噎死。但如果你们再暗中下手，我保证，我会在1分钟内，让你们每个人身上留下10个血窟窿。"

叶德全打了个摆子，说："这个议题不讨论，通过了，说下一个。除了你们3个，还有谁私带了武器？"

蔡广得："总共5个人，你不也私藏了武器吗？别再搞扩大化。说渣子的事吧。得把他留下。"

叶德全："留下？为什么？"

蔡广得："我昨天说你魔怔，那是气话，他才是真魔怔，魂都不在了，路上走不了。我去找个老乡，把他留下来，等我们办完事再来领他。"

叶德全："不能留下。万一内鬼是他，我们反而失去了抓住他的机会，难道你让剩下的4个人背着黑锅一直走进坟墓？"

岳小白："我同意，5个人必须一起走，这样会多一分抓住内鬼的希望。"

蔡广得："这样任务没找到，先就把自己吓死了。"

叶德全："不许吓死，谁也不许死，要死大家一块儿死。"蔡广得和岳小白看叶德全那张狰狞的脸，都不说话了。

丁荷木偶似的直着身子坐在枯木上。杨桃坐在稍远处看丁荷，看一会儿，起身朝丁荷走去，在他面前蹲下，捧住他的脸，轻轻抚摸他脸上已经结了壳的绿泥。杨桃："渣子，你像戏里的人。"丁荷直直的眼睛转动了一下，又一下。然后它活了过来，慢慢滚出一颗晶莹的泪珠。丁荷："姐，我害怕……"杨桃点头，再点头，继续点头。杨桃："我知道……我知道……我也害怕……"杨桃把丁荷搂进怀里。

叶德全："我提醒你俩，在没有拿到确凿的证据前，可以发疯，但不许死一个，也不许再伤害任何人，如果我们中间丢了一个，那我们就彻底说不清楚了。"

岳小白："我也提醒你们，注意一下小蜜蜂，她情况不正常。我有预感，第二个垮掉的会是她。"话未落音，橡胶林里传来杨桃的一声尖叫，3个人吓一跳，都跳起来。

杨桃站在那儿尖叫着，她那个样子像完全失去了控制。丁荷像什么事情都没有发生，坐在那里傻子似的看着尖叫的杨桃。蔡广得等3个人冲进林子，呆呆地看杨桃。杨桃还在尖叫，好像只要她不停下来，她就完全安全了似的。

天快亮了，浅丘经道和小林正雄还在指挥部里分析情况。浅丘经道："东纵方面有新的动作吗？"

小林正雄："昨天打掉他们两支新派出的小部队，他们正忙于应付我军清剿，不会有工夫再组织新的力量。"浅丘经道："那3支行动小组呢？"

小林正雄："昨天上午，'蚂蚁'小组的5个人在西涌过了52师的哨卡，我们没给汪精卫的人打招呼，发生了一点摩擦。52师丢了几个人，'蚂蚁'小组的人溜掉了，去了沙面村，夜里他们自己走了火，第三联队的一个班追上去，没抓住人。"

浅丘经道："跟上他们。告诉我们的人，别伤着他们。"

小林正雄："教授，您是怕伤着我们的人？他是谁？"浅丘经道刚想说什么，指挥部里的灯闪了几下，熄灭掉。春山二路到门口去询问柴油机的事。浅丘经道和小林正雄向屋外走去。

天边露出熹微。浅丘经道："朴上尉在哪儿？"

小林正雄："'凉帽'小组在往大鹏一带运动，她去那儿了，正在往回赶。"

浅丘经道："告诉朴，3个小组都给我盯紧，别让他们从视线中溜掉。"

小林正雄："可教授，已经是第7天了，这3个小组的运动方向完全没头脑，一点也看不出任何逻辑，是不是我们动了手，打草惊蛇，把东纵吓回去了？"

浅丘经道："如果这样，他们就得放弃登陆作战计划，你认为，他们会吗？我们和他们都在数时间，他们比我们急，耐着性子，那会是一个壮丽的场面，你会看到成千上万的同盟军士兵倒在我们准备好的炮口前。"

小林正雄还要说什么，朴渚芳匆匆带着一名军邮进了院子。浅丘经道回头看见军邮，愣住。军邮表情沉重地走到浅丘经道面前，恭恭敬敬递过一份军部通知书。说："大佐，大本营的通知书，佐佐木将军吩咐，要亲手送到您手上。"浅丘经道下意识后退一步，不敢去接。小林正雄接过来。那是一份战亡通知书。浅丘平山在冲绳战役中阵亡。小林正雄撕心裂肺地一声长吼："平山君！"浅丘经道慢慢转过身，向屋里走去。小林正雄猛地转身，大步向院子外走去。

小林正雄一手执军刀，一手握枪，领着一群日军在渔村里大开杀戒。渔村里的人惊恐不已，喊叫着四面逃窜。小林正雄挥刀劈倒一名妇女，开枪将一名逃开的孩子打倒。日军士兵追逐逃开的村民，不断用刺刀把他们捅倒在血泊里。几个仓皇失措的渔民试图逃往海上。小林正雄握着一支97式步枪，连续扣动扳机。渔民一个接一个倒在沙滩上。朴渚芳远远地站在身后，看着杀红了眼的小林正雄。身后传来响动。朴渚芳抽出佩枪，转身扣动扳机。一只飞在空中的鸡掉下来，不动了。

"蚂蚁"小组上路了，他们行走在乡间小路上，隔着不远是通向天边的公路。叶德全在前，蔡广得、丁荷和杨桃在中间，岳小白断后。蔡广得替丁荷挑着担子。丁荷空着手，看上去好多了，去追田边的青蛙。杨桃的情绪很松弛，好像她已经摆脱了恐惧。岳小白追上去，说："再说一次，这次是认真的。谢谢你昨晚搭救。"

杨桃："你打算怎么报复我？"岳小白愣了一下，问："你是说，报答吧？"杨桃笑得十分妩媚，像是一眼能看透岳小白。杨桃："他们都在等待机会下手，但你下手会比他们都狠，我没说错吧。"

岳小白："你觉得，我会怎么对付你？"

杨桃："活剥我的皮，把我埋在土里，露出头，头顶上横割一刀，竖割一刀，头皮拉开，往里灌水银……"岳小白吓得站住了。杨桃："水银会把皮和肉撑开，我会疼得受不了，拼命挣扎，可身子被土埋着，没法挣脱，我的身子就会从刀口中光溜溜跳出来，剩下一张完整无损的皮。"

岳小白打了个大大的寒战，他受不了这样的恐怖，害怕地看杨桃一眼，绕过她抢到前面去了。叶德全忧心忡忡地和杨桃一起走。叶德全："你把竹叶青吓着了。"杨桃："他那是装的。他在等待最好的机会。"叶德全犹豫了一下问："那，我呢，你认为，我会怎么对付你？"杨桃拉住叶德全，揪过一把草，细心地把他鞋上的一团草弄掉，问："你读过

《旧唐书》吗？"

叶德全："我读书少，就念过《三字经》。"

杨桃："《旧唐书》中说过一个故事。"

叶德全松了一口气："你这就对了，心里轻松点儿，你就想故事，其他的别想。"

杨桃："那故事说，武三思要杀掉桓彦范，派人抓了桓彦范，在长满刺的竹板上拖来拖去，竹刺拖光了，再换一张新的竹板，直到桓彦范皮肉去尽，露出白骨，然后再乱棍打死。"叶德全："杨桃……"杨桃："知道那个刽子手叫什么吗？叶利贞，和你一个姓。"

叶德全说不出话。杨桃已经快步走到前面去了，欣喜地和丁荷一起去草丛中捉蜻蜓。叶德全忧心忡忡，想绕过两人走到前面去，但他看到，杨桃脸上带着微笑，扯掉蜻蜓的一只翅膀，然后是另一只，每扯掉一只翅膀，叶德全忍不住打一个哆嗦。杨桃抬头看了叶德全一眼，脸上仍然带着微笑，轻轻扯掉了蜻蜓的脑袋。

第六章

人人自危　几近内讧

简陋的农家灶房，一个年轻的媳妇在烧水。后院靠山，一片茂密的林木。杨桃坐在后院里，呆呆地看一口水井。一旁，叶德全守着丁荷在一只土碗里捣刚采的植物。他准备继续为丁荷治病。

岳小白透过窗子向外观察坐在那里发呆的杨桃，回头对蔡广得说，杨桃在表演，她演过电影，知道怎么扮演角色。她告诉自己，他们抓不住我，我会把他们逼疯，心里一直这么想，人就真疯了。

蔡广得："她要是内鬼，在深圳墟就不会和我们玩捉放曹的把戏。"岳小白："她得弄清咱们的任务，不然抓也白抓，所以，她那会儿得放。"年轻媳妇从灶房里出来说，没什么好吃的，做了一锅番薯，管饱。一众人有说有笑地抢吃番薯。蔡广得："我和大哥说了，等打败了鬼子，我给他牵头牛来……"门口站着杨桃，手里举着一颗瓜式手雷。众人全站起来，紧张地站在原地。叶德全："杨桃，别乱来！"岳小白："杨桃，把销子销上，慢慢放在地上！"杨桃先让大哥、大嫂俩出去。年轻丈夫一把搂过害怕极了的妻子，跑进前院。杨桃再叫渣子离开这儿。丁荷对杨桃摇了摇头。杨桃凄凉地笑了一下，突然发作："我叫你出去！"丁荷吓坏了。蔡广得："渣子，去外面等我。"丁荷："我不……"蔡广得发作："滚！"丁荷委屈地退出前院，巴巴地站在门口。

杨桃："竹叶青，手放下，不然我就松手。"岳小白无奈地把悄悄伸向后腰的手放下说："你可能放走了最不该放走的人。"

蔡广得："放你妈的屁，渣子和这事没关系！"杨桃："就算那样，我也愿意。"

叶德全："杨桃，你不能因为一个内鬼，就炸死不是内鬼的另外两个人。"

岳小白："3个，包括她自己。"

杨桃："我不想再这样下去了，要死大家都死，谁也别想跑掉。"蔡广得崩溃了："她想和内鬼同归于尽，你俩谁他妈是内鬼，是就站出来！我保证不杀你，我会放你走！"

叶德全："你没权力做这个主，内鬼必须受到惩罚。"蔡广得："你他妈疯了还是傻了？她手里握着手雷，手一松我们全完蛋！谁该做我们的主？我们要都完了，还剩下谁来做主！"

岳小白："你为什么不站出来？"蔡广得："因为我他妈的不是内鬼，我没有资格站出来！"岳小白："我他妈也不是！"他们同时看叶德全。叶德全脸色苍白，要求杨桃停下来，说既然他内鬼都敢做，他就不怕什么，他会是铁了心来做内鬼的，所以没有人会承认自己是内鬼……话没说完，杨桃微笑着手一松，手雷从她手中落下，打了个滚，不动了。岳小白："卧倒！"众人连忙卧倒，带倒桌椅板凳一片。蔡广得愣了一下，飞身扑过去，将杨桃扑倒在地，用身子覆盖住她。丁荷撕心裂肺地喊："哥！姐！"要往屋里冲，被年轻丈夫一把抱住。

蔡广得紧紧闭着眼睛，紧紧覆盖住杨桃，浑身颤抖。杨桃的眼睛一直睁着。她很安静，动了一下，轻声说："销子没拔。它不会响。"蔡广得没听明白，还压在杨桃身上。岳小白先明白了，抬头看，手雷安静地躺在那儿，他慢慢起身。叶德全也慢慢起身。直到杨桃说你压疼我了，蔡广得才蒙头蒙脑地起来。

丁荷卖力地打扫卫生。蔡广得向年轻夫妇告别，他朝窗外看了一眼，快速从鞋里掏出两张军票递给年轻丈夫，说："没什么好报答的，两张军票，一点心意。"年轻丈夫推辞。蔡广得："拿着吧大哥，我答应你的牛，我要不死，一定替你牵回来。"年轻媳妇："呸呸，快别说这话。你们是好人，不是好人不会拿自己的命去赌国家。"

一行人收拾好，准备上路。杨桃一点一点剥着番薯皮，一小口一小口吃得认真，好像刚才什么也没发生似的。叶德全："刚才发生了什么，你还记得吗？"杨桃停下吃番薯，抬头看叶德全，没有回答。岳小白："她知道。"叶德全："要是我的理解没有错误，你并不想知道内鬼是谁。"杨桃还是没有说话。岳小白："在整个过程中，你没问过一句话，没问过谁是内鬼，也不打算看他站出来。"杨桃平静地问："那个跟我有关系吗？"叶德全和岳小白一时摸不着头脑，两个人对视一眼。

小船顺水而下。蔡广得在摇橹。丁荷把着舵。杨桃、叶德全和岳小白3人坐在船头说话。杨桃："我和渣子，我俩不像你们。要不是爹妈没了，渣子不会跟着菜花头，我也不会到罗浮山。我不关心谁是内鬼，我只在乎一件事，如果谁再逼我，我就和他一起死。"

岳小白："你爹妈是怎么死的？"

杨桃："我阿爸没死。"

岳小白："你不是说，你没爹妈吗？"

杨桃朝叶德全看了一眼，说："我阿爸没死，他还在，他就是我说的族叔。"岳小白吃惊。

叶德全："在深圳墟她告诉我的，她说不愿意见杨子昆，因为杨子昆就是她父亲。"

杨桃："我7岁的时候，我妈就去世了。生我弟弟，难产，大人、孩子都没保住。我妈去世的第二天，我被送到广州姨妈家。那以后，我就很少见到阿爸。他是个银行家，在全世界都有应酬，但他不再管我了。12岁那年，我被姨妈带到日本。姨妈去世之后，我被人送到新加坡，直到16岁那一年，新加坡沦陷，阿爸才把我接回来。我原谅了他。我猜想他是想我了，我以为从此以后我们父女俩就不会再分开。可我没想到，父亲身边有了女人。她叫赛南粤，是粤剧名伶，比我大3岁。她是日本人，7岁跟着家人来到广州，再也没有回到日本。我觉得事情太不可思议了，我在7岁被送出家门，去了日本，她在7岁离开日本，来到中国，成了我阿爸的相好……"

岳小白和叶德全听呆了。船尾的蔡广得也在听。杨桃："那个时候我才知道，阿爸不是忙，不是应酬多，而是在躲我。我和他反目成仇，开始和他捣乱，他不想让我做的事情，我偏要做。他不喜欢共产党，于是我参加了新加坡归国华侨团，和一些南洋侨人子弟一起到了罗浮山。"

岳小白："你怎么瞒过你们的组织的？"

杨桃："我没瞒。参加东纵的时候，我告诉他们，我父母已经不在了。后来，我阿爸托人到东纵找我，他没敢说我俩的关系，说是我叔叔，组织上审查的时候，我也这么应了。"

岳小白和叶德全对视了一眼。杨桃笑了笑，说："你们还在为手雷的事情不放心。其实我那样做是故意的。因为我是女人，我这样做，你们不会怀疑到我。于是我装作要炸死你们，逼出内鬼，这样，我就把自己摘开了。"

岳小白："专业极了。"

杨桃："有一件事我可以告诉你们，如果刚才那个内鬼站出来，我会拔掉销子，而且不会离开那个屋子。"杨桃支撑着额头，脸蛋通红。叶德全问："小蜜蜂，你怎么了？"岳小白："她病了！"众人七手八脚地照顾杨桃。

蔡广得正想过去，看到一条大船逆流而上，船头坐着一个20岁左右的年轻人，穿得花里胡哨，戴一顶礼帽，架一副水晶镜，身边蹲着一个十来岁的少年，少年有点傻气。两船相交的时候，撑船的蔡广得和坐在船头的年轻人视线相接，都看了对方一眼。

岸边有礁石群，船靠不了岸，离岸有一段距离。丁荷在岸边拖着缆绳，蔡广得和岳小白争着背杨桃，岳小白下了船，一用力把杨桃背在背上，蹚水走了。蔡广得回头看慢吞吞挽裤腿的叶德全，假模假式地问："要不，你别挽了，我背你上去？"

叶德全抬头看了蔡广得一眼，说："别假惺惺的，想讨好我找个像样点的事。你兜里还有解药吧？够3天的。"

蔡广得一点不受打击，痞里痞气笑道："你这就没意思了。不是同志友爱吗？你一个老同志，我不照顾你还整你不成？"

叶德全："竹叶青没说错，对你，还真得往明白里说。昨晚你在我身上翻了那么久，翻出什么了？"

蔡广得："叫你老鳗鱼一点也不屈你的才。我不信你的话，想核实核实，是不是你身上还藏着解药，怕你累，我替你背着。这回我信了，老党员还真不撒谎。"

叶德全："走吧，别在这儿练嘴了。一会儿人走散了，指不定谁去给鬼子通风报信。"两人下了船。

岳小白背着杨桃，蹚着齐大腿的水向岸边走去。杨桃病得厉害，脸烧得通红，温存地贴在岳小白身上。杨桃："菜花头用身子挡我的时候，你是不是挺没面子的？"

岳小白："是个男人都没面子。"

杨桃："要是再遇上这种事，我再弄一颗手雷出来，你会像菜花头那样护着我吗？"

岳小白："不会。"杨桃："为什么？"岳小白不说话。杨桃身子故意往下沉，让岳小白走得困难了。岳小白："你病着，身子不能沾水。"

杨桃："那你告诉我。"

岳小白："我有自己的事。我得活下去。"

杨桃："大家都想活下去。"

岳小白："我没权利死。我这个男人不是给自己当的。"

杨桃："没关系，我已经很满足了。"

岳小白站下，想回头看杨桃，杨桃躲在背后看不见。他不知道那一刻杨桃非常羞涩。岳小白突然有些感动，他控制住情绪，快速向河岸上走去。杨桃贴在岳小白耳边小声呢喃："你和菜花头要真是鬼，我也先背你俩一回，然后再炸死你俩。"

5个人上了岸。众人在收拾行李。丁荷突然向山坡上跑去。岳小白："站住！"丁荷没站下，跑得飞快，像只兔子。岳小白伸手抽出枪，抬手击发。一旁蔡广得早有觉察，飞身扑过来，一把推开岳小白。枪响了，子弹打进泥土中。丁荷吓得站在山坡上，转过身来呆呆地看坡下。这一切发生得太突然，叶德全和杨桃还没回过神来。

蔡广得愤怒："你想打死他呀！"

岳小白："你知道他是去报信还是逃跑？"

蔡广得："他报什么信，逃什么跑？"

岳小白："不报信不逃跑叫站住为什么不站住！"

叶德全过来问："别吵，都冷静点。渣子，怎么回事儿？"

丁荷用手背擦一下鼻子，一脸委屈，说："我想去给杨桃姐找点水喝。"众人都愣住了。

叶德全："都别愣着了，快离开这儿，枪声会把鬼子引过来。"

杨桃坐在高处休息，一边望风，一边不断回头往坡下的野地看。蔡广得和叶德全在野地里争吵。蔡广得："你不用再让小蜜蜂管我，你让竹叶青扮姑爷，我管行李。"

叶德全："不行，竹叶青要是把心思放在小蜜蜂身上，他还怎么搞情报？要他这个宝贝还有什么用？"

蔡广得："反正他俩也说上悄悄话了，一个当徒弟的，在人前抢着和新媳妇说话，那样更容易暴露。你说过，媳妇有了外心，我该扇她还是不该扇她？"

叶德全："哟，吃上醋了。敢情往人家身上贴一回，就贴出同志友爱了，这是你的话吧？"

蔡广得："随便你怎么说。"

叶德全："这事不能随便。关系保留，照老样子来。"

蔡广得要说什么，丁荷连滚带爬跑来报告："不好了，竹叶青逃跑了！"

叶德全："渣子，不兴打击报复，要报复也得过两天，一个时辰不到你就……"叶德全看出丁荷的脸色了，打住。

丁荷："他让我在外面等着，他翻进院子去偷马，左等右等他不出来，我爬上树往里一看，院子里根本就没有马，竹叶青也不见了！"

叶德全懊恼："千防万防，没想到还是没防住！"

蔡广得："我早说他不对劲！没什么好说的了，内鬼就是他，他是让小蜜蜂那颗手雷给吓住了，待不下去，所以趁我们不注意溜了号！"

叶德全："离惠阳城不远了，他这个时候跑，正好给鬼子报信！得把他抓回来！"

杨桃摇摇晃晃走过来问："出了什么事？"

蔡广得看一眼杨桃，说："她呢，我们去抓人，她怎么办？"

杨桃静静地坐在陡壁下的一块石头上。丁荷心事重重地走过来。杨桃让出一半石头，让丁荷挨着她坐下。丁荷："姐，我给菜花头惹事了。"

杨桃："惹什么？"

丁荷："事情都是我闹的，我怀疑竹叶青，害菜花头对他下手，你也急红了眼，路上我又跑，菜花头就和竹叶青打起来了，这样竹叶青才跑掉的。"

杨桃宽慰说："渣子，你还小，别想那么复杂，咱们说点别的。"丁荷听话地点点头。杨桃："菜花头说，你认为你爹你娘没死？"

丁荷非常肯定地点点头说："嗯，肯定没死。鬼子还占着东北，他们不会死，他们死了就回不了东北老家了。就是为这个，我才和菜花头一起出来找我爹我娘的。"杨桃看着丁荷，一时说不出话，掩饰地替丁荷整理弄乱的衣裳。丁荷："姐，你说，菜花头他们找到竹叶青，会对他怎么样？"杨桃犹豫片刻说："打死他。"

丁荷："那你说，我要怎么做，他们才不会互相掐？"杨桃回答不了。丁荷："我不喜欢竹叶青，他老是和菜花头作对，但我还是希望菜花头别打死他。竹叶青是中国人。我要是不发疯，昨天也不会打他。我不想中国人被打死。"杨桃难过地抚摸丁荷的脑袋。丁荷："姐，我给你唱个歌吧。我的家，在东北松花江上，那里有森林煤矿，还有满山遍野的大豆高粱……"

岳小白在一片甘蔗林里大快朵颐，啃着甘蔗。他突然感觉到什么，丢下甘蔗去拔枪。红了眼的蔡广得和身后同样红着眼的叶德全枪口对着岳小白。岳小白无奈，枪丢在脚下，举起手，说："听我说，我们之间的关系很脆弱，你们冷静一点，别再给统一战线找麻烦……"话未落音，蔡广得已经扑上去。叶德全也不落后，跟着扑上去。

岳小白被捆得紧紧的，坐在河边的沙地上。丁荷给他喂水，水洒了一胸。叶德全支开丁荷，说："说吧，说实话，别表演，我们没有那么多的时间。"岳小白知道，要是不说实话，难有活路，就说："你们可以留我一条命，把我的舌头割掉，这样我就没法通风报信了。"

蔡广得："你还有手，能给鬼子写字。你不至于要我们把你的手也剁了吧？"

岳小白："看来我没有别的选择。"

叶德全："你这么说对我的脾气，不像跟他们，费劲。站在统一战线的立场上说，真希望内鬼不是你。"

岳小白："还真不是我。"

蔡广得抬脚踹了岳小白一下，把岳小白踹倒。叶德全拦住蔡广得，把岳小白从地上拖起来坐好。岳小白也不恼，够着身子用膝盖挠下巴。叶德全帮他挠了挠，问："行了吗？"岳小白："往下点儿。"叶德全耐心地挠。

岳小白："谢谢。我不想干了。我说的不是内鬼。我干的就是捉内鬼的事。没办法，我的小组垮了，你们也垮了，看看小蜜蜂和渣子，一半累赘，别说找任务，命都得丢在自己人手里。我不想杀自己人，要杀我早把你们4个人干掉了。我打算一个人去找任务。"叶德全和蔡广得对视一眼。

叶德全、蔡广得、杨桃和丁荷，4个人在大石头边讨论。岳小白一个人孤独地坐在远处的河边东张西望。蔡广得："怎么知道他说的是真话？"

杨桃："我们从深圳墟出来，一路上一无所获，他拿什么情报送给鬼子？他要是内鬼，他得执行鬼子的破坏计划，不能说跑就跑。"

叶德全："要论武艺，我们4个人捆在一起也不是他的对手，他要杀咱们，能杀4次，可他一次也没杀。"

蔡广得："就算他不是内鬼，人跑了，留下我们4个，任务找不到，身子洗不干净，大家还得死，他这样做，不是内鬼是什么？"

叶德全："也许这正是鬼子的计谋，鬼子故意让他跑。"

杨桃："为什么？鬼子想和我们玩捉迷藏，让我们去找他，找到以后换他找我们？这算什么内鬼？"

争论无果，4个人一起回到岳小白身边，岳小白看看这个又看看那个，说："没讨论出来？分析不下去了？"

叶德全："说实话，有难度。"

岳小白："我要说一句实话，你们保准连死的心都有。"

蔡广得："说，反正也活不好，看看你还能让大伙差成什么样。"

岳小白："你们这样穷分析，傻讨论，真没意义，就算分析出来，讨论出来，能怎么样？只要我咬死不承认是内鬼，你们也怕杀错了，留下那个真正的内鬼，你们还得求爹爹告奶奶央告我上路，不然你们也没有活路。"

众人交换目光。叶德全："他说的是实话。"

杨桃："竹叶青，我本来挺欣赏你，没想到，你和菜花头一样，也是个滚刀肉。"

蔡广得："别把我俩扯到一块儿，我和他不一样。"岳小白耸了耸肩膀。叶德全："给他松绑。"丁荷站在一旁，没有过来，不断看几个大人，心事重重。

太阳正在西下，野地里金黄一片。大家收拾东西准备上路。叶德全要求把武器交出来。岳小白问："路上遇到危险怎么办？"蔡广得也不想交。叶德全："交，不然鬼子没把咱们怎么样，自己先火并上了。"两个人不痛快地把枪交给叶德全。杨桃爽快地交了枪和手雷，去一边收拾东西。

丁荷凑到杨桃身边，说："姐，是不是内鬼找不到，大伙儿就得这么怕下去？"杨桃："你不怕？"

丁荷："怕。我原来以为我最怕，可现在我发现，你们比我还怕。"

杨桃停下收拾东西看丁荷，替他把衣裳整理了一下，说："孩子跟鬼，其实是朋友，真正怕鬼的是大人。因为大人就是鬼，他们怕自己。"

丁荷摸到蔡广得身边，问："哥，要是内鬼找到了，我们就没事了吧？"

蔡广得："那还用说，让他折磨得连人样都没有了。快去吧，帮老鳗鱼埋武器。"丁荷向在远处埋武器的叶德全走去。

落日将尽，霞烧满天。五个人走在乡间小路上。走得好好的，丁荷突然蹿出队伍向前狂跑。众人愣住，然后呼叫。丁荷没停下，继续狂奔，逢坎跳坎，遇洼跃洼。岳小白拔腿就追。蔡广得丢下行李挑子也追上去。丁荷人小腿短，跑不过岳小白，岳小白追上来，上去就是一脚，把丁荷踢了个大马趴，人摔重了，趴在地上没起来。蔡广得也追上来了，一看丁荷摔得厉害，上去揪住岳小白，两人你拳我脚干起来。等叶德全和杨桃气喘吁吁拖着行李赶上来，两个人都各挨了对方几拳，鼻青脸肿。杨桃过去搀扶起丁荷。叶德全上前拉开两个人。

蔡广得过去看丁荷胳膊上的伤，问："没事吧？"丁荷点点头，抹一把泪痕，一脸安静。叶德全问为什么跑。丁荷："给鬼子送信。"几个人愣住。连坐在一旁的岳小白都扭过头来。蔡广得："你再说一遍。"丁荷认真极了，说："我就是你们要找的那个内鬼。"众人你看我，我看你，不明白发生了什么事情。杨桃："渣子，别胡说！"蔡广得："再乱说，我扇死你！"丁荷："对不起，我不想这样，但我就是那个内鬼，我是去给鬼子送信。你们不用去别处找了，你们已经找到我了。"众人看丁荷是那么的认真，一副央求大家承认的样子，一时愣在那里。杨桃："渣子，你知道你刚才在说什么吗？你说找鬼子，你连日本话都不会说，你连太君都不会说，你能是什么内鬼？"

丁荷急了，跳起来说："我就是鬼子的人，我就是！你们打死我吧，打死我好好上路，别再争吵了！你们一定要相信我，我没撒谎，你们要不信我还跑！"丁荷说罢又要跑。杨桃眼圈一下子红了，一把搂住丁荷。丁荷委屈极了，不让她搂，又踢又打。杨桃这回说什么都不让他跑开，挨了好几下，把他搂住了。

蔡广得突然发作，冲向叶德全说："你不是说他治好了吗？他这样像治好的样子？"

坐在一旁的岳小白先怔怔，突然狂笑起来。岳小白笑成一个泪人，在地上打滚，然后爬起来对众人说："你们弄错了，渣子也弄错了，他不是内鬼，内鬼是我。"众人呆住。连丁荷都愣住，他愤怒地从地上抓起泥沙用力掷向岳小白，说："你撒谎！内鬼不是你，我才是内鬼！谁也别想抢我的！"杨桃用力制止住丁荷，把他搂进怀里。

岳小白抵挡着丁荷掷来的泥石，他一点没发火说："菜花头，老鳗鱼，小蜜蜂，你们有没有觉得，当我说自己是内鬼的时候，你们的感觉是不是好多了？"岳小白推开叶德全，走到丁荷面前。蔡广得要拦，他一把掀开蔡广得，从杨桃手中夺过丁荷，看了一会儿丁荷，在他面前蹲下说："渣子，我不该踹你。我踹你不对。我让你踹回来，你往死踹我，我不还手。"

蔡广得眼圈红着，上来一把掀开岳小白，蹲在丁荷面前说："他算是说了一句人话。渣子，渣子你听我说，这里四个男人，就你他妈的像男人，我们三个都只顾着自己，只知道害怕，只会内讧，连做鬼都不配！"丁荷傻傻地待在那里，杨桃和叶德全沉默不语。

最后一抹晚霞一跳，没入地平线下，天空突然显得像口铁青的锅。众人坐在一个磨房外开会。叶德全："两天时间，就两天，渣子疯了、小蜜蜂拿手雷炸大伙、竹叶青逃跑，接着又闹出个自认内鬼，我吧，真是欲哭无泪。"

蔡广得："大家对老鳗鱼不了解，我证明，他心挺狠，他说欲哭无泪，说明他真急了。"

叶德全："'蚂蚁'小组从根据地出来，我们15个人，第二天就中了埋伏，牺牲了10个。鬼子留下了我们5个，不干掉，为什么？因为鬼子需要其他4个人，需要他们做些什么，这个内鬼一直按兵不动，他是在等待其他4个人的行动，等待鬼子需要的结果出现，所以鬼子才留下我们，不让我们死。"众人交换目光。

岳小白："鬼子的干法是典型的行动力限制，打掉10个武装护送，让小组行动起来不再得心应手，这样就能控制住我们，可之后我们一直没有行动，内鬼才始终不现身。"

杨桃："鬼子需要我们做什么？那个内鬼在等什么？"

叶德全："鬼子不会随便留下谁，他留下的都是对内鬼有用的，必须留下的。可除了竹叶青，我们4个都是普通的游击队员，没有任何情报价值，他干吗要留下我们？"

蔡广得："谁说没有价值？我们5个是小组的核心成员，这是和其他10个人唯一的不同之处，也是我们对鬼子唯一的用处。鬼子需要我们继续执行任务，而内鬼在等待我们找到任务。"

岳小白："但我们不知道任务是什么，内鬼也不知道，所以他一直没有浮出水面。"

叶德全："换句话说，鬼子需要我们帮助他找到这个任务，在我们没有找到任务是什么之前，内鬼无权决定对其他4个人的处置。"

岳小白："就是说，其他4个人一时半会儿不会死，否则内鬼的任务就没法完成。"

叶德全："答案正确，到底是干情报的。"众人一下子如释重负，云开日现。杨桃："就是说，我们不会死了？"

叶德全："那是以后的事，眼下大家一时半会儿死不了，等于被鬼子饶命先活着。要说，这饶命先活着也是我们自己选择的，我们要不选择这个，选择赖活下去，现在也不晚，立马分头散掉，往他找不着的地方躲，让内鬼没法去完成任务，让鬼子捏不住咱们的小命。"

蔡广得："我选择好死，要赖活你们赖活去。"

叶德全："不是你一个人选择好死，大家都选择了。既然这样，那就拿出好死的样子出来。"

蔡广得："注意，他要教训人了。"

叶德全："我就教训了。听着，要么都自己折磨自己，先乱阵脚，今天给自己一刀，明天给自己一颗雷，后天撒丫子开溜，不是内鬼，自己先招了是，那叫什么？叫一个内鬼没跳出来，咱们5个人先做了鬼，就算让鬼子饶命活着，也活得没志气。"

蔡广得："我支持老鳗鱼的说法，不如豁出去，改做滚刀肉，大家先把内鬼的帽子摘掉，不理这个茬儿，这才是好死的活法。"

叶德全："还有，别丢了任务这件事，这才是咱们的根本。好死是大伙儿的选择，因为大伙儿谁都不愿意不清不白地活着，不愿意在抗战的最后时刻做对不起民族、对不起良心的事，既然这样，就必须完成任务。"

蔡广得："对，要证明忠诚，先得找到任务，内鬼他要完成任务，也得找到任务，那我们就一块找，用不着整天猜东疑西，一步都挪不出去，内鬼不整死我们，我们自己先把自己整死了。"

岳小白："你不是得靠我们吗？那我们就让你靠，直到我们找到任务，你憋不住了，跳出来，往外送信，露出马脚，我们就拿住你，还不一定谁饶谁呢！"

大家这么一说，都像看到了光明，一时兴奋起来。叶德全："所以，从现在开始，内鬼不跳出来，谁都不许再提内鬼的事，不许互相指责猜疑，不许内讧。但有一条规定，我们5个人都得执行，不许单独行动，谁要单独行动，任何人都可以不经批准，执行枪决。"众人："同意。"

众人一下子轻松了，纷纷起身互相握手拥抱，一派同志气象。一直没说话的丁荷突然冒出一句："你们说，有没有一种可能，上面给弄错了。"叶德全："弄错什么？"

丁荷："姚姐姐送来的上级命令不是真的，根本就没有内鬼。"片刻的沉默后，草地上爆发出一片疯狂的大笑。众人笑歪了身子，丁荷也笑了，跑过去揍蔡广得，吊在他身上。

正笑着，岳小白突然不笑了，受惊兔子似的竖起耳朵，突然跳起来说："有情况！"磨房后面突然冲下来一群武装持枪人员，枪口指向他们。岳小白和蔡广得下意识去摸枪，很快失望，他们的枪已经埋了。但两个人不肯束手就擒，扑向武装人员，空手对枪，没几下，岳小白就被扑倒在地上，蔡广得识时务，放弃了，被抓了起来。那边叶德全、杨桃和丁荷也没跑掉，被包围住。

汉阳造推开武装人员走进圈内，挨个看众人说："这就是水花子说的那一大票？怎么看着不像？"他20多岁，一身脏兮兮的破军装，风纪却十分整齐，腰肩笔挺，一副老兵做派。

浅丘经道一身和服，背对门口跪坐在儿子的遗像前，他已经跪了很长时间了。

小林正雄和朴渚芳出现在门口。他们听见浅丘经道在轻轻唱着一首日本古谣："樱花，樱花，深山和乡间，就我所能看到的范围内，那是雾还是云？朝日下弥漫芬芳，走吧走吧，去看看她……"

小林正雄眼眶湿润了。他走过去，在浅丘平山的遗像前跪下，说："平山君，我回来了。"起身，向照片鞠躬。

浅丘经道："小时候，平山很喜欢这首歌，他母亲唱不好，总是我给他唱。"朴渚芳："教授……"

小林正雄："别打扰教授。"浅丘经道："说吧。"

朴渚芳："按您的吩咐，和'黄蜂'联系好了，我们得去九龙，火车在东门外等着。"

戏散场，观众离场。杨子昆和尚未褪妆的赛南粤将浅丘经道送出来。杨子昆："浅丘先生舟车劳顿，专门赶到九龙来为内子捧场，杨某不胜荣幸。"

浅丘经道："能有幸听尊夫人一出《西厢》，也不枉海上往返一趟。只是，敝人在台下听尊夫人唱游殿一折，一边在想，杨先生不似张生，尊夫人如何会跟了你？"杨子昆一时被话问住，不知如何回答。赛南粤笑吟吟说："浅丘先生说笑，大先生属于野放一路，还真不是东躲西藏的张生。"

浅丘经道："可夫人唱的却是红娘。"

赛南粤："梨园外有句话，女人不会嫁梁山泊和许仙这样的呆子，男人却一定愿意娶红娘。"

浅丘经道："果然夫唱妻随，伉俪相助，浅丘见识了。"浅丘经道转向杨子昆说："杨先生，前些日子托您打听的那件事，还请您多关心，先生在香港的生意，我也会请田中总督多加关照。"

杨子昆："好说好说。"

浅丘经道："两天后，我们在深圳墟见面，谈谈我们共同关心的事情，怎么样？"

　　杨子昆："一定一定。"

　　浅丘经道微笑着拱手随后上了一辆日产轿车。车驶走。

　　杨子昆："你怎么跟他说这种话，也不怕他生气？"

　　赛南粤挽住杨子昆，撒娇："你忘了，我是日侨，他应该关照我才对，不会嫌我冒犯。他托你打听什么事？"

　　杨子昆："你不要管，不说这个。"赛南粤："我饿了，你答应带我去兰桂坊吃云吞面的。"

　　杨子昆："走吧，我已经让十三叔订好座了。"

　　港岛一片战争前状态。不断有军队拖曳野战炮和宪兵司令部捕人的车辆迎面驶来。浅丘经道的车从中环驶过。浅丘经道："有新的消息吗？"

　　小林正雄："'候鸟'小组在我们的掌握中，我们仍然在跟踪。'凉帽'小组失踪了，正在寻找。"

　　浅丘经道："尽快找到它，不要让它接近防御战区，找到以后不予打击，等待他们接近任务目标，同时防范东纵派出新的情报侦察队伍。'蚂蚁'呢？"

　　小林正雄："刚接到电报，他们在江沙村一带突然消失了。"

　　浅丘经道："消失了？什么意思？"

　　小林正雄："附近都搜查过，没有任何痕迹。看来，他们是走不下去，知难而退，按上司的命令解散了。"

　　浅丘经道："要这样，倒是可惜了，我费了那么大的功夫，计划却没有奏效。"

　　小林正雄："教授，您这到底是什么计划？"

　　浅丘经道："不说这个，怪我高估了他们。跟踪另外两个小组吧，别再把人给我盯丢了。"

　　小林正雄吩咐开车的朴渚芳："去尖沙咀火车站。"

　　一盏马灯下，三号、吴为、C.罗和欧戴义在研究情况。三号："港九大队蔡国梁那边呢，能派出人来吗？"

　　吴为："老蔡和老陈本来让刘黑仔带人往回跑一趟，可黑仔在新界一带在执行任务，过不来。"

老梁进来报告："吴主任，'候鸟'来电了，他们一直被鬼子盯着，没法摆脱跟踪。"吴为："'凉帽'呢？"

老梁："海上大队刚刚接上他们，正在帮助他们转移，海上大队说，鬼子盯得紧，得把小组分散，不然甩不掉鬼子的盯梢。"

C.罗急说："甘兹上尉和他带着的两名军士是美国人，他们不能单独行动！"

吴为："我们会想办法，确保上尉的安全。"

三号心事重重地说："要这样，'凉帽'也废了。小吴，立刻和右江支队联系，要他们在3天之内组织力量，把人派出去，无论如何，得把情报拿到。"吴为刚要去布置，被三号叫住。三号："这次要小心，我们不可能再组织新的力量了，不能再让他们落到鬼子手中。"

一盏马灯挂在屋顶。叶德全、蔡广得、岳小白、杨桃和丁荷被关押在梧桐山一间石屋里。蔡广得借着一口小小的石窗探着脑袋往外看，看一会儿回头埋怨叶德全，那4支枪要不埋掉，好歹能抵抗一阵子，不会让人拿住。叶德全没说话，皱着眉头在那儿琢磨心事。

杨桃："这是哪儿？抓我们的是谁？"

蔡广得："梧桐山。看架势，像军人，可装束又不是。"

岳小白："是四战区的人。民国27年，鬼子从大亚湾登陆，没几天就占领了广州，以后又占领了华南所有的大城市，四战区不少队伍打散了，有的跑回了家，有的被鬼子收编，当上了伪军，也有不服气想和鬼子继续干下去，又不想丢了嫡系面子的，就落草为寇，当上了土匪。"说完，看着蔡广得笑了一下，说："你不是想打正面战场吗？他们说不定就打过正面战场。"

蔡广得："别幸灾乐祸，一会儿你那帮逃兵兄弟来提你去过堂，看你能不能笑出来。"

岳小白拉下脸说："嘴里干净点儿，谁是逃兵？"

蔡广得："说错了？他们不是逃兵？不是逃兵干吗不去战场上打鬼子，跑到梧桐山上来躲清闲？"岳小白词穷。

杨桃："你俩干吗不打一架，显显威风？"蔡广得和岳小白彼此不买账地看一眼。杨桃："那就改个说法，你俩团结一回，把门踹开，干掉外面那些家伙，把我们救出去。"岳小白和蔡广得悻悻地分开了，各占一个角落，坐下生闷气。

洞外，三十几个衣着各异、头发蓬乱、神色潦倒的国军溃兵在抢饭，饭桶前一片混乱。一班长骂骂咧咧地动手，将碗里的饭扣在三班长脸上。三班长立刻还击，将菜汤泼在一班长脸上。一班长出手搡倒三班长，很快被三班长的人从后面用碗砸倒。更多的溃兵加入斗殴，一片混乱。

不远处，汉阳造在听二班长汇报，对身后斗殴充耳不闻。

山洞里堆了一大堆乱七八糟的东西。那个在河中和"蚂蚁"小组擦肩而过的花里胡哨的年轻人和副官二撇子在东西中翻腾，他叫水花子。

水花子："都什么烂东西，这能换什么钱？3个月没过来，我特意带了一条大船，原以为你们发了大财，就这堆不值钱的破烂，连我的跑路费都不够。"

二撇子："水哥，和你回九龙前的日子不同了，我们又要躲日本人，又要防21师和52师那帮家伙，深圳墟和南头城咱们去不了，老百姓又躲着咱们，劫道的活越来越难干了，你让我们打哪儿弄财富去？"

水花子："那还赖在山里干什么，早点散哪？"

二撇子："谁不想散，这不是，排长不让散吗？"

汉阳造骂骂咧咧进来，抱怨水花子报告不准，仅劫到3张军票，几件女人衣裳，一堆破烂。要二撇子去把人放了，省得多留一天还要管饭。不如给他们两支火把，让他们早点下山。二撇子答应着走了。

水花子："你这儿越来越不景气了，早说跟我去九龙，你不肯，这回干脆点，我不放空船，拉你一块儿走。二撇子要丢不下，你也带着。"汉阳造不说话。水花子："排长，我跟你兄弟一场，为你卖了两年劫财，头一年还说得过去，这一年趟趟跑空路，好容易凑点东西，遇上日本人的巡逻艇，一船货就全泡汤了。不是我不够兄弟，这个军需官我做不下去了。"

汉阳造："水花子，你别丢下我，咱们连130号弟兄，就剩下这32个了。你跑回九龙过日子，我不怨你，我就指望你替弟兄们弄点吃喝，你要一撇，剩下的兄弟都得玩完。"

水花子："湖北老家你不回，武工队收编你不干，迟早玩完。你也别瞒我，我刚才问过二撇子，小溪塔和刘明真也死了，都是贴心的兄弟。你能坚持到什么时候？"

话说到痛处，两个人都沉默不说话。山洞里很安静，听见外面传来二撇子的声音："猪脚，阿荣，去把人提出来。冬水田，去点两个火把。"水花子一机灵，说："慢着，那几个人别放走。没劫到财是我走了眼，可人在财就在。日本人的营建队在到处招劳工，修建港岛工事，强盗不跑空路，你把人交给我，让二撇子跟着，我去深圳墟替你卖给日本人。"

汉阳造："那能值几个？"

水花子："不是还有个女的吗？我顺手卖给窑子里，两下里加起来，怎么也能落下几个。我再给你贴补点，让二撇子带些粮食回来。这回来的时候，海上日本人查得厉害，子弹我没敢带，我在惠阳城里也给你弄一些。"

汉阳造："这样能行？"

水花子："哪次水我没端稳，给你泼洒过？"

汉阳造："水花子，你说，我怎么就混成了这副德行？"

水花子："别检讨了，国家都在混，没什么好德行，你检讨不过来。"

火把通明，5个人被溃兵团团围在山洞外的一片平地上。叶德全着急："不是说放我们吗，怎么又不让走了？"

岳小白生气："你们别胡来，我们是自己人。"

二撇子："那是，还是同胞，往800年前说，一家人，再往远里说，同一个祖宗。"

岳小白说，我们真是一家人。实话告诉你，我是国军的，国军中尉岳小白。汉阳造本来在一旁整理一根脏兮兮的绷带，给三班长缠头，一听这话，丢下绷带过来说："比我高一级衔啊，那我得叫你长官？"

岳小白："你叫什么名字？什么职务？"汉阳造痞笑着回头看溃兵们一眼。众溃兵放声大笑。岳小白："放肆！"

汉阳造收住笑，说："我的名字你不配听，叫我汉阳造好了。明人不做暗事，我是独九旅的，独九旅37团3营2连少尉排长。说吧，说说你这位长官什么来历，他们也是长官吧？那再说说他们是干吗的，什么公干让你们穿着这身衣裳到处逛荡，说好了我给你们敬礼。"

一听汉阳造说是独九旅的，蔡广得眼睛一亮，但很快缩回人后蹲着。

岳小白："是国军就好办。我有特别任务，不能告诉你。你现在执行命令，立刻把我和我的同伴放了，派人送下山。"

汉阳造回头说："你们听见没有，他有任务，你们谁去执行命令，送长官下山啊？"二撇子和溃兵们吃吃地笑。汉阳造："怎么，不讨这个赏钱？"二撇子和溃兵们笑得更厉害。汉阳造："我他妈的就纳闷了，你们怎么就这么没志气？"

汉阳造回头对岳小白说："我没说他们，他们是我弟兄。我说的是你，长官。"岳小白："你……"

汉阳造突然发作："你要冒充国军我原谅你，你要真是国军，我拿你个逃兵祭我的马枪！仗打败了没事，四战区都败了，全中国都败了，我汉阳造也败了，可我和我的弟兄没当逃兵，还在丢掉建制的地方杵着枪杆子，我没少戳鬼子的屁股！败在家门口不丢人，跪在家门口、从家里逃出去、连家门都不守、连自己家都点把火烧掉，丢你祖宗八代的人！"汉阳造回头下令："给我捆了，让他知道冒充国军逃兵有什么下场！"

几名溃兵上来，把岳小白摁住捆了。叶德全和杨桃连忙上前央求，被溃兵搡开。汉阳造："一班长，查查他，他要是冒充的，明早一块让水花子带走，他要真是逃兵，那4个带走，把他毙了。"说罢扭头朝山洞方向走去。

蔡广得没精打采地蹲在一旁。杨桃急了，上来拉蔡广得，说："他们要毙了竹叶青！"蔡广得："我说了，遇上他的兄弟，迟早他笑不出来。"杨桃气得一把将蔡广得推倒在地上。

叶德全在溃兵中周旋："兄弟，兄弟，有话好说，有话好说……"被二班长推倒在地，又爬起来，不屈不挠地上去周旋："兄弟，别这样，咱们能不能别捆，咱们能不能商量商量……"

二撇子："商量什么？给我拉进去关上，明早送去城里卖掉！"丁荷害怕得瑟缩在一旁。蔡广得不等溃兵过来拉他，起身乖乖地跟溃兵走了。

4个人被溃兵连推带搡推进石屋。杨桃立刻扑到窗口，探头看外面的岳小白。蔡广得到墙角蹲下，看一眼站在门口的丁荷，向他招手。丁荷看一眼蔡广得，没过去，走到另一个墙角蹲下。蔡广得气不顺，说叶德全："带武器你不让，一大堆军票你给埋了，要带在身上，拿钱赎人，至于让人给当咸鱼卖吗？"叶德全自知算计不到，没有回话。

叶德全趴在窗口说："兄弟，你过来，我有话对你说。"窗外的三班长往这边看了一眼，过来了。叶德全："兄弟，我知道你们想弄点浮财，我们没让你们满意，你们挺失望的，我能理解……"三班长白了叶德全一眼，掂掂肩上的枪要走，被叶德全叫回来，叶德全："是这样，我上路急了点，的确没带钱，可我不是没有钱。我有田有地，还有一家油铺，环境不错，算乡绅吧。你给你们长官说说，只要放了我们，回头我就让人送钱来，怎么样？"三班长："能给多少？"

叶德全："给多少你们能放人？"

三班长："这个，不好说，看给谁。"

叶德全："你们这儿人多，八个碗七口米，分不匀。你看能不能这样？钱，你自己偷偷留下，也不用太麻烦，你替我弄支枪，门给留个缝，这样，人是我们自己跑的，你也用不着担待，怎么样？"三班长盯着叶德全看。叶德全咽了口唾沫，又说："人多好种田，人少好分钱。"三班长点点头，摸了摸头上脏兮兮的绷带，背着枪走开了。

叶德全一拍巴掌，累得一屁股坐在地上，然后兴奋地跳起来说："渣子，准备好，下面的事就看你的了！"见无响应，对蔡广得和杨桃说："你俩还窝在那儿干什么，快准备准备，一会儿渣子把门弄开我们就走！"

杨桃："竹叶青怎么办？"

蔡广得："让他和自己人理论去，逃兵的事，他们有的一谈。"

杨桃："你们想把他丢掉？"

叶德全："丢什么？一会儿你和丁荷先走，在山下等我们，我和菜花头去救竹叶青。"

汉阳造和水花子并排睡在地铺上。水花子老抹自己的二分头，担心睡坏了。汉阳造："我是不敢问下去。都说四战区二十来万人，可两广愣是让几万鬼子给占了，那二十来万扛枪的人去哪儿了？"水花子无话可对。汉阳造："已经不是头一回了，他真有可能是逃兵，要是那样，兄弟们心里又有一阵不好过。"

水花子起身，把绸葭布衣裳脱下，小心叠好放在一旁，再躺下。说："国家不是你的，你也就是长江边上一个捞浮财长大的孩子，指望江里涨水糊口，真没必要替谁守什么。要不，你还回湖北，要不，你跟我去九龙。"

汉阳造苦笑："你看看我这个样子，我走得了吗？"

外面传来叮咣的劈柴声和煮饭声。汉阳造起来，发现水花子早起来了，收拾停当，衣着光鲜，在那儿对着一面自带的小镜子梳二分头。汉阳造："一天都不想多待？"

水花子："都是亡国奴，你做狗，我做猫，你打断腿还惦记着咬人两口，我顺毛让他摸两下，照样吃喝，我不在你这儿给自己赌气。"

汉阳造干搓了一把脸从地铺上起来，说："也行，我不留你。我去把人提出来，一会儿送你下山。"

丁荷趴在门口睡着了。蔡广得四仰八叉地睡在地上。杨桃倚在墙角向窗口看。叶德全呆呆地站在窗口，他就在那儿等了一夜。门响了，三班长进来，身后进来了好几个溃兵。三班长看了叶德全一眼，不好意思地挠头。

天蒙蒙亮，远山笼罩在一片晨雾中。4个人被带到汉阳造面前。岳小白也被带过来了。杨桃和丁荷连忙过去接。

汉阳造："我不想羞辱你，是你自找。你是不是觉得，拿钱就能买通我的人？"叶德全心不在焉，看三班长。三班长头背过去，挺不好意思。汉阳造："钱我真需要，没钱买不来粮食，买不来子弹，鬼子咱不敢碰，21师人多武器好，咱也讨不到便宜，弄点钱不容易，可得分怎么弄，弄来怎么分。"汉阳造回头对三班长说："三班长，说吧，一笔好买卖，怎么就让你弄砸了？"

三班长："我也不想砸，真动心了。可回头一想，我一个人担着名义，还得分成32份，不划算，就没干。"众溃兵哄堂大笑。汉阳造也笑，笑得欣慰。

水花子在洞里，对一旁摆弄着一支破枪的二撇子说："二撇子，去催催，叫排长别张扬他的兄弟情怀，我下午得赶到惠阳城，叫他赶紧上路。"二撇子应命出了山洞去传话。

汉阳造对二撇子说："去吧，人交给水花子，告诉他，老家伙值不了几个钱，让他随便卖两个；口粮可以少点，子弹不能克扣我的。"

杨桃："等等！"已经走开的汉阳造回头。杨桃很激动："你要敢把我卖了，你会后悔一辈子。"叶德全："小蜜蜂，不能说！"

杨桃："别拦我，我倒看看他能把我怎么样。"

汉阳造："你想怎么样，留下做压寨夫人？我这儿有规矩，女人下山找，山上一个不留，留着乱事。"杨桃："谁给你当压寨夫人，你做梦去吧。告诉你，我是杨子昆家的人，你趁早把我们放了，不然我会让你好看。"

汉阳造："谁是杨子昆？"岳小白："香港葡萄牙银行董事。"

杨桃："他还是国民政府战略物资供应局的人，他还是国民政府军政部参事，别说你一个小小的国军少尉，四战区的长官见了他都得起身让座。"

汉阳造："这么说，我不但得罪了鬼子，得罪了南京政府的汪主席，连国民政府的达官贵人都得罪了？要这样，我汉阳造还真成一方大王了。"

杨桃："别美了，赶快放人，不然我会让你们知道厉害。"

汉阳造挠着痒痒说："你爹是什么？战略物资供应局的？贪官污吏是不是？"叶德全看出汉阳造脸色不对，上来保护杨桃，被汉阳造推开。汉阳造："告诉你臭丫头，老子也不是天生下来就该当兵卫国，穿上这身三尺半前，老子连国家是什么都不知道，江边正捞着水打木，让你爹那种人抓了壮丁，命找上了。"

岳小白上来保护杨桃，被几个溃兵上来架开。汉阳造："兵没当好，仗打输了，老子不怨谁，谁让咱们装备不如人家，可仗打输了，输不过一国的贪官污吏。我听说小日本不是白叫的，咱们国家比它大10个都不止，我也听说上面的官一个比一个贪，这么大个国家，今天你掏，明天我掏，都让你狗爹那种人掏空了，这样的国家，还打个屁呀！你这种人，卖你进窑子我都嫌轻饶了你狗爹！一班长，去告诉你水哥，他要不给我替这丫头找个好人家舒舒服服地伺候开心了，他这个兄弟我不认！"

水花子贴在洞口听见，着急："快去告诉排长，这姑娘是笔好财富，不能卖，快去！"二撇子蒙头蒙脑出了山洞。

杨桃脸都白了，话呛在嘴里说不出来。岳小白挣脱开溃兵，一把将她揽在身后。蔡广得："等等。"叶德全等人不明白，不知道他要干什么。二撇子也跑来了，看看这气氛，人前不敢拦汉阳造。

》135

汉阳造："你又是干吗的？不会也是皇亲国戚吧？我说，你们中间谁还有靠山，亲娘老子、叔叔婶子，干爹也行，是个什么大人物，一块说出来，别一个一个说，耽误我找粮的时间。"众人紧张得不说话。

汉阳造："说吧，什么事。"蔡广得："你不觉得你很蠢？"汉阳造被说得一愣。蔡广得认认真真地说："我说你蠢。不是我说，是你真蠢。"汉阳造伸手去夺二班长手里的枪，说："老子毙了你！"

蔡广得："别急，毙人不就是一扣扳机的事吗，没那么费劲，等我把话说完你再毙不迟。从昨晚我就在听你说，吧嗒吧嗒话不少，我看你气挺不顺，看谁都想咬一口，也没见你咬出什么名堂。不就是缺粮没枪，杆子拉不下去了，缩在山上憋气吗？我要说错了，你别跟我废话，拉我去毙了。"汉阳造盯着蔡广得。蔡广得："昨晚那个小白脸没让你挤出财富，他那是没有，那老家伙给你财富你的人不要，他那是骗你，这两件事你都对了。错的是现在，一块肥肉自己跳出来，放在你面前你看不见，不是蠢是什么？"

水花子乐了。杨桃蒙了。岳小白要往上冲，被叶德全拦住。

汉阳造："依你说，她算什么财富？"

蔡广得："葡萄牙银行老板，国民政府战略物资供应局的人，国民政府军政部参事，四战区长官见了都得起身让座的人物，缺钱还是缺枪啊，你想干什么不成？"

汉阳造："你是让我绑她的肉票？"

蔡广得："你没绑啊？昨天上山的时候，你的人拿绳子捆着我们，夜里关半宿浸水的石屋子，你那是给我们穿黄金马甲，还是伺候我们睡龙床，拿我们当座上宾待着？"

汉阳造："抢人的事我干过，讹人的事还真没干过。"

蔡广得："所以说你蠢，没说错。"两个班长上来要抽蔡广得，被汉阳造拦住。汉阳造："你觉得，我要拿她讹她爹，事后她爹能饶过我？"

蔡广得："你不会事成之后把票撕了？"岳小白掀开叶德全扑过来，几个溃兵想拦，被岳小白冲了个稀里哗啦。岳小白扑上来，一拳把蔡广得打得飞出老远，然后被溃兵拉住死死摁在地上。蔡广得疼得捂住腮帮子蹲在地上直抽气，眼泪都快出来了。岳小白："菜花头，这一路没能杀掉你这个王八蛋，我白干这一行了！"

　　杨桃怎么都没想到蔡广得会出这样歹毒的主意，一时反应不过来，站在那儿发愣。丁荷悄悄拉住杨桃的手，无声地哭了。叶德全目瞪口呆。

　　水花子感慨："耗子偷油倒着走，不留痕迹，对我的脾气。"

　　蔡广得慢慢从地上爬起来，抹一把鼻血，满不在乎地看岳小白一眼。汉阳造厌恶地看了蔡广得一眼，说："就算我撕她的票，我也不会留着你，我会连你一块干掉，什么口实也不落下。"蔡广得："不一定。我要掉了一根汗毛，你连一分钱的好处都捞不到。"

　　汉阳造："你的意思，我不会讹人？笑话，我还真讹给你看看。"

　　蔡广得："是个中国人都会讹，可全中国的人加在一起，也讹不出他父女俩一文钱。和她爹比，你是麻雀，她爹是鹰，你见过麻雀从鹰嘴里掏出一粒红豆子？得有个掏法，别掏不好，让鹰叼出一肚子肝肠肚肺来。"

　　汉阳造琢磨片刻，说："你的意思，你知道怎么能套出这笔财富？"

　　蔡广得："没错，不过，在我这条命捏回我自己手里之前，我不会告诉你。"

　　汉阳造："我凭什么相信你？"

　　蔡广得："这事要干不成，你让你弟兄绳子捆结实点，送我去惠阳日军司令部。日本人有好几笔血案在我手上，你把我送去，看看日本人给你的赏钱多，还是卖他们几个苦劳力的赏钱多。"

　　山洞里，水花子佩服不已："人物，真他妈是个人物！"

　　汉阳造："你为什么这么做？"

　　蔡广得："简单，落到这个地步，这条命得靠赌，不然活不下来。"

　　汉阳造："一班长，把这家伙捆了，捆结实点，其他几个送回去关着。告诉你水哥，让他赶紧上路，我亲自送他去惠阳城。二撇子，你带一个班跟我下山。"一班长领着两个溃兵上来捆蔡广得。

　　杨桃已经省悟过来发生了什么，愤怒地冲上来要揍蔡广得，被一班长和几个溃兵拦开。杨桃揍不着，隔着溃兵吐了蔡广得一脸唾沫。本已走开的汉阳造见状，扭头回来，扒开溃兵，也吐了蔡广得一脸，说："买卖我认了，这一口还非吐在你脸上，不然我心里恶心。"

　　蔡广得站在那儿，无动于衷，抬手慢慢把脸上的唾沫揩掉，驯服地让一班长把他捆住。

第七章

遭遇溃兵　智辨敌友

汉阳造一行沿着蜿蜒的山路下山。十几名溃兵带着短武器，长衫短褂的乡民打扮，水花子跟着。队伍中间押着五花大绑的蔡广得，前面是副官二撇子，后面是一班长。水花子戴着巴拿马凉帽、水晶镜，穿着宽大的绸葛服，在一帮乡民打扮的溃兵中十分扎眼。蔡广得停下，说："这么捆着让人怎么走，我要一不留神掉下悬崖，你们的这笔财富就泡汤了。"一班长："别啰唆，快走吧。"

水花子："给他解开。"汉阳造不解，不知水花子要干什么。水花子让他往前走，别管了。蔡广得道谢。水花子："都在江湖漂着，说不定哪天该我谢你了。"

水花子指挥，一班长和二撇子给蔡广得松了绑。蔡广得一下子轻松了，舒服地伸胳膊。水花子叫蔡广得把裤子脱了。蔡广得拦着不让脱，二撇子和一班长不由分说七手八脚把蔡广得裤子扒下来。水花子丢过一团麻线。吩咐把他兄弟拴上，拴结实点。二撇子和一班长动手拴蔡广得。蔡广得拼死护住自己。二撇子给了他一下，说："你烦人不烦人，活干完早点走，你当你不熏人哪？"一班长勾着脑袋干活。蔡广得受刑难耐。

水花子给一旁不解的汉阳造解释："松了绑，他脚下轻松，咱们也快，路上也不打眼，别惹日本人注意。"

汉阳造："就你这脑袋，跟着我干多好，队伍里有个拿主意的。"

水花子："等你当上余汉谋，我给你当参谋长。"

一班长很快干完活。蔡广得一脸屈辱。水花子又吩咐，弄两块布，把他手缠起来，免得他自己解开。二撇子问他要撒尿怎么办，水花子："不嫌麻烦你就托着他，嫌麻烦让他撒在裤子里。"说完往前面走了。汉阳造笑笑跟了上去。

蔡广得裤腰里一条麻绳连出来，两只手被布包了用麻绳扎住，一脸痛苦，走得困难。水花子一脸殷勤，亦步亦趋，牵着麻绳的一头走在蔡广得身边。

汉阳造和二撇子走在队伍前面，回头看了一眼，吃吃地笑。汉阳造："这小子遇到水花子，是花和尚遇到了鼓上蚤，活该倒霉。水花子比他更蔫坏。"

二撇子："姐夫，这回是不是能捞上一大笔？"

汉阳造："怎么，想去深圳墟痛快痛快？"

二撇子："弟兄们有好久没挨过女人了，昨晚见了那俏丫头，都有点把持不住。"

汉阳造："她是钱，不能碰。等钱到手，先把口粮买足，子弹买足，添两支好枪，要有节余，你带兄弟们到深圳墟好好吃一顿，玩两天。"

二撇子："你呢？"

汉阳造："我能进窑子？回头你告诉你姐，你姐让我跪搓板，再把我打出门？你别给我使套子。"

队伍后面，水花子一脸关切地问蔡广得，兄弟，你家是哪儿的？蔡广得不喜欢水花子，白水花子一眼。水花子："你家是哪儿的？"蔡广得："大鹏。"水花子一脸欣喜，说自己祖上也是大鹏的。

蔡广得磨得疼，实在受不了，要求给松松。水花子不以为意，说带了万金油，到了深圳墟给你抹上点，不碍事。

蔡广得："那不是更杀得疼吗？免了。"

水花子："看你样子，挨揍挨啐，风过似的，不是个怕疼的人。"

蔡广得："你这都是哪儿学的？林冲发配也只顶个木枷，没说拴着家伙牵着走。你这样让人拴着走过？"

水花子："别生气，我也没说带你去野猪林，没用开水烫你，那种事挺残忍的，我下不了手。"

蔡广得不高兴地瞥水花子一眼，往前走，出溜一下连下了几步，麻绳拽紧了，疼得他双拳抱住裆部，哎哟连天，直抽冷气，人站不起来。水花子过来关切，蔡广得："你还是换水火棍和开水伺候我吧！"

杨桃呆呆地靠在石屋墙角里，目光望向窗外。窗外有一片红棉树，红棉花瓣如雨纷落。丁荷缩在墙角里默默抹泪。岳小白停不下来，琢磨了一会门窗，再到处抠石墙，找不到破绽，失望地坐下。叶德全在屋里踱来踱去，想主意，看杨桃思绪不宁，想安慰她。杨桃害怕，躲避他，叶德全叹息一声，到岳小白身边坐下。岳小白对蔡广得出卖自己的同志愤愤不平，说回头就追杀他，不杀掉他，我枉叫竹叶青！

叶德全："小蜜蜂怎么办？没听汉阳造说，事成之后，他们会撕票。"岳小白："都是那狗内奸的主意，你还护着他！"

叶德全："现在不是声讨谁的时候，得想想办法，不能让小蜜蜂死在这个地方。"

岳小白一时也想不出万全之策说，"我检查过，屋子是石头砌的，没法撬开，要没人接应，别想出去。"叶德全："等汉阳造弄钱回来，我豁出去了，告诉他们，我们是东纵的。"

岳小白："他是四战区的人，连我这个国军中尉都不放在眼里，连小蜜蜂她爹都不怕，干吗要怕你东纵？你是不是有点太自恋了？"

叶德全说，等他们回来，就说菜花头手上有鬼子的血案，今年腊月三十那天，他用两颗手榴弹炸死了3个鬼子，伤了好几个的老底子揭出来，让汉阳造把注意力转移到他身上去，把事情搅乱，让汉阳造心里嘀咕，他手里捏着这个宝贝，要卖钱，比咱俩卖得多。也许我们能躲过。

岳小白认为汉阳造又不是鬼子，不会怕他。他什么宝贝到咱们这儿都是祸害，连小蜜蜂都卖了，说明他已经贪生怕死到什么事情都能干出来了。

自始至终，杨桃都像没听见两人说话，呆呆地看外面。丁荷已经蜷在墙角睡着了，像只可怜的小老鼠。

岳小白向叶德全询问他和菜花头妈的事。叶德全不想说这事。岳小白说，能理解，干我们这行的，谁手上都有几条冤枉命。又说，我们一路不顺，一多半原因是你和菜花头这种情况，东纵就不该派你俩一起出来。

叶德全："根本就没这回事。那次我带一个组去元朗接胡蝶，是港九大队转移出香港的……"

岳小白："你说的胡蝶，是那个电影明星？"

叶德全："对，我们救了不少人。邹韬奋、茅盾、夏衍、张友渔、胡绳、范长江、乔冠华……"

岳小白："我也参加了民国30年那次行动，是和陈策将军一块从亚细亚银行逃出来的，带着一些不愿向鬼子投降的英国军官，在维多利亚港上的快艇。"

叶德全："我们还救了一些你们的人。何香凝、柳亚子、梁漱溟、千家驹，七战区司令长官余汉谋的夫人上官贤德，南京市长马俊超的夫人和妹妹。回到宝安游击区的时候，我的两个组员被鬼子抓住了，关在上沙据点里。我想把人救出来，就找了菜花头的妈妈。也怪我，太着急，事先没问清楚，其实她的身份已经暴露了，那天她打算逃去九龙，她丈夫在青山道，也是我们的联络员。她听我说了队员被抓的事，犹豫了一下，还是出了门，结果人被鬼子抓了。菜花头夜里摸进鬼子据点，杀死鬼子看守，把他妈背回家。他妈回家当晚就咽了气。"

岳小白："他爹呢，没回来看看？"

叶德全："没机会。他妈牺牲的前三天，他爹在赤尾带一个港英政府的官员转移，被鬼子抓住，第二天就被鬼子枪毙了。"

岳小白："这么说，菜花头和渣子的遭遇一样，也是鬼子犯下的一门血债，难怪他那样待渣子。"说完下意识往后缩了缩身子，离叶德全远了点。叶德全哭的心都有，说："可他妈妈的确不是我杀的！"

岳小白："我要是菜花头，我也会像他那么想。到底人一辈子就一个爹，一个妈，你不该拿人家爹妈的命去替你交代清白，回头你说清楚了，人家命没了。"

叶德全后悔莫及。

一行人下了山，沿着乡间小路走。前面不远就能看到公路。水花子看看前后人离得稍远，凑近蔡广得说："我知道你这人有心计，告诉我，我会替你瞒着。财富的事，你不是在骗汉阳造吧？"

蔡广得："看出来了？"

水花子："我看出来你不打算带汉阳造去取财富。要真去，咱们用不着去惠阳方向，去深圳墟就行。不过，我提醒你，汉阳造是亡命之徒，21

师朱团副收了他的钱，没给他两袋米，他就把朱团副杀了。"

蔡广得："那我建议你去告诉汉阳造，让他弄几匹马，不然路长，3天都到不了惠阳。让他带3个人跟着我，你要想凑数，也算一个。"

水花子突然咯咯地笑，笑得蔡广得不寒而栗。水花子："你这个人吧不聪明，可够亡命，我服，我还就看你能玩出什么花招。"

一行人站在公路边，汉阳造为难："去哪儿弄马？"

蔡广得："比起一大笔财富，4匹马不难。再说……"话没说完，远处传来马蹄声。没等汉阳造冲上公路，一班长已经慌里慌张从公路上退下来报告："排长，不好了，是鬼子！"汉阳造："快隐蔽！"众人匆匆往后退，在附近找地方躲藏。一班长和一名溃兵就地躲在公路旁的灌木丛中。蔡广得被水花子用麻绳拽着退到田埂后趴下，痛得龇牙咧嘴。蔡广得："将来要生不出孩子，我饶不了你！"

两驾马车，车上各拉着几名日军士兵、一个乡村少女。少女被日军士兵围在当中，士兵们都有些醺醺的，调戏少女，少女非常害怕。马车突然停下。驾手跳下车，到路边解开裤子撒尿。恰巧就在一班长和溃兵的头上，一泡尿下来，正淋在溃兵脸上。溃兵闭眼拼命忍，到底没忍住，大声呛出来。驾手吓傻了，尿惊住，呆一下反应过来，提着裤子往回跑，大叫。一班长一枪将驾手打倒，又慌里慌张向马车连开两枪。溃兵也开枪了。两个人边开枪边往后撤。溃兵被一枪击中，跌进灌木丛中。一班长不敢回头，连开几枪，跑掉了。

9个日军士兵从马车上叫喊着跳下来，向路边开枪还击。两个少女尖叫着跳下车，一个趴在车边不敢动，一个跳下公路跑掉。日军士兵一边开枪一边追下公路。

9个日军叫着喊着追击十几个溃兵。汉阳造指挥溃兵在后面抵抗。溃兵是短家伙，稍远点就没有准头。日军是长枪，追得又狠，子弹打得溃兵脚下泥土直溅。

蔡广得和水花子逃在最前面。蔡广得让麻绳拽着跑不快，说："都什么时候了，你要拽着我，你也跑不掉！"水花子吓得脸色苍白，连忙把手中的麻绳头子松开。蔡广得边跑边收麻绳，慌乱踩住麻绳头子，哎哟一声拽疼了小弟弟，好在绳子终于收成团，一时没空解，塞进裤裆里，拔腿就跑，一眨眼跑到前面去了。水花子："哎，你去哪儿？"汉阳造听见了水花子的喊声，向后面的追兵连开两枪，回头看。蔡广得跑得很奇怪，拶撒着手脚，速度飞快，像是兴奋，又像是害怕。汉阳造举枪要打蔡广得，一发日军的子弹打在他脚下，溅了他一脸土。他骂着回身向追近的日军开枪。

日军士兵叫喊着将十几个溃兵追进一片水田里。溃兵们抱头鼠窜，满田乱跑，溅起一片黑泥和绿禾。一名溃兵被击中，惨叫着在水田里跌爬。日军士兵追上来，叫喊着把刺刀捅进他后背。

日军将溃兵追上一片野花盛开的山坡。溃兵胡乱开枪，四下里散开，狼狈不堪。水花子躲在山坡高处一棵巨大的榕树后面，惊慌地往山坡下看。汉阳造架着一名负伤的溃兵过来，嘴里骂骂咧咧把溃兵丢下，乱手乱脚往枪里装子弹。

汉阳造："他妈养的，不该撞上的，偏偏撞上了！别傻愣在这儿了，你快走吧。"水花子："你呢？"

汉阳造："我不能把兄弟们丢下。快走，回你的九龙，过两个月回来看看我还在不在。"水花子刚说要走，没等溜掉，蔡广得从坡上飞快滑下，一头撞在汉阳造身上，把汉阳造撞倒。汉阳造枪口顶住蔡广得的胸膛，咬牙切齿地要搂火。蔡广得眼疾手快捏住枪口。说："这个你使。另外给我找一支。"汉阳造："你想干什么？"

蔡广得："别啰唆，快给我一支枪，长短都行！"

汉阳造犹豫，水花子："我们凭什么相信你？"同时，榕树外，一名溃兵中弹倒下。一名溃兵中弹负伤，惨叫着滚下山坡。蔡广得："我没什么让你相信，你得赌。"枪声和日军的喊叫声不断。汉阳造一咬牙，从受伤的溃兵手中取过短枪交给蔡广得，说："只要让我看见你向小鬼子开一枪，你就是跑，我也不追你。"

蔡广得："别废话，让这个没用的家伙做点事，把伤号藏起来。你也干点事，看住我身后，别让鬼子在我后背上捅个窟窿眼儿，我怕凉。"说罢倒提枪把，一出溜不见了。汉阳造一脸糊涂："他会用枪？"

枪声稀疏，溃兵们各找地方躲藏起来，日军开始互相叫喊着搜寻。一名负伤的溃兵一身的血，躺在大石头旁呻吟。一名日军士兵持枪走近，举起枪刺用力捅下。蔡广得灵猫似的从大石头后跃出，一脑袋将日军士兵撞得失去反抗，自己也疼得抽着冷气揉头。蔡广得将日军士兵拖到负伤溃兵身边，石头交给溃兵。负伤溃兵一挥手，手中的石头将日军脑袋敲得脑浆四溅。蔡广得揉着脑门，快速从日军士兵尸体上卸下3颗手榴弹，接过溃兵递来的弹匣，丢下一句话："坚持一会儿，我很快就回来。"一眨眼消失了。

一名日军士兵举枪小心翼翼走近一丛灌木，向灌木丛连开两枪。蔡广得从另一处灌木中站起来，开枪击中日军士兵。中弹的士兵瞪着眼不肯倒下，蔡广得上前轻轻一推，日本士兵跌进灌木丛。蔡广得四下看，连蹦带跳一眨眼不见了。

两名日军士兵持枪搜索到一小片榕树林前。一声枪响，一名士兵倒下，在地上挣扎。蔡广得向树下丢出一颗手榴弹，手榴弹爆炸，将另一名日军士兵炸倒。浓烟中冲出汉阳造，连开两枪，将挣扎中的日军士兵击毙。蔡广得从树上溜下，将一颗手榴弹丢给汉阳造，一眨眼又不见了。汉阳造目瞪口呆地看着蔡广得跑远。

剩下的4名日军士兵惊慌地四下看。一枚手榴弹飞出来，爆炸了，炸倒一名日军。3名日军互相叫喊着，搀扶着那名受伤的士兵边开枪边向山坡下退去。溃兵突然从各个藏身处站出来，向山坡下放枪，那枪放得热闹，可都没打中。溃兵们跑去捡洋捞。

蔡广得和汉阳造回到大榕树下，欣慰地看着山坡下向逃走的日军士兵胡乱开枪的溃兵。水花子不知打哪儿钻出来，出现在他俩身后。二撇子和一班长也气喘吁吁过来了。

一班长："排长，我们把鬼子打跑了！"

二撇子："干掉他5个，跑掉4个！"

水花子："太不可思议了，就我知道的，这是咱们排头一回干赢日本人！不过，跟咱们排没关系，是他这个肉票干掉的。"蔡广得看汉阳造。汉阳造不好意思说："他说得没错，到广东7年，和鬼子打，从来就没占过便宜，基本是和汪伪的21师、52师干了。"

蔡广得嘻嘻哈哈地摸脑门："也算，也算。"汉阳造："兄弟，昨晚你说了真话，鬼子的血你不是头一回放。我看，你也别藏着掖着了，不如入我的伙，和我一块干。"

二撇子："姐夫，你早说过，队伍扩大后你当司令，不如现在就当。"汉阳造："行，这是我汉阳造抗战7年头一回大捷，这司令我就当了。兄弟，今天5个鬼子都是你干掉的，你给我当副司令。对了，我还没问你尊姓大名。"

蔡广得："蔡广得。自己人都叫我菜花头。"

汉阳造："那我叫你菜花头吧。怎么样，跟我干？"蔡广得："不行，我干不了。"汉阳造："驳我面子？"

蔡广得："真不行。你要谢我，就答应我一件事，回去把我那4个同伴放了，让我们走。"

汉阳造："不去取财富了？"蔡广得："说实话，那是编了瞎话骗你的。我就不认识小蜜蜂她爹。"汉阳造愣住。

蔡广得没等汉阳造反应过来，抢先变脸，一伸手枪口顶住汉阳造的脑袋。汉阳造呆住。水花子一抱脑袋躲到榕树后。二撇子和一班长举枪对准蔡广得。蔡广得："你俩别动，动我打死他！"

汉阳造："菜花头，你想干什么？你要打死我，你也别想跑掉！"蔡广得："我要跑早跑了，至于在这儿跟你废话。"蔡广得枪口一指，叫水花子过来。水花子吓得抱着脑袋从榕树后战战兢兢出来，被蔡广得拉到跟前，和汉阳造两人做了挡箭牌。

蔡广得："明人不做暗事，老子是东江纵队的，打鬼子咱们是一路人。广东沦陷7年，你汉阳造脱了队，不降鬼子，落草为寇，可见脸看得比命重。我说过赌一回，现在咱俩再赌一回，我一命赌你一命，你要觉得咱俩的命不如鬼子的命值钱，你就下令开枪，要觉得5个鬼子没杀够，还想接着往下杀，你就带我回梧桐山放人。"

水花子："大哥，有事好说，好商量。"又队汉阳造说："大哥，听他的，别把事情弄僵了。"又对蔡广得说："大哥，你脸变得太快了，让人佩服得一塌糊涂。这事我做主，你别开枪。"又对汉阳造说："大哥，他是东纵的人，咱得给自己留条后路。"

汉阳造不高兴："你左一句大哥右一句大哥，叫得这么亲热，到底叫谁大哥？"又对蔡广得说："枪口挪开一点好不好，你怕后背捅出个窟窿，我脑门上也不想留个疤。"

远处传来喧哗声。趴在窗口往外看的丁荷迅速溜下窗口，说："他们回来了！"叶德全一时紧张起来，扭头看。杨桃坐在墙角，颤抖得厉害，苍白着脸慢慢从墙角撑起来。岳小白快速将一条用衣袖搓成的绳子团在手上,脸色铁青,勒紧腰带,攥紧的拳头藏在身后。叶德全:"竹叶青你冷静点!"

岳小白快速地说:"你带小蜜蜂跟在我身后,门打开的时候,我会冲出去。我判断他们不会戒备,我能夺下一条枪。如果机会好,我把他们引到山洞那边去,你趁这个机会带小蜜蜂走。渣子机灵,你别管,看他的运气吧。"

叶德全:"你这样会把事情做绝!"

岳小白:"事情已经绝了,再绝不到什么地方去。你就说,干不干吧?"叶德全犹豫。外面的喧哗声近了,且兴高采烈。岳小白:"你不干我干!我没闭眼之前,没人能从我手里把小蜜蜂带走!"

杨桃颤抖着说:"你们不用为我操心了。昨晚进来的时候我看了,旁边就是悬崖。一会儿他们带我出去,我会从那儿跳下去。"丁荷向杨桃扑过去,紧紧把她抱住。

岳小白:"不行!你别听他的,事情没那么绝!"

叶德全:"杨桃别那样,要坚持,会有办法的!"

杨桃:"他们不会让我好过。我也不会让他们得手。"

门锁响了。岳小白打住话,看了一眼叶德全,再看了一眼杨桃,快速掩身到门后,手中的绳子甩成一条线,另一头捏得紧紧的。叶德全一咬牙,过去一把拽住杨桃,躲到岳小白身后。杨桃紧张得闭上了眼睛。

石屋的门打开了,门口是空的,没有人,一只黑洞洞的枪口探进来,蔡广得笑嘻嘻地说:"没想到是我吧?退回去,往后退,手上的绳子丢掉。"屋里的人被枪口逼得退回石屋里。岳小白不得已将绳子丢下。蔡广得:"我早想到了,我就知道你们会在这儿算计我,你们真不够意思,可惜我不爱被你们算计……"丁荷突然冲向蔡广得,抱住他的胳膊狠狠咬去。蔡广得一声惨叫,蹦得老高。丁荷用全身的劲吊住蔡广得,把他带倒在地。丁荷:"姐,姐快跑!"岳小白拉住杨桃向门口冲去。叶德全也跟上。蔡广得伸手抓住杨桃,被丁荷死死拽住腿。岳小白飞起一脚将蔡广得踢了个仰面朝天。叶德全再接着一脚,蔡广得被踢得缩成一团。岳小白拉开门,门口一排长枪对准他们。

一群脸上涂了野战装的武装人员在山洞外的平地上围住杨桃、岳小白和叶德全，朗声大笑。3个人被弄糊涂了。

叶德全："东纵的？你是说，你们是东纵的人？"

"麦广水"："对，东纵右江支队的。我叫麦广水，右江支队二中队长，叫我小麦吧。"岳小白一阵欣喜，如释重负。杨桃傻在那里。叶德全激动得上去紧紧握住"麦广水"的手，差点没把"麦广水"捏跳起来。

身后传来打骂声。众人回头。蔡广得拎着丁荷骂骂咧咧从石屋里出来，一路抽他屁股。丁荷拼命反抗，又踢又咬。蔡广得："养你几年，狗也养家了，你倒好，胳膊肘往外拐，还咬我……哎哟，你还咬？"丁荷："放开我，把我放下来，我要杀了你，我非杀了你不可！"蔡广得："还想杀我？你杀我一回试试？我不……"

杨桃上去推开蔡广得，从他手中把丁荷抢下来，狠狠瞪他一眼，替委屈的丁荷擦眼泪。叶德全："菜花头，我就料到你有办法，我就知道你肯定会半路逃跑，想办法救咱们。"岳小白不满地瞪叶德全一眼，转身走开。

蔡广得："我干吗救你？救你你往死里踹我，至于吗？要谢你得谢组织，是组织救了你。"

叶德全："是、是、是，应该感谢组织，一定要感谢！"

蔡广得："这是麦中队，他们是总部派来找咱们的，麦中队说……麦中队，你自己说吧。"

"麦广水"："老叶，组织上派我来找你们，要求你们5个人立刻返回罗浮山，接受审查。"

叶德全："谢谢组织的营救！麦中队，你们辛苦了！"

蔡广得拉住忙着握手的叶德全，问："他刚才的话，你听清楚没有？他们是组织派来抓咱们的，抓回去接受审查。"

叶德全："听清楚了，我们接受审查。没想到，你这么快就和自己人联系上了，有你的。"蔡广得："我……"

叶德全："麦同志，听我说，队伍我没带好，牺牲很大，这几天我心情很沉重。你放心，我会向组织上说清楚。"

"麦广水"："不急不急，慢慢说，能说清楚。"

叶德全："对了，这个土匪窝你们拿下来了吧？人都抓住了？"

"麦广水"："拿下来了，你看，都拿下来了，人都抓住了，一个地没跑掉。"

叶德全："那就好。小麦，有句话我必须说，他们不是真正的土匪，做了一些坏事，但基本上还是要求抗日的，组织上应该区别对待，我说三点意见，供你参考……"

蔡广得发现叶德全的心思根本不在自己身上，有些不适应。他回头看。杨桃站在一旁抿着嘴欣慰地笑，是真开心，眼泪都流出来了。丁荷早钻进人群中，到处去摸人家的枪了。蔡广得再转身去找岳小白。

岳小白在山洞前，让一队被缴了械的溃兵站成一排，自己抽自己的耳光。岳小白："停下干什么，别停下，继续打，用力，打累了换只手。不是我打你们，是我代表委员长打你们。当土匪害人你们不知道啊？就你们这个样子，还不如曲线救国，带着枪去吃鬼子的粮，吃完再调转枪口打他娘的……"

蔡广得看看这个再看看那个，没忍住，上去一把将热衷于向"麦中队"说明情况的叶德全抓过来说："别说了，你就不怕回根据地接受审查？"叶德全不明白，问："我怕什么？"蔡广得又问岳小白："你也不怕回根据地受审？"岳小白："我为什么要怕？"蔡广得转头看丁荷。丁荷笑嘻嘻看蔡广得。蔡广得再看杨桃。杨桃笑眯眯看蔡广得。

蔡广得沮丧："行了，别演戏了。我坦白，就没什么右江支队，他们是装的。水花子，你把脸上的泥抹了，一会儿呛着；让他们把脸上身上弄弄，都散了吧。"

"麦广水"听蔡广得那么说，连忙抹脸上的泥，说："都别装了，大哥不让装。去洗脸吧，别在这儿吓唬人。"众溃兵嘻嘻哈哈地离去。

叶德全丈二和尚摸不着头脑："菜花头，你这玩的是哪一出？"岳小白和杨桃也傻了。蔡广得："他们是汉阳造的人，我想诈你们一回，看能不能诈出内鬼，看来没得逞。"叶德全、岳小白、杨桃呆呆地看蔡广得。

蔡广得："能怪我吗？多好的机会，换了你们能放过？再说，你们人是我救的，不说声谢谢，这个踹我一脚，那个咬我一口，我落到什么了？总不能你们一块上来用石头砸死我吧？"4个人看着蔡广得，换了冷笑，一声不吭。

蔡广得见话都说到这个分上了，大家还没有好脸色，就自己找台阶，走到杨桃面前，痞里痞气说："你啐我那一口，让风吹了大半天，我脸上的唾沫还没干。"杨桃闹了个大红脸，说："要不，我给你弄水来，你洗洗。"

蔡广得："洗可以，唾沫是你吐的，得你给我洗，好好洗，洗干净，不然我不依，我也吐你一脸。"众人大笑。

杨桃变了脸，说："你刚才说用石头砸你，我还真砸了。"说完妩媚地朝蔡广得一笑，扭头走开了。蔡广得吓了一跳，往后退，恐惧得抱住脑袋，东张西望。众人哈哈大笑。

几名日军士兵将几大箱沉重的文物小心地搬运出来，送出天井。一名乡绅将浅丘经道送出堂屋，春山二路跟随其后。

乡绅："祖上传下的宝贝，实在不舍得出手，浅丘先生数番眷顾，姜某碍不过，也只能做个不肖子孙了。"

浅丘经道："大东亚共荣尚未成功，支那兵荒马乱，战火连绵，这些文物留下也是不便，浅丘身为一名学者，能为人类共有文物略尽绵薄之力，这算一种慰藉。"朴渚芳出现在门口。浅丘经道："姜先生，告辞。"

装满文物的运兵车在士兵的保护下绝尘而去。浅丘经道站在大街上，挥手散开尘土，看一眼朴渚芳手中的材料问："是什么？"朴渚芳："教授去九龙看过戏后，'黄蜂'提供了情报，我们昨晚在香港破获了盟军的一个情报网。"浅丘经道："念。"

朴渚芳念："盟军将于7月12日凌晨6时轰炸台南、台东、台北、高雄、基隆、花莲、新竹7座城市，并在台北、基隆、花莲三地同时登陆。"

浅丘经道："攻击台湾的消息两年前就满天飞了，可台湾还在那儿。"

朴渚芳："4月31日美国人轰炸了台北，这可能是个信号，也许他们真的要动手了。"

浅丘经道点点头，沿街道走去，不断礼节性地向路遇的乡绅点头致意。浅丘经道："他们想故伎重施，再来诺曼底那一套，不过，他们打错主意了，我不会把高雄当成莱卡，也不会让大亚湾成为东方的诺曼底，他们恐怕会失望了。"

小林正雄匆匆过来，说：“教授，今天上午，一支反日武装在三号公路一带袭击了第四联队的一支小部队。现场勘察，没有发现对方使用重武器，除了我军士兵使用的六点五口径步枪弹壳，其他全是四点五弹壳。教授，可能是东纵失踪的那支情报队干的！”

浅丘经道：“你是说，是‘凉帽’干的？”

小林正雄：“我们有5名士兵在作战中阵亡，一般游击队做不到，只有特工部队，‘候鸟’在我们的控制中，只能是‘凉帽’。”

浅丘经道：“三号公路通向惠阳，他们为什么在那里出现？”小林正雄：“我已经在惠阳布置了埋伏，事情很快就会查清。”

浅丘经道：“‘蚂蚁’小组有消息吗？”

小林正雄：“没有。不过，‘蚂蚁’只剩下5个人，就算他们出现，也不可能做到。”浅丘经道沉思。

林间一排坟茔，新添了两座。汉阳造带着溃兵们持枪肃立坟前。岳小白在他们中间。叶德全等4个东纵人站在稍远处，为国军溃兵战友送行。副官二撇子鼓着腮帮子用力吹响一把破旧的短嘴军号，号音是国军集合收拢号。一根树枝捆绑成旗杆，一班长在升旗。在凄凉的号声中，连队旗缓缓上升，风将旗帜吹开。汉阳造领着溃兵向坟茔敬礼。岳小白向坟茔敬礼。

水花子刚洗漱完毕，礼帽、水晶镜、绸莨衣整整齐齐叠放在一旁，正梳理着二分头。水花子：“新坟又添了两座，要不是那个菜花头，这次你半数人都得进去。”

汉阳造：“没想到，想下山捞笔浮财，捞回个救命的。”

水花子：“菜花头是个人物，最好你能把他留下。”

汉阳造：“人家不肯入伙，我还能硬拿枪逼着他干？算了，东纵的人惹不起，一会儿他又该拿枪顶我脑门了。”听见外面传来开饭的声音，汉阳造朝洞外走，说：“一会儿吃完送他们下山。你也一起走吧，路上也有个伴。”

水花子：“又是番薯面煮野菜？我不吃了，留着肚子晚上去惠阳城喝海虾粥。”汉阳造出了山洞。水花子想想，也扣上礼帽出了山洞。

叶德全和二撇子抬着饭桶过来了。叶德全：“开饭了。”溃兵们一拥而上。二撇子："今天是东纵的叶政委亲自给咱们做饭，兄弟们长脸了。"

叶德全连忙拉二撇子，说："我说我是政委了？"

二撇子："你说了，说了两次，你说本来你能当政委。"

叶德全："那是本来，没当上，不算。不说这个了，来，排好队，一个一个来。"溃兵一拥而上。叶德全被挤得东歪西倒，跌出人群，那个狼狈样儿正好被汉阳造看见。

汉阳造："你们怎么回事？有点样子没有？"水花子过来，在人群中寻找，没找到他要找的人。

蔡广得独自站在坟茔前发呆，人有些伤感。水花子出现在身后。蔡广得机敏地回头，水花子："我能叫你大哥吗？"

蔡广得脸上又带着痞劲儿："爱叫叫好了，我没损失。"

水花子："小弟对大哥你有一种特别的好感。"

蔡广得："我怎么觉着有点哆嗦，你不会又带麻绳来了吧？"

水花子："不得已的事，大哥别记在心上。小弟觉得吧，大哥你有一身本事，可惜没用对地方。大哥要能跟小弟一块去九龙，那可是个大舞台，大哥的一身本事就显出来了。"蔡广得看水花子一眼，离开坟茔地往回走。水花子跟上来。蔡广得："别跟着，我不去九龙，九龙我待过，不爱待了。"

水花子："实话说，小弟在九龙混得不错，有小弟说了算的地盘，有一大帮兄弟，吃香喝辣，谁不听就灭谁，日本人得罪了我，我要不高兴，也能砍了他。"

蔡广得："嚯，这么热闹啊，够威风的。"

水花子："小弟就缺个领头的。大哥要不嫌屈才，小弟想请大哥去九龙发展。大哥去了，就给小弟那帮兄弟当头，小弟给大哥提鞋拎马褂，大哥觉得怎么样？"

蔡广得："我倒不是怕你骗我，我这个人吧，没长性。"

水花子："那叫登高望月，攀枝摘果。"

蔡广得伸手从枝头摘下一只野果子，塞进嘴里咔吧咔吧咬得脆响。说："我吧，其实挺痞气的一个人，但我不喜欢你这样的，怎么说呢，流里流气。你瞧你，没太阳没风的，戴个南洋帽，架个黑眼镜，好好的一个人，装鬼吓人。"水花子："我……"

蔡广得："还有，我这人记仇，你说说，你打哪儿学会拴着人小牛牛牵着走的事？"

水花子："大哥笑话小弟，小弟我……"

蔡广得："你这也不对，你大哥是汉阳造，你一口一个大哥，叫得我直起鸡皮疙瘩，汉阳造也不高兴，说明你这人属叼奶头的，谁奶足往谁怀里扑。我没奶，以后别那么叫了，啊？"蔡广得把另一个果子塞到水花子手里，撇下他走掉了，把水花子晾在那儿。

杨桃靠在墙角坐着，静静地听外面的喧闹。岳小白进来，冲杨桃一笑，走到她身边。杨桃："谢谢你救我。"

岳小白："你谢错了，应该谢菜花头，是他救了你，连我一块儿。"

杨桃："你就是来告诉我这个？"

岳小白："不，我是想告诉你，我会帮你。你说过，我们当中就你一个女人，而我是唯一的特工。"

杨桃冲岳小白妩媚地一笑，说："我也记住了你的话，少说话，多睡觉，没事的时候别找事，枪响的时候往后躲，看着不行了，别疼惜自己的脸蛋，手雷销子拔掉，闭眼数到七。"

岳小白在杨桃身边坐下，向她身边靠了靠，说："直说了吧，我看出来了，你不光聪明，还够烈的，我喜欢你这样的，所以，我会帮你。"杨桃像是没听见岳小白的话，回头看窗外。那里有一棵高大的红棉树。岳小白伸手托住杨桃的下巴，把她转向自己。杨桃抬手打掉岳小白的手，瞪他一眼，起身出了石屋。岳小白不在意地笑了笑。

蔡广得路过悬崖边，下意识站住往悬崖下看，吓得头有点发晕。杨桃过来了。蔡广得："听渣子说，我回来前，你打算从这儿跳下去？"杨桃："你还听说什么了？"蔡广得看杨桃一眼，扭头走掉。

杨桃："哎，我能和你谈谈吗？"

蔡广得站住，回头说："你要给我道歉，我就听。"

杨桃："想得美！"蔡广得扭头走掉。杨桃气得直跺脚，人不见影了，才蹦出一句："人家就是来给你道歉的。"

汉阳造带着溃兵为5人送行。汉阳造："你们去哪儿？"叶德全和岳小白，蔡广得交换了一下眼色说："去惠东。"

汉阳造："水花子去惠阳，能同一段路，你们一块下山吧。"汉阳造走到蔡广得面前。两个人惺惺相惜地拍了拍对方的肩。

蔡广得："回头我给你送粮食，再给你弄两支好枪。"

汉阳造："我等着。"水花子想凑过来说话。蔡广得扭头走向二撇子和一班长，去和他俩告别。

5个人在溃兵的目送下走了。水花子肩上搭个褡裢，无聊地跟在后面。6个人走在下山的路上。死里逃生，众人心情不错。丁荷跑在最前面，开心地去林间摘野果，跑回来给杨桃和蔡广得。杨桃吃着野果，不断扭头看蔡广得。蔡广得发现杨桃在看自己，连忙下意识地护住脑袋走到前面去了。杨桃哼一声，白蔡广得一眼。岳小白看到，笑一下，走到前面去。水花子落在最后，一脸的不高兴。

杨桃："老鳗鱼，咱们就这么走啊？你给我们唱两句客家山歌，渔歌也行。"叶德全："山歌你得让菜花头唱，我一唱把狼崽子引出来了，以为我是它妈。说说话吧，说话简单。"

杨桃："我出个题目，就说把鬼子赶走了，你们想干什么？"几个人互相看看。杨桃："全国都在打反击战，盟军天天炸鬼子，鬼子坚持不了几天了，你们不至于连这个都没想吧？"

叶德全："那我先说，等赶走了鬼子，我想带一帮毛头孩子，教他们识字。"

岳小白："不想当政委了？"

叶德全："当然想当，可当不了，想多了掉头发，干脆不想。我到部队上学了不少字，赶不上小蜜蜂这样的南洋回来的知识分子，但教孩子没问题。我在惠东游击区看中了一个村子，我去那儿教孩子识字。"

岳小白调侃："你不会是看上了哪家的小寡妇吧？"

叶德全羞涩地笑，说："还真让你说中了。那个村里守寡的女人不少，男人一半让海收走了，一半让鬼子残害了，我还没来得及对上眼，还真有这个想法。"

杨桃："老鳗鱼，这个我支持你。竹叶青，你呢？"

岳小白："我能干什么，除了国防军，别的我干不好。鬼子打跑了，国家还得要军队。"

叶德全："那是，留着反共。"

岳小白："老鳗鱼，你别挑衅。"

叶德全："挑衅什么？你们六大刚开完，不是宣布拒绝建立联合政府，维持独裁统治吗？"

岳小白："那你怎么不说说，谁在正面战场打着，你们不上正面战场，不该躲到一边去？"

叶德全："那二次反共高潮呢？你们勾结日伪，差点就把我们消灭掉，这个我说错了？"

杨桃："你们能不能不吵？好好的说话不行吗？"

众人在山溪边洗脸喝水。杨桃："渣子，战争结束后，你想干什么。"丁荷："我想做个卖鱼佬。我觉得吧，世界上最美的事情就是守着鱼摊子卖鱼。等卖完鱼，我就去看杨桃姐的电影，一天看一遍，一直看到我老。"

杨桃："这个想法不错，我支持。菜花头，你呢，等打走了鬼子，你想干什么？"

蔡广得在溪水里东踢一下水西捉一下鱼。蔡广得："我得把老鳗鱼弄死，把解药弄到，不然他去找小寡妇了，我的小命还捏在他手上，他要和小寡妇私奔了，我去哪儿找他？"

杨桃和岳小白窃乐。叶德全脸比木头厚，一点也没不好意思，说："然后呢？把我弄死，你干吗？"

蔡广得："麻烦解决了，一身轻松，我就养一大群鸭子。我也看中了一个地方，我和丁荷一块看到的，我告诉丁荷，我喜欢那儿，丁荷也喜欢。"

杨桃："光养鸭子，别的不干？你能不能有点志气？"

蔡广得脸上浮起幸福的憧憬："那行，那我再加上一个，不光养鸭子，也养人。我娶一个大屁股女人，生一大群孩子，我给他们吃鸭蛋，往死里吃，吃得一个个小肚子鼓鼓的，胳膊腿又粗又壮，我就带着他们到处去打架。"

杨桃撇了撇嘴："没出息。人家老鳗鱼教孩子识字，竹叶青保护国家，渣子看电影，你就知道养一大群鸭蛋孩子，还带着到处去打架，你就不能跟人家比比？"

蔡广得扭头问丁荷："我这样真没出息？"

丁荷："还不如跟我去卖鱼呢。"

蔡广得："好好好，算我没出息，我不养人了，也不养鸭子了，我还待在现在，哪儿也不去，免得遭批评。行了，说你，战后你想干什么？"

杨桃沉默了，脸上刚撩的溪水淌掉，笑容也隐去。丁荷："姐，要不你也跟我去卖鱼。你，我，菜花头，我们仨，这样我们就能卖大鲳鱼和大眼鲷了。"

杨桃没回答，起身离开溪流边。众人不解。岳小白："别问了，她是不相信自己能够看到战后。"说罢去追杨桃。岳小白追上杨桃，说："小蜜蜂，别这样，好容易死里逃生，大伙挺高兴的，你别败大伙的兴。"杨桃不理岳小白。岳小白："要不这样，等我完成任务，你跟我走，我带你去一个地方……"岳小白突然感到自己说漏了嘴，立刻打住。

杨桃狐疑地看他，问："你刚才说什么？你说等你完成任务。"岳小白："对呀。"

杨桃："你要完成什么任务？"

岳小白："不是和你们一样吗？找到小组的任务。"

杨桃看一眼岳小白，走到前面去了。岳小白有点不落定，追上去问，"怎么了？"杨桃："竹叶青，你是一个简单的人，不会撒谎，可你现在却撒谎。"岳小白："我没撒谎。"

杨桃："记得你刚才的话吗？你说，不是和你们一样吗，找到小组的任务。"

岳小白："我是这么说的，有问题吗？"

杨桃："你的教官没教好你。你说你们，你把自己和我们摘开了，就是说，你的任务和我们的任务不一样。你开始还说，等你完成了任务，就是说，你的任务不用找，你知道它是什么。"岳小白看杨桃。杨桃："别解释，越解释越乱。"

蔡广得和叶德全跟上来了，叶德全："你俩怎么了？怎么对上眼了？"岳小白扭头走掉。

蔡广得："喂，你走那么快干什么，不知道不能单独行动啊？"岳小白冷笑一下说："你们还能看到我，真有那个心，找找渣子吧。"3个人回头看，果然不见丁荷。3个人急了，大声喊："渣子，渣子你在哪儿？"水花子不解地看那5个情绪紧张的人。

夕阳西下。6个人在小路上停下。叶德全："水老板，就在这儿分手吧。"

水花子："你们不是去惠东吗？还能同行一程。"

叶德全："我们刚才商量了一下，不去惠州了，去南头。不能送水老板，实在对不起。"

水花子："你们真不去惠东了？"

蔡广得："别啰唆了，天不早了，快走吧，一会儿日头落下去，你还得赶夜路。"水花子看蔡广得。蔡广得回避他，去一旁磕鞋上的泥。水花子只好走了，三步一回头。

大海消金融银。两名日军士兵被捆绑着站在海滩上。执行行刑的士兵持枪站立。

浅丘经道和鹈泽尚信站在一旁。浅丘经道从两名士兵身上收回视线，说："我能理解将军的感受，明治二十七年，李鸿章的外甥张士衍盗卖北洋水师军火，获利数十万两白银，买家正是我们。北洋水师如此腐败，黄海决战岂有不败之理。"

鹈泽尚信："是呵，在太平洋战争中，我军伤亡和被困人数达到75万，损失19艘航空母舰，12艘战列舰，34艘巡洋舰、125艘潜艇和数百架飞机，我们再也没有更多的战备补充，这两个皇军败类，他们不应该盗窃军用品去卖。"

一排枪响，两名日军士兵倒在海滩上。

浅丘经道和鹈泽尚信在沙滩上漫步。鹈泽尚信："我听说了令郎不幸的消息，听说令郎是家中唯一的孩子，出了这样的事情真是令人难过，浅丘君请节哀。"浅丘经道向鹈泽尚信鞠躬致谢。鹈泽尚信："昨天在大鹏湾一带，我23军129师的防区内，出现了形迹可疑的船只，我想请你协助处理这件事。"

浅丘经道："鹈泽将军部队发现的不止是一艘船吧？的确有可疑分子在将军的防区内活动，但那是我的安排，是我计划的一部分，我的人一直控制着他们，不会让他们有任何得逞之机。"

鹈泽尚信："那就好。浅丘君在南方作战中扬名海外，谦逊之态让人景仰，我也听说了，浅丘君是天才的情报作战专家，不过，中国人也精通这一行啊。"

浅丘经道："浅丘不是陆军军部出身，不过一介书生，让鹈泽将军见笑。"

鹈泽尚信："在敌人实施登陆时，我129师将攻击香港到汕头一带的冒犯者，我不希望（光一号作战计划）受到任何妨碍。"

浅丘经道："将军大可以放心，您说的那些中国人，他们正在被我的部队撵得在山沟里到处乱转，我有两个联队正在踢他们的屁股，他们没有工夫骚扰将军，我会确保（光一号作战计划）的顺利完成。"

东纵游击队阵地。枪炮声激烈。游击队员守在阵地上，阻击着日伪军的进攻。

东纵指挥部里电台滴滴答答，气氛紧张，三号和几名指挥员在研究敌情。三号："让魏光年一定要守住阵地，掩护总部和后勤转移。要三支队在惠东方向打一下，吸引敌人的注意。"参谋去布置任务。

C.罗冲动地和吴为争吵着进来，后面跟着欧戴义。C.罗："将军，你们不能什么办法也没有，必须尽快了解日本人防御部署的具体情报，否则（沙马计划）将无法执行！"

三号："出什么事了？"

吴为："我们在港、汕一带的情报员发现，港、汕一带的确有日军的大部队活动迹象。我们的情报员做了尝试，无法了解这些部队的番号，也不知道他们的部署情况。"

C.罗："港、汕一带正是（沙马计划）登陆预选地点，将军，你们应该有所作为！"吴为："对不起，我能借用一下廖将军吗？"

吴为将三号带离指挥部。拉到另一间屋子，说："右江支队来电，他们也遭到了敌人的围剿，一时半会儿无法派出情报搜集队伍。"

三号："那就再想办法。"

吴为："部队在仓促转移运动中，无法有效组织新的情报搜集队，鬼子又盯得紧，我们已经做不到往外派情报人员了。"

三号："所有的办法都想过了？完全不能再派出了吗？"

吴为："至少目前是这样。首长，鬼子是咬死了要把我们堵在目标地之外，我们派出去一支，他们打掉一支。不是我们不作为，是根本没法作为，我们没有能力和鬼子拼人，我指的是，特别用途的人。"

三号："你再想想，还有什么办法解决？"

吴为："外面进不去，只能打内部的主意了。除了'薄荷叶'，我在鬼子内部还安插了一名情报员，代号'紫萝兰'，平时由我单线联系，这件事，没有向首长汇报。"

三号："你的职权，可以不汇报。'紫萝兰'这样的情报员，你手头有多少？"

吴为："我的职权，可以不说。"

三号："你想让我撤掉你？"

吴为："如果那样，我会把秘密咽进肚子里，然后带走。"

三号："行吧。考虑不了那么多了，不管手头有什么牌，能用就用。"

吴为："'紫萝兰'的处境不好，他在地狱的十八层。"

三号："什么意思？你说手里有人，又扯条件，他不就是干这个的吗？什么时候和魔鬼打交道的人，活在天堂里了？"

吴为："'紫萝兰'的任务是长线，本来考虑他在鬼子身边时间待得长一点，也许战后他能为我们提供更重要的情报，所以我特别指示他，不介入任何组织上的工作，为保证他不暴露身份，也没给他配备电台和联络员，说白点，是死间。"

三号："我懂，等于一座休眠的火山。"

吴为："鬼子现在加强了情报防范，要动他，就得重新给他配备电台和密码，还得为他组织一套策应，不然他就是有天大的本事，也别想弄到核心情报，更别说把情报送出来。"

三号："你这是白说。吴为，你在玩我。"

吴为："首长，您想过没有，我们不好过，鬼子也不好过，我们这儿难，鬼子那里也不容易，关键是我们自己不能乱。"

三号："你是拿'紫萝兰'的事教育我？你放心，C.罗他指挥不了我。"

一名指挥员冲进来报告："三支队来电了。"三号："我这就来。"

吴为："首长，'凉帽'已经撤进大鹏岛了，我已经通知海上大队，就算人丢光，也要保住'凉帽'小组。"

三号："人生下来不是用来挨枪子的，是赶牛种田唱山歌的。'凉帽'小组要保住，'候鸟'的人也不能丢光，'蚂蚁'剩下的那5个人也得找，丢一个都是我们的罪孽。你提醒了我，我们不能被动，得让敌人乱起来。周参谋。"

周参谋进来。三号："通知一、二、五、六四个支队，分别在潮汕、东莞和宝安方面打一下，把鬼子打疼；通知三支队，把粤港路的轨道扒掉两段，看看谁比谁不经乱。"

第八章

闯关救人　战火友情

　　暮色初拢。蔡广得等人在收拾露营地。不远处，杨桃在一条安静的小河边洗脸。丁荷跑来，坐在杨桃身边，目不转睛地看杨桃。杨桃："水不凉，去洗个澡吧。干吗看我？"丁荷："他们要我看的。他们说，得看着你。他们怕你碰上蛇。他们还担心你摔进河里。他们说，要是你掉进河里，我就大声叫，他们就赶过来捞你。"杨桃愣了一下，起身向宿营地走去。

　　3个人在那儿鬼鬼祟祟说着什么。杨桃和丁荷过来。3个人停下，殷勤地迎上去。叶德全："没事吧？"岳小白："有蛇吗？"蔡广得："没弄湿鞋吧？"杨桃看看这个，看看那个，问："你们没琢磨什么整人的点子吧？"

　　蔡广得："琢磨了，琢磨半天了。我们商量了，今晚开个联欢会，为你表演几个节目。"

　　岳小白："主要是我表演，菜花头要表演准砸场子。"

　　岳小白安排杨桃在睡铺坐下。座位是男人的衣裳铺成的，仅此专位。

　　杨桃东看西看，又问："一会儿我睡这儿？"

　　叶德全："你的床。"

　　杨桃："你们呢，你们睡哪儿？"

　　岳小白："你别管我们，我们不睡。"

　　蔡广得："我们站着睡……不，我们睡草地上。你挺废话的，就不担心我们生气？你坐好，我开始表演了。"

岳小白："我要是带口琴就好了，我给你吹《希特勒的末日就要来临》，我还能吹谢尔盖·列梅舍夫的《我亲爱的好姑娘》。"岳小白哼曲子，曲调优美。

蔡广得："谁是你亲爱的好姑娘？一边去。我们东纵的联欢会，你充其量只能算被邀请的观察员，一边待着。"

岳小白："不是说好统一战线吗？"

叶德全："那也得分怎么统一，如何对付分裂。有时候需要针锋相对，不能存在幻想。"叶德全把岳小白挡在一旁。

蔡广得大步上场，清清喉咙摆好架势，说："我先唱个《陈世美不认妻》，再给你唱《高文举》。"叶德全和丁荷连忙捂住耳朵往一边躲。

岳小白："怎么了？"丁荷："一会儿他要学秦香莲哭，哭得可难听了，像被踩了尾巴的狐狸。"

叶德全："丁荷同志的揭发是讲事实摆道理的，我替他作证。"

蔡广得："行行行，我不哭，换一个行不行？小蜜蜂，他们难不住我，我会的多了。这样，我给你学鸭子走路，我能学各种各样的鸭子，我还能学鹅。"

蔡广得开始扮鸭子，探头探脑，嘴里学着各种各样的鸭叫，动作和声音惟妙惟肖，逗得丁荷、岳小白和叶德全哈哈大笑。杨桃没笑，目光发呆，蔡广得停下表演，和大家一起呆呆地看着杨桃。杨桃脸上挂着眼泪。蔡广得："你怎么啦？"杨桃掩饰不住，走到一边去。众人欲跟上，岳小白拦住："别刺激她。我来吧。"岳小白跟上杨桃。

蔡广得不解，问叶德全："她怎么啦，她一路上要求这个要求那个，不就想我们围着她转吗？我们围了，也转了，转得一头汗，她干吗又落泪？"

叶德全："我觉得，你那鸭叫声太吓人，吓着她了。"

蔡广得："我？一只鸭子，能吓着她？我不是按照大伙的意思哄她吗？我还没学鹅，鹅扑人更厉害。那我演什么？青蛙？"

岳小白过来。叶德全连忙迎过去问："她怎么啦？"

岳小白："她觉得我们这样太殷勤，明摆着是安慰她，她受不了。"叶德全沉默。蔡广得："什么意思，安慰还受不了？你们谁安慰我，看我受不受得了。"

叶德全："主要是我们这招太狠，好比客家白肉，好东西吧，可要全是四指的膘，两块就腻住了。这是我的问题，我犯了经验错误，没有组织好。"

蔡广得："你的意思重新组织，咱们换素菜？"

岳小白："素的没用。女人吧，你拿脚踹她，她就化成水喂你；你把她捧在手心里，她就变块石头硌你。不怨你们，你们东纵的人土包子，打游击厉害，谈恋爱嫩了点。"

蔡广得："看出来了，老鳗鱼和你比，他是青木瓜，你是熟木瓜，缠女人，他比不了你。"

叶德全："我看这样吧，联欢会就别开了，大伙儿自由，也别一窝蜂往上扑，分头来，一个一个来，有什么本事，就看各自的了。"

3个人垂头丧气地散去，可没有散掉。杨桃站在他们面前，她看着他们，不好意思地抹掉脸上的泪，冲他们笑。3个人立刻在杨桃迷人的笑容中晃悠了两下。

杨桃："我知道，你们和别的男人不一样，心都深，不愿意相信别人。"

叶德全："没办法，让事情逼的。"

杨桃："我也想这样，可我做不好，说好不再相信你们，可还是忍不住要相信。"

岳小白："这你得坚持。"

杨桃："这一路上，菜花头救了我几次，竹叶青也照顾过我，都是豁出命来，还有老鳗鱼、渣子，就凭这个，不管你们是谁，我都不再防你们。"

叶德全："小蜜蜂，你可千万别这样，该防还得防，不防让人算计上！"

杨桃："我没那么深的城府，揣不下两副肚肠，我不防。我听你的，好好和菜花头扮夫妻，好好跟你们上路，不再给你们添麻烦，不再让你们为我受累。"叶德全："这……"杨桃："下山的时候，我让你唱山歌，你没唱，我给你们唱吧，我来讨你们喜欢。"

杨桃开始唱客家山歌："一朵红花路边生，花又红来叶又青。甘好红花哥唔识，手攀花树问花名。哥系绿叶妹系花，哥系绫罗妹系纱。哥系高山千年水，妹系山中甘甜茶。"杨桃的歌声甜美婉转，蔡广得、岳小白、叶德全和丁荷听入迷了，他们眼里都有一星亮晶晶的东西。

惠阳城门下，几名21师的士兵把守着，检查过往行人。叶德全5人仍扮作一家人，一片和谐，一行人顺利通关。

城门旁一间茶店，水花子坐在屋檐下喝茶，和人捏着袖笼说着话，不期然看见5人从门外街上走过，和人打了个招呼，放下零钱跟了上去。

一家不起眼的骡马店，5个人观察了一下四周，前后脚进入。水花子出现在远处，站了一会儿，离开。

行李草草堆在大通铺上面，杨桃像个当家人，收拾着，整理通铺。那3个人在一旁喝着大碗茶。蔡广得："我这就去找马鱼叔，用不着那么多人去，我带丁荷去就行了。"

叶德全："丁荷留下，让竹叶青跟你。"岳小白笑笑。蔡广得什么话也没说，和岳小白先后出了门。

一家南货店外，一名年轻的伙计殷勤地接待蔡广得："马鱼叔让我在这儿等着你们，你们一来就带你们去找他。"蔡广得："他在哪儿？"伙计警惕地朝街上来往的人看看，回身对铺子里交待："赵三，看着点，我去去就回。"伙计带着蔡广得离去。

水花子从对面的洋线店里出来，看着走远的蔡广得。

伙计带着蔡广得在人流中穿梭，显得很急。蔡广得有所觉察，拉住伙计问："我好像没见过你。"

伙计："是没见过。我是新来的伙计。"

蔡广得："你说马鱼叔在等我们？"

伙计："他交待了，你们一到，就带你们去找他。"

蔡广得："他在哪儿？"伙计："到了你就知道了。"

蔡广得四周看看，一脸痞笑，问："你想把我带去见谁，日本人？"伙计愣了一下，扭头就跑，钻进人群中。蔡广得拔腿追上去。伙计蹿进一条巷子站下，回头等着。蔡广得呼哧呼哧追进巷子，才发现中计了，空巷里站着两名手里握着枪的便衣。蔡广得急忙转身要逃。他身后也有两名便衣，枪口对准他。伙计说："你不是想见皇军吗？别急，我送你去皇军那里。"

　　4名便衣上前捆蔡广得。蔡广得飞脚将一名便衣踢得头撞墙倒下。与此同时，另3名便衣扑上来抱住了蔡广得。眼见蔡广得要被拿下，岳小白闪身进了空巷，手中的匕首寒光划了两下，两名便衣倒下了。蔡广得扑向另一名便衣，很快制服了他，将他打晕过去，回头看。伙计瞪大眼睛，人勒在岳小白怀里，似乎一切都太快，他不相信发生了什么。有人进入巷子，吓得扭头就跑，大呼："来人哪，杀人啦！"

　　岳小白："离开这儿。"蔡广得从地上拾起两支手枪转头消失掉。咔嚓一响，岳小白慢慢松手，怀里的伙计软骨病似的躺下不动了。岳小白一眨眼不见了。

　　一群汪伪军冲进空巷。那里只有3具尸体和两个蠕动着的伤号。

　　蔡广得回到骡马店向叶德全说明情况："我们来惠阳是临时计划，马鱼叔根本就不知道我会来找他，也不可能知道我是一个人来还是来了几个人，那个假伙计说漏了嘴，说马鱼叔让他在店里等我们。幸亏竹叶青出手快，不然我就让他们报销了。"

　　叶德全："你的意思，马鱼叔是被鬼子抓走了？"

　　蔡广得："可能性很大。"

　　岳小白："情况不妙，我们得尽快离开这里。"刚准备走，门敲响了。几个人快速隐蔽，岳小白将缴获的手枪丢给叶德全，拔出匕首闪身门后。门又敲了两下。众人放松，岳小白开门，将丁荷拉进来。

　　丁荷："外面有人捎信来，说有个老板要找菜花头。"众人迅速交换眼色。

　　蔡广得："惠阳城里我有几个熟人，可没人知道我进城，怎么会这么快？"

　　岳小白："鬼子不会报号请你，那等于是给你提醒，他会直接踹门就进来。不会是鬼子。"叶德全也觉得有道理，不会是鬼子。岳小白："我跟你去看看。"

　　叶德全："你别去，你带小蜜蜂和渣子换个地方，一会儿我们去找你们。"

　　有人领路，蔡广得和叶德全穿过高高的柜台进入当铺里间。里间坐着一个人，蔡广得一看是水花子。水花子："我说过我的地盘在九龙，但并不等于说，别的地方我就说不上话。"水花子放下茶碗，朝叶德全看了一眼，要求单独和蔡广得说句话。

蔡广得："用不着。说吧，叫我来这儿干什么。"

水花子："小弟知道，大哥迷恋龙争虎斗，可怎么说，枪子儿能打倒龙，也能击中虎，小弟为大哥计，劝大哥退一步，另谋大业，求得龙盘虎踞。"

蔡广得："话碎了，挑管用的说。"

水花子："小弟还是想请大哥去九龙，替小弟扛旗主事。"蔡广得："你就为这个跟我们到了惠阳城？"

水花子："小弟并没有改变路径，倒是大哥说去惠东，又改口回坪山，却踩着小弟的后脚跟进了城，小弟还在纳闷儿，不知诸位是不相信小弟，还是有什么不可告人之秘？"

蔡广得："我们这身打扮和你走不到一路，所以择路另行。要没别的，告辞了。"水花子："等等。"蔡广得："萍水相逢，你不至于这么黏糊，非得我依了你才行吧？"

水花子："那倒不是，小弟只是顺便告诉大哥，大哥要找的人，南货店马鱼叔，他在日本人手里。"

蔡广得："告诉我，马鱼叔在哪儿？"

水花子："一天前，他被日本宪兵队抓走了，人现在押在城外林周村日本人的一间铁轨仓库里。"

南城的一家骡马店外。杨桃和丁荷坐在门外望风。3个人在屋里讨论情况。叶德全认为，我们不是为了救马鱼叔来的。他只是一个外围联络员，不可能知道我们的任务，救他是多此一举。我们可以去别的地方弄船，然后从海上返回深圳墟，找到我们的任务。

蔡广得有些激动，说："别给我说你的任务和办法，马鱼叔给过我很多帮助，我不能看着他落在鬼子手中不救。我必须救他，就当我还他的。"

岳小白："有种。我就看中你这个。我跟你去救马鱼叔。"

蔡广得："用不着。我跟渣子去。你们放心，渣子跟着我就不是单独行动。"

岳小白："你俩怎么去救？没听水花子说，是日本人抓走的，就靠上午到手的两支家伙？"

蔡广得："这个不用你操心，我能想办法弄到家伙。"

岳小白："你没听懂我的意思。水花子怎么说？鬼子有一个小队，那不是宪兵，就算你弄到家伙又能怎么样，还来大年三十那一出，用手榴弹扫屋，往鬼子当中扔两颗？"蔡广得看了叶德全一眼，叶德全不支持蔡广得。

蔡广得："我不管你们在背后怎么议论我，现在行动小组已经不存在了，没有人可以管我，我一定要救出马鱼叔。"

叶德全："你能不能先别急，我们再琢磨琢磨。"

蔡广得："没有什么好琢磨的。我不连累你们，你们也别管我，不然我就强行离队。"叶德全看蔡广得。蔡广得："别拿你的解药吓唬我，早上给的一包，我刚服下，能管3天，3天内，我能把马鱼叔弄出来。"

叶德全："小蜜蜂怎么办？"

岳小白："让渣子跟着小蜜蜂，他俩互相盯着。"

叶德全："你问菜花头愿意吗？他不会硬往里闯，这方面他脑子够用。他会让渣子钻狗洞，不然别说我们3个，再添30个，也别想从鬼子手中救出人来。"

3个人为难，杨桃是非战斗人员，不宜参加营救，让杨桃一个人留下，显然有单独脱队机会，3人陷入沉思。

3个人都不好意思，找杨桃商量。杨桃气愤："把我捆起来？这样的馊主意亏你们想得出来！"

叶德全："可实在想不出更好的办法，只能这样凑合。"

杨桃："凑合？我就是让你们凑合的？"

岳小白："小蜜蜂，真不是防你，可你连枪都不会用，行动又慢，你去反而添累。"

杨桃："这还不算防，还要怎么防？你们3个大活人，今天算计这个，明天琢磨那个，连这点主意都想不出来？"

叶德全："你有什么好主意，说说看？"

杨桃气得无章法，说："你们就不会去药铺里买点蒙汗药来？把我麻翻，用不着绳子，也用不着费力气把我的嘴勒上。"

蔡广得："她说得有道理，要是我们今晚没混进去，明天也没混进去，后天再没混进去，她怎么办？总不能给她嘴里塞3张饼吧？还有，如果我们两天不回来，她还不屎尿一身，谁给她洗？蒙汗药就解决问题了。"杨桃气急，扑上去用力踢蔡广得。蔡广得："哎哟，你踢我干什么，我是为你好，我在帮你说话！"

掌柜惊讶地越过老花镜，看柜台前洋洋得意的丁荷，问："你说什么，给你钱？"丁荷："对。"掌柜："谁家的臭小子，快给我滚，不然我把你抓到警察局去。小丁子，把这个臭小子撵走，也不看看这是什么地方。"

一个伙计从里面出来。丁荷大气地示意他别动，说："你没听清老子的话？军票不要，只要硬通货，给少了老子就崩了你。"掌柜生气地磕下茶碗站起来，话没出口，眼睛停在丁荷身上。丁荷衣袋里，一支枪口绷起口袋，指住掌柜，他脑袋往一旁歪了歪，说："别看我，我是短家伙，那边还有一挺大家伙。"

掌柜往一边看。蔡广得痞里痞气靠在门口，长褂下，一支冲锋枪似的家伙指向这边。掌柜和伙计吓得连忙往柜台后面躲，连说，好汉别搂火，我这就去给你们拿钱，我这就去拿！丁荷："当老子是土匪？老子不是土匪，是独九旅37团3营2连的，那位是我们排长汉阳造，你要不知道去打听一下，管保吓破你的狗胆。快拿钱去！"

掌柜："长官别发火，我去拿我去拿！"

蔡广得和丁荷从钱庄里冲出来，怀里抱着沉甸甸的布袋。在外面放风的叶德全迎上去。蔡广得："得手了，走。"蔡广得和丁荷分别丢掉怀里的一支短棍和一截木头。3个人眨眼消失在人群中。

伙计从钱庄里冲出来，大叫："梧桐山的兵匪下山啦，汉阳造抢人啦！"

蔡广得3人快速穿过人群。叶德全："你说你们是汉阳造的人？你这不是坏汉阳造的名声吗？"

蔡广得："我让他说的。劫道的土匪，他还能坏到哪儿去？"叶德全："那也不能往人脸上打。"

蔡广得："我是替他扬名，不然让皇协军追着打了两年，连鬼子的边都没沾上，鬼子连他是谁都不知道，冤枉不冤枉。"3个人快速消失在人群中。

一队警察拿着杂乱的武器乱哄哄冲出警局。警官："对方有机关枪，别靠太近，等宪兵队的皇军到了再动手！"警察们纷纷乱乱地跑远了。

一对打扮时髦的年轻人过来，径直往警局里闯。门岗："哎，干吗的，当这儿是戏院呀，就往里闯？"

岳小白："瞎了你的狗眼，吴局长的如夫人，你也敢拦？"门岗吓住，连忙敬礼："对不起夫人，小的没长眼，没认出来。"岳小白："会不会说话？局长的如夫人，连大太太也认不出来，能让你认出来吗？"门岗："是是是，夫人请，夫人请。"岳小白和杨桃扬长而进。门岗："有什么了不起，不就是个偷腥的外宅吗？"

杨桃看看天井里没有人，抬腿狠狠踩了岳小白一脚，疼得岳小白龇牙咧嘴一跳。杨桃："你才是如夫人！"

岳小白："我要是女的，能劳驾你顶包吗？"

杨桃："跳什么，脚上有刺？"

岳小白："那不是你刚才踩的？"

杨桃："我踩你就跳？你来干什么？还不快动手。"

杨桃在文书室门口望风。岳小白将吓坏了的文书捆好，嘴里堵上东西，拍了拍他的脸，取过一旁文书的短枪，子弹袋挂在肩上，钥匙拎在手中，警告："别动心思，别闹出动静，要惹我回来，你就没命了。"文书拼命点头。两个人关上门离开文书室。

杨桃在枪械室门口望风。岳小白在室内翻来翻去。杨桃："快点呀，磨蹭什么，怎么啦？"

岳小白沮丧："我们失算，光想着把人调出去，就没想到人家会带上家伙，不会空着手。"

杨桃进来问："白来一趟？"

岳小白："警察的装备本来就简单，案子一发，武器都让他们带走了。是我们失策，应该打宪兵队的主意。"

杨桃："再找找，说不定他们会忘掉什么。"

岳小白在乱糟糟的弹药箱中翻腾，过去搬开上面的箱子。杨桃帮他传箱子。岳小白让她去门口看着。杨桃："我需要闭眼数到七？"岳小白没奈何了，只好由杨桃。岳小白启开最下面一个箱子。箱子里满满一箱手榴弹。岳小白大喜："到底没跑空路！"但他很快失望了，是照明弹和臭气弹，根本派不上用场。

杨桃："什么是臭气弹？"岳小白小心地拿起一颗示范："你看啊，它弹体里装的不是炸药，是加压密封的四氯化锡，没有杀伤力。"杨桃："那造它干什么？"

岳小白："也不是完全没用，弹体引爆以后，四氯化锡快速扩散，产生大量的盐酸白雾，把掩体里的敌人熏出来，把闹事的人赶跑。我们叫它苏打水罐。"

岳小白和杨桃端坐在弹药箱上，两个人完全忘了自己在干什么，认真地上着课。杨桃伸手拿起一颗，好奇地摆弄着。岳小白吓一跳。告诫："别乱动。别看没杀伤力，可这家伙脾气暴，容易漏气，一不小心它……"

岳小白停下讲解，猛地回头。警察局伙夫拎着食盒呆呆地站在门口。伙夫："你们是谁？"

岳小白回头说："告诉他，你是谁。"

杨桃："还说如夫人？"岳小白："那还能说什么？"

杨桃："没门儿，这回无论如何我不干，要当如夫人，你当去。"杨桃说话的工夫，岳小白已经跃了出去，把闹糊涂了的伙夫扑倒在地……

杨桃领着叶德全和蔡广得出了骡马店。两个人小心翼翼各抱着一个沉重的布袋。骡马店外，岳小白扎紧一个大褡裢，丁荷帮着上了肩，褡裢重得把他压得趔趄了一下。丁荷在前面探道，杨桃在后面望风，几个人匆匆离去。岳小白扛着沉重的褡裢，跟不上，十分狼狈。岳小白："你们也不帮帮我，不能让我一个人扛重的吧！"

在前面探路的丁荷突然退了回来说："鬼子。"远远地，几名日军士兵肩上挂着枪过来了。几个人快速找躲藏的地方。蔡广得腿最快，抱着一包袱财物钻进一家炒货铺子。叶德全抱着一包袱手雷钻进一家蜡烛铺子。杨桃身上没东西，装作在一家店铺外站着挑东西。岳小白想往一家山货铺里躲，被女店家推出来。岳小白："你让我进去看看……"女店家："没看有女眷换衣裳，你想干什么？"岳小白："我尿急，你让我撒泡……"女店家不由分说将岳小白推出街。

岳小白回头看，日军士兵已经近了。他连忙蹲下装作整理鞋，肩上的褡裢沉，压得他一屁股坐下，褡裢滑落到地上，滚出一颗手雷。日军士兵朝这边看。岳小白一屁股坐在手雷上，故作整理鞋。

蔡广得紧张地注意着外面，想掏枪，发现店家正盯着他。他回头看。店铺炒锅里有一把大炒铲。

叶德全紧张地往外看。店家："喂，你到底买不买？不买别占着地方。"叶德全："买，买。"叶德全一边看外面一边掏兜，掏出一块怀表递给店家。店家不解。

一名日军士兵往岳小白这边走来。岳小白装作拍鞋上的尘土，手悄悄摸向匕首。人群中突然冲出丁荷，擦着日军士兵冲向岳小白，说："哥，我要吃牛丸粉，给我钱。"岳小白愣了一下，反应过来，责备："吃什么，整天惦记吃，我带你出来是让你吃牛丸粉的？"

岳小白不耐烦地一把推开丁荷。丁荷撞到了日军士兵身上，把士兵撞开了。日军甲："滨田，走了。"叫滨田的日军士兵将丁荷从地上搀扶起，不高兴地上来踹了岳小白一脚，说："你的，欺负弟弟不厚道，弟弟的，米西米西的给，明白？"岳小白："好的好的，这就给。"日军士兵回到同伴中，几个士兵离开了。岳小白松了一口气，身子一软坐下，坐在手雷上，哎哟一声跳起来。

叶德全松了一口气，怀表揣回兜里，说："对不起啊，这块表是祖上传下来的，不卖了。"叶德全钻出店铺。留下店家发傻。

蔡广得松了一口气往外走，被伙计拉住。伙计示意，蔡广得手里紧握着大炒铲。蔡广得："铲子不错，挺称手的。"蔡广得放下炒铲，顺手抓了一把炒货嗑着出了店铺。

杨桃松了一口气，这才注意到摊贩一直在看她。摊贩："小姐，你挑了很久了，到底要还是不要？"杨桃："要要要。"摊贩："要就付钱。"杨桃低头看，才发现她手里拿着的是一把夜壶，连忙放下红着脸扭头走掉。摊贩："谁家花痴跑出来了，也不看着点。"

深圳墟指挥所，小林正雄和朴渚芳在向浅丘经道汇报情况。小林正雄："他们杀掉了我事先安排的人，抢了一家钱庄，调开了警察局的人，从军械室里偷走了一箱制式手雷，别的什么也没拿。"

浅丘经道："会是什么人？"

朴渚芳："抢劫富隆钱庄的是一大一小两个男子，进入警察局的是一男一女两个。"

小林正雄："'凉帽'和'候鸟'小组中没有女人，我们怀疑是'蚂蚁'小组干的。"

浅丘经道："就是说，'蚂蚁'小组没有解散？"

小林正雄："东纵的人心眼死，他们很可能没分开，还在一起。"

浅丘经道感慨："我们的士兵在坚持，他们的士兵也在坚持，这就是战争为什么仍然没有结束的原因。立刻摸清楚情况，如果是'蚂蚁'，盯住它，别再让它跑了。"

小林正雄："我马上赶到惠阳了解情况。"

浅丘经道："不，你留下。'凉帽'已经进了大亚湾，不能让它在那儿转悠下去，你去大亚湾，设法把它赶出来，中尉去惠阳。"朴渚芳："是。"

浅丘经道："朴，不管他们是谁，都可能把我们带到一个奇妙的路上去，盯住他们。"

朴渚芳："我会这么做的，教授。"

一座因战争被遗弃掉的民宅。丁荷在屋顶上望风。

地上铺了一地手雷、两支短枪，还有一大堆银锭、银元、珠宝、怀表、眼镜等钱庄里抢来的物品。蔡广得不满意："这些家伙能用吗？"岳小白："跟火把和柴一样好用。"

叶德全："这东西算武器？"杨桃咬断线头，把几件褡裢放下，说："臭气手雷可以把敌人从掩体里熏出来。"

蔡广得："把敌人熏出来干吗？一个小队六七十个人，惊动了鬼子我们能打过他？只能偷偷摸摸进去。"

叶德全："那也得带上武器。"

蔡广得："就两支短家伙，这玩意儿刚才都说了，跟艾蒿似的，熏蚊子行，连鱼炮都比不上。我不能拎着一挂炮仗进去吓唬鬼子吧？"

叶德全："那怎么办？"岳小白："我们已经惊动鬼子了，这会儿工夫，就是想弄枪也没地方弄。决定吧，是拿这堆火把和柴去试试运气，还是放弃，去海边弄条船回深圳墟？"

蔡广得："要放弃你们放弃，我不放弃，我一定要把马鱼叔救出来。"叶德全:"要不,试试运气?"

岳小白:"这可不像你,平时严谨得够呛,这会儿要试运气。"叶德全:"他要肯跟我走,我还回到严谨上去。"

岳小白:"那就少废话,让小蜜蜂教你们怎么用这玩意儿,她给你们当教官。"蔡广得和叶德全狐疑地看杨桃。

杨桃:"怎么,我就不能给你们当教官?"

蔡广得和叶德全认真地盘腿坐在杨桃面前。蔡广得有些走神,不断地东张西望。杨桃:"使用的时候一定要小心,尽量别磕碰了它,不然四氯化锡很容易泄漏。看到这一圈小孔没?臭气就从这里泄出。"

岳小白欣赏地看杨桃,赞赏:"很清楚,能给我当副官。有机会我向上面推荐你,你能成为真正的兵器教官。"

叶德全困惑地看杨桃,再看岳小白,问:"发生什么了?"

蔡广得欠过身子去,认真地摸杨桃的脸。杨桃一把打开。杨桃:"干吗动手动脚?你就不能认真点?"蔡广得:"我得检查检查,媳妇就算了,你还是不是我认识的那个小蜜蜂。"杨桃朝蔡广得举起手中的手雷。蔡广得连忙抱着脑袋往一边躲,说:"认识认识,你还是她。"

叶德全:"原理讲了,也听明白了,说说怎么用吧。"

杨桃:"使用之前,戴上防毒面罩。"

叶德全:"哪儿来的防毒面罩?"

杨桃:"用一块湿布代替。"杨桃拿脚踢蔡广得,让他回过头来,别和屋顶上的丁荷挤眉弄眼。杨桃:"使用的时候,先把引信装好,拧下堵头,在这儿。如果来得及,最好揭掉小孔上的防潮贴纸。不然臭气一下子泄不出来,鬼子有机会捡起来,再把它丢给你,挨熏的蚊子就是你们了。"

蔡广得和叶德全恐惧地盯着一堆手雷,下意识往后坐了坐。蔡广得一只胳膊伸得老高,一只手怕冷似的抱住自己,打着哆嗦拼命蹬动双脚。杨桃:"干吗?"蔡广得一拍屁股起身走开,说:"这玩意儿难待候,我不玩,想也别想,你们玩去吧。"

叶德全咳嗽两声说:"当教官,不等于什么事都没有了。绑,还是不绑,还有,怎么绑?"杨桃傻在那里。已经走远的蔡广得头也没回甩来一句:"五花大绑,要不苏秦背剑,绑结实点。"杨桃蛾眉倒竖,从地上爬起来，握着一颗手雷去追蔡广得。杨桃："菜花头，看我不把你这只祸害人的蚊子熏死！"蔡广得撒腿就跑。

两名日军士兵在仓库门口站岗。3个男人守在仓库外的高墙下。蔡广得回头看了一眼。杨桃气呼呼趴在远处的草丛中，恨恨地瞪他。丁荷一头一脸泥泞，从排水沟里爬出来。蔡广得上去把丁荷拽出来，抹去他脸上的泥，问："怎么样？"丁荷："脸上有一大块疤。"蔡广得："是马鱼叔。人在哪儿？"丁荷："仓库里，捆在一堆铁轨上。"岳小白："鬼子呢？"丁荷："都睡了。门口有两个站岗的，值班室里还有一个。"岳小白："行动吧。"

叶德全帮助丁荷往口袋里揣手雷。岳小白检查一下枪膛，一支交给叶德全，一支插进腰里，再把装满手雷的布袋子往脖子上挂，把袋子在身上绑结实。蔡广得慢慢揭开衣襟。他身上挂着一个装满了手雷的袋子。

岳小白："复述一遍任务。我解决值班室的鬼子。"

叶德全："我看住门口那两个鬼子岗哨。"

丁荷："我负责望风。"蔡广得在一旁发呆。

叶德全："你还磨蹭什么？"蔡广得醒过神，拎着装满手雷的袋子过来说："我去救人。"

岳小白："都清楚了。行动吧。"

丁荷打头，重新钻进排水沟。岳小白跟上，然后是叶德全。蔡广得跟上去，到排水沟前犹豫一下，摘下脖子上的手雷吊带，丢在地上，人钻进水沟。

杨桃低头看。她的双腿被扎得结结实实，打了死结，绳子被紧紧捆绑在一块大石头上。

一个非常宽敞的院子，院子的西头有一个大大的仓库，院子的大门在东边，北边是值班室和宿舍。排水沟在南墙下，丁荷警觉地在排水沟边望风。岳小白从排水沟里钻出来，训练有素地消失在黑夜中。叶德全从水沟中出来，无声地吐出嘴里的泥，借着黑夜向大门方向移动。蔡广得从水沟里出来，向西头的仓库方向摸去。

叶德全摸到大门后面，隐身在黑暗中，轻轻掏出两颗臭气弹，小心拧掉堵头，揭掉防潮贴纸，手雷揣回兜里，再掏出布扎在脸上，困难地吸了一口气，然后重新拿起枪，监视门外空地上来回走动的两名哨兵。

屋里的马灯下，一名值班的士兵饶有兴趣地在屋里摆弄着一双抢来的三寸金莲鞋。岳小白摸过来，隐身黑暗中，向地上丢了一颗小石子。士兵警觉地放下小鞋，提着马灯和步枪从屋里出来，看地上的石子，身子一软往下倒。岳小白一只手快速接住砸向地面的马灯。一只手快速接住滑向地面的步枪。马灯和步枪分别慢慢放下。带血的匕首叼在嘴上，岳小白在士兵身后接住他，将他拖入值班室，放到门后，拧暗马灯，闪身出了值班室。

一个巨大的黑漆漆的铁路器材仓库，里面堆满了铁轨、枕木和轨道车。蔡广得摸进来，四处找。透过仓库外洒入的月光，蔡广得看见了马鱼叔。马鱼叔垂着脑袋，人被捆在仓库当中一堆高高的铁轨上。那个造型是一个暗示。蔡广得下意识地去身上摘手雷，但那里什么也没有。他绝望地慢慢站起来。马达响了，灯亮了，仓库被照得如同白日。蔡广得被炫目的灯光照得遮住脸。

叶德全和丁荷看着雪亮的仓库，愣住。大门外，两名站岗的士兵也向院子里看。

蔡广得绝望地站在那里。隔着捆绑马鱼叔的那堆铁轨，蔡广得的对面站着冷若冰霜的朴渚芳，她身后仓库的四处是端着枪的几十名日军士兵。高高的铁轨上，马鱼叔撑起头，吃力地说："你，你不该来……"朴渚芳："抓住他。"5名士兵冲过来。

蔡广得突然用脚勾起一根铁棍，连续砸倒两名士兵。他被另外两名士兵死死抱住摁在地上。连续三声枪响。站着的那名士兵跌出老远。摁住蔡广得的两名士兵趴倒在蔡广得身上不动了。蔡广得喘着粗气扭头看。近在咫尺的两个士兵都是耳下中弹，那里留下一个小孔，很干净的伤口中慢慢流出一汪血。

岳小白在仓库上空吊铁轨的葫芦架上。日军的枪响了。子弹打得葫芦架火星四溅。岳小白："快走！"他连续射出两枪，躲到葫芦架后快速换弹匣。蔡广得推开压在自己身上的日军尸体，滚到一边。

一名站岗的日军士兵留在门口，另一名往院子里跑来。枪响了，士兵中弹倒下，试图去抓掉在地上的枪。被一枪击毙。叶德全闪身而出，举着枪向另一名门哨开枪。士兵也向叶德全开枪。两人各自打光弹匣里的子弹，丢下枪冲向对方，扭打成一团。

野地里，杨桃放下手中的一颗臭气弹，拼命解脚上的绳子。那是死结，根本解不开。她在身边找到一块石头，把绳子垫在大石头上用力砸。石头被砸得碎成几块。绳子完好无损。杨桃着急地四处找，可她再也找不到石头了。杨桃一狠心，抄起了那颗臭气弹，狠狠砸向绳子。白色的四氯气体喷溅而出。

仓库内，朴渚芳躲在铁轨后向岳小白射击。日军士兵向岳小白射击。铁葫芦架被打得火星四溅，岳小白消失在那后面。蔡广得趁机滚到一辆轨道车后躲起来。子弹密集，将他封锁在那里。有两名日军士兵一边开枪一边向蔡广得包抄过来。

铁葫芦架突然启动，吊着一只汽油桶向日军滑来。士兵纷纷射击。汽油桶停在他们头顶。被打穿的桶里往下流淌着汽油。朴渚芳："停止射击！"枪声停下。士兵们呆呆地看头顶。朴渚芳："往后撤，快躲开！"话音刚落，岳小白出现在高架梁的另一个方向，他脸上扎着一块布，只露出眼睛，稳稳地向汽油桶扣动了扳机。汽油桶凌空爆炸，燃烧的火油倾泻而下，将数名日军士兵裹挟进火焰中，惨叫着挣扎。

岳小白打光弹匣里剩下的4发子弹，丢下枪，掷出一颗臭气手雷。臭气手雷在日军中爆炸，白色的烟雾腾起。岳小白连续掷出臭气手雷。臭气手雷连续爆炸，烟雾将日军士兵笼罩住。仓库里到处都在燃烧，到处都是烟雾，士兵们大声咳嗽，失去了有效还击能力。朴渚芳捂住鼻子跟跄地后退。两名士兵过来帮助。朴渚芳："去锁上大门，别让他们跑了！"

蔡广得爬出铁轨车，臭气熏得他不断咳嗽。他撞到一名同样被臭气熏得东倒西歪的日军士兵身上。他用手中的一枚轨道钉将对方脑袋砸开，揭下对方的帽子捂住鼻子，想去抓对方的枪，可没得逞，密集的子弹将他再度逼回铁轨车后。

烟雾中，岳小白出现在一名日军士兵身后，用匕首切断他的咽喉，然后消失掉。

蔡广得手中没有武器，只得到处躲避子弹，毫无还手之力。关键时刻，杨桃大声咳嗽着出现在蔡广得身后的铁轨上，她将装手雷的布袋顺着铁轨滑下来，然后被射来的子弹打得缩回头去。蔡广得接住手雷袋，其中一颗保险销已经掉了，冒出白烟。蔡广得摘下它，顺手丢向日军士兵。向蔡广得射击的两名士兵被炸倒，臭气很快让他们失去了知觉。朴渚芳被熏得快要晕厥过去。朴渚芳："离开这里。"

蔡广得连续投出臭气弹，他底气十足，像个贪玩的大孩子。

一颗臭气手雷在地上跳了一下，滚到岳小白脚下。岳小白飞起一脚将手雷踢开。手雷在几名士兵中炸开。士兵丢下枪，捂住脸大声呼号。岳小白出现在一名失去抵抗力的士兵身后，切断他的喉咙。岳小白虽然蒙着布，但他也快坚持不住了。最后几名士兵被臭气手雷熏出仓库。仓库里一片白雾。

叶德全仍然在和日军士兵厮打着。他被年轻士兵压到身下，失去了抵抗力。年轻士兵用膝盖头压住他，喘息着拖过一旁的枪刺，丁荷出现在他身后，用一颗臭气手雷将士兵砸晕。叶德全踉跄着爬起来，捡起枪刺结果了士兵。叶德全："快丢出去！"丁荷丢出手中冒烟的手雷。手雷爆炸，将两名跑出院子来关大门的士兵炸倒。

仓库那头，更多的日军士兵从仓库中退出，向这边跑来。丁荷一拉叶德全，两人躲进院子外的黑暗中。士兵们纷纷退出大门。朴渚芳："封锁大门！"日军指挥官下令，大门被关上了。叶德全拉着丁荷向远处后退。朴渚芳："17联队的增援在哪儿，要他们快赶过来！"

蔡广得脱下一只鞋堵住鼻子，在烟雾中摸索着爬上高高的铁轨。马鱼叔头耷拉着，没有反应。蔡广得丢下鞋子为马鱼叔松绑。他愣住了。马鱼叔背上插着一把匕首，衣裳被血洇透了。蔡广得："马鱼叔，你怎么了？"岳小白捂住鼻子在铁轨下喊："磨蹭什么？他们还会回来，快点！"蔡广得大声咳嗽着，脱下衣裳为马鱼叔扎住脑袋，将马鱼叔架起来，背着他困难地挪下铁轨。岳小白在铁轨下接住马鱼叔，两人将他快速架出仓库。

杨桃在南边的高墙下等着，她仍然在咳嗽，害怕极了。蔡广得和岳小白将马鱼叔搀过来。岳小白："快，你先出去！"杨桃钻进排水沟，然后是岳小白。蔡广得帮助马鱼叔进入水沟。岳小白在那头接住了，马鱼叔被拖过去。蔡广得钻进水沟。

3人手忙脚乱将马鱼叔安置在草丛中。蔡广得要拔马鱼叔背上的匕首，岳小白阻止住："不能动，手上没东西，止不住血。小蜜蜂，去找块布来，把伤口扎上，让渣子去找两根树枝，抬着走。"一句话提醒了蔡广得。

蔡广得："渣子在哪儿？"岳小白："还有老鳗鱼。"

蔡广得："我他妈才不管他呢，我问渣子在哪儿！"

杨桃吓坏了，说："没看见，我进去就没看见他俩。"

蔡广得："你他妈的是吃干饭的？你把他给丢了！"

岳小白："你朝她发什么火？是她弄丢的？我们把她绑在这儿，她是砸断绳子进去的！"蔡广得呆呆地看杨桃的脚。杨桃的脚上绳索打着死结，拖一截在地上。

几道汽车的大灯晃来，远处的公路上有车辆快速驶来。岳小白："鬼子的增援来了！"蔡广得一扭头跑向高墙。岳小白："你去哪儿？"蔡广得："我得把渣子找回来！"

岳小白："来不及了！我们得快走，不然谁都跑不了！"蔡广得不听，人已经钻进水沟。

丁荷和叶德全已经摸到离大门几十公尺远的一处田埂下躲藏起来，两人惊恐万状地盯着大门方向。

蔡广得钻出水沟，四下看，然后冲进值班室，很快从那里出来，朝仓库跑去。

两辆日军战车在大门外刹住，一群荷枪实弹的日军跳下车。两名日军军官跑向朴渚芳。

蔡广得捂着嘴咳嗽着从仓库里出来，到处看。蔡广得撒腿向大门跑去。蔡广得："渣子，你在哪儿？"

丁荷听见院子里蔡广得的叫声，下意识地站起来要答应，被叶德全一把捂住嘴拉回去。

朴渚芳："打开大门。"两名士兵去开门，可是门焊住了，打不开。朴渚芳："撞开它！"一辆战车发动了。

蔡广得在院子里到处翻找。蔡广得："渣子？渣子你在哪儿？你他妈的给我出来！再不出来我饶不了你……"

大门被撞响了，轰的一声。蔡广得吓了一跳，下意识地倒退回院子。战车的倒车声混合着冲击声轰鸣。大门被撞得剧烈摇晃。蔡广得慢慢往后退，盯着大门，慢慢从脖子上的布袋里摘下一颗手雷，然后是另一颗。再一次轰鸣的冲击声中，大门轰然倒下。蔡广得用力向大门方向投出手雷。白色的烟雾腾起，然后是火光。战车高速退回，大门口什么也看不见了。

车载机枪子弹密集地向蔡广得射来，打得他四周火星直跳。蔡广得向大门投出另一颗手雷，抱着脑袋趴下，声嘶力竭地喊："渣子，你妈的给我出来！你妈的给我出来！"

蔡广得想爬起来。密集的机枪子弹打得他只能趴下。他手忙脚乱地向排水沟处爬去。子弹在他前面布下了一片火网。他被打得退了回来。蔡广得害怕极了，他从脖子上摘手雷，一颗一颗投出去。蔡广得发现布袋里只有一颗手雷了。他哭了。他把那颗手雷抱在怀里，拿到脸上亲，用它擦眼泪，以便眼泪不至于蒙住他的眼睛。大门口的烟雾正在散去，有士兵的影子出现在那里。蔡广得投出了最后一颗手雷。手雷在大门口爆炸，烟火升腾起来，显得非常孤独。蔡广得脸向下趴在地上，声音低落下去，那是绝望的哭泣："渣子……你妈的渣子……"

大门口一片烟雾。机枪副手在为11式机枪弹斗供弹，短暂的停顿后，机枪再度响起。士兵们迅速找来各种东西蒙住鼻子、嘴，准备冲进院子。

田埂下，叶德全死死地按住丁荷，不让他动弹。丁荷的嘴被捂紧，眼睛瞪得大大的，盯着大门方向，一双手死死拽住野草。

日军士兵准备好了。一名少佐军官下令。机枪停止射击。士兵射击着冲进大门。

院子里，蔡广得绝望地趴在地上。他停止了哭泣，死死盯住大门。他的手上紧紧捏着一块扭曲的铁片。一群日军士兵冲进大门。他们在那里被一颗突然炸开的照明手雷刺耀得睁不开眼睛。有两名士兵被照明手雷点燃，惨叫着跳着退回大门外。枪声稀疏下去。岳小白出现在排水沟旁，再次向大门投入一颗照明手雷。蔡广得爬起来，遮住眼睛向岳小白跑去。两个人躲在一辆马车后。岳小白将一挂手雷袋递给蔡广得。岳小白："拿着，每25秒投一颗。"

日军士兵被照明手雷燃出的耀眼光芒刺得睁不开眼，纷纷退出大门。有士兵冲上去帮助两名被点燃的士兵扑灭身上的火。朴渚芳："不许后退！"少佐："前进！"日本士兵再度冲进大门。两名肩扛91式掷弹筒的士兵跑来。

丁荷流泪了，他不顾一切地张嘴狠狠咬住叶德全的手。叶德全没有松开手，忍痛将丁荷拖下田埂。枪声密集，没人注意到他们。丁荷死死盯住大门。

蔡广得站起来，向大门投出一颗照明手雷。岳小白站起来，向大门投出一颗照明手雷。耀眼的火球过后，大门燃烧起来。又有士兵被点燃。其他士兵再度退出大门。枪声停止了，院子里一片寂静。

草丛中，杨桃吓得瑟瑟发抖。她看一旁的马鱼叔。马鱼叔努力挣扎着想翻过身来。杨桃过去抱住马鱼叔，让他别动。

大门在燃烧，发出噼啪的声音，空空的见不到一个人影。短暂的沉寂后，夜空中突然飞起一片黑色的蝙蝠。院子外，数枚手雷越过高墙掷入院子。爆炸四起，耀眼的火光四溅开来。岳小白跃身扑出，将蔡广得撞向一旁。马车被炸得四分五裂。岳小白："别他妈死在一块儿，你去那边！"岳小白向大门方向投出一颗手雷。蔡广得从地上爬起来，跑向另一边，向大门投出一颗手雷。91式掷弹筒发射出的手雷弹怪鸟式飞向岳小白。岳小白滚开，埋下脑袋。手雷弹在不远处爆炸，烟火和气浪将岳小白淹没。

高墙后一片火光，把半个天空都映亮了。杨桃一咬牙说："不能等他们了，我带你走。"杨桃努力抱起马鱼叔。马鱼叔太重了，她跌倒了，再爬起来抱住马鱼叔。杨桃："我会，带你走……"

掷弹筒射进院子的91式手雷不断爆炸，弹片横飞，院子陷入一片火海。蔡广得向大门接连投出两颗手雷，然后冲向趴在那儿不动的岳小白，把他抱起来。岳小白不动弹。一丝血从他的耳朵里流淌出来，他的脸上全是血，完全看不清了。又一颗手雷弹射过来，越过他们头顶撞向仓库。蔡广得埋身在岳小白身上，用身体遮掩住他。手雷在他身后爆炸。他的头发被溅来的火舌燎烧去一片。蔡广得放下岳小白，连续向大门投出两颗手雷。他去摸手雷袋，那里空了。他又一次绝望了。

整个院子都在燃烧，他们是火焰中两个弹尽粮绝的人。一只手抓住蔡广得的脚。岳小白递过一颗手雷说："我这儿……还有一颗……"蔡广得破涕为笑："你没死？"岳小白："等于……死了……我们已经……出不去了……"蔡广得："咱俩命就到今晚了，谁是内鬼，就看下一枪，看咱俩谁留下来。"岳小白点了点头，身子一软趴下去。蔡广得投出最后一颗手雷，腿一软，依着岳小白坐下去。火光映红了他的脸，他哭似的笑了一下，去搂岳小白。岳小白很沉，他没搂起来。蔡广得："妈的，烧得真好看。"

岳小白："我他妈……真后悔……我就不该……进来……"蔡广得向地上吐了一口血痰，凄绝地笑道："但你还是进来了。"蔡广得再去搂岳小白，他把岳小白兄弟似的搂进怀里，等待最后时刻的到来。

大门外，掷弹筒手发射手雷。少佐："他们没有弹药了，前进！"日军士兵射击着向大门冲去。朴渚芳紧盯着大门，火光映亮了她的脸。

田埂下，丁荷一头撞在叶德全下颌上，将他撞倒，夺过他手里的枪，站起来疯狂地向大门射击。叶德全也疯了，捂着下颌站起来，向大门方向投出一颗手雷，然后是再一颗。手雷在大门口炸响，有日军士兵倒下。

更多的枪声响了，一串串曳光弹穿过夜空从他们身后射来。汉阳造跳过齐膝深的稻子向这边奔来。溃兵们在稻子中跳跃，边射击边向这边奔来。汉阳造手中的11式轻机枪吐出火舌。一班长手中的枪吐出火舌。三班长脑袋上的绷带跑掉了，他扒开绷带，开火了。二撇子司号，他吹的是冲锋号，他的号吹得非常漂亮，几近艺术。水花子埋着脑袋跟在后面，看汉阳造他们冲远了，一扭头溜掉，消失在黑夜中。

冲进大门的士兵身后遭到袭击，纷纷倒下。朴渚芳被乱纷纷的子弹打得扑倒在地，慌乱向一旁爬去。

蔡广得一愣，撑起来，抱住岳小白往排水沟边拖。岳小白就像一个面口袋，他失忆了。岳小白："出了……什么事……"蔡广得："闭上你的嘴，我没空回答你……"蔡广得气喘吁吁，把岳小白拖到排水沟边，把他往水沟里塞。岳小白一动不动。岳小白："你走吧……我……走不了了……"蔡广得再试，还是不行。他急了，用力抽岳小白的嘴巴。蔡广得："你妈的动一动呀！"岳小白已经没有知觉了。蔡广得绝望极了。他倒着身子钻进水沟，伸手把岳小白一点一点拖过去。蔡广得："我求你了，就算我求你了，好不好？"岳小白的一只手奄拉在水沟上……

枪声停止了。院子里的火只剩下余焰，一片狼藉。朴渚芳一脸硝烟，巡视战场。在她身后，能看到大门口躺着几具日军士兵的尸体，有士兵在大门外运走更多的尸体。朴渚芳站在高墙下，静静地看排水沟。水沟旁留下了一个烧掉一半的空手雷袋。朴渚芳站在四分五裂的马车边，静静地看马车残骸。马车残骸旁，留下一个烧得只剩下残片的空手雷袋。朴渚芳转身向值班室走去。

浅丘经道接电话。小林正雄和千夏麻也站在一旁。浅丘经道："不，你做得很好。他们是'蚂蚁'小组，你找到了他们，这就足够了。不要追击，我要你保证，别伤害他们。我要这5个人活着。我希望你听明白了我的话，我需要他们。"

小林正雄一脸困惑问："为什么不让朴渚芳追击他们？朴渚芳能把他们抓住。"

浅丘经道："你抓住'凉帽'了吗？"小林正雄："东纵的海上大队太狡猾，他们用渔船作掩护，我上了他们的当，抓的全是渔民。"

浅丘经道："你没有抓住'凉帽'，他们随时可能突破我们的警戒，如果大亚湾海岸阵地暴露，我们的防御计划就不再是秘密了。"

小林正雄："我会把大亚湾封锁得严严实实，就算他们钻进去，我也不会让他们活着离开一个。"

浅丘经道："小林，你还是没懂，你觉得，（光一号作战计划）只是用来吓唬同盟国军？23军悄悄南下，就是来华南海边的沙滩上度假？我们在海滩上准备了那么多的大炮和炮弹，只是用它们来轰鱼虾？不，我们要改写东方诺曼底的历史，给那些扬基佬一点教训。我希望16天之后，中国人和美国人会在华南海岸线上看到天皇勇士为他们准备的舞台。"

小林正雄这才知道，浅丘经道是想利用"蚂蚁"做文章。

浅丘经道："如果东纵再也派不出情报人员，那就只剩下最先派出的这3个小组，这是他们最后的情报人员，关于这个，少佐会告诉你。"

千夏麻也："限制东纵情报队的行动只是第一步，但光是把他们拦在警戒线外还不够，还要搞乱他们。行动的第二步，我们会让他们拿到假情报，那个情报会让他们的判断自相矛盾，帮助我们消耗他们的时间，做出错误的决定，需要有人帮助我们传递这个情报。"

小林正雄："你是说，'蚂蚁'？"

浅丘经道走到地图前，说："你给我把'凉帽'从警戒区内赶走，不许它再次接近禁区，15天之后，把它打掉。继续跟踪'候鸟'，只要它接近军事禁区就干掉它。"

小林正雄："'蚂蚁'呢？"浅丘经道："现在它是宝贝了，我要让它成为我的人，为我工作，这一点，千夏是专家，他知道应该怎么做。"小林正雄向一脸平静的千夏麻也看了一眼。千夏麻也："少佐，明天我将实施一次渗透行动，请少佐配合我的行动。"小林正雄："明白了。"

1945年5月28日，第十天。

一缕晨光照进罗汉堂。马鱼叔躺在罗汉堂的地上，他已经死了。蔡广得难过地站在马鱼叔身边，他的脸上、身上全是伤，头发被燎去一片，一身血衣破得完全看不出人样了。杨桃："你们离开之后，我就把他带到这儿来了，可他……"蔡广得不说话，杨桃："你得去看看汉阳造，他们伤亡不少。这里留给我吧。"蔡广得点点头，扭头出了大庙。

庙里的空地上，汉阳造一身硝烟，和二撇子、一班长为受伤的溃兵们检查和包扎伤口。溃兵们呻吟声不断。一旁停了6具尸体。蔡广得呆呆地看尸体。

汉阳造："两个打烂肚子的，一个腿被打折了。我得尽快弄到药，不然他们都得死。"

蔡广得："我去城里弄药。"

汉阳造："我需要盘尼西林。"

蔡广得："我设法弄到。"汉阳造突然发火："你说你害人不害人？你他妈不是干得漂亮吗，干吗要拖累我？"蔡广得没有回话。汉阳造很快平静下来。

蔡广得："你是怎么来的？"

汉阳造："水花子让人去山上送信，我怕你们吃亏，就带弟兄们赶下山来了。"蔡广得朝躺在那儿的尸体看了一眼。汉阳造："鬼子火力猛，撤得太快，王至尊和陈小山没抢回来。连他们，一共丢了8个。"蔡广得："谢谢弟兄们。"

汉阳造一脸恼火："你能不能不说这个屁话？你给我8个活的兄弟，我也谢你！"汉阳造再度让自己平静下来，说："要谢你谢水花子，谢他多管闲事！"

叶德全匆匆过来说："竹叶青好像……傻了。"蔡广得跟着叶德全向岳小白躺着的那边走去。

第九章
初识目标　复陷疑阵

　　水花子带着蔡广得和丁荷，匆匆来到惠阳城内大街上一个西医门诊。水花子向西医门诊示意，然后溜走。蔡广得脸上的伤涂了些草药，为了遮蔽，低低地遮一顶凉帽。丁荷在外面望风。蔡广得推开玻璃门走进去。

　　屋里有一对日本中年夫妻，男人是大夫，女人是护士，两人温文尔雅，正为一个抱在年轻妈妈怀里的孩子看病。蔡广得在一旁等待，控制着情绪，回头看见一旁有一根橡胶带，趁人不备，拿起来塞进兜里。大夫为孩子看完病，夫妇俩九十度鞠躬，礼貌地将病人送走。

　　蔡广得过去，把一颗手雷放在桌上，说："你们应该认识，是你们日本人造的手雷。"医生吓住，手中的体温表掉在地上摔得粉碎。返回屋里的护士也吓得掩住嘴。蔡广得："它能把你们这间小屋子轰没了，无数中国人的家就是这么给轰没的，我不打算这样干。"蔡广得非常笨拙地把一堆当铺里抢来的财物放在桌上，说："我知道难为你们了，可我需要大夫，需要盘尼西林。告诉我，我应该怎么做？"夫妇俩十分害怕。丈夫将妻子揽进怀里，保护着她。蔡广得反而不知所措。

　　蔡广得将日本医生夫妇带回庙里，日本医生为溃兵做手术，护士和杨桃在一边帮忙。

　　蔡广得和丁荷在庙外一片新挖的坟地里为马鱼叔垒坟。蔡广得看一眼坐在一旁百无聊赖的水花子，过去说："水花子，谢谢你。我对你态度不好，你还这么救我们。"

　　水花子："我只是不想你白白丢在日本人手里。别的人，我才不在乎。我要汉阳造下山，也不光为救你们。他缺粮缺子弹，窝在梧桐山上也得死，他得救自己。"

蔡广得："我没明白，这和救我们有什么关系。"

水花子："我和日本机师做过生意，神风敢死队，听说过？"蔡广得点点头。水花子："他们手里有钱，可买不到东西。他们的机场在龙岗，离这里不远。我想让汉阳造带人去龙岗机场偷一票，空军的东西能卖出价。他缺这个能力，但你能对付，这个我早就看出来了。你够狠，够坏。"

蔡广得："就是说，你不是为了救我，而是让我欠你的，然后再利用我？"水花子老实承认，又说："你没有觉得，我俩挺像的？"

蔡广得："不，我俩一点也不像。你跟汉阳造兄弟一场，他看重你，一直拿你当他这支队伍的希望，而你却为了发财拉他垫背，把他拖进死亡里。如果我没猜错，你这个军需官在他身上赚了不少，不然不会大老远一趟一趟往梧桐山上跑。我不会在兄弟身上赚钱，而且把他卖了。"

水花子往一旁推岳小白，说："你没出卖你的兄弟？他呢，算什么？马鱼叔是你的人，不是他的，你往日本人的埋伏里冲，不也把他、把他们拖进死亡了？那不叫卖？"蔡广得沉默，起身向大庙门口走去。水花子大声在后面说："别硬撑了，你们根本不是一路人。"

医生为岳小白检查完，告诉叶德全，岳小白身上有一些烧伤，眼里有渗血，主要是脑震荡，你们最好尽快带他去医院做一次检查。叶德全："他会死吗？"医生："会有短暂昏迷、近事遗忘、注意力不集中、反应迟钝，看他这种情况，不会有生命危险。"

岳小白脸上、身上都是火燎过的水泡，他一直在傻笑，活像个白痴。杨桃不断为他揩去流出来的涎水。蔡广得和叶德全过来，岳小白冲着两人一个劲地傻笑，说："你们干什么，又在算计我？别做梦了，我不会让你们得逞。"杨桃抬头看蔡广得和叶德全，两个人无语。岳小白困惑了："发生了什么事情？你们干吗这么看我？"

杨桃："你叫什么？"岳小白："岳小白，国军中尉，序列号G-130。你们围着我干什么？我身上的伤哪来的？"

蔡广得："你能记住什么时候的事？"

岳小白："我们在坟地商量救马鱼叔，小蜜蜂教你俩使用臭气手雷，她教得不错。然后我们商量怎么把小蜜蜂绑起来，主意是老鳗鱼出的，我实施的，用的是犀牛结。对了，我们怎么在这儿？汉阳造在这儿干吗，他又抓了我们？"

蔡广得："汉阳造救了我们。"岳小白更加困惑："他为什么救我们？"蔡广得无奈，将救马鱼叔的过程复述一遍，问："我被鬼子堵在院子里，你进去救了我。还记得吗？"

岳小白看蔡广得，突然傻乐："别蒙了，这一套在我这儿行不通。你想讹我对不对，我才不会上你的当。"岳小白突然打住，摸着脑袋想。那一刻他非常紧张，有一种恐惧的神色，问："我是不是，刚才昏迷过？"

蔡广得："你挨了鬼子的振荡弹，昏迷了有两个时辰。"

岳小白："我昏迷的时候，说什么了？"

叶德全："你怎么了，是不是，有什么事情瞒着我们？"

岳小白："我猜对了，你们商量好了对付我。别和我说话，我现在不和你们说话。"

岳小白紧张得往后坐，差点摔下去。杨桃去搀扶他，他甩开杨桃，刷地一下抽出匕首捅向杨桃。蔡广得眼疾手快地扑过去，拧住胳膊夺下匕首，把岳小白摔倒在地上。一边叶德全已经把吓白了脸的杨桃拉离了现场。岳小白糊里糊涂地看着蔡广得，没明白发生了什么。

东纵的部队在转移。三号和C.罗的马匹驮了伤员，两人走在转移的队伍中间，一边走一边说话。

C.罗："我不得不说，在两个政党同时控制的地区，实施联合行动被证明是极其困难的。不然，中国战区的战争不会这么奇怪，中国人在抗击日本人，也在打自己人。"

三号："你想说什么？"

C.罗："我有一种不好的预感，（沙马计划）会失败。"

三号："我也了解你们，你们和英国、苏联都有矛盾，谁都想当老大，你们的战争计划受到节制。我们也一样。每个政党都有各自的战争利益和战后目标，有时候，它们是相互对立的。不过，有一点，我想我们不会有分歧。中美两国爱好和平的人民都在流血和献出生命，苏联和英国也一样，即使在我们谈话的时候，也有无数勇敢正义的人士默默倒在我们不知道的地方，他们在打败法西斯阵营，打败日本军国主义，结束掉这场死掉几千万人的战争。"C.罗点头。三号："上尉，我和你赌，我们会把日本军国主义者赶下大海。"

C.罗深深地吸了一口气说："我同意。"

吴为匆匆过来，把三号拽出队伍汇报："刚接到海上大队的电报，'凉帽'没法接近鬼子的沿海防御阵地。鬼子防守得太严密，海上大队试了几次，想送他们进入大亚湾，都被巡逻艇撵出来了，好几次差点被抓。"

C.罗："让他们再进去，撵出来再进去，必须拿到情报！"

三号："等等。你是说，海上大队已经掩护'凉帽'进入大亚湾了？"吴为："对，我要他们1分钟也别停，弄清楚大亚湾一带是否有鬼子的防御阵地。"

三号："小吴，通知'凉帽'小组，尽快撤离出来，在安全地带等待指示。"

C.罗："为什么要让他们撤出来？他们还没拿到情报！"

三号："我一会儿再告诉你。"转问参谋："罗浮山那边的情况怎么样？参谋："敌人的大部队已经跟上我们了，咬得很紧，罗浮山只剩下少量敌人。"

三号："告诉参谋长，让跟在后面的敌人吃点苦头。通知六支队和七支队，把留在家里的那些不速之客赶走，我要打道回府，开始我的夏季攻势了。"参谋："是。"

三号对C.罗说："从敌人的反应上看，他们对进入大亚湾的人非常敏感，说明什么？"

C.罗："那里有什么他们不想让人看到的东西。"

三号："海上大队的行动已经打草惊蛇了，'凉帽'小组有危险，或者说，不仅仅是危险。如果他们离开得不够坚决，他们会被鬼子吃掉。"

日军开始在大亚湾海面清剿。小林正雄指挥，数艘日军炮艇气势汹汹地冲向正在下网捕鱼的渔船群。渔民们毫无防备，小林正雄下令开火，机枪子弹将一个个渔民打入大海。炮弹在渔船中爆炸。渔船粉身碎骨。枪炮声停止下来，海面上已经没有了渔船，只有它们四处漂浮的碎片。

"凉帽"小组的船停泊在一处僻静的海湾里。化装成渔民的甘兹和小组成员在船上等待。海上大队的两名侦察员过来说："上尉，大队长要我来接你们。海上待不住了，先去大鹏岛上躲一躲风头，等待总部的指示。"甘兹："好吧。"

"凉帽"小组的人下船。

汉阳造和水花子在山洞口吵架，远处，能看到回到山上的溃兵们来来往往。汉阳造："部队打散时留下47个，撑了两年，昨天还有30个，今天就剩下22个了，你不替我守住这些命根子，要我往鬼子的枪口上撞，你想干什么？"

水花子："这么打下去，迟早一天你这儿一个都剩不下，连自己的命都会丢给日本人。打完龙岗机场这一票，你跟我去九龙，别再跟日本人硬拼，怎么活不是一个活法？"

汉阳造："啊呸，外面那片林子里埋着谁？那都是你过去的兄弟，你能一拍屁股走人，我走不了！"

水花子："你跟日本人较什么劲？中国有四万万人，日本人没有那么傻，要把四万万人都赶出中国，他也得和中国人相处。别再硬拧下去了，看看畜牲就知道，一个妈养出来的，做狗的就是比做狼的活得好。"

汉阳造："国家亡，就是亡在你这种软骨头狗身上！你去和日本人做生意去，别拖着我！"汉阳造气呼呼地朝山洞里走去，走几步停下说："你整天琢磨着把我这儿拆掉，你这个军需官我供不起，人埋完你去坟上磕个头，滚蛋，以后别再来了！"水花子寂寥地站在山洞口。

蔡广得一个人坐在悬崖边上发呆。那里有几棵红棉树，红棉花开始飘落了，大而艳红的花瓣不断落下，落到蔡广得身上。杨桃过来，蔡广得起身要走，杨桃一把拉住他，给他处理伤口。蔡广得不甘地坐下，不习惯地让杨桃在他脸上摆弄。蔡广得："昨晚打那么厉害，你干吗进去，难道不怕被鬼子打死？"杨桃："我一个人在外面，更害怕。"蔡广得看杨桃。杨桃："我一直是一个人。从7岁开始，每个人都从我身边离开，我阿妈，阿爸，他们根本不管我怎么想。你们也一样。你们只考虑行动是不是便捷、是不是安全、能不能把人救出来，只考虑这个。但我不能让自己待在黑暗里，我会越来越害怕。"蔡广得明白了，杨桃从小孤独，她视"蚂蚁"行动组所有成员为亲人，可是关键时刻，大家还是把她捆在石头上。蔡广得突然有些说不出话。

杨桃："有一句话，我知道问也没有用，但我还是想问，为什么你不愿意对我好？"蔡广得："你指哪方面？"

杨桃："除了那方面。你想也白想。我从来没有和人谈过恋爱，也不想谈恋爱。"蔡广得傻掉了："你不是……"杨桃凄婉地笑了一下，说："根据地传些什么，我都知道，他们说我破坏别人的家庭，可那不是事实。我只是想从那个人身上找到父亲的感觉，他的夫人不高兴，向组织上告发了我。"杨桃收拾起药水，看着蔡广得，说："你已经知道我怕什么了，知道我在意你们，在意每一个人。你觉得，我这样的人会和谁恋爱？"林子里传来凄怆的军号，把她的话阻止住。

林间，二撇子鼓着腮帮子用力吹着短嘴军号，仍然是6个音符的集合收拢号。一班长将连队旗帜升上旗杆。风将肮脏的旗帜展开。汉阳造领着溃兵向新添的6座坟茔敬礼。水花子站在队伍的后面。

叶德全守着热乎乎的饭桶。溃兵们从林子里回来了，一个个情绪低落，没有往日的打闹。叶德全："同志们，饭是热乎的，今天特地为你们煮了大米，开饭啦！"溃兵们一个个没精打采地过去了。叶德全："哎……"一班长："我说，叶政委，你不觉得，你这样挺没劲的？为了救你们，我们8个弟兄丢了命，你在这儿热情洋溢地敲饭勺，好意思吗？"

二班长："你就省点吧，让弟兄们该哭哭一会儿。"

叶德全："我……"三班长："别我我我的了，你们前天来，下山带走两条命，这一次带走8条，我说你们干吗还上山？不知道自己是丧门星啊？"

二班长："回屋里待着，想点惭愧的事儿，趁天没黑，早点滚，别留下来再做催命鬼了，啊？"叶德全呆呆地看着几个班长没精打采地走了。

丁荷过来说："老鳗鱼，竹叶青醒了。"

木屋内，岳小白脑袋上缠着布坐在床上，满眼困惑地看围着他的蔡广得、叶德全、杨桃和丁荷，然后他又躺下，戒备地蒙住毛毯，谁也不理。众人沉默。杨桃突然说："对了，我想起来了，马鱼叔死前留了话。他要我告诉你，鬼子在海边修筑了大量的工事，白天盟军的侦察机飞来，鬼子就停工，晚上再动工，没人知道这件事。"

岳小白翻身爬起来说："你说什么？再说一遍。"

杨桃："马鱼叔说，鬼子在海边修筑了大量工事，地点在惠阳到大鹏一带。"

岳小白大喜过望："找到了，找到我们的任务！"

叶德全："你是说，我们的任务就是搜集鬼子海岸工事情报？"岳小白："对。等等，我脑子有点转不过来，让我想想。我们要搜集的情报和盟军有关，我没说错吧？"

叶德全："你歇着，我替你说，你看对不对。中国战区一直是中国人和鬼子在打，盟军给提供武器弹药，盟军嫌咱们打慢了，他要自己动手，掺和进来。"

岳小白："美国人在太平洋战场打残了，光收拾那些岛他就收拾不过来，他得绕到鬼子的身后，直接往鬼子的本土上干。"

叶德全："鬼子的身后是中国，美国人要在惠阳和大鹏一带登陆，所以他才要弄清那里的鬼子布防情况。"

岳小白："我的小组，情报目标也是这一带，也是在惠阳被鬼子打掉的。美军要捣鬼子后院，一定是盟军要登陆作战了！"蔡广得反应过来，欣喜若狂："妈的，一直想知道任务是什么，现在终于让我们给发现了，原来盟军想知道的就是这个！干吗不早说？"想想不对，又说："慢点儿，我们的接头地点不是在深圳墟吗？不在一个地方。"

岳小白："这是情报作战的套路。为保险起见，上峰一般会把一个任务拆分成两到三个内容，让执行任务的情报员挨个领取下一步的任务，我们叫拼图，这样，就算情报员中途出了事，情报内容也不会泄露。"

蔡广得："所以，深圳墟不是任务的目的地，而是那幅图的第一块？"

岳小白："对，如果路上没出事，我们到了深圳墟，联络员会告诉我们去惠阳和大鹏。"

蔡广得："这不是整人吗？就算小心眼儿，你也把图往近里画，一下子把人支出几十里地，真把我们当神行太保了？"

岳小白："不说这个，你知道大鹏所城吧？"

蔡广得："我的老家，当然知道。明朝那会儿就是拱卫南海的总司令部，我祖爷爷就干过海防兵。鸦片战争头一仗，九龙海战，赖恩爵将军就是在这儿指挥打赢的。民国26年两广沦陷，去年底小鬼子打通大陆战略供应线，都是从这儿登陆的。"

岳小白："大鹏湾是南海的咽喉，兵家必争之地，鬼子侵略中国，两次用它作登陆地点，盟军不傻，也会盯上这儿。"

蔡广得："就是说，盟军和鬼子都盯上了它。"

岳小白："盟军要在那儿登陆，鬼子要在那儿抵抗盟军从海上的登陆，我们出来的目的就是摸清鬼子在那一带的布防情况……哎哟……"杨桃："怎么啦？"岳小白："不行，你们让我太激动了，头疼得厉害。"杨桃扶岳小白躺下。

一直在一旁琢磨的叶德全开口了："事情没这么简单。"

蔡广得："老鳗鱼，你能不能不扫大伙的兴，而且每回都这样，我们拼着命过来，就指望这个，这可是关键的地方，你总得让大伙看到点希望吧？"

叶德全："那希望要是假的呢？你觉得，让我们去深圳墟接受任务，我们去了，联络点拆掉了，我们在深圳墟站不住脚，一拍脑袋去了惠阳，救了个八竿子打不着边的联络员，结果，嘿，任务让咱们找到了，这种情况可能性有多大？"

岳小白愣住。杨桃："你别一口气问这么多，他反应迟钝，你慢慢问，让他想想。"蔡广得："想什么？这不明摆着，任务就是找到了，这叫歪打正着，傻女婿遇上巧媳妇，火刚架上饭就熟了，不用忙。"

叶德全："我问你，鬼子这么重要的情报，连天上盟军的侦察机都防着，盟军找了半天没找到，四战区找了半天没找到，他马鱼叔去海边逛了逛，嘿，找到了！鬼子他这么谨慎，能随随便便让一个老头混进军事禁区看个够？"

蔡广得："所以鬼子才抓了马鱼叔。"

叶德全："鬼子抓住了马鱼叔，不把他送往重要地点关押起来，为什么偏偏关在铁路旁一座仓库里？"

蔡广得："鬼子打算把他转移走，铁轨让咱们的人扒掉了，没走成。"叶德全："铁路没走成难道不能走公路？我问你，为什么鬼子会在仓库里设下埋伏？"蔡广得："这……"叶德全："鬼子抓了人，不送走，他在等着钓谁？他怎么知道有人会去救马鱼叔？为什么找到马鱼叔的时候，他背上插着一把匕首，就剩下一口气？为什么不杀死，要给他留一口气？他要等着见谁，鬼子要让他说什么？"

蔡广得："你的意思，马鱼叔提供的情报是假的，他是鬼子的人？"叶德全："我没这么说。"蔡广得："你就是这个意思！你自己被捕过，落进了凉盆子，心里委屈，老大不小了，混得没个人样，整天惦记着把人往凉水凼子里推。"

杨桃："菜花头，别往不该说的上说。"

蔡广得："照你刚才说的，去惠阳这脑袋是我拍的，马鱼叔也是我的关系，你是不是想说，我和马鱼叔串通一气，我拍脑袋是个局，要把你们骗到惠阳去，马鱼叔在那儿等着，我俩撮合着让你们拿个假情报？"

杨桃："他没这么说。"蔡广得："他敢说吗？马鱼叔和我设个局，我们骗谁，他什么局不能设，会那么傻，拿自己的命来往里赌？"

叶德全："菜花头，我提醒你，你再这样蛮不讲理，我会以组织的名义处分你！"

蔡广得："处分什么？别拿这个吓唬人，组织不要咱们了，小组也解散了，你还拿自己当盘菜，以为自己是首长啊。"

杨桃："菜花头，你这样对待他，他会停掉你的解药！"

蔡广得："停吧，不就是死。你们觉得我怎么死好，我还明告诉你们，我就是你们嘴上不说心里惦记的那个人，我看我死了，你们去哪儿说清楚自己去！"

屋里的人都沉默了。杨桃扭头看。丁荷早就趴在一旁的床上睡着了。蔡广得："咱们一路上争这个争那个，就渣子没参加，他特从容，特不在意，特回避，你们觉得，他是不是也在琢磨着设个局来骗你们？"杨桃打了个寒战。岳小白捧着脑袋，头又疼了。叶德全一屁股坐在床边，彻底绝望。蔡广得："没招了？干吗不继续？不继续咱们能干什么？"杨桃听不下去，站起来扑向蔡广得。蔡广得抱头鼠窜。岳小白堵住耳朵呆呆地看两人追打。叶德全哭的心都有。

天蒙蒙亮，蔡广得背个行囊从木屋里冲出来。杨桃和叶德全跟出来。岳小白也被丁荷挽出来。叶德全："菜花头，站住！"蔡广得："你们怕捅娄子我不怕，我回罗浮山送信，大不了一死。我不能让马鱼叔人死了还背个汉奸恶名。"

叶德全："组织上让我们散，在没有接到通知之前，不许主动和组织联系，你这是违反命令，给上面捅娄子！"蔡广得："少拿这个吓唬我。"叶德全："你单独行动，嘴里说回罗浮山，谁知道脚往山下一迈是去干什么？"

蔡广得冷笑一下，背着行囊就走。叶德全叫他站住，蔡广得不站住，头也不回。叶德全拔出枪冲过去拦住蔡广得。蔡广得："举那么高干吗？你当是机枪啊，数清楚枪膛里有多少发子弹，你要不打光我不依你。"说罢推开叶德全就走。叶德全不能开枪，扑上去抱住蔡广得，并要大家将其捆起来。岳小白冲过来。蔡广得："渣子，快帮我！"丁荷冲过来。杨桃拦住丁荷说："你看着他一个人走啊！"丁荷不动了。叶德全和岳小白很快把蔡广得捆了起来。蔡广得："我操你妈老鳗鱼！我要不杀你我蔡字倒着写！"

汉阳造带着二撇子等人匆匆来了，看见这一幕，怔住问："你们这是干什么？"叶德全："没事，他羊角风犯了，我们在给他治。"

汉阳造："别扯了，日本人要上梧桐山了。"众人一惊。汉阳造："昨晚日本人清乡，把你们惠阳大队撵到北山下，今天一大早就开始清山了。山上待不住了，我马上带人下山，你们收拾收拾，也快点走吧。"汉阳造带着溃兵匆匆下山。少顷，叶德全5人也匆匆下来。蔡广得被双手环在背后绑着，嘴里骂骂咧咧。杨桃看不下去，赶到前面去问叶德全："非得捆着？"叶德全："你觉得呢？"杨桃："给他松绑，让他自己走。"叶德全朝后面走一步晃三步的岳小白看一眼，说："要是竹叶青没伤着脑袋，我会节约一根绳子，现在不行。"说罢在前面走了。

杨桃返回去，把踮着脚尖给蔡广得擦汗的丁荷拉到一边，给蔡广得解绳子。身后咔嚓一声枪机响。杨桃慢慢转过身去。叶德全手里拎着大张着的快慢机。大家都站在那儿，无语。然后，叶德全先迈步。大家继续往山下走，蔡广得依然被捆着。

溃兵们一溜烟跑到前面去了。水花子往后看了一眼，也走了。汉阳造和二撇子有意慢下来，等后面5个人狼狈不堪地下了山。汉阳造："我带弟兄们去大鹏岛上躲一躲，那里是游击区，鬼子不敢进原始森林。我们就在这儿告别了。"

叶德全："能不能给我们两支枪？兄弟，昨晚我们一支能用的枪都没带出来，没有枪，我们哪儿也去不了。"汉阳造看手腕捆在背后的蔡广得。蔡广得脸臊，背过脸去。汉阳造："我觉得，你们挺不地道的。有这样对待兄弟的？你们的命可是他救下来的。"

岳小白："没办法，他太危险，不这样不行。"

汉阳造从二撇子肩上取下长枪，想想换了二撇子腰里的手枪，连同自己的一支短枪，交给岳小白。汉阳造："长家伙我得留着，你们就凑合用短的吧。"

汉阳造走到蔡广得面前说："兄弟，有组织和没组织不一样，就当你跟我一样，也打散了，忍忍吧。"岳小白检查弹药，问："就6发子弹？"汉阳造："你要给他松绑，我给你60发，长枪也留给你。"

叶德全："这是原则，不行。"

汉阳造："你们的事我不管，可你们也别太贪了。"

汉阳造想想，走到杨桃面前说："你会王八鬼子话，告诉我，我用王八话操鬼子的妈，怎么说？"杨桃瞥了汉阳造一眼，没理他，走开了。岳小白嬉笑着过来，说："跟一个姑娘你说操鬼子的妈，能不看脸色？库所它咧。"

汉阳造："库所，它咧？"岳小白："对，鬼子骂人就这么说。"汉阳造："这话太短，气还没提上来就没了，教个长点的。"岳小白："柯西沙玛拉西内。"汉阳造："什么意思？"岳小白："意思是，小鬼子，去死吧。比刚才那句文明点儿。"汉阳造："有意思。柯西沙玛拉西内。二撇子，记住了，回头咱们的人都得学，一天念三遍，拿它当队列歌，别管文不文明，见着鬼子就喊。行了，兄弟，后会有期。"汉阳造和二撇子匆匆走掉了，一边走一边柯西沙玛拉西内。

杨桃在一旁给蔡广得喂水。杨桃："这么糙！"

蔡广得："得分对象。鬼子跟咱中国人可没细腻过。喂，我说，绳子松开点儿，没扎你们的肉你们就不疼啊。"

叶德全和岳小白趴在山坡上往山下公路看。公路上停满了车辆，日伪军漫山遍野地向田野搜索而去。岳小白："公路被鬼子占了，过不去。"

叶德全和岳小白从前面撤下来了。叶德全："回头，去龙岗。"

丁荷兔子似的蹿到前面去了。岳小白上去一把将蔡广得从地上拎起来。蔡广得："我要撒尿。"杨桃脸红，低着头往前走了。叶德全皱眉头，说："帮帮他，别让他尿在裤子里。"岳小白无可奈何，去帮蔡广得掏家伙。蔡广得被人伺候撒尿，极其享受。岳小白捂着鼻子把脸转到一边。叶德全："怎么还没完？"蔡广得："你是蝎子尿，滋一下就完？难怪老了。"叶德全被呛得无话。岳小白吃吃地笑，立刻掩住鼻子。

5个人沿着乡间小路走来。突然一声枪响，子弹打在5人身边，然后是连续的枪声。远处出现几名武装人员，边跑边往后面开枪。一群54师的伪军士兵喊叫着在后面追，武装人员和伪军都向这边跑来。岳小白："别慌，不是冲着咱们来的。快，进村子！"5个人埋头躲着流弹往后撤。岳小白捂住脑袋叫了一声。杨桃："怎么啦？你中弹啦？"岳小白："别叫，我没中弹，是脑子，又闪黄了。"杨桃架着岳小白匆忙跟上前面的人。

岳小白带着4个人回头钻进一条小巷。一群伪军出现在村子里，叫喊着踹开民宅搜屋。

数名武装人员与伪军发生交火，双方均有伤亡。岳小白将4个人推回巷子，5个人仓皇失措地向村庄后面的山坡跑。远处有一队54师的伪军跑过，从村庄后跑掉的路被堵死了。岳小白领着四个人一头钻进路边的一座鸭棚。岳小白快速为蔡广得松绑。叶德全："干什么？"

岳小白："没看出来，我们处境不妙？我脑子这会儿不管用，得有个能和敌人干的。"叶德全刷地拔枪指住岳小白，说："你要放他我就打死你。"岳小白也用枪指住叶德全，说："你枪膛里比我多两发，可我只要一发就够了，还能给你剩两发。"杨桃："你们干什么？敌人就在外面，你们还在这儿自相残杀！"岳小白："我也不想放开他，可我们需要他，除非你不想活。"杨桃冲过去为蔡广得松了绑。丁荷也上去帮忙，然后跑到鸭棚门口去望风。叶德全一看大势已去，悻悻地收了枪。岳小白也收了枪。

蔡广得一松绑就变了脸，坏笑着向叶德全伸手要枪说："你自己说，就两支枪，哪一支轮得上你？我不会杀你，放心拔。"叶德全无奈地将枪交给蔡广得。

外面枪声响了。山坡上，3名武装人员边打边撤，向山坡上跑。一群伪军向山坡上追逐射击。3名武装人员先后中弹倒下。叶德全："是惠阳大队的。"蔡广得："敌人一撤我们就走，去山上。他们刚搜过山，不会注意这个方向。"

丁荷："哥？"4个人听声回头，都愣住。丁荷被一名身穿宪兵队服装的士兵用枪顶在脑门上，可怜巴巴。一名宪兵队上尉衔军官用一支德造冲锋枪指住鸭棚里的4个人。军官："枪放下。"岳小白先丢下枪，举起双手。蔡广得也把枪放下，学着岳小白的样子举手。叶德全看一眼地上的枪，痛苦极了。蔡广得："不是我孬种，他那一匣子30发，咱们一人摊7发还有余，你要不服，你上去。"

谁也没想到，杨桃冲了上去。她手里拎着一只鸭子，劈头盖脸砸在士兵脸上，大喊快跑！军官："别跑了。今天天晴，蚂蚁都在窝里。"叶德全愣住，伸手拽过杨桃，示意蔡广得和岳小白别动，说："天气就要变了，一会儿它们还得出来。你是？"军官示意士兵放开丁荷，士兵抹着一脸鸭屎去外面警戒。军官："哪位是叶德全叶组长？"

叶德全："我就是。"军官："我是'薄荷叶'同志的情报员，叫我'紫苏'就行。"叶德全："'薄荷叶'，是谁？"

"紫苏"："纵队情报处安插在敌人内部的情报员，你们不知道，也不用知道。"叶德全："可组织上并没有告诉我'薄荷叶'的事，我怎么相信你？"

蔡广得："他是我们的人？"叶德全："你别管，捡枪去，别再缴械，一边待着。"

"紫苏"："你们不用相信我。只要我相信你们是'蚂蚁'小组的人就行。"叶德全："你这话是什么意思？凭什么我们就该摊在太阳下面让你晒？"

"紫苏"："你们从根据地出来的第二天就中了敌人的埋伏，行动小组牺牲了10个同志，失去了完成任务的能力，我没说错吧？'蚂蚁'行动小组剩下5人，4男1女，4个男人中一个中年，一个少年，女的是个年轻姑娘。同时符合上述条件的能占多少？"

岳小白："加上遇到鬼子时惊慌逃窜、知道接头暗号。"

"紫苏"："你是岳小白，我没说错吧？除非你们是神仙，要么只能是'蚂蚁'小组。顺便说一句，她不该用鸭子砸人，该踢裆。还需要我说点别的？"

叶德全放心了，激动地上前与"紫苏"握手。"紫苏"："长话短说。鬼子正在追剿惠阳大队的人，这里不能久留，我先送你们离开封锁线。跟着我，路上别说话，遇到人我来应付。"蔡广得和岳小白往身后掖枪。"紫苏"："枪不用藏起来。只要不向敌人开枪，那会暴露。知道什么叫大摇大摆？"蔡广得："知道，就是仰着脑袋，迈八字步，像鸭子。"

"紫苏"："你废话太多。走吧。""紫苏"带头出了鸭棚。岳小白不放心，抢先出去了。叶德全也跟上。杨桃讥笑地看了一眼一脸尴尬的蔡广得，两人跟了上去。

四周不断响起零星的枪声。"紫苏"在前，宪兵士兵在后，7个人匆匆而来。"紫苏"警觉地打量着四周，边走边小声和叶德全说话："'薄荷叶'同志牺牲了。组织上已经知道了这件事。'薄荷叶'同志牺牲前把一份重要情报交给我，让我转交给组织，我一直没法脱身，现在遇到你们，真是太好了。"

岳小白仍然没有放松警惕，冷静地盘问："'薄荷叶'知道我们小组的存在？""紫苏"："嗯，他牺牲前，组织上希望他配合你们的工作。"

岳小白："你怎么会来找我们？""紫苏"："我是撞上的。前天惠阳大队的人袭击了长林村据点，昨天又有人袭击了冯下村铁路器材仓库，鬼子报复，才有了今天的扫荡，让我有机会撞上你们。你们脸上都有伤，头发被火烧过，开个玩笑，蚊子都能看出来。"岳小白："情报你带在身上了？"

"紫苏"："我没那么傻。再说，我也不知道能碰上你们。别废话了，不然你跟那个黑脸的家伙一样，嘴碎，让人讨厌。"岳小白偷偷乐。蔡广得一脸委屈。

村子里，一些宪兵和伪军在搜查，鸡飞狗跳。"紫苏"一行匆匆走来。"紫苏"看一眼紧张的5个人，说："别拿出东纵的架势，你们现在是宪兵队的人。为虎作伥会不会？""紫苏"冲几名伪军大声喊："你们几个站在那儿吹风啊，去那边看看，别让他们的人跑了！"伪军端着枪听令走了。蔡广得乐了，公然提着枪，脸横着，端着十足霸道的架势大摇大

黎明之战 LIMING ZHIZHAN

摆走路，到处找人吼："不嫌日头晒啊？都他妈王八似的动起来，别傻呆着，跑一个老子毙了你们！"

"紫苏"："我说你，别来戏台子上的架势，过了。"蔡广得连忙收势，老老实实跟着。蔡广得："就是觉得新鲜，现在知道王八为什么都八字脚了。"

村口有一群伪军，抓住两个负伤的惠阳大队游击队员，连踢带打。伪军中一名军官见"紫苏"一行过来，丢开游击队员上前招呼："朱参谋，收获不小啊。""紫苏"："刘队长啊。抓住两个？"刘队长："我的人也丢了两个，算扯平吧。他们是谁？""紫苏"："我的人。"说罢要过去，刘队长拦住："你的人？我怎么没见过？"叶德全等人暗中紧张。蔡广得和岳小白暗中扣住扳机。"紫苏"扬手一耳光，将刘队长打得身子一晃。"紫苏"："混账，你54师几天没被收拾，胆子越来越大，欺负到宪兵队头上了，难道老子的人还要你审查不成？"众伪军丢下游击队员，纷纷端着枪冲上来。刘队长："朱道山，你也太欺负人了吧。""紫苏"生气了，回头吩咐5人："都别动，枪交给他们，让他们绑了，去54师睡两天，回头让他们陈大坎乖乖送回来。"宪兵士兵骂了一句粗话，率先把德造冲锋枪放在地上。5人也作势交枪。刘队长拦住部下："让他们过去。""紫苏"："怎么，不捆了？"冲地上唾一口，带着5个人扬长而去。

公路上停着几辆军车，有士兵守着，司机们在车旁打盹、闲聊、玩叶子牌。"紫苏"带着5人上了公路，和守卫的士兵打着招呼，向一辆89式中型战车走去。宪兵士兵将车开走。岳小白坐在副驾位监视着士兵，见士兵看他，冲士兵一笑，说："车开得不错。"

"紫苏"和其他人坐在车厢里。风吹在脸上，大家都松了一口气。"紫苏"："说正事吧。一会儿送你们出封锁线，你们拿着情报，尽快回根据地向组织上汇报。"

叶德全："我们回不去。"

"紫苏"："回不去？什么意思？"

叶德全："你别多问了，你把情报交给我们，我们会想办法送回根据地。"

"紫苏"犹豫："要这样，我不能把情报交给你们。"蔡广得急了：

"你必须交给我们，没有情报我们说不清楚！"

"紫苏"："等等，你在说什么？你们要说清楚什么？"

蔡广得和叶德全对视一眼。"紫苏"警觉地端起冲锋枪对准众人说，都别动！"紫苏"："你，枪丢过来！"

蔡广得："他不让我缴械。再说，我丢了，前面还有一支呢。""紫苏"："少废话，枪交出来！"蔡广得："你找他要，他不下令我缴不了枪。""紫苏"将冲锋枪口指向叶德全。叶德全："给他。"蔡广得："你说的啊，别赖上我。都是什么事儿，一天不到让人下两次枪。"蔡广得嘀咕着把枪丢在地上。"紫苏"把枪踢到角落里，说："事情说清楚，为什么回不去，你们有什么情况说不清楚？你们的真实身份是什么？"

丁荷："有情况！""紫苏"扑向趴在车厢后面监视的丁荷身边。公路上，一辆95式军用轻型战车和四辆陆王边斗摩托车急速追来。"紫苏"警觉地卸下脖子上的冲锋枪。"紫苏"："都趴下，别坐在那儿挡弹头。警告你们，我长了后眼，谁乱动我打死谁！"杨桃："告诉他我们遇到什么事了！"叶德全："没看现在什么时候，他会相信吗？"蔡广得趁"紫苏"不注意，偷偷把手枪捡了回来。

岳小白从后视镜里发现了后面追来的车辆，提醒士兵快开！士兵加大油门。89式中型战车加速行驶。95式轻型战车和摩托车加速追赶，离89式中型战车越来越近。

叶德全："我们被发现了！"话未落音，追赶者开枪了。子弹击中后挡板。"紫苏"立刻用冲锋枪还击。叶德全、杨桃和丁荷紧紧趴在车厢板上。蔡广得扑向后面，向追兵射击。"紫苏"："你脑子够用。"蔡广得："表扬免了，完事后别让我再缴枪。"蔡广得连续打完弹匣里的子弹，趴在车厢板后换弹匣。

双方越咬越紧，双方的子弹打得对方的车辆火星四溅。两辆摩托车加速，想超过89式中型战车截住它。岳小白在后视镜里看见了。他打开车门，悬身门外，向追近的摩托车开枪。一辆"陆王"摩托车冲出公路，撞上大树爆炸。

"紫苏"和蔡广得不断向追兵射击。子弹不断打在身边的车栏上和车头上。叶德全、杨桃和丁荷抱住脑袋。叶德全把杨桃和丁荷搂在身边，护住他俩。蔡广得很快又打光了弹匣里的子弹。"紫苏"叫了一声。他胳膊中弹了。蔡广得扑上去将"紫苏"从车厢板上拉下，躺到车厢里，为他检查伤口。"紫苏"："别管我，用我的枪！"蔡广得操过冲锋枪向车后猛射。叶德全和杨桃同时爬向"紫苏"。

岳小白连续射击。又一辆摩托车中弹冲出公路，高高地跃下山路，跌落进大海。95式轻型战车和另一辆摩托车上的火力始终没停。89式中型战车不断中弹，宪兵士兵后脖颈中弹，趴在方向盘上死了。战车失控，岳小白被甩出车，他一把抓住门，吊在车厢外。岳小白挣扎着爬回踏板，钻进驾驶室。他控制住方向盘，从士兵身上卸下枪，打开士兵一边的门，把士兵推出驾驶室，自己坐到驾驶员位置上，把握住方向盘。宪兵士兵跌出中型战车。一辆摩托车躲闪不及，迎面撞上士兵，直接冲进路边的树林中，爆炸起火。

蔡广得向后面的追兵射击。叶德全和杨桃已经为"紫苏"包扎住伤口。他喘息着躲在车厢板后面帮蔡广得填弹匣。鲜血滴滴答答滴落在弹匣上。"紫苏"："让他别磨磨蹭蹭，甩掉后面！"丁荷抢在叶德全前面，扑到后窗前拼命摇动后窗，大喊："竹叶青，甩开他们！快甩开他们！"

岳小白看见窗外一大片野地，一甩方向盘。89式中型战车跃下公路，跳跃着冲向野地。野马似的在野地上跳跃，向前狂驶。车厢里的5个人被颠得东倒西歪。

甩掉追兵后，战车在一片山坡前停下。众人从车上跳下来。蔡广得操着冲锋枪跑出一段路去警戒。"紫苏"钻进车下，从大梁后解下一个用蜡密封好的包，将密封包揣进怀里。带着众人向一片丛林跑去。蔡广得在后面警戒。95式轻型战车出现在野地中，一个猛拐上了山坡。蔡广得手中的冲锋枪响了。

众人跟着"紫苏"在丛林中奔跑。蔡广得从后面撵上来。"紫苏"从蔡广得手中一把夺回冲锋枪。蔡广得恼火："我惹谁了！"

海边，众人手忙脚乱跟着"紫苏"上了一条渔船。渔船离岸驶去。蔡广得熟练地撑起船帆，岳小白在帮他。风将船帆撑开。岳小白突然捧住脑袋，慢慢顺着桅杆滑下去。蔡广得连忙抱住他。杨桃见状连忙过来，没走稳，差点摔进海里。杨桃将岳小白接过来。岳小白一脸的擦伤，头疼得非常厉害。杨桃突然眼里有了泪水，把他紧搂在怀里。

渔船驶在大海上，已经远远离开了海岸线。岳小白躺在前甲板，杨桃照顾他，已经好些了。丁荷猴子似的在甲板上蹿来蹿去，张帆、牵绳、起水洗甲板。另外3人在后甲板。蔡广得掌着舵。"紫苏"向远处的一片半岛看了一眼说："我送你们到东涌，你们从那儿上岸，进入游击区，然后转道回根据地。"蔡广得："情报呢，我们还没拿到情报。"

"紫苏"："说实话，我不相信你们，不会把情报交给你们。你们先说清楚，你们为什么回不去。"

蔡广得："废话，我们没拿到情报，当然回不去，拿到了情报我们就能回去。"

"紫苏"："你们要拿到什么情报？"蔡广得接不住下文，看叶德全。叶德全："当然是鬼子的情报，这个'薄荷叶'同志应该知道。"

"紫苏"："你们并不知道'薄荷叶'同志的存在，怎么会知道'薄荷叶'同志有什么情报要交给组织？"

蔡广得："你烦不烦？只要是鬼子的情报，组织上都需要，你管交给谁？既然你知道我们是'蚂蚁'行动小组的人，就痛痛快快把情报交给我们，别的事你不用操心。"

"紫苏"："不行，'薄荷叶'同志用生命换来的情报，我不能随便交给不相信的人。"

蔡广得："那你费那个劲？有本事你自己送回根据地。"

"紫苏"："我会那么做。"

海面上隐约地传来发动机声。众人回头。远处，一艘巡逻艇快速向这边开来。丁荷："鬼子的巡逻艇！""紫苏"愣了一下，说："快把二帆升上来！""紫苏"操过冲锋枪，检查弹匣。他只有半匣子弹了。蔡广得："什么帆能跑过机器船？别费那个劲了，快脱衣裳，把衣裳和枪丢到海里去，就说我们是打鱼的。""紫苏"愣了一下，没那么做，掏出密封包，拆开包。蔡广得："你要干什么？""紫苏"没回答，继续拆包。蔡广得扑过去抱住"紫苏"。

岳小白努力撑起来，要过去。杨桃护住他。岳小白："快去帮忙，别让他把情报毁了！"蔡广得已经摁住"紫苏"。叶德全去抢"紫苏"手中蜡封包。"紫苏"一拳将叶德全打得摔进船舱里，扬手将蜡封包丢进大海。岳小白强撑着扑过来，很快钳住"紫苏"，说："老实点，我会拧断你的脖子！"

蔡广得已经纵身跃入大海。蔡广得在海水中四处看，没有看到蜡封包。丁荷："它沉下去了，就在你前面！"蔡广得吸一口气，潜入海中。密封包向海底沉去。蔡广得像一条大黑鱼，快速射来，将密封包掠走。

杨桃和丁荷紧张地盯着海中，不断回头看。

岳小白和叶德全快速扒掉"紫苏"的衣裳。他们弄疼了他的伤口。叶德全："轻点，他带着伤！"岳小白："一会儿让人发现，他的伤就在脑袋上。"

蔡广得举着蜡封包跃出海面，快速游向渔船。蔡广得咳嗽着爬上船，枪鱼似的滋出一嘴海水。岳小白和叶德全已经把"紫苏"扒得只剩下一条内裤，用一片渔网缠住他的伤口。军装裹着重物丢进海中。冲锋枪和两支手枪丢进海中。

"紫苏"非常绝望："快把情报毁掉！不然你们会毁掉东纵，毁掉党的武装斗争！"蔡广得："毁你妈个蛋，我们为它连命都搭上了，你别想再从我们手里抢走！"叶德全拿着湿漉漉的蜡封包，不知往哪儿藏。"紫苏"："没用，敌人会把这条船查个遍！"

巡逻艇的马达声越来越近。几个人紧张极了。岳小白："要不，还是毁了吧，先把命保住。"蔡广得："不行，这是我们唯一的希望，说什么都不能毁！"岳小白："他说得对，他们会查遍这条船，没有什么可以瞒过去！"蔡广得："给我，我泅水走！"岳小白："你能泅多远？他们已经看清我们船上有多少人，你能一辈子待在水里不出来？"

杨桃："把情报给我。浮在海面上的任何东西他们都不会放过，但我会沉到海底去。"众人都愣住。岳小白："你说清楚，沉到海底是什么意思？"蔡广得："还问个屁呀，沉海懂不懂，就是死！"杨桃："如果他们上船搜查，我就带着情报跳海，等他们走了，你们去海底找我，人不用捞，你们拿走情报。"众人被杨桃的说法呆在那里。丁荷："姐，我去沉海！"杨桃："你太小，沉不下去。"岳小白："给我，我来，反正我他妈脑子已经废了，留着也没用！"杨桃笑了，温柔地抬手轻轻抚摸了一下岳小白的脸说："如果你一直傻下去，我会让给你，可我相信你不会。你是最棒的，他们需要你。"

巡逻艇近了，喇叭里传来停船接受检查的命令。杨桃一把夺过叶德全手里的蜡封包，掖进后腰，靠坐在船帮上。丁荷立刻过去坐在她身边，把她挡住。"紫苏"趁众人商量的时候试图跳海,蔡广得一把将他擒住,挟持在身边。"紫苏":"让我走,我会连累你们!"蔡广得:"你他妈老实点,你不把我们当同志,我们还得把你当同志!"

巡逻艇驶近了。一名伪军士兵持枪站在船头,两名士兵靠帮,将渔船拴在巡逻艇上。一名额头上缠着绷带的年轻伪军官从驾驶室里走出来。渔船上的人非常紧张。众人下意识围住杨桃,不让她显出来。绷带军官:"干什么的?"叶德全:"回老总,打鱼的。"绷带军官:"打鱼的?打鱼怎么船上带着女人?"叶德全:"是我外甥女,顺路送她去西冲婆家。"绷带军官:"怎么没见渔网?"叶德全:"回老总,渔网被大鱼拖走了。"蔡广得暗地里着急,把叶德全拉到身后说:"拖网破了,弄了一张流苏网,出来就遇到一群旗鱼,没挂住,让鱼给拖跑了。"

绷带军官看渔船上的人,目光落在"紫苏"身上,示意两个士兵:"你们两个,过去检查一下。"两名士兵准备跳帮检查。绷带军官拔枪向两名士兵射击,两名士兵跌落进海里。另一名士兵打算反抗,也中弹倒下。

船上的人吃了一惊,纷纷找地方躲藏。岳小白下意识钳住"紫苏",挡在杨桃前面。"紫苏"十分惊慌,突然挣开岳小白向海里跳去。枪响了,他倒在岳小白身上,鲜血溅了岳小白一脸。船上的人全都不明白发生了什么。绷带军官将手枪插进枪套,把挡在驾驶室门口那名士兵的尸体挪到一旁,起身冷冷地说:"今天天晴,蚂蚁都在窝里。"渔船上的人全都傻了。叶德全:"你,你说什么?"岳小白:"你再说一遍。"绷带军官:"今天天晴,蚂蚁都在窝里。"叶德全结结巴巴地说:"天气就要变了,一会儿它们还得出来。"绷带军官:"我说,别愣着了,过来搭把手。"渔船上的人站着没动。蔡广得头一个冲开众人,向巡逻艇冲去,然后是丁荷。叶德全朝甲板上"紫苏"的尸体看了一眼,回到杨桃身边,从她身上取出密封蜡筒,揣进怀里,困惑地跟上去。杨桃身子一软滑向大海。岳小白一把将她抱住。杨桃:"别松开我,我害怕……"岳小白抱着杨桃向巡逻艇走去。

巡逻艇快速调了个头,驶走。大海上只留下渔船。"紫苏"的尸体一动不动躺在那儿。巡逻艇驶远了,消失在海面,海上空寂无声。"紫苏"突然睁开了眼睛。

驾驶室里，绷带军官驾驶着巡逻艇，叶德全和蔡广得一边一个。丁荷坐在驾驶室外。蔡广得："为什么要打死他？你不会告诉我们，你才是'紫苏'吧？"

绷带军官："'紫苏'是谁？"

蔡广得："你打死的那个，'薄荷叶'的情报员。"

绷带军官有些吃惊，继而紧张，说："你们怎么知道'薄荷叶'？是他告诉你们的？他还说了什么？"

叶德全："到底是怎么回事，我们都弄糊涂了。"

绷带军官："你们不可能知道'薄荷叶'，东纵只有两个人知道'薄荷叶'同志的存在，组织上不会告诉你们，'薄荷叶'身边也没有叫'紫苏'的情报员，他肯定是个冒牌货。我的任务是和你们接触，你们5个人之外的任何人我都会干掉，不会留下。"叶德全和蔡广得对视，两个人傻了。

绷带军官："他对你们说了接头暗号？"

叶德全："一字不差。他告诉我们，'薄荷叶'同志牺牲了，有一份重要情报，让我们送回根据地。"

绷带军官："他撒谎，'薄荷叶'同志没有牺牲，还活着，具体情况我不能告诉你们。他肯定是敌人派来的！那份情报在哪儿？给我。"

蔡广得："不行，我们连你是谁都不知道，不能给你。"

绷带军官："我是谁你们用不着知道。既然任何人都可以和你们联络，暗号就已经失效了，对你们来说，我也可能是敌人。"叶德全愣了一下，冲上去抱住绷带军官。蔡广得快速将绷带军官的枪夺下，枪口指向绷带军官。绷带军官并没有反抗，他连忙抓住舵盘。说："别瞎忙乎了，一边去，我得靠岸了。"

巡逻艇摇晃着，驶入一个僻静的海湾。绷带军官："做好准备，一靠岸你们立刻走。"蔡广得仍然用枪指着绷带军官。绷带军官火了："要干掉你们我早干掉了，还由得你们在这儿逞能？别挡着我的视线，让开！"蔡广得连忙让开。叶德全："你到底是谁？"绷带军官："我不会告诉你们，这是组织原则。你们只要把情报带回去任务就算完成了。"

绷带军官向蔡广得示意。蔡广得不好意思地将枪还给绷带军官。叶德全还缠着问："不管你是谁，你肯定是我们的同志，对吧？"绷带军官：

"不一定，这得你们自己判断。"叶德全："那你告诉我们，我们的队伍又壮大了吧？我们又打胜仗了吧？"绷带军官："少来这一套，我在白区工作，根据地的情况知道得越少越好，这个道理不明白？想知道组织上的情况你们尽快回去，别把命丢在路上。我只负责把情报交给你们，送你们到安全的地方，我们各司其职。"

后甲板上，杨桃和岳小白坐在那里，岳小白往前凑，含情脉脉地看杨桃。杨桃警惕地往后躲。岳小白："你不担心我是坏人？"杨桃大大咧咧一笑，说："我不在乎你是谁，只要你能保护我，让我心里有个踏实就行。"岳小白失望："我就是个保镖啊，真没劲儿。"杨桃啪地把岳小白捉住她的手打开。杨桃："就你，人都傻了，当个保镖都不合格。"

蔡广得看见，乐了："挺聪明的一个人，觍着个脸，没挨耳光就算不错了。"叶德全："他怎么就不明白，小蜜蜂是东纵的人，东纵搞统一战线行，搞国共联姻，门都没有。"蔡广得："那是，肥水不落外人田。"叶德全："回头我代表组织上给小蜜蜂一个表扬。"

两人正幸灾乐祸着，身后枪响了，几发子弹将驾驶室窗户打得粉碎。两个人吓得抱头蹲下。连续的枪响，然后枪声停下。蔡广得操起一旁的水手斧，越过叶德全蹿进驾驶室。驾驶室里，刚才被掀在一边的士兵爬进来，再度中弹，握着枪躺在血泊里，人还没死。绷带军官胸口中弹倒在方向盘下，手枪掉在一旁。没等蔡广得反应过来，岳小白已经出现在驾驶室另一边，一脚踢飞士兵手中的枪，勒住脖子一拧，士兵没气了。蔡广得从血泊中抱起绷带军官。岳小白快速撕开绷带军官渗着血的胸口。绷带军官痛苦地抬手阻止，说："快……船要翻了……"岳小白连忙上去把住舵。绷带军官："扶我起来……"蔡广得和叶德全把绷带军官安置着靠墙坐好。绷带军官伸手指向发动机舱说："打开它……"叶德全打开发动机盖，从里面取出一个密封蜡筒。绷带军官："'薄荷叶'同志……让我把这份重要情报……交给你们……你们把它带回去……那个冒牌货给你们的情报……也带回去……让组织上分辨……你们的任务就完成了……"

巡逻艇一震，搁浅了。岳小白捡起士兵的枪，下掉士兵身上的子弹袋和手榴弹袋，钻出驾驶室。蔡广得过去背绷带军官。绷带军官无力地推他说："别费那个心了，我走不了……我要失踪了……'薄荷叶'同志会有危险……你们不用管我……快把情报送回去……"蔡广得："不行，你这样会死的！"绷带军官："你们真糊涂……你们会毁了组织……要是这样……'薄荷叶'和我……会白白牺牲……"蔡广得为难。

岳小白已经收缴了艇上3支长枪和一大堆弹药袋，抛下锚，跳下船。丁荷抱着一大包沉甸甸的东西过来了。岳小白伸手接住丁荷，帮助他下船，再把包裹拖下来交给丁荷。丁荷扛着包裹，蹚着齐腹的水向岸上走去。岳小白伸手接住杨桃，没松手，直接抱着她向岸上走去。杨桃看岳小白。岳小白："别看，保镖就干这个。"杨桃担心地回头看巡逻艇。

驾驶室内，绷带军官已经停止了呼吸，头歪在一旁。叶德全将密封蜡筒小心翼翼地装好。蔡广得捡起绷带军官的枪掖进腰后，从绷带军官身上卸下子弹袋，心情沉重地看了绷带军官一眼，钻出驾驶室。

岳小白帮助大伙登上岸。5个人快速消失在丛林中。

船轻轻摇晃着，船上安静极了，除了有节奏的潮涌声。绷带军官突然睁开眼睛。他朝一旁的士兵尸体看了一眼，没起来，从口袋里掏出一包香烟，仔细挑出一支没被血染过的，点着，深深吸了一口，舒服地吐出烟圈。

第十章
奇袭日阵　火力侦察

海边一条峡谷，能看到远处的日军海防工事。浅丘经道和鹈泽尚信站在稍高处。

几十名有病有伤的劳工被伪军士兵拖到这里，哀号声一片。一队日军士兵持枪跑来。日军曹长下令，士兵们端起刺刀冲向劳工，将他们捅倒在血泊中。

鹈泽尚信："惠港一带的海岸工事需要大量劳工，可我每天都得杀掉一些干不了活的，用不了多久，我的士兵就得丢开火炮，去修工事。"

浅丘经道："营建方面正在组织大量劳工，明天就会有两艘台湾劳工和农业义勇团的船到达，将军不必为劳力发愁。"两人沿着高处往下走。

鹈泽尚信："战争局势不稳，帝国风雨飘摇，需要我们军队去拯救，德国人和意大利人已经投降了，苏联人迟早会向帝国宣战，我们是在和整个世界作战啊。"

浅丘经道看见春山二路匆匆向这边走来，道声对不起，与鹈泽尚信告别，迎向部下。

浅丘经道和春山二路匆匆走进惠阳指挥所院子，小林正雄、朴渚芳和千夏麻也迎上去。小林正雄："按您的计划，特别行动队找到了他们。"
千夏麻也："我们有一些损失，但两份情报都准确无误地送给了他们。"

浅丘经道："干得好。如果单靠你们，能把这样的情报送进罗浮山吗？你们做不到的事，'蚂蚁'小组会替我做到。"千夏麻也："表面上，他们是东纵和美国人的情报小组，实际上，他们在为我们工作，这就是教授留下他们的用意。"

浅丘经道："是啊，对于征服者，这个世界只有两种人，敌人和朋友。我们做不到让敌人变成朋友，却总是让朋友变成敌人，敌人越来越多，我们被敌人包围了。聪明的日本，应该让敌人变成敌人的敌人，孤立的就不是我们，而是这个世界。"浅丘经道向屋里走去，中途停下，问："你们知道我现在在想什么？"无人应答。浅丘经道换了一副谐趣的口气说："我在想，我在'蚂蚁'小组中安插的那位勇士，他怎么样了，我想知道他现在在干什么。他帮我布下这个迷宫，让'蚂蚁'小组听令于我的指挥，事情结束之后，我要向这位神龙见首不见尾的帝国英雄致意。"

小林正雄和朴渚芳目送浅丘经道走进屋里，回头看千夏麻也。千夏麻也面无表情，离开那里。

丛林中一小片空地，转移中的5个人在这里打尖。岳小白将两份情报铺在草地上，捧着脑袋皱着眉头分析着。蔡广得和叶德全在一旁守着岳小白，焦急地等待他的分析结果。杨桃在一旁整理丁荷扛回的包裹，吃的用的摆了一大堆。她一会儿拿块压缩饼干跑去塞进岳小白嘴里，一会儿又打开一听罐头跑去送给岳小白，完全把蔡广得和叶德全抛在一边。叶德全看一眼乐滋滋走开的杨桃，从岳小白手里拿过压缩饼干啃一口，剩下的半块还给岳小白。蔡广得抢过岳小白手中的罐头吃。杨桃不满意地瞪蔡广得一眼。

蔡广得："看半天了，看出什么来了？脑子不是不好使吗，看不出来别装模作样。"岳小白有些无奈，说："两份情报都是鬼子的海防布置图，地形图参数一模一样，没有错误，布防情况很详细，可差别很大，没法做出判断。"

蔡广得："别琢磨了。我说件事，保准再用不着他那个废掉的破脑子。我琢磨，组织上派我们出来就是从'薄荷叶'手上拿情报，我们就为干这事儿来的。"叶德全闻言，低头继续看情报，啃压缩饼干。蔡广得："怎么啦？"

叶德全："等于白说。要那样，'薄荷叶'的情报员会告诉我们，不会让我们猜谜。"

岳小白："上面派了3个小组出来，那两个小组和我们不在一个方向，难道你们有3个'薄荷叶'？"

蔡广得失算，失望地填了一大口罐头在嘴里。杨桃直瞪蔡广得，说："那是给他的。"蔡广得："干吗，他也就是个副组长，革命队伍，同甘共苦，凭什么给他一个人？"

杨桃："他有伤，罐头留给他，你不能吃干粮啊？那边一大堆，你不会自己开去？"蔡广得："谁没有伤？我脚丫子还痒着呢。"

杨桃："你用脚丫子想事？他用脑子想事，他比你宝贵。"

叶德全："你俩别吵了。有件事我得告诉你们。出来之前，吴主任告诉我，我们有两名潜伏在敌人中的情报员，他们会在关键时刻帮助我们。"众人盯住叶德全。叶德全不自在地说："别那么敏感好不好，我是组长，领导告诉我。有问题吗？"

短暂沉默后，岳小白打破沉寂说："我们见到了两个自己人，接头暗号都对，下手杀敌人都不含糊，手里都有一份情报。"蔡广得："可一个把另一个杀了，而且两个人给我们的情报完全不一样，显然他俩不是一路，有真有假。"

岳小白："如果他俩当中有一个是你说的情报员，他俩谁是？如果有真有假，我们相信哪一个？"蔡广得："两个人都牺牲了，死无对证，我们知道的情况又太少，连'薄荷叶'是谁都不知道，谁让咱们相信？咱们又能相信谁？"

杨桃："为什么不把两份情报送回根据地，让组织上来判断？"三个人都看杨桃，眼神怪怪的，看得杨桃心里发怵。杨桃："你们是不是觉得我很傻？"

叶德全："你自己觉得呢？你们谁愿意送这两份情报回去？"

蔡广得："我不怕违反组织命令，让组织上吊起来打一顿，可要送我就送真家伙，热脸挨冷屁股的事我不干。"

岳小白："我也不怕受冤枉，可两份情报相互抵消，等于是死情报，反而给盟军制造谜团，我一个干特工的，这种没谱的事情是耻辱，冤枉都是白冤枉的，我也不干。"

杨桃："既然这样的情报不能回送，我不会帮鬼子的忙。"

两声清脆的鸟叫后，丁荷悄无声息地出现，一脸的汗。丁荷："上面没有鬼子，一个人影儿也看不见，我找到一个藏身的地方。"

叶德全："东西收拾起来，先露营，再商量。走吧。"

蔡广得去包袱里拿罐头。杨桃快速将包袱扎起来，抱着走掉。蔡广得无奈。丁荷过来，悄悄递给他几个鸟蛋，说："我在树上掏的，可有营养了。"蔡广得熟练地敲破一只，嘴里一吸，蛋液进了嘴。

天傍晚了，大鹏半岛的高处，一块伸出悬崖的大石头。从这里能看到整个半岛，大部分都是原始森林，海岸线在稍远处向天边散落，那里是翠绿如宝石的大亚湾。

蔡广得和丁荷趴在大石头上往悬崖下看。悬崖下离着不远，一群人在一块空地上生火做饭，吵吵闹闹。蔡广得："是汉阳造。没想到他跑到这儿来了。"

丁荷："是我发现的。"蔡广得："你还发现了什么？"

丁荷："那些吃的，也是我在船上找到的。"

蔡广得："你能不能不骄傲？我看我们这些人缺谁都行，缺你就没法活下去。继续发现。"丁荷冲蔡广得扮鬼脸。蔡广得亲昵地拍了拍丁荷的脑袋，两人悄无声息回撤。蔡广得从怀里掏出一个弹弓，递给丁荷，用他在日本人诊所里偷的那根橡胶带做的。丁荷高兴地接过弹弓，试了试说真棒！

原始森林中的一块宽敞的空地上，岳小白和叶德全还在研究两份情报。蔡广得和丁荷搂着肩膀亲热地从悬崖边回来了。丁荷跑去帮助杨桃准备饭，两个人看见一只松鼠，开心地跑去追。蔡广得过去挤开两个人，问："研究出来了？"岳小白摇脑袋。蔡广得："别摇，一会儿又闪了黄。"

叶德全："我说个主意，你们看行不行。我同意昨天竹叶青的分析，大鹏是历代兵家战略要地，历史上，鬼子已经两次在这里登陆了，鬼子会再次利用它来阻止盟军登陆。"

蔡广得："那是我分析的。可你这叫拿主意？你这叫政治思想工作，没用。你得分析，得想办法把两份情报核实一下。"叶德全："怎么核实？"蔡广得："这还不简单，拿两份情报去问问鬼子，谁真谁假，不就知道了。"

叶德全："你能不能严肃一点？"

岳小白："他非常严肃，是个好主意！"

叶德全不解地看两人。蔡广得："怎么就让你当上组长的，情报上已经给出了鬼子的防御阵地，写得明明白白，不是有真有假吗，就照这两份情报，想办法混进鬼子的阵地，照着图一看，不就知道谁真谁假了？"

岳小白："用不着那么麻烦，只要在两份情报中各找出一组火力点，打一下，试试他的火力布置，和情报上说的是不是一样，情报的真伪就出来了！"

叶德全："整个海岸线都让鬼子严防把守着，我们怎么才能进去，还得最大限度地接近鬼子的阵地，就我们这几个人，不是去送死？"

岳小白："我去吧，干这个你们不行。"

蔡广得不服："说话注意点，谁不行？我自己的家乡，我回家它还能不让我回去？这一带你问棵草它都知道我菜花头是谁，你去问坨牛屎，看看它能答应你吗？"

岳小白："那我俩去，我还不想踩上牛屎呢。"

蔡广得："谁说我俩去了？你和老鳗鱼去。我们东纵派一个就行了。"岳小白："你什么意思？都到这个关口上了，你还搞分裂？"

蔡广得："我搞什么分裂？我就没打算让你去，你觉得你这个废掉的脑子还能派上用场？一上岸，鬼子不抓你，你脑袋一傻，自己去找鬼子投降。"

岳小白一把揪住蔡广得，说："说清楚，谁投降？"

叶德全："你们俩能不能不吵？有完没完？要不你们先打一架，打完我们再说事。"

蔡广得和岳小白搡开对方，气呼呼坐下不说话。岳小白坐了一会儿，起身抓起自己的行囊往森林外走去。正在做饭的杨桃和丁荷看见岳小白气呼呼地出来，叶德全追出森林。叶德全："站住！"岳小白："我烦死了和你们在一起，从现在开始，我自己行动，你们滚一边去。"叶德全："竹叶青！"岳小白刷地抽出枪对准叶德全说："别跟着，我不管你是谁，再跟一步，我就开枪。"杨桃："竹叶青！"岳小白刷地把枪口对准杨桃。岳小白："你也一样。"杨桃惊呆在那里。岳小白倒退着，身后传来一声子弹上膛的声音，他钉在那里。

蔡广得手中一支长枪，枪口对准岳小白说："你要敢动弹一下，我会让你一辈子找不着你的脑袋。"杨桃："菜花头！"丁荷："哥！"叶德全："别激他！"岳小白枪举在手上，不敢回头。众人静止在那里。蔡广得再度开口："你们给我说话的权利，我就把枪放下。"杨桃看叶德全。叶德全没有说话。杨桃冲叶德全喊："让他说话！"

叶德全："你说吧。"蔡广得慢慢把枪口放下。岳小白像是长了后眼睛，刷地回头，枪口指向蔡广得。杨桃扑过去挡在蔡广得面前。丁荷也过去挡在蔡广得面前。蔡广得凄凉地笑了笑，把两个人拉开，手中的枪放在草地上说："一路上，你们组长、副组长把自己当回事，不许别人说话，不许别人行动，可其实你俩都很蠢，什么都不知道。我也不知道，但我知道一件事。我们当中有内鬼，我们不知道他是谁，只能等，只能去找任务，只有找到任务，内鬼他才会跳出来，我们才可能抓住他，我们就是让这事害的。不让说，有用吗？问题是我们自己，我们什么时候，有一时一刻不惦记这件事吗？我们自己就是自己的内鬼。"叶德全惭愧地低下脑袋。

蔡广得："竹叶青，来吧，你现在可以打死我，但我赌你不会。"岳小白："你怎么知道？"

蔡广得："因为你不愿意承认你是我说的什么也不知道的蠢组长，你想看看，到底谁是那个内鬼。"岳小白犹豫了一下，枪口垂下来。杨桃腿一软，蔡广得一伸手拽住她。

众人又回到森林里，围圈席地而坐。叶德全："从根据地出来，一路上我提心吊胆，处处防着大伙。大伙都知道，我被捕过，离开过组织，我这一生就被这件事给毁了。我想说，做人得守住清白，千万别让你在意的人不明白你，让他们怀疑你。"

蔡广得："我不在乎怀疑，想要清白得靠自己挣。不光我，你们也一样。老鳗鱼自己分析了，竹叶青，一起出来的兄弟就剩你一个，你说得清楚吗？小蜜蜂，打小离开家，爹妈不认，自己是谁都不敢告诉人。渣子至今不知道自己的爹妈是死是活。我们都把自己活没了，活不在了，活出了自己在意的人身外，他们不再信任我们，不再疼我们。"众人被蔡广得的话说中了，都静静地听他说。

蔡广得："话说多了，说回来。大伙分析过，战争打到这会儿，欧洲反法西斯战场胜利了，希特勒完蛋了，盟军直接砸到小鬼子的家门口，小鬼子他撑不下去，要垂死挣扎，我们的任务就是让他挣扎不了。"

岳小白："我同意，不用谁来布置，任务就在这儿，盟军不想等，他们要从天上落下来，在陆地上和鬼子正面作战，我们是为盟军登陆作战做情报准备的。"众人把目光转向叶德全。

叶德全："现在我们知道任务是什么了，内鬼这把架在脖子上的刀，他也该出鞘了，而鬼子那边，我们是蚂蚁和大象斗，往下走，明枪暗箭，眼见着是去送死。在深圳墟的时候，大伙做过一个决定，现在我们再做一次决定，是大伙儿分散，各自找活法，还是不散，冲着死去，把任务完成，把内鬼逼出来。"

长长的一段沉默，能听见森林里鸟儿轻快的啾鸣声。蔡广得："没什么好选择的，我找死。"岳小白："我也找死。"杨桃："我加入。"丁荷："我也一样。"

叶德全："好，既然大家都不肯散，现在不用回避那个内鬼，可以告诉他，剩下的4个人是反法西斯战士，是有一线希望都要和小鬼子血拼到底的中国人。"

岳小白："就算那一线希望断掉，架在脖子上的刀剁下来，我也做中国的鬼。"

蔡广得："要做我先做，轮得上你吗？"

叶德全："这些天的事大伙都经历了，'蚂蚁'行动小组丢了三分之二，组织上撤销了小组的建制，现在我以组长的名义宣布，'蚂蚁'小组执行上级的指示，撤销行动小组，成立新的行动小组，小组代号'木棉花'。"众人附议。

叶德全："既然大家都同意，'木棉花'行动小组正式成立，编制不变，我还是组长，竹叶青还是副组长，如果有人不服，想离开，现在就可以走，不受内鬼的怀疑。"

蔡广得："你这话就是冲我来的，就我闹过组长待遇，有历史污点。"叶德全："不说历史污点的事。你要离开，我可以给你解掉蛊毒。"

蔡广得："老鳗鱼，你把我看成什么人了？你试试，你就是立马毒死我，看我会不会迈过这片叶子一步！"

叶德全："有种。现在我们商量一下核实情报的事。"

蔡广得："等等，你刚才说给我解蛊毒，怎么不给我解了？"叶德全从兜里摸出两包小药包丢给蔡广得，说："6天的量，别一次吃完，一会儿烧肠子。"

蔡广得："哎，怎么就两包？你不是答应，给我解掉蛊毒吗，不来彻底的？"叶德全："我说的是如果你离开，我会给你解蛊毒，你不离开，我干吗给你解。"

岳小白幸灾乐祸："没见过这么笨的，你不会先答应离开，他给你解完蛊毒你再回来？你不走，他敢给你解蛊毒吗，解了你再肆无忌惮？"

叶德全："不扯那些闲芝麻烂谷子了，抓紧时间，我们说一下分工……"还没说完，叶德全捧着肚子往下弯。

杨桃："怎么啦？"丁荷："他吃多了压缩饼干。"

岳小白："你吃了几块？"叶德全："六块……半……"

岳小白："一眼没看到，三斤半粮食让他吃下了。快躺下，菜花头，去弄点草药给他泄泄。"

一众人手忙脚乱。丁荷要去拿水。岳小白告诉他，千万别让他喝水，那样他会撑破胃。蔡广得在一旁笑得往地上滚。蔡广得："报应，报应。玉皇大帝呀，行行好吧，让他跟我一样中蛊毒吧。"叶德全生气，但经不住胃撑得慌，痛得捂紧肚子。

汉阳造和溃兵们在森林中一片空地上做饭。两名溃兵扛着刚打来的猎物往空地方向走。两名溃兵扛着猎物来到空地。其他溃兵欢呼着迎接。汉阳造抽出刺刀准备收拾猎物，却发现蔡广得站在空地边上，不好意思地挠了挠脑袋。汉阳造像见到了瘟神似的，在原地转圈，然后他发作地将刺刀扎到地上说："我是该你的还是欠你的！你干吗老跟着我！"

天蒙蒙亮，铅灰色大海的尽头，一线鱼肚白正在变幻成橘色。晨起的海鸥和军舰鸟成群结队飞向大海。

日军庞大的海岸工事被层层伪装网罩住。日军流动哨在阵地前幽灵般游动。两名日军士兵疲倦地在一座巨大的隐蔽式弹药库外站岗。黑暗中飞出一把小刀，一名日军士兵被扎中咽喉倒地而绝。另一名士兵卸下肩上的枪，跑向倒地的士兵。他发现浑身湿漉漉的蔡广得背着一个行囊站在不远处，拧着湿衣裳朝他傻乐。日军士兵举枪，但他脑袋上重重地挨了一下，颓然倒下。同样身上湿漉漉的汉阳造出现在他身后，踢了他一脚。二撇子和一班长迅速将两名日军士兵的尸体拖走。蔡广得穿上湿衣裳，砸开弹药库的门，和汉阳造钻进去。

满满一仓库炸药、巨型炮弹和各式枪支。汉阳造看呆了，用力咽了一口唾沫说："狗日的，财主呀！"蔡广得冷得打着哆嗦，不断擦掉顺着胳膊往下淌的水珠，卸下背上沉甸甸的行囊，从行囊里掏出一大捆导火索和雷管，手忙脚乱地往炸药和炮弹箱上缠。蔡广得："别站着，来帮忙。"

汉阳造像是没听见似的，启开一个箱子。箱子里是崭新的99式机关枪。汉阳造眼睛亮了，像摸女人似的摸机关枪。汉阳造："乖乖，乖乖，看看这都是什么。"

汉阳造指挥二撇子和一班长往仓库外运枪支弹药。他们每人提着一挺机关枪，身上挂满了子弹袋，还在往兜里塞手榴弹。蔡广得："嘿，这样做不地道，别弄得像贼似的！"汉阳造根本不听蔡广得的，搂起一架机枪，把子弹袋往脖子上挂，说："贼就贼，他鬼子贼大了，连中国都想抢走。"蔡广得拦不住汉阳造，不服气，也揣了两颗手榴弹在兜里，说："那就说好，是我带你来的，我答应给你弄两条好枪，算我兑现了。"

导火索太长，但蔡广得终于牵好了。他欣赏了一下自己的杰作，认真地把一段导火索摆正。

阵容巨大的火炮阵地上，一门门火炮被伪装网罩住，从稍远处的地方完全看不出来。数名日军流动哨在阵地上游走。阵地通往大海，靠海边有一道高高的石坎。石坎下，岳小白和叶德全湿漉漉地贴石而站。在他们身后，几名溃兵正从海里浮出，悄悄上岸。

岳小白嘴里叼着匕首，已经攀上了高高的石坎的最上一节。叶德全紧随其后。高高的石坎下，三班长等几名溃兵蜘蛛人似的依次往石坎上攀爬。

岳小白上了火炮阵地。他伏在地上，身下是一名脖子割断，已经没了气的日军哨兵。岳小白抬头，一名日军哨兵正浑然不知地向他走来。石坎下一声惨叫。一名正往上爬的溃兵失手跌下石坎，摔进海中。日军流动哨听见动静，推弹上膛向这边跑来。岳小白掷出手中的匕首，然后快速射击。日军士兵中刀倒下。另一名日军士兵中弹倒下。岳小白跃身起来连续开枪，向阵地上冲去。叶德全也开枪了，紧跟岳小白向阵地上冲去。他俩身后，两名溃兵边开枪边跃上石坎。一名溃兵被日军的子弹打中，扬手跌下石坎。岳小白快速换弹匣，继续射击。

消灭鬼子哨兵，岳小白别上枪，跃上阵地，跳上一门15厘米加农炮，说："来两个人帮我！老鳗鱼，带他们把炮衣全脱掉！"三班长带着两名溃兵上来帮助岳小白。叶德全带着几名溃兵去卸其他的炮衣，启开炮弹箱。

岳小白准备停当，吩咐："躲远点！"三班长带着溃兵躲开。岳小白开炮了。15厘米加农炮口吐出火舌，轰鸣声巨大。炮弹壳冒着烟退出弹膛。三班长抱着炮弹冲上去。

屯兵洞中，被枪声惊动的日军士兵正在紧急着装。一名电话兵正在接电话。一团火光冲进洞内，士兵在火光中四分五裂。悬崖上的屯兵洞被火炮轰得坍塌下来。滚石砸向从屯兵洞跑出来的士兵，士兵被砸倒一大片。

二班长冲进弹药库报告："火炮阵地那边打响了！"汉阳造："走，去支援他们！"边说边带着人走了。蔡广得看着长长的导火索，忧伤地摇了摇头，自言：可惜了。蔡广得从蜡纸中掏出火柴，点着导火索，朝门口跑去，顺手挂了一挺机枪在脖子上，再操起一支91式掷弹筒，将两枚手雷弹揣进兜里。导火索跳跃着燃向山一般高的炸药箱。

弹药库外，一群日军冲来，与埋伏在那里的汉阳造的人交火。汉阳造、二撇子、一班长、二班长，手中全是崭新的99式机关枪，火力威猛。蔡广得从弹药库里冲出来，叫道，快走！汉阳造押后，边打边撤。又一群日军士兵冲来。有溃兵中弹倒下。二班长中弹倒下，他挣扎着想爬起来，说："快救救我！"一班长向二班长冲过去，将二班长搀扶起来。一串机枪子弹射来，两人都中弹倒下。汉阳造："我操你个小日本！"怀里的机关枪吐出火舌。蔡广得："快走哇，弹药库要炸了！"蔡广得用掷弹筒向日军射击。91式手雷在日军中爆炸，将几名日军掀起。蔡广得拎着掷弹筒撒腿就跑。弹药库爆炸了，火团腾空升起。蔡广得和汉阳造被追上来的气浪掀起老高。弹药库接二连三地爆炸。

能行车辆的小路一直通往日军海岸火炮阵地。小路的身后是海湾。

杨桃和丁荷藏身在小路边的丛林中。两人手中各有一根绳子通往小路。丁荷："菜花头他们打响了！"

杨桃害怕得打着哆嗦问："我们什么时候拉？"

丁荷："现在还不行，得等鬼子的援兵来！别怕，我会保护你。"

大鹏半岛原始森林的另一处，大树上，甘兹和两名美军军士趴在树上睡觉。一名"凉帽"小组成员跑来，牵动一条绳索，将甘兹叫醒。甘兹刷地抽出手枪。组员："上尉，海湾那边有枪声。"甘兹和同伴跳下大树，跟着组员向丛林外跑去。

甘兹等人趴在悬崖边用望远镜向海湾尽头看。岸炮一响，甘兹丢下望远镜，抓过照相机和一名美国组员向火光四起的海湾阵地连续拍照。甘兹："快，记录！火力点，25点8度，15厘米加农炮。"两名组员快速记录。

岳小白连续发射出几发炮弹，然后跳下加农炮，奔向一门4式喷进炮。两名溃兵抱着炮弹冲上来。岳小白开炮。炮弹壳带着青烟退出炮膛。炮弹在一处日军兵营爆炸，将日军士兵高高地掀向天空。岳小白继续开炮，连续发射。日军士兵四处乱窜，寻找枪支。炮弹将宿舍轰开，那里只有火光，一切化为乌有。

一群日军从山坡上冲下来。叶德全带着几名溃兵冲上去，向日军射击。一名溃兵中弹滚下火炮阵地。

岳小白丢下喷进炮，奔向一门阵地高射炮。岳小白跳上高射炮炮手座，快速摇动炮身，锁定方向。高射炮炮身平仰，岳小白开炮。炮身剧烈地抖动，炮口吐出一连串火舌。停泊在海边的一艘日军攻击舰艇中弹爆炸。一艘登陆艇中弹起火。数名守卫日军从那里逃开。有人被飞来的碎片砸中。

甘兹不断拍照。甘兹："25点8度，四式喷进炮。"美国士官不断拍照。士官："25点8度，高射炮。"组员快速记录。

火炮阵地山坡上，日军猛烈冲击，不断开火。一名溃兵中弹倒下，然后是另一名、第三名。叶德全腿上中弹，他哎呀一声跪下去，又咬牙站起，继续射击。

岳小白根本不看身边发生的事情，他打完最后一排炮弹，丢下高射炮，敏捷地跳下炮手位，奔向一门94式速射炮。岳小白快速调整炮身，炮口调转向山坡。他开火了。越来越多的日军出现在山坡上。炮弹在山坡上爆炸，掀起一团火光，阻止住日军。

甘兹和美国组员连续拍照。美国组员："25点8度。88式阵地高射炮。"甘兹："25点8度。94式速射炮。"组员快速记录。

炮弹不断在日军中爆炸，将一群又一群日军掀上半空。蔡广得和汉阳造带着溃兵赶来加入战斗，向山坡方向冲去，密集射击，一部分溃兵跑过来帮助填炮弹。汉阳造兴奋极了："我独九旅什么时候这么威风过！二撇子，动静闹大点，司号！"二撇子丢下机枪，取下短嘴号，吹响冲锋号，号声激越。汉阳造兴奋极了，哈哈大笑，向山坡上猛烈扫射。汉阳造："小鬼子，来吧，你汉阳造大爷在这儿哪！"蔡广得用掷弹筒向山坡上射击。他打完一发，换弹的时候被绊倒在地，晦气地骂了一句，把一个日本兵的尸首推到一旁，想丢掉掷弹筒，尸首拉过来，去日本兵脚下扒鞋子。溃兵们纷纷向山坡上投出手榴弹。密集的火力形成死亡地带，日军开始后撤。

岳小白快速调整炮身，将炮身转向另一处，他开火了。日军另一处火炮群也向这里开火了。一发炮弹在火炮阵地爆炸，然后是第二发、第三发。炮火将数门火炮掀上天空。岳小白："鬼子憋不住了！坚持住！"炮弹将数名溃兵掀上天空。蔡广得丢下掷弹筒，抱头后窜。汉阳造停止射击，弓身后撤，找地方隐蔽。火光映亮了岳小白的脸。炮弹的弹片在他四周蝗虫似的飞过。他没有停下，仍在射击。

组员："甘兹上尉，快看，新的火炮群！第二个炮群！那有一个，第三个！""凉帽"小组的视线转移到另一处海湾火炮阵地，然后是第三处。甘兹和美国组员兴奋地连续拍照。甘兹："别愣着，快记录！27点8度，15厘米要塞重炮。"组员："27点8度，15厘米要塞榴弹炮。"甘兹："29点4度，41厘米榴弹炮。"组员："29点4度，30厘米榴弹炮。"两名组员快速记录。

越来越多的炮弹落在阵地上，阵地上火海一片。叶德全痛苦地跪在地上喊："撤回来，往回撤，别待在那儿！"汉阳造边射击边向溃兵们喊："李至斌，王文浩，撤，别都死在这儿！"叶德全："都往回撤，回海上去！"

岳小白还在开火。炮弹的爆炸压制住他。他继续开火。岳小白："炮弹！给我炮弹！"三班长满脸是血，抱着一发炮弹过来，他被一串机枪子弹打得飞了出去，胸口开出一片血花，人跌落在地上，炮弹重重地砸在他脑袋上。岳小白打完最后一发炮弹，丢弃火炮，埋头跳离炮座。火炮在他身后被炮弹掀上天空。一发炮弹将数名溃兵掀上天空。叶德全跪在那儿声嘶力竭地喊："撤！快撤呀！"

蔡广得已经撤到了石坎边。他发现叶德全没撤，犹豫了一下，转身返回。叶德全拖着受伤的腿走不动，不断地摔倒，爆炸的气浪将他掀起来，砸到地上。蔡广得抱着脑袋向这边奔过来。蔡广得："你怎么啦？"叶德全："我不行了，腿上中弹了，你别管我，快走。"蔡广得二话不说，把叶德全往身上扛，困难地向石坎方向走。他摔倒了，被叶德全压了个狗抢屎。蔡广得爬起来，卸掉身上的枪，把叶德全的枪也卸下丢掉，重新去扛叶德全。他还是扛不动。他急了："你妈的动弹一下啊！"叶德全："我动弹不了！"一名溃兵被炮弹掀到他们面前。叶德全咬牙支撑着，终于被蔡广得扛起来，两个人向石坎方向跑去。

汉阳造在石坎边向身后射击。一名溃兵在他身边倒下。汉阳造打光了最后一发子弹，丢掉机枪，帮助一名溃兵下了石坎，再帮蔡广得接住叶德全，然后自己也滑下石坎。

人们忙着撤退的时候，岳小白已经在剩余的炮弹堆里牵出一根导火索，另一头连接在一枚手榴弹上，弹封揭掉，从日军的尸体中翻出一支手枪掖进怀里，牵着导火索到石坎边，手榴弹挂在石阶上，快速下了石坎。

人们很快撤空了，阵地上只留下一个人，二撇子陶醉地吹着他的短嘴号，他吹的是冲锋号。炮弹不断在他身边腾起一股股火焰，将孤独的他映得通红通红。他吹着吹着，突然瞪眼停下，慢慢低头看，他的胸口被炮弹片打烂了，全是鲜血。二撇子丢开号倒下了。火炮阵地顷刻间被炮火覆盖。

数辆日军运兵车颠簸着沿着小路开来。杨桃紧张得瞪大眼睛，手在颤抖。运兵车开近了。丁荷："姐，拉！"丁荷拉动手中的绳子。杨桃一闭眼，用力拉动手中的绳子，因为太用力，仰身倒进身后的丛林。公路上，两颗自制地雷爆炸，将第一辆运兵车炸熄火。后面的运兵车刹住，车上的士兵纷纷跳下车，向丛林中开枪。丁荷从地上拉起杨桃，两人钻进丛林。

大海被朝霞映得十分壮观。汉阳造和剩下的3名溃兵游远了。

蔡广得匆匆撕碎衣裳，为叶德全包扎腿上的伤口，两个人都很虚弱。岳小白过来，脸被火炮灼伤一大片，耳朵和鼻孔被炮声震得淌出血。他的整张脸都是血，样子可怕极了。岳小白："能行吗？"蔡广得："管好你自己吧。我家的澡堂子，龙王爷认识我。"岳小白："你说什么？"蔡广得看一眼岳小白，知道他听不见了，一弓身架着叶德全朝海里走去。岳小白踉跄了一下，人太虚弱，跪倒在沙滩上，好半天才努力撑起来，摇晃着跟上去。

炮击停止了，身后的火炮阵地还有零星的弹药发生爆炸。岳小白在海边停下，回过头来。火炮阵地上，一群日本兵冲了下来，他们开始向海边射击。岳小白举起手枪，打出一发。挂在石坎上的手榴弹爆炸了，导火索被引燃。岳小白的手垂落下来，疲惫不堪地任手枪滑落进海水里，扭头向大海走去。阵地上剩余的炮弹被引燃，火炮阵地发生连锁爆炸，将日军掀上天空。

"凉帽"小组的电报员在发报。甘兹守在一旁。其他组员在快速收拾东西。一名美军士官过来说："上尉，都收拾好了。"甘兹："发完最后一条我们就走，告诉海上大队，让他们设法送我们离开半岛。"

远处的海平线上，一轮橘红色的太阳跳出海面。

东纵指挥部停在路边，三号在向几名指挥员布置作战任务。一旁，东纵的作战部队鱼贯而过。三号："让七支队打狠点，把鬼子彻底撵出罗浮山。让五支队在南头打一下，来而不往非礼也。"C.罗和欧戴义隔着老远，没精打采地站在一旁。

吴为骑在一匹马上快速奔来，吴为汇报："今天凌晨4点，大亚湾日军海岸阵地突然发生火并，5个火炮阵地相互射击，炮火非常壮观，甘兹上尉他们拍下了照片，同时记录下火炮阵地的准确布置！"三号和C.罗、欧戴义一脸兴奋，

C.罗："情报发回来了？"吴为将电报交给C.罗说："这是甘兹上尉发回的火炮阵地情况。"C.罗匆匆、兴奋地看情报。

三号："等等。你说，鬼子5个火炮阵地互相射击，自相缠斗？有这样的事？"

吴为："'凉帽'小组不知道发生了什么事情，但我们统计了一下甘兹上尉发回的情报，9个类型的要塞重炮、海岸炮、高射炮、步兵炮，所有炮群火力全用上了，射击时间长达27分钟，肯定不会是走火。"

三号："会不会是四战区的人袭击了他们？"

吴为："我正在核实。'凉帽'小组已经在回撤的路上了，他们通知总部，他们会留下两个人继续观察，设法弄清凌晨发生的事情。我也给大鹏半岛中队交代了，要他们尽快核实情况。"

C.罗看完情报，十分兴奋地说："太好了，我们终于拿到情报了，这简直是奇迹！少校，快把你的电台架上，我要给情报局发电，为甘兹上尉和他的人请功！"

三号不明就里："没明白，我还是没明白。"

日军火炮阵地一片狼藉，士兵们正在收集尸体，打扫战场。一名日军军官从一门打废的火炮上揭下一块破布，走下炮位。

浅丘经道和鹈泽尚信站在袭击者的尸体前，两人脸色晦暗。十几名溃兵尸体排列在那里，他们姿势各异，尸体被炮火烧光了衣裳，残缺不全，黑漆漆的难以辨认。日军军官将破布交给鹈泽尚信。鹈泽尚信看了一眼，气恼地交给浅丘经道，说："我要知道他们是什么人。"鹈泽尚信向军官下令："电告华南方面军司令部，我要淡水本田大队、稔山藤本大队、龙岗岐山大队向所辖区域敌方占领区进行24小时炮击报复。"日军军官领命离开。

浅丘经道看破布。破布上歪歪扭扭，画着一朵五瓣花朵的木棉花。浅丘经道："我想知道，将军的防御部队有几处火炮阵地开了火？"鹈泽尚信看一名日军军官。日军官："加上这一个，一共5个火炮阵地开了火。"

浅丘经道："火炮阵地指挥官不应该下令开火。"

日军官："一开始各火炮阵地指挥官并没准备开火，可入侵者不依不饶，破坏性太大，部队一时又收复不了丢失的阵地，各火炮阵地指挥官只能下令开火，把入侵者占领的阵地打掉。"鹈泽尚信不高兴，问："大佐，有什么问题吗？"

浅丘经道："请将军尽快将这5处火炮阵地转移，它们可能已经暴露了。我会很快给将军一个说法，我先告辞。"浅丘经道转身带着小林正雄和朴渚芳离开了阵地。他踩到了什么，低头看。是一把国军用短嘴军号，军号已经残缺不全。浅丘经道捡起军号。

那块画着五瓣花叶木棉花的破布摊在车头上。浅丘经道要求小林正雄、朴渚芳告诉自己，你们谁认出了它是什么？小林正雄和朴渚芳面面相觑。浅丘经道："五瓣花，岭南植物，如果我没说错，它是木棉花。"

小林正雄："这是袭击者特意留给我们的，他在向我们挑战。"浅丘经道："立刻查清，谁是袭击者。"

小林正雄："会不会是东纵派出的渗透部队？"

朴渚芳："海岸线层层把守，连蚊子都别想飞进来，没有任何一支部队能够做到。"

小林正雄："那他们是谁，难道是天神？"

朴渚芳："袭击者使用了88式阵地高射炮和94式速射炮，他们不是游击队。"

小林正雄瞪了朴渚芳一眼，说："教授，我们已经失控了。把'凉帽'和'蚂蚁'小组干掉，以防万一。"

浅丘经道："嗯，是要采取行动，但不是干掉。不要惊慌，不能让东纵和美国人绝望，他们还有时间派出新的特工队。"小林正雄："可是……"浅丘经道："我在数日子，他们也在数日子，我们谁也不比谁多一步棋。我已经在'蚂蚁'小组身上做了工作，它会起效果。让那两个小组活到最后，我要赌到谁都没有机会的那个时候，再适时上场。"

浅丘经道拉开车门准备上车，又停下，将手中的短嘴军号丢给小林正雄，说："是正规军的军号。把你的人派出去，给我找到他们。"小林正雄："是。"

小组出发前的那片空地，岳小白在为叶德全检查和包扎腿上的伤口。杨桃在为岳小白清洗耳朵和鼻孔，往脸上涂植物浆汁。岳小白："还好，穿了个眼儿，崩掉一块肉，没伤着骨头。"叶德全："你踢一下，我怎么觉得整条腿都不在了。"岳小白："你说什么？"杨桃凑在岳小白耳朵边上大声喊："他说他的腿不见了。"岳小白："你自己看看，好好的，腿还在。"叶德全："咱俩换一条试试？不用割腿吧？"杨桃不满地看叶德全，说："他脑袋上的伤没好，耳朵又让炮炸聋了，你的伤还不如他。"岳小白："你说什么？"杨桃："我说你先把嘴闭上，说烦了我找把刀去。"

岳小白耳朵和鼻孔仍在往外淌血，杨桃不断为他擦洗，碰疼了他脸上的烫伤，他直抽冷气。杨桃心疼得要命："没事吧？"岳小白："你说什么？"叶德全捂住肚子说："快扶我起来，我又要拉了！"

不远处，3个溃兵抱着枪四仰八叉地躺在草地上，已经睡着了。蔡广得和汉阳造坐在悬崖边。两个人都成了黑人，衣衫褴褛，身上有伤。汉阳造刚哭过，止住哭。

蔡广得赔着小心，想安慰汉阳造，汉阳造一把打开蔡广得伸来的手说："别碰我！就剩4个了。"蔡广得："我不知道该说什么。"汉阳造："闭嘴，什么也别说！"蔡广得闭上嘴。汉阳造："我算看出来了，你们这帮人是属阎罗王的，命大，要死死别人，你们一个也死不了。"蔡广得不说话。汉阳造："我得跟你们走。"蔡广得还是没说话。汉阳造："你他妈的说话呀，哑巴啦？"蔡广得："你不让我说。"汉阳造："我也没让你找我！我让你找我了？我他妈是该你还是欠你？"蔡广得："没有。你不该我，也不欠我。"汉阳造："那你就说话。"蔡广得："不是我们命大，是我们得撑着不死，暂时不死。"汉阳造："哼！"蔡广得："可我没法让你跟我们走，我们，我们不能让外人进来。"

汉阳造一把揪住蔡广得的衣襟，衣襟粉成几块。他没处可抓，一把掐住了蔡广得的脖子。汉阳造："我他妈是外人？我他妈现在成外人了？我他妈要是外人，你找我干什么？！"蔡广得被掐得喘不过气，递一块压缩饼干给汉阳造。

蔡广得："吃点东西吧。"汉阳造松开蔡广得，接过饼干狠狠咬一口，又咬一口。蔡广得喘过气来，说："别吃多了，撑肚子……"汉阳造："我爱撑，你管得着？！"蔡广得不说话了。汉阳造把饼干填进嘴里，说："我的人都打光了，我没人了，不管怎么说，反正我得跟你走。"蔡广得不说话。汉阳造："你们不是叫木棉花吗？我不做花，我他妈给你们做叶子，我来衬你们。"

蔡广得看远处，大海上有一只孤独的海鸟在那里徘徊。蔡广得："你见过木棉花有叶子吗？没叶子。它一树的花，就是没叶子。我们也没叶子。我们谁都不是叶子，不用人衬，没法让人衬。我们是疯狂开过，就落一地的花瓣，我们是属这个的。"汉阳造沉默了。

水花子带着丁荷沿着山坡上来了，扛着包。水花子没有参加战斗，身上干干净净，看上去非常不协调。他看了汉阳造一眼，又看了蔡广得一眼，说："给你们搞到一条槽仔船。你要我打听的事，我也替你打听了。英军服务团的祁德尊祁先生去深圳墟了，人不在惠阳。"蔡广得："水花子，谢谢。"水花子忍了一下没忍住，说："你们早点走吧，别留在这里害人了。"蔡广得再度缄默，然后他羞愧万分地点了点头。

海上起风了，天阴下来。海边泊着一条槽仔船。丁荷升起桅杆张起帆，在船头把舵。杨桃吃力地将叶德全搀扶上船。岳小白把包裹扛上船。

蔡广得在海边和汉阳造告别，两人都有恋恋不舍之意。蔡广得："跟水花子走吧，他是你的兄弟，一路跟着，就没离开你。如果我们兄弟有缘，我们会在鬼子的末日相见。"汉阳造伤感地点点头。两人紧紧拥抱。蔡广得推开汉阳造，扭头向槽仔船走去。水花子不无妒忌。汉阳造目送槽仔船驶远。

海面乌云滚滚。张满帆篷的槽仔船漂浮在大海上。丁荷在船尾驾船，杨桃在帮他。甲板上，蔡广得在呆呆地看海面，情绪还没转过来。岳小白在一旁检查枪支弹药。叶德全把两份情报从密封油筒里拿出来，宝贝似的整整齐齐铺在面前，手里捏一支铅笔头，坐正了，说："竹叶青，你给看看，该怎么标上火炮点。"岳小白被炮声震聋，没听见。叶德全大声喊："我们都不懂，你给看看，怎么把火力点标上。"岳小白放下武器，过去从叶德全手里接过铅笔头。岳小白："说吧，第一个回击的炮阵地的方向和距离。"叶德全傻呆呆地看岳小白。岳小白："先说第一个，然后第二个、第三个，挨个儿说，我能计算出方位。"叶德全还看岳小白。岳小白伸手去拍叶德全的耳朵，问："你耳朵也聋了？"

叶德全像是憋住了一口气，突然眼睛一白，人往甲板上倒去，眼珠子大大地瞪着天空。岳小白不知所以，杨桃过来了，推开蔡广得，从岳小白手里接过叶德全，说："去弄碗水。"叶德全醒过来，人直直地坐在那里。蔡广得："说呀，到底怎么了？"叶德全："我，我没记住鬼子回击的火炮阵地。"众人都呆住。

蔡广得："不是分工了吗，我去炸弹药库，竹叶青管打炮，小蜜蜂和渣子阻击鬼子增援，你负责记下鬼子回击的火炮阵地？"叶德全："我记了，可鬼子的火炮一开始没有还击，我得带人挡住冲上来的鬼子，我就叫二撇子和三班长帮我记，可他俩都牺牲了。"蔡广得："你，你怎么干这么蠢的事？这不等于咱们白打了？"叶德全："我哪儿知道会是这种情况，为了保险，我还叫了两个人记，没想到会……"岳小白："你们在说什么？什么白打了？"大家都说不出话，被那个结果彻底打击住了。

风浪大起来，下雨了，叶德全连忙去抢两份情报，揣进怀里。蔡广得气呼呼站起来说："风太大，我去把二帆落下来。小蜜蜂，渣子，你俩去舱里躲雨，把狗日的也带去，别让他伤口烂掉，再害人。"蔡广得朝桅杆奔去。岳小白跟了上去。

叶德全苦恼极了，坐在舱里，手中没有章法地摆弄着两份情报，不知该拿它们怎么办。杨桃和丁荷坐在一旁，默默地看叶德全。叶德全火了："你们也跟着起哄？起得了吗？我一个当组长的，由得你们这么嚣张？我问问你们，你们的战斗任务完成得怎么样？我就不相信，你们就一点问题也没有！"

风雨交加，蔡广得和岳小白水淋淋地在船上奔波。蔡广得用力拴紧绳子，向船舱里看了一眼。岳小白糊涂，问："你们刚才在说什么？老鳗鱼怎么了？"蔡广得抹一把脸上的雨水，没回答，将舵交给岳小白。

蔡广得气愤地钻进船舱，黑着脸说："大伙都把命泼出来了，谁都是死里逃生，你还要怀疑谁？"叶德全不说话。蔡广得火了，一把将叶德全揪起来往船舱外拖。叶德全哎哟一声抱住腿。蔡广得气愤地把叶德全拖出船舱，将叶德全拖到船舷边，要把他往海里扔。叶德全死死抱着船帮。岳小白大惊，冲过去拦住蔡广得。蔡广得："我他妈把这个祸害丢下海喂鱼！"岳小白钳住蔡广得，阻止他把叶德全丢下海。扭打中，3个人都碰疼了伤口。蔡广得气愤地将叶德全丢在甲板上，捂着伤处扭头走开。叶德全痛苦地抱着伤腿，看一眼走向桅杆去扯篷绳的蔡广得。蔡广得："渣子，二帆升起来，别他妈没死在日本人炮弹下，让人害死在海上！"丁荷奔向蔡广得，两人协作将帆篷升了起来。杨桃没忍住，走过去推开岳小白，把叶德全架起来，往舱那边走。

丁荷在甲板上守舵，其他人回到舱内，全都湿漉漉的。蔡广得躺在舱口，心灰意冷地张嘴接天上的雨水。杨桃："你们打仗这么勇敢，谁都争先恐后，不贪生怕死，不就是没记下鬼子的火炮阵地吗，你们就自己干上了，算什么男人？"

岳小白："没记下鬼子的火炮阵地，就没法确定鬼子的火力部署，也没法判断我们手上的两份情报哪份是真的，哪份是假的，等于是白打了。"

杨桃："就算这样，你们分析了，我们的任务和盟军登陆有关，盟军和鬼子都盯着大亚湾，鬼子在大亚湾布置了火炮阵地，而且不止一处，这个情报是真的吧？根据地不知道这件事吧？盟军需要这个重要情报吧？那叫白打吗？"岳小白和叶德全交换了一下目光。

叶德全："从打那一下的反应看，鬼子的火力配备非常猛烈，海岸工事完全是按照防御大规模登陆作战体系设计的，至少可以判断，鬼子在大亚湾一带布置了兵力。"

岳小白："不是兵力，而是重兵。如果你有印象，向我们还击的重炮群至少有4处，而且，两处在纵深地带。"

叶德全："我当兵这么多年，头一回见识了什么叫重炮群，说实话，当时腿都软了。"

岳小白："可有一件事情我不明白，两份情报上都没有标注这一带有要塞重炮群。而我打出去的第一发就是要塞重炮，我们挨的炮弹全部是要塞重炮，照说，两份情报不可能都遗漏掉，这不正常。我不敢肯定，这是不是'薄荷叶'疏忽了。"

叶德全："就是说，我们还是不能确定手中的情报？"

岳小白："事情到了这一步，我们能做的都做了，不能做的也做了，只有一个办法，把两份情报都托人带回总部，总部比我们能耐大，让总部去判断。"蔡广得不耐烦听下去，起身上了甲板。杨桃回头看了蔡广得一眼。

蔡广得顶着风雨，把丁荷替下来。丁荷："哥？"蔡广得："闭嘴，别说话！"蔡广得把丁荷拉进怀里，拉开衣襟替他遮着风雨。暴风骤雨中，槽仔船升起满帆，风将篷帆鼓满，船冲破巨浪向前驶去。

雨过天晴，5个人坐着一辆马车，马车行驶在惠宝公路上。蔡广得脸绷着坐在辕架上驾马。丁荷坐在他身边，不断看他的脸色。杨桃照顾岳小白，关心他的脑袋和脸上的伤。叶德全腿裹着毛毯被冷落在一旁，叶德全一脸尴尬。马车颠簸了一下，他哎哟叫了一声。杨桃放开岳小白，回身照顾叶德全。杨桃查看了一下叶德全的伤口，说："伤口有点肿，得快点找个大夫看看。"杨桃把叶德全的腿抱在怀里。叶德全心不落忍，想把腿拿开。杨桃不让。叶德全一时说不出话，尴尬一会儿，找话说："我知道你们都烦我，可我心里不踏实。"杨桃："不是说了，托人把情报送回罗浮山吗？"

叶德全："我在想，情报到手了，内鬼却没有现身，他还要等什么？他为什么不阻止我们？是不是，我们拿到的情报，两份都是假的？"杨桃愣一下，回头看岳小白。

岳小白："我也觉得不正常，就算假的那份情报没标注要塞重炮群，'薄荷叶'的那份总该标注吧，怎么两份情报都没标注？"

一辆日军的运兵车从对面开来。众人去摸武器。蔡广得把手枪掖在屁股下，说："躺着别动！"岳小白、叶德全保持着原来的姿势，枪藏在身下。日军运兵车近了，减速，车上的日军都朝马车看。蔡广得："别绷着，继续聊。"众人不知道聊什么，一时无语。日军运兵车慢了，像是要停下，车上的日军盯着马车。马车碾上一块石头，车身一跳。叶德全哎哟一声。杨桃向蔡广得喊："你就不能看着点，瞧把他颠的，干点活就这么亏你呀，吃饭没见你省一口。"日军运兵车提速过去了，撇下一缕扬尘。众人松了一口气。蔡广得扭头瞪杨桃，埋怨她吼了自己，杨桃："不是你让聊的吗？我怎么知道聊什么？"众人相视一眼，突然哈哈大笑。

马车停在一栋客家围屋外。驾马在一旁悠闲地吃草。村子里一片祥和景象。屋内，一名乡间郎中在为叶德全收拾伤口，涂上刀枪药膏。堂屋里。岳小白站在门口监视着远处的乡间路。杨桃为他送来一个木瓜。

蔡广得在屋里和一位老者说话。他就像到了自己家一样熟络，蹲在条凳上大口啃木瓜。老者："前天三支队的人来过我们杨梅村，带了一个剧团，叫拖拉机，演了两场大戏。有一个节目叫什么，《大独裁者撕他妈》，那个演撕他妈的演员像个疯子，在台上又打滚又蹦高，可气人了。"蔡广得："大爷，不是撕他妈，是希特勒。"老者："一样，都是撕他妈。我说同志，你不用在门口盯着，过来坐会儿吧，我们杨梅村是堡垒村，鬼子还在30里外就会有人给你送信。"

岳小白若有所思，感慨地说："国民政府要都这样，日本人得把四万万人杀光才能征服中国。"

郎中扶着叶德全从睡房里出来。郎中："这位同志是皮肉伤，没有大碍，过几天伤口收住就好了。"蔡广得起身把郎中拉到一旁说："大夫，拜托问问，你能解蛊毒吗？"郎中："你中蛊毒了？"蔡广得："嗯。"郎中："这就麻烦了。蛊毒不是病，可比病厉害，岭北的巫师才能解。鬼子下的手？鬼子也太狠了。"

蔡广得忙掩饰，让郎中给竹叶青看看。说，他的伤比前一个厉害，脑仁全散了，你给他好好看看。叶德全听见了郎中的话，故作没听见，和老者说话。老者："我外甥说了，你的伤不重，跟三支队那几个留下的同志一样。养着吧，养养又能打鬼子了。"蔡广得一听连忙过来问："大爷，三支队有人留在村里？"老者："和你们一样，也是5个，住在村长家。"

村长陪着，在院子里把五位三支队的人介绍给蔡广得、岳小白和杨桃。蔡广得："反战同盟？"金至明："对，我叫金至明，朝鲜人民独立同盟华南支部的；他叫小野近，他叫春上早树，日本人民反战同盟华南支部的；他俩叫林怡君和陈冠非，台湾人民解放同盟的。我们都是东纵的战俘，解放盟员。请问你们是？"

蔡广得："哦，我们是从深圳墟来的，宝安抗日救亡自卫队的。"金至明："你们找我们有事？"蔡广得："没什么，就是听说，杨梅村里有我们的同志，过来看看。"

小野近用日语说了一大通。杨桃："他说，我们从深圳墟来，应该知道有一支日本人的主力部队在那里，他被俘之前刚刚从北方调来，这支部队很神秘，连番号都没有。"小野近又说了一通。杨桃："他说，他给三支队说过这个情况，可干部让他先学习，没理他。"

3个人回到老者家，把事情告诉了叶德全。岳小白："小野近提到的那支鬼子部队很奇怪，主力部队，没有番号，通联都困难，怎么作战？除非这支部队有特殊目的。"

蔡广得："我们拿到的两份情报都没有提供这个信息，照说，'薄荷叶'在敌人内部，这么重要的情报他应该知道，他为什么没有提供？这里面一定有原因。"

杨桃："情报怎么办，要不要托反战同盟军的同志送回总部？"

叶德全："送肯定要送，可你们说的这几个反战同盟的同志，他们到底还在学习期，觉悟没那么高，连三支队的领导都没理他们，说明他们不牢靠，情报不能交给他们带走。"

蔡广得："我只提醒你，你没执行解散小组的命令，人在外面，上面拿不住你，你可以胡来。这就算了，拿两份核实不了的情报回去哄上面，你这是在找死。说吧，送还是不送？"

叶德全："我琢磨琢磨。"蔡广得："别琢磨了，琢磨也没用。我就烦你这样的，明明没招吧，还公鸡学母鸡，硬拿鸡屎充鸡蛋。你要真想送，我让英军服务团赖斯上校，前线办事处祁德尊主任替你跑一趟。"叶德全："你认识他俩？"蔡广得："三年前，他俩从战俘营里逃出来的时候，我参加了营救行动，英国佬该我一份情，可以让英国服务团前线办事处替咱们把这事办了。"叶德全："是个主意。套车，回惠阳。"蔡广得："人家不在惠阳，去深圳墟了。我让水花子去打听的。"

大嫂端着一大箩热气腾腾的煮番薯出来了。蔡广得伸手抓番薯。叶德全打开他的手，让他去把马喂了，换渣子进来吃。

第十一章
情报失准　杨桃被劫

一辆老式货车停在深圳墟北门街口。那里已经停了好几辆日军军车。

岳小白将叶德全和杨桃从货车车厢接下，再接下丁荷的包袱。蔡广得钻出驾驶室，和司机热情告别。蔡广得发现一些脚夫正往军车上搬运东西，一名中国通译陪着一名胖胖的日军军官在验收货物。蔡广得蹭过去，留意车上装的东西，是一些盐包和火柴。

天色还早，街上没有太多行人，只有一些挑水、送菜、刷马桶的人。五个人走在大街上，蔡广得在前，岳小白在后，故意把步子压慢。杨桃挡着，叶德全胳膊肘儿搭在丁荷肩上走，一步一步，有些吃亏。他们沿途经过了警察队和税警队。警察和税警都刚起来，准备出操。

杨桃突然看见，黄叔领着两个家人，在老商号"东生源"布料店门前和人说话。杨桃赶紧转过脸，岳小白发现了。

鸭仔街上一家两层木质结构的客店，楼下吃饭，楼上住宿。丁荷抱着个大包袱进门，顺手从柜台上拿了一个馒头啃着上楼。

客房内，杨桃给叶德全换药。岳小白在一旁用力张嘴吐舌头，想让自己的听力恢复。蔡广得说，要去打听祁德尊的下落。岳小白要陪他去，蔡广得："我们东江纵队的事，你就别插手了。"

岳小白："我们现在是一个小组，木棉花。"蔡广得："一个小组也得分主次，木棉花也有先开后开的，别以为你玩了几门大炮，落下满脸伤疤，就是开得最灿烂的那朵。在枝头招摇的事，轮不上你。"

岳小白气结，杨桃不言，操起茶壶续水，茶壶嘴直接对着蔡广得的手，烫得蔡广得哎哟一声跳起来。蔡广得埋怨，杨桃："谁让你张牙舞爪地招摇了。"

叶德全："别闹了，说正事。情报暂时不能送。"蔡广得："为什么？"叶德全："我先申明，不是怀疑大伙，但你们想，如果我们手头这两份情报是真的，内鬼为什么不跳出来阻止我们，他还在等什么？"

岳小白："他说得对。'紫苏'的情况我们不知道，又不能向组织核实，那两个情报员怎么找到我们的，怎么会前后脚冒出来，也太巧了吧？内鬼现在不现身，至少说明两份情报都有漏洞，得再核实一下。"

叶德全："我们会把情报交出去，但必须是真实情报。现在我们4个人在这儿，我可以明确告诉你们，内鬼必须站出来……"

蔡广得："别光说我们，还有你。"叶德全："对，还有我。内鬼不现身，说明这两份情报是假的，我们没有拿到真实的情报，他还在等待我们找到。"

岳小白："老鳗鱼是在逼内鬼站出来，让内鬼帮助我们做出判断。我支持老鳗鱼。"蔡广得讽刺："看出来了，不是国共统一战线，是国共长官统一战线。"

叶德全："不说废话，就说同意不同意。"

众人附和。叶德全激动不已，挨个与大伙握手，握到杨桃不握了，手害怕地缩回来。杨桃手里握着滚烫的茶壶。

丁荷抱着大包袱进来说，衣裳买来了。蔡广得过来打开包袱翻腾着，见多半是女人的漂亮衣裳，问："怎么都是女人衣裳？"丁荷："我给我姐买的，我愿意。"杨桃过来推开蔡广得，把她的衣裳挑走了。丁荷挑出一套衣裳给叶德全拿去。岳小白过来扒开蔡广得，从包袱里挑出一套马褂子，夸奖："这件适合我。渣子挺能干，能办事。"满意地拿走了。包袱里只剩下一套扛活人穿的粗布衣裳。蔡广得拎起衣裳来看看，再回头看丁荷。丁荷笑嘻嘻地说："我也想给你买好衣裳了，可你没竹叶青白，穿上怪怪的，让人说是偷来的。"蔡广得："我就配穿这个？"丁荷："不是买的。我趁成衣店老板没注意，顺手塞进包袱里的。"蔡广得："我打你个吃里扒外的东西……"去撵丁荷，先撞上岳小白，再被杨桃挡住。杨桃："别欺负他！"蔡广得："这孩子就不该带出来，带出来丢了。"

杨桃过去，让岳小白把衣裳脱了。岳小白："我一会儿再换。"杨桃："谁管你换衣裳，让我看看你胳膊上的伤收口了没。"岳小白回头看蔡广得和叶德全。蔡广得笑嘻嘻地说："是我我就脱。"杨桃看看这个再看看那个，突然醒悟过来，扑过去打蔡广得。

浅丘经道走出指挥部。朴渚芳领着黄叔站在院子里。朴渚芳："杨先生让黄先生为教授准备了一套宅子，说什么也要请教授搬过去住。"黄叔："大先生吩咐，照顾好阁下在深圳墟的起居，大先生叮嘱了，一定要让您满意，怪我怠慢了。"朴渚芳："房子黄先生已经派人收拾过了，我去看了一下，是按教授的习惯布置的。"黄叔："请浅丘先生移步视察一下，看看还有什么地方不满意，我让人立刻收拾。"

浅丘经道："替我谢谢大先生。大先生什么时候回深圳墟？"黄叔："这个，我就不太清楚了。"浅丘经道："我和他约过，两天后在深圳墟会面，今天已经是第五天了，他不能老躲着我吧？"

黄叔虚与委蛇，说大先生一直很忙，会转达浅丘先生的意思。浅丘经道："告诉大先生，我能等，葡萄牙银行替德国人办的那笔转移款不能等，田中总督那边怕也不好说话。我再给他一天时间，让他掂量着办吧。"说罢扭头回指挥部。黄叔："我立刻转告大先生。您看这房子……"浅丘经道站住，回头问："你刚才说，是套老房子？"黄叔："嘉庆年间造的宅子，大先生祖上传下的，干净凉爽。"

浅丘经道吩咐朴渚芳："盛情难却，收下吧，第3联队不是缺个安顿慰安所的地方吗，就让他们安排在那儿吧。"朴渚芳："是。"黄叔浮现出一脸尴尬："这个……"浅丘经道理都没理黄叔，对朴渚芳说："换身衣裳，我们上街走走。"进了指挥部。

丁荷在客店外望风。鸭仔街不是主街，和东门其他街道比起来相对不那么热闹，但仍有不少店铺，丁荷有的是稀奇看。

4个人已经换好了衣裳，继续商量。谁说话岳小白都要扯着耳朵，尽量离人的嘴近。杨桃借这个机会替每个人往脸上抹药膏。叶德全："情报暂时不能送。英军服务团那儿还得联系，情报一旦核实，就立刻送走。"

杨桃给其他人抹完药膏，再给蔡广得抹。蔡广得坐不住，东坐一下西挪一下，杨桃跟着他屁股后面转，终于捉住他。叶德全："我这种情况，一两天没法外出，竹叶青脑子没恢复，耳朵又坏了，行动不方便，脸上还带着彩，也容易暴露。"

蔡广得："没用的你还说。这事交给我。"叶德全："你不能去，你在港九大队的时候，深圳墟一带常来常往，干了多少让鬼子咬牙切齿的事，你自己知道，你这张脸，城门认不出来，鬼子都能认出来，你不能露面。"

蔡广得："这事没那么麻烦，让渣子跑一趟，他办事机灵，他能办。"叶德全：谁也不能单独行动，还需要一个人。小蜜蜂，你和渣子一块去。"

杨桃表示她不能去，说她家在深圳墟有不少产业，认识她的人比认识蔡广得的人还多，她去更危险。叶德全："你是杨子昆的女儿，利用你父亲的关系，更容易找到祁德尊。别忘了，你出来的目的就是为这个。"杨桃："我怕见到我父亲。"众人一愣，都明白了，屋里一时沉默。

岳小白："要不，我和你去吧，我牵着你的手，你不用害怕。"蔡广得："我们都去，竹叶青管你的手，我走前面，管你的道，看你阿爸能把你吃了不。"叶德全看蔡广得。蔡广得："我说都去，也包括你。我有办法让城门认不出我，你也别躺在家里装大爷，躺久了路都不会走，往后没人背你。"

4个人从客店里出来。丁荷从对面店铺里跳出来迎上去。杨桃换了漂亮的新衣裳，一身清爽；岳小白一身马褂，戴着太阳帽，俊逸洒脱；两人不用装，俨然一对恋人，只是杨桃忧心忡忡，人显得十分紧张。蔡广得搀扶着叶德全，他脸上用锅黑涂了，戴了顶破毡帽，一身扛活的衣裳，倒符合叶德全下人的装扮。丁荷机灵，跑到前面探路去了。杨桃和岳小白在中间，蔡广得架着叶德全在后面，5人离开客店。

西河街是老东门商墟的主要街道，街上店铺林立，商贾攒动。杨桃挽着岳小白的胳膊走在前面。岳小白："别紧张，放轻松点儿。"杨桃："我见到他怎么说？7岁以后我就没叫过他阿爸。"岳小白："那就叫，一天叫他100次，把7岁以后的事补回来，看他还能不认你。"杨桃："他会生我的气。我是为了气他才跑到罗浮山去的，他真的气坏了。"岳小白："你觉得，我俩这样，他会把我当成他的女婿吗？"

杨桃狠狠跺下一脚，说："我警告你，别以为我照顾你，你就动坏心思。"岳小白："就是说，你不是真对我好，还拿我当保镖？"杨桃下意识地回头看了后面的蔡广得一眼，说："对，别的事，想你都别想，你要敢占我便宜，下次这一脚就换成你的脸。"岳小白也看后面的蔡广得，说："明白了。我傻呀，早该看出来了。往身边贴的，全靠不住，在意什么，就躲着什么。"杨桃："收住啊，别惹我生气。"

蔡广得基本上是把叶德全拖着往前走。叶德全："你能不能慢点，我伤口疼得受不了。"蔡广得："改你架我行不行？就穿一个窟窿，掉一块肉，一个革命者有这么娇气？"叶德全无可奈何，只能忍着疼往前一瘸一拐走。

新市场是深圳墟的中心，这里人更多。浅丘经道和朴渚芳沿着街道走来。浅丘经道换了一身绅士汉装，朴渚芳着一身旗袍，两人闲散地看着街景走来。身后不远，春山二路领着几名便装侍卫警觉地注意着四周。朴渚芳："我已经和驻广州21军安藤将军联系了，安藤将军会安排人回日本，把夫人尽快接来广州。"浅丘经道："嗯。家乡风景优美，气候宜人，可我和你师母只有平山一个孩子，平山殉国，你师母受打击太大，把她一个人留在对马岛，我不放心啊。"朴渚芳："我听小林君说，您和夫人相敬如宾，真是让人羡慕。"浅丘经道："说来你不信，我家族和她的家族，幕府时代就往来，说起来，也快有1000年了。"

"木棉花"小组的人分成3组从对面过来。丁荷只注意穿军装的日伪军，没有留意着便衣的浅丘经道，一眨眼蹿过去了。

岳小白无意间看见迎面走来的朴渚芳。他感到眼熟，愣一下，盯住朴渚芳。

岳小白回忆起，上司给过他一张照片，上面是一个身着国军军装年轻英俊的男人，酷似男版朴渚芳。上司交代，他叫金永洲，是朝鲜青年光复军骨干，韩国国父金九手下的红人，大韩民国临时政府迁到重庆后，金九主席把他推荐给委员长，委员长非常器重他，让戴局长把他安排在军统二处。两年前，金永洲突然失踪了，带走了一批重要情报，戴笠非常恼火。给岳小白的任务是找到金永洲，把他偷走的那批情报带回来，如果他反抗，就杀掉他，但不许让韩国临时政府的人知道。

岳小白沉思间，与浅丘经道和朴渚芳擦肩而过。浅丘经道和朴渚芳边走边说话，没有注意。浅丘经道："永文十一年，还有弘安四年，忽必烈大军两次入侵日本，都是从对马岛打过来的，你们高丽的军队也参加了……"

岳小白回头盯着朴渚芳看。杨桃发现岳小白盯着一个女人看，问，看什么？岳小白："那个女人眼熟。"杨桃："你的相好？你有多少相好？"岳小白："不知道。我从不记住她们。"

朴渚芳下意识回头，目光与岳小白对上。浅丘经道觉察，停下谈话，顺着朴渚芳的目光回头。岳小白快速转过身去，说："快走。"

浅丘经道："怎么？"朴渚芳："没什么。"浅丘经道停下。远处的便衣发现浅丘经道站住，迅速过来。朴渚芳："走吧。"浅丘经道："等等。"

走在后面的蔡广得发觉有人注意到杨桃和岳小白，架着叶德全赶紧两步，故意撞上浅丘经道。蔡广得低头鞠躬，道不是。浅丘经道不以为意。蔡广得点着头架着叶德全过去了。浅丘经道目送蔡广得和叶德全一瘸一拐走远，脸上充满疑惑。

便衣侍卫抢过来。浅丘经道："那两个人，我好像见过。"春山二路："去，把他们抓回来。"便衣掏出枪准备追上去。朴渚芳："不用了。教授，您太敏感，公开场合，您应该显示大东亚共荣圈的风度。"浅丘经道想想，示意春山二路没事，和朴渚芳继续往前走。春山二路回头看。人群中已经见不到蔡广得和叶德全了。

岳小白拉着杨桃快走，不断回头看。杨桃："干吗呀，你跑这么快。"岳小白看身后没有人跟上来，停下说："我问你，刚才我们看到的那两个人，你认识他们吗？"杨桃："哪两个？"岳小白："就是我说眼熟的那个女人。我要找的不是女人，是男的，可他俩长得太像了。"杨桃："我不认识她。看她那身打扮，应该是大户人家的，深圳墟的大户人家小姐我都认识，她肯定不是本地人。"岳小白："你确定？"杨桃："你干吗呀这是，到底你要找谁？"岳小白："算了，不说这事。我们去哪儿？"杨桃："你还记得这事呀。"

蔡广得把叶德全带进一条小巷子躲起来，探头探脑朝大街上看。叶德全埋怨蔡广得："你没事往人家身上撞什么？"蔡广得："那老家伙和他太太注意到小蜜蜂和竹叶青了。"叶德全："你什么眼神儿，那是老爷和小姐。"蔡广得："他告诉你了？你看哪个做老爷的没两个年轻太太？"

叶德全不想扯闲篇，问："他俩去哪儿了？"蔡广得说："不管他们，我们自己行动。小蜜蜂不敢见她阿爸，让她打听祁德尊的消息根本没用，人还得我去找，我要不拉上你，你又说我单独行动。"叶德全："我说你怎么怂恿我出来。那，咱们去哪儿找祁德尊？"蔡广得："你别老拿个组长当县太爷好不好？跟我出来就听我的，瘸着腿，你干不了正经事，你就负责监视我，我要热了，你替我抱着衣裳。"叶德全苦笑，只能跟着蔡广得一瘸一拐地走。

杨桃和岳小白沿着一条小巷走进富人居住区一带。杨桃突然站下，有些犹豫说："他要躲我怎么办？要是发生意外怎么办？"岳小白："他凭什么躲你？有爹怕女儿的？女儿见爹，能发生什么意外？小蜜蜂，这可不像你，你可是敢作敢为的人。"

丁荷不知打哪儿钻出来，说："我溜进去看过。院子里没有长得像老爷的人。"杨桃扭头就走。岳小白上去一把抓住，说："哎，去哪儿？"杨桃："没听渣子说，没有长得像老爷的人，我阿爸不在。"岳小白："不在院子里，说不定在床上呢，你爸爸抽鸦片吗？"杨桃瞪岳小白。岳小白连忙往一边躲，去说丁荷："没看见这个老爷，去看看那两个老爷，一眨眼人就跟丢了，也不知道去哪儿清闲去了。"

蔡广得满头大汗推着一辆小车，小车上坐着叶德全。叶德全一脸怀疑，问："你怎么知道祁德尊在流芳村？"蔡广得："鱼群里找一条鱼，难；鱼群里找一只乌龟，容易。深圳墟上全是日本人，老祁是英国同志，不会待在大街上看风景，让日本人抓，一定藏在附近村子里。所以，找鱼你去河汊子里，找乌龟你去塘子里。"叶德全："谁是乌龟？"蔡广得："祁德尊啊，刚才说了，英国同志，黄毛绿眼，不是乌龟是什么？"

叶德全猜疑，祁德尊要不在村子里怎么办？蔡广得烦了，说推着你都已经累死了，你还叨叨叨，我不更累？叶德全说那你也不能想干什么就干什么。你那个脑子本来就不好使，要不是竹叶青脑子出了问题，我们五个人，论聪明叫到第五个才能轮上你，论笨，头一个你就跑不掉。蔡广得气得一丢车把，小车翻倒在村道上。叶德全猝不及防，翻进路边的稻田里，啃了一嘴泥。

蔡广得："你大爷似的坐在车上，我推你，你不说给我扇扇凉，泄气的话比路上的牛粪还多。不爱去你爬着回去，我自己去。"叶德全狼狈不堪地从稻田里爬出来，说不出话，甩着身上的泥水，恼火地看蔡广得。蔡广得心一软，说："你也不想想，祁德尊为什么来深圳墟？他来这儿，肯定和英国战俘有关。港九大队把英国人从战俘营偷出来，送出荃湾，再送过元朗，到深圳墟交给他，港九大队那几个联络点我都知道，我说能找到他是有把握的。"

叶德全面子下不来，板着脸说："行，照你说的，我爬回去，你找黄毛绿眼乌龟去。"蔡广得："真让我单独行动？"叶德全："不单独行动怎么办？我得回去做解药。你看你把我摔的，脑子全摔坏了，药方我忘了，也不知道有砒霜没有，砒霜是二钱还是半斤，我做好了你吃着试试，不行我再加半斤。"蔡广得："别别别，别生气，你这就是报复了。"叶德全："你说报复就报复。"蔡广得觍着脸哄叶德全："我说，还真不是故意摔你，港九大队的人全认识我，上面让我们散，我们没散，指不定上面正拿我们，我去了，还不让他们当场给摁在地上捆起来？地方我找到，人你进去见，不用我教，你撒起谎来一套套的，祁德尊就让你给哄出来了。我脑瓜不灵，就这么点计谋。"

蔡广得赔着笑脸殷勤地将叶德全扶起来，替他抹身上的稀泥。哄着骗着把叶德全架上小车，歪歪扭扭地推走了。

杨桃焦急地等在大街的巷子口边。不时有人路过，她低下头，脸冲墙，以免被熟人认出。丁荷在一旁陪着杨桃，闲不住，用弹弓打墙上的琉璃瓦。杨桃等得不耐烦，问丁荷："从哪儿弄来的？"丁荷："我要说偷的，你会不会不喜欢我？"杨桃："会。"丁荷："那你只能喜欢我。是菜花头给我做的。"

杨桃焦急地朝大门看。杨桃不知岳小白这么长时间，怎么还不出来。她决定去看看。

杨桃和丁荷沿着房顶的女儿墙慢慢爬来。杨桃看下面的院子，太高，眼晕。两人来到高高的防火墙后面，攀着防火墙向下面的院子里看。杨府的院子庭木扶疏，十分阔绰。岳小白跷着二郎腿，坐在院子里清闲地喝着茶，和年轻的女佣阿花谈得正浓。

杨桃生气，哼了一声，说："我说怎么这么久，在这儿闲聊呢。"丁荷仰脸看杨桃，问："姐，他和姑娘拉近乎，你不会生气吧？"杨桃：

"我干吗要生气？"丁荷："你喜欢他。"杨桃："得了吧，我也喜欢你，你和街上的小丫头拉近乎，我会生气？"丁荷："明白了。那你是不是讨厌菜花头？"杨桃："为什么这么说？"丁荷："你对我们所有人都好，就是对菜花头不好。"杨桃怔怔。

岳小白："阿花，问你件事。最近有没有大户人家的小姐到你们深圳墟来，住在这儿，太太也行，对了，和她一起的，还有个瘦瘦的半拉老头。"阿花："这个我可说不好，不过，你问的，镇上没有这样的人，日本人里倒是有。前几天来了一支日本人的部队，可厉害了，东门一带都给封了，里面有一个女军官，老是来找黄叔，还有一个大官，瘦瘦的，半拉老头，也来过一次，黄叔怕他们怕极了，听说老爷也怕他们。"岳小白："那个女军官，双眼皮，人很漂亮，高高的个儿？"阿花："对。"岳小白："她叫什么名字？"阿花："叫中尉。"岳小白想了想，起身就走。阿花："先生这就走？先生再坐一会儿，我去给你拿杨桃，我家自己树上长的，可甜了。"岳小白本来已经起身了，一听立刻坐下，说："杨桃啊？杨桃我爱吃，我就喜欢杨桃，可爱吃了。那我再坐一会儿。"阿花乐颠颠地回屋去拿水果。岳小白自在地跷着二郎腿坐在那儿等。

杨桃气坏了，想揭瓦没揭下来，扭头冲丁荷下令："你的弹弓不是摆样子的吧，给我打他。他敢吃我，非给他点儿教训，看他敢不敢吃。"丁荷拉弓，瞄准，射击。院子里，岳小白中弹，哎哟一声摔了个跟头，人从凳子上摔下来。从屋里出来的阿花吓得摔了果盘。杨桃乐得开心地大笑，不小心脚下一滑，扬手滑下防火墙。丁荷眼疾手快，一把拽住杨桃。杨桃半悬在空中。

丁荷在人群中穿梭，不断地回头看。杨桃气呼呼走在前面。岳小白做了错事似的讨好杨桃，杨桃不理他。岳小白一眼看见大街边上宪兵队的大门，眼睛一亮，一转身进了宪兵队。杨桃走出一段，发现岳小白失踪了，连忙叫住丁荷回头找。岳小白被两名日军宪兵粗鲁地推出宪兵队。岳小白："我就是来打听个熟人，我在日本做买卖时认识的，他叫金永洲。"宪兵："滚开，再乱闯毙了你。"杨桃和丁荷吓坏了，上去把岳小白拉着就走，很快钻进人群。

蔡广得和叶德全回到客房。叶德全气呼呼换下泥水弄脏的衣裳，说：

"你这主意就两个字，害人。"蔡广得："害什么人？车是我推去推回的，没让你走一步路，你还要怎么样？"叶德全："推去推回你当舒服怎么的，那叫颠猪，人没找到，差点让人给抓住审出来。"蔡广得："不是没被抓住，一对去一双回来了吗？行了，我知道你心里窝着火，光领导我一个嫌不够，得多几个。衣裳换好，你整治他们去。"

正说着，门外有动静，蔡广得闪身门后，拔出家伙。外面传来暗号，是岳小白和杨桃回来了。蔡广得发现杨桃拉着脸，问："怎么啦？"杨桃："他卑鄙无耻。"蔡广得："他干什么了卑鄙事，还加无耻？"杨桃："你问他。"叶德全和蔡广得盯着岳小白看，一副同仇敌忾的样子。岳小白满不在乎，提壶倒水，咕咚咕咚地喝。蔡广得盯着岳小白问："说吧，怎么回事？"岳小白看看叶德全，再看看蔡广得，说："她家宅子多，去了几处地方，人没找着，我就去找了阿花，想从阿花嘴里套出情况，杨子昆不在深圳墟。情况就是这样。"

叶德全："谁是阿花？"岳小白："她家的佣人。"蔡广得："你连佣人都下手？你荤的素的都往嘴里捞？"岳小白："我都说了，我是套情况，没对谁下手。"叶德全："没下手就好，下手就不行。在共产党的行动小组里，你得按共产党的纪律办。"

蔡广得："下面他会向你宣布三大纪律八项注意。程序上都这样。"叶德全："第一，行动听指挥，第二，不拿工人农民一点东西，第三，筹款归公。"岳小白："我一口杨桃没吃，和我挨不上。"叶德全："那是三大纪律，后面还有六项注意呢？部队离开上门板、捆铺草，说话和气，买卖公平，不打人骂人，不调戏妇女，不虐待战俘。"岳小白："挺好的。我做不到，做到我就是圣人了。"

杨桃："你们是不是打算就这么吵下去？要吵，我回房间睡觉去了。"蔡广得："我们这不是为你伸冤吗？"杨桃："没什么冤好伸。他和我家一个丫头聊上了，半天不出来，把我和渣子撂在那儿，我站在大街上，要让人认出来怎么办？我一生气，就说他卑鄙无耻。"岳小白："我找杨子昆不在，可他身边人在，卫兵、看门人、厨师、女佣、保姆，哪一个都是情报搜集的对象，不然怎么做情报？"

蔡广得和叶德全这才弄清杨桃也是大小姐脾气，事情过了。蔡广得发窘地走开。岳小白："怎么，不审了？不审我这儿接着投诉。"蔡广得回头看岳小白。岳小白："出门看你兄弟去，问问他，干吗用弹弓打我。"蔡广得一听乐了："渣子用上了？哎，给我说说，打上了没？准头怎么样？"

杨桃说，3个人走得好好的，一个没看见，人就钻进宪兵队去了。他打你活该！岳小白欲发作，被叶德全抱住，他拉动了伤口，疼得嘶嘶的，就那样也没放开岳小白。

入夜，浅丘经道一个人闭着眼睛静思。朴渚芳和小林正雄进来。小林正雄："东纵回到罗浮山后，没有任何反应。"

浅丘经道沉思了一下，对朴渚芳说："中尉，记得上午我们在新市场见到的那两个人吗？我的感觉告诉我，就在不久前，我在哪里见过他俩，可我怎么也回忆不出，我究竟在哪里见过他们。"朴渚芳："教授需要我帮忙回忆？"浅丘经道："那倒不必，不会是重要的人。你说得对，我是太敏感了。不说这个了，大鹏湾火炮阵地的袭击者找到了吗？"

小林正雄："还没有。"浅丘经道："抓紧找。"

丁荷在外面放哨，其他人审完了岳小白，松开了他。叶德全："以后这种事不许单独行动，就算找熟人，也得和同行的人商量过再找。明天继续找杨子昆。"杨桃："我家能找的地方都去过了，他不在深圳墟。"叶德全："再找。"杨桃："再找他也不在。"

叶德全："今天我和菜花头去流芳村，差点被惠宝支队的人抓住，组织的边我们不能沾，只有你爹这条线了，要没有他的帮助，联系不上祁德尊，任务就只能到这儿，前面的都白干了。"杨桃："去也行，我不要竹叶青跟着我，我和渣子去。"叶德全："镇上那么多鬼子伪军，渣子保护不了你。"蔡广得："你就直说，这儿就剩我能干这活。费那个劲。"杨桃："菜花头去也行，但有一个条件，他得听我的。"叶德全："他给你做仆人，行了吧？"蔡广得："哎，我推你去推你回来，推出报应了？"叶德全："车不用你推，你给她打伞，别让她晒着，别让她出事，你的任务就算完成了。"众人散去，把蔡广得晒在那儿。

叶德全："竹叶青，你和渣子值头班哨，别让他一个人在外面待的时间长了。"

罗浮山，吴为、欧戴义焦急地等在美军联络组电台室外。三号匆匆赶来。三号："我们正在研讨对敌展开夏季攻势的准备情况。盟军总部回电了？"吴为："正在接收电报。"

C. 罗从电台室出来，一脸兴奋地说："总部回电了！"三号急切地一把从C. 罗手中抢过电报纸，看了下，递给吴为说："我这几个英文困难，小吴你来。"吴为接过电报纸念："你们关于大亚湾敌军海防工事的报告很优秀，总部向你们致以祝贺！"众人兴奋。C. 罗："事情总算有了突破！"吴为继续念电报："因为缺乏情报员之关系，我们不能把失踪的129师团和你们报告中敌军的海防工事联系起来，因为大亚湾工事是你们的发现，我们没有其他的来源调查这件事情，希望你们仍然能够成为我们情报的最好来源。"C. 罗："总部的意思，需要进一步确定情报，找到23军129师团的下落，以便和大亚湾工作的情报加以互证。"

三号："甘兹上尉他们现在到了哪儿？"吴为："已经进入三支队的防区了，明天就能返回纵队指挥部。大鹏中队的核实情报今天也会传回来。"C. 罗："甘兹上尉这次立了大功，要像迎接真正的勇士一样，迎接他们。"三号："周干事，布置下去，让群工部组织队伍，到回龙寺迎接'凉帽'小组，给他们披红戴花！"周干事应命去布置。

杨桃收拾打扮好。她的穿着很漂亮，发式焕然一新。门敲响，杨桃去开门。门口懒洋洋靠着蔡广得，粗布衣，破毡帽，为防人认出，脸上涂了些脏乱的锅灰，样子十分滑稽。杨桃扑哧一声乐了，说："你还真像我家干粗活的。"蔡广得："别臭美了，我是替人民干粗活，你家官僚资产阶级，想也别想。走吧。"

天蒙蒙亮，街上的店铺还没卸门，偶尔有起早送水送菜的挑担人走过，极少路人。

杨桃和蔡广得沿街走来。杨桃发现蔡广得袖着手掉得老远，磨磨蹭蹭跟在后面，说："你不能走近点儿，离那么远干吗？"蔡广得："小姐和佣人近了不合适。"杨桃："现在没人，要我牵着你走？"蔡广得："不敢，我怕我离你太近，近成芝麻糖，竹叶青会吃了我。"

杨桃愣了一下明白过来，笑，哎哟一声崴了脚。杨桃："我脚崴了，快扶着我。"蔡广得连忙赶上几步，搀扶住杨桃。杨桃："这还像个当仆人的。"蔡广得："小姐抬举。"杨桃："我就喜欢你这样板着脸贫嘴，笨笨的样子。"蔡广得："就到这儿，可不能再夸了，免得一会儿我反应不过来，你也反应不过来，该竹叶青吃我俩了。"杨桃乐："你们这些人哪，脑子里就不能装点干净的东西？我和谁走近一点，就一定会是你们想的那种关系？难怪我让人说道了。"

蔡广得认真起来，说："是我不对，你已经说过了，其实你是太缺亲情，想找亲人。"杨桃："算你懂我。"

蔡广得和杨桃在一个肠粉摊上吃肠粉。杨桃把自己的一份分给蔡广得一大半。蔡广得："你干吗那么怕你阿爸？"杨桃："说了你也不懂。"蔡广得："别摆小姐架子，小姐有爹，下人也不是浪头拍打出来的。"杨桃打蔡广得一下。

蔡广得："说个经验吧。我阿爸死了，一辈子都见不着了，可我还得过，还得过得好好的，不过好，他白生我了。你学我，就当你从来没阿爸，自己过。"杨桃："我做不到。我爱他。"蔡广得差点让肠粉噎着，瞪大眼睛看杨桃。杨桃："别瞪那么大的眼睛，吓着我。我是说真的，要真没有他也好，我心里就踏实了，可他没死，还活着，你说，我这算什么？"蔡广得一本正经地看杨桃，说："你肯定不算我家的。看出来了，你是石头缝里蹦出来的。"杨桃抓住蔡广得的手往自己的胳膊上摁说："你掐一下，我像石头人吗？"蔡广得一脸陶醉："挺软和的，不像。别拿开，我再掐掐，仔细掐。"杨桃一巴掌打掉蔡广得的手说："还来劲儿了。我让你给我出主意，没让你掐我。"

杨桃向肠粉摊主付了钱，离开。

天开始亮起来，大街上人开始多了。杨桃："我是得罪了我阿爸逃出家的，他气坏了，我听说，他都气病了。他肯定很恨我，要是他不见我怎么办？"蔡广得："的确很严肃。那我真出主意了？"杨桃："嗯。"蔡广得："你走在路上，哎哟叫一声，说脚崴了，让他搀着你，他就忘了生气这档子事儿了。"杨桃瞪大眼睛问："你知道我刚才是装的？"蔡广得："别瞪那么大眼睛，吓着我。骗人的事我拿手，你这水平，说实话，太次。不过，我愿意让你骗。"杨桃："为什么？"蔡广得："你崴脚，不是真想崴，你是心里发虚，没有底，挺可怜的。我能搭一把就搭一把，别手都搭上来了，再给抽掉，那样不地道。"杨桃一时感动，呆呆地看他。

杨桃突然领悟："等等，你刚才说什么。你要我装崴脚，让我阿爸扶我，菜花头，你意思你就是我阿爸，你占我便宜，我饶不了你！"蔡广得拔腿就跑。杨桃追撵上去。

杨桃和蔡广得来到一处僻静的巷子里。杨桃："这是我家一处花园，和老东门隔着一条河，安静。我阿爸在深圳墟的时候爱来这儿散心，如果他回来了，一定会来这儿。"蔡广得："进去吧，看看他在不在。"杨桃："我俩一块进去。"蔡广得："怎么介绍？没成家，用上仆人了？还是直接说，我是你东纵的大兄弟？"杨桃："那，你别走开，不然我害怕。"蔡广得："放心，你阿爸要打你，你让他别急，我进去，让他先打我，打累了，他就没力气再打你了。"杨桃："这可是你说的。"蔡广得："我要说谎，在地上爬三圈。"

杨桃鼓足勇气上去推门。门从里面闩着。杨桃松了口气，掉头就走。蔡广得并未随了杨桃心思，找好地方，狸猫似的几下就顺着高墙翻上墙头，回头冲杨桃扮鬼脸。杨桃生气："又不是你阿爸，比我还急着见他。"蔡广得："那是，摊不上。"蔡广得跳进院子，开了门。

花园里奇珍异木，曲径通幽，一个人也没有。蔡广得东张西望，不断咂嘴，说："我觉得吧，你阿爸他也真敢富，都从哪儿贪这么多东西，是不是在政府当大官的，不给自己弄出这样的园子，官就算没当上？"杨桃："别碎嘴了，你先进去看看，里面有人没有。"蔡广得："怎么我去，不是说好了你去吗？"杨桃："你怎么这么傻，你先去看看，要是他脸色不好，我去了也没用，反而把事情闹僵了，不如换个时候再来。"蔡广得："要是他脸色不好，我能不能跟他要点钱？总不能白来一趟吧？我就说你在罗浮山给人家当童养媳妇儿，日子过不下去，派我来的。好歹把你卖两个钱，回去向老鳗鱼也好有个交待。"杨桃气得扬手作打状。蔡广得连忙躲掉，沿着小径去花园里面了。

蔡广得沿着小径走来。远远的，他看见凉亭里坐着一个人。蔡广得朝凉亭走去问："请问，是杨子昆杨先生吗？"凉亭中人没有搭理蔡广得，连头都没回。蔡广得走近，拍了拍那人的肩膀。那人没反应，动都不动。蔡广得觉得不对，紧张了，慢慢移动脚步，走到那人的面前。那是一个面容可怖的僵尸。蔡广得吓得刚想抽身走掉，头上挨了重重一击，顺着凉亭的柱子滑下去。

杨桃担心地等在那儿。她听见什么，回头看，惊骇地张大嘴。

罗浮山东纵指挥部驻地外荔枝林，三号代表东纵迎接刚返回的甘兹，C.罗、欧戴义作陪。

吴为："大鹏湾半岛中队派出了两名水性好的队员，潜水接近日军阵地观察，日本人正把一些火炮从那里拖走，可以肯定，日军不是伪装假象，那里曾经是一座岸炮阵地，而且，他们的海防阵地的确受到了重创。"

甘兹："我们观察到5个火炮阵地，一共9组要塞火炮群，其中4个火炮阵地一起向一个火炮阵地急射，可以确定是实弹射击，炮火破坏情况不是伪装。弗兰克今天早上发来电报，他们观察到，日军在大鹏湾沿海公路上有频繁调动迹象，说明昨天凌晨的袭击让日本人感到紧张和压力。"

吴为："我在纵队所辖部队中做了排除，没有一个支队派部队前往大鹏湾方向执行过这次袭击任务。四战区方面也回话了，他们也没有派出任何一支部队攻击大鹏湾日军阵地，他们的说法是，日军在沿海地区的防守非常严密，根本进不去，他们不会做无谓的牺牲。"

三号对这样的情况完全无法理解，惊讶地问："没有任何部队袭击日军？无论任何一支反日武装都没有参与，但鬼子莫名其妙地互相射击，而且受到了重创，难道说，是天上的神仙下凡来干的？"吴为："我从来没有经历过这样的事情，这太奇怪了。"三号："别告诉我那是鬼子疯了，他们喜欢自相残杀。"吴为："我不会这么想，我只能大胆地认为，是'候鸟'小组干的。"三号："和'候鸟'联系上了？"吴为："'候鸟'的电台一直没有恢复，还没有联系上，这只是我的判断。"三号："你的意思，'候鸟'和鬼子打了一仗，损失不小，但他们仍然在战斗？"吴为："对。"三号："为什么不是'蚂蚁'？"吴为："'蚂蚁'做不到。他们只有5个人了，而且，已经接受小组分散命令，隐藏起来，连我们派出去寻找他们的人都没有他们的消息，肯定不是他们。"

三号沉思片刻。说："吴为，做两件事，一定要做到。立刻派人寻找和支援'候鸟'小组，派最好的部队去，决不能让他们孤军作战。"吴为："我已经那么做了。惠阳大队正在组织部队搜寻他们。"三号："尽快查到'蚂蚁'小组剩下5个人的行踪，把他们保护起来；如果他们没有下落，想方设法找到他们。内鬼的事我不管，那是你的事，我不能让我任何一个遇难的战士再做无辜的牺牲。"吴为应命匆匆离去。

浅丘经道指挥部后院是一条河汊，隔着河汊，能看到远处的蚝田、盐场和农田。浅丘经道和小林正雄在木瓜树下。

小林正雄："经过调查，26具尸体，没有一具提供了足够的证据，以证明他们属于哪一支反日武装，也无法确定他们的正规军身份。"

浅丘经道："解释一下。"小林正雄："我们对服装进行了检测，它们一部分是制式服装，但并非全部。他们使用的武器大部分是从我们的枪械库里偷的。我们对尸体进行了解剖，他们全都营养不良，胃里没有发现未经消化的食物，应该很久没有吃过粮食了。这是一支不在我们掌握中的武装，查不到相关资料。"

浅丘经道："就是说，我们3个联队、两个海岸警备队严密防守，外线有另外两个联队和南京政府一个师担任警戒的（光一号作战）海防工事，被一支无人知晓，连粮食都没吃的无名武装袭击了，而且打得那样狼狈？"小林正雄："可以这么理解。"

浅丘经道陷入沉思。又说："这是一群什么样的袭击者？他们怎么才能做到？"

朴渚芳进来汇报："教授，13飞行师团吉田喜八郎师团长去香港，他的车停在东门车站，他提出要见你。"浅丘经道朝门口走，走几步站住，说："布吉机场那32架神风队的战斗机，你们要严加保护，那是129师团藏在后院的宝贝，是13飞行师团保卫香港的最后本钱，不能有闪失。"小林正雄："是。"

日军在宝安布吉的一座新修的隐蔽式机场。跑道长满了低矮的青草。跑道旁沿山坡的一边有一排隐蔽式机窝，无论是从表面上看，还是空中侦察，完全看不出来。

日军神风敢死队飞行员在机场旁的宿舍前做游戏，年轻的飞行员兴趣盎然。

蔡广得从晕厥中苏醒。林子里鸟语花香。蔡广得头痛欲裂，凉亭里，那个面容可怖的傩鬼不见了。蔡广得身上多了一封信。他刚要拆开信，想起杨桃，拔腿向门口跑去。花园门口空无一人。蔡广得傻了，四下转圈，到处寻找杨桃。有什么东西猛拍了一下他的肩头，吓了他一跳。蔡广得猛地回身向上扑，发现是一只熟透了落下来的木瓜。蔡广得捂着脑袋的伤奔出花园。

深圳墟民缝街后一个莨菪布晒布场，四周是网状河湖，"木棉花"小组转移到这里。远处，制布工人将一匹匹经过莨菪薯汁浸泡过的黑红色布晒到晒场上，场面十分壮观。

在一排巨大的莨菪汁缸前，岳小白为蔡广得处理后脑上的伤。叶德全在读信："你们可以去新圩和民乐戏院找你们要找的人，也可以去布吉找死。做完这两件事，你们必须尽快离开东门，不然会死得非常难看。这是什么意思？"

岳小白："先别管信，说小蜜蜂的事！"蔡广得："不会是鬼子干的，不然我也跑不掉，鬼子不会单抓小蜜蜂一个人。"叶德全："也不是内鬼干的。什么事也没出，他这样做，等于白跳出来了。"蔡广得："你们3个在一起，有证明，就我把小蜜蜂丢了，你的意思，我有问题？"叶德全："我没说你，你别自己往里钻。"岳小白："能不能先别争，先得把小蜜蜂找回来，不然她会有危险！"叶德全："你俩一组，渣子跟着我，我们分头去找。"

深圳河畔停泊着一艘大型客货两用海运船。河畔码头上，有几名身着短衫的青年男子守卫。

船舱内宽畅，收拾得十分舒适。杨桃不安地坐在舱里。她听见有人上了船，十分紧张，左右看看，操起一把剪刀。舱帘掀起，黄叔进来，然后是一脸严峻的杨子昆。杨桃看见父亲，一时意外，惊喜地扑过去。杨桃："阿爸！"杨子昆恼怒地呵斥："你干的好事！"扑到杨子昆面前的杨桃站住了，惊讶地看着父亲。黄叔知趣地退出去，掩上门帘。

杨子昆："你看看你这一年都干了什么？我把你从新加坡接回来，没让你去招惹共产党，你倒好，这么不懂事，到处给我添乱，闹得满世界都知道我杨子昆的女儿成了共产党。"

杨子昆一脸严厉，嘴不停歇。杨桃盯着父亲，心想：爸爸，别这样，

别这样，别这样，别这样……杨桃再也受不了，大声朝杨子昆喊："别这样！"大声严厉数落女儿的杨子昆停下，呆呆地看女儿。杨桃委屈而乞求地说："爸，爸我们一年没见面了，往前数，我们有10年没见过面，别把我再次从你身边推开。"杨子昆突然泄气下来："孩子……"杨桃颤抖一下，泪水夺眶而出，像回到鸟巢的小鸟似的扑进杨子昆怀里。杨桃："爸……"杨子昆也流泪了，爱抚着女儿。杨子昆："好孩子，你可回来了，回到爸爸怀里了。爸爸想你啊，想得心都是疼的！"杨桃："爸！"杨子昆："孩子，我的好孩子！"杨桃："爸，我想哭，我想大声哭……"杨子昆："你哭，爸爸听你哭，爸爸看着你哭……"杨桃："我怕别人听见……"杨子昆："没人听见，我们不怕人听，你哭……"杨桃："我哭不出来……我都不会哭了……"杨桃一直在哭，但她不出声，咬着父亲的胸襟把嘴堵住，那里很快湿了一片。

蔡广得和岳小白回到杨家花园寻找杨桃，那里什么都没有。岳小白从地上捡起杨桃丢掉的发卡。

蔡广得和岳小白攀上杨家防火墙，从那里观察院子。院子里，阿花开门进来，端着一箩木瓜进了屋子。蔡广得："家里不像有人。她没来。"岳小白："你要把她给我弄丢了，我饶不了你。"蔡广得看一眼铁青着脸的岳小白，没说什么。大街上有几名日军士兵走过。两人迅速隐身而去。

叶德全瘸着腿，和丁荷焦急地在新市场寻找杨桃。

叶德全看见丁荷从客店里出来，拄着一支木棍迎上去。丁荷摇头。叶德全："一点迹象都没有？"丁荷："店家说，她没回来过，也没人来这里找过她。我溜进房间里看过，房间里没进过人。"叶德全："你怎么知道？"丁荷："早上我给她送了炸薯仔，她可喜欢吃了，炸薯仔还放在那儿，没人动。"叶德全思索。丁荷："你不会怀疑，她是内鬼吧？"叶德全："如果她是内鬼，不会在这个时候失踪。"丁荷高兴："那你们从此以后就不会再怀疑她了？"叶德全："这对你很重要？"丁荷："嗯。我宁愿你们把我当内鬼，也不愿你们把杨桃姐当内鬼。"叶德全一时无语。他看见前面有几名伪军向这边走来，拉着丁荷进了旁边一条小巷子。

杨桃父女俩已经从最初的失控中解脱出来。杨桃破涕为笑，撒着娇为杨子昆擦去脸上的泪痕。杨子昆发现了杨桃仍捏在手里的剪刀。杨桃不好意思，放下剪刀说："谁叫您一见面就训斥人家，人家心里委屈嘛。"杨子昆："好了，事情都过去了，你能回到爸爸身边，爸爸就放心了。这一年时间，爸爸找你找得太苦，这回说什么也不让你再离开我。"杨桃："我才不想离开您，我一辈子也不离开您。"

杨子昆："对了，你是怎么从罗浮山逃出来的？"杨桃："爸，您怎么会觉得我是逃出来的？我不是逃出来的。"

杨子昆："那，怎么你身边还跟着几个人？"杨桃："您怎么知道我身边有人？"

杨子昆："昨天你们一进东门，黄叔就看见了你，你身边有几个人，黄叔没敢造次，让你们过去了。瞧你们一个个蓬头垢面，像叫花子，不是逃出来的是什么？行了，爸爸不管你是什么，能逃出来就好。"

杨桃："爸，我真不是逃出来的。我有任务。"杨子昆："任务？什么任务？"杨桃："爸，小鬼子要完蛋了，盟军要在华南登陆，开辟第二战场，狠狠地揍鬼子。我这次和同志们出来，是为盟军搜集鬼子防御作战的情报，我现在已经是东纵的特务了。"杨子昆："你是说，你是被共产党派来搞情报的？"杨桃："嗯。上面派我来，就是想利用您的关系，请您帮助我们搞到鬼子的情报。爸，您一定要帮我。"

杨子昆的脸拉下来了，斟酌了一会儿说："孩子，这些年，爸爸一直没有管过你，让你吃了很多苦。因为你还小，爸爸这些年在做什么，也从来没有告诉过你。去年把你从新加坡接回来，本来想过一段时间，好好给你说，没想到，你一生气就离开了家。"

杨桃："阿爸，我现在都原谅您了，我们不提这件事。"

杨子昆苦笑："其实，爸爸一直在做着一件非常非常重要的事情。"

杨桃："我知道，您是国民政府战略物资局的大干部。"杨子昆示意杨桃轻声，过去撩开门帘往外看了看，然后回来说："事情没有你想的那么简单。爸爸做的事情比你能够想象的大得多。这么说吧，爸爸做的事关系到国家能不能坚持打完这场战争。你在国外也听说了，国家的这场战争，海外有200多个华侨组织在筹款筹物。两年前，盟军也开始支援我们战争物资了，可香港沦陷以后，战争物资运输线被日本人截断了，运输非常困难，有大量海外捐助的战争物资落到日本人手里。"

杨桃："您是说，您做的事情和这个有关？那我们做的就是一样的事情。"

杨子昆："不，我们做的不是一样的事，我手里有一条秘密运输线，我要保证战争物资源源不断运送到国军手里，国家不能少了我这条战略运输线。而你要做的事不是非你不可，换个人也能做。"

杨桃："您的意思，您不想帮助我？"杨子昆："不是不想帮，是不能帮，绝对不可以帮。"杨桃："爸……"杨子昆："我的工作关系到国家战争的胜败，我和我的人在日占区来往，这是提着脑袋干的事情，我必须为国家负责，不能轻举妄动。你到处找我，会让日本人注意到我，你这样做已经让我有危险了。我昨晚从香港赶到深圳，就是为了阻止你不要再节外生枝。我不会再徒添风险，去帮助你搞情报。"

杨桃："可是，没有您的帮助，我们没法完成任务！"

杨子昆："你那个任务不用完成，你也不要再回到你们人当中去了。实话告诉你，我已经给你的同志留下一封信，如果他们够聪明，可以找到他们要找的情报。至于你，我会安排你的去处，从现在起，你和东江纵队不再有任何关系了。"

杨桃："不行，我不能背叛我的小组！"杨子昆："什么小组？"

杨桃："'木棉花'，我们自己成立的。我选择了留在小组里，不能离开它。我必须和其他人在一起，和他们一起去完成任务。我要离开它，就成了内鬼。"

杨子昆说："这件事先放在一边。我还有事情要办，你就待在这儿，十三叔会照顾你。等我办完事，你跟我一起走，忘掉这一年你的经历，也忘掉你的小组。"说罢起身往船舱外走。杨桃："爸，您不能限制我的行动！"杨子昆温存地看着女儿说："爸爸不是限制你，而是要管你，而且，爸爸从此不会再失去你了。"

杨桃："那就帮我搞到情报。"

杨子昆："我已经说了，这件事已经结束了，你什么也别管了，跟我去香港。"

杨桃："不。如果您不帮我，我就自己去干。"杨桃起身往船舱外走。杨子昆拦住她。

杨子昆："是什么让你这么决绝，连爸爸的话都不听了？"

杨桃心里很难受，她无法直视父亲殷切的目光，她绕过杨子昆去掀门帘。门外站着毕恭毕敬的十三叔。杨桃回头看杨子昆。杨子昆丢下一句话："看住她，什么地方也不许她去。"离开船舱。

杨桃气急，要往外闯。十三叔彬彬有礼："小姐，水我替你烧好了，你洁个身，换身家里的衣裳吧。"

第十二章

夜袭机场　重创日寇

丁荷在浸布池那边和几个工人聊天。

蔡广得、岳小白和叶德全3个人疲惫不堪坐在莨莙汁缸旁。他们一无所获。岳小白把发卡拿出来说："小蜜蜂不是自己离开的，有人绑架了她。她的发卡上面有掰动的痕迹，不是自己从头上掉下来的。"叶德全："可是，谁会绑架她？"

大家一分析，如果是鬼子抓走了小蜜蜂，那么鬼子不会放掉菜花头。叶德全怀疑是土匪干的。岳小白认为深圳墟是鬼子的重要据点，在这里绑票，风险很大，散兵流寇不敢到这儿胡来。小蜜蜂不是自己跑掉的，也不是鬼子抓走的，剩下的，只有一种可能。深圳墟是她父亲的老窝。

叶德全："你是说，她父亲绑架了她？"岳小白："她一直很怕见她父亲，在离开罗浮山之前，她甚至不肯承认和父亲的关系，我早就怀疑这其中有问题。"叶德全："照你这么分析，事情是杨子昆干的，说明他就在深圳墟，而且拒绝帮助我们。我们得尽快找到小蜜蜂，不然她就可能脱队。"

丁荷过来，往蔡广得身边一坐，说："师傅们说，通往布吉的路都被45师封锁了，不让进去，连走亲戚都不行。他们还看见过飞机朝那个方向降落。"叶德全和岳小白不明白丁荷在说什么。始终没精打采的蔡广得开口了："是我让他去打听的。如果像你们说的，小蜜蜂是被她父亲弄走的，一时半会儿她不会有危险，不如先解决情报的事吧。"岳小白："你说情报的事，指什么情报？"

　　蔡广得："在梧桐山的时候，水花子告诉我，鬼子在布吉有个机场，他要我和他一起在那儿干一票，那个时候我没有留意……我们拿到了两份情报，可等我们摸进鬼子的海防阵地后，却在阵地上发现了情报中没有标明的火力点，说明那两份情报有假……如果你们还记得，反战同盟那个叫小野近的日本人说，深圳墟有一支没有番号的日军主力部队，他曾向三支队干部提到过，可他们没重视……还有，昨天我们到东门下车的时候，那里停了几辆鬼子的军车，我注意了车上装的东西是盐包和洋火箱。鬼子不会闲着没事做，买那么多的盐来腌鱼，然后用洋火来烤鱼。"

　　叶德全："我不明白，这和情报有什么关系。"蔡广得："水花子路子通，他说的事八成不假，布吉可能有鬼子的机场，而且可能有鬼子的大部队，不然不会消耗那么多的盐和洋火，也不会封锁道路。你们再看看这封信，信上写着，要我们滚蛋，不然就去布吉找死，写信的人是在暗示我们，布吉有死亡之神，这说明布吉方向的确有情况。"

　　岳小白眼睛一亮说："如果摸清了布吉的情况，说不定就能核实我们手中的这两份情报！"叶德全："如果找到了鬼子的主力部队，就能证明情报的真伪，我怎么就没有想到！菜花头，你脑子不笨嘛！"

　　岳小白高兴地狠狠拍了一下蔡广得。蔡广得懒散地微笑着说："别拍，要拍拍我屁股。我现在和你一样，脑袋属宝贝级别，不能随便动。"岳小白："还俏上了。"蔡广得："我把话说完再夸。如果布吉真有鬼子的大部队，他们用粮多，会不断补充粮食，这一带只有深圳墟上有大粮行和码头。我们只要在南门街上的几家粮食铺和粮运码头守候着，伺机抓捕一个来运粮的鬼子，情况也能弄清楚。"岳小白："士兵不行，他们不知道情况，军衔高的军官也不行，鬼子会有防备，容易打草惊蛇，要抓就得抓下级军官。"叶德全："如果有通译，最好能抓个通译，一般情况下，通译都怕死。"

　　蔡广得："就是说，你们同意。"叶德全："就这么办！"岳小白："老鳗鱼，你辛苦一点，和渣子盯住鬼子的运粮车，观察粮运码头有没有大型货船到，特别要留意吃水深的货船。我和菜花头守着粮食铺，有放单的鬼子，我俩就下手。"叶德全："行，我找个拐，难不倒我。你俩先歇着，我这就和渣子去码头。"

杨家别宅是赛南粤在深圳墟的住处，一所小巧玲珑的岭南小院。杨子昆和赛南粤等在院子里。黄叔将浅丘经道和朴渚芳带进来。杨子昆热情地迎上去，略显谦卑，道："杨某繁事缠身，未能远迎，失敬失敬。"

浅丘经道（日语）："让杨先生从港岛专门跑一趟，实在是迫不得已。"

杨子昆："哪里哪里，贱内在深圳墟有两场戏，杨某也是顺便。再说，杨某失约在先，的确是杨某的过错。请坐。南丫头，看茶。"

浅丘经道（日语）："杨先生，大东亚共荣是你我两国的共识，不过，毕竟浅丘做客府上，我看，我们还是用杨先生的国语说话为好，以示敬意。"

杨子昆："悉听尊便。"浅丘经道（日语）："二位，如果可以，请回避一下，我与杨先生说会儿话。"

赛南粤向朴渚芳示意，两个人进了屋。黄叔也识趣地退下。

杨子昆和浅丘经道在花架下的石桌前坐下。没有其他人，浅丘经道立刻收起礼节性口吻，冷漠道："我们还是开门见山的好，您认为呢，'黄蜂'先生？"杨子昆："请。"浅丘经道："我已经说过了，我需要您提供更多的情报。"

杨子昆："我一直在这么做。我不明白阁下还需要我做什么？"

浅丘经道："我需要知道美国人在香港情报网的名单，而不是无关痛痒的花边新闻。我需要知道英国人在太平洋如何配合美国人作战，而不是他们的内阁在争吵什么。我知道您做得到，但您一直在应付我们。我们什么时候能够得到您真诚的——我是说——不打折扣的帮助？"

杨子昆："您应该知道，我对我的国家负有义务，同时受到严密的监视，要做到您说的那种事，不容易。"

浅丘经道："不不不，您最好不要推诿。您不是一个真正的国民党员，亲爱的'黄蜂'先生，您从来就没有对您的组织忠诚过。难道您不知道，背着您的国家，和英国人、我们、南京方面来往，是不应该的？您知道得很清楚，但为什么您要损害自己国家的利益呢？您是一个精明的银行家，更是一个经验丰富的老牌间谍，我怎么能把您这样的人说成不称职呢？"杨子昆："浅丘先生，我……"浅丘经道："别打断我的话，这是一个职业间谍应该学会的基本礼节，尤其是一个多头的职业间谍。您受命于重庆，为同盟国服务，又是一个领取金陵城津贴的隐身人，您还和我们有情报交换协议，严格地讲，您是一个卖国贼，是您的国家的敌人，我这么说，没错吧？"

杨子昆额头上冒出汗。他掩饰地去为浅丘经道斟茶。浅丘经道："茶就不必了。我想，这次回深圳墟，您一定有不少事情要做，我就不打搅了，如果能得到您的帮助，我保证，在任何时候，我和我的人都不会打搅您。"

浅丘经道起身往外走，在大门口站住，回头用威胁的口气说："我印象里，您身边美女如云，交往没有超过3个月的吧？不投入感情，用过即丢，这是一个间谍的好习惯。不过，好像您对赛南粤小姐情有独钟，如果我没记错的话，你们在一起已经有3年了。我好像听说，军部正在把她这样在海外出生的侨民弄回本土，不知道这个消息会不会让您不舒服？"说完向杨子昆深深鞠躬，说："多关照。我等着再度和杨先生见面。"

几艘大船停泊在码头。粮商钱掌柜站在船头喊："不是说明天再起粮吗？"陆通译站在码头上喊："皇军要得急，今天都得走，车已经在路上。"钱掌柜："陆通译，天色不早了，明早再起吧。"陆通译："不行，皇军等粮下锅，你让人把粮运到北门街口去，车一到就起粮。"

钱掌柜答应这就办。陆通译复问："我要的东西准备好了？"钱掌柜："粮装好，我给你到店里取去。"陆通译："我自己去吧，别让太君看见，怀疑我揩他们的油。"

离着不远处一个小摊前蹲着丁荷，他看着陆通译摇晃着身子走了，起身跟了上去。一棵大榕树后，叶德全挂着拐杖跟出来。

叶德全、蔡广得和岳小白3个人在晒布场碰头。叶德全："粮食直接运到北门街口，在那里装车，鬼子的运粮官会跟着车。粮装好后，陆通译会跟掌柜的去店里拿东西，然后跟车走。"

岳小白："这样，我们就有两个抓捕人，一个是北门街口的鬼子运粮官，一个是粮店的陆通译。"

叶德全："鬼子运粮官不会单独行动，身边有驾驶兵，即使要去什么地方，也会带着驾驶兵，难以下手。粮店倒是一个机会。"

岳小白："万一陆通译嘴里套不出情况怎么办？不能放弃鬼子的运粮

官，从他嘴里套出情报的可能性更大。"

蔡广得："我俩分头吧，你和老鳗鱼在北门街口盯住鬼子的运粮官，我在粮店等陆通译。从粮店到北门街口有半袋烟工夫的路，时间我够了。渣子跟着我，得手后他会给你们信儿。"

叶德全："就这样吧。人一到手，我们立刻离开深圳墟，设法把核实的情况送回罗浮山。"丁荷扛着一个包袱过来，放下包袱说："我没全取来，其他的，照原样埋回去了。"蔡广得和岳小白迅速从包袱里取出武器。

一大堆粮包垒在北门街口，一些脚夫在那里打闹。隔着一条街，岳小白和叶德全坐在茶馆门口喝茶，打叶子牌。叶德全不断回头观察街口。岳小白甩出3张牌，说："别回头，用耳朵。"

太阳已经偏西，脚夫们靠在粮包上打起了瞌睡。叶德全焦急地抬头看日头。岳小白没回头，甩出两张牌，耳语般地说："来了。"三辆日军军车开来，在街口停下。胖少佐和陆通译从驾驶室跳下来。钱掌柜不知打哪儿钻出来，殷勤地迎上去。脚夫们开始装粮。

丁荷在粮店外和几个半大的孩子追逐嬉戏。蔡广得坐在粮店斜对面一家铺子外，和铺子里的老板娘说话。老板娘已经被嘴讨巧的蔡广得说顺溜了，笑得花枝乱颤。丁荷从他所在的地方能远远看到街口。他看到了日军的运粮车，向街对面示意，蔡广得看到了，坐进铺子。

脚夫们装完车，数着脚资散去。陆通译："太君，我去替您把账核一核，顺便让他们孝敬太君两盒香烟。"胖少佐："快去快回。"陆通译跟着钱掌柜去粮店。

办完事，钱掌柜送陆通译从粮店里出来。钱掌柜："您那笔钱我给您记着，回头就派人送到府上去。"陆通译："别忘了。"说完走了。

蔡广得看见陆通译从粮店里出来，跟上了陆通译。丁荷远远跟在后面，紧张地看着前面。陆通译将两盒哈德门香烟揣进兜里，另两盒拿在手上。蔡广得快走两步，手悄悄伸向腰后。几名税警从对面走来，蔡广得抽回手，放慢脚步。税警从身边走过。蔡广得再度逼近陆通译，可是，一路上都有人和陆通译打招呼。眼见前面没人了，蔡广得快走几步，逼近陆通译。陆通译突然站住，弯下腰。蔡广得迅速走到一旁，不能停下，走过陆通译，用眼角余光观察。陆通译捡起一盒掉在地上的香烟揣回兜里，继续走。蔡广得走在前面，街上行人又多起来，他无法用脚步判断和陆通译的距离。他放慢脚步。他看见离街口已经不远了，能看到街口的茶馆了。

岳小白手里捏着两张牌，悬在半空中不动，眼睛越过叶德全投向北门街，看见蔡广得和陆通译。他们已经接近街口了。岳小白故作平静，甩下两张牌，然后把手中剩下的牌丢在桌子上。叶德全默契地挡住岳小白。岳小白的手伸向后腰。

眼见着街口到了，蔡广得一咬牙，转过身去要拿陆通译，同时手伸向腰后。身后离着十几步远，4名日军士兵说说笑笑地走来。陆通译奇怪地看了一眼呆站在那儿的蔡广得，从他身边走过去。丁荷不明白蔡广得为什么呆站在那里，急坏了，不断给蔡广得打手势。身后4个日军士兵从他身边走过，其中一个撞了一下他，吓得他差点儿没一屁股坐下去。

岳小白目视着蔡广得失去最后一个机会，陆通译甩下他向街口走来。他低声说："失败了。留在这儿别动。"迈出茶馆，迎向陆通译，试图截住他。胖少佐从第一辆车上探出脑袋催促："磨蹭什么，快点。"岳小白不得不放弃最后一个机会，和陆通译擦身而过。陆通译走向驾驶室。

岳小白十分遗憾，反身向运粮车走去，试图寻找另外的机会。岳小白发现一名日军驾驶员注意到他，他故作路过，走了过去。胖少佐不耐烦地等在驾驶室里。陆通译殷勤地递上两盒烟。胖少佐："别磨蹭了，快走吧。"陆通译上了第二辆车。车发动，胖少佐乘坐的第一辆车先启动，开走。陆通译坐的那辆车跟上。岳小白知道已经失去了最后的机会，他站在河边，目送两辆车从自己面前开过去，尘土扑面而来。突然，蔡广得转出北门街口，快速跑了几步，追上车，敏捷地爬上已经启动的第三辆车厢。站在路边的岳小白蹲下来，好像在查看鞋子上沾着的什么东西，目光警觉地朝两边看，当第三辆车从他身边驶过的时候，他站起来紧撵两步，攀住车厢板，一眨眼消失在粮包中。

叶德全张大了嘴，手中的叶子牌掉落在地上。等三辆车开远了，拎着茶壶的茶博士说："如今什么世道，劫道的胆子也太大了，敢从日本人嘴里撬粮食。"

蔡广得和岳小白用粮包将驾驶室后窗堵住，借着汽车的轰鸣声，躲在粮包后耳语。岳小白："你他妈的疯了？"蔡广得没说话，一脸的沮丧。岳小白："你想干什么？想等他半路上停下来撒尿，让你绑他？4个带家伙的鬼子，我们能背着走还是抱着走？"蔡广得恨恨地抹一下鼻子，还是没说话。岳小白攀着车厢往路上看了看说："路上没人了，跟我下车。"蔡广得："要下你下，我不下。"岳小白："你想去哪儿？搭着粮车去布吉参观鬼子的营区？那是鬼子的老巢，鬼子不会列队欢迎你，你在找死！"蔡广得："人是从我手里丢掉的，我得把人捞回来！"

岳小白急得去拖蔡广得，想把他拖下车。蔡广得推开他。岳小白扑上去，两个人竟然在车上无声地搏斗起来。日军驾驶员听到什么动静，朝后面看了一眼。蔡广得被岳小白钳着手压在粮包上，两个人都停在那儿，喘息不动。

叶德全脸色晦暗，一瘸一拐地拄着手杖，穿过路人快步回走。丁荷小跑着跟在后面，不断地看叶德全的脸。

回到晒布场，叶德全快速收拾包袱。丁荷不知所措地站在一旁。叶德全："还愣着干什么，快收拾东西。先撤离这里。"丁荷："我不走。我等菜花头。"叶德全："等什么？还不明白，鬼子会押着他俩来，你等着鬼子来抓咱们？"丁荷："鬼子抓不住他！"叶德全："那是，鬼子抓不到他，他自己送上门去，他是鬼子的客人，鬼子会好吃好喝招待他。他简直疯了，他把小组给毁掉了！"叶德全收拾好包袱起身，腿上的伤闪了一下，拎起包袱就走，走两步发现丁荷没跟上，叫："我以组长的名义命令你，跟我走！"丁荷犟极了："你别想命令我。除了我爹我娘，只有菜花头可以命令我。"叶德全气坏了，回身去拽丁荷。丁荷一把推开叶德全。叶德全腿一软，摔倒在地上。

天色彻底黑了，车厢外只能看见隐约掠过的树影。

两个人停止了打斗，都泄了劲，一声不响地靠在粮包上，看车外黑漆漆的景色。车减速了，两人敏感地察觉到。岳小白扒开后车窗的粮包往前看。

伪45师在公路上设立的一个哨卡。几名士兵在一名军官带领下拦住3辆送粮车。胖少佐在第一辆车上不耐烦。陆通译："你们也真敢，皇军的运粮车你们也拦。"军官示意，士兵搬开路障。3辆车依次通过。

两个人从粮包后钻出来，重新坐好。岳小白："说吧，打算怎么办。"蔡广得一根轴筋，说："把人抓回来，核实情报，然后把情报送出去。"岳小白又气又恨："不怪老鳗鱼说你，你是真没脑子。鬼子不是今天吃了粮，明天就饿着，我们在东门还有机会，至于跑到布吉，去人家窝里抓人？"

蔡广得搂着肩膀缩在粮包堆里，目光涣散，看上去有些犹豫。月光被车外闪过的树切割得零零碎碎，从他脸上晃过，那一刻，他显得非常弱小，像个无助的孩子。蔡广得："我从没有害怕过，就不知道害怕是什么滋味，可这一次，我觉得，我做不到了。过去我凭着自己的性子，从来没有怀疑过自己，可这一次，我觉得我越走越远，怎么也回不去了。我不知道前面还有什么，我不知道还能不能活到明天，我得抓住点什么，才相信我还活着，能够活下去。"

岳小白沉默了，过了良久，说："我没想过这些。我只知道，这是我见到过的最疯狂的事情。"

天黑透了，虫声四起。叶德全和丁荷心灰意懒，靠着莨菪汁缸坐着，看远处工棚里的油灯，还有工友们在油灯中晃来晃去的影子。

丁荷说去弄点吃的，起身向工棚方向走去。叶德全："告诉工友，我们会在这儿待3天。告诉他们，如果鬼子来抓人，就说他们不认识我们，是我们自己硬待在这儿的。告诉他们，如果鬼子打死我们，别收我们的尸体，别让他们受牵连。"丁荷害怕地站在那儿，站了一会儿，点点头，沿着浸染池走了，瘦弱的身子有点儿飘。叶德全掏出枪，一粒一粒地数子弹。

日军3辆粮车在布吉哨卡前停下。两名日军持枪上前。胖少佐和日军哨兵稍作交涉，哨兵放行。3辆车依次驶过。岳小白松了一口气，抹一把额头上的汗水，收起匕首，蔡广得眼睛瞪得很大，趴在那儿没动。

宽阔的野外，一条临时修筑的简易路。远处能看到机场，机场旁是一排简易的房子。更远些的地方，是黑压压伪装网遮掩住的兵营。3辆车亮着大灯驶过。离着兵营较远，一条土夯的简易路通往一栋简易粮库。3辆车开着大灯，在粮库前停下，灯熄灭。胖少佐、陆通译和驾驶员下车。一名驾驶员憋急了，拉开车门就地撒尿。

　　胖少佐见伍长没在就叫驾驶员先回去，向藤田中佐报告，让中佐通知部队明天一早发粮。3名驾驶员穿过野地向远处的兵营走去。胖少佐掏出大串钥匙走向粮库，打开粮库的锁进去。陆通译打着哈欠跟上去。胖少佐提着马灯在粮仓中东翻西翻检查存粮。陆通译过去，从兜里掏出一沓钞票塞给胖少佐。胖少佐生气。陆通译："不是我孝敬太君的，钱掌柜谢太君的照顾，一点小意思，太君您喝杯茶。"胖少佐："混账，你要再做小人的事，我枪毙你！"胖少佐将钱票甩在陆通译脸上，继续检查存粮。

　　陆通译发窘地捡地上的钞票，朝门口走去，在门口被一只手快速拖出门。胖少佐检查完，回身看。岳小白站在他面前。胖少佐丢下油灯去掏枪。岳小白飞身上前，将胖少佐扑倒在粮包上。打斗中，胖少佐抽出佩枪。岳小白握住手枪，不让胖少佐扣响，两方相持不下，岳小白一用力，胖少佐手指咔嚓一声折断，岳小白一拳将他击昏。一只手握住腿上的匕首。岳小白仇恨地盯住胖少佐的那张痛苦的脸。手慢慢松开。

　　陆通译被捆绑着，嘴里塞了麻袋布，惊恐地坐在车厢里。岳小白吃力地扛着同样捆绑着的胖少佐过来，费劲地丢进车厢，向驾驶室走去。

　　蔡广得站在运粮车旁，目光投向机场方向。岳小白顺着蔡广得的目光看机场，立刻明白蔡广得的心思，他绝望喊出："不。"蔡广得回头看岳小白。岳小白烦躁地猛踢一脚车轮说："不不不！不能这么做！那不是我们来这儿的目的，我们做不到，你要到什么时候才会停下来？！"蔡广得走到一边的草地上蹲下，目光固执地投向机场方向。岳小白烦躁极了："别告诉我它们轰炸了我们的军队和人民，别告诉我你想和神风敢死队斗一下，我他妈的不听这个。找死的事，我不干！"蔡广得从机场方向收回目光，从腰后抽出手枪，卸下弹匣，开始仔细检查弹药。岳小白："菜花头你听着，14天前，我俩根本不认识，我不欠你的，你没有权力逼我去做我没法做到的事情！"蔡广得像是没有听见岳小白的话，埋头往枪里填子弹，一发一发，十分倔强。岳小白喘息着停下来，他无力地靠在驾驶位上，顺着座位慢慢滑下坐在地上。

　　粮仓里，马灯重新点燃。蔡广得从墙角的几只航空汽油桶里往外抽油。岳小白坐在地上，往一只酒瓶子里灌油。他面前已经有好几个灌满汽油的酒瓶子了。他用麻袋布抹干手，把子弹头掰掉，把弹药小心地倒在一块袖口布上，再用一根钉子钻木塞。蔡广得把汽油提过来放下，从墙角抱过几个空酒瓶子，在岳小白面前坐下，瓶子里灌上汽油，再拿过一旁的麻袋撕开，开始搓绳子。他们谁都不看谁。

岳小白："不管接下来发生什么，我得告诉你，我们做不到，根本做不到。"蔡广得用力搓着麻袋，没有抬头，有些气短地点了点头。岳小白深深地叹息一声，说："我们得有一个人留在外面，看住那两个俘虏，还有车。没有他俩，我们白送命一趟，没有车，我们跑不掉，也得送命。"蔡广得点点头。岳小白："也许根本用不着车，我俩根本跑不掉，都得死在这儿。"蔡广得没有点头，手上的力道用狠了。岳小白："凌晨4点进去，那个时候哨兵都困了，会放松警惕，机会多一点。要是做不到，就尽快撤出来，别打兵营的主意，除非想死得快一点。"

蔡广得把搓好的绳子递给岳小白。岳小白接过绳子，用钉子将绳子捅进木塞，绳子一端留在外面。岳小白："我的一家人都被鬼子杀光了。爷爷奶奶、爸爸妈妈、两个妹妹，全是鬼子用刺刀捅死的。"蔡广得开口："所以，你才用刀子杀死他们？"岳小白："如果时间够，我会问他们，是否在中国作过战，杀过人。"岳小白用匕首将一只麻袋切开，用麻袋线捆扎，做成一只口袋，说："我爷爷说，日本是个美丽的国家。我妹妹会唱日本歌，我记得歌词。可他们都死在鬼子的刺刀下。从那以后，我从没拿鬼子当过人。"蔡广得："我明白了。"岳小白："你什么也不明白。"岳小白没好气地剋蔡广得，试了试简易背袋，把匕首插回腿上，把做好的燃烧瓶装进去，开始做下一个燃烧瓶。

蔡广得守在粮仓门口。岳小白悄无声息地回来，说："飞机藏在地窝里，门口能看到两架4式疾风和一架97式轰炸机，我目测了一下，两个地窝，能装20架，只要把地窝炸掉，一架都跑不出来。"蔡广得："你留在外面，我进去。"岳小白："你不了解飞机。你拿它们没办法。"蔡广得："我知道怎么对付它们。"岳小白："告诉我，机场守卫的重火力会布置在哪儿？"蔡广得摇头。岳小白："告诉我，兵营离机场多远？那里有多少兵力？他们是机场守备队还是正规军？"蔡广得茫然地向机场方向看去。岳小白："2200米，两华里。路一直通到山坳里，山坳里至少驻扎着一个联队，3800人。他们有车，打响之后，只有8分钟时间撤离。"蔡广得："别吓唬我，我没那么好吓唬。"岳小白："走吧。"两人拎着麻袋出了粮仓。

野地非常空阔。月亮非常亮，将大地辉映得如同白昼。野地的一片低洼处，胖少佐和陆通译被从车上卸下来，捆绑着丢在一旁。胖少佐已经醒过来了，不断扭动着身子，想要挣开绳索和嘴里的麻袋布。

蔡广得和岳小白躺在草地上。蔡广得把装着汽油瓶的麻袋抱得紧紧的，说："还是那句话，我进去，你待在这儿。"岳小白看了一眼蔡广得，突然笑了，说："给你讲个故事吧。"蔡广得："别拿这个哄我，论讲故事，你给我当徒弟都不够资格。我进去，我能对付。"

月光很好，四周亮如白昼。岳小白抬头看了一会儿又大又圆的月亮。说："在中美技术合作所学习的时候，有一门课，是逃亡。"蔡广得："你骗人，哪有学逃亡的。"岳小白："我没骗你。我说的全是真话。美国人的逃亡课是这样的，他们把你拖到一个陌生的地方，把你放掉，给你一个小时时间，让你想想该逃到哪里去，怎么逃，接下来的48小时，你要千方百计地逃避搜捕队的追捕，不让他们抓住，如果你做到了，这门课就算结业了。"蔡广得："美国人真会玩。"岳小白："他们不玩。如果你被抓住，他们会把你踢得一辈子都尿血，然后让你滚出学员队，去渣滓洞当一名和犯人打交道的看守。我的同学中，大多数人都会在10个小时内被抓获。我还有一个同学，为了逃避追捕，从歌乐山上摔下悬崖，摔死了。"蔡广得："你呢，你不会告诉我，他们花了一倍的时间才追上你？"岳小白："他们在磁器口把我放掉，一个小时之后，他们开始追捕我。他们一无所获。我消失了，他们在哪儿也找不到我。他们以为我跳进了嘉陵江，游到了江北，跑出了重庆。直到3天之后，我回到他们面前。我的教官第一个反应就是狠狠踹了我一脚，然后，他把我亲热地搂住了。"蔡广得："你跑出重庆了？"岳小白："不，我哪儿也没去。我知道，我就是他们眼中的一只傻兔子，没法跑过他们的汽车和德国狼犬。就在他们放掉我的那个地方，离那里不到300米，我掀开一个窨井盖，钻进下水道，躲在里面，一步也没有走开，靠捉老鼠吃、喝下水道里的水，捱过了72个小时。"月光下，岳小白讲完，显得异常平静，甚至平静得有些吓人。

岳小白："我进去。"蔡广得："我在外面等着你。"岳小白脸上露出胜利的微笑，点了点头。蔡广得："但你得答应我，你要出来，不然我会进去。"岳小白拍了拍蔡广得的肩膀说："我答应你。我没那么傻，我不会让枪响，那样我出不来，你也跑不掉。我会把这两袋汽油弹送进机库，如果可能，还会添上点东西，点燃它们，它们足以引爆那20架K2战斗机，然后，我会像鸟儿一样消失在现场。"岳小白诙谐地冲蔡广得扮了个鬼脸，又说："现在我得睡一会儿，不然我会在点着燃烧瓶的时候睡过去。"蔡广得也笑了，说："半个时辰后，我叫你。"

岳小白很快睡着了，甚至打起轻微的鼾声。蔡广得看着睡梦中的岳小白，心情复杂。他脱下衣裳轻轻盖在岳小白身上，然后抱着赤裸的膀子，歪着脑袋看月亮。一旁被捆绑得结结实实的陆通译和胖少佐不解地看着两个像是兄弟的打劫者。

日军哨兵的脖颈被匕首无声地切开，鲜血喷溅而出。岳小白背着燃烧瓶袋，轻轻放下第二个哨兵的尸体，从尸体身上快速卸下手榴弹袋，警觉地观察一下四周，弓着腰拎上另一麻袋汽油瓶和两袋手榴弹，踩着长满贴地草的跑道向地窝跑去。

两名日军哨兵在隐蔽式飞机地窝前巡逻。当两名哨兵交叉而过，背对背的时候，岳小白出现在一名哨兵身后，利索地将他的脖颈拧断，快速摘下哨兵的钢盔戴上，操起哨兵的长枪。估计另一名哨兵反向巡回时，相向而去，擦肩而过时，岳小白扑向哨兵，后者颓然倒下。岳小白快速卸下两名哨兵的手榴弹袋，拎着两袋汽油瓶消失在黑暗中。

机场值班室里，一名笔直地坐在长凳上睡着的值班日军中尉突然睁开眼睛，隔着窗子向机场看去。机场黑漆漆一团，什么动静也没有。日军中尉起身系上武装带，到隔壁屋子。屋子里十几名日军士兵，全都抱着枪靠在长凳上睡着。日军中尉踢士兵。叫士兵起来，去查哨。

岳小白站在飞机地窝前，默默看着用伪装网伪装起来的大门。他的脚下躺着一名死去的日军士兵，岳小白放下4条手榴弹袋，从地上的麻袋里拎出便携式汽油箱，拧开箱盖，拎起麻袋和手榴弹袋，钻进飞机地窝里。

日军中尉带着士兵出来。他们摁亮手电筒，排成一列向机场跑道走去。一直观察机场方向的蔡广得也发现了远处的机场有闪烁的手电筒光。他紧张极了。蔡广得退回到低洼地，检查胖少佐和陆通译的捆绑情况。陆通译吓坏了，不断地往后躲。胖少佐试图用脑袋顶撞蔡广得。蔡广得挥拳将胖少佐打晕过去。

士兵发现了跑道边上死掉的哨兵。他们紧张起来，大声喊叫。日军中尉大声下令，吹响了口哨。士兵展开散兵线向跑道上跑去。岳小白一脸油污地从地窝中钻出来，将拎在手中的空汽油箱丢在地上。日军士兵远远地从跑道那边冲来。他们开枪了，子弹在岳小白脚下绽放出瞬间即逝的梅花。岳小白快速从一个兜里掏出一只汽油瓶，揭开塞子，边退边倒，将瓶里的油倒出一条线，向机场跑道跑去。岳小白在子弹的花瓣里跳跃着，他倒光了汽油，丢下汽油瓶，撒腿逃跑。日军中尉："不要开枪，不要打中地窝！抓活的！"士兵们停下射击，冲向飞机地窝。岳小白离开飞机地窝，沿着草地迎着日军向跑道这边跑来，向日军开枪。两名士兵倒下。日军士兵开枪。子弹打在岳小白身边。岳小白打光了弹匣里的子弹，连续向日军士兵丢出两颗手榴弹。手榴弹在士兵中间爆炸，炸倒几名士兵，其余士兵连忙卧倒。岳小白在奔跑中快速换弹匣，回身向飞机地窝连续射击，一口气打光了弹匣里的子弹。子弹高速射向飞机地窝，击中地面，点燃了汽油。火焰像一条扭动的蛇，快速向飞机地窝蹿去，点燃了地窝大门、伪装网，地窝里瞬间燃烧起来。岳小白冲上跑道，沿着跑道向野外飞奔，把日军士兵甩在身后。岳小白停下来，向追来的日军士兵投出最后一颗手榴弹，继续飞奔。手榴弹在日军前面爆炸，火团阻止住日军士兵。

地窝里的爆炸开始了，先是一枚枚汽油瓶，然后是手榴弹，手榴弹的爆炸和汽油瓶的燃烧促成了飞机油箱的燃烧和爆炸，爆炸连续不断，地窝式机库被掀上天空，火光腾空而起，将无数残骸送上天空。

日军中尉看着飞上天空的机库，惊慌失措，下令3名日军士兵去追岳小白，他带领其他人转身跑向飞机地窝去灭火。

3名身穿皮夹克和白色衬衣的日军神风敢死队飞行员从跑道旁的飞行员宿舍里冲出来，冲向停在值班室门口的几辆摩托车。两辆摩托车冲出去，快速蹿上跑道。另一辆摩托车刚启动，黑暗中扑出蔡广得，将飞行员撞倒在地。蔡广得从地上爬起来，一脚踩断了飞行员的脖子。蔡广得看一眼已经发动倒在地上的摩托车，有些发愣。他扭头看。两辆摩托车快速向跑道那边追去。蔡广得一咬牙，拽起摩托车，跨上去。摩托车往前一冲，歪歪扭扭地蹿出去，蹿向与岳小白相反的另一个方向。蔡广得不会骑摩托车，他惊恐万状地控制着车把。摩托车东倒西歪，滑向一边，将他重重地摔倒在地上。蔡广得从地上爬起来，扶起倒在地上的摩托车，重新跨上去。摩托车蹿出去，在跑道边上调了个头，蹿上跑道，向另两辆摩托车追去。

岳小白在跑道上拼命狂奔。岳小白站下，大喘着粗气地向摩托车射击。但没有打中，岳小白继续狂奔。他在飞奔中换弹匣。手枪失手从他手里滑掉。他有些惊慌，没有停下来，在狂奔中回头看了一眼。两辆摩托车超过3名士兵撵了上来。岳小白拔出匕首，拼命狂奔。

蔡广得歪歪扭扭地控制着车把，死死盯住前方。他看见岳小白在拼命奔跑，日军飞行员的摩托车快要追上他了。蔡广得加大油门，从3名奔跑的日军士兵当中冲了过去，带倒一名士兵。蔡广得追上了两辆日军飞行员摩托车。他们已经接近岳小白。蔡广得开枪了。一辆摩托车滑出老远，飞行员摔在地上不动了。蔡广得追上另一辆摩托车，在那辆摩托车追上岳小白的一刹那，他扑了出去。蔡广得重重地压在飞行员身上，两个人飞出摩托车，摔在地上，滚出十几米。蔡广得摔得很重，晕厥过去，趴在地上不动。飞行员躺了一会儿，挣扎着踉跄爬起来。岳小白快速返回，一刀结果了飞行员，下掉他的枪，扑向蔡广得，将他抱起来。蔡广得满脸鲜血，失去了知觉。岳小白将蔡广得拖到一辆摩托车前，扶起摩托车。岳小白让失去知觉的蔡广得和自己相向而坐，脑袋耷拉在自己肩头，用牙咬住他的衣领，发动了摩托车。摩托车载着岳小白和蔡广得飞速消失在黑夜中。

远处的飞机地窝仍在持续地爆炸，大火映亮了半个天空。远处山坳兵营方向，有一长串车辆大灯星星点点，运兵车快速驶来。

几名日军士兵呆呆地站在公路哨卡上，朝远处的机场方向看。那里的火光映红了半边天空，传来隐约的爆炸声。一辆军用货车从哨卡旁边的树林中发疯般冲出来，沿着简易公路边上的野地跳跃着冲上公路，冲过哨卡。士兵们没有反应过来，直到军用货车冲过哨卡他们才醒悟过来，纷纷追上去，向驶远的汽车开枪。军用运粮车飞快地驶过。

胖少佐和陆通译被一条绳索捆绑在粮包上，不断地颠簸着。胖少佐试图摆脱捆绑，他做不到。他想移向车后，绳索把他紧紧地捆在粮包上。陆通译惊慌地注意着胖少佐。

岳小白驾驶着车子，蔡广得在一旁的副驾座上，逐渐从昏迷中醒来。他满脸摔开了花，不断淌着鼻血，胳膊摔脱了臼，无力地垂吊在一边。岳小白："谁他妈让你进去的！"蔡广得："我说过，你不出来，我就进去……"岳小白："我俩差点都完了！你他妈是世界上最傻的傻瓜！"蔡广得歪倒在一旁，昏昏欲睡。岳小白担心蔡广得睡过去，拼命说话："别睡，我们还有活要干。还记得我给你讲的逃亡的故事吗，美国人给我一个小时时间逃离，但日本人不会，他们会很快追上来，把我们碾成肉饼。"蔡广得："睡觉……"岳小白："我们得尽快拿到情报。你不会日语，你来开车，我去对付那个军需官。"蔡广得："我不会，开车……"岳小白："你开得很好。我会告诉你怎么开。"蔡广得："不会……"岳小白："你会！你把神风敢死队的飞行员都干掉了！你能把摩托骑得飞起来！你他妈的干什么都行！"蔡广得："我的手，断了……"岳小白："断了也得开！脑袋掉了也得开！"蔡广得脑袋耷拉下去，进入睡眠状态。岳小白空出一只手粗暴地将蔡广得摇醒，下死劲儿掐他。岳小白："醒醒，别睡！要么你来开车，要么你去审鬼子，你挑！"

厢帘揭开，岳小白从驾驶室钻进来。陆通译吓得往一边躲。胖少佐仇恨地瞪着岳小白。岳小白抽出匕首，掏出胖少佐嘴里的麻袋片，抓过他的一只手摁在粮袋上，说："听好了，我没有多少时间给你，我只问一次，不问第二遍。你的部队番号、建制、指挥官和部署。"胖少佐："杂碎，我会杀了你！"岳小白匕首一挥，一只手指掉在粮包上，滚落进粮包里。胖少佐惨叫着，大声叱骂："蠢材！废物！去死吧！"

蔡广得强撑着伏在驾驶盘上，努力瞪大眼睛盯着前方。鼻血和脸上的血顺着他的下颌滴落到身上。他的一只脱臼的胳膊用不上力，耷拉在一旁。蔡广得盯着前方。他吃力地将耷拉在一旁的胳膊放在方向盘上。车窗前，远远出现45师的哨卡。蔡广得趴在方向盘上，腾出能动的那只胳膊抹去鼻血，咬牙踩死油门。

45师的士兵已经接到电话，将路障放下，拦在道路当中。军用运粮车高速驶来。45师的士兵开枪，子弹不断打在车头，卡车歪歪扭扭冲开路障，闯了过去。45师的士兵朝驶远的军用运粮车开枪。

子弹打在后厢板上，火花四溅。车摇晃得厉害。车驶远后，岳小白抬起身子，从粮包后拎出胖少佐，抓住他鲜血淋漓的手问："现在想好了？"胖少佐："杂种，虫子，畜生！"岳小白一挥匕首，第二只手指掉在粮包上，跳一下不见了。胖少佐惨叫着抽搐着，嘴里骂着更难听的话。岳小白挥拳将胖少佐击昏，骂声终止了。岳小白回头看陆通译，眼里刺出一道冷酷的光。陆通译恐惧得几乎晕厥过去。岳小白掏出陆通译嘴里的麻袋布。陆通译："别杀我，求爷爷别杀我，我说，我知道的都说。"

陆通译满脸都是鼻涕泪痕，说："他是57运输联队的军需官，叫冈本小川，为机场的神风飞行队和独立混成旅解决粮食，我只是帮点小忙，什么坏事也没有干过。我说的都是真话。"岳小白："独立混成旅番号多少？"陆通译："不知道，我真不知道。他们不说，也不让问，我只知道，他们是129师团的，师团长叫鹈泽尚信，是个大家伙。"

蔡广得脱臼的那条胳膊从方向盘上耷拉下来。蔡广得快要睁不开眼睛了，他努力瞪着眼睛看前方，凭借最后一点力气支撑住方向盘。蔡广得终于支撑不住，头耷拉下去，趴倒在方向盘上。军用运粮车歪歪扭扭地在公路上行驶，冲下公路，翻进路边的野地。在运粮车倾倒前的一瞬间，岳小白飞身跳出车厢。

岳小白冲向驾驶室，几脚踹开卡住的车门，将晕死过去的蔡广得拖出来。汽车开始冒烟，然后冒出一团火。岳小白冲到车厢看。胖少佐被粮包压在下面，只露出一条胳膊。陆通译还在蠕动。岳小白将受了伤的陆通译从粮包中拽出来，拖到稍远处，割断他身上的绳索。汽车开始着火。迷迷糊糊的陆通译挣扎着往一边爬。岳小白吃力地将蔡广得扛在肩上，离开着火的汽车。他经过陆通译，未加理睬，扛着蔡广得钻进丛林。汽车爆炸了。火焰将陆通译淹没……

朝霞将水网地带映照得五彩纷呈，一群早起的水鸟掠水飞过。岳小白一身硝烟，步履艰难，扛着蔡广得走来。蔡广得失去了知觉，头耷拉在岳小白的背上。

叶德全木头似的靠在莨菪汁缸上，整个夜晚，他都没有改变过这个姿势。远处的浸洗池里，晒布工唱着客家民歌，捞出黑红色的绸布，摊到晒场上。丁荷欣喜若狂地向这边奔来，说："他们回来了！"叶德全不肯相信，抬头向水网地带看去。阳光中，岳小白扛着蔡广得沿着田埂艰难地朝这边走来。叶德全无声地哭了，抬起手遮住脸，不让丁荷看见，肩膀抽动得厉害。

黄宅院子，浅丘经道认真地看山水墙上的一幅老砖雕。小林正雄和朴渚芳紧张地站在他身后。小林正雄："鹈泽师团长想知道，他的部队为什么屡次遭到不明身份者的袭击。"

朴渚芳："13飞行师团损失很大，他们丢掉了21架K2战斗机，3名神风队飞行员殉职。"

浅丘经道转过身，恼羞成怒地说："这句话我也想问你们，当袭击者突破层层防线进入帝国军队机场的时候，你们在干什么？"小林正雄："是，我们失职。"

浅丘经道："罗浮山那边有什么情况？"小林正雄："没有任何动静。"浅丘经道发作："混账，他们不会不知道布吉发生了什么，攻击布吉机场就是他们的策划！你们是怎么盯着的？没有限制住他们的行动，反而让他们打到自己鼻子下面来了！"

朴渚芳："教授，这不可能是他们干的，他们正忙着向北粤山区调动，策应王震的359旅南下。"浅丘经道："那你们说说，到底是谁干的，谁？"朴渚芳和小林正雄对视一眼，没有说话。

浅丘经道："只要不把心思放在海边防御工事，他干什么我不管。立刻调查布吉方向发生的事情，找到袭击者的线索，把袭击者一个不少地给我抓来！"浅丘经道向屋里走去，吩咐道："告诉美沙子，今晚我会去看她的戏。"

赛南粤对镜描脸。便衣的浅丘经道和便衣的朴渚芳在一旁欣赏。浅丘经道："颠云倒雨之容，倾城倾国之貌，实在是人中仙子，太美了！"赛南粤对着镜子嫣然一笑。浅丘经道："朴上尉，你要有她这样的容貌，也不用那么辛苦地做一个军人了。"朴渚芳："我和杨夫人不能比。"赛南粤回头看朴渚芳，抚摸朴渚芳的脸蛋，说："不，你这样美丽的脸蛋，连我也会喜欢上的。"浅丘经道看着两个人，奇怪地微笑一下，走到一旁去把玩赛南粤的行头。

朴渚芳："'黄蜂'最近都在和什么人联系。"赛南粤愣了一下，手停在朴渚芳的脸上，说："他最近一直在帮忙田中总督清理对立国银行的证券，没看见他和谁来往。"

朴渚芳："那么，他怎么知道德国人正在转移他们在香港的资产，帝国保安部斯特·卡尔登布隆纳的人又是怎么找到他的？"赛南粤的手从朴渚芳的脸上拿开，继续化装。

赛南粤："我不知道。我早告诉过你们，他从不让我介入他在做的事情，他能带我去的应酬，没有任何情报价值。"

朴渚芳："你错了。'黄蜂'是千变间谍，难以琢磨，他这种人破坏性大，非常危险，同时也是最有价值的间谍，所以交战各国的谍报机关才让他活着，只有一种人能够攻破他的防线，他身边的女人。"

赛南粤："你们也知道，他是一个无情的人，只在女人身上用钱，从不在女人身上用情，他忌讳我是日侨，一开始就没有相信过我，也没有给我任何承诺，连他自己的女儿都从身边赶走了，他谁也不会相信。"

朴渚芳："没有任何人是铁板一块，他太太死了这么多年，可他一直没有续弦，身边的女人走马灯似的换，没有一个能够持久，你却能在他身边待了3年，说明他在意你，你有机会。"赛南粤："好吧，我会试试。"

浅丘经道："不是试。"浅丘经道过来，从赛南粤手中抽出画眉笔，细心地替她勾眉。浅丘经道："帝国圣战到了最关键的时候，天皇子民应该前仆后继，各尽所能，你是天皇的子孙，杨子昆清楚这个，你不用顾忌，要想方设法从他那儿拿到有价值的情报。"

赛南粤："我要做什么？"浅丘经道："朴上尉会告诉你。"浅丘经道欣赏自己勾的眉，说："看看吧，你会知道，你是一个杰作。"浅丘经道丢下画笔向门口走去，又说："晚上我会来听你的戏，你让'黄蜂'戏后请我消夜。在他回到香港之前，我不会再让他从我手里溜掉。"

浅丘经道走出化装间，向春山二路吩咐："去火车站。"

叶德全欣喜若狂地坐在那儿，一字一字往情报上填写着。蔡广得已经醒了，人迷迷糊糊的，穿了个大裤衩，赤条条躺在凉床上，身上旧伤没去，新鲜伤痕惨不忍睹。岳小白为他检查胳膊，丁荷在一旁帮忙。

岳小白："抱紧他。"丁荷搂紧蔡广得。岳小白猛地咔嚓一拉，蔡广得怒吼一声，晕死过去。丁荷："你把他整死了！"

岳小白："一会儿他就活了。给他擦擦汗，涂上药，让他睡一会儿。"

丁荷："他会醒吗？"岳小白："这我管不了，反正他胳膊保住了。"

丁荷："你一点都不负责，你是一个铁石心肠的人！"

岳小白："他要能醒过来你问问他，看看那个操蛋的不要命的家伙是谁。"说完不再理会丁荷，过去看叶德全往情报上填字，看不过去，抢笔，说："看你费劲的。我来。"叶德全护住笔不让岳小白抢，说："不行，得我写，我亲自写。"岳小白："让你的组织看到你的笔迹？"叶德全："随你怎么说。"

叶德全一笔一画，非常认真地写。他描好最后一个字，舒了口气。叶德全和岳小白看着情报，两人一时感慨万端，竟有些眼眶湿润。叶德全："没想到，让我们逮到个大家伙，我到现在还不敢相信这是真的！"岳小白："一个隐藏了番号的日军师团藏在宝安，不管这是不是我们的任务，它肯定是盟军想知道的！"叶德全："是啊，事情到底被我们做到了！"

丁荷停下往蔡广得身上涂抹药，兴奋地跑过来问："那我就可以和菜花头去找我爹我娘了？"叶德全微笑着拍了拍丁荷的脑袋，说："只要把情报安全地送到罗浮山，你就是大功臣，愿意干什么都行。"3个人把目光投向昏睡中的蔡广得。阳光透过竹帘洒在他赤裸的身体上，他的睡相就像一个刚出生的婴儿。

岳小白："情报怎么送到祁德尊手上？"叶德全："你们回来之前，我和渣子已经找到他了。"岳小白："真的？"叶德全："他藏在民生戏院，那里是惠宝大队的联络点，他来接两个英军战俘，刚从深水埗战俘营逃出来的，本来一早就走，我让他等等。"叶德全起身取手杖，说："我们这就去，让渣子照顾菜花头，事情一办完，我们就去找小蜜蜂。然后，我们就可以回罗浮山了，这回，谁也挡不住我们回去！"岳小白："你能行吗？要不我和渣子去。"

叶德全："这事得我亲自去，不然说不清楚。走吧。"

民生戏院化装间，朴渚芳已经和赛南粤谈完，告辞，到门口站住问："你能告诉我，'黄蜂'的信念是什么？"赛南粤在镜子里看自己描好的脸，半晌才说："我怀疑，连他自己都说不清楚。"朴渚芳："一个人连自己都说不清，这是个悲剧。"说完拉开门出去了。赛南粤对着镜子嫣然一笑，自言自语："可对有的人，这是喜剧。"

岳小白和叶德全匆匆来到民生戏院。戏院经理殷勤地将朴渚芳从戏院里送出来。岳小白发现了朴渚芳，下意识停下，扭头追上去。朴渚芳在前，岳小白在后，两人快步走向广场。朴渚芳站了下来，转过身。朴渚芳眉头轻轻一挑，连问两遍："你在找我吗？"岳小白省过神来说："对不起长官，我没有故意不礼貌的意思，我在找一个熟人。"朴渚芳："哦？他是谁？"岳小白："我那么说可能很傻，他和您很像，姓金，是位先生。"朴渚芳："日本人？"岳小白："不，朝鲜人。"朴渚芳："希望你能找到他。"岳小白："我能问一下，长官姓什么？"朴渚芳："大胆，你可能会为你的鲁莽死在大牢里。"岳小白："我……"朴渚芳没等岳小白说话，已经转身走开，突然又转回身来说："顺便说一句，你是铁匠吧，而且是个粗心大意的铁匠。"岳上白刚要回答，朴渚芳根本不给他这个机会说："让你的师傅教会你怎样才不至于让火花溅到脸上，这比学会手艺更重要。"朴渚芳转头走掉。4名日军特工从广场边巷子里转出来，迎上朴渚芳。岳小白下意识地摸脸上的伤痕。

叶德全过来，问："她是谁？"岳小白："不认识，但很像我要找的一个人。"叶德全："难怪菜花头说你，见着女人就上。"岳小白："别瞎猜，我要找的是个男人。"叶德全："你连男女都不分，那可是日本女军官！"岳小白："而且是个阴险的家伙，我脸上的伤差点儿让她认出来。"叶德全："什么？你，我看你让胜利冲昏了头脑！"岳小白："走吧，我们得快点。"叶德全和岳小白转身进了戏院。

两辆黄包车驶来停在台阶下。杨子昆和黄叔下车，两人匆匆进了剧院。另一辆车上下来南丫头和一名保镖。

剧院化装间，赛南粤惊讶："现在就走？"杨子昆："对，现在就走，一分钟也不逗留。"赛南粤："为什么？"杨子昆："现在我不给你解释，回头再说。你收拾一下，船已经在码头上等着了。"赛南粤："可我一会儿就得上台，票都卖出去了。"杨子昆："这里的事我会告诉周经理，他会想办法救场。"赛南粤："浅丘先生要我晚上戏散场后，一定要安排他和你喝茶，我答应了他。"杨子昆："这就是我们离开的原因，我不见他。"赛南粤："可到底为什么呀？"杨子昆不再解释，叫来南丫头，吩咐："替夫人收拾一下，行头不用带了。"

岳小白和一名惠宝大队的游击队员在剧院地下室门口望风，两人互相警觉地对视。戏院地下室堆放着很多道具，叶德全和汉语生硬的祁德尊说话，一名惠宝大队的联络员警惕地注意着叶德全。两个头发蓬乱的英军逃亡战俘坐在戏箱上，惊恐不安地看着两人。祁德尊："你们是怎么找到我的？"叶德全："我们有自己的渠道。二位，你们已经检查过了，我们没有武器，请让我们和祁德尊先生单独说两句。"祁德尊表示可以。两名联络员将信将疑地带着两名英军战俘离开地下室。

叶德全："我们希望祁德尊先生能帮我们一个忙，送一样东西给罗浮山。"祁德尊："我不认识你，为什么要替你做这件事。"叶德全："你认识一个叫蔡广得的游击队员吗？"祁德尊："蔡广得？不，不认识。"岳小白："他是东纵三支队的，3年前是港九大队的游击队员，他曾经帮助过你们。"祁德尊："我见过很多游击队员，他们都是好样的，但我不知道他们叫什么名字。"叶德全："请你看看这个东西，你会做出判断。"叶德全将情报递给祁德尊。

祁德尊从情报上抬起头说："这是一份非常重要的情报，你从哪儿弄到的？你是谁？"叶德全："我是谁不重要，从哪儿弄来的也不重要，重要的是情报。"岳小白："情报是我们核实过的，用不着怀疑。"

叶德全："祁德尊先生，我知道，你们英军服务团和东纵的关系很好，东纵一直在帮助你们，这次也请你帮助东纵，把这份情报尽快送到东纵手上。"祁德尊："你放心，我会想办法。"叶德全："我需要时间保证，10天之内一定要送到东纵手上，否则情报就没有意义了。"

祁德尊："我记住这个时间了。我会尽快把情报送达。可我想知道，先生，你们到底是谁？你们是哪个组织，为什么要帮助东纵？"

过了半晌。叶德全说："请转告东纵首长，就说，一个叫'木棉花'的行动小组在为他们工作。"祁德尊："木棉花？就是那个盛开的时候火红一片的美丽的树木吗？"

叶德全："季节已经过了，它们已经开完了，你拿到的情报就是。现在，它们该凋落了，人们再也看不见它们。"

祁德尊饶有兴趣地看叶德全，说："你们中国人很奇怪，你们太含蓄，让人捉摸不透。"

第十三章
深圳受挫　木棉花落

深圳墟东门火车站，一辆100型铁道牵引车停在站台上，前后是数辆铁道运兵车，站台上日军戒备森严。

酒井隆在站台上对一身军装的浅丘经道说："为使美军登陆后我军不致腹背受敌，派遣军方面秘密向赤共提出交换条件，在华东让出8个县城，实现局部和平协议。"

浅丘经道惊愕："和赤共谈判停战？"酒井隆："赤共前天派华东局情报部长杨帆秘密赴南京，冈村宁次司令官的特派代表小林浅山郎专程面晤杨帆，商谈局部和平事宜。"

浅丘经道："天皇的弟弟？"酒井隆："是啊，皇亲国戚都出面了，身份非同一般，可赤共并没有把大日本帝国放在眼里，拒绝了我方的提议。"

浅丘经道："支那人的口气越来越大。"酒井隆："浅丘君，争取赤共在美国人登陆后保持中立的可能性不大了，陆军要维护神州国体，保卫皇土，誓将圣战进行到底，纵令啮草嚼土，伏尸荒野，亦须断然奋战，直到最后一人，全军宁可玉碎，决不息兵。"浅丘经道："是，本人决意率百战百胜皇军之最精锐情报部队，抱全体祈死之决心，誓将骄敌击灭，以挽狂澜于既倒。"

酒井隆："有浅丘君这句话，我就放心了。我就是为这个在此逗留，拜托了。"浅丘经道向酒井隆行军礼。酒井隆在侍卫的簇拥下登上铁道运兵车，驶离而去。

浅丘经道和小林正雄走向座驾。朴渚芳迎上，报告："'黄蜂'派人送情报来了。东纵有一支情报队两天前潜入深圳墟，代号'木棉花'，情报队一共4个人，全部是男性，目标是为盟军搜集我反登陆作战防御情况。"

浅丘经道："'黄蜂'到底出手了。看来，美沙子在他心中还是有地位的。"

小林正雄："教授，如果这样，袭击布吉机场的很可能就是这个叫'木棉花'的情报队。"

朴渚芳："可在我们掌握的情报中，没有它的资料。"浅丘经道："我说过，东纵是一条蛇，它会在我们不防备的情况下向我们偷袭。立刻抓捕这4个人，弄清楚情况，看看东纵是否又派出了新的武装侦察小组。"

小林正雄和朴渚芳冲向自己的车。两辆车分别驶去。

叶德全和岳小白收拾好东西，蔡广得和丁荷在和晒布工们依依告别。蔡广得满脸是伤，身体很虚，脱臼后重新接好的胳膊有些不得力，但因为完成了任务，精气神很足，一个个和晒布工拥抱。4个人背着行囊离开晒布场。

4个人来到原客店，派丁荷进去打探。丁荷出来，告诉大家杨桃没有回来。叶德全布置大家分头去找，她可能去的任何地方都不放过，要找到她。叶德全和丁荷钻进一条巷子。蔡广得和岳小白沿着鸭仔街走去。

杨家的船停泊在深圳河码头上。一些脚夫将大量箱子装上船。在黄叔和几名家仆的簇拥下，杨子昆和赛南粤匆匆而来。杨子昆向黄叔交待："细软全部搬空，动静闹大一点，让镇上的人都知道我走了。把这边的事情处理完，你也不用待在宝安了，尽快到香港见我。"黄叔："我明白。"

借着这个机会，赛南粤向一名家仆示意。家仆暗示明白，向码头上退去。杨子昆："我们走吧。"赛南粤："十三叔呢，怎么没看见他？"杨子昆："他先一步回香港了，去处理一些事。"杨子昆和赛南粤匆匆上船。船工解缆准备起航。

前后有保镖开路，两座轿子匆匆从南头古城穿过。前面的轿子掀开轿帘，十三叔吩咐："快点！"

两座轿子停在南头码头上，两名年轻的家仆强行带着杨桃走向一艘停泊在南头码头上的船，十三叔带着另两名家仆紧跟其后。杨桃挣扎，大叫："你们要把我带到哪儿去？这是什么地方？我不走！"十三叔好言宽慰杨桃，并示意家仆强行将杨桃拉上船，强行带入船舱。杨桃大吵大闹，又踢又打，家仆不敢还手。杨桃无法冲过家仆的阻拦，冲向十三叔，说："十三叔，我不能离开深圳墟，你把他叫来，我要见他！"

十三叔："小姐，这个我做不到，我不知道大先生在哪儿，他让我把你送走，我得这么做。"

杨桃："他在哪儿，把他叫来，我要见他！"十三叔吩咐家仆："开船。"杨桃突然冲向一旁，从船舱里抓了一把渔刀，冲开家仆的阻拦，冲出船舱。

杨桃从船舱里冲出来，想跳上码头，船夫操起船篙挡住她，过来抓她。杨桃无路可走，被仆人逼回船舱，她一咬牙，攀上船沿，纵身跃向海中。

蔡广得和岳小白寻找杨桃，来到民缝街。有一队伪军匆匆持枪跑过。街上的行人连忙躲避。两人不知有何情况，觉得应该先躲躲。两人返身向街边小巷溜去。蔡广得突然站住，说："也可能是小蜜蜂，她被他们抓住了。"两人相视一眼，回过身，跟着伪军跑去的方向追去。

蔡广得和岳小白跟在伪军后面，刚要转过路口，发现几名日军押着两名年轻人连踢带打地过来了，连忙掩身拐角处。岳小白快速拨开门，将蔡广得拖进身后屋内。

两个人趴在门缝里向外看。蔡广得吃了一惊，说："是惠宝大队的人，我认识他们！"下意识要往外冲，被岳小白一把拉住。岳小白："你怎么老是找事，就不能消停一点？"

蔡广得："那是我的同志！"岳小白："你不是要当国军吗？你骨子里根本就是共产党，当什么国军！"蔡广得："你们国军不管自己的人？要这样，白给我当我也不当！"

岳小白："你不是还想杀老鳗鱼吗？"蔡广得："如果我阿妈是他杀

的，找到证据我就杀！"

岳小白："别找了，老鳗鱼要是内鬼，他能把情报送出去？情报没过我俩的手，而我俩跳得最欢。"蔡广得："你是说，我俩才是内鬼？"

岳小白回身操起一条长凳塞到蔡广得怀里，说："去吧，救你的同志去，表演给我看看。"蔡广得不吃惊，夹着条凳拉开门走出去。岳小白大吃一惊。

蔡广得抱着条凳冲出来。大街上空无一人，人早走远了。蔡广得推开门回屋，门夹住藏在门后的岳小白，夹得他哎呀一声。蔡广得也不理会，气得把条凳往地上一甩。条凳摔散了架。岳小白："没救下来人算饶你一命，你拿条凳出什么气？"蔡广得目光直盯岳小白背后。岳小白回头。身后站着一位刚从里间颤颤巍巍出来的老大妈，害怕地看着他俩。

蔡广得尴尬万分，说："大妈，对不起，我，我不是故意的，我打个欠条，我一定赔。"岳小白："大妈，别信他，他兜里一文钱也没有，到处打欠条，一次没兑现。"蔡广得急了："你能不能不起哄？我对不起天，对不起地，不能对不起乡亲！"岳小白："大妈，您都听见了，他连天地都能对不起，别说人了，您起哄，让他背三大纪律八项注意，看他对不对得起您。"蔡广得："大妈，他是我的领导，有问题他负责。"蔡广得拉开门夺门而逃。岳小白无奈地掏口袋，什么也没掏出来，发窘，说："大妈，这个，三大纪律八项纪律我背不了，我替您去把他抓回来。"岳小白夺门而逃。

叶德全和丁荷逆着逃跑的人群过来。叶德全："看来情况不对，我们不能这么找下去了，先找地方躲躲。"丁荷："可杨桃姐还没找到。"叶德全："没找到也不能找了，再找下去，我俩也得落到鬼子手上。"丁荷："你要想躲，你去躲吧，我去找。"丁荷钻进人群。

丁荷跑上西河街，看见一个姑娘在前面慌里慌张地跑，背影非常像杨桃。丁荷拔腿追去。年轻姑娘被几名日军士兵拦住，吓坏了。丁荷本已钻进旁边的小巷子，躲在那儿往西河大街上看。日军士兵对年轻姑娘动手动脚，年轻姑娘又哭又闹。丁荷急坏了，不顾一切地冲出去，扑向日军士兵，拳打脚踢地推开他们。丁荷："不许碰我姐！不许碰我姐！"丁荷被日军打倒在地，爬起来，脸上挨了好几下耳光，人被拎住。他努力睁开打花的眼睛，才知那个年轻的姑娘不是杨桃。叶德全不知从哪儿钻出来，一瘸一拐过来。日军士兵枪一横。叶德全一把搂住丁荷，3个人被押走了。

深圳墟的一座宗祠学堂成了关押被抓嫌疑人的地方，门口有士兵把守，不断有士兵押解着人送到这里来。叶德全、丁荷和年轻姑娘被押进学堂。

叶德全和丁荷被推进学堂后院。后院里已经关押了上百名百姓，全都吓坏了。叶德全往地上一坐，咬着牙扶住大腿。丁荷凑过来，抬眼看叶德全。叶德全："没事，就是手杖丢了。"丁荷："你不该出来的。"叶德全："你不该出去的，不也出去了吗？"丁荷："我们怎么办？"叶德全："我脑子有点转不过来，我得想想。"

蔡广得和岳小白从一家院子的残墙里探出脑袋，朝巷子里看。巷子里空空的，没有人。岳小白："说吧，往下怎么办。"蔡广得："情报找到了，核实了，送走了，我俩没什么好纠缠的，就在这儿分手吧。"岳小白："行。不说后会有期的话，以后咱俩也别见面了。"

两人翻出残墙。岳小白扭头就跑，跑几步慢下来，站下，回头问："你去哪儿？"蔡广得："用不着你管。"岳小白："你还想找小蜜蜂？"蔡广得："那是我的事。"岳小白："你已经洗白自己了，为什么不把自己的命留下来？别告诉我你们都是东纵的。"蔡广得："我还真没那么想。"岳小白："那是为什么？"蔡广得："她从7岁起就是一个人，没人管她，她总是害怕。"身后的大街上传来喧嚷声。

蔡广得像只狸猫，回身几下就攀回残墙，再从那里跳上屋顶。岳小白犹豫了一下，也上了残墙。蔡广得："别跟着我。"岳小白："我讨厌人害怕。"两人消失在屋顶。

叶德全趁着闹哄哄的，用一块布把腿上的伤扎紧了。丁荷摸回来。叶德全："你去哪儿了？"丁荷："跟我走。离开这儿。"叶德全大喜："有你的！"丁荷搀扶着叶德全站起来。

双人来到一段红墙下，红墙上坐着背影很像杨桃的姑娘，手里握着一把79枪刺。叶德全不解。丁荷："是我偷的，就刚才，我以为我们会战斗。"叶德全："枪刺我不吃惊，她是怎么回事？"丁荷："她背影像杨桃姐，我就把她当姐，我得把她救出去。"叶德全感动了："姑娘，慢慢下去，别摔着，渣子会心疼。"年轻姑娘翻过墙去。叶德全够着墙沿，可伤口有碍，怎么都上不去，人摔下来。叶德全："你先上，我先喘喘气。"丁荷："吹牛，你一辈子也别想上去。"

丁荷趴在墙上，弯下腰。让叶德全踩在身上上去。叶德全："胡闹，就你那身子骨，还不把你踩碎了！"丁荷："别忘了，小汤姆就是我顶上墙的。"叶德全犹豫了。

蔡广得和岳小白猫似的在房顶上跳来跳去，接近宗祠学堂。趴在防火墙后，观察学堂里关押的人。蔡广得："我们来这儿干吗？"岳小白："没看见满街抓人，镇上就学堂地方大，小蜜蜂可能押在这儿。"岳小白发现朴渚芳在学堂门口巡视一个个被押解来的人。

两名伪军推搡着一个穿粗布的年轻人过来，朴渚芳一把拽住，抓下那人的毡帽看了一眼，帽子丢在地上。朴渚芳：走吧。年轻人被推进学堂。

蔡广得发觉岳小白死死盯住学校门口，不知岳小白想干什么，说："那不是小蜜蜂。"岳小白："你待在这儿，我过那边去。"蔡广得："你怎么见到女人就上，连鬼子也不放过？"岳小白："我喜欢女人。"蔡广得："包括鬼子？"岳小白："你不懂，最危险的女人是最美丽的。"蔡广得："我们在找小蜜蜂，你不能去。"

蔡广得阻止岳小白，两人在屋顶上拉扯起来。岳小白一把推开蔡广得，蔡广得没站稳，滑倒在房顶上，把一块瓦蹬落到街上。瓦片摔碎在地上，士兵发现了房顶上的蔡广得和岳小白。数名日军士兵向对面冲去。岳小白用力将蔡广得拉回屋顶，日军士兵向屋顶上开枪，两人仓促逃跑。

浅丘经道和小林正雄站在新市场前，看着士兵们从大街上冲过来跑过去。一名日军特工走到小林正雄身边，小声向他汇报。小林正雄走到浅丘经道身边说："'黄蜂'溜了。他这次回深圳墟，并非践约来见教授，也不是陪美沙子回来演出，而是秘密转移细软，半小时前，他的船离开了码头。"

浅丘经道："这个脚踩八条船的大嘴巴，他知道帝国大势已去，想溜。通知香港，盯住他。"小林正雄："是。"浅丘经道："还有，他有可能逃往海外，和美沙子联系，让她设法把'黄蜂'拖在香港，不让他出境，一旦有动静，立刻汇报。"小林正雄："是。"浅丘经道："他手头掌握着我们的大量秘密情报，如果落到同盟国手中，足可以让他们在战后对大日本帝国……"

　　浅丘经道停下来，他的目光投向一个地方，那是两天前他和"木棉花"小组相遇的地方。浅丘经道陷入沉思，片刻，脱口而出："'黄蜂'骗了我们，不是4个男人，是3男1女。女的是年轻姑娘，一个男人年纪较大，腿脚不方便，拄着手杖，其他3个都是年轻人。"小林正雄向部下下令追查3男1女，部下跑开。浅丘经道："立刻查，'黄蜂'为什么要透露给我们一个有明显纰漏的情报。"小林正雄："是。"

　　老梁在联络处外向吴为汇报。吴为："没找到？一个都没找到？"老梁："得仔家就他一个人，派去大鹏的人回来说，他家里长了一屋的荒草，墙都倒了。老叶家在邵阳，派出去的人还在路上。岳小白的家在上海，我们通过上海的关系联系上了知道他家情况的人，他家里也只剩下他一个人了，他不会回到上海去。丁荷是孤儿，没有家，根本没法找。"

　　吴为："杨桃呢？难道你们连杨子昆都找不到吗？"老梁："惠宝大队报告，杨子昆已经回到深圳墟，但没有看见杨桃的踪迹。我已经让港九大队注意杨子昆的情况，一旦发现杨桃，就把她保护起来，立刻送往根据地。"

　　吴为愣了一会儿，人有点出神，问："蔡广得，岳小白，丁荷，他们都是孤儿？"老梁："对。"吴为愧疚极了，说："我怎么没有想到，他们都没有家。你说，我为什么要派他们出去？"

　　老梁："他们都是在打鬼子这些年把家丢掉的。你不能这么想，我们没有人，只能派他们出去。"

　　吴为："他们没有家了，如果他们也丢了，那就是一个家没了，一个中国人的家，没了。"老梁无言以对。吴为："老梁，告诉我，这8年，不，这14年，有多少中国人的家没了？"

　　老梁："我说不出来，一定有很多很多。"

　　吴为："那你告诉我，'蚂蚁'小组的5个人，他们还活着吗？如果活着，他们在哪儿？"老梁沉默。

　　日伪军在街上到处抓人。叶德全一瘸一拐地和丁荷跑来，姑娘跟着他们，3个人躲避着满街都是的日伪军。叶德全手中多了一根木棍，但仍然行动困难，丁荷吃力地搀扶着他，随着逃跑的人群艰难地往前跑。

　　3个人钻进一条小巷子，叶德全站下喘息，说："渣子，我走不了了，你俩快走吧。"丁荷："不行，我不能丢下你。"叶德全："你还不明白，这样连你也跑不掉！"丁荷转身对姑娘说："姐，你快走，找地方躲起来，别让鬼子抓住。"姑娘："我跟着你。"叶德全看姑娘，再看丁荷，苦笑道："姑娘，你看清他，以后也许你们还能见上，别忘了，他叫渣子，是条汉子。"姑娘点点头，冲丁荷鞠了一躬，恋恋不舍地跑走。

　　丁荷把叶德全搀扶进一个布店躲避，被那家人阻拦住。丁荷："大叔，让我们进去躲躲。"布店主把丁荷往外推，说："你躲了，我一家人怎么办？"丁荷："求你了，大叔，我们躲一会儿就走！"布店主："还躲什么呀，没看见吗，日本人在清街，连我们在家里都待不住，都得跑。快找能躲的地方躲吧。"叶德全："渣子，别麻烦人家了，我们走。"丁荷搀扶着叶德全匆匆离开。

　　东门外到处都是日伪军，他们堵在街口搜查和抓捕可疑者。叶德全和丁荷躲避搜查，被一队伪军撵着逃到这里，现在前后都是日伪军，他们无路可逃了。丁荷开始害怕。

　　东门外屋顶。蔡广得和岳小白像两只猫似的沿屋顶跑来，逢墙翻墙，遇巷跃巷。蔡广得和岳小白不断地往身后看，身后已经没有追兵了。两个人松了一口气，找了个女儿墙，靠墙坐下喘气。蔡广得累坏了，没憋住，喷射似的吐出一口。蔡广得揩嘴的时候，眼睛一亮，他在下面乱糟糟的人群中发现叶德全和丁荷。蔡广得一跃而起，向前奔去。岳小白跟了上去。两个人翻过一堵女儿墙，跳上接近街口的那排房子，趴下观察。

　　叶德全走不快，被逃亡的人群挤到街边。丁荷发现逃不掉了！叶德全虽然自己也很紧张，但他鼓励丁荷别慌。叶德全从丁荷身后抽出枪刺，丢进沿街人家的防火水缸。

　　蔡广得坐起来，抽出枪，检查弹药。岳小白："你要干什么？"蔡广得："东门外让鬼子堵上了，我得把渣子捞出来。"岳小白："你疯了，下面全是敌人！"蔡广得："那我也不能让渣子落到敌人手里。"

　　叶德全看见一队伪军押着一群劳工从小巷子里出来，向远处的码头走去。他眼睛一亮，告诉丁荷混进去。丁荷不明就里，叶德全："跟着我。记住，有人问，就说我是你爹。"丁荷："你不是我爹。"叶德全："现在是。"丁荷："我有爹，你永远都别想！"叶德全急了，扬手给了丁荷一巴掌。丁荷一句话没说，快速回了叶德全一巴掌。叶德全："别犟了小祖宗，保命要紧！"叶德全一拉丁荷，丁荷搀扶住叶德全，两个人离开逃亡者人群，向劳工队伍溜去。

岳小白和蔡广得连忙返身爬上防火墙，紧张地向街口方向观察。蔡广得："是劳工。该死的老鳗鱼，他想混进劳工队伍里去。"岳小白："老鳗鱼是对的。他俩没处可去。"蔡广得："劳工是鬼子抓去填坑的，老虎咬人，狼就不咬？你有脑子没有？"岳小白不和蔡广得剿，直着眼紧张地观察街口。

趁押解劳工的伪军不注意，叶德全拉着丁荷，两人一头钻进劳工队伍。情绪低落的劳工们发现钻进队列中的叶德全和丁荷，十分奇怪，都看两个人。叶德全急："别看，你们别看！"越那么说，劳工们越看。一名叫张海生的年轻劳工凑上来说："我们是被抓来的，你们是为什么？"叶德全不想和人说话，紧张地偷偷看从队列旁过去的日伪军。叶德全回避开张海生和劳工们的目光，带着丁荷往劳工队伍里藏。张海生也挤过人群跟上叶德全和丁荷。张海生："大叔，我们可是被日本人抓去岛上修监狱的，去了两拨人，没一个回来的，你犯得着吗？"押送劳工的伪军回过头来斥责："别说话，快走。"叶德全暗中急得上火："大兄弟，我脚丫子踢破了，正疼着，一会儿再和你说，好不好？"张海生是轴肠子，不依不饶："我没骗你，我们罗芳村已经被抓过两次了，除了我，没一个活着回来。"

伪军转过头，劈头给了张海生一枪托。叶德全连忙拉着捂住肩膀的张海生，挤到队伍前面去。张海生等打他的伪军走开，龇牙咧嘴捂着肩膀，还说："没事，这年头，挨打是常事。"张海生把丁荷推进人群中，再回头和叶德全说："大叔，我是替你们考虑，劳工不是人，枪托子在那边是家常便饭，你们这老的老，小的小，别说活着出来，扛石头压也压死了。找机会快跑吧。"叶德全："谢谢你了大兄弟，我们跑够了，没处跑，也不想跑了。"

蔡广得要溜下屋顶，岳小白一把拽住他，两个人紧张坏了。蔡广得："他白叫老鳗鱼了！我就没有见过这么蠢的人！"岳小白："他们得在上船前溜掉，不然就完了。"

两个人绝望极了。正无主张时，岳小白发现有几名日军提着枪从远处的屋顶上往这边摇摇晃晃地跑过来。岳小白："鬼子追来了，快走！"两个人消失在屋顶上。

东门外码头下的深圳河边，一长溜停着几艘劳工船。劳工在伪军的押解下走下码头，挨个儿上船。伪军催促劳工快点，张海生挤到叶德全身边说："快跑吧，再不跑就没机会了。"叶德全四下打量。好几个伪军在码头和船上监视着。叶德全知道必须冒险。他示意丁荷："看见那边的芦苇了？去那边。走。"两个人刚溜出队列，就被伪军发现了。丁荷急中生智，说去撒尿。刘班长："憋着。回去。"叶德全："老总，你看，我这副身板，也干不动什么，去也是给你们添麻烦，还费粮食，你手下留个情，让我俩走吧。"刘班长："废什么话，我管你麻不麻烦，回队伍中去。"叶德全："那，这孩子还小，又有病，什么活也干不了，你把他给放了，我跟你们走。"伪军不耐烦了，过来挥起枪托就给了叶德全一下。叶德全跌进劳工队伍中，丁荷和张海生连忙接住，两个人架着叶德全缩头缩脑向船上走去。张海生："你们爷俩算死定了。"

船舱里乱哄哄的，挤满了怨声载道的劳工。叶德全趁乱把丁荷拉到角落里，小声叮嘱："现在没处跑了，得找机会。记住了，叫我什么？"丁荷："班主。"叶德全："班主不行，菜花头和小蜜蜂不在，我俩不会唱戏，一开口就露馅。叫爹。"丁荷："我不叫。"叶德全："你要不想死，那就叫。"丁荷："掌柜的。"叶德全："我要当上掌柜的能被抓到这儿来吗？"丁荷："反正我不叫你爹。"

张海生过来，不知打哪儿弄来一块饼，掰一半给丁荷，说："吃点东西吧，小兄弟，这是你这辈子吃到的最后一顿白面，别急着咽下肚。"丁荷接过饼，掰一半给叶德全。张海生："孩子挺懂事。"

叶德全探头探脑到处看。张海生："有尿趁这会儿工夫尿了，一会儿开船再尿，就得挨打了。"叶德全："大兄弟，我们这是去哪儿？"张海生："我叫张海生，去哪儿日本人说了算。南澳岛、大屿山、青山道，谁知道他们让死在哪儿。"叶德全："船什么时候走？"张海生："装满了人就走。"叶德全："这不已经满了吗？"张海生："这算什么满，一半还不到。日本人的船都让盟军给炸了，无船运人，得人摞人。我上次被他们抓走的时候，人都摞到舱口了，到地方一看，死了小一半，尸首臭了一船。"张海生用同情的目光看丁荷，说："这孩子弱，挺不过去。"叶德全："别吓唬他。海生兄弟，你被抓过一次，就是说，能逃回来？"张海生："我们村抓了三十来个，累死了十来个，打死了十来个，和我一起逃的7个，就回来我一个。你自己估估，有我这样的造化？"

朴渚芳大汗淋漓，向浅丘经道汇报："发现两个嫌疑分子，都是青年男子，我们的人没跟上，让他们跑掉了。"浅丘经道："另外两个在哪儿？"朴渚芳："没有发现。"

小林正雄："他们可能分头行动了。"浅丘经道："别松劲儿，继续搜，东门围得水泄不通，他们逃不掉。"

朴渚芳转头要走。被浅丘经道叫住说："挑几个百姓，要壮劳力，家里的主心骨，当着他家人的面毙掉，让百姓无暇自保，把他们从人群中驱赶出来。还有，4个人都盯住了，再下手一起抓，别莽撞，别漏掉一个，我要活的。"朴渚芳匆匆离去。

学堂里已经关满了被抓的镇上百姓，哭哭啼啼，非常害怕。日伪军在百姓中挑出十几个人，全是青壮年男女，拉到一边站好。一排枪响，那十几个青壮年男女倒在血泊中。一片血花溅在学堂白墙孔子的教育名言上：修己以安百姓。人群炸了，尖叫声一片。

一艘日军的巡逻艇从河中驶过。河边芦苇丛中，岳小白透过茂密的芦苇丛观察着驶过的巡逻艇，一脸无奈。岳小白："没法靠近巡逻艇。"蔡广得在忙着做芦苇管，他试了试芦苇管的通畅，把它绑在头圈上，另一个做好的递给岳小白。岳小白："干吗？"蔡广得："鬼子不会把巡逻艇借给你。我们自己下水。"岳小白面露怯色，说自己水性不行，不肯接，又说："这不是在房顶，水里我们没处躲。"蔡广得把头圈塞到岳小白手中，撩开岳小白的裤管，抽出匕首别在自己后腰上，套上头圈，叼住芦苇管，潜入河中。岳小白扭头朝岸上走去，走几步站下回头看看，无奈地套上头圈，生涩地试了试芦苇管，小心翼翼下了水，一咬牙，潜入河中。

拥挤的船舱内，伪军小头目盘问叶德全和丁荷。小头目："你是他爹？"叶德全："对。"丁荷："他不是我爹。"叶德全："对，我不是他亲爹，我没生他。"伪军小头目狐疑地看丁荷，再看叶德全，问："你一口老表腔，他一口渣子味儿，斑鸠能生出麻雀？说吧，怎么回事？"叶德全笑了，说："老总，不瞒你，说出来还真让你笑话。民国16年，我在新京当了两天满洲兵，娶了他妈，18年，我跟皇军到绥德，我媳妇就跟了他亲爹，这不，他亲爹亲妈没了，托过去的兄弟带他来找我。"丁荷："你撒谎，我娘从没嫁给你，我娘只嫁给我爹了！"小头目怀疑地盯着叶德全。叶德全："这事他不知道，他要知道，我就是他亲爹了，你说女人吧，跟我她不能生，跟别人一生一个准，我没捞着，还得替人家养孩子，我亏不亏。"

丁荷急了，上去又撕又咬。小头目一把将丁荷拎住，呵斥："别打了，人家没生你，还养你，你不磕八个大头，还咬人，再咬我把你丢进河里！"叶德全连忙把丁荷从小头目手中解救出来，拢在怀里说："泄泄火，老总，都怪我，我要是能生，也不受这个气了，你说对吧老总？"

小头目挤过劳工走了。叶德全暗自抹一把汗，把丁荷拉到角落里，咬牙切齿说："我不给你多说一句，下次再出卖我，我就宰了你！"丁荷："我要出卖早出卖了，我会告诉他们你是谁。"叶德全愣了一下，问："你是说，向鬼子揭发我？"丁荷："你要是内鬼我就揭发。我就说，你是东纵的游击队员，我咬也咬死你这个内鬼。可鬼子不会抓自己人，你不是他们的人。"叶德全一时答不上话来，而且有了感动。丁荷："那，我也被鬼子抓了，我也不是他们的人，对不对？"叶德全一听竟然笑了，摸了一下丁荷的脑袋，说："你呀，还是个孩子。"

叶德全拉着丁荷在角落里坐下来，说："我琢磨了，也许你的话是对的，我们谁都不是内鬼，是家里弄错了，从现在开始，我信你的话。行了，一会儿有人问，你少说话，我来应付。"丁荷："不让我叫你爹了？"叶德全："不让了，你就一个爹，你就认准他，一辈子别忘。"

蔡广得在河底潜水，向劳工船泅去。少顷，岳小白手忙脚乱地潜水过来。两个人潜到了船底。蔡广得用匕首撬船底，想把船底撬开，试了几下没用。岳小白抢过匕首试了几下，撬不开。岳小白掏出一颗手榴弹。蔡广得连忙示意不行。

一个日本兵和一个伪军在船尾说话，两个人停下来，见河水不断冒出两串泡泡来。一根芦苇管露出头，在水里漂动。伪军举枪瞄准芦苇管。日本兵拦住伪军，让伪军抱住自己，探出身子去够芦苇管，一把将芦苇管拽出水面。

岳小白嘴里的芦苇管被拔掉，没了空气，手忙脚乱要浮出水面。蔡广得连忙拉住岳小白，把自己的芦苇管让给岳小白，两人搂抱到一起，换着呼吸空气。

日本兵等了半天，没见有人浮上水面，他取过放在一旁的枪，向水里开枪。伪军也开枪。几名日伪军从船头跑过来。伪军小头目听见船舱外面枪响，带着两名伪军往船舱上爬。

听见枪响，叶德全一惊。丁荷贴过来说："组……"叶德全横丁荷一眼。丁荷："是我哥！"

密集的子弹划出水痕，从蔡广得和岳小白身边擦过。蔡广得向岳小白示意，两人分头逃跑。蔡广得摘下头上的头圈递给岳小白，岳小白不肯接。蔡广得不由分说将芦苇管塞进岳小白嘴里，大鱼似的贴着船底向船头方向潜去。岳小白手忙脚乱地向另一个方向潜去。河水被密集的子弹打烂了。一个日军士兵向水里扔出一枚手榴弹。手榴弹爆炸，河水掀起巨大的浪花。手榴弹的爆炸声传入舱内。船摇晃了一下。丁荷害怕地搂住叶德全。丁荷："我哥他……"叶德全一把捂住丁荷的嘴。豆大的汗水顺着他的脸滚落下来。

岳小白凭借芦苇管在水底拼命潜游，子弹不断擦过他身边。他回头看了一眼。劳工船已经远去，那里的河底正往上泛起爆炸后掀起的黑泥，什么也看不见。

深圳河一段红树林茂密的河岸。岳小白精疲力竭地从河里爬上来，咳嗽着上了岸。岳小白喘息未定，回头看。河水苍茫，什么都看不见。岳小白踉跄着向岸上奔去。

东门火车站检道房，岳小白在换衣裳。一边的角落里，一名检道工被捆绑着，嘴里塞了东西，惊恐地看着岳小白。岳小白把制服帽戴上，在门口看了看外面，闪身出去了。

一队过路换乘的日军野战部队在站台上休息。其中有两个士兵带着97式掷弹筒。岳小白拎着小铁锤，敲打着路轨，用眼角余光观察站台上休息的日军。

火车发车的哨音响了，火车启动。岳小白从背对车站一边的车厢里钻出，胳膊肘下多了一样用军装裹着的长家伙，看了看四周，跳下车。岳小白转眼钻到对面搬道车的后面，消失掉。

船舱里挤得水泄不通。外面传来伪军小头目的叫喊声："起缆，张帆！"叶德全和丁荷靠在船舱的角落里，人被挤得连呼吸都困难。丁荷："船开了！"张海生挤到叶德全和丁荷身边，累得直喘气。叶德全："兄弟，打听到了？刚才是怎么回事儿？"

张海生："说是吃水上饭的，找错了冤家，一船劳工，能吃出什么？"

叶德全："他们怎么样了，被打死了吗？"张海生："不让出去，没看见，听说让炸弹炸到河底去了。"丁荷眼睛瞪得溜圆。叶德全搂紧了丁荷。

船舱内的劳工都安静下来了，各找地方或坐或睡。丁荷靠在叶德全身上打着盹。叶德全腿伤犯了，疼得他想检查一下。一边张海生问："大叔，哪儿弄的伤？"叶德全连忙放下裤腿，说："我没伤。"张海生："别瞒我了，没上船我就看出来了，你腿上有伤，是枪子伤的吧？"叶德全盯着张海生。

太阳下山了，紧傍东门老墟的罗湖山上十分安静。深圳河从山脚下流过，远远的，能看见几艘劳工船向这边驶来。岳小白在山顶上目测距离，然后有条不紊地往掷弹筒上装97式手榴弹。劳工船顺河而下，向海口方面驶去，驶近了。岳小白扛起掷弹筒，瞄准河中的劳工船。

岳小白食指稳稳滑向扳机，慢慢扣动扳机。一个黑影突然从身后冲出，扑倒岳小白。岳小白翻身起来，匕首已经握在手中。是水淋淋没来得及换衣裳的蔡广得。蔡广得："你想干什么，想炸死他们？你疯了？"岳小白："对，我要把船轰掉。老鳗鱼说过，要是被鬼子抓住，没人能挺过这一关，我证明，他说得对，我就干过这种事，我是在帮他俩。"

岳小白说罢收起匕首，去地上捡掷弹筒。蔡广得扑过去抢掷弹筒。岳小白飞起一脚将蔡广得踢得滚出丈余远。蔡广得："你怎么知道他们会落入鬼子手里？"岳小白："他们已经在鬼子手里了。"蔡广得："他们只是劳工，鬼子发现不了他们！"岳小白："你那是侥幸。你没见过受刑是什么样子，要见了，你也会帮助他们减轻痛苦。"

岳小白撇下蔡广得，捡起掷弹筒，扛起来向河中瞄准。蔡广得从地上爬起来，冲过去拦腰抱住岳小白。两人打斗起来。蔡广得不是岳小白的对手，只几个回合就被岳小白再度揍倒在地。岳小白再去捡掷弹筒。蔡广得又扑上来，他愤怒地用枪口指住岳小白，说："你要敢轰船，我就打死你！放下，掷弹筒放下！"岳小白不得已，放下掷弹筒。蔡广得上前，从地上捡起掷弹筒。岳小白趁蔡广得低头的机会突然扑过来，把蔡广得扑倒在地。蔡广得的枪掉了，情急之中，他挣扎着扣动了掷弹筒扳机。一声闷响，97式手榴弹拉着硝烟飞上天空。一群日军沿街搜查。手榴弹从天空中落下，落在日军当中爆炸了。日军被炸得飞上天去。

蔡广得丢下掷弹筒，从地上捡起自己的手枪撒腿就跑。岳小白不甘心，他朝河里看。劳工船早已经驶过山脚，看不见了。岳小白不得已，只能捡起掷弹筒跟着蔡广得往山下跑。两个人连滚带爬地滑下山坡。另一面山坡，一队日伪军冲向罗湖山顶。

东门一处制高点，朴渚芳用望远镜向罗湖山上观察。蔡广得和岳小白一前一后穿过河边红树林。朴渚芳放下望远镜。下令："抓住他俩，不许伤害他们。"部下得令离开。

蔡广得和岳小白一前一后穿过水网地带，向镇上奔去。身后有日军追来，向他们开枪，子弹打得两人四周泥水四溅。岳小白站下，用掷弹筒向身后发射榴弹。榴弹在日军中爆炸，将几名日军炸上了天。岳小白丢下掷弹筒就跑。

两队日伪军扛着捕鸟网，分别从两头的小巷子跑来。蔡广得没命地跑来。岳小白远远跟在后面，拼命奔跑。日伪军爬上小巷子两头，快速张网。刚刚张好网，蔡广得像惊慌失措的小鹿，沿着长长的小巷子没命地冲到，一撩网冲过去，一眨眼消失在小巷子的另一头。岳小白发现了前面的网，想退回去，可是后面追兵已到。他一咬牙，提着手中的枪继续往前冲。岳小白开枪了。连续几名日伪军中弹从墙头掉下来。岳小白冲到巷子口，天上的网落下，他被网罩住，还在射击。巷子两边墙头的日伪军收网。网收紧了，岳小白就像一只被捕捉住的大鸟在网中挣扎。数名日伪军扑向捕鸟网。

离着不远处的夹道里，蔡广得靠在墙上喘着粗气，听见不远处日伪军的喊叫声传来。蔡广得略作思忖，一咬牙，跑掉了。眼见着已经跑到巷子口了，他突然站住，翻身上房，喘着粗气。十来个日伪军押解着捆绑着的岳小白走来，一路踢打。蔡广得躲在屋顶，他深深吸了一口气，向另一条巷子丢出一枚手榴弹，手榴弹爆炸。在附近屋里搜查的日伪军闻声冲出来，惊慌失措，毫无目标地四处放枪。押解岳小白的日伪军中，有七八个闻声冲向另外一条巷子去增援，剩下4个押解着岳小白继续走。蔡广得出现在屋顶上，他向另一个方面投出一枚手榴弹，然后转身向下面的巷子开枪，连续打倒两名日军。两名伪军慌乱地四下看，胡乱射击。蔡广得从屋顶上飞身跳下，摔了个大马趴，一时爬不起来。一名伪军向蔡广得瞄准。岳小白飞脚将伪军踢了个跟跄，一头撞向另一名伪军。蔡广得甩手一枪，一名伪军倒地而亡。岳小白用肩膀将另一名伪军顶在墙上，一头接一头猛撞伪军。伪军的脑袋被撞得开了花，晕厥着顺墙滑下。蔡广得过来，给岳小白解绳索。岳小白："刀子！"蔡广得从岳小白腿上抽出匕首，割断绳索。两个人捡起地上的武器，很快消失掉。

天黑了，深圳墟到处都是火把，不断有零星的枪声传来。朴渚芳在西河街巡察，除了日伪军，街上已经没有了任何平民。一名特工人员过来说："没找到。"

天黑透了，曾经来过的那座菜园子里一片昆虫鸣叫。蔡广得光着身子躺在破庙屋檐下，人已经累得瘫软过去，湿衣裳脱下来丢在一旁。岳小白头上缠着一块浸血的白布，摸黑从菜地里摘了一抱瓜果过来，放在蔡广得身边。蔡广得朝那堆瓜果看了一眼，说："你就不能洗一下？"岳小白只得收起瓜果，去井台边洗。洗好，瓜果装在一个破罐子里，拿过来放下，在屋檐下坐下，拿了一只瓜啃。蔡广得抓起一只瓜啃一口，呸地吐掉。抱怨："什么破瓜，生的，你不会弄两个熟的来？连瓜都不会选，你光吃不干呀？"

岳小白："地里黑漆漆的，怎么选哪？"蔡广得："选瓜需要眼？还特工。你们都学什么了，特别能吃，还是特别能睡？"岳小白："我说你吃了哪门子馋药？

蔡广得："有脸问我。你想灭掉渣子的事，还有，你想把老鳗鱼灭口的事，不该挨馋？"岳小白不搭理蔡广得，继续啃瓜。蔡广得："要论灭，我们都该灭。问问你自己，摸着胸口好好想想，要不是渣子，不是老鳗鱼，我俩早被灭掉了，能活到现在？"岳小白不说话，老老实实啃瓜。蔡广得："别光顾着嘴，去，替我弄口水喝，没见我大半天嘴没落下一星湿？"岳小白："井就在那边，能淹死你，你不会自己去弄？"蔡广得："你什么意思？哦，船下让人拔了芦苇管，呼吸不上来，你没自己去找一根芦苇管子养肺，淹死谁呀？让人当鸟给网住，你没把网剪破飞出来，困着谁了？我活着就为救你了，谢没听你谢一声，让你给弄口水喝，难为你了不成？"

岳小白让蔡广得拿住，没招，起身去井台弄水，一路嘀咕："还当上大爷了，让人侍候。"蔡广得："别不耐烦，让你侍候是瞧得起你，换个人，我还懒得让他侍候呢。"岳小白不服气，回头看蔡广得。蔡广得："站着干吗？快去，一会儿把我衣裳洗了晾着，敢情你能抢人家衣裳换，我就该光着身子，自私不自私啊？"岳小白无可奈何，脱下检道工外套丢给蔡广得，走了。

朴渚芳回到指挥所，告诉小林正雄抓住的人跑了。小林正雄大发雷霆："你是干什么吃的，人抓住还让他跑了！"朴渚芳："大佐下了命令，不许伤害他们，要活的，我们不能开枪。"小林正雄："强词夺理。"朴渚芳："大佐下命令的时候，你也在场。"

小林正雄换了脸色说："晚上去我那儿。"朴渚芳满脸不高兴，说："去不了。"小林正雄面露威胁："你想和我过不去？"朴渚芳："小林君，请你自重一点。"

小林正雄四周看看，示意哨兵离开，迫不及待地一把搂住朴渚芳，发疯似的亲朴渚芳。朴渚芳挣扎。小林正雄的枪口顶住朴渚芳的脑袋，威逼住朴渚芳。浅丘经道在春山二路陪同下气不顺地从外面进来，看到这一幕，骂道："混账！"小林正雄连忙放开朴渚芳。浅丘经道："让敌人在眼皮子底下造反，你们那么多人，一个敌人也没抓住，一群蠢货！"小林正雄狠狠给了自己一耳光。见浅丘经道仍然盯着自己，小林正雄开始自数耳光，一下一下狠狠打自己。浅丘经道："不许停。10分钟后，到我办公室来。"说罢向屋里走去，春山二路不屑地看了小林正雄一眼，跟着进了屋。小林正雄一下一下打着自己。朴渚芳站在那里，气得手在颤抖。

小林正雄落下最后一记耳光，死人似的站在那里。朴渚芳不动，也站在那里。

两人站在一脸怒气的浅丘经道面前。浅丘经道盯着小林正雄训斥："我不想再看到你污辱皇军圣战，立刻停止你的愚蠢行为，再让我看见你骚扰朴，不用我裁决，你自己了断。"小林正雄："是。"浅丘经道：

"立刻停止城内的搜查，把部队撤出深圳墟。"两人不明白地看浅丘经道。浅丘经道："明天凌晨让部队回到深圳墟，给我过筻子，挨家挨户搜，屋里不许留下一个人，一只猫也不行，全部带到新市场。我倒要看看，他们能往哪儿跑。"两人："是！"

夜深了，港岛街头，空无一人。山顶芬梨道上一处豪宅前，一辆雪佛兰轿车亮着大灯驶来。静悄悄的大门无声地打开，雪佛兰驶入大门，大门无声地关上。

豪华洋式别墅，印度仆人恭候。雪佛兰在大门前停下，印度仆人拉开车门。十三叔从车上下来。两名家仆将杨桃从车上挟持下来，带入豪宅。

房间阔大，灯火辉煌，布置奢侈。杨桃被家仆带进来，家仆离去。十三叔态度恭敬，却毋庸置疑地说："小姐是从半山离开家的，没来过山顶。不过，这里已经按大先生的吩咐替小姐仔细收拾过了。"十三叔挨个儿介绍房间里的布置，走到书架前说："我让人准备了小姐喜欢的原版书。海涅的诗歌、茨威格的小说，还有日本人的《万叶集》和《源氏物语》，内地委员长下令查禁的日本作品这里都有。"十三叔走到巨大的花瓶前说："当季丁香，菲佣傍晚前从后面院子里剪来的。如果小姐不喜欢，花园里有十几种花，下人会随时为小姐更换。"十三叔走到橱柜前说："酒柜里有德国最好的葡萄酒。我们还有一些烈一点的在地窖里，小姐如果需要，我让人提前为小姐醒上。"十三叔拉开衣柜，那是一整面墙，令人眩晕地挂满了美服。十三叔："今年欧洲流行的鞋，最华丽的衣裳。小姐可以试试。如果小姐不喜欢，我会拍电报，让人从巴黎带一些小姐喜欢的回港岛。"十三叔关上衣柜，走到屋子当中，一一介绍盥洗室、后花园。然后将佣人阿虫叫到杨桃身边，说她会英语和日语，是杨桃的贴身佣人。杨桃冷冷地看十三叔，一句话也没说。十三叔："提醒小姐，外面有下人看着，小姐过去不认识他们，我怕他们伤了小姐。我知道，小姐不怕死，可为大先生着想，跳船逃跑的事以后还是不要发生了。"

杨桃："啰唆完了？"十三叔："完了。"杨桃："这儿归我？"十三叔："它本来就属于小姐。"杨桃："离开这儿，别再回来，我一分钟都不想见到你。"十三叔退出房间。杨桃一屁股坐在阔绰的床上，沮丧到极点。

　　天蒙蒙亮，菜园子里浮着一片晨雾。大树下已经挖出一个大坑，岳小白从坑里起出以前埋下的武器。蔡广得揉着眼睛过来，站在一旁看。岳小白："衣裳已经干了，你要喜欢抢来的那套，随你。萝卜在井台上，洗得很干净，自己拿，水也打来了，自己喝。"蔡广得不知道怎么搭话。岳小白拎起包袱擦着蔡广得的身子，去破庙屋檐下，坐在台阶上检查那些武器。蔡广得站了一会儿，心里没底气，跟过去问："早上就吃萝卜啊？"岳小白："不爱吃，地里还有番薯，自己刨。"蔡广得："什么意思，就让你侍候了一晚上，你就拉个长脸，亏了你这个特工？"岳小白不理蔡广得，熟练地检查武器，检查完一样往身上安插一样，然后继续检查。蔡广得："别不说话。昨天的事我给你记着，等找到老鳗鱼，让他好好甄别甄别你，你别想溜过去。"岳小白停下来，看蔡广得。蔡广得："看什么，你自己说，扛个掷弹筒炸劳工船，你把渣子和老鳗鱼灭了口，你那做法不是心里有鬼是什么？"岳小白："我要心里有鬼，从河里出来，咱俩不在一块儿，我不给主子送信去，让他们灭掉老鳗鱼和渣子，没事自己跑去弄支掷弹筒，玩没玩好，让鬼子的网罩住，鬼子的那张网不罩你，罩我？"蔡广得："那谁知道，也许你早把信送出去了，鬼子网你，那是表演给我看。"

　　岳小白冷笑一声，把擦拭好的手枪丢给蔡广得。蔡广得接住手枪。武器接二连三地丢过来，很快蔡广得怀里就有了一抱。蔡广得："干吗，它们惹你了？"岳小白："昨晚你呼呼大睡的时候，鬼子可没闲着。"蔡广得："对了，昨晚你放哨，趁这个机会，和你的同志见面了？"岳小白不理会蔡广得的讽刺挖苦，边说边利索地往身上佩带武器，往兜里塞弹药，说："鬼子今天会采取行动，挨家挨户抓人。昨晚我观察了，老墟里非常安静。我们在深圳墟干了两回，露了三次尾巴，娄子捅得不小，鬼子不会没有反应。昨天老墟的搜查是冲着我们来的，在没有抓住我们之前，或者没有找到我们的尸首之前，他们不会停下来。"蔡广得有些急了，说："那你为什么昨晚不叫醒我？我们完全可以趁夜里逃出去！"岳小白："现在要跑也来得及。不用我告诉你怎么溜吧？"蔡广得："这儿我比你熟。要我告诉你吗？"岳小白："免了。那就说实话吧，昨晚我故意没叫醒你。菜花头，你我这一路也算水火一场，你我互不相容，今天该到头了。"蔡广得下意识往后退了一步，捏紧枪把，警惕地看岳小白，说：

"想干什么，直说吧，我奉陪。"岳小白："实话告诉你，你的任务完成了，我的还没有，我完全可以离开这儿。但我看出来了，你嘴臭一点，可是条汉子，我竹叶青愿意陪你再赌上一回，让你落个明白，我到底是谁，赌完咱俩分道扬镳。"蔡广得："怎么赌？"岳小白已经收拾好，他浑身上下都是武器，俨然成了一个杀人机器。他从破罐子里拿了一只水洗萝卜啃了一大口说："拿上你怀里那些家伙，不够那儿还有，去老墟大街上杀鬼子。"

蔡广得明白了，岳小白要和自己以死赌清白，看谁死在鬼子枪下，谁就不是内鬼。蔡广得抱着怀里的武器，没有说话。两个人默默地盯着对方。

一名保密组的女兵领着三号、吴为和老梁匆匆赶到欧戴义的电台室外。欧戴义、C. 罗从电台室里冲出来，激动不已地叫喊着："找到'波'部队了，你们的人找到鬼子23军129师团了！"

三号："他在喊什么？"老刘："首长，少校说，我们的人找到129师团了！"三号转头看吴为。吴为纳闷地说："我不知道这个情况。"欧戴义语速很快，老刘快速翻译："少校说，第14航空队陈纳德将军发来电报，英军服务团委托他向共产党东江纵队转达一份情报，日军在大亚湾一带布置了不下于5个炮群的要塞重炮，囤积了大量弹药，工事非常坚固，可以确定，日军在大亚湾一带布置了重要的反登陆作战工事和兵力。"

三号："这个我们已经知道了，'凉帽'小组已经带回了情报。129师团是怎么回事？"欧戴义语无伦次，十分激动。老刘快速翻译："少校说，一支武装部队打掉了日军在布吉的一个机场，炸毁了21架日军的神风战斗机，同时找到了日军129师团的下落，它在宝安到东莞一带，部队以联队为单位，处于极其隐蔽的状态，没有番号。"

三号："谁干的？"老刘："少校说，英军服务团前线办事处主任祁德尊少校在深圳墟接待了东纵的两名支持者，他们请少校转告东纵首长，说一个叫'木棉花'的行动小组在为东纵工作。祁德尊少校特意问了木棉花的含义，那两个人回答，季节已经过了，木棉花已经开完了，你拿到的情报就是，现在它们已经凋落，人们再也看不见它们。"

三号问吴为："怎么回事？'木棉花'是谁？凋落是什么意思？他们

往哪儿凋落？"吴为丈二和尚摸不着头脑，说："首长，我不知道出了什么事，但可以肯定，我们没有派出一支代号叫'木棉花'的游击小组。"

三号："见鬼，你没听少校怎么说？有人打掉了鬼子的一个机场，找到了129师团，是我们的人！'木棉花'在为我们服务，你负责东纵的情报工作，你怎么能不知道？难道它是从天上掉下来的？告诉我，天上会掉下我们的人吗？"

吴为："不能，但我们的确没有派出一支代号'木棉花'的游击小组。'凉帽'已经回来了，'候鸟'的电台也修好了，如果找到情报，会直接和我联系，没有必要去找英军服务团的人，更没有必要绕道第14航空队传回情报。"

三号："你的意思，'木棉花'不是我们的人？不是我们的人，他打完机场，干吗要向我们汇报？"

吴为没有回答三号，转向欧戴义说："少校，我需要全部的电文。我需要通过您和14航空队陈纳德将军直接通话。我需要知道祁德尊先生接待那两个我们的支持者的全部情况。"

欧戴义把电报交给吴为说："这是部分情报，其他的还在接收中。我会立刻和14航空队联系，请司令官先生和您通话。"

吴为转身说："老梁，立刻联系港九大队和惠宝大队，问问祁德尊先生这两天是否和他们联络过、在什么地点联系的、谁在负责他的安全工作、为他提供服务；向他们了解这两个自称'木棉花'小组的人的情况，如果是我们的人，就找到他们，如果不是我们的人，129师团的情报可能有诈。"

吴为对三号说："首长，在'候鸟'和'蚂蚁'之外，我们没有派出任何情报小组搜集129师团的踪迹，我不知道出了什么事，但他们可能真是我们的人。"

三号："找到他们，立刻找到他们！"

第十四章
巷战赌命　壮士殉国

深圳墟北门，数辆满载的军车停下，日军士兵从车上跳下，在军官的带领下冲入深圳墟北门大街。

一队情报部队的特工持枪警戒。浅丘经道端坐在民生戏院大门外一张太师椅上。日军开始全城大搜捕，大街上到处都是被日伪军驱赶出家的百姓，他们搀老携少，惊慌失措地被押解向新市场方向⋯⋯

背街处一条空空的巷子，晨雾沿着地面缓缓流淌。蔡广得和岳小白出现在巷子里。两人离着几十步，各据巷子的一个口，面对面站立。两人默默看着对方，慢慢抬起手，枪口隔空指住对方。一家居民惊恐万状地被驱赶出家，出现在两人当中的巷子里。居民看见了向他们举着枪的蔡广得和岳小白，不知所措。3名日军刚迈出民居，枪声响了。3名日军先后倒下。那一家居民吓得尖叫，趴在地上。蔡广得和岳小白垂下胳膊，默默地看了对方一眼，同时钻进身边的小巷，消失掉。

两名伪军押着几个居民从家里出来。枪声响了，两名伪军倒下。居民吓得逃回屋内。岳小白从暗处闪出，朝头顶方看了一眼，快速消失掉。蔡广得站在骑楼的屋顶上，他看着岳小白消失在巷子口，转身，居高临下向身后院子里两名驱赶着百姓的伪军射击。两名伪军倒下。屋里冲出一名日军士兵，举枪向屋顶开枪。大门外闪出岳小白，隔着大门开枪将日军士兵打死，朝屋顶看了一眼，消失掉。蔡广得向另一处地方连开两枪，连蹦带跳，很快消失在屋顶。

阳光猛地一跳，太阳升起来了，错落有致的老墟骑楼由近及远，金红一片。

新市场黑压压一片，全是被日伪军抓来的东门百姓。小林正雄和朴渚芳在这里指挥东门墟大搜查。一名特工少尉匆匆赶来汇报，他们出现了，在鸭仔市一带！小林正雄："几个人？"少尉军官："两个。"小林正雄和朴渚芳同时往前冲了一下，朴渚芳："我去。"小林正雄："你去民生戏院向大佐报告，我去。"小林正雄带少尉匆匆离去，同时向身边的部下下令："封锁所有街道，让行动队过来，别让他们跑了！"

岳小白偷袭了宝华楼，击毙一名担任观察哨的日军狙击手，在回廊中，用一支79式步枪连续向外射击。

耀华楼上，一名担任观察哨的日军士兵被击中脑袋……

明华楼上，一名担任观察哨的日军士兵跌下楼来……

大街上，一队日军士兵连续倒下，其他人胡乱射击，找地方躲藏。一群日伪军冲向宝华楼，不断向楼上射击。

蔡广得藏身在白马市场一个民居内。从他所在的地方，隔着窗户和矮栅门，能看见大街对面的宝华楼。当他看见一队日伪军冲进宝华楼，他开枪了。数名日伪军倒在宝华楼前。日军士兵向楼上冲去。

岳小白被大街上射来的子弹压制住。他钻出回廊，攀上飞檐，纵身跃向阳台。

蔡广得连续打光枪膛里的子弹，往外丢了一颗手榴弹，猫腰从后面逃掉。身后的大门被一排子弹打穿，木屑四溅。手榴弹爆炸，炸倒一片日伪军。

小林正雄领着特工队匆匆跑到鸭仔街。一名日军特工从后面追来，拦住小林正雄的特工队报告："队长，他们在白马市场！"小林正雄："去白马市场！"小林正雄带领特工们转头向白马市场跑去。

蔡广得在明华楼背街的后院山墙下警戒。岳小白顺着山墙溜下。蔡广得："你没死？"岳小白："你也活着。"岳小白扭头跑开。蔡广得开枪打死一名在巷子口冒出脑袋的伪军，另几名伪军缩回头去。蔡广得一边向后射击，打倒一名伪军，一边向另一头跑掉。

一栋主人被抓走的空民居里，蔡广得和岳小白各据一个角落，快速往弹匣里装填子弹。岳小白手快，装填完弹药，看一眼蔡广得，提着枪蹿进里间。蔡广得也装填完毕，拉开前门往外面看了看，闪身出去。

两名日军匆匆从炮楼里出来，一出门就各中一枪倒下。岳小白从暗处闪出，卸下日军士兵的弹药，钻进炮楼。炮楼顶层的观察室，两名日军观察兵通过射击孔向外观察。枪响了，一名日军观察兵后脑中弹倒下。另一名观察兵伸手去抓靠在一旁的97式狙击步枪。岳小白闪身进来，连开两枪，将其击毙。从打死的两名日军观察兵身上卸下弹药袋，开始检查两支97式狙击步枪。

几名听见枪响的日军和伪军跑来，准备进入炮楼。一枚手榴弹飞来，在他们当中爆炸。蔡广得从暗处闪出，连续开枪，将没死的日伪军击毙，快速卸掉他们身上的手榴弹袋，顺手从一旁的篱笆后摘下一只青木瓜，钻进炮楼。蔡广得将手榴弹袋放在地上，在门口布置好两颗手榴弹，拎着手榴弹袋上楼。

小林正雄带着特工队赶到白马市场。日军特工们四下散开，训练有素地攀墙入屋，分别占领制高点和狙击点。小林正雄举起望远镜，快速对宝华、耀华、明华三栋楼观察。

岳小白提着一支枪来到射击孔前，用瞄准镜向炮楼下观察。岳小白快速确定标尺，举枪瞄准。瞄准镜镜头套住坐在民生戏院门口的浅丘经道，稳稳扣动扳机。一名日军军官突然走向浅丘经道，他颤抖了一下，扑倒在浅丘经道身上。浅丘经道惊骇地推开倒在身上的日军军官尸体，趴倒在地上。千夏麻也领着数名特工冲上来围住浅丘经道，用人体作掩护，将他拖进戏院。

岳小白骂了一句，快速退掉弹壳，推弹上膛，移动枪口。瞄准镜镜头套住骑车疾驶的朴渚芳。手指稳稳扣动扳机。摩托车在街头突然打了个转，摔出老远，撞进一队伪军中。伪军被摩托车撞倒了好几个。朴渚芳被甩到墙脚下，趴在那儿一动不动。

岳小白换弹匣，快速出枪捕捉下一个目标。瞄准镜镜头捕捉到白马市场上的小林正雄。小林正雄已经发现了炮楼上的狙击点，冲着枪口向日军特工们大声喊叫着。骑楼上的日军狙击手发现了炮楼顶的狙击点，他们开始向炮楼射击。子弹打得炮楼射击孔石粉四溅。岳小白眼睛不眨，动都没动一下。手指稳稳扣动扳机。小林正雄中弹，仰手摔出几尺。几名特工冲上来，把小林正雄拖到隐蔽处，一些特工向炮楼奔去。

民生剧院内，千夏麻也在为浅丘经道检查身上的伤。浅丘经道一身一脸鲜血，歇斯底里大叫："抓住他们，不管是死是活，不许放走一个！"
一名日军情报人员冲出戏院。

岳小白换了个射击孔，稳稳扣动扳机，骑楼上，一名日军狙击手被击
中，滚下骑楼。岳小白丢下手中打空的枪，操起另一支97式步枪。子弹打
得射击孔四周火星四溅。有子弹钻进射击孔，在室内发出刺耳的跳弹声。
岳小白弯腰奔向另一个射击孔，迅速出枪，捕捉新的目标，稳稳扣动扳
机，骑楼上，另一名日军狙击手被击中，人从骑楼上飞出去。岳小白快速
退出弹壳，换上新的弹匣，奔向前一个射击孔。一枚子弹射入射击孔，扯
烂岳小白肩膀上的衣裳，在身后的墙上打出一片粉尘。岳小白看都没有看
一眼，换了另一个射击孔，捕捉新的目标……

一群日伪军冲到炮楼，准备推门而进。特工们奔来，大声喊叫着，让
日伪军退后，将炸药安装在门上。

蔡广得坐在楼梯拐角处专心致志地啃着青木瓜，好像四周的激烈战
斗与他无关。大门被爆炸的气浪掀开，蔡广得捂住鼻子，掩身拐角的石壁
后。数名日军特工冲进炮楼。蔡广得抬手一枪，击中挂在门框上的两枚手
榴弹。手榴弹爆炸，日军特工被炸倒一片。硝烟一涌，两名日军特工冲进
炮楼。蔡广得向楼下连续射击，退回楼梯拐角处。一名特工被击中，另一
名用96式轻机枪向楼上射击。石壁被打得石粉四溅，蔡广得被猛烈的火力
压制住，躲在拐角处，无法还击。

几名特工冲进炮楼，互相掩护着向楼上冲来。蔡广得掏出一枚手榴弹
丢出去，手榴弹爆炸。特工倒下一片，剩下的特工退出炮楼。蔡广得抬头
朝楼上看了一眼，快速填弹，将两枚手榴弹掏出来放在一边。

炮楼顶，岳小白打光最后一发子弹，丢下97式狙击步枪，掏出手枪，
钻出楼顶向平台跑去。两名日军掷弹筒手向炮楼射击。一发掷弹打偏了，
在墙面爆炸，另一发掷弹正中目标，钻入炮楼顶。火光蹿进炮楼顶观察
室，碎石四溅。

日伪军在炮楼外布置进攻。炮楼门口的硝烟中突然飞出两枚手榴弹。
手榴弹在日伪军中爆炸。炮楼中冲出蔡广得，连续开枪，然后快速消失在
炮楼中。日伪军向炮楼门口猛烈射击。

岳小白在炮楼顶上的平台，攀着女儿墙四下察看，然后开始从身上搜
出剩下的手榴弹。蔡广得被硝烟呛得直咳嗽，裹挟着大股硝烟跟跄着从炮

楼里跌撞而出。岳小白将手榴弹运到平台口，示意蔡广得："手榴弹。"蔡广得解下身上的几条手榴弹袋。

日伪军拳脚相加，将百姓驱赶到炮楼。百姓后面跟着几名伪军，再后面是日军特工。

蔡广得和岳小白喘息着，两人一脸硝烟，一边一个坐在平台门口，脚下一堆手榴弹。楼下传来声音。岳小白抹了一把脸上的汗，抓起两颗手榴弹，卸掉后盖，探头往楼下看。几名伪军驱赶着群众往楼上爬。后面跟着日军特工。

两人对视片刻，慢慢放下手中的手榴弹，各自掏出手枪，片刻后，同时举枪对准对方。两个人的嗓子都嘶哑了，岳小白："我不是那个内鬼。"蔡广得："我也不是。"岳小白："现在扯平了。这是你们的地盘，你先来吧。"蔡广得："既然我是主人，客人先。"岳小白："好吧，却之不恭了。打死你，我会了结自己。"

岳小白抓过一颗手榴弹，拧开盖子，捅破油纸，勾出导火索，铜环扣在小指上，重新操起枪，对准蔡广得。岳小白："眼闭上。"蔡广得："就这样。"岳小白："闭上。"蔡广得："老子在自己的家里，老子没做亏心事，得睁着眼死。"岳小白突然暴怒："你他妈睁着眼我扣不下扳机！"

蔡广得笑了，呵呵的，好像那样的结果让他很开心。但他没笑几下，一声惊天动地的爆炸声响起，他们身后不远的地方一道火光腾空而起。两人下意识地埋头躲避如雨般落下的爆炸残骸。石块和扬尘如雨般坠落，百姓和伪军被吓坏了，连忙往下退去。

日军宪兵队部前，连续几次巨大的爆炸，火光腾空而去。爆炸过去，地上躺倒一大片日伪军。

一身凌乱、身上有摔伤的朴渚芳正带领一队日军朝炮楼方向跑，被爆炸声惊动了，站住。一名军官满脸血污地跑来报告："中尉，是宪兵队，宪兵队被人袭击了！"朴渚芳率领日军回头向宪兵队方向跑去。

爆炸停止，蔡广得和岳小白从地上跳起来，抖落身上的残骸。两人对视了一眼。蔡广得："走啊！"抱起地上的手榴弹，冲到女儿墙前。往炮楼下看了一眼，开始一颗接一颗往炮楼外丢手榴弹。炮楼下，爆炸不断，日军被接二连三的手榴弹炸得四处逃窜。岳小白站在平台外沿上，纵身一跃，飞身到对面的骑楼顶上。蔡广得回头看了一眼，丢出最后那颗手榴弹。然后跑向对面的骑楼，攀上外沿，站在平台沿上，看对面离着丈余的女儿墙，吸了一口冷气。岳小白："快跳哇！"蔡广得一咬牙，扬臂向对面的女儿墙跃去。

枪声停下来，深圳墟笼罩在一片褐红色的硝烟中。惨烈战斗后，到处都是惊慌失措的日伪军，一些卫生兵抬着日伪军的尸体和伤员匆匆走过。朴渚芳一身是伤，军装凌乱，满脸污渍地冲进指挥部院子。浅丘经道铁青着脸站在屋檐下，下颌上贴着一块药膏，脸上有一些血污，春山二路小心翼翼地站在一旁。屋里传来小林正雄大声地呻吟和叱骂声："我要杀掉他们！去把他们找到，我要杀掉他们！"

劳工船驶进深圳湾海面。潮头一下子涌过来，扑上船头，船头被高高地抬起。船颠簸得厉害。劳工中有人病了，有人呕吐，船舱里一团乱。丁荷也在呕吐，靠着叶德全，缩在角落里，吐得让人心疼。叶德全用手接丁荷的呕吐物，替他揩嘴，等丁荷吐够了。叶德全："靠着我，闭上眼睡一会。"

丁荷闭上眼一会儿，又睁开，问："老鳗鱼，你还有别的孩子吗？"叶德全："没有，我老婆没生下的，是我唯一的孩子。"丁荷："为什么不再生一个？"叶德全："想生，可惜我老了，都36了，谁肯要我。"丁荷："也是。那你就守一辈子孤寡？"叶德全："气我是不是？"丁荷："那，我们事情都做完了，为什么我们不回家？"叶德全："小蜜蜂丢了，事情做得再好，也得打折扣。找到小蜜蜂我们就回去。"丁荷："我们怎么逃出去？我哥死了，没人来救我们了。"叶德全没有说话。丁荷："要是我们逃出去，家里会要我们吗？"叶德全："他们会欢迎我们。"丁荷："那我就逃出去，我想去找我……"叶德全一把捂住丁荷的嘴，说："我知道。我会带你去找。"丁荷："真的？"叶德全："我保证。孩子，睡吧，精神养好我们就回家，我们一定会回去的。"

丁荷早已睁不开眼，眼一闭，睡了。叶德全忧心忡忡，无法入睡。

军医从房间里出来。朴渚芳迎上去。军医："肩胛骨被打碎了，流了很多血。"朴渚芳："有危险吗？"军医："贯通伤，没有生命危险。

不过，他不肯用麻药，精气消耗过大，请让他好好休息。"朴渚芳："费心了。"军医带着护士兵走了。春山二路过来说："中尉，大佐请你去一下。"朴渚芳向电报室走去。

电报室里，几台电报机都在工作，实施监听。几名密码破译员在使用日军破译机，紧张地计算侦听到的电波。浅丘经道示意朴渚芳稍候。一名破译员将电文交给千夏麻也。千夏麻也看了一下，拿着电文向浅丘经道汇报："东纵刚刚组织了3支情报队，代号'蝴蝶''积雨云'和'虾仔'，它们今天将离开罗浮山，目的地不详，任务内容不详。"

浅丘经道："从昨天开始，美国人加强了对大鹏湾一带的空中侦察，如果不出意外，明天美国人的侦察机就会光临布吉和东莞，出现在'波'部队的头上。"

朴渚芳："大亚湾海防工事已经暴露了，我们的防线已经被人撕开了。"浅丘经道："谁干的？谁？"朴渚芳："不知道。"

浅丘经道拿出那块画着木棉花图样的破布说："是他们，'木棉花'，只可能是他们。我想知道，这支给我们带来大麻烦的'木棉花'，他们都是些什么人物，凭什么把我们搅得一团糟？我要你们把他们抓住，我要见到他们。"过一会，又说："美国人已经占领了冲绳岛主岛，本土决战在即，华南作战关系到帝国的命运，皇军遇到的最大麻烦不是来自海上的美国登陆舰，而是我们背后的共产党。'波'部队的集结地可能已经暴露，南方派遣军会弥补这一失误。不过，我们的对手并不知道，我们为他们布置的真正战场在另一个地方，那是我们最后的防线，不能再出现任何疏漏。"

浅丘经道向朴渚芳下令："小林伤愈之前，特别行动队由你指挥。你立刻准备一下，去香港把指挥部建立起来，我随后就去。去香港后，立刻和美沙子联系，盯住'黄蜂'的动向。"

朴渚芳："我需要做什么？"浅丘经道："'黄蜂'在情报界经营了十几年，和同盟国各国都在做情报交换生意，他清楚在太平洋上发生的一切，他手中有我们需要的情报。他很可能会在战争结束之前开溜，在他溜掉之前，逼他交出情报，如果他不配合，就干掉他。"朴渚芳："是。"

浅丘经道转向千夏麻也问："千夏，我在想一件事，'薄荷叶'留下的电台还能用吗？"千夏麻也："教授要恢复他的电台工作？"浅丘经道："嗯，用他的电台传递假情报出去，扰乱东纵的视线，让他们判断出现失误。"千夏麻也："我试试。"

浅丘经道向另一名情报官布置，将东门墟围得水泄不通，继续清街，那些富人的家也别放过，把人都赶到大街上，直到抓住"木棉花"。

小林正雄赤裸着上身，浑身缠满绷带，神志不清，摇晃着冲进电台室，身后跟着两名手足无措的卫生兵。小林正雄："我的行动队在哪儿？都给我起来，集合，出发！"

一支武装情报队站在吴为面前。吴为神色凝重，巡视队伍。吴为："同志们，你们将执行一场特殊任务。这次任务关系到我们东纵的荣誉和信念……"武装情报队出发了。吴为和老梁目送他们离去。

三号在两名干部陪同下匆匆赶来，朝走远的武装情报队看一眼。问："怎么回事？"吴为："首长，惠宝大队回话，他们的确接待了祁德尊少校，地点在深圳墟，他们的人看到了两个自称'木棉花'小组的人，但不认识他们。"

老梁："鬼子在布吉的机场，昨天凌晨的确遭到了袭击，惠宝大队从一名他们掌握的翻译嘴里得知，机场里有不少飞机被炸毁，不知道是什么人干的。"

吴为："鬼子不可能做这么大的法场，把自己的飞机炸掉，再把情报送给我们，可以肯定，事情是那个'木棉花'小组的人干的，情报也是他们搜集到的。"

三号："他们是谁？"吴为过了好一会儿才说："不知道，我判断，这个'木棉花'小组，他们就是袭击大亚湾鬼子海防要塞的那些人，'凉帽'小组观察到的情报正是他们的行动提供的结果。"

三号："你想派人去找他们？"吴为："首长，不管他们是谁，他们是我们的人，至少，他们和我们站在一起，他们在鬼子的心脏里，不断往鬼子的要害上捅刀子，鬼子不会轻饶他们，他们的压力一定很大，处境很危险。"

三号："所以，你想调动鬼子的注意力，策应他们，为他们减轻压力。"

吴为："我启用了老密码，通知了3个敌后情报员，我们将向敌占区

306

派出3支情报队。当然，这3个情报员都是虚拟的，并不存在，这套密码已经被鬼子破译了，他们会注意到我们的行动。我会每天和3支情报队联系，鬼子会侦听到我的电台，破译它们。"

三号开始明白，吴为是在跟日寇打情报战，三号："让我猜猜，你派出的这3支情报队，一支也不会走出罗浮山。"

吴为："对，如果他们出现在敌占区，鬼子会盯上他们，那样，所有的计划都会失败，只有鬼子见不到他们，才会起疑心。他们在半道上会消失，然后悄悄回到根据地。"吴为将一摞报纸交给三号说："我们的每一份报纸鬼子手中都有，我在《前进报》和《新群众报》上安排了相关报道，我们会在敌人的薄弱环节做文章，出其不意地打击敌人。"

三号："你做得很好，如果不说，连我都被你瞒过了，那你还找我干吗，你还要我做什么？"

吴为："我需要得到纵队首长的支持，在我设计的3个方向，派主力部队做出佯动姿态，配合我的计划，让鬼子不上这个当都不行。"

三号长久地盯着吴为，然后说："华南游击区的夏季攻势已经开展，我会配合你的计划，在更多的地方打击鬼子，但我有个要求，我要见到活着的'木棉花'小组，我要知道，他们究竟是谁。"吴为深深地吸了一口气。

太阳偏西了，晚霞映照在半桶血水上，桶被提起来，哗啦倾头而下。井台旁，岳小白脱光了，身上青一块紫一块到处是伤痕，血结成了痂，但他毫不在意，洗得水花四溅。

蔡广得和汉阳造在破庙台阶上坐着说话。蔡广得浑身硝烟，衣裳扯成了碎片，脸上手上全是擦伤。汉阳造衣衫褴褛，蓬头垢面，显得很寒碜，像个乞丐。蔡广得："你怎么会在这儿？"汉阳造为自己的作为得意。说："我拿准了，枪响的地方就能见到你们，还真让我猜对了。"

蔡广得："我是问，你怎么会在深圳墟？"

汉阳造："你们说往南走，我就一路跟来，来深圳墟两天了，听说布吉的鬼子机场让人打了，水花子给我说过布吉的事，我没干，我猜是你们，不然没人敢干，我就留下了。"

蔡广得："昨天鬼子清街的时候，你也在镇上？"

汉阳造："在，我觉得不对劲，溜出东门，去村里买了几颗鱼炮，夜里再溜回镇上。早上墟里枪声一响，鬼子都奔白马市场去，我想坏了，你们被鬼子吃掉了。我听宝华楼那边枪响得厉害，打算去看看，可鬼子封锁了所有的路口，去不了，我估摸着是你们，就在宪兵队外面弄响了几颗鱼炮。这不，还多出4颗，没来得及点燃。"

蔡广得朝一旁的菜挑子看了一眼。那里面瓜果番薯，堆了一挑。蔡广得："你不是还有3个人吗，他们在哪儿？"

汉阳造："队伍没了，剩那3个兄弟，不定过两天就被谁吃掉，我也没心劲了，把剩下的几条枪卖掉，给他们做盘缠，让他们回家了。"

蔡广得："你为什么不回家？"

汉阳造："不是我不想回，一百三十来号人，就剩我一个，你让我怎么回去？"蔡广得沉默。汉阳造："遇到你之前，我连一个鬼子也没杀过，杀的都是伪军，说到底，还是和中国人较劲。你带着杀了十来个鬼子，算开了荤，我记着数，鬼子还欠我百十条命，我得找他们要。"

蔡广得："在哪儿不是杀鬼子？广东不是你的家，你没必要苦守着。"汉阳造："你不也守着吗？"蔡广得："我没办法，生就的岭南人，爹妈坟头都在，我得守住，你又何必？"

汉阳造沉默了一会儿，十分伤感。蔡广得看出汉阳造有心结，想问，一声鸟叫传来，蔡广得快速抽枪，只见岳小白光着身子，提着枪趴在墙头往外看，然后回头示意没事。蔡广得坐下，枪插回腰里，回头看汉阳造。

汉阳造："我也想回湖北去守祖坟，可我出来的时候，不光带了一排人，还带了6个妻兄妻弟。"蔡广得惊讶。汉阳造："我老婆一家男丁，就留下她爹一个，都让我带出来了。到了广东，一仗一仗地打，打一仗丢一个，打一仗丢一个，就这么把人给丢光了。"

蔡广得："二撇子也是你妻弟？"汉阳造："我老婆最小的兄弟，军号吹得多好啊，也没留下。你说，我回得去吗？我没法向老婆交待，她要问，你回来了，我那6个兄弟呢，他们在哪儿，我怎么回答？回去也得让她打死。回不去了。"

蔡广得沉默了。一旁岳小白穿着衣裳过来，嘴里被伤口拉扯得嘶嘶地响，听见了汉阳造那番话，也沉默。一群鸟飞进菜园子，叽叽喳喳一阵飞走了。岳小白打破沉寂："去洗洗身上的血吧。"蔡广得和汉阳造坐在那儿没动。岳小白："鬼子在墟里找不着人，会扩大搜索范围，这儿待不住，我们得马上离开，你俩这一身，出不去。"

汉阳造在水井边痛快淋漓地洗澡。蔡广得和岳小白坐在破庙前，两个人默默对视。岳小白："我俩很蠢。"蔡广得："我知道。是我蠢。"岳小白："我也一样。这事该结束了。"两人对视良久，蔡广得开口："我相信你，你不是内鬼。"岳小白："我也信任你。"两个人笑了，竟有了一身轻松。岳小白弯腰去脚下拔了一棵青菜，擗一半给蔡广得，咔嚓咔嚓咬着吃。岳小白："你们的任务已经完成了，你可以回到罗浮山去见你的组织了。我的任务还没完成。"蔡广得："从罗浮山一出来，你就说你有任务，你的任务到底是什么？"岳小白："和你没关系。"蔡广得："拿贵党说事儿？说你这个人吧，贱。爱说不说。"岳小白笑了说："小组出来的时候，鬼子干掉了我们10个人，是狙击手干的，昨天我用他们的狙击步枪干掉了他们10个狙击手，以后见到老鳗鱼，告诉他，我替那10个死去的兄弟报了仇。"蔡广得："行，那我就不问你的事了。"

两个人起身收拾东西，也没啥好收拾的，倒是有一堆武器、一沓军票，两人分了。岳小白："对了，你说你想去国军打正面战场，如果你还有这个念头，我会为你写推荐信。不吹牛，我的推荐信管用。"

蔡广得吐掉没嚼碎的菜根，说："早两天你要这样，我会高兴得屁颠屁颠的，现在没用了。我现在就在正面战场上，和鬼子面对面拼着，没必要觍着脸找谁去。"

岳小白："明白了。我看，你还是按老样子来，还待在东纵吧，别折腾了。"岳小白回头朝忙碌着往菜挑子里装菜的汉阳造看了一眼。问："他怎么办？他可是国军的人。"

蔡广得："我欠他的，得还他，我带着他。"岳小白："带他回罗浮山？"蔡广得："不，去找渣子和老鳗鱼，还有小蜜蜂。我得找到他们，把他们带回去。"岳小白："去哪儿找？"蔡广得："渣子和老鳗鱼难点，鬼子抓劳工不定送到哪儿，但也能打听。"岳小白："小蜜蜂呢？"蔡广得："一会儿天黑了，我溜回墟里看看，说不准，也许镇上闹了这么一场，小蜜蜂会出现。"

岳小白感触："我挺羡慕他们仨的，你们这样不像组织，倒像兄弟。要这样，我说实话，刚才没告诉你，其实，我也打算去找小蜜蜂。"

蔡广得看岳小白，寻求解释。岳小白纠结一会，解释："哎，我都说了，我没打她主意。"

蔡广得："打打打，你打，我不拦着。"

岳小白："打也白打。她说了，我要敢使坏，她就踩死我。"

蔡广得收住笑，说："她说了好，我就喜欢看她踩你，这样就不是我一个人吃亏了。"

岳小白："出来15个，就我俩还在，我再陪你走一程吧，找到小蜜蜂，我们就分手。"蔡广得："行。"

岳小白暗自松了一口气，亲昵地拍蔡广得的肩膀。蔡广得哎哟一声，伤口被碰到了。

夜色降临，3人敲开一户农舍。狗叫声中，蔡广得将两张大额军票交给一个老实巴交的农民，要求提供3套衣裳。农民害怕地抬头看站在面前的蔡广得，说："用不了这么多呀，20块足够，这能买下一家成衣店了。"

蔡广得："大伯，您就当白捡的，您就当我是傻子。"

3人都换了衣裳。蔡广得和岳小白趴在芦苇丛后面往镇子里看，隔着水网地带，对面就是深圳墟，墟里火把通明，人影憧憧，喊叫声不断。岳小白："不行，鬼子还没消停下来，没法进去。"两个人消失在芦苇丛中。

岳小白搀着蔡广得过来。汉阳造认出来人，从躲藏着的黑暗中出来。蔡广得走几步站下，掐着喉咙干呕几下，走几步再站下，掐着喉咙干呕几下。

汉阳造："他怎么了？"岳小白："谁知道，也许买衣裳的时候，人家请他吃鱼，鱼刺卡住了，吐了一路。"

蔡广得："谁请我吃鱼？我后背凉丝丝的，是犯蛊毒。"

岳小白愣一下问："就为这个，你吐一路？"

蔡广得："你捉条鱼来试试，看我能生吃下去不。"

汉阳造："你中蛊毒了？"蔡广得："中共内部斗争，说了你也不懂，一句话，我小命捏在老鳗鱼手上。"

汉阳造连忙上来搀扶蔡广得。蔡广得："手头连一包解药都没有了，最后一包前天吃下去的，我就没想到，老鳗鱼会蠢到往劳工队伍里钻，要不找到那老家伙，两天后我就得暴尸街头，你这人心冷，肯定不会给我收尸。"岳小白站在那儿看蔡广得，目光中透露出一丝奇怪的神色。

蔡广得："怎么啦？你还真给我收尸？别这样，你这样我心里不踏实，发怵。咱俩还没好到这个分上，不至于吧？"

岳小白："你就是为这个要去找老鳗鱼？"

蔡广得："你以为我是为什么？"

岳小白："要没这事，你还找他吗？"

蔡广得："他欠我一大案，我能不找？先拿到解药，再说我俩的恩怨。"

岳小白不好意思地抠脑袋，说："你刚才说，让我替你收尸，尸我肯定不替你收，但我保证，你不会有事。"

蔡广得："什么意思？哦，你到我们东纵来混了几天日子，好吃好喝，我的命你不当回事，有你这样的吗？"蔡广得指挥汉阳造："兄弟，一会儿稻草少抱一捆，让他睡地上。"

汉阳造："知道了。"汉阳造摸黑走了。

岳小白偷偷笑，笑一会儿凑到蔡广得身边坐下，说："不关我的事，本来我不该说，我估计你一时半会儿也找不到老鳗鱼，怕你坚持不下去，一狠心咬舌自尽，那就冤枉了，我还是说了吧。"

蔡广得："说什么？"岳小白："你没中蛊。老鳗鱼是骗你的，他根本不会巫术，没给你下蛊。"蔡广得不信。岳小白解释，老鳗鱼是用计赚你，让你听他的话，这样他就能拿住你。

蔡广得："不可能，我恶心，头疼，喘不过气，整天肠子被一根线拽着，一闭眼牛头马面就过来了，要拉我去见阎王爷，你说，这不是中蛊是什么？"

岳小白："那是老鳗鱼吓唬你的，他一吓唬，你就往心里去，越想事越大，你那叫鬼附身，没人给你下蛊，你也给自己下了。"

蔡广得："可我的确恶心。"岳小白吃吃地笑道："那是，谁吃了他那解药也舒坦不了，他是从身上搓下盐面，加上点土，蒿子粉，见什么加什么，你没留意的时候他碾成面，能不恶心？"蔡广得傻了，一口没忍住，喷涌似的呕吐。岳小白连忙上去给他拍背。蔡广得跳起来，小树林中挨了踢的狼似的转圈子，怒气冲天地盯着岳小白，悲痛欲绝："你知不知道，我整天提心吊胆，老想吐，趴在那儿跟条怀孕的母狗似的，我活着跟死了没什么两样，你都看见了。"

岳小白："看见了，怪可怜的，看得我鼻子都发酸。"

蔡广得："我在死亡线上挣扎，我挣扎了16天，没一天日子好过，没一天我不牙齿打碎往肚子里咽。要这样，我找那个老家伙干什么？我操，我让他死去！"

岳小白："别别别，老鳗鱼也是没办法，谁让你刺儿头难收拾，他管不了怎么办，不得不出此下策。"

蔡广得："想如此办法糟蹋我？不行，这口气我咽不下去，我非找他算账！我让他趴在地上舔盐面、土和蒿子粉，舔一肚子，我让他噎死！"

汉阳造抱着一抱稻草回来了。

蔡广得知道没中蛊毒，一身轻松。一大早，经过侦察，发现日伪军镇里搜查已松懈不少。蔡广得居前探路，汉阳造挑着菜担子居中，岳小白殿后。3个人悄悄摸回深圳墟。

阿花吃惊地看着出现在自己面前的岳小白。汉阳造放下他的菜挑子，好奇地看奢华的院落。汉阳造："乖乖，这是人住的吗？"蔡广得迅速关上大门。

汉阳造攀在墙头观察外面的情况。岳小白和蔡广得坐在院子里和阿花说话。阿花："老爷大前天回来过，只待了一晚上，前天就回香港了。"

岳小白："前天什么时候？"阿花："不知道，我们做下人的，哪儿敢问。老爷是回来接如夫人的，家里的东西带走了不少，装了整整两船。"岳小白："你能肯定，你家老爷的确回香港了？"阿花："能。我表爷告诉我，老爷这次回香港就不会再回深圳墟了。"岳小白："你表爷是谁？"阿花："十三叔，老爷的管家。"岳小白："你家小姐和老爷在一块吗？"阿花："不知道。怎么，你们还没找到她？"岳小白："没有。阿花，你是我见过的最聪明的姑娘，能记这么多的事。我们口渴了，能给我们弄杯茶喝吗？"

阿花高兴万分，欢天喜地地离开了。岳小白告诉蔡广得，自己感觉小蜜蜂和杨子昆在一起。我们4天前到深圳墟，杨子昆3天前回来，他一回来，小蜜蜂就不见了，一天后，杨子昆就离开了，这肯定不是巧合。

　　蔡广得："行了，知道她在哪儿，我就能找到她，一会儿我去香港，你忙你的去吧。"

　　岳小白："不行，我也去香港。"蔡广得："小蜜蜂是东纵的人，和她爹在一起，两样都犯不上你掺和。"

　　岳小白犹豫了一下，说："这么说吧，不管她怎么对我，我心里都丢不下，我得见到她活着才放心。"

　　蔡广得："这话白说，谁你能丢下，连阿花你都牵着挂着，是个女人你都放不下心。"

　　岳小白："不一样，我没动阿花一个手指头吧，我就动了动嘴，我觉得她像我妹妹。"

　　蔡广得："妹妹的事，我懂。"岳小白："别起哄，我说的是实话，我真喜欢小蜜蜂。"

　　蔡广得："一张年画中看不中用，有什么好喜欢的？行行行，你喜欢你的，我不拦，我找我的同志，你见你放不下心的人，我们各走各的，就在这儿告别。"蔡广得起身叫汉阳造，要走。汉阳造："鬼子来了！"蔡广得和岳小白一愣，匆匆过去，攀上墙头往外看。

　　一群日军大声吆喝着，在巷子口的富商家搜查，一家老小被毫不客气地赶出院子。蔡广得拔出枪，跳下墙头，准备冲出去。阿花端着茶从屋里出来，不知道发生了什么事情。

　　岳小白："不行，巷子里都是他们的人，来不及出去了。"

　　蔡广得："那也不能让人堵上。"

　　岳小白问阿花有后门吗，阿花："有，后门通鲤鱼巷。"岳小白："带我们去后面。"阿花："刚才我在灶房里看见，鲤鱼巷里也有日本人。"

　　岳小白和蔡广得紧张了。两人一合计，只能拼了。岳小白快速检查身上，他只有两枚手榴弹。岳小白："妈的，武器都让我留在林子里了。"蔡广得："我这儿还有两颗。别指望打大的了，给自己赚本吧。"

　　一旁阿花道出老爷在家里修了个地道，通往私家码头。岳小白："在哪儿？"阿花："你们跟我来。"两个人跟阿花往屋里走。汉阳造站在院子里没动。蔡广得："走啊？"汉阳造："你们走吧，我不走了。"蔡广得："快点，没时间了！"

汉阳造很固执，就是不走。蔡广得回头上前拉汉阳造。汉阳造甩开蔡广得，拉开衣裳，露出缠在肚子上的绷带，那里黑污一片，渗出新鲜脓水。汉阳造苦笑："伤口烂了，都长蛆了，走不掉了。"蔡广得呆住了。

汉阳造："你快走吧，收着点性子，别再管其他人，去九龙找水花子，他是真对你好。"

蔡广得："不行，我不能丢下你不管，你得跟我走！"

日军在门外叫嚷开门。岳小白从屋里着急地钻出来催促。汉阳造往屋里推蔡广得，说："你走吧，快走！"

蔡广得："是我拖累的你，我让你走到这一步，我对不起你，我得把你带走！"

汉阳造："兄弟，我得在祖宗面前说清楚，我得对老婆有交待，我机会不多了，说什么我都不会走，你快走吧，别管我了！"门被敲得更厉害，鬼子开始用枪托砸门。岳小白冲出屋来拽蔡广得。汉阳造连推带搡把蔡广得推进屋去，反身走到菜挑子前，把菜挑子往院子当中搬。

阿花已经搬开了南墙边的柜子，打开一道木门，那里露出一个地道口。岳小白将蔡广得挟持进卧室。蔡广得拼命挣扎，叫："放手，我不能丢下他，我不能缺这个德！"岳小白使用擒拿术擒住蔡广得，将他拖到地道口，塞进去。

杨宅门终于被踹开了。一群日军士兵冲进院子。院子当中，汉阳造坐在菜挑子上，一脸生硬的怪笑。日军士兵将菜挑子团团围住。另一些日军冲进屋里去搜查。一名日军少尉过来问："什么人？"汉阳造："你说什么？我听不懂，能不能说人话？"

一名伪翻译上前就是一耳光，把汉阳造扇倒在地上。翻译："你他娘的找死，敢这样和太君说话！太君问你是干什么的，老实回答！"汉阳造从地上爬起来，守财奴似的坐回菜挑子上，抹一把鼻血说："过去干什么，说来话长，一时半会儿说不完。现在是卖菜的，也捎带着卖肉。"

日军少尉："这家人藏在哪里，有没有反日武装人员？"翻译："太君问你，这家人有没有反抗皇军的坏人。"汉阳造："据我所知，全都是，这年头找不是的，难。"又一记耳光。汉阳造："我说的是真的，你们人太少，得多叫些人来，不信你们非吃亏不可。"

几名日军士兵在屋里搜查。两名日军端着枪走向卧室方向。岳小白掩身地道口,他看见两名日军士兵进屋,开枪将他们击毙,然后拉燃两枚手榴弹导火索,一枚丢进屋里,一枚留在地道口,蛇一般消失掉。几名日军士兵听见枪声冲进来。手榴弹爆炸了,日军被炸倒几个。地道口的手榴弹也爆炸了,地道口坍塌下来,一片漆黑。

进入屋子的日军留下几名把住门口,其他纷纷退回院子。少尉军官下令将房屋包围。日军如临大敌,一团惊慌。汉阳造身边没有人了,他十分不满,说:"怎么不理我了?我早说了,没人不反小日本,你们还得吃大亏。"

日军撤回院子,将汉阳造团团围住。汉阳造:"我没说假话,你们人少,人家带着机枪扛着炮在屋里埋伏着,就等着收拾你们。还不叫人去,等着让人轰上天吧。"翻译将汉阳造的话说给日军上尉听。上尉紧张地下令,一名士兵冲向院子外。

院子里挤满了日军士兵。汉阳造坐在菜挑子上,人矮,扬着脑袋数数:"31,32,33……"数得日军莫名其妙。日军少尉:"蠢材,你在干什么?"汉阳造:"没看见?我数数。"

朴渚芳迈进院子。汉阳造遗憾地摇头:"看来,你们小日本气数也尽了,闹了半天就这么几个破人,糟蹋我。"翻译一听生气,又要上去扇汉阳造耳光,汉阳造瞪眼斥责:"打住!让你扇一回够了,接下去轮不着你动手了。"翻译:"你……"汉阳造:"我什么,我汉阳造临走都记牢了,中国人中有你这样的种,下辈子提防着,娘胎里就掐死你!"翻译:"大胆!"汉阳造:"大什么胆,让开,让我跟你的主子说话。"翻译被突然变脸的汉阳造唬住,下意识退一步。

汉阳造一脸傲慢地看着日军少尉,说:"小鬼子,听好了,爷爷就会这一句鬼子话,爷爷不说第二遍。"朴渚芳愣了一下。汉阳造憋住所有的力气大声冲日军少尉吼道:"柯西沙玛拉西内!"日军少尉听明白了,愣了一下,面露怒气,伸手拔出军刀大骂:"库索它咧!"

汉阳造用力拉动菜挑子下面的鱼炮火线。汉阳造:"死去吧!"朴渚芳眼见不对,返身扑出院子。少尉的刀砍下,汉阳造的头颅和身子分了家。紧跟着,鱼炮爆炸了,汉阳造的身子和日军少尉飞上天空。鱼炮连续四响,院子里火光冲天,日军尸骨横飞。

3个人已经到了河边的地道口,阿花打开了地道口。身后传来闷雷般的连续爆炸声。蔡广得要往回冲，岳小白扑上去死死摁住他。蔡广得嘶声喊道："汉阳造！"

爆炸结束，朴渚芳一脸黑灰，踩着废墟回到院子。院子里硝烟弥漫，到处都是日军的尸体和伤号，鬼哭狼嚎响成一片。一名负伤的日军士兵呻吟着，抓住朴渚芳的脚。朴渚芳冷冷地看了士兵一眼，摆脱掉他，站下。朴渚芳脚下是一条断掉的胳膊，手指上还套着一串导火线。

一艘日军的巡逻艇从河上疾驶而过。河边红树林中，蔡广得、岳小白和阿花在一条小船上。蔡广得坐在船头，背着岳小白和阿花无声地哭泣。阿花不知所措，看岳小白。岳小白："别打扰他。"

岳小白伸手替阿花摘掉头上的一块土皮。问："阿花，告诉我，你家老爷在深圳墟有几处宅子？"阿花："3处宅子，1个花园，6个铺子，1个钱庄。罗芳村还有百十亩地，1个染房。"岳小白："替我做件事，别回刚才的地方，去别的宅子，替我弄一块干净的白布来，如果有刀枪药就更好。"阿花："我去夫人家，我知道夫人有个药箱子，我帮南丫头打理过。"岳小白："快去吧，路上注意安全。"阿花下了船，蹚着齐膝深的水走掉了。

岳小白看蔡广得，他不知道该怎么劝他。蔡广得止住哭泣，在河里掬水洗脸，掩饰自己的失态。岳小白从身上撕下一块布，河里洗了两把，塞到蔡广得手里。蔡广得推开。岳小白硬塞进他手里。蔡广得发窘，说："我知道，你在笑话我。"

岳小白："我没有。菜花头，听我说，我没有你那么善良，可我知道，我们欠汉阳造的。"

蔡广得头一回显得那么软弱，像一个失去了主心骨的孩子，一把一把地抹着眼泪鼻涕，急于倾诉："如果不是遇到我们，不，如果不是遇到我，他现在还在梧桐山上快快乐乐当他的土匪，32个兄弟，守着那片坟地，打打闹闹，在月亮下吹军号，熬也能熬到鬼子投降，怎么不是逍遥。是我把他牵连进来的。"

岳小白："我不是要推掉什么，和我一样，汉阳造也是国军的人，脑袋上顶着一颗青天白日徽章，再孬都得担着国家，但凡有一点可能就不会向小鬼子投降。国家的军人，这是他的命。"

蔡广得："你不用安慰我，我知道是我害的他，我他妈缺德不戴帽子！"

岳小白："不是我拦你，这场战争不是中国人和日本人打，是中国和日本国打，往大了说，是同盟国和轴心国打。几十个国家，二十万万人参战，战争得死人，要说害人，是发动战争的那些大佬们，别把不该担的事硬往怀里搂。"

蔡广得："我觉得，你挺装的。你其实什么都明白，可在我们面前，你一点声色也不动，老装单纯。"

岳小白："你说得对，我有任务，得把自己隐藏起来，不能引起你们的反感，你们要反感了，我就没法完成任务了，只能这样。好了，你下河去洗洗，一会儿阿花回来，我替你把伤口处理一下，我们就分手，你去找老鳗鱼和渣子，小蜜蜂留给我。"

蔡广得乖乖脱衣裳，被身上的伤弄疼了，咧一下嘴，想到什么，停下来，人有点发怔。岳小白："别磨蹭了，你里面什么也没有，一会儿阿花回来，你就脱不下来了。"

蔡广得："你说，上面派我们出来，不会乱指派吧？小组中，老鳗鱼是组长，你是副组长，渣子和小蜜蜂是关系人，那我呢，我的作用是什么？我凭什么进的小组，还是核心成员？"岳小白："不是说了，负责武装护送吗？"

蔡广得："就是说，我有用处？"岳小白："是，不服从领导，闹分裂，打击同志，用处不小。"蔡广得："别借机会下口，我是自我分析，要这样，我不分析了，我还藏着，脚下使绊。"

岳小白："分析分析，往死了分析，我什么也不说，再说我不属蛇，属蚯蚓。"

蔡广得："我这个人吧人缘挺好，谁见谁爱，可领导不喜欢，没办法，刺儿头，不听吆喝，领导喜欢不了。照说，我这种人领导从来不重用，上面不会派我出来执行这么重要的任务。"岳小白："那上面为什么派你来？"

蔡广得："你再想想，我们的任务是到深圳墟接受下一步任务，那下一步任务在哪儿？"岳小白："不是找到了吗，大亚湾，还有布吉，都在深圳墟附近，挺合理的。"

蔡广得："我不这么想。小蜜蜂的关系是杨子昆，杨子昆通常待在哪儿，不是深圳墟吧？"岳小白："他总待在香港。你是说……"

　　蔡广得："隔着一条河,深圳墟对面就是新界和九龙,杨子昆在那儿。3年前,我在港九大队,对九龙、新界和港岛的情况熟悉,我的关系也在那儿。"岳小白："你是说,'蚂蚁'行动小组的真正目的不是深圳墟,而是新界、九龙和港岛?"蔡广得："这样,上面派我和小蜜蜂来才说得过去。"岳小白觉得有道理。

　　蔡广得："昨晚蛊毒一解,我脑子就好用了,这得感谢你。"岳小白："也就是说,大亚湾鬼子海防工事,藏在宝安的鬼子129师团,不在我们的任务范围内?这说不过去。"

　　蔡广得："猜是没法猜了,我先去香港吧,也许到了那儿,我的关系自然就出来了。"岳小白犹豫了一下问："可是,你不还得去找老鳗鱼和渣子吗?"

　　蔡广得："我说了我脑子缓过来了,我分析过,劳工船是从深圳河出的海,海对面是哪儿?香港。劳工很可能是被抓到大屿山去修工事了,渣子和老鳗鱼在香港。你说,我不去香港去哪儿?"

　　岳小白一时无语,突然伏下身子分开芦苇往后看。远处,阿花东张西望地抱着个药箱子匆匆赶来了。

　　一队日军匆匆从鸭仔街上过去。街角一堆柴里,钻出蔡广得和岳小白,两个人四下看看,钻进临街的一家民宅。两人一进屋就到处看。屋里空着,一片狼藉,主人都被日本人抓走了。蔡广得不知来这儿干什么。岳小白告诉他,走之前,要办件事,需要蔡广得帮助。并告诉他,自己要找在学堂门口见到的那个鬼子军官。

　　蔡广得："竹叶青,都什么时候了,你能不能把那点花花肠子收起来?"岳小白："你真是误会了。我说了,她像我一个熟人,太像了,而我必须找到那个熟人,也许他俩有血缘关系,我得找到她。"蔡广得："就这会儿?"岳小白："回头一上火车,人去了香港,她就从我眼皮子下面溜掉了,我去哪儿找她?"蔡广得："你找亲戚是你的私事,我不管,我还是去做我的芦苇管,下河摸过新界去。"蔡广得要溜,岳小白一把拽住他,一脸乞求："就这一次,最后一次。"

　　一名在维持会出粮的老乡提着石灰水桶,一名日军曹长在墙上刷标语。日军曹长乐得其满,伸手去蘸石灰水,没蘸上,回头看。老乡已经被蔡广得钳住,嘴堵上,惊恐万状地瞪着眼睛。日军曹长丢开刷子往上扑,人没扑出去，嗖的一声进了岳小白的怀里，嘴被快速堵上。

日军曹长光着身子，和老乡一起被捆得严严实实，嘴堵上，在角落里挣扎。蔡广得在窗口望风。岳小白换好了日军曹长的军装，拉开门看了看，坦然地出去了。

岳小白快步过来，看到门口挂着宝安税警的牌子，站下，两边看看，进去了。税警局里空着，有两个穿着黑色制服的税警，一个眨巴眼，一个小胡子，两人蹲在地上清理一些趁乱抢来的东西，听见动静，回头看见岳小白站在身后。两名税警连忙站起来。

眨巴眼："太君。"岳小白（日语）："蠢货，不好好干活，趁火打劫！"小胡子不懂日本话，脸不敢转，小声问："他说什么？"眨巴眼："别说话，要吃苦头。"岳小白（日语）："你们在说什么？"眨巴眼（日语）："太君，什么也没说，我们喘气，声音大了点。"岳小白（日语）："有个女太君，姓朴，中尉，叫什么来，知道她在哪儿吗？"税警点头，再摇头。岳小白（日语）："别乱点头，说话，知道还是不知道。"眨巴眼（日语）："知道，朴上尉，华南派遣军情报部的。"岳小白（日语）："她在哪儿？"眨巴眼（日语）："情报部在天后庙，朴上尉在哪儿，我们不知道。"岳小白转头出门，在门口站住，说（日语）："哪儿抢的，给我退回去，再抢我剁了你们的手。"

岳小白出了院子。小胡子腿一软，说："操，你们连老太太的缠脚布都抢，我们算什么。"眨巴眼眼睛轱辘轱辘地转，盯着岳小白消失在大门口。

岳小白来到民缝街，远远的，能看到天后古庙了，他发现庙前有不少日军，他闪身街角，向天后庙那边观察。一辆军车开来，从车上跳下一些日军，开始从庙里往外搬一些设备。岳小白失望，离开那里。

眨巴眼从角落里溜出来，看了看岳小白消失的方向，上前拉住两名从街口过去的日军告密："太君，有人冒充你们的人。"日军看眨巴眼。眨巴眼："一个穿太君军装的男人，到税警局打听情报部的朴上尉，日本话说得比我还差，见到你们就躲了。"日军："人在哪儿？"眨巴眼："进民缝街了，我带你们去。"

岳小白回到鸭仔街，前后看看，屋顶看看，没发现人，闪身进了民居。岳小白迈进屋内，发现屋角，那个光着身子的日军曹长和老乡被一床被子蒙住，人在被子里蠕动。蔡广得不在了。岳小白去里间看了看，没人。岳小白："溜了？也太不像话……"没说完，快速回身，去腰后抽枪，但他慢了一步。门口，一名日军用枪指住岳小白。窗户外，一支黑森森的枪口对准岳小白。岳小白慢慢从腰后抽回手，手举了起来。

两名日军和眨巴眼进了屋，眨巴眼过去从岳小白腰间下掉手枪，退到一旁。日军："你是谁？"岳小白缄口不语。眨巴眼："说呀，怎么不说了，知道趁火打劫日本话怎么说？趁火打劫。这回能说明白了？学一遍，学错了我剁了……"没说完，岳小白突然扑过去，狠狠将眨巴眼重重撞在桌子上，几乎眨眼间，岳小白拎住眨巴眼的头用力磕向桌角。眨巴眼额头上滋出一股血柱，从桌上滑落下来。两个日军反应过来，岳小白已经扑向他俩。日军持长枪，屋里施展不开，双方扭成一团，到底岳小白不敌，被两名日军扭住压在地上，一名日军捡起地上的枪，高高举起。

屋梁上落下一个人，将举枪的日军扑倒。岳小白死死掐住压住他的日军，手抠进他眼里，用力一拽，日军一声惨叫，一只眼珠子落在岳小白手中。岳小白一肘将负痛的日军打倒在一边，翻身起来，再一肘击中日军命脉，日军不动了。另一名日军已经躺在血泊中不动了。蔡广得慢慢爬起来，当啷一声丢掉手中的菜刀。

岳小白惊魂未定，坐在那儿大喘粗气。岳小白："你，你妈的去哪儿了？"蔡广得抹一把脸上的血说："我试试你夜里怎么睡觉。说实话，比蜘蛛难受多了。"岳小白抬头朝屋顶看。屋顶上屋梁纵横。岳小白惨笑一下说："鬼子投降那天，我什么事也不干，找张软和的床，我睡他三天三夜，谁叫我，我跟谁急。"

第十五章

南下港九　父女生隙

三号和几名指挥员在指挥部里研究争形战势。一名通信员进来报告：首长，联络处的欧戴义少校和C. 罗上尉来了。C. 罗和欧戴义兴冲冲地过来，后面跟着老刘。

欧戴义："廖将军，陈纳德将军来电了！"老刘："首长，是陈纳德将军转来的盟军最高指挥部给东纵的电报！"

C. 罗充满敬畏地念电报，老刘在一旁翻译："华盛顿对发现129师团及其消息致以庆贺。你们做了极其优越和奇异的贡献，这是不可想象的。你们关于波部队129师团的情报是重大情报，是我们唯一的报告。总部对你们的工作感到极大满意。你们所做的任何事情，对我们来说都是莫大的荣耀。"

东纵的指挥员们十分兴奋。三号却在发愣，好像根本就没有听电报内容。C. 罗和欧戴义不知道发生了什么事情，不解地看三号和吴为。吴为心里明白，过去把C. 罗和欧戴往外面领。

三号："等等。"3个人站住。三号："我的人，可以回来了吗？"C. 罗："还不能。"三号："不能是什么意思，情报任务不是完成了吗？"C. 罗和欧戴义相视一眼。C. 罗要求单独和廖将军、吴主任谈谈。

来到另一个房间。C. 罗："盟军联合司令部发来最新指示，联合情报局希望你们不要撤回'候鸟'小组，让'候鸟'改变情报搜集方向，去香港，了解那里的敌人防御情况。"

三号盯着C.罗问："这才是你们要求我们派出'蚂蚁'小组的真实目的吧？"C.罗耸耸肩答："是的，所以我们要求你们在小组中特别配备一名香港通。"

三号有一阵失语，然后说："你们为什么不在一开始就告诉我们这些，上尉？你觉得，告诉了我们，〈沙马计划〉就会失败？我们这样相互瞒来瞒去，还算盟军？"

欧戴义："对不起，将军……"三号阻止住欧戴义插话，目光仍在C.罗脸上。屋内的气氛一时有些紧张。三号："我们得完成这个任务，对吧？那你能不能告诉我，你们要了解香港什么情况，为什么了解，别再瞒着我们了，成吗？"

C.罗："将军，请您理解，我只是一名联络官，无法事先获知总部的意图，但我保证，我会在第一时间向您转告盟军联合司令部的最新命令。"

吴为："首长，'候鸟'小组已经残缺不全，而且他们太疲惫，做不到在这么短的时间内赶到香港。"

三号："通知港九大队蔡国梁和陈达明，让他们想办法，弄到敌人最新的防御情报。"吴为："是。"三号看了一会儿C.罗，什么话也没说，扭头回到作战室。

C.罗和欧戴义不明白，东纵的部队建立了功勋，廖将军何以不高兴。吴为尽可能控制着口气解释："如果他的部队能够得到盟友的尊重，他会高兴。如果他派出去的所有同志都回来了，他会高兴。他为那些自以为是的盟友的不信任难过。他为那些没有回来、回不来的战友难过。"

浅丘经道匆匆走进电台室。千夏麻也迎上去说："教授，'薄荷叶'的电台可以使用了。我制定了一套方案，让'薄荷叶'复活，让'他'与东纵重新取得联系，这样，我们就可以用他的电台发出我们需要的情报了。"

浅丘经道："东纵会不会怀疑？"千夏麻也："华南派遣军3个月前就破译了'薄荷叶'的电台密码，为了掌握更多的线索，没有抓捕他，我们手头有他在这3个月时间里发出的27份电报，根据这些电报，我研究了他的发报内容、手段和手法，'薄荷叶'被捕后，我的人对他进行了连续

16天提审，我专门安排了一名报务员始终在场，这样，我就训练出了我们的报务员。应该说，万无一失。"

浅丘经道："干得好！让复活的'薄荷叶'登场。"

老梁在指挥部外的荔枝林里向吴为汇报："惠宝大队发来电报，昨天和今天，深圳墟发生了惊天大案，鬼子连续两天清街，不明人数的武装人员在大街上和鬼子发生了交火，当街追杀鬼子。"

吴为惊愕："当街杀鬼子？有这样的事？"老梁兴奋地说："嗯，惠宝大队的电报说，武装人员中，至少有一名狙击手，一名爆破手，鬼子被打死不少，但谁也没有看见这些武装人员，也没听说鬼子抓到了他们。东纵自成立到现在，这还是头一回，件件都是惊天大案，真不明白是谁干的！"吴为陷入沉思。

荔枝林中，吴为向三号汇报："首长，我觉得，事情越来越让人费解了。那些武装人员肯定是我们的人，可我们又不知道他们是谁。我在想，既然是我们的人，为什么他们不和我们取得联系？答案只有一个，他们不能，或者不被允许和我们联系。首长，我有一种直觉，我觉得'木棉花'就是'蚂蚁'小组。"

三号："你是说，是'蚂蚁'小组剩下的那5个人，他们干了这一连串惊天动地的事情？"

吴为："对，'蚂蚁'小组从根据地出发的时候，我们要求他们去深圳墟接受下一步任务，这是他们唯一知道的环节。在他们到达深圳墟之前，我们把联络点撤销了，命令他们放弃任务，自行解散。"

三号："接下来，深圳墟盟军飞行员被劫，惠阳鬼子仓库被袭击，大鹏湾鬼子的火炮发生了交火，布吉机场被攻击，深圳墟又发生了当街杀鬼子的事，这5处地方相距不远。"

吴为："我们得到的情报，正是这一带鬼子的布防，祁德尊也是在深圳墟接待的他们。可有一件事必须提到，在命令'蚂蚁'小组解散的时候，我们要求他们不许和任何我们的关系取得联系。"

三号："所以，那些情报只能通过别的渠道传递到我们手上。"

吴为："首长，是'蚂蚁'小组，是他们！他们的确执行了解散的命令，可他们解散的是'蚂蚁'小组，然后他们再度召集起来，为自己换了一个番号——'木棉花'。这样，他们就没有违反命令，而且一直在战斗！"三号默然了。吴为："一开始我很纳闷儿，'蚂蚁'小组剩下的5个人，掰开了看，谁都不是干大事的，那得多大的动静啊，我放着胆量想，把一颗胆都想破了，也不敢相信是他们。"

三号："但他们团结起来了，这样就能发挥出意想不到的力量。"

吴为："我的疑问就在这里。首长，你想想，如果你身边有一个鬼子的人，他们5个人有可能团结起来吗？如果是你不知道内鬼是谁，会怎么办？首长。"

三号："把身边的人全换掉，一个也不留，我不能让他影响我的指挥机关。"

吴为："可他们没法换。他们就5个人，当中有一个随时可能爆炸的炸弹，除非5个人分散，炸弹就不起作用，可他们没有分散，因为他们得找出那颗炸弹，于是，他们坚持5个人在一起，继续搜集情报，没人帮助他们，他们得自己去找到情报方向，他们没法团结，做不到团结。"

三号："是啊，没有比这更难的事情了，面对强大的鬼子，没有情报支持，没有友邻侧援，还得随时提防内鬼的破坏。我真想不出，那是一种什么样的处境。小吴，通知我们所有的部队，通知敌占区我们所有的关系，只要见到'蚂蚁'小组，不，只要见到'木棉花'小组的人，立刻保护起来，不管他们需要什么帮助，尽其所能地帮助他们，立刻把他们送回到根据地。"

吴为："谢谢首长，我就等首长这句话。"

老梁匆匆过来报告："'薄荷叶'复活了。我们刚刚接到他的电台信号，不稳定，但能确定是他。我们正在追踪他的信号。"吴为："如果真的是他，说明他还活着！"

浅丘经道和千夏麻也守在电台前。千夏麻也："对方一直在呼叫，已经两个小时了。"浅丘经道："别慌，再等等。"想了想又说："不，关闭电台。"千夏麻也："教授？"

浅丘经道："他们会怀疑'薄荷叶'的死而复生，得留下一些正常的破绽，而且得吊足他们的胃口。关闭电台，耐心等待。"千夏麻也向报务员下命令。

浅丘经道走到一旁，问春山二路："朴上尉走了没有？春山二路："在卫生所和小林少佐交接。浅丘经道："催他快点，火车就要开了。"春山二路："刚接到通知，东莞一带的铁路被反日武装扒掉一段，车晚点了。"

小林正雄躺在病床上，一男一女两名日军护理兵在照料他。朴渚芳换了一身时髦的便装，坐在床头为小林正雄削水果。小林正雄："你是不是盼着我阵亡？我死了，你就成了大佐身边的红人，彻底摆脱了我。"

朴渚芳冷冰冰地看了小林正雄一眼，答："我们都会死。"

小林正雄伸手握住朴渚芳的手，说："我可以死，可我舍不得你死。"

朴渚芳停下削水果，斥责："手拿开。"小林正雄："就算你现在向大佐汇报，他也不会惩罚一位负了伤的帝国勇士。"

朴渚芳突然打开小林正雄的手，掐住他的脖子，手中的水果刀顶在他的咽喉上。小林正雄吃惊地看着朴渚芳。两名护理兵吓坏了。朴渚芳："你们出去。"两名护理兵连忙退出病房。朴渚芳："少佐，你从不接受教训，但这是最后一次，以后离我远点，否则我会捅穿你的喉咙。"

朴渚芳收回刀子，插住削好的苹果，将苹果塞进小林正雄嘴里，刀子抽出来，飞出去。刀子扎中挂在墙上的小林正雄的军帽上，刀把晃悠着。朴渚芳起身走到门口，回身向小林正雄莞尔一笑说："好好养伤，帝国正是用人的时候，可不能没了你这位勇士。"说完扬长而去。小林正雄被水果噎住，差点没了呼吸，大声咳嗽。两名护理兵冲进来，去小林正雄嘴里取苹果。

深圳东门火车站，一列火车停在站台上，站台上有大量的军警严密把守，盘查上车的人。一些军人、日本侨民、中国商贾、富人、学生、外国传教士在军警的监视下鱼贯通过盘查，登车。

便装的朴渚芳带着两名便装特工上了火车。黄叔带着一名跟班上了火车。一个年轻的列车服务生拎着两只饭盒穿过军警，走向火车头。

一对日本中年夫妇领着一个六七岁的小男孩，一家三口往车站赶，行李太多，中年夫妇拿不动，小男孩又哭又闹，中年妇女着急地哄孩子。

岳小白和蔡广得走来。岳小白还是那套三星一杠满地红的日军曹长装，背着一个军用行囊，蔡广得换了装，穿着一身黑色税警服，制服皱巴巴不像样子，歪戴着帽子，替岳小白扛着大包行李。蔡广得一脸的不高兴："干吗你一身鲜亮，我就这身黑皮，一身血腥味，还得替你当差？"岳小白不搭理蔡广得，礼貌地用日语向那家日本侨民问候，把坐在地上哭闹的小男孩抱起来，变魔术似的摸出一枚弹壳，用弹壳吹出悦耳的鸟叫声。小男孩破涕为笑，拿了弹壳，牵住妈妈的手，用力吹弹壳。

岳小白和日本夫妇相互鞠躬告别，转身向不远处的火车站走去。蔡广得跟上去问："为什么不走海路？我能弄到船。"

岳小白："你当鬼子只在墟上搜查？出海口早被他们堵得严严实实了。"

蔡广得："他们堵住出海口，火车站空出来，特意给你竹叶青留着，让你大摇大摆地过？"

岳小白："火车站是他们的重点布防对象，他们越防得紧，越料不到我们敢闯火车站。再说，陆地上打起来，隐蔽地点多，能跑的地方也多，能活下来的机会就多。"

两个日本兵从一旁走过。岳小白连头也没回，说（日语）："把你嘴闭上，不然我毙了你。"日本兵过去了。蔡广得愤怒地一把拽住岳小白，责问："你说毙谁？"岳小白："你听得懂啊。"甩开蔡广得，往前走去。蔡广得嘀咕："谁还不知道，报复呗，国军也就这个胸怀，不然强盗也闯不进国门了。"岳小白没再搭理蔡广得，走过站长值班室拐角，机警地站住。

站台上军警如云，挨个儿盘查上车的人。几名军警正在检查两个日本军官。一名中国商人不知为什么，正被几名军警连踢带打地拖走。气氛十分紧张。

蔡广得也看到了站台上的军警，幸灾乐祸。岳小白回头瞪蔡广得一眼。蔡广得连忙收起笑容，装出一副担忧的神情说："你爱干什么干什么，反正是让人打出满身窟窿的命，我认了。"

火车快开了，站长吹着哨向火车头摇旗。岳小白怀里抱着刚才那个哭闹的小男孩走在前面。日本侨民夫妇亦步亦趋跟在一旁。蔡广得满头大汗，狼狈不堪地扛着自己的行李，抱着中年夫妇的行李，身上还搭着只大箱子，俨然臭苦力。小男孩信赖地搂住岳小白的脖子，岳小白一路夸奖着小男孩，小男孩得了头彩般越发卖力吹弹壳。

岳小白旁若无人，领着中年夫妇和苦力蔡广得扬头从军警身边走过。军警们扭头看这亦军亦民的一行，被战争中难得的生活画面和小男孩用弹壳吹出的美妙的鸟叫声感触了，脸上绷紧的严肃化解开，都流露出一丝温馨情。

眼见着走到车门前了，小男孩手中的弹壳突然掉在地上，弹跳着滚开，掉下站台。蔡广得吓得脸上的汗大颗往下淌。好在军警的目光全在小男孩和岳小白身上，没有任何人注意到他。

一个少年模样的日本兵突然抢出队列，冲向一行人。蔡广得紧张地空出一只手，悄悄伸向腰部。少年日军兵从一行人身边穿过，跳下站台，捡起弹壳，回到站台上，用袖子仔细抹干净弹壳，殷勤地送到小男孩手中。小男孩问岳小白："滨田哥哥？"岳小白微笑着说："谢谢这位哥哥。"

小男孩对少年日本兵道谢。少年日本兵开心地笑了，退回队列中。小鸟美妙的鸣叫声又响了起来。一行人在军警们温馨的注目礼护送下上了车。

香港，山顶杨宅，房间里充满了生活情趣：美服、宠物猫、带露水的鲜花、新鲜水果、书籍，还有留声机里传来的若隐若现的西洋音乐。

杨桃的发式和服装全换了，俨然富家小姐，捧着一本原版书躺在太妃椅上。杨桃百无聊赖，不开心地丢开书，从房间出来。家仆阿四不知打哪儿钻出来，看杨桃。杨桃厌恶地看了阿四一眼，朝后花园走去。一名保镖过来，阿四向他示意不必管杨桃。两个人退回暗处。

杨桃在后花园坐下。女佣阿虫端着茶过来，为杨桃布茶。杨桃叫过阿虫问："你喜欢我吗？"阿虫："阿虫不敢。"杨桃从果盘里拿出一个水果递给阿虫，吩咐："把它吃了。"阿虫："十三叔会打烂我的嘴。"杨桃："你不怕我生气？"阿虫："怕。小姐生气，阿虫就该倒霉了。"杨桃："我要逃跑呢？"阿虫："阿虫会被打死。"杨桃："你跟我一起跑。"阿虫："阿虫不敢。家里托人送了礼才求到这份差事，邻居都说阿虫家有福，阿虫不敢害父母。小姐要是没事，阿虫去熨衣裳了。"阿虫匆匆离开，与过来的十三叔擦身而过。

十三叔："小姐今天好兴致。"杨桃反感，说："我要说多少遍，我要见他，他不能总是躲着我。"十三叔："大先生正忙着。大先生一忙完就会来看小姐。"

杨桃冷笑，站起来，冲十三叔亮出手掌中一个白纸小包，说："为什么你不让人把蟑螂药收好？日本富山牌，药力一定不错。把他叫来，不然我死给你们看。"

十三叔上前抢药包，杨桃躲开责备道："你敢非礼？"十三叔："小姐就是服下毒药，我也会让人给小姐灌肠，小姐最好还是免掉吃苦头。"

杨桃："别拿这个吓唬我。我在我的小组里学了不少，自溺、勒脖子、撞墙、咬舌头，哪一样我会让你灌肠？你不可能跟我吃，跟我睡，眼不眨地盯着我。"十三叔紧张了，额头上渗出汗。杨桃："告诉他，今天他要不出现，明天让他来收我的尸。"

火车驶过深圳河大桥，行驶在广九铁路新界地面上。蔡广得在车厢接头处观察，又攀上车顶看了看，然后擦着汗扇着风回到车厢里。车厢里有日军下级军官、教会的神职人员、几名童子军、一些日本侨民和中国商贾。中年日本侨民夫妇已经在车厢中间安顿下来，正和坐在对面的两个日本侨民说着话。

岳小白在车厢的一头，坐在几个青年男女电影人当中，还装日本军官，操着一口生硬的国语说得火热。小男孩后藤吹石依坐在他身边玩着弹壳。岳小白："美国人和你们合拍了几部电影，很不错。"几个青年男女电影人面露困惑，相互对视，岳小白："你们自己拍的电影，自己没看过，不可能吧？"

一个女青年一副受教育的虔诚样子，说："电影要通过报道部映画检阅所检查，能看什么片子我们说了不算。"

岳小白："《龙种》，去年拍的，凯瑟琳·赫本和沃尔特·休斯顿主演，电影结束的时候，赫本唱了你们的《义勇军进行曲》，没看过？"青年男女摇头，女青年基本上把脑袋摇掉了。岳小白："美国人都看疯了，欧洲也在上映。《中国CHING》看过没？洛丽泰·扬和艾伦·拉德主演，3个我们的士兵强奸了你们的一个女学生，杀死了她的父母，画面相当刺激，这个你们该看过吧？"青年男女电影人茫然地摇头。岳小白："空军的电影呢？《飞虎娇娃》，美国人陈纳德飞虎队的故事，《东京上空三十秒》，你们的人拯救美国飞行员，这个你们该看过吧？"青年男女面面相觑，摇头。

女青年影人："没看过。我是头一次听说。"岳小白露出失望的神情，说："那你们还拍什么电影，白干了。"

女青年影人："这不怪我们，香港被你们管制着，电影院里不让放重庆政府拍的电影，平安、东方、大华，香九戏院上映的都是中华映画株式会社配给的电影，不是大东亚圣战就是你们的纪录片。"

岳小白："明白了。怪可怜的。"女青年影人："你是拍电影的？"岳小白："战前是。"

蔡广得从岳小白身边走过，瞧不起地看了岳小白一眼。岳小白笑着介绍："他们是香港诸影画所有者组合的人，拍电影的。"再给青年男女电影人介绍："我的听差，你们中国人。"

蔡广得懒得理会岳小白，去中年夫妇旁边坐下。对面的日本侨民向蔡广得问候。蔡广得别扭地向日本侨民点头。中年妇女从包袱里取了个饭团递给蔡广得说："一路上多亏照顾，辛苦啦。尝尝饭团吧，早上刚做好。"蔡广得咬一口饭团，见中年妇女起身拿行李，示意她坐着，替她拿下来。中年妇女："辛苦啦。"蔡广得几口吞下饭团，靠在那儿打起盹来。

十三叔到葡萄牙银行找到杨子昆，杨子昆将十三叔带到客厅，脸露难色，小声说："我这里走不开。南京政府参赞武官公署的熊特派员在我这儿，你让我怎么办？"

十三叔："小姐说，你今天不去见她，她就把事情做绝。小姐不是诈，是来真的。"

杨子昆："伊莉莎白号什么时候抵港？"

十三叔："美国人封锁得紧，至少明天才能抵港。不过，丹麦的子爵号昨天抵港了，说是今天中午离港，如果现在走还能赶上。要不要我去安排一下，先把小姐送走？"

杨子昆："要走一块走，她一个人走我不放心。这样吧，你往山顶打个电话，让阿四看紧小姐，不要让她出任何事，我尽快把姓熊的打发走，然后跟你回山顶。"

十三叔离去。杨子昆回到书房，南京政府的特派员熊家政在焦急地踱步。杨子昆："实在对不起，家里有些不便，让熊先生久等。"

熊家政："我看，你不是让我久等，是让公博先生久等，你眼里根本就没有南京政府。"

杨子昆："熊先生，话不能这么说吧？"

熊家政："说错了？你和南京政府有协议，政府倾力保护葡萄牙银行在华北和华东的利益，你为政府提供情报；汪公殉国不到一年，你就和政府生分，这不是给汪公英魂脸色看？"

杨子昆："汪公对杨某的照顾，杨某知恩图报，南京方面所托之事，杨某一向勤奋努力，即便汪公英逝之后也不曾懈怠，熊特派员说这样的话，怕是不礼貌吧？"

熊家政："政府需要知道日本人和新四军密谈的情报，以此调整对日关系政策。我们找了你几次你都敷衍塞责，吞吞吐吐，不知何意，这难道是我不礼貌？"

杨子昆："好吧，我可以告诉你们，日本人和中共的接触并非你们所说，只是周旋，而是到了实质性阶段。半个月前，就在南京，中共华东局情报部长杨帆和日本方面的小林浅山郎有过一次秘密会晤，商谈华东局部和平事宜。日本人让出8个县给中共，如果美国人在中国登陆，中共麾下新四军保持中立，不对日本人作战。"

熊家政大惊，问："你能确定，日本方面是小林浅山郎出面密谈的？"

杨子昆："他是日方的特派代表，受命全权与中共方面谈判。"

熊家政："娘希屁，冈村宁次这个家伙背信弃义，出卖我们！"杨子昆起身，说："对不起，我还有急事要处理，你先回去，有什么事我们通过电话谈。"

熊家政："哎，我的事还没有谈完。"杨子昆："容某再安排时间。"杨子昆不由熊家政分说，走到门口，吩咐随从："让朱襄理照顾好熊先生，一定不能懈慢。熊先生，告辞了。"杨子昆撇下熊家政匆匆离去，从银行大楼里出来，上了雪佛兰座驾。

一辆丰田轿车内。一张打开的《香岛日报》：（冲绳岛惨战）：最高指挥官牛岛率军死戍不退，义烈空降队夺回嘉手纳机场。一名日军便衣特工收起报纸，注意马路对面的雪佛兰，看见它驶走，开车跟了上去。

司机兼保镖阿榕开车，杨子昆疲惫地撑着头说："我不知道该怎么对她。我把女儿弄丢了。"坐在副驾座上的十三叔往后视镜里看了一眼说："您是在做大事，您太为难了。"杨子昆："不，我不知道我是在做什么、为谁、为什么要这么做。她离开我11年了，我都快把她忘掉了。她恨我。她妈妈也恨我。"十三叔："她们不了解您。您没有一天不在想她。"杨子昆："十三，你会过这样的日子吗？以为自己在做一件伟大的事情，可却把身边所有的亲人都丢掉了。"

阿榕看后视镜，一辆丰田车紧紧跟在后面。阿榕："我哋被目及上咗，系日本人。"杨子昆："甩掉他们。"

弥顿大道上，雪佛兰突然加速，丰田紧跟着加速。雪佛兰拐向一个弯道，突然折返，迎着丰田驶来。丰田连忙让开，被逼到道路一边，车轮卡在马路牙上，熄火了。日军特工下车，猛踢一脚轮胎，沮丧地看着雪佛兰消失掉。

中年夫妇和对面的日本侨民谈兴正浓。蔡广得醒来，不习惯坐在一群日本人中间，浑身不自在。车厢尽头，岳小白和那几个香港电影人谈得甚欢，一群人发出响亮的笑声。蔡广得不屑地哼了一下，回过头来。一个服务生端着食物盘从蔡广得身边走过，没注意到蔡广得。蔡广得扭头盯着服务生的背影看，越想越不对劲，起身向服务员消失的方向走去。蔡广得走过岳小白身边，没和他打招呼。岳小白注意到了，回头看走过去的蔡广得。

一名中年电影人拉拉岳小白。岳小白回头。中年影人："对不起，长官，我不能同意您的说法，我觉得，你们大日本的电影比美国人和我们中国人的电影拍得好。"

岳小白："听口音你是北平人吧。"中年影人："是的，民国26年你们来中国后到香港的。"

岳小白："你都让人挤到香港了，怎么还胡说？"

中年影人："我不是吹捧你们日本电影，东映公司的《军国摇篮曲》《东方和平之路》，还有东宝公司的《男人们的大和》和《后方的赤诚》都是伟大的电影。我特别喜欢《向支那怒吼》这部片子。"

岳小白不高兴了，问女青年影人："你没他那么蠢吧，自己国家的电影不看，人家的电影一部没落下。"

女青年影人："朱摄影是东洋迷，整天和我们辩论。恕我冒昧，我不喜欢你们的电影，穷兵黩武，戾气重，这样的电影一点也没给人希望。"

岳小白："你叫什么？"女青年影人："司徒念。"岳小白："我能抱抱你吗？"女青年影人愕然。岳小白："我觉得你是我见到的最美丽的中国姑娘，也是最勇敢的姑娘。"女青年影人脸一下子红了。身边的香港影人起哄。

朴渚芳和两名便衣特工坐在特等车厢里，车厢的门略开。服务生（水花子）端着食物盘从外面的走道走过。过了一会儿，蔡广得过来了，从走道里走过。

朴渚芳无意间看到了从走道走过的蔡广得，想了想，吩咐两名随从："你们留在这儿别动。"起身出了车厢。

车厢里全是去香港启德机场换防的日军空军飞行员，他们都很年轻，血气方刚，穿着白衬衣或皮夹克，大声唱着日本军歌《同期的樱》："我和你是同期的樱，绽放于同一航空队的庭院。仰望着火焰般燃烧的夕阳，再也等不到你回来的那架座机……"

水花子端着托盘走来，频频向日军飞行员示好，走了过去。少顷，蔡广得走来，他没有看见水花子的影子，走了过去。跟着，朴渚芳出现在车厢里。空军小伙们见到美貌的朴渚芳，歌声戛然而止，目光直直地盯着娇娃般的朴渚芳。朴渚芳冷冷地看了一眼飞行员们，说："继续下一句，相约的日子还没有到来，你为何先我而死，离我而去？"飞行员小伙们哄然大笑，继续唱。"我和你是同期的樱，你虽一去再不复返，我们将在花之都的靖国神社中，相会于樱花盛开之春……"朴渚芳在歌声中走了过去。

水花子来到空无一人的行李车厢外，放下托盘，轻轻敲行李车厢的门。水花子："大井，好咗冇，动作快啲，车到粉岭咗，一到大浦我哋就下唔去咗……"门从里面拉开，水花子傻眼了。行李车厢中堆满了战时物资，水花子的人大井、鹭鸶脚和泥菩萨3个人被捆绑得结结实实，嘴上勒了封条，惊慌地坐在地上。两名日军侦缉队员和两名伪军宪兵用枪指住水花子，一把将他拽进去，关上门。门里立刻传来一阵拳打脚踢声和呻吟声。

蔡广得过来，他看到了地上的托盘，没有看见水花子。他听见了行李房中传来的踢打声，吓一跳，贴着门听了一会儿，连忙转头退出车厢。

朴渚芳跟着蔡广得，发现蔡广得从车尾退了回来，一时无法回避，连忙装作看窗外的风景，面向外贴窗而站。蔡广得没有觉察，擦着朴渚芳的身子匆匆过去了。

蔡广得将岳小白拉到两节车厢的接头处，告诉他在车上看见水花子了。水花子打扮成服务生模样，自己一直跟他到了行李房，门关上了，里面有打斗的动静。岳小白不知水花子怎么会在火车上。但他看蔡广得又要管闲事的架势，眉头皱了起来。

蔡广得和岳小白攀上两个车厢的接头处。风把两人吹得站不稳。岳小白："我为什么要帮你？"蔡广得："不是帮我，是帮汉阳造。水花子是汉阳造的人。"岳小白："可他不该捞过界，吃鬼子的铁路饭。"蔡广得："你们国军没吃过鬼子的铁路饭？我也吃过，吃大了，凭什么他就不该吃？"

两个人在火车顶部摇摇晃晃向车尾行李房方向走去。岳小白："我说，改改脾气，别管这个闲事。"蔡广得："总比你在那儿泡姑娘强。"岳小白："那是好姑娘，她讨厌日本人。"蔡广得："她该讨厌你。你没给她看你的魔爪，还是没来得及？"岳小白："车上全是鬼子的人，我们是在找死！"蔡广得不回答，顶着风趴下，手脚着地向车尾爬去。岳小白："我看你是疯了，你是我见过的最大的疯子！"蔡广得："这个话留给你的姑娘们吧。"

水花子被打得鼻青脸肿。被捆绑着的大井等人吓得哆嗦，都哭了。两个日本侦缉队员在一边揉拳头，两个伪军宪兵负责审水花子。宪兵："说，车上还有你们的人吗？"水花子："没有了，就我们4个。"宪兵："这种事干了几回？"水花子："头一回。"宪兵猛踢水花子。水花子痛苦不堪地捂着肚子。宪兵："上个月火车上丢了几包锡箔纸，是不是你们偷的？"水花子："什么锡箔纸，我不知道。"宪兵："过年的时候，6号铁路桥被炸断，是不是你们炸的？"水花子："老总，你看，我们像干这种事的人吗？"

宪兵抽出小刀在水花子面前蹲下，抓住他一只耳朵，刀架上去，说："我的话你好像听不懂，你耳朵白长了，要它没用。"水花子吓得屁滚尿流，央求："老总，老总，我对天起誓，我就干了这一回，多一回我都烂屁眼儿！"宪兵狞笑，刀子慢慢割下去。水花子的耳朵渗出血来。

行李房后门突然打开，岳小白冲进来连发两枪。两名审讯水花子的宪兵应声倒下。两名靠在一旁聊天的日军侦缉队员一愣，抽出枪向岳小白射击。岳小白躲开子弹。几发子弹打在行李袋上。

车轮轰隆，朴渚芳听见隐约的枪声，下意识后退，向车厢退去。

岳小白一个连环腿，两名侦缉队员手中的枪飞出去。两名侦缉队员扑向岳小白，3个人打成一团。蔡广得从列车顶上的天窗中探出脑袋，饶有兴致地在上面看岳小白和侦缉队员对打。岳小白："看什么，快下来帮忙！"

蔡广得慢条斯理从天窗上吊下来，不肯松手，好几次腿踩到侦缉队员脑袋。一个侦缉队员被踩急了，拽住蔡广得的腿一把将他拖下来，自己也被岳小白踹到一旁。蔡广得摔得哎哟一叫，手脚并用地爬开，靠到角落中水花子的身上，把地方让出来给岳小白和侦缉队员打斗。

水花子惊喜："是你？"蔡广得鄙视："怎么偷人家东西？"水花子："头一回。"蔡广得："你当他们傻，我也傻？"

岳小白一拳将一名日军侦缉队员打到蔡广得怀里。蔡广得连忙把日军侦缉队员推回到岳小白身边，皱着眉头说水花子："别看热闹了，还不把他们解开。"一经提醒，水花子连忙去给大井等人松绑。3个年轻人低眉顺眼地向蔡广得点头示意，完全是一副烂仔相。蔡广得不断推开打到他身边的岳小白和侦缉队员，拢住双膝，让自己坐舒服，指着堆积如山的行李袋说："你偷人家的东西人家当然抓你。他们刚才说的锡箔纸，是你偷的吧？"水花子："陈年旧账，不值一提。日本人，一个小破岛，没什么家当，老惦记着抢别人，又不许人家偷回来，天下第一抠门。"

岳小白双拳敌四腿，行李房小，施展不开，急得上火："聊完了没有？"蔡广得："再等等。"水花子："他不行了。"蔡广得："他行，挺充大一个人，再加两个他都能对付。"

岳小白生气，飞起一脚。一名日军侦缉队员撞进蔡广得怀里，蔡广得哎哟一声，不耐烦了："怎么不站好？会打架吗你？"日军侦缉队员懵里懵懂看蔡广得，挥拳打来。蔡广得伸手架住日军侦缉队员的拳头，手中的手枪柄狠狠在脑袋上一敲，说声去死吧，日军侦缉队员瞪着不甘的眼睛倒下了。

岳小白少了一个对手，不再纠缠，一套眼花缭乱的组合拳打得日军侦缉队员蒙头蒙脑，再凌空跃起，一脚将日军侦缉队员踢飞起来，撞到行李房的后门上，砸破后门摔出车外不见了。

朴渚芳贴着车厢门听行李车厢里的动静。

水花子4人拼命为岳小白的神脚鼓掌。岳小白不高兴地揉揉拳头，气呼呼上前要揍蔡广得，问："你想害死我？"蔡广得："不是活得好好的吗？还可以继续害人。"岳小白瞪眼。蔡广得连忙改口："害鬼子。"水花子："你俩别吵了，快下车吧。"两个人回头看。水花子正带着大井等人往后门的车外丢行李袋。水花子："车在大埔会停，日本人要上车检查，你俩没有士兵证，一到大埔你俩就下不去了。"

大井带头，水花子最后，四个人前后脚溜出后门跳下车。

岳小白将日军侦缉队员的枪捡起来插进腰后，拉开门，出了行李车，往车头方向走去。蔡广得踢开挡道的侦缉队员尸体，追过去。

朴渚芳快速走过车厢。少顷，岳小白走过车厢。一名飞行员和他打招呼："嘿，伙计，那姑娘不错，加油！"飞行员们哄笑。岳小白不明白地看飞行员一眼，走过去。蔡广得追上来。朴渚芳快速返回特等车厢，坐下。岳小白从车厢外通道一闪而过。一名便衣特工看见，起身。朴渚芳："坐下。"便衣特工不解地坐下。蔡广得从车厢外通道追过。朴渚芳拉上车厢的门，什么也没发生似的看窗外，问："到哪儿了？"特工："快到大埔了，中尉。"

黄叔从另一个特等车厢里出来，看到了刚刚走过去的岳小白和蔡广得，吃了一惊。

岳小白走进车厢。青年女影人看见岳小白，眼睛一亮，问："你去哪儿了？我们正在找你。"岳小白不和青年女影人搭腔，从座位上操起自己的行囊，径直走到中年影人面前说："你刚才说日本电影好，确定？"中年影人有些吃惊，因为他发现对方用的竟然是流利的国语。中年影人："对，可是……"岳小白："说，日本电影鸡贼，日本电影狗屎。"中年影人："我是艺术工作者，凭艺术良心说话，日本电影就是好，我不改口。"岳小白一耳光抽过去，中年影人被抽到车窗上贴着，慢慢滑下来。

众人惊愕，可谁也不敢管。小男孩后藤吹石静静地在自己的座位上看到这一幕，再看手中的弹壳。岳小白看小男孩，一脸尴尬说："吹石，哥哥打的是没有骨气的人，你别学他。"

蔡广得过来，在众人惊愕的目光中把岳小白拉走了。岳小白路过目瞪口呆的女青年影人时站下，拉过她，在她脸颊上吻了一下说："你会拍出了不起的电影。"女青年惊愕地看着岳小白消失在车厢门口，兴奋得红了脸。中年影人捂着脸嘀咕："他，他怎么打人？"青年影人："他疯了。"女青年影人："不，他是个有良知的日本人。"

蔡广得把岳小白拉到打开的车厢门口，说："帮我找手榴弹，我去把那些机师干掉，免得他们在中国人头上拉屎。不用你去，我一个人去就行，你要闲着没事，就再去亲一下有良心的女电影工作者。"岳小白："手榴弹没了。我的刀可以借给你。"蔡广得显然使刀不是强项，只好说那就算了。两个人对视一眼，先后跃出急驶的列车。

郁郁葱葱的山路上，水花子和大井、泥菩萨、琵琶脚3个青年扛着大包行李袋汗淋淋往前走。泥菩萨傻里傻气，一边走一边乐呵呵唱儿歌："你拍一，我拍一，皇军来到九龙西；你拍二，我拍二，两个皇军叼个蛋；你拍三，我拍三，皇军占领九龙关；你拍四，我拍四，皇军的国家叫做日；你拍五，我拍五，皇军打人像打鼓；你拍六，我拍六，皇军顿顿有酒肉……"

蔡广得和岳小白气喘吁吁从后面追上来。蔡广得："怎么丢下我们不管？"水花子："日本人的火车，不是半岛酒店，车上的点心糟透了，你们不会留着喝下午茶，知道你们会跟上来。"蔡广得刚要说话，水花子不由分说，行李袋分出一些，塞到蔡广得怀里。

蔡广得："我们去哪儿？"水花子："我回12区避风塘，你们爱去哪儿去哪儿。"蔡广得："你不管我们？"水花子："你们的事，我管什么？"蔡广得："我们救了你的命！"

水花子站下，一脸无赖地说："别以为你那是救我，你和日本人过不去，换了别人你也会出手。我不是头一回被日本人抓住，我有办法跑掉，用不着你插手。"蔡广得气结。水花子："怎么，是不是眼馋这些东西？行，按规矩，见者一半，东西你们拿一半走，爱去哪儿去哪儿。"蔡广得："至少得帮我落下脚来吧？你都说了，我俩没有良民证。"水花子："那你还废什么话，老老实实跟着走。"

水花子撇下蔡广得走到前面去了。泥菩萨还在唱着儿歌："你拍七，我拍七，皇军最爱撵野鸡；你拍八，我拍八，皇军死了吹喇叭；你拍九，我拍九，皇军爱拉花姑娘的手；你拍十，我拍十，皇军掉进王八池。"

岳小白上来了，看一眼被饿得说不了话的蔡广得，幸灾乐祸地笑，说："不干我的事儿。谁叫你瞧不起他，在宝安给人家那么多脸色看，这会儿工夫都得还回去，这叫报应。"蔡广得："别幸灾乐祸，咱俩现在是一根绳子上绑着的蚂蚱，你也跑不掉。"岳小白："先申明啊，活干完了，这儿已经是九龙的地界了，你那根绳子拴不上我，接下来，你干你的，我干我的，谁也别缠谁。"蔡广得："缠什么？别嘴硬了，没我你能干什么？"岳小白："没你我太高兴了，我能松口大气。我们不用再一条绳子捆着睡觉了，对吧？"蔡广得气得猛踢一脚泥土，没承想踢到一块石头，疼得他扳着脚跳。

一辆克尔维特牌跑车在山顶杨宅门外停下。印度仆役匆匆出来，打开门。时尚打扮的赛南粤从车上下来，钥匙丢给印度仆役，朝屋里走去。

赛南粤进来。阿四从暗处钻出来，有些讶然："夫人？"赛南粤："大先生在吗？"阿四："回夫人，大阿生冇到山顶嘚，佢和夫人一直住半山。"

赛南粤不信任地看阿四一眼，往里走。阿四连忙上前拦下，另一名保镖也从暗处出来。赛南粤不高兴："你们这是干什么？"阿四："夫人，大先生有规定，除开佢，任何人都唔能到山顶嘚。"赛南粤："包括我？他会说这样的话？"阿四："对唔住夫人，我得到嘅吩咐就系呢样，夫人快请回啩。"赛南粤看阿四惊慌，越发怀疑，推开阿四径直向里走去。阿四不敢阻拦，对保镖说："望住佢，我去俾十三叔打电话。"阿四冲进书房，去打电话。

杨桃百无聊赖地坐在后花园里。赛南粤进来，两人四目相视。赛南粤："你是谁？"杨桃："我是杨桃。"赛南粤暗中一惊，脸上露出欣喜，说："原来是小姐，我说这么漂亮，活脱脱的美人胚子。早听说过你，没想到在这儿见到。"杨桃："你是谁？"赛南粤："我是你父亲的秘书，叫我美沙子好了。"杨桃："日本人？"赛南粤："对，日本人。你是中国人，从小在日本长大，我是日本人，从小在中国长大，我俩有同样的命运。"杨桃："你怎么知道我的事？"

赛南粤在杨桃身边坐下，顺手递了一个水果给杨桃，说："你父亲经常说到你。你是他的心肝宝贝，他身边的人都知道。"杨桃："别抬举我，我才不是他的心肝宝贝。他的心肝宝贝是另外的人。"赛南粤："哦，有这样的事，我怎么不知道？"

杨桃无人倾诉，此刻自然抓住赛南粤，说："他有个相好，叫赛南粤，是个唱戏的，他能为她做任何事。"赛南粤："不会吧？"杨桃："我没撒谎，大家都这么说。哎，对了，你是他的秘书，肯定认识那个不要脸的戏子。"赛南粤抿着嘴笑说："不但认识，还挺熟的。"杨桃："真的？告诉我，她长得什么样儿？我猜她长得像只狐狸，到处迷男人，我猜的对吧？"赛南粤笑得更厉害，说："我笑你说她的样子，哪有那样的人，要长得像狐狸，还不把人吓死，往哪儿迷人去？"杨桃："那你告诉我，她长得什么样。"赛南粤："很一般的人，没你好看，和你比差多了。"杨桃满意了。赛南粤："不过，她唱腔和身段不错，教子腔、斩四门、擘网巾、打仔，样样拿手，凭这个还真能迷倒男人，不少男人对她有意思。"杨桃气馁，说："我就知道是这样，还是狐狸精！"

赛南粤："我同意。你今年多大，18吧？我28。我俩差10岁。"杨桃："那我叫你美沙子姐姐。"赛南粤："好啊，我不嫌弃，我正好没有妹妹，如果你愿意，我带你去看电影，逛公园，买衣裳。"杨桃已经被赛南粤的体己和温存征服，和她很亲近了，一说到带她外出，立刻敏感地问："你能带我离开这儿？"赛南粤："当然，这有什么难的。"杨桃："太好了！你马上带我走！"赛南粤警觉了，说："对了，你为什么在这儿，你爸他很少来这儿。我好像听说，你从国外回来就去广州了，和共产党的人在一起。"杨桃："没错，我就是共产党的人，被我爸关押在这儿。好姐姐，不说这个，你先带我离开，我慢慢给你说。"

赛南粤爽快地起身，答应带杨桃走。杨桃说去换身衣裳，高兴地往自己的房间走去。

车停在门口，杨子昆和十三叔下来。十三叔一眼看见停在门口的克尔维特，吃了一惊。问："夫人在这儿？"印度仆人："来了一会儿了。"杨子昆皱眉头，匆匆进去。

赛南粤看见杨子昆匆匆进来，从吊椅上起来。杨子昆："你怎么在这儿？"赛南粤："去马会玩，顺便过来看看，阿四骗我，说你不在，一会儿看我收拾他们去。"杨子昆："我不是说过，不让你到这儿来吗？"赛南粤："为什么，难道我不可以到这儿来？"杨子昆："不可以。你马上离开。有什么事我们晚上回半山说。"

十三叔匆匆过来，看见赛南粤，有些意外，用目光示意杨子昆杨桃还在。杨子昆松了口气，挽着赛南粤的胳膊往外走。换了副口气，连哄带劝将赛南粤带离后花园。

杨子昆将赛南粤哄上车，说："先回去吧，哪儿也别去，在半山等我。"赛南粤大致知道发生了什么，作出一副懂事顺从的样子，说："那我就不在这儿给你添乱了，我先回去，晚上你陪我，不然我找葡萄牙人喝酒去。"杨子昆拉下脸："哪儿也不许去，我回去你要不在，你知道下场是什么。"赛南粤向杨子昆抛出一个媚眼，说："别威胁我，我要不高兴，会让你在我身上死过去。拜拜达令。"赛南粤驾车离开。杨子昆抹一把额头上渗出的汗，匆匆往回走。

杨桃和阿虫一起在花园里到处找赛南粤。杨桃看见杨子昆，脸拉下来说："我还没死，是不是要换个地方关押我？"十三叔带着阿虫退下。杨子昆："别胡说。"杨桃不搭理杨子昆，四处找赛南粤。杨桃："您的秘书，美沙子。她人呢？"杨子昆一惊，很紧张，问："这么说，你俩见过面了？"杨桃："我觉得她挺有人情味的，又漂亮又体贴，比您身边所有人都强。"杨子昆："她对你说了什么？"杨桃故意气杨子昆："说了您很多坏话。"杨子昆："什么坏话？"杨桃："问我也不说，反正她不适合当您的秘书，但可以给我当同伴。如果您还想见到我，就把这里的人全赶走，我不想见到他们，您把美沙子派来陪我。噫，她去哪儿了？"

杨子昆："别找了，她不是你会喜欢的人。"杨桃挑衅地看着杨子昆说："那您说，我的刑期还有多长，您把我当爱德蒙，就不怕我变成基督山伯爵向您复仇？"杨子昆难过地说："孩子，我知道我这么做委屈你了，可你也要理解我的难处。你要只是跟着共产党瞎胡闹一阵，事情也就简单了，可我们父女俩，委屈的不是你一个人。"杨桃："被囚禁的是我，您能有什么委屈？"杨子昆："我很后悔把你从新加坡接回来，我应该自己承担这一切，我只是太想你了，太想我的女儿阿桃了，没能忍住这份思念之情，让人把你送回来，没想到捅了这么大的娄子。"杨桃："救国同乡会那么多人回国抗战，他们都是捅娄子？您要真想我，为什么我回来的时候您不告诉我，整天躲着我？"杨子昆："我并没有躲你。"
杨桃："骗人，您根本就不是为了我，您是为了那个戏子。您整天和她在
一起，根本没有心思和我说话。"杨子昆："你错了，我没有和她在一
起。"杨桃："您在狡辩，您不肯承认。"

　　杨子昆无法解释清楚，只有和盘道出，杨桃说的那个戏子是她已经
见过的美沙子。杨桃惊讶："美沙子？是她？她为什么说是您的秘书？"
杨子昆："不，她不是我的秘书，而是日本人安插在我身边的情报员。"
杨桃："什么？"杨子昆："孩子，你知道我是什么人，在做什么，但你
并不知道，在我身边为什么会有十三叔、阿榕阿四这些人，因为他们是我
潮汕的家乡人，他们会死心塌地忠于我，不会出卖我，别人就不会这样
了。"

　　杨桃一脸困惑。杨子昆开始讲述——3年前，我在广州认识了赛南
粤，她是太平剧团的当家女旦，是谭兰卿、上海妹和麦鞮卿之后华南名气
最大的花旦，在高升戏院和太平戏院都有专场……以后我才知道，她叫
美沙子，是日本人，从小在广州长大，家境不好，跟了粤剧大师马师曾学
艺，是苦孩子出身。我喜欢她，就让她跟了我……民国32年冬天，委员长
在开罗参加中美英三国首脑会议，讨论对日作战计划，委员长坚持在缅甸
联合作战中，英国应该派出海军参战，为此和丘吉尔发生了争执，我因为
和英国方面有情报交换关系，奉命飞往开罗回答委员长的咨询。可是，因
为诺曼底登陆计划，英国海军背信弃义，没有参加缅甸作战，致使中国远
征军付出了巨大的伤亡……从开罗返回后，美沙子突然对我在开罗的经历
感兴趣，不断问我关于开罗会议的情况。我先没在意，以为不过是女人的
好奇，直到有一天，我发现自己的抽屉被人动过……

　　杨桃被杨子昆的讲述吸引，专注地听着。杨子昆："我动用了手中的
关系，了解到美沙子的底细，她是日本人的间谍，日本人在中国事变后从
日侨中把她挑选出来，安插在我身边刺探情报。"杨桃："您为什么不把
她赶走？"

　　杨子昆："赶走了她，日本人还会派别的情报员安插在我身边。为了
蒙蔽日本人，我故意装作不知道这件事。为此，我苦于和美沙子周旋，只
要她没有戏，我就把她送回深圳墟，不让她过于频繁地接触我。"

　　杨桃："既然这样，这次您为什么又把她接回到您的身边？"杨子昆

犹豫了一下。说："因为，除了她，我找不到可以说话的人。"

杨桃沉默了，过了一会儿问："这些事为什么不早点告诉我？"杨子昆："孩子，你7岁就离开了我，我们有些生分了，我在寻找合适的机会，可你回来不到两个月就从家里跑掉了，你没有给我机会。"杨桃有些犹豫。杨子昆："我一直在做一件事，在合适的时候抽身出来，结束一切复杂关系，结束我在国内的地下生活，带你去国外，我们父女俩好好地过日子。"

杨桃："您是说，现在是您抽身的时候了？"杨子昆："嗯，再不抽身我就永远也走不掉了。"杨桃："您打算把我和美沙子带走？"杨子昆："不，我不会带走她，只会带走你。"杨桃："为什么，您不是爱她吗？"杨子昆："那不是爱，只是一个可以说话的伴，怎么说，她是日本人，不会和我同心。而且，日本人已经开始防范我了，我得知道他们对我有多设防，是不是能够安全抽身，我没有别的渠道，只能从美沙子那里了解。"

杨桃："您能保证，您告诉我的都是真话，没有任何隐瞒？"杨子昆："这些事，照说不该告诉你，但你是我女儿，是我生命中最宝贵的那个人，我就是瞒住天下，也不会瞒你。"杨桃眼圈红了，说："爸，我错怪您，让您委屈了。"杨子昆："孩子，只要你明白就好，爸爸就没有什么委屈了。"

十三叔向阿四吩咐："阿四，你带两个人立刻赶到中环，去把夫人看住，大先生不到，不许她离开，也不许任何人接近她。"阿四："知咗。"十三叔："别惊吓住夫人。"阿四匆匆离去。

十三叔过来说："大先生，您的电话。"杨子昆："就说我不在。"十三叔："是熊先生的。"杨子昆："他怎么找到这儿来了？"杨桃："谁？"杨子昆："没什么，银行里的一个客户。孩子，园子里潮，你去屋里等我，接完电话，我俩好好说说话。"杨桃："嗯，我等着您。"杨桃乖乖地挽住杨子昆的胳膊，父女俩向屋里走去。

杨桃在自己房间等父亲，开心地东摸摸西翻翻，一副女儿家性情。杨桃开心地朝外走去，走到书房外，听见书房里隐隐传来杨子昆和人的通话声："熊特派员，请你不要这样和我说话，我突然离开，自有我突然离开的道理，谈不上在你面前玩把戏。倒是你，利用你们南京政府在香港的间谍网，窃取我的私人电话号码，跟踪我的行踪，这种小动作，恐怕做得不地道吧？"杨桃吃惊，贴近了门听。杨子昆："我和你们南京政府是有情报交换先例，但那是汪公在世的时候，我对汪公敬重，所以才那么做。我不是你们南京政府的人，自然用不着听你们的吆喝，你回去转告你的上司，请他换个人来和我谈，否则我将断绝和你们的一切联系。"杨子昆生气地放下电话。

杨桃冲动地推开书房的门冲进去，愤怒地看着杨子昆，说："您，您竟然和汪伪政府来往，和汉奸政府来往？"十三叔失措地站在门口。杨子昆大惊："孩子……"杨桃："我不是您的孩子，我就是做鬼，也不做汉奸的孩子！"杨子昆想分辩，杨桃扭头就走。杨子昆冲过去拉住女儿，掩上门。杨桃："放开我！没想到，您竟然做这么卑鄙无耻的事情！"

杨子昆被逼无奈，怒吼道："住嘴！"杨桃被杨子昆的暴怒吓住了，呆呆地站在那儿。杨子昆尽可能平息自己的情绪，示意十三叔："你，你先离开这儿。"十三叔不知所措地离开。

杨子昆："是的，我不像你看到的那样，是个长袖善舞的银行家。我是国家的情报员，我在为国家做事，在这些事情当中，也包括和南京政府周旋。作为党国的秘密工作者，这些年我付出了巨大的代价，连妻子和孩子都丢掉了！你妈妈她不是病死的，她是为我担心，整天害怕我走出家门再也回不来，她是活活被吓死的！你也不是我愿意送走的，而有人盯上了我，威胁我替他们做事，为了保护你，我不得不把你送到日本你姨妈那里。"杨桃惊愕。杨子昆："事情平息后，我想把你接回来，没想到又发生了卢沟桥事变，我不得不把你从日本转移到新加坡。不错，我是干了不少坏事，是出卖了很多人，是赚了不少昧心钱，可我不是汉奸，不是！"

杨子昆精疲力竭地坐在椅子上，身子发颤。杨桃默默地看着杨子昆，没有说话，然后，她转过身去，走到门口，拉开门，默默地走了出去。杨子昆没有阻拦女儿，他垮掉了。

第十六章
烂仔"大哥"渡海逃生

九龙尖沙咀火车站，钟楼巍峨。熙熙攘攘的旅客涌出车站。朴渚芳和两名特工从火车站出来，走向一辆三菱牌轿车。朴渚芳无意间看见一辆日产牌轿车从面前开过，车里坐着黄叔。防空警报器尖锐地响了，人群一下子炸了锅。军警们四处跑动。童子军成员忙着疏散人群。车站外的阵地高射炮扬起炮口。朴渚芳："我们走。"三菱牌轿车向前一冲，驶离车站。

晚霞突然间被冲破，数架美军B-29和B-24轰炸机在一群海军F型海猫、海盗战斗机掩护下飞抵香港上空。防空高射炮开火了。天空中刹那间出现一片白色的蘑菇云。

三菱车在弥顿大道宽阔笔直的大街上急驶而过。朴渚芳向车窗外看去。驾驶员："他们一直在轰炸太古船坞和启德机场，海军基地和油库也遭到了轰炸。"朴渚芳从天空中收回视线，吩咐："去总督府宪兵部。"

外面防空警报隐约。杨子昆呆呆地坐在书房里，他在那里坐了很久了。十三叔进来说："大先生，美国人在轰炸，快进防空洞！"杨子昆坐在那里没动。十三叔冲过来拉杨子昆。杨子昆："走开。"十三叔："大先生，躲躲吧！"杨子昆仍然没动。十三叔毫无章法，急得要命。

杨桃出现在书房门口。父女俩四目相接。警报声突然停下，一片寂静后，是第一声爆炸。以乖巧女儿的身份，杨桃没费周折，就将杨子昆劝进防空洞。杨氏父女静静地并排坐在防空洞里，听外面隐约的轰炸声。煤气灯晃悠了一下，杨桃打破沉寂："爸。"杨子昆轻轻颤抖了一下，扭头看女儿。杨桃："您是不是，后悔生下我这个女儿？"杨子昆："不，这么多年，如果没有你，我早就坚持不下去了。"

杨桃："我是不是，给您带来很多麻烦和烦恼？"

杨子昆："没有，你是个乖女儿，你是世界上最懂事的女儿。"

杨桃移向父亲，把父亲搭在膝盖上的胳膊拿开，钻进父亲怀里，依偎着他，再把他的胳膊放下环住自己。杨子昆一时感动，不知所措。杨桃："小时候，我只知道您很威风，家里高朋满座，人们都有求于您，您拥有这个世界，不需要妈妈和我，我从来没想过，您会有这么多的委屈。"杨子昆："我没有委屈，我对不起你和你妈妈，我永远也没法报答你们。"

杨桃："妈妈知道您这么想吗？"杨子昆："不知道。我从来没告诉过她，现在也来不及了。所以，我得把这些话告诉你，我不想把对亲人最该说的话，带进坟墓里。"

杨桃："爸，您是真的爱我，对吗？"杨子昆："没有比这个更爱的了。"

杨桃："我一直觉得自己很苦，很委屈，可现在，我觉得我是天下最幸福的孩子。"杨桃钻出杨子昆的怀抱，看着他说："爸，我会好好地爱您，我要让您的后半生不再有委屈。"杨子昆："孩子……"杨桃："我知道，您不带美沙子，是因为我，如果您真的爱她，您就带上她，你俩好，我不在乎，我再也不吃她的醋了。"杨子昆："好孩子！"

杨桃："爸，您得答应我一件事。"杨子昆："你说吧，只要你高兴，什么事我都会答应。"杨桃开心地捧住父亲的脸，头靠在他胸前，父女俩幸福无比。

防空警报消除，父女俩手牵手走出防空洞，两个人互相看看，拘谨地笑了。杨子昆："孩子，你刚才说要我答应你的事，是什么？"杨桃："我的小组奉命帮助盟军搜集鬼子的海防情报，我们拿到它了，可是，我们不知道它是真是假，在您找到我的时候，小组正在核实它的真伪。"

杨子昆："这件事对你真有那么重要吗？"杨桃："如果在16天前，我的回答是，它一点也不重要。可这16天，我经历了太多，我是从小组人那里才知道，我应该做一个什么样的中国人，我有义务向法西斯分子复仇。"

杨子昆："你想回到小组去？"

杨桃："我不能半途而废，做一个胆怯的逃兵，我要和他们一起完成这个任务，然后和他们告别。等做完这件事，我就跟您走，不管您把我带到哪儿，我都再也不离开您了。"

杨子昆："好吧，我答应你。我会安排人在深圳墟打听你同志的下落，等找到他们，我亲自送你过深圳河。可你也要答应我，在我没有找到他们之前，一些都要听我的安排，不要轻举妄动。日本人一直想从我这儿找到突破口，我也一直很小心，我不能让你落到他们手上，那样我们父女俩就全完了。"

杨桃："我答应您，谢谢您爸！"杨桃依偎在父亲怀里，幸福地闭上了眼睛。

黄昏时，杨子昆交代十三叔："立刻把小姐转移到安全的地方。记住，不要安排在我们自己的产业里，不要让任何人找到她，你亲自照顾她，一步也不要离开，直到伊莉莎白号到港。"

十三叔："放心吧，我这就安排。"

杨子昆："还有，等我到了美沙子那儿，给我打个电话，就说小姐上了子爵号，从船上跳下海，船主没有找到她。"

十三叔："知道了。"杨子昆："等等，电话晚一点再打，8点钟吧。"十三叔："我明白了。"杨子昆上了雪佛兰，车开走。

朴渚芳来到立法院大楼，占领军宪兵部，一名宪兵少佐接待她。宪兵少佐："如果情报部需要，我可以查封葡萄牙银行，逮捕杨子昆。"

朴渚芳："用不着。杨子昆的事由派遣军情报部处理，我只需要宪兵部派一些专业人员协助我工作，替我盯住他。我要几个华人宪兵和宪查。"

宪兵少佐："我会安排。我该怎么称呼您，朴上尉，我们好像没有见过面吧？"

朴渚芳从宪兵少佐的目光中看出一丝揶揄和轻蔑。朴渚芳："怎么称呼我不重要，立法院大楼是港人的心头之痛，你们的流动哨应该放远一点，别坐在台阶上打瞌睡，如果宪兵部受到港九大队的袭击，田中总督会在港人面前丢脸，你该把心思用在这上面，而不是查封银行上，山田少佐。"朴渚芳起身，说："顺便说一句，葡萄牙是中立国，对他们要客气点，别把日本国的脸丢尽了。"说罢，转身离去。

宪兵少佐脸红了，骂道："妈的，管得还真多。"

朴渚芳从办公室出来。两名特工迎上去。朴渚芳："启动第8、第9侦听台，密切注意一切可疑电讯。"特工："是。"朴渚芳："通知广州方面，我们需要增加两台破译机，让他们尽快派一些破译人手过来。"特工："是。"朴渚芳："让情报部的人回圣约翰教堂待命，别和那些水兵一起待在骆克道泡姑娘。"特工："是。"朴渚芳："联系美沙子，告诉她，我要见她。"特工："是。"

东纵电台室，老梁和报务员焦急地守在电台前，不断呼叫。吴为匆匆进来。问："'薄荷叶'出现了吗？"老梁："没有，12个小时过去了，一点动静也没有。"吴为思忖。

老梁："老吴，有没有可能，我们弄错了？"

吴为："继续呼叫，不管错不错，有一丝希望，就不能放弃。"

油麻地一带，紧靠避风塘的一个下层人的住宅区。靠街是二三层的老骑楼，沿街连出两条骑楼，供行人通过，骑楼里住着土著居民。后街一带是石头或船木搭成的简陋棚户屋，住着家境困窘的船民、种菜户、杂役和难民等贫贱户。棚户密密麻麻，连绵而去，沿街隔着老远一个路灯，背街是星星点点的油灯。稍远处，能看到避风塘，和海湾中停泊着的群船，风一吹，满避风塘的渔火乱颤。

水花子的产业是一家名号"四方"的麻将馆，靠街一栋三层骑楼。一楼两间大的聚众厅，供烂仔们聚会以及储存偷来的东西；二楼是几间麻将馆和茶馆，三楼是水花子的住处。

蔡广得无聊地坐在麻将馆门口，看路灯下，街上一群光屁股的小孩子追逐玩耍。二楼传来麻将牌声。不知谁家在收听广播，广播里正播放着粤乐，丝竹声咿呀，沿街弥漫。有夫妻吵嘴、孩童啼哭、小贩沿街叫卖，生活气息浓厚。一只鸡婆从骑楼顶飞起扑向对面的骑楼，落下一摊屎掉在蔡广得头上。蔡广得晦气地骂了一声，抹掉头上的鸡屎。

年轻的白俄妓女野阑花从街上过，人打扮得十分妖冶，嘴里嚼着槟榔。她看见坐在麻将馆前的蔡广得，扭着屁股过来，在蔡广得身边坐下，问："你是水花子的朋友？"

蔡广得："你是谁？洋人？"

野阑花："野阑花。俄国人，你们叫老毛子。叶卡捷琳娜二世的后代，从彼得堡来。"

蔡广得："你怎么知道我是水花子的朋友？"

野阑花："闻出来的。"野阑花嗅了嗅蔡广得，冲他扮了个可爱的怪脸。

蔡广得被野阑花的爽快和乐观逗乐了，问："你也是水花子的朋友？"

野阑花："他的相好。如果你愿意，也可以做你的相好。"野阑花的眼神热辣辣的。蔡广得打了个哆嗦。野阑花咯咯地笑，说："别怕，我吃青楼饭，不吃人。我价不高，陪酒，军票50钱，大局5元，伴游、伴谈、伴舞每小时1元，出钟另算。水花子的朋友，想玩找我，只要快乐就行。"

泥菩萨从楼上下来，傻呵呵对蔡广得和野阑花唱儿歌："九龙城，城门开，小姐差人送信来。要哪个，要小哥，小哥没在家，维多利亚逗娇娃。"野阑花："去去去，一边玩去，别把屎拉在裤子里。"泥菩萨乐颠颠跑开了，去和烂泥地里的几个孩子玩。

蔡广得："他脑子不好使？"野阑花："你说泥菩萨？这话别当着水花子说，水花子会生气。"蔡广得："为什么？"野阑花："泥菩萨有点痴呆，香港沦陷那年，爹妈被东洋人打死了，他跟上了水花子。水花子不喜欢别人糟蹋他的人。"

蔡广得："水花子在这儿很吃得开？"野阑花："一群老鼠，他是领头的那只，能把任何粮仓搅和了，可猫一来，老鼠就玩完。我喜欢他们。"

蔡广得："他们靠什么生活？"野阑花："不一定。水花子有这间麻将馆，别的人干什么的都有。按九龙人的话，烂仔。"

蔡广得："有多少人？我是问，水花子手下的烂仔。"

野阑花："三十来个吧。我们这片避风塘里不少，也有几个油麻地街上的。"

水花子从远处走来，沿路和老人妇女打着招呼，往孩子光腚上拍一下，看得出他人缘不错。水花子走近，看野阆花一眼，掏出一卷军票递给她。说："濑尿虾找到了赖局的那个家伙，人揍了一顿，钱替你收回来了。"野阆花撩起裙子，露出一截光腿，把钞票掖进丝袜里，骂道："臭男人，下次见到我割了他。"

水花子："别在这儿待着，天不早了，让鹭鸶脚送你去南昌街做生意吧。"野阆花懒洋洋站起来，在水花子裆里摸了一把。水花子快速打开野阆花的手，看了蔡广得一眼。蔡广得装作没看见。野阆花："走喽，干活去了。"水花子："小心点儿，别和人动手。"水花子看着野阆花走远，回头看见蔡广得在窃笑，不高兴。

麻将馆三楼，水花子把两个身份证往蔡广得跟前麻将桌上一甩。蔡广得翻看证件。水花子："假的，但管用。"蔡广得："意思是，赶我们走？"水花子："给你两个选择。待下来，这儿你是大佬，你说了算，但你得对我客气点，别拿眼白横我，不给我面子。"蔡广得："下一个呢？"水花子："大路朝天，各走一边，离开这儿，爱去哪儿去哪儿。"蔡广得未作答。水花子看一眼蔡广得，下楼去了。

岳小白手里提着一口大箱子进来，看了看身份证，随便丢在一旁。蔡广得："别丢啊，没这个，你在香港寸步难行。"岳小白掏出一份身份证丢给蔡广得，说："你的。"

蔡广得拿过来一翻看，吃惊："华民慈善总会秘书？我成秘书了？你呢？"岳小白："干事。"

蔡广得："明明是杀猪的屠夫，怎么摇身一变，成烧香拜佛的老太太了？"

岳小白："如果连伪造证件的活都干不了，我就白干了。说说情况吧，你打算怎么办？"

蔡广得："找小蜜蜂呀。"岳小白："在深圳墟说好了，我找小蜜蜂，你找渣子和老鳗鱼。两回事，分清楚。"

蔡广得："什么说好了，是你硬缠着要找小蜜蜂的，再说，分那么清楚干什么？任务没完成的时候，多大的不对付，棒打都不散。现在任务完成了，反倒分出个你我来，不合适吧？"

岳小白："别给我说这个。你就说，你是不是留在这儿？"

蔡广得："留下干什么，渣子和老鳗鱼又不在这儿。对了，为什么你离开，我留下？"

岳小白："明知故问，水花子对你有意思，对我没有。再说，杨子昆不住九龙，我得去港岛。"

蔡广得："告诉我，你找小蜜蜂，是不是和你的任务有关系？"岳小白看蔡广得一眼，从箱子里拿出一包药和几件衣裳丢在床上。蔡广得缠着问："你到底要完成什么任务？"

岳小白："换洗衣裳。刀枪药。自己伺候，别让伤口烂掉，如果伤口烂了，去广华医院看医生，那里收治难民，华民慈善总会捐的款，鬼子不管难民的事，不去那儿。"

岳小白背起行囊，提起箱子往楼下走。蔡广得赶上去说："哎哎，别急着走啊，我不问你的事了，还不行吗？"

岳小白："我得走，你当我留下来是和你聊天的？"

蔡广得："我是为你好，你没来过香港，对香港的情况不了解。"岳小白："不了解我能替你弄来证件和药，你当我是吃干饭的。"

蔡广得："小偷小摸，没什么好炫耀，别以为弄两包枪药，知道广华医院的事，你就是香港总督了。这儿不是内地，你语言不通，地形不明，还得在避风塘里。不然一出门就让人给抓住，你那个护身符护不了你。"

岳小白看一眼蔡广得，要走。蔡广得拉住他，又说："不是吓唬你，避风塘这种地方条件差，鬼子不愿意来，有事也是本地区公所的宪查来。水花子是这儿的地头蛇，他有一帮烂仔，能处理这种事，有什么地方比这儿更好藏身？"岳小白看蔡广得。蔡广得："别忘了，我在港九大队干过，这儿的情况，我比你熟。"

岳小白还是要走。蔡广得再拉住他，说："水花子手下有拉黄包车的，让他送你去天星码头，过轮渡去港岛就跟到隔壁家串门似的。他还有不少漂亮姑娘，我刚见了一个，彼得堡来的女贵族，俄国武则天的亲戚，一双大眼睛忽闪忽闪，可热情了。"

岳小白："说了半天，这是水花子的地盘，和你有什么关系？"蔡广得怔忡一下，说："有。"

麻将馆一楼聚众厅，供着关公像，点着香烛，一张供礼桌，两把太师椅。蔡广得和岳小白站在水花子和十几个烂仔面前。水花子："你答应留下？"蔡广得："我答应。"

水花子脸上露出了笑容，他连推带搡地赶开烂仔们，用衣襟仔细擦拭干净一张太师椅，将蔡广得拉到椅上坐下，在蔡广得面前一站，恭恭敬敬拱手一揖，再撩起长褂跪下，触顶一拜。水花子："大哥在上，受小弟一拜。"

蔡广得不适应，连忙起身。水花子将他摁回条凳上，回头招呼："愣着干什么，还不过来见过大哥。"众人纷纷推搡着上前，往地上乱跪一气，拱手的也有，磕头的也有，乱哄哄一片。

蔡广得被十几声大哥叫得晕头转向，说："好好好，都是大哥，都是大哥。"岳小白偷偷笑，在一旁悄悄捅蔡广得，说："会不会当大哥？大哥只有一个，多了就乱套了。"蔡广得："对，对，不能乱套，我是大哥，大哥就是我。"

水花子："来，让大哥认识一下。"众人纷纷从地上爬起来，水花子一个一个介绍："大井，泥菩萨，他俩你见过。这是沙马，沙追，他俩是兄弟，五金店里的小伙计。濑尿虾，山狗，老榕树，蚬仔，他们四个在码头上扛活。鹭鸶脚，鸡杂，蹬黄包车的。鬼鸟，给东洋人跑腿的。西洋菜，在消防队开火龙。琵琶鱼，香港脚，他俩是船工。吊钟，猪屎渣，腊嘴，阿福，没活干，街头混着。外面还有十几个兄弟，这会儿都在捞生活，以后会认识。"

水花子点到谁，谁向蔡广得点头哈腰，忙得蔡广得头都点晕了，差点没从条凳上滑下来，幸亏岳小白在一旁接住，暗中捅了捅他。岳小白："坐直了，得像个大哥样。"蔡广得连忙正襟危坐。水花子不高兴了，过去支开岳小白，说："一边去，别指使我大哥，这个轮不上你。"

水花子向众烂仔介绍蔡广得："弟兄们，回来以后我说了这么多大哥的英雄事迹，他两次救我的命，现在你们知道，为什么我要叫他大哥了。"大井："大哥尊号？"

水花子："大名蔡广得，字得仔，号菜花头，是我大哥汉阳造的大哥……"

蔡广得："慢着慢着，我比汉阳造小，做不了他大哥，他才是你真正的大哥。"水花子："大哥又不是老窖酒，不比年龄。罗成12岁上阵，哪吒7岁割肉还母、剔骨还父，他俩就是去了港督府，也能在日本港督面前当大哥。"

水花子又向烂仔们说："我大哥洪福齐天，本事盖地，跟着他，弟兄们就该享福了。"众人："托大哥的福！"

蔡广得起身一把拉住水花子就往外走，说："我得先和你谈谈。"水花子吩咐大井等人："你们别闲着，东西收拾好，一会儿找德力克换军票去。"

趁烂仔们起哄打闹，没留意，岳小白溜到一旁，快速检查了屋里堆放的东西，其中靠墙一个蓝线袋引起了他的注意。那是一袋锡箔纸。

蔡广得把水花子拉到聚众厅对面的杂物间，说："水花子，我做不了大哥。我原来吧，还真想当个头头脑脑的，威风，有人听喝，想抽谁抽谁。"水花子："当头就有这个好处。"

蔡广得："可我从没当过头，挺委屈。"水花子："你当，把这委屈拿掉。"

蔡广得："可这些天一通折腾，我才知道，我这种人只能认我自己。你现在让我往大哥的凳子上一坐吧，我浑身不自在。"

水花子乐："我懂，你那是不习惯，当大爷的事，习惯了就好了。是人就想给别人当主子，身边围一大群奴才，今天踩忽这个，明天换一个踩忽，踩忽来踩忽去，武大郎就变成西门庆了，没人逃得过这个心思。"蔡广得糊里糊涂看水花子。水花子："你当当试试，人上人的日子，跟吸大烟一样，不用当久，就3天，3天过后，要不让你当，你不是浑身不自在，是活不下去。"

蔡广得："有这么厉害？"水花子："骗你是王八。"

蔡广得："那，我先当着？"水花子："当！"

蔡广得："说第二件事，我要找3个人。头一个，葡萄牙银行襄理，杨子昆。"

水花子："不费事，明天一早让鹭鸶脚和鸡杂替你跑跑路，他俩拉黄包车，包打听，连宪兵队的宪查都得找他们问人，用不了半天，人准给你打听到。"

蔡广得："后两个人，我先不说是谁，你先替我打听打听，日本人送到香港的劳工，都送来干什么，关在哪儿。"

水花子："这个也容易，我在弥顿道军营里有两个朋友，一问就知道。"

蔡广得："你不问我找这3个人干什么？"

水花子："干吗要问？你是大哥，你找高力士，那是你要上朝了，小弟们八抬大轿抬你进太和殿坐下；你找贵妃娘娘，那是你要上床了，小弟们全退下，脸蒙住，趴在地上，多一句嘴，大棍子伺候。"

蔡广得："看来这大哥还真管用，不当我真冤了。说第三件，我和竹叶青，我俩的身份……"

水花子旁顾左右，说："大哥忘了，你们是谁，小弟知道，用不着说身份。我们这行有规矩，大哥的事，小弟不问；大哥说漏了嘴，小弟当没听见；大哥非要告诉小弟，小弟让它烂在肚子里。"

蔡广得："那我也得告诉你呀，不然我算什么大哥，不仗义吧？"

水花子："你说，小弟听着。"

蔡广得："我和竹叶青，我俩是逃兵。"蔡广得停下，看水花子的反应。水花子："我非得接大哥的话？那我也是逃兵，一看仗打不下去了，脚下抹油我就溜了。"

蔡广得："我俩也这样，干腻了，不想干了，来香港找仇人复仇，顺便取一份财富。"水花子："所以，你打听葡萄牙银行的大佬？"蔡广得愣一下，反应过来，说："太对了，事情都让你说中了。"

水花子看蔡广得，看得蔡广得心里发毛，水花子突然笑了，拍巴掌击腿，说："你还说不会当大哥，是仇人就让他活不下去，别人的财富把它取过来。当大哥的，不就这两样吗？你当得太好了！"

蔡广得："我这就算当好了？"水花子："大哥忘了，在梧桐山的时候，大哥带人下山取杨子昆的财富，财富没取着，汉阳造反而被大哥给收了，我现在算明白了，其实大哥那会儿是真有一笔财富，只不过，大哥想把财富留给自己，不给外人，我水花子认你做大哥，算是认对了！"

蔡广得突然消沉下去，半晌才说："汉阳造，他没了。"水花子："没了？怎么回事儿？"蔡广得不说话，扭头看一旁乱堆的杂物。

赛南粤的住处在半山中环一带富人区，紧靠湾仔峡，一栋带前后花园的西洋小楼，小楼前一条车道连着司徒拔大道。一名杨家的保镖守在门外。

客厅里，赛南粤大发脾气，乱甩东西，地上一片狼藉。阿四和两名保镖两前一后堵住客厅，不让赛南粤离开。南丫头吓得躲得远远的，不敢过来。赛南粤："你们胆子也太大了，竟敢软禁我！谁让你们这么干的？"阿四不说话，只是堵住去前厅的门。赛南粤扬手给了阿四一记耳光。阿四任凭赛南粤打，堵在门口不让开。

杨子昆一脸威严进来，一个眼神，阿四和两名保镖退下。赛南粤生气地在沙发上坐下，不理杨子昆。杨子昆看摔碎一地的东西，没说话，踩着碎瓷片到一旁坐下。两个人都沉默着。赛南粤有些沉不住气，不断看杨子昆。南丫头小心翼翼为杨子昆送来一盅热茶。赛南粤没忍住，开口问："你怎么啦？"杨子昆不说话。赛南粤沉不住气了，起身走到杨子昆身边，关切地摇动他，问："怎么了吗？"

杨子昆长长地叹了一口气，说："阿桃回来了。在外面转了一年，一声不吭地回来了。你刚才去山顶的时候，她就在那儿。她从小就离开了我，我没管教过她，她的脾气我侍候不了，已经让人把她送走了。"

赛南粤："送走了？"杨子昆："我让十三叔把她送上了阿根廷的子爵号，让她回新加坡了。"赛南粤："你是为这个担心？"

杨子昆："再怎么说，她是我女儿，我能不担心？也怪我，平时管教得少，让她野性难驯，谁也管不了。"

赛南粤看看杨子昆的脸色，说："既然人送走了，事情处理了，你也不要往心里去，看你不开心的样子。好啦，我给你做点吃的去。"赛南粤叫来南丫头，告诉她，快去给大先生炖盅燕窝，用卫士李送来的那只红燕。

餐桌上摆放着几样精细的小菜，几样点心，一盅燕窝，餐具考究。赛南粤陪杨子昆吃饭，给他斟荷兰水，不断看他的脸色，见他并不理睬自己，半扭腰身，颦眉呀的一声轻叹，口吐兰香来了一段《帝女花》："我偷偷看，偷偷看，他带泪带泪暗悲伤。我半带惊惶，怕驸马惜鸾凤配，不甘殉爱伴我临泉壤。"

杨子昆绷紧的脸舒张开，放下筷子轻声抚掌，赞叹："好，到底是赛南粤，唱腔无人可比。"赛南粤回到杨子昆身边坐下，说："你要喜欢，一会儿吃完我去扮相，晚上给你唱一出折子……"

电话响了。赛南粤去接电话，然后告诉杨子昆，电话，十三叔打来的。杨子昆偷偷看了一眼腕表，时针指向8点钟。杨子昆："问他有什么事。"

　　赛南粤听着电话，脸色变了，看一眼杨子昆，声音放低："知道了，我转告他。"赛南粤放下电话，回到饭桌边坐下，欲言又止。杨子昆停下吃饭，抬头看赛南粤，问："什么事？"赛南粤："子昆，有一个不好的消息。你，你听了一定要想得开。"杨子昆放下筷子，用餐布揩了揩嘴，问："你怎么了，说话吞吞吐吐的，到底出了什么事？"赛南粤："阿桃她，她从子爵号上跳下了海。"杨子昆怔住。赛南粤："船主放了小艇下海打救，可是，没有找到她的人。"

　　杨子昆不相信地看着赛南粤，看得赛南粤不敢看他的眼睛。赛南粤："子昆……"杨子昆还看赛南粤，眼神开始涣散。赛南粤吓住了，过去抱住杨子昆，说："子昆，你别这样，你吓住我了。"杨子昆哭了，痛哭流涕。赛南粤吓住了，将他抱得紧紧的。南丫头不知所措地跑进来，看着两人发呆。

　　杨子昆在盥洗间洗脸，镜子里的他面无表情。外面传来赛南粤的声音："南丫头，给十三叔打个电话，告诉他，今晚谁也不要打扰大先生。"南丫头："哎。"

　　赛南粤换了一身妙曼睡衣，替杨子昆脱去外套。杨子昆突然停下，伸手将雪茄搁放在烟缸上，说："不行，我得去一下弥顿道，去找找阿根廷领事馆的罗梅罗先生，让他和子爵号船长联系，问问他们找到阿桃没有。"

　　赛南粤："打个电话去吧。"杨子昆取过外套穿上，说："我心里放不下，得见到罗梅罗先生，也许阿桃还活着，如果子爵号没找到，就让他们派船去海上找。"

　　赛南粤："我陪你去。"杨子昆："盟军这几天一直在空袭，你留在这儿，哪里也不许去，我一会儿就回来。"杨子昆系着衣扣走到门口，又说："听着达令，我要你从现在开始，除了我给你说过的那几个地方，哪儿都不要去，不能阿桃出了事，你这儿再给我出事，要这样，我饶不了你。"杨子昆拉开门走了。

　　赛南粤在床头坐了一会儿，起身过来，从烟缸里拿起燃着的雪茄，吸了一口。

　　大井领头，七八个烂仔推着车，车上装着偷来的行李袋，用一堆蔬菜遮掩住，泥菩萨乐呵呵坐在车头，一行人走在街上。水花子陪蔡广得和岳小白跟在后面。

季节已入夏，人们饭后都搬出凉床在骑楼下闲坐，在外捞生活的人陆续回来，路上不断有人和水花子打招呼。老伯："水花子，嗰系乜人呀？"水花子："我大哥，刚从内地嚟。"老伯："两个大哥呀？"水花子："一个，嗰个面白嘅系我大哥嘅跟班。"

女邻居："水仔，我刚和你阿才哥讲，阵间去你嗰度。"水花子："乜野事？"女邻居："我婆婆病咗，起唔嚟床。"水花子："缺钱执药咗？"女邻居："唔敢讨扰，听日该我家轮米，可区公所派我去岗上埋死尸，天热咗，死人停唔下嚟，你睇……"水花子："你家四口人啩，唔使操心咗。"

水花子回头向蔡广得请示："大哥，我去吩咐一下。"蔡广得："你去你去。"

水花子抢到前面，对大井说："鬼鸟下班回来你给他说一下，明早替周亮家到米站排队，把米买回来。得三，三六一十二，四斤二两米，收他21块，米看仔细了，别让人给地脚米。"大井："知道了。"

蔡广得和岳小白远远跟在后面，两人私底下说着小话。蔡广得："人家以货易钱，我们跟着干吗？"岳小白："你怎么知道他是去做生意，他要以人易钱，把咱俩卖了，算不算生意？我不放心，得跟着看看，别让他把咱们给卖了。"

蔡广得："卖谁呀，他是我的人，别忘了，我是大哥，这儿我说了算。12避风塘，咱们脚下这块地，满眼绿色，就我头上顶朵花，我说撅谁就撅谁。"岳小白被蔡广得的一本正经逗乐了，说："行行行，大哥你当着，福你享着，有我这个跟班一口饭吃就行。"

避风塘边一处僻静的海湾，靠山一边，一条沿海路通向油麻地。台湾籍日军伍长，少尉德力克带着一名二等兵和水花子做交易。其他人都退得远远的，大井领着泥菩萨往海里丢石头。蔡广得和岳小白坐在渔火照不到的黑暗中，远远地观察水花子和德力克。

二等兵用手电筒照着，德力克数出一沓港币给水花子。水花子不接。说，只要军票，不要港钞。德力克嘀嘀咕咕把港币换成军票，水花子接过数了数，问："怎么就60块？"德力克："就这么几袋破东西，你拿着有什么用，能吃还是能喝？"水花子："再给10块，我手下缺粮的多，不够分。"德力克："我手头也不宽裕，老婆孩子都带来了，老丈人还跟着，一家人，嘴多。这样吧，明天我给你弄点木薯粉、花生麸、番薯藤，行了吧？"水花子："花生麸、番薯藤各一袋，木薯粉3袋。"德力克："一袋。"水花子："两袋。"德力克："你赢了。你们香港人，鸡贼。"水花子："你们台湾人贼鸡，有本事数典忘祖，不当中国人，就别来香港吃中国人的大米。"德力克："我揍你。"水花子："揍完别找我出粮，上回那几支枪谁替你卖出了好价？"

德力克笑呵呵地给水花子一拳，看远处坐在黑暗中的蔡广得和岳小白，问："那两位脸生，没见过，又添吃饭的嘴了？"水花子："别惹他俩，他俩不吃饭，喝血吃肉。我新来的大哥。"德力克："吹吧，先把裤子吹上，别露屁股。走啦。"水花子："哎，德力克，机场的活再给找几个，上回让你们的人给打伤两个，药钱都不够。"德力克已经走远了，说："谁叫他俩偷零件，再说吧。"

水花子回头招呼大井等人，要走。大井："空手回去？"水花子："空手回去喝西北风啊？去油麻地转转，看看能顺道带点什么回去。"

蔡广得在黑暗中发呆。岳小白："想什么？"蔡广得："我在想，渣子和老鳗鱼现在在哪儿？"

大屿山山洞工事里，日军监工宣布收工，劳工们纷纷收拾工具疲惫不堪地向山洞外走。

叶德全一身泥水，胡子拉碴，干了一天活，人已经直不起腰了。叶德全看看日军监工没有注意，在张海生的掩护下快速走到工具堆前，扒开工具，拽出睡眼蒙眬的丁荷。丁荷迷迷糊糊跟着叶德全混进劳工队伍中，向山洞外走去。

竹木搭成的工棚建在海边，简陋，四处透风见亮，能看见不远处的大海。有日军哨兵站岗。探照灯不断划过夜空。劳工们全都筋疲力尽，睡了。丁荷为疲惫不堪的叶德全检查腿上的伤，丁荷："肿得更厉害了，还在淌血。"叶德全："一会儿扎紧点儿。"丁荷："我们什么时候逃走？我们还得在这儿待多久？"叶德全："我也说不清。得把情况摸清了再说。"说完，快速把裤腿放下。

张海生从一旁摸过来，在叶德全身边躺下，小声说："能挺住吗？"
叶德全："我原以为，能挺几天，看来不行，我这腿，干不下去了。"

张海生："你得挺住，只要一倒，日本人就把你丢进海里，要这样，这孩子也完了。"

叶德全："实在干不动了，人躺着腿都抽，我得想办法带着孩子逃走。"

张海生："就你这样身子骨，你逃不走。我们在大澳角，得先游水到赤鱲角，再游水到望后石，穿过龙鼓滩，从那儿游到蛇口，得游过3个海峡，我上次是运气，遇上了过路的渔船，不然我也逃不掉。就你这副身子骨，十条命也过不去。"

叶德全："大兄弟，你一直关照我们爷俩，是好人，我也不瞒你，给你说实话吧，我是东江纵队的人。"

张海生："我早就觉得你腿上的伤不对劲，邪乎。"

叶德全："我这口气不能咽在鬼子脚下，得咽在同志们的眼皮子底下，我死也得回部队去，这辈子才算清白人。"

张海生看了一会儿叶德全，再看丁荷，说："要这样，我豁出来了，我送你们走。"叶德全激动地抱住张海生。

日军哨兵巡逻过去。探照灯划过去。张海生打头，叶德全和丁荷在后面跟着，3个人从工棚里溜出来，悄悄没入黑暗中。

过了没一会儿，工棚中溜出其他几个劳工，然后是更多的劳工，他们一个个没入黑暗。

海涛声击耳，叶德全和丁荷紧张地等在海边礁石后面。黑暗中，张海生滚着一个车胎过来，丁荷跑过去接。张海生把车胎滚到海边，说："海里冷，时间长了就得冻死，衣裳别脱，衣裳不光御寒，还能浮人。记住，下去以后别游水，没那么多力气，躺在海上让潮水带着走。"

叶德全把裤子脱了，蹲在地上撕裤子，撕成一条一条的。张海生："快走哇，月亮偏中了，一过子时潮头就回来了，海水会把人推回来，那个时候就走不了了。"叶德全："渣子不会水。"张海生傻了，返回来问："你，你说什么？"

叶德全把撕破的裤子打成结，连成一条绳子，说："孩子是北方人，不会游泳。"

张海生："不会水你也敢打逃的主意？大叔，我们这是在大屿山，在岛上，周遭全是水，不会水，怎么逃？你这是在害我！"说罢把车胎从水里捞起来，往回推，又说："别走了，回工棚吧，死在岛上还有个全尸，省得让鱼给吃成一副骨架子。"

叶德全："等等。"张海生："别等了，一会儿鬼子查到这儿来，死都死不安生，还得下一次地狱。"

叶德全把绳子的一头往丁荷腰上拴，打成死结，说："不行，说什么我们都得走。"张海生："要走你俩走吧，我回去。"

3个人突然听见身后传来杂乱的脚步声，回头一看，发现大量的劳工朝海边跑来。张海生："坏了，是我们给带出来的，这回惹大祸了！"叶德全把绳子的一头拴在自己腰上，一把抢过张海生手中的车胎，丢进海里，说："兄弟，赌命吧。渣子，拽紧我，说什么也别松手。"

叶德全拽着丁荷下了海。张海生跟上，3个人手忙脚乱把车胎往海水里推，扑进海里。大群劳工披头散发，形销骨立，一言不发，像一群幽灵扑向大海。

两只探照灯突然映亮了海滩，架在工棚区的喇叭响了，命令劳工们站住，回到工棚。劳工们没人站住，继续往海边跑。枪声响了。劳工们被探照灯捕捉住，仓皇失措，有劳工中弹倒下，更多的劳工拼命奔向大海。

枪声中，一辆SS工兵用装甲作业车和一辆一式装甲运兵车出现在海滩上。两辆装甲车高速追逐着劳工，车上架着的机关枪吐出火舌。劳工在探照灯的交叉照射下成片地中弹倒下，其他人前仆后继冲向大海。

3个人抱着车胎，已经被落潮带到深海处，张海生欣喜："我们赶上最后的落潮了！"叶德全："渣子，抱紧了，别松手！"海岸方向，枪声响得厉害。张海生："那些兄弟可怜，他们肯定逃不出来，都得死在海滩上……"

话音未落，一发流弹击中张海生的后背。张海生往下一沉，叶德全一伸手抓住他。潮水涌来，张海生呛了一口水，痛苦挣扎着，说："我让狗日的打中了……"

潮水涌来，丁荷呛了水，叶德全顾不上两头，叫渣子，抱紧了，别松手！丁荷："我没松！"叶德全松开丁荷，用力往车胎上顶张海生。叶德全："大兄弟，大兄弟你抓紧了，我帮你！"张海生："我不行了，背上透风了……"叶德全："你能行，我会带你走！渣子，抓紧！"叶德全根本托不动张海生，张海生不挣扎了，一个劲地往水里沉。叶德全："大兄弟，大兄弟你坚持住！"张海生："把我的衣裳扒下来……吹个猪尿脬……能浮人……"

叶德全费尽全身力气，呛了不少海水，到底没能捞住，张海生从他手里一点一点漂开。叶德全难过地看着张海生被浪头卷走。

涨潮了，巨大的潮头山塌地陷似的过来了，一排接一排，打得叶德全和丁荷抓不住车胎喘不过气，大口呛水。叶德全快要抓不住丁荷了。丁荷慌作一团："老鳗鱼！"叶德全："涨潮了，渣子，抓紧我！"丁荷："爹！"叶德全愣了一下，用力向丁荷划去，伸手去拽他。叶德全："孩子！"

一排高高的浪头铺天盖地袭来。连接叶德全和丁荷的那根绳子断掉。两个人顷刻间被海水吞没。

蔡广得四仰八叉地躺在床上，睡得像个没心没肺的孩子。他的手不易觉察地一点点滑向裤裆里，握住手枪柄，然后慢慢睁开眼睛。角落里，原本属于泥菩萨的那张地铺是空的，岳小白不在那儿。蔡广得把视线慢慢转向屋顶。岳小白像只壁虎，把自己悬挂在屋顶睡觉。蔡广得乐了。

外间，水花子已经起来了，让泥菩萨在他面前举着一面镜子，他对着镜子收拾打扮。一身好料子，二分头梳得油光水滑，架上水晶镜，戴上巴拿马帽，俨然一个有身份的人，其实模样很滑稽。水花子打扮好，示意泥菩萨别弄出动静，两人蹑手蹑脚下楼。

天还是黑的，一道鱼肚白环绕半山，初露地平线。圣约翰教堂矗立在晨曦中，显得十分诡谲。这里是日军会所，也是南方军情报部香港指挥部所在地。

浅丘经道的座驾停在圣约翰教堂前。浅丘经道下车，在随员的陪同下走进大楼。浅丘经道："让朴上尉立刻来见我。"春山二路："情报部的人说，朴上尉出去了。"浅丘经道站住，问春山二路："去哪儿了？"春山二路："不知道。"

杨子昆身穿睡衣站在卧室窗前，轻轻撩开窗帘的一角。楼下的小花园，赛南粤从家里出来，上了停在门口的克尔维特，将车驶上司徒拔大道。杨子昆放下窗帘，过去操起电话。杨子昆："十三？阿桃怎么样？听着，给我安排3天的日程，安排满，不要太张扬，该做的事不露声色地做，就像什么也没发生，明天伊莉莎白号一到，我就走。"

一群出窝的海鸥从海面上飞过。朴渚芳穿一件黑色的长风衣站在维多利亚港海边，海风把风衣吹得像展开的鸟翼。克尔维特驶来，赛南粤从车上下来。

赛南粤将杨子昆近况告诉朴渚芳。朴渚芳："他在撒谎，他女儿不在子爵号上。"赛南粤："你怎么知道？"

朴渚芳："很简单，子爵号昨天一出蓝塘海峡就被美国人的鱼雷炸沉了。"赛南粤吃惊。朴渚芳："我们征用了子爵号，运送一批军事技术人员去台湾，有人透露了这个情报，美国人用潜艇攻击了它。杨子昆不知道这件事，所以拿子爵号来搪塞你，他要是知道了，就不会拿女儿跳海的事来骗你了。"

赛南粤忧心忡忡："我有一种预感，他知道我的身份。"

朴渚芳："你有什么好担心的，你认为，你们这样的关系能持续多久？我知道，你在意他，即使是同床异梦，相处时间长了，也难免生情，可你们不是一路人，你的身份他迟早会知道，到那个时候，你就是他最痛恨的人。"

赛南粤心虚："他自己也是间谍，他会理解我。"

朴渚芳："不，他和你不一样，他是职业间谍，他在从事情报交换的时候没有爱和恨，他唯一的信仰就是情报利益。你不同，你有自己的民族，却试图去在一个属于敌人的男人身上寻找感情，真是可笑。"

赛南粤："你怎么知道我不会背叛我的民族？日本并没有养育我，也没有让我在居住国受到尊重。中国人恨我，但我是在这个国家长大，我还不如把自己当成中国人。"

朴渚芳："你那是胡思乱想，你们大和民族的人没有大陆信仰，没头没脚的四块岛国，那是你们的心脏，就算到了蒙古草原，你们也永远不会背叛自己。这么说吧，这场战争就要结束了，你和杨子昆的虚假关系也该结束了。"赛南粤长久地不说话。朴渚芳："别想那么多，任务已经告诉过你了，尽快从他那里拿到情报，交给我，然后回到你自己人身边去，这是你唯一能做的事情。"

赛南粤："如果我拒绝呢？"

朴渚芳："很遗憾，我们会立刻暴露你和我们的关系，那个时候，你什么都得不到，你会失去你的一切，还会成为你民族的敌人。"

赛南粤："你刚才说，我有新的任务？"

朴渚芳："找到他的女儿。"

赛南粤："杨桃？可她只是一个孩子，没有任何情报价值。"

朴渚芳："你说得对，她没有情报价值，却有利用价值。她是杨子昆唯一的软肋，只有找到她，杨子昆才会向我们妥协，交出他手中的情报。"赛南粤沉默了。

天还没亮，白雾沿着泥巴路如水般铺陈开去，避风塘里，只有少数起早的人从街上清着喉咙里的痰走过。

水花子匆匆走来，泥菩萨跟在后面，傻里吧唧唱儿歌："炸弹哗哗下，同学在打架。老师干着急，校长不放假。宪兵来电话，让我去训话。我穿黑裤衩，学会日本话。巴嘎牙路，木西卡拉。"

迎面鸳鸯脚拉着刚收活的野阑花过来，看见水花子，车停下。水花子："古宪查昨晚来过，区公所通知，私娼不让做了。"野阑花："我卖自己，他管什么？"

水花子："别这样，古宪查帮你不少，不能见谁都骂。"

野阑花："你当他帮我，他老占我便宜，出几次钟都不给钱，托他办点事一点没办。"

水花子："我让人给你在娼寮弄了张照纸，你今晚去娼寮上班吧，别在外面拉私活了。"

野阑花看水花子的打扮，问："又去女学院？"水花子："我的事，你别管。"野阑花："看你害上梅毒。"

水花子不理野阑花，扭头走掉。泥菩萨笑呵呵唱着儿歌跟上去。泥菩萨："新媳妇，别哭啦，擦擦眼泪上轿吧。拐弯婆家就到了，见到女婿就笑啦。"野阑花并不真生气，指使鸳鸯脚拉着黄包车走了。

蔡广得从骑楼下闪身出来，跟上水花子。鸡杂的黄包车停在油麻地街口，这一带已是热闹的地面。水花子上车，鸡杂拉上车就走，泥菩萨在后面跟着跑。蔡广得赶来，一看水花子走远了，拔腿追赶。

正是早学时分，庇理罗士女书院的女学生和老师们络绎不绝走进书院。水花子站在街口，向庇理罗士女书院方向看，人有些紧张，不断摘掉帽子整理二分头，再掏出怀表看时间。蔡广得狼狈不堪，靠着街面上一栋骑楼的房柱大喘气，探头向街口方向观察。

一群女学生走来。安迪娅走在女学生中，她是一个16岁姿色平平的少女，人很安静，有些忧郁，脸色苍白，没有笑容，一点儿也不出众。

两个年轻的日本浪人拦住女学生，其中有安迪娅。日本青年浪人调戏女学生，安迪娅吓坏了。水花子一惊，拔腿向女书院跑去。水花子冲到安迪娅面前，拦在她和日本青年浪人之间，阻止他们调戏她。青年浪人推开水花子。水花子勇敢无比，给了青年浪人一拳。两个青年浪人一起上来，几下就把水花子揍倒在地上。水花子不是对手，被打得满地乱爬，毫无还手之力，他顾不得自己在挨揍，只是透过青年浪人乱晃的腿到处找安迪娅。

女书院里的男性老师和杂役跑来，掩护安迪娅和女学生们跑进女书院，安迪娅看都没看倒在地上的水花子。水花子委屈，被青年浪人踢倒。鸡杂和泥菩萨跑过来，还没接手，就被青年浪人打倒在地。

蔡广得赶到，从背后攻击一名青年浪人，将他打倒。另一名青年浪人抽出木剑。蔡广得扬手甩出没吃完的蛋挞，将青年浪人双眼糊住，飞身上前，拳头如雨般在蛋挞上擂动，青年浪人满脸蛋稀倒在地上。蔡广得把水花子从地上拉起来。水花子扭头看女书院的大门，那里人去门关。水花子用力咽了一口唾沫，目光黯淡下去，被蔡广得拽着就跑。

远处，有巡街的宪查吹着哨跑来。鸡杂拉着黄包车追上来，泥菩萨跟在后面，擦着鼻血。水花子一身漂亮打扮全毁了，用一块手绢狼狈地擦鼻血。水花子："你脚一迈出门我就知道，你在跟踪我。"蔡广得："你怎么知道的？"

水花子："在避风塘，蚊子都能给我通风报信，别说人了。"蔡广得："能耐不小，那你干吗惹那些日本浪人？"

水花子："他们欺负我老婆。"蔡广得："你是说，未婚妻？她是女书院的学生？"

一提到感兴趣的事，水花子立刻摆脱沮丧，脸上露出得意的神色。水花子："她叫安迪娅，今年16，念中六，是个大美人儿。"

蔡广得："哪一个？怎么不给我介绍一下？也没见你和她打招呼呀？"水花子："整天见，都见腻了，没必要。"

蔡广得："挺贴心的，你们订婚了？"水花子："早订了。她家境好，爸爸是辅仁毕业的，在安东医院当医生，妈妈在九龙城当收发，都说好了，等她念完中六，我就娶她。对了，她还有个姐姐，没说婆家，要不，我给你介绍一下？"

蔡广得："别别别，你娶你的，我不急。"水花子："真不急？我可是急了，一天也不想等，就盼着把她娶到手。大哥，你帮我出出主意，安迪娅家是基督徒，你说，我是不是要去教堂洗个头？"

蔡广得："洗头？你是说洗礼吧？你也想入教？"

水花子："我就是这个意思，不然我娶不了安迪娅。"

蔡广得："明白了，打鱼的吃腥，种菜的吃素，两下过不到一块儿。那你就洗了，好好洗，脸上的鼻血也洗干净。"

水花子害羞地用力擦脸上的鼻血，亲热地把胳膊搭在蔡广得肩上，搂住他。蔡广得不习惯，把水花子的胳膊拿开。

水花子："想起来了，你让打听的杨子昆，鸡杂给打听到了。"说完伸脚踹鸡杂的屁股。鸡杂："中环区书信馆后面，挺大一套宅子。他小老婆也有一套宅子，在半山司徒拔道边上，靠着湾仔峡。听说他在港岛有不少宅子，平时就在这两个地方。"

岳小白摆谱地躺在骑楼下的一架竹躺椅上，舒服地跷着二郎腿，身边的小桌上茶盅和早茶点心堆了一堆。大井等一众烂仔一脸崇拜地围着他，只差顶礼膜拜了。

水花子朝大井等人瞪了一眼，斥责："不干活了？大白天堵着门，客人怎么进来？"大井："我们让竹叶青教我们神腿。你忘了，在火车上，他一脚把东洋侦缉队员踹出车厢，比铁拐李还神。"水花子狠狠瞪大井一眼。大井噤口。

蔡广得看岳小白四仰八叉躺在那儿，喝着茶，受众人崇拜，十分受用，不高兴地说："不嫌人围着汗气重啊？"岳小白："挺好的，我就喜欢人围着。饿了吧，来一块龙须糕，要不，来一颗辣鱼旦，味道不错。"

蔡广得："我说你，弄明白好不好，这儿我是大哥。别摆谱了，收拾家伙干活吧。"说完进了麻将馆。

蔡广得脱掉汗湿的衣裳，换上一件。岳小白进来。蔡广得："杨子昆的住处找到了。"岳小白一愣，问："在哪儿？"

蔡广得："急什么，衣裳换好我带你去。"岳小白："你去干什么，我的事儿，我自己去。"

蔡广得："话说清楚啊，小蜜蜂不是你媳妇，要找我也有一份。"又连忙解释："我没说人我有一份，人丢的时候就我在场，丢之前我答应过她，不会把她弄丢了，结果真丢了，人我得找回来，找不回来我这大嘴得撕掉。倒是你，人家心里没有你，还上赶着找她。"岳小白一脸无计可施。蔡广得："我这么告诉你啊，人是我们东纵的，外不奉送，你该干吗干吗去，别以为我没跟你急眼你就有机可乘了。"

岳小白："我他妈非被你逼得上吊不可。"岳小白抓耳挠腮，到门口看了看，回来说："你听着，我找杨子昆，不是为了小蜜蜂。"

蔡广得不明白，说："那是为了什么，别告诉我你真看上人家阿花，非得上门送聘礼去。"

岳小白："告诉你吧，我要找的就是杨子昆。"蔡广得："找他干吗？"岳小白："杀了他。"

蔡广得吃了一惊，问："杀他？为什么？"岳小白："这儿不方便，出去说。"

避风塘海边栖居着各色船只，它们连绵一片，铺向海上，海鸟在船只中穿梭，船与船之间搭着跳板，密匝的桅杆中人来人往，充满贫贱阶层的生活气息。

蔡广得和岳小白坐在一只拖上岸的废船上。岳小白告诉蔡广得，杨子昆是军政委员会的人，担负着委员会的重要工作，上面也默许他干一些交换情报的事，可他违反上面给他的授权，私下截留了一些重要情报，上面一直在怀疑他，又没有找到证据，直到盟军情报员布莱克在香港登陆后，他的行径才暴露。布莱克携带着一份重要文件，这份文件涉及战后同盟国对日本在军事、政治和经济上的制约条款。军统从内部了解到，布莱克被捕的时候，日本人没有从他身上搜到这份文件。军统后来才知道，布莱克刚一上岸，杨子昆就把文件窃取走了，如果这份文件落在日本人手里，情况会非常糟糕。会让日本人觉得没有退路，他们会丧心病狂，变本加厉地做垂死挣扎。

蔡广得："妈的，这不是汉奸行为吗？"

岳小白："这个名头现在还定不上，因为没有证实他和日本人交换过任何重要情报，可上面也不知道，他手上到底有多少我们不知道的情报，我必须找到他，设法把那些情报拿到手，然后把他干掉，不让任何情报流露出去。"

蔡广得："你一直说的任务，就是刺杀杨子昆，你也是为这个，才接近杨桃的？"

岳小白："对，我被安排进'蚂蚁'行动小组，这是联合司令部给C.罗下达的交换条件，杨桃是唯一能够帮助我接近杨子昆的人，你们错认为我在追求她了。"

蔡广得盯着岳小白说："想听真话吗？你让我恶心。杨桃不是我妹妹，要是，我会杀死你，再杀死你，继续杀你，让你连骨灰都剩不下。"

岳小白："可我还真的挺喜欢她。"蔡广得："你能不能不说喜欢，没看我都在打摆子？"岳小白笑了。蔡广得生气："有什么好笑的，我要杀你，在想怎么杀，这好笑吗？"

岳小白："杀我不好笑，好笑的是你，你刚才说小蜜蜂，你没注意你的眼神。"蔡广得："我眼神怎么了？"

岳小白突然严肃起来，说："菜花头，打'蚂蚁'小组成立到现在，你嘴是小组里最恶毒的，可有一件事，你一直护着小蜜蜂，一直在保护她，其实，真正喜欢她的不是别人，是你自己。"

避风塘高处，水花子站在那儿，阴鸷地看着远处海边说话的蔡广得和岳小白。

第十七章
各路间谍　港岛斗法

蔡广得和岳小白熟练地检查完各自的武器，从麻将馆里出来。

油麻地一带商铺林立，行人如梭。一辆德国产老式消防车从后面驶来，停在蔡广得和岳小白两人身边。西洋菜从驾驶座上探出脑袋叫住蔡广得，说水哥让我送你们一程。

岳小白拍了拍车说："破了点儿，还成，我们会开车，下来吧。"西洋菜下了车，掏出本儿递给岳小白，交待："汽车轮渡日本人把着，拿着这个，就说交通科藤田科长让过去的。"岳小白揣起本儿，和蔡广得上了车。

赛南粤在门口下车，犹豫不决地站了一会儿，豁出去地向屋里走去。赛南粤进门，说："子昆，我们得尽快把杨桃送走！不然会出事！"杨子昆手中端着咖啡杯，冷冷地看着赛南粤，问："出什么事？"赛南粤知道自己失语了。杨子昆在沙发上坐下，说："说吧，你知道多少，还知道什么？"赛南粤："我知道杨桃没在子爵号上，子爵号在蓝塘海峡被美国人炸沉了。"

杨子昆："我猜到你会去核实子爵号的情况。其实，那个破绽是我故意留给你的，我俩之间伪善了3年，可到底有一份情义，我想最后给你留下一张纸，如果你真的聪明，不会去捅破它，可惜，你还是那么做了。"

赛南粤："你知道我去哪儿了？"

杨子昆："我知道的比这个更多，说吧，你替他们从我这儿弄走了多少情报？别从头说，就说日本人知道我多少事。"

赛南粤："子昆，别逼我说出不该说的，孩子的事要紧，你应该先处理它。"

杨子昆："那不是你关心的事，快说，不然就是你在逼我。"

赛南粤妥协了，说："如果我说了，你会杀死我吗？"

杨子昆："这话你没资格问，你应该知道，做了出卖我的事下场会是什么。"

赛南粤："那我就没必要说了。"杨子昆说声那就别怪我不客气了。将阿四和南丫头叫来，南丫头过来，用一支勃朗宁手枪指住赛南粤的脑门。赛南粤惊愕地看着完全变了一个人的南丫头，再问杨子昆："子昆，你要把我怎么样？"杨子昆："杀了她。带走！"

南丫头将赛南粤带走。赛南粤回头怨怼地看杨子昆，说："你不能这样做！"

盥洗间，阿四将赛南粤的脑袋摁进接满水的浴缸里，正在溺杀她。赛南粤挣扎，水花四溅。南丫头面无表情地站在一旁看。很快，赛南粤不挣扎了，手耷拉下去。门被踹开，杨子昆失态地冲进盥洗间。杨子昆一把推开阿四，将赛南粤从浴缸里捞出来，手忙脚乱地拍她的脸。赛南粤没有动静，水从她头发上和脸上往下淌。杨子昆惊恐："美沙子？美沙子你不能死！你要死了我和谁说话啊！"杨子昆把赛南粤紧紧抱在怀里，他哭了。

赛南粤突然一动，大口呛出水，活过来了。杨子昆欣喜若狂，手忙脚乱地为她抹掉脸上的水。赛南粤呛出几口水，睁开眼。杨子昆斥责："还站在那儿干什么，还不滚出去！"不知所措的阿四和南丫头连忙退出盥洗间。赛南粤冲杨子昆笑了笑，说："你就这么，想我死？"

杨子昆泪流满面，摇头说："不，不不，那不是我真实的想法……"

赛南粤："我知道，我背叛了你，你容不下我……"

杨子昆："我不想你死，不想……"赛南粤："我是占领军情报部的人，3年前就是了……可是，你也不想一想，为什么他们没有对你下手？除了你妻子，我是跟你时间最长的女人，能跟你3年，是我的福分，我一直在欺骗你，没有告诉你真话，我也一直在欺骗他们，我从来没有出卖过你，没有给过他们一份让他们满意的情报，如果我真想那样做，我不会把子爵号的事告诉你……"赛南粤大声地咳嗽起来。

杨子昆抹一把泪，把赛南粤抱起来，说："别说了，我带你离开香港，我们走。"

赛南粤被安置在床上，人很虚脱，杨子昆握着她的手坐在床头。杨子昆："为什么不早点告诉我，你是他们的人？"

赛南粤："告诉你你会赶走我，我就再也见不到你了。"

杨子昆："我对你真有那么重要？"

赛南粤："我不知道，我说不清楚。我知道你从没爱过我，在这个世界上，根本就没有爱我的人，有的只是垂涎欲滴和利用，我又能在乎什么。"

杨子昆："可你明知道我不会相信任何人，还要待在我身边，你这样做太傻了。"

赛南粤："不是我傻，我知道你是一个危险的男人，跟着你，就像跟着一头孤独的狼，永远都不知道你会在什么时候下口，可我太孤独了，我不想再和这个世界斗下去了。别嫌弃我，没有时间了，情报部特工队的人要对杨桃下手，他们会用孩子胁迫你，逼你交出他们需要的情报，快把孩子送到安全的地方隐藏起来。"

杨子昆："你不用担心，我不会让他们得逞，孩子在安全的地方，他们找不到她。"

赛南粤知道，杨子昆是一个老牌情报员，十几年，他积累了世界各国大量情报，一直深藏不露，现在战争要结束了，他想带着孩子和情报一起逃走，然后利用手中的情报挟持这个世界，做这个世界的秘密主宰。赛南粤："我真是猜不透你们男人，但我知道一件事，你有软肋，情报部的人无法从你这儿拿到他们要的东西，却能通过孩子征服你。趁你和孩子还没有被盯上，快把她转移走，千万别让她落到他们的手上。"

杨子昆："好吧，我去做一些准备。"

赛南粤："等等，你刚才说，你会带我离开香港，你说的是真话？"

杨子昆用力点头，说："我会带你走，我们一块儿走，我们3个！"

赛南粤笑了，说："快去吧。"

杨子昆不放心，说："你一个人行吗？我让南丫头来照顾你。"赛南粤："别叫她来，把她从我这儿赶走，我一辈子也不想见到她。"

杨子昆匆匆从楼上下来，吩咐南丫头和阿四："南丫头，别去打扰夫人，打个电话叫阿虫过来照顾她。阿四，门看好，我回来之前，任何人都不许进。"二人："知道了。"

杨子昆匆匆走到门口，打开大门，他愣住了。门口站着朴渚芳和一名特工。朴渚芳："怎么，杨先生要出门？"

消防车停在司徒拔道上，马路对面就是赛南粤的住处。岳小白和蔡广得坐在消防车里，透过车窗观察街对面。赛南粤家门口停着一辆三菱轿车、一辆克尔维特跑车和一辆雪佛兰。岳小白说，杨子昆在这儿。蔡广得："你真要杀他？你杀掉杨子昆，小蜜蜂怎么办？她没妈了，你再让她没爸，你还算个人吗？"岳小白："别给我说这个。"

蔡广得："我不说你任务的事，落在我手上，我也得把情报往回拿，可我们当中孤儿够多了，我，渣子，你自己也算一个，别再添一个。"

岳小白："闭嘴。"蔡广得："是你让她成孤儿的。"

岳小白眼露凶光，一把抓住蔡广得的衣领说："你要再说一个字，我先杀了你！"蔡广得噤口，一肚子纠结。岳小白松开蔡广得，四处观察，说："这里看不到屋子里的情况，得去后山上。"蔡广得："那是湾仔峡谷。"

两个人下车，穿过司徒拔道，绕过住宅区，向后山湾仔峡谷跑去。蔡广得领着岳小白爬上山坡，岳小白观察赛南粤的住处。

杨子昆不安地坐在书桌前。朴渚芳站在书架前，随手翻动一本书，说："我知道，你和你们委员长一样，是基督徒，我还知道，我现在和你说什么都没用，可我们还是得谈谈。"朴渚芳走到杨子昆面前，把手中的书丢在桌上，说："如果你现在交出手中的情报，你会获得你想要的一切自由，如果不交出情报，上帝也救不了你。"

杨子昆："我不明白你在说什么。"

朴渚芳："你真是一个拒绝福音的人，我倒想看看，你何以能走出地狱。跟我走一趟吧。"

南丫头和阿四被特工盯着，远远站在门口。杨子昆要求给银行打个电话，朴渚芳允许，杨子昆斜睨着朴渚芳打电话："我有点不舒服，今天不去银行了。对，你让朱襄理把熊先生的那份账单送给他，就说我病了。"

杨子昆放下电话，跟着朴渚芳走到门口，阿四挡住门，不让开。特工用手枪顶住阿四，杨子昆："让开吧，你就待在这儿，有阿榕跟着我就行了。"阿四不甘地让开门。杨子昆回头看了南丫头一眼，跟着朴渚芳出了门。

南丫头回头往楼上跑去，她冲进卧室。赛南粤一看，十分厌恶，训斥："谁叫你进来的，出去。我待你有什么不好，出卖主子的东西，我不想再见到你，收拾你的东西离开这儿。"南丫头："夫人，大先生被日本人抓走了！"赛南粤一惊，挣扎着坐起来，下床时身体虚脱摇晃了一下。南丫头抢过去搀扶，赛南粤一把打开她，强撑着摇摇晃晃向外走。

赛南粤在书房里紧张地打电话："你把她送到油麻地小轮码头，我在那儿接她，带她离开港岛。"十三叔："不是大先生亲口告诉我，谁也见不到小姐。"

赛南粤："你得相信我！"十三叔："夫人，我得挂电话了。"

赛南粤："等等，十三叔，黄叔在你那里吗？如果他在，你让他往宪兵部打个电话，核实子昆的行踪，就能确信我说的话。"十三叔："我不会上任何人的圈套。"

赛南粤："你怎么就不明白，我能联系上你，日本人就能找到你，他们根本用不着任何圈套就能把你和杨桃抓住！"十三叔："让他们来好了，我不会交出小姐。"

赛南粤："十三叔，你听我说，是大先生让我和你联系的，不然，我也不会知道杨桃和你在一起。"十三叔："这话必须由大先生亲口对我说。"

赛南粤急得跳脚："你怎么还不明白？小姐她有危险，等日本人明白过来就……"对方挂断了电话。赛南粤失望地放下电话，想了想，一咬牙拿起电话拨了个号。对方："这里是珍味世家，请问找谁。"赛南粤："我是017号情报员，特工代号'仔薯'，联系密码30030。"对方："请稍等。好了，你的代号被核实，需要我做什么。"赛南粤："给我查刚才这部电话接通过的那个号码，告诉我它的位置在哪儿，我等着。"

赛南粤放下电话，从一排书籍中抽出一本。放在桌上撕开书，里面镶嵌着一支手枪。

岳小白和蔡广得连跌带爬，撒丫子从山坡上狂跑而下，十分狼狈。两个印度家仆和一群狗在后面追赶。印度家仆："站住，抓小偷！"蔡广得腿快，跑到前面去了。

岳小白边跑边回头看，赛南粤家后院的平台上有一样庞然大物。岳小白愣了一下。印度家仆追了上来。岳小白快速逃走，飞身跳下陡坡。

岳小白在先，蔡广得在后，两人穿过司徒拔道，奔向消防车。岳小白和蔡广得气喘吁吁进了驾驶室，余悸犹在。蔡广得："妈呀，差点被他们捉住。"

岳小白："你说你是怎么想的，没事翻人家的院子干什么？"

蔡广得："是你说看不见，我不是进去替你找人吗？"

岳小白发现，赛南粤住处门前，孤零零只剩下那辆三菱。岳小白："雪佛兰和克尔维特跑车呢？不好，杨子昆溜掉了！"岳小白发动车子，他又发现，赛南粤从屋里匆匆出来，上了三菱，将车驶出门前车道。岳小白拉一把蔡广得，说声低头。两人缩下身子，看三菱出了院子，拐上司徒拔道驶走。

两个印度家仆和一群狗出现在路边，向马路这边跑来。蔡广得："快走，狗家伙追来了！"岳小白挂上挡，松开闸，将车驶向三菱驶走的方向。消防车擦着印度家仆和狗群驶远。印度家仆追着消防车大骂。蔡广得："我们去哪儿？"岳小白："追上那辆三菱。那是赛南粤，她可能去见杨子昆。"

蔡广得："你还是要杀杨子昆？"岳小白："我不会再说第二遍。"

蔡广得："你卑鄙，你要杀了杨子昆，小蜜蜂不会饶过你。"岳小白的枪口顶住蔡广得的脑门，咬牙切齿地说："我不想看到你被踢出车门摔成肉饼，那个麻烦事省了，你要再提一次杨子昆，我送你个痛快的走法。"

蔡广得："明白了，特工都是一根筋。"说完斜眼看一下顶在脑门上的枪口，小心翼翼把它移开，移到岳小白的脑门上。

侦听室里一派忙碌景象，浅丘经道匆匆走进来，千夏麻也迎上来。浅丘经道："不，再等等，我们需要更多的耐心。"千夏麻也离去。

春山二路过来说："美沙子和4号联络点联系，要求提供一个电话号码的地址。"

浅丘经道："朴上尉授权了？"春山二路："没有。侦听课侦听到她和那个电话之前的一次通话，对方是杨子昆的人，内容是关于杨桃的安全，不像在执行正常工作，听口气，美沙子要反水。"

浅丘经道："朴上尉在哪儿？"春山二路："在路上，她昨晚一直在跟踪美沙子，觉察到美沙子要变节，刚刚收了线，正把杨子昆带到这儿来。"

浅丘经道："干得好。美沙子打听的地址是什么地方？"

春山二路："我们查了电话，是香港大学。"

浅丘经道："杨桃可能就藏在那儿。美沙子会去那儿。让特工队出动，盯住美沙子。别惊动她，如果她见的就是杨桃，立刻抓住她们，一个也别放掉。"

春山二路领命而去。

三菱驶过司徒拔道。少顷，消防车驶过，差点撞上一辆迎面驶来的车。车头一甩，蔡广得没坐稳，倒在岳小白身上。蔡广得："你怎么开的车？"

岳小白："能怪我吗，老爷车，再快缸都会被拉破。"

蔡广得："说话注意点儿，这儿我老大，车是我兄弟的，别说我家坏话。"

岳小白："就这车，还需要说吗，有本事你来开。"

蔡广得不惧，伸手抓方向盘，岳小白一把推开他说："在乡下开过一次就能耐了，这不是布吉的稻田，是香港，大城市，你能分清左右道吗？"

蔡广得不服气，哼一声，说："我就不该带着你。尿都不让撒舒坦了，让一群狗撵得鞋都跑掉了。"岳小白气得吐血："摊上你我算倒了血霉，我现在看出老鳗鱼的好处了，就他能收拾你，没他还真不行。"

蔡广得："我同意，你没看出来，他一直在算计你，这个老宝贝，他还真把你降住了，开一次小差都撵上去搂个鼻淌血，那一次，你好像蛋都被我踢掉了，真是痛快。"

岳小白急打方向盘，错过一辆迎面开来的日军运兵车。蔡广得的脑袋撞在车窗上，疼得龇牙咧嘴："你想撞死我啊？开快点，前面的车看不见了！"

岳小白："让我怎么快，她那是轿车！"

两辆日产轿车超过消防车，追到前面去了。蔡广得："看看，同样四个轱辘，人家怎么就能追上去？"岳小白盯着超过去的日产车，说："是鬼子。"岳小白踩下油门。

香港大学冯平山图书馆传达室。十三叔按赛南粤提示，分别打了两个电话。十三叔放下电话，想了想，离开。冯平山图书馆藏书部，偌大的藏书部里只有杨桃一个人，她依靠在书架上，嘴里含一支黑棒棒糖，津津有味读着一部线装书。十三叔匆匆进来，说："小姐，我们得离开这里，换个安全的地方。"

杨桃："为什么要离开，这儿怎么不安全了？"

十三叔："刚才有人往这儿打了电话，打听你的情况。"杨桃："谁打听我？"

十三叔："不说这个，我刚才给大先生和黄先生打了电话，核实情况，他俩都不在。我有点担心，还是小心一点的好。"

杨桃："阿爸不会一天到晚守在电话边上吧，这儿是港大，鬼子不会到这儿来，你就别操心了，好好待着，一会儿陈君葆老师还要来给我上课呢。"

十三叔犹豫了一下说："我担心，赛南粤要来这儿。"

杨桃："那好啊，我还正想见她呢，看她再怎么骗我。我等她。"杨桃抱起书看，不再理会十三叔。十三叔："小姐……"杨桃轻声一嘘，客气道，这是图书馆，别影响我看书。防空警报锐响着，杨桃头都没抬。十三叔着急："小姐！"

杨桃："美国人不会轰炸港大。"十三叔："日本人炸过港大陆佑堂，美国人也说不准，求求你了，我们走吧！"

杨桃不快地放下书，说："我算知道，天下之大，放不下一张课桌指的是什么了。"杨桃赌气向图书馆外走去。十三叔想抢到杨桃前面去带路，她故意东一下西一下，将十三叔堵在后面。十三叔在前，杨桃在后，两人匆匆从图书馆里出来，迎面撞上匆匆而来的赛南粤。十三叔快速将杨桃掩身在后，向赛南粤扑去。赛南粤拔枪在手，指住十三叔，说："别动，动我打死你。"十三叔呆住了。杨桃："美沙子，你想干什么？"

赛南粤："你父亲已经被日本人带走了，现在生死不明，你不能落在日本人手里，快跟我走。"十三叔："小姐，别相信她的话，她是日本人养的狗，一直在监视大先生！"

赛南粤："话别说得那么难听，小心我挖了你的舌头。"又对杨桃说："他说的没错，我是在监视你父亲，但我从来没有出卖过他，如果我出卖他，他3年前就不在人世了。"

杨桃："我凭什么相信你？"

赛南粤："你必须相信。日本人正在找你，他们会找到你父亲所有认识的人、所有能去的地方，一个也不会漏过，他们迟早会找到这儿来。没有我，你逃不掉。"

十三叔刚想说话。杨桃阻止住十三叔，问赛南粤："你干吗对我这么上心？"

赛南粤："你以为我是为你？你错了，我不会为你做任何事，我是为你爸爸。"

杨桃："你救我和我爸爸有什么关系？"

赛南粤："如果他们找不到你，你爸爸就有机会活下去，如果你落到了他们手上，你爸爸就死定了。只要我活着，我就不会让他死，如果他死了，我会杀死每一个人，包括你。"

杨桃情急之下无从判断，不说话，看赛南粤。汗水从赛南粤的额头上往下淌。十三叔趁赛南粤注意力在杨桃身上，慢慢移近，突然扑上去，挥手打飞赛南粤的枪。两个人打起来。没费几个回合十三叔就制服了赛南粤，将她擒住，准备拧断她的脖子。

杨桃捡起地上的枪，枪口顶在十三叔脑门上下令："放开她。"十三叔："小姐，她是日本人的奸细，不能留下她！"杨桃："我说放开她！"十三叔不甘地放开赛南粤。杨桃将赛南粤搀扶起来，说："也许我错了，这么做没道理，但你要抓我会带着鬼子的人来，不会只来你一个。我相信你。带我走。"

杨桃把枪交回到赛南粤手中。十三叔又急又怕。赛南粤看一眼十三叔，枪收好，带着两个人正要离开，听见有汽车驶来的声音，探头往山道下看。两辆日产轿车快速沿着狭窄的山道驶来。赛南粤："是日本人，他们追上来了，快走。"慌忙领着杨桃和十三叔快速离开。

雪佛兰和克尔维特前后开来，在圣约翰教堂前停下。朴渚芳和特工带着杨子昆走进大楼。阿榕试图下车跟上，两名日军特工过来恶狠狠盯着他，他悻悻地退回车里。

朴渚芳带杨子昆走进浅丘经道办公室。浅丘经道："我在等你，'黄蜂'先生，我们又见面了。"杨子昆："劳您大驾，实在不好意思。"

浅丘经道："坐吧，我们好好谈谈。"杨子昆刚要在沙发上坐下，防空警报响了。浅丘经道："美国人太讨厌了，他们不会轰炸圣约翰教堂吧？"

杨子昆："我没那么乐观，他们连红磡小学都炸了。"

浅丘经道："那你看，我们是在这儿谈呢，还是换个地方？"杨子昆："香港不是美国人的地盘，他们不会心疼炸弹，就像你们不会心疼投往重庆的炸弹。如果你不反对，我宁愿去地下室。"

浅丘经道客气地为杨子昆指道，吩咐为杨先生准备咖啡。两个人走过朴渚芳时，浅丘经道对朴渚芳赞赏道："上尉，就算小林不在，我也一点没有觉得我的一只胳膊不见了。"朴渚芳向浅丘经道鞠躬。

地下室灯光昏黄，暗室阴森。在一群日军的随同下，浅丘经道和杨子昆走向地下室。浅丘经道示意。随从退下。杨子昆在浅丘经道对面坐下。突然，隔壁房间传来一阵呵斥和铁镣的碰响声，然后是一阵瘆人的惨叫。

浅丘经道微笑着，看着杨子昆的眼睛说："你不属于军情六处的任何一个处，M15，M16，你属于双十委员会，多重间谍部门。"

杨子昆沉默了一会儿，说："看来，你们什么都知道。"

浅丘经道："告诉我，为什么背叛英国人？"

杨子昆："你应该知道开罗会议的内容。"

浅丘经道："中美英三国巨头商量缅甸联合作战计划，罗斯福在开罗帮助中国人确立了大国的地位。如果我没记错，你也去了开罗，这和你的英国间谍身份有关。"

杨子昆："双十委员会也有你们的人，这个瞒不住你们。不过，元首们在开罗会议上讨论的还有战后政策问题。"

浅丘经道："建立中美英苏四强国际警察力量计划，是这个吧？四强在战时保持的同盟国关系，战后将继续维持下去，由四国来保障世界的和平发展。"

杨子昆："会议休会的时候，罗斯福向丘吉尔建议，战后把香港归还给中国，或者由中英两国共同托管，丘吉尔拒绝了，他甚至不愿意讨论这个问题，为此大发雷霆。"

浅丘经道："你不会说，你是一个民族主义者，因为这个背叛英国吧？"

杨子昆："我不是民族主义者，不会为任何国家服务，我还是个小偷，偷了不少人们感兴趣的东西，但我不喜欢公然窃取他国领地的人，如果这个窃国者还以盟友的身份自居，那我就由不喜欢变成讨厌了。"

浅丘经道："太有意思了，我从来没想到，一个职业间谍会因为国家利益改变自己，或者说，毁掉自己。英国人知道你背叛了他们吗？"

杨子昆："我猜他们知道，他们打算在战争结束后回到香港来，继续他们的殖民地美梦，如果你们没有办法阻止他们在维多利亚港上岸，他们就没有必要用毒子弹消灭我，而会让我活着，继续为他们效劳。"

浅丘经道："这个想法倒不错，是啊，看来所有的人都知道，日本人已经失去了菲律宾、新加坡、马来西亚、缅甸，还将失去香港、台湾和中国大陆。你猜，我们会怎么做？"

杨子昆："让我猜，那会比毒子弹厉害。"

消防车熄了火，停在马路边，水缸冒着烟。岳小白在敞开的车头盖下修理。蔡广得不满意地在消防车旁走来走去，说："我算见识了国军的特工是什么水平，能把救火龙开出一团火，现在谁来救它？"岳小白："闭嘴！"

蔡广得："我回去怎么向水花子交待？告诉他，我被一群狗撵得无路可逃，还把西洋菜的救火龙烧掉了？"蔡广得夸张地张开双臂，向空无一人的马路喊叫："港岛的父老乡亲们哪，行行好，拎两桶水来吧，别让我们被哪吒的风火轮点着了。"

岳小白怒不可遏地撞上车头盖，跳下车头，冲向蔡广得。蔡广得腿快，撒腿跑掉。岳小白将扳手远远砸向蔡广得，气得哆嗦，说："我妈干吗要生我，生下来受你这个该死的家伙的气？"两人没撵出几步，美国轰炸机飞临头顶，开始在远处轰炸。

两人站住，观察轰炸目标。蔡广得："是船坞，还有深水埗兵营。"

轰炸仍在远处进行。两个嬷嬷急匆匆推着自行车从山道下上来，经过消防车时站下，向岳小白画十字，然后继续推着车往山上走。

蔡广得："不行我们就回九龙，让水花子来把车拖走，别一会儿美国人的炸弹砸中脑袋。"岳小白不理蔡广得，抹一把沾满油污的脸，离开消防车，跟着两个嬷嬷向山上走去。蔡广得站起来，跟上岳小白。蔡广得："你不会就这么走着去找你那些漂亮女人吧？"岳小白："拜托，离我远点，这辈子加上下辈子，下下辈子，我再也不想见到你。"

蔡广得："那怎么行，我们是战友，哪有战友不见面的？我们还会见，天天见，再说，这是香港，大城市，我得保护你。"岳小白拿蔡广得完全没有办法，他转过身来，指着蔡广得，却一句话也说不出来。

蔡广得："你呼吸困难，你没事吧？"岳小白："别理我，让我喘喘气……"

一辆三菱轿车从山上快速冲下来。然后是两辆日产轿车。岳小白背对着，没看到。蔡广得冲上去一把将岳小白推开。三菱轿车和日产轿车先后从岳小白刚刚站着的地方一冲而过。两人几乎同时发现了三菱轿车副驾座上的杨桃。

岳小白返身快跑两步，上前从一名嬷嬷手中抢下自行车，道声对不起，蹬车向山下追去。蔡广得一看，也跑上去，从另一名嬷嬷手中抢过自行车，说："对不起，都是跟他学的，让上帝诅咒他吧。"两个嬷嬷双双画十字向施抢者祈祷："上帝宽恕你。"

蔡广得骑上自行车，立刻发现没有刹车，大叫："刹车在哪儿，怎么没有刹车？"他控制不住，顺着惯性歪歪扭扭冲下山。

外面传来隐约的轰炸声。浅丘经道向春山二路示意。春山二路和一名侍卫退出地下室。

浅丘经道："这是一次非常难得的交谈，我们彼此之间更加了解了。我也说说我的故事吧。我有一个儿子，他叫浅丘平山，刚满18岁，10天前，他在冲绳岛作战中战死了，他是我唯一的孩子。"

杨子昆："我真为你感到难过。我也是做父亲的，我能理解你的心情。"

浅丘经道："谢谢。你知道，日本准备了1亿玉碎计划，400万皇军，

8000万平民，他们做好了保卫国土的准备，连没有牙齿的老奶奶和刚学会片假名的孩子都学会了如何拉响怀里的手榴弹，和敌国的士兵同归于尽。"

杨子昆："很遗憾，我的国人没能做到如此，所以你们才顺利地进入了中国。"

浅丘经道："日本国将要灭亡了，千秋万代照耀着的太阳将要落到大海中，作为一名在海外作战的军人，我此生再也不能回到日本国去。3天前，我夫人已经动身来香港，她决定放弃她在天皇辉映下的尽忠，和我一起在香港剖腹，这样，我们就能一起去找平山儿，这是我们一家人在另一个世界里相会的最好办法。"

杨子昆："我没想到，你会这样做，你们日本人的做法实在让人难以理解。"

浅丘经道："不，你没有听明白我的话，大日本帝国已经失去了东南亚，我们还将失去满蒙和支那，最终失去整个亚洲，对终将失去的东西我们不会眷恋。"杨子昆看着浅丘经道。浅丘经道："你刚才说，你猜我们的做法会比毒子弹要厉害，是的，我们会毁掉曾经拥有的一切，不，比那个还要多，我们会毁掉我们还来不及得到的，整个世界。"

浅丘经道突然问："你猜我们会等多久？"

杨子昆："前天持续了33分钟，现在20分钟过去了，我们不会等很久了。"

浅丘经道："不，我指的不是美国人的轰炸，而是你女儿。"

杨子昆："我不明白你在说什么。"

浅丘经道："我给你讲了我的故事，但你没有告诉我，你也有一个孩子。这个世界怎么会有这样奇妙的巧合？我们的孩子，他们同样是18岁，他们都没有兄弟姐妹，是我们这两个做父亲的无比疼爱的孩子，唯一的孩子。"

杨子昆在昏暗的灯光下克制住颤抖，问："你想告诉我什么？"浅丘经道："我已经告诉了你我儿子的结局。我相信，等一会儿，我们离开这儿，上到上面我的办公室的时候，我们就会得到你女儿的消息。如果我没猜错，她一定很害怕，她会流着泪希望你救她，而你能做的事情就是拿出我们需要的情报，然后带走她。"

杨子昆："我不相信那是真的。"

浅丘经道："很遗憾，我的人已经找到了你女儿的藏身处，他们正在把她带到这里来。我只是想不明白，为什么做孩子的，他们本该活得比我们长，却比我们更急着走向自己的结局，这场战争到底让人们变成了什么？"

杨子昆："也许你会失望，我女儿她不在香港。"

浅丘经道："那样最好，你可以回到你的办公室，继续在支票上签下你的名字，同时和我们抗衡下去，直到你的另一个冤家回到香港，把你请到他们的情报部门，让你为你糟糕的鼹鼠行为做出说明。"

杨子昆："我说了，我女儿根本就没有回到香港。"

浅丘经道："'黄蜂'别再表演了，你已经被自己害了。当你告诉我们，东纵那个代号'木棉花'的行动小组由4个男人组成的时候，我的确被你骗过了。但我回忆起来了，在我刚到深圳墟的那一天，我见过他们，可那是3个男人和一个年轻美貌的姑娘。"杨子昆努力不让自己的手痉挛。浅丘经道："后来我终于想明白了，你是在出卖他们，让我们替你清除掉他们。而他们当中那个被你故意隐瞒下的姑娘，她就完全安全了。'黄蜂'，以你这样毫无感情，用出卖一切来换取情报的人，还有谁能让你费这么大的心机去保护她？只有一个答案，那个人是你的女儿。"

豆大的汗水从杨子昆额头上淌下，他知道自己已经全盘皆输，他能够做到的只有不再开口。浅丘经道起身走到杨子昆面前，体贴地递给他一张雪白的手绢，说："你出汗了，不过这没什么。在美国人离开之前，我们还有一点时间，可以喝一杯咖啡，虽然它已经凉了。你说呢？"

山路以无数的S形方式盘旋而下。三菱轿车在前，两辆日产轿车在后，3辆车沿着狭窄的山道急驶而下。隔着老远，岳小白的自行车杂技般地急速而下。即使下山，他仍在用力踏着踏板，贴着山崖快速拐过一个又一个S弯道，试图追上前面的3辆汽车。更远一些的地方，蔡广得的自行车歪歪扭扭冲来。他惊吓地尖叫着，控制不住，撞到了山口上，摔了个狗抢屎。

赛南粤驾驶三菱车，杨桃坐在副驾驶位上。十三叔坐在后座，不断往回看。

日产车追上了三菱车，从后面猛撞它。三菱车被撞得往前一冲，差点跌下山崖。车中人被撞得东倒西歪，车子差点失控。赛南粤控制住方向盘，说声坐好！猛踩油门，把车子拐上山道，日产车上的日军特工向三菱车开枪了。

隔着老远，岳小白听见了枪声，他用力踩动踏板。自行车几乎是贴着山崖边一掠而过。蔡广得掉得更远，一瘸一拐地推着车，心有不甘，再度跨上车，歪歪扭扭向坡下骑。

子弹打碎了后窗玻璃，击中了十三叔，鲜血从他脖颈上冒出来，他哼了一下。杨桃："十三叔中弹了！"赛南粤："坐着别动，头埋下！"杨桃试图从副驾座翻到后座上来照料十三叔。十三叔阻止杨桃。一发子弹再度击中他的肩膀。他挣扎着往后看。赛南粤："头低下！"

日产车正在接近，车上的枪不断响着。十三叔伸出血手，抓住车门。嘱托："夫人，拜托你照顾好小姐。"赛南粤："你要干什么？"十三叔："告诉大先生，我十三跟随他多年，就到今天了。"十三叔打开车门，探身出去，面向后方追来的车。杨桃扭身在后面抓住他的衣襟。日产车连续射击。十三叔连续中弹，他用力挣脱杨桃拽住他的手，纵身跃向后面的日产车。十三叔重重砸在头一辆日产车的驾驶窗上，日产车猝不及防，刹车不及，带着十三叔滑出山道，摔下山崖，在山崖下爆炸了。第二辆日产车急刹车停住。从车上下来一名日军特工，留下观察摔下山崖的同伴，车继续向前，去追赶三菱车。岳小白的自行车快速驶下山道，从日军特工身边急驶而过。日军特工注意到岳小白。

杨桃流泪了，死死盯住后面。赛南粤一把将杨桃拉回座位。杨桃挣开赛南粤，仇恨地瞪着后面。日产车不断向三菱车开枪。后车窗被子弹打得碎片四溅。赛南粤肩膀中弹，哼了一声，鲜血溅上车窗。车剧烈摇晃。杨桃："美沙子？"赛南粤咬牙把持住方向盘。赛南粤："坐好！"杨桃："我来！"赛南粤："我不能停车……"三菱车失去控制，在山道上扭曲行驶，一头扎向山崖边。赛南粤终于坚持不住，昏迷过去，倒在方向盘上。杨桃吓得尖叫，试图去抢方向盘，让车子停下来。三菱车前轮悬空，后轮挂在路牙上，停下，车身半悬在山崖上。日产车远远追上来，减速滑向三菱车。

岳小白急速刹住自行车，拔枪在手，瞄准下一个S弯道的日产车。没等他射击，几发子弹打在他身边。岳小白连忙躲避。日军特工站在山道边，向下一个S弯道上的岳小白连续射击。蔡广得歪歪扭扭地从山道上冲下来，从后面一头撞向日军特工，将日军特工撞得飞起来，惨叫着滚下山崖。蔡广得自己也刹不住车，摔了个大跟头，自行车滑出老远。蔡广得从地上爬起来，抹一把惊吓出的汗，看山崖下，自语："原来可以这么刹车，上帝，早告诉我呀。"

岳小白重新瞄准下一个S弯道上的日产车，连续扣动了扳机。日产车停下滑行，两名日军特工打开车门正准备下车，遭到来自山上的射击，连忙掩身车后。一名特工被击中。然后是另一名。日产车汽油箱被击中，车辆爆炸，掀起巨大的火球。

杨桃用身子覆盖住赛南粤，不让她再度受伤。爆炸的火光将她俩映亮，残骸打得三菱车一片乱响，气浪将三菱车冲得不住地摇晃。三菱车的车轮往山崖边移动了一点，碎石滚落下山崖。三菱车慢慢向山崖下倾去。

日产车被炸成几大块，燃烧着，两名没炸死的日军特工在车边挣扎。岳小白滑到日产车旁，丢下自行车，枪收好，拔出匕首走向日军特工。

三菱车车轮又往山崖边移动了一点，大半个车轮已经悬在空中，眼看要坠落下山崖了。蔡广得骑到，丢下自行车，冲向三菱车。蔡广得用肩膀扛住滑动的车。但他根本对付不了那个庞大的家伙，被车往山崖下挤，他拼出吃奶的力气说："你他妈别管那些死人了，这儿还有两个活的！"

岳小白从远处向这边跑来，帮助蔡广得扛车。蔡广得："别管这边，去把人拖出来！"岳小白过去打开车门。杨桃惊讶："竹叶青？"岳小白："快出来。"杨桃："美沙子受伤了！"岳小白："交给我。"杨桃下了车。

岳小白去抱趴在方向盘上的赛南粤，她哼了一下，翻过身子，仰脸倒进岳小白怀里。岳小白刹那间失神，怔怔地看着赛南粤的脸。蔡广得："还磨蹭什么，我快扛不住了！"岳小白回过神来，快速把赛南粤往车下抱。

杨桃闻声寻到车头，再度惊讶地看到只露出脑袋的蔡广得。蔡广得悲摧地扛着车轮，脸都被车轮挤歪了。蔡广得："你就不能，去找块石头，把车轮垫上吗？"一经提醒，杨桃连忙去找石头。

岳小白小心翼翼地抱着赛南粤下车。车载一下子轻了，往前一冲，差点把蔡广得挤下山崖。蔡广得："你们一个有良心的都没有吗，就没有人帮帮我！"杨桃丢下石头，慌里慌张去车头边往外拽蔡广得。蔡广得："别拽我的腿，把石头拿过来！"杨桃再慌里慌张捡回石头，回到车头，一失手，石头砸在蔡广得腰上。蔡广得："哎哟，我这是欠谁的了！"

防空警报解除了，浅丘经道从容地把玩着一支毛笔，看一眼杨子昆。杨子昆完全垮掉了，人陷在沙发中，任何时候都可能崩溃。浅丘经道："需要再为你煮一杯咖啡吗？"杨子昆浑然不闻。

朴渚芳进来。杨子昆下意识坐直了身子，紧张地盯着朴渚芳。朴渚芳用目光向浅丘经道示意。两人离开办公室。

在另一间办公室里，浅丘经道："车毁人亡？"

朴渚芳："一辆车摔下山道，另一辆油箱起火爆炸，7名特工无一存活。"

浅丘经道："你是说，他们是一帮没用的家伙，连车都不会开？"朴渚芳："不，留在现场那辆三菱车上有枪击的痕迹，两个特工被匕首切断了脖子，是袭击。"

浅丘经道："谁干的？"朴渚芳："现在还不知道，宪兵部正在调查，依我看，极有可能是共产党港九大队干的。"

浅丘经道："'黄蜂'和港九大队的人有联系？"

朴渚芳："没有任何迹象，也看不出有什么理由，'黄蜂'是著名的反共分子，和共产党的人素无往来，这可能只是一个偶然性事件。"

浅丘经道："杨桃这条线索断了，'黄蜂'留在手上也没有用了，他能等到战争结束，我们等不到，我们需要他手中的情报，如果拿不到，就把他干掉。"

朴渚芳："教授，有一句话，也许我不该说。"

浅丘经道："你说吧。"朴渚芳："'黄蜂'手中的情报只对战争双方有用，一旦战争结束，战争双方就不存在了，他宁愿牺牲掉自己和女儿也要保住的情报，就成了一堆废纸片，什么作用也没有，要是这样，他就白白送掉了他和他女儿的性命。"

浅丘经道："你是说，他和我们一样，等不到战争结束，不过是在做最后的坚持？"

朴渚芳："他是一个做任何事都会考虑利益的人，他一定会使用那些情报。而且，我们还有其他的渠道能够得到情报，他却只有使用手中情报这唯一的出路，他比我们难得多，去掉了毒刺，他就不再是'黄蜂'了。"

浅丘经道陷入沉思，然后点了点头，扭头向办公室走去。浅丘经道走进办公室，轻松地在椅子上坐下，说："我们在香港大学抓到你女儿。"杨子昆僵硬在那里。办公室里沉寂了。两个人都没有说话。

浅丘经道："你没有什么可说的吗？"杨子昆摇头。

浅丘经道："你不想见见你女儿？她受了点小伤，我们正在为她做治疗。"

杨子昆像一头困兽似的摇头，说："除非我见到她，否则我不会相信。"

浅丘经道放弃了，说："你真是一个天生的死硬间谍。好吧，一个好消息，我们没有抓到你女儿，或者说，暂时还没有抓到。你赢了。"杨子昆浑身一软，从沙发上滑下去，晕厥过去。

浅丘经道对一旁的侍卫交代："替他换下尿湿的裤子，送他回去。"

杨子昆疲惫不堪地走出情报部大楼。阿榕跑过来搀扶住他。他们上了车，车开走。朴渚芳站在高高的台阶上，冷冷地看着他们远去。

杨子昆回到家，南丫头焦急地向他讲述："黄叔去宪兵部认领十三叔的尸首，我和阿四去山下拖夫人的车，车里全是血。"杨子昆："人呢？"

南丫头："没有人，那里已经被宪兵部的人封锁了，车不让领走，阿四也被扣在那儿。"

杨子昆："宪兵队的人有没有说人的去向？"

南丫头："没提到小姐和夫人，只听说死了好几个情报部的人，都是用枪打死的。"

杨子昆："快，打电话，让黄经理立刻到这儿来。"

南丫头应声转头跑开。又被杨子昆叫住，他要她去雇一辆黄包车，在司徒拔道湾仔峡那边等着。他会从后院出去，在湾仔峡和她会合。

杨子昆又告诉阿榕，把他车的车帘放下来，开出去，能开多远开多远，直到油跑光。

一间简陋的平民屋，破船木和油毡搭成，沙马沙追兄弟俩的家。赛南粤浑身是血，躺在肮脏的床上，因为失血过多，人十分虚弱。岳小白和杨桃在一旁做术前准备。简单的手术器械，一把剪子，一把镊子，岳小白在一只酒精灯上烧一根探针。杨桃："谢谢你专门来香港救我。"

岳小白："不，救你的不是我，是菜花头。"

杨桃："他恨死我了，要知道我在车里，他才不会救我。"

岳小白："你不了解他，你也看到了，要不是他扛住车，你俩现在已经粉身碎骨了。"

杨桃："好吧，反正我逃出来了，而且找到了你们，我太开心了。老鳗鱼和渣子在哪儿，他们怎么没跟你们在一起？"岳小白："一会儿再说。"

两人走向赛南粤。赛南粤警觉地遮掩住血衣，看岳小白。岳小白放下器械托盘，伸手去捉赛南粤的胳膊。赛南粤躲开岳小白的手。岳小白平静地说："宪兵会在全港搜查一名美貌的受伤者，我不能把你送进任何一家医院和诊所，任何一名大夫出诊都有可能出卖你。你选择，是流光血死掉，还是让我把子弹取出来，试试能不能活下去。"

杨桃："美沙子，他说得对，我们不能让别人知道你的情况，让他给你取出子弹，不然血就流光了。"

赛南粤犹豫了一下，紧盯着岳小白，拽紧血衣的手松开了。岳小白伸手轻轻握住赛南粤的手，慢慢将它从胸前拿开。赛南粤的目光一直不离开岳小白。岳小白十分温柔且不容反抗，像捧着一枚珍珠似的，慢慢捧住了赛南粤的脸，停顿片刻，将一块雪白的纱布体贴地放在她牙齿中间，说："日本人控制了药品来源，我的同伴没有弄到麻药，你得忍着疼。"赛南粤目光依然在岳小白脸上。

岳小白取过剪子，说："我得剪开你的衣裳，可以吗？"赛南粤一动不动地盯住岳小白的眼睛。剪刀小心翼翼地剪开血衣，露出雪白的肩头。赛南粤害羞，合上了眼睛。

手术开始，岳小白两手全是血，用探针在伤口中寻找弹头。赛南粤满头大汗，忍痛咬紧纱布，目光死死地盯住岳小白。杨桃在一旁不断地为赛南粤擦汗。

有一刻，岳小白停下手中的动作，看赛南粤的眼睛。杨桃："看什么？"岳小白："不怪我，她实在太美了。"杨桃狠狠瞪岳小白，说："她血快流光了，你不会让她活着，再慢慢欣赏？"岳小白柔情似水，看着赛南粤的眼睛，说："我不会让她的血流光的，那样我会心疼死。"

岳小白继续手术。赛南粤哼了一声。岳小白举起镊子。镊子上夹着一颗滴血的子弹头。杨桃欣喜："取出来了！"岳小白："绷带。"

太阳在落下去，背街靠避风塘一排棚户区，简陋的棚户连绵起伏通向海边。大井等一帮烂仔在远处的沙滩上闹哄哄冲来抢去，踢港九著名的小场足球。

蔡广得揉着腰，对水花子说："实在不好意思，我们没打算把车烧掉，是它自己燃的。"

水花子："西洋菜和鹭鸶脚已经去港岛了，他们会把救火龙弄回来，我让德力克帮忙找日本机械师修好。"

蔡广得吓一跳，说："不能去找鬼子，那会暴露我们！"

水花子："不会。战争时期物资紧缺，只要能搞到好东西你就是大爷，德力克想发笔财带回台湾，他对我小心翼翼，不想得罪我。况且他欠我一笔人情，上次我替他卖了几支枪，两箱炸药，是他从军营里偷出来的，卖了个好价，他上司查过，我替他打了圆场，他有把柄在我手上捏着，不敢出卖我，你也可以说，我俩狼狈为奸。"

蔡广得稍稍松了口气，说："你不会问那两个女人是谁，对吧？"水花子："你忘了，我在梧桐山上见过杨小姐，也知道她是谁。另一个，港九没有几个人不认识。你昨天一说要找杨子昆，我就知道你要干什么。你和岳大哥这次没带别人，就你俩，你们是要取杨子昆这笔财富。"

蔡广得想起梧桐山上发生的那一幕，一时有些发呆，说："我还真忘了，那次其实我……"

水花子："大哥，我能理解，有杨子昆这笔财富，谁都提着心，你放心，我不会过问你的事。不过，日本人会过问，他们会派人打听一个挂彩的女人，避风塘什么人都有，人多嘴杂，我担心会漏出风声去。"蔡广得又紧张了，抹一把汗。

水花子："还有，要找你们的不只日本人。"蔡广得："谁？"水花子："西贡那边有人来过，在避风塘里打听5个从深圳墟过来的人，四男一女，说是他们的人，他们要找的是你们。"

蔡广得："什么时候的事？"

大井、泥菩萨、濑尿虾等几个烂仔嘻嘻哈哈打闹着过来，为谁赢了球争得不亦乐乎。泥菩萨傻呵呵跑过来拉蔡广得，说："大哥，阿香叫你去她家，她给你煮糖水。"

蔡广得："谁是阿香？"水花子窃笑，见蔡广得困惑地盯着他，连忙正色说："一个小寡妇，避风塘一枝花。你不是我大哥吗，我想找个人伺候你。"

蔡广得："水花子，你别给我胡来，我没说要人侍候。"

水花子："阿香是12区避风塘有名的美人儿，她眼界高，他们谁都没上手。昨晚她看见你了，说喜欢你这样的，问我她能不能给你煮糖水。就是避风塘的话，夜里给你留着门，你随时去她那儿。"众人哄笑。

大井："人家阿香守了3年空房，就等着大哥上手。"

蔡广得发窘，狠狠瞪大井，怒斥："让他们打住，不然我抽他们。"水花子："别惹大哥生气，都干活去吧。"

水花子把蔡广得拉到一边说："你让打听劳工的事，有眉目了。"蔡广得一下子兴奋了，问："真的？快说，在什么地方？"

太阳快要落进海里了，大海上风平浪静，海面就像一面金色的镜子。叶德全和丁荷漂浮在静止的海上，一动不动。两个人全光着身子，衣裳扎成猪尿脬的样子，分别捆扎在两肋下，以增加浮力。两个人都筋疲力尽，嘴唇皲裂开，结着血痂，人被海水泡得浮肿，不像人样。

丁荷迷迷糊糊趴在车胎上，叶德全把他摇醒，说："渣子，别睡……已经过了第一个海峡……现在是第二个……我们能做到……"丁荷："渴……"叶德全把手里捏着的半条已经腐烂掉的鱼塞到丁荷嘴里，说："来，把它吃了……"丁荷反感地躲开。

叶德全无奈，说："是，已经臭了，而且没水喝。你等等，我看还能不能再撒点尿出来……"叶德全把腐烂的半条鱼塞进嘴里，光着身子往车胎上爬，试了几下没力气，累得直喘气，放弃了。丁荷："尿难喝死了……"

叶德全："是不好喝，跟鸡汤没的比，但比臭鱼好，等到了岸上，我给你熬鸡汤……"丁荷困难地笑了，说："你要是有孩子，也这么哄他……"叶德全也笑了，说："要是有孩子，我不哄，我不给他吃腐烂的臭鱼，我天天给他炖鸡汤……"丁荷："他会喜欢你……"叶德全："不是喜欢，是离不开……"

丁荷眼睛睁不开，又要睡。叶德全："别睡，睡过去就醒不来了。"丁荷努力睁开眼。叶德全抹一把脸上的海水，抬头看天空，说："一点风也没有，海水一点也不动……"

丁荷："我们会，死在海上吗……"叶德全："别想这个，想点别的，就剩一个海峡了，我们能过去……"丁荷："我想菜花头了……"叶德全："你想，用力想，怎么想都行，只要别睡……"很快，两个人都筋疲力尽地睡着了。

一只海鸟从头顶飞过，啾鸣一声。叶德全努力撑开眼睛，把丁荷扒拉醒。丁荷醒不过来。叶德全又拍脸又掐人中，叫："醒醒孩子，别睡……"丁荷："我要喝尿……"

叶德全："我没尿，两天没喝水了，尿不出来了，我给你讲故事吧，你就不会想口渴的事了……"

叶德全调整了一下两个人的衣裳漂脖，一只手抱住车胎，把丁荷搂进怀里，说："我吧，其实挺冤的，那次被国民党抓住，要不是班里两个小鬼吓坏了，跑不动，我就跑掉了……"丁荷："就像现在一样……"叶德全："我真没投降，被抓住的时候，我连手都没举，打成那样，我也没在自白书上签字，也许签了倒好了……"丁荷想笑，脸僵着，笑不动。

叶德全："我就认准，我是个红军战士，我生是革命的人，死是革命的鬼……"丁荷又要闭眼。叶德全扒丁荷的眼，打丁荷的脸，怎么都没法让丁荷睁开眼睛。叶德全绝望了，到处看，再看自己，把手腕叼在嘴里，狠狠咬下去，然后把伤口摁在丁荷嘴上，说："来，孩子，有水了，快接住……"丁荷的嘴沾上液体，一把拽住叶德全的胳膊，一阵疯狂吮吸。

叶德全咬牙忍着，说："别急，有的是，够你喝的……"丁荷吮吸着，突然睁开眼睛，发现自己在干什么，问："我在吸你的血？"叶德全："吸吧，再吸点……"丁荷哭了，说："不，那样你会死的！"叶德全："不会，我年龄大，血足……"叶德全把丁荷往怀里搂，丁荷拼命推开他。

丁荷："不不不，我不干，我死了算了，让我死吧……"叶德全：

"孩子，孩子你听我说，我什么都经历过了，你还小，你得去找你爹妈……"

他们听见头上有轰鸣声响起，停下争执，抬头往天上看。天空开始阴沉下去，一架美军的侦察机飞过。丁荷要喊，张开血糊糊的嘴喊不出声。

叶德全："别费劲了，他们听不见，听见了也下不来……"侦察机飞过去了，叶德全转动脑袋四下看。远处，海面上有阵阵黑云快速推移而来，很快，海面动了，他们开始摇晃，被涌动的海水荡漾起来。叶德全欣喜若狂，说："潮头来了，我们得救了！"

大海活跃了，海浪高蹈，将叶德全和丁荷高高地掀上浪峰，再跌落下浪谷。两个人兴奋了，鼓起最后的劲头。叶德全："孩子，抓住我的手！别松开！"丁荷："我抓住啦！我不松！"一排海浪涌来，将两人淹没掉。

第十八章
父女难舍　兄弟不辞

总督府会议室，华南军作战会议，酒井隆、新见政一、鹈泽尚信、浅丘经道等将领参加。

酒井隆："（光一号作战计划）第一阶段战役实施结束，军部对我23军各部的表现给予嘉奖，诸位辛苦了。"众人："是。"酒井隆："轴心国阵线已经瓦解，唯我大日本帝国仍在浴血奋战。美国人对日本本土的轰炸，本周已由大城市向中小城市扩展，遭到轰炸的城市已达98座，城市半数建筑被毁，超过20万人在轰炸中丧生，昨前两日对北海道的轰炸即达1800架次，投弹均使用汽油弹，其狂妄和激烈程度，史上未见。军部得到准确情报，同盟国首脑将于近日在波茨坦举行会谈，会后将发表敦促我无条件投降的公告，内容涉及对我国领土实行占领、完全解除我国武装力量、不准我国保存和发展可供重新武装之工业、毁灭我国制造战争的力量、审判战争罪犯等亡国内容。"

鹈泽尚信："实在是狂妄，不能答应他们的条件，受其侮辱！"

酒井隆："军部已有对策，会节制天皇向同盟国妥协，首相方面也有运作，政府将拒绝投降。诸位，帝国圣战已到最后关头，决战在即，希望诸位精诚团结，在海外为本土存亡努力作战，捍卫我皇尊严。"

酒井隆将目光转向浅丘经道，说："浅丘君，军部批准了你的（光一号作战计划）补充预案，是（光弥漫作战计划）吧？"浅丘经道："是。"

酒井隆："如果我们失去岸防作战控制，你的方案即可实施。"

浅丘经道："731部队的科学家已经在空中了，他们很快会降落在启德机场。"

新见政一："我们真的要毁灭香港？"浅丘经道："总督阁下，如果它不再是我们的，它就不应该留在地球上，我会让它变成一座死城。"

香港启德机场，在美军轰炸中被炸死的日军将士的骨灰被运送回国。慰灵仪式现场，酒井隆、新见政一、鸫泽尚信、浅丘经道等日军高级将领在场，亦有香港两华协会的负责人。

日军官兵排列两行，高唱日军军歌《在大海上》："越过大海，尸浮海面；跨过高山，尸横遍野。为天皇战死疆场，义无反顾，死而无憾。"长长一队仪仗兵怀捧白布包裹的骨灰罐庄重地正步穿过官兵阵式，走向一架一百型输送机，依次被敞开的黑洞机腹吞没掉。

停机坪，一架刚刚降落的一百式输送机旁，日军警戒森严。浅丘经道站在远处等待。朴渚芳领着几名特工人员从飞机上接下几名731部队的技术人员，他们当中有少佐原田良树、上尉青木城久、中尉花冈星野。士兵们从飞机上抬下一些大大小小的密封箱。小林正雄挂着臂带，搀扶着浅丘经道的夫人，从机舱中走出。浅丘经道目光中露出一丝温情，向飞机走去。小林正雄大步迎向浅丘经道，情绪激动地向他敬礼。浅丘经道没有理会，擦过他，走向自己的夫人。

一栋幽静的日式住宅，是浅丘经道在香港的住所。春山二路领着勤务兵把行李拿进屋内。浅丘经道领着夫人进屋，夫人站下，目光投向浅丘平山英俊朝气的遗像。浅丘经道轻轻搂住夫人的肩膀，两人默默站了一会儿。

朴渚芳走进院子，说："我们在粉岭的检查站被袭击了，是港九大队干的。"

浅丘经道："美国人给他们打足了气，他们一点也没闲着，看来劫走杨桃和美沙子的也是他们。'黄蜂'那边有什么动静？"朴渚芳说："他和一个助手接了头，两个人一直待在葡萄牙银行里，我们的人在外面盯着他。"

浅丘经道："看住他，别让他溜掉，他不可能把情报像鸽子似的放出去。"

屋里，浅丘夫人已经在儿子遗像前点上了香烛。浅丘夫人："我邀请了你那些小伙子，我去准备一下。"浅丘经道："辛苦了。"

浅丘经道和妻子穿着日式家常装，在家中款待部下。

吊着胳膊的小林正雄、朴渚芳、千夏麻也、春山二路等情报部门军官和浅丘经道的贴身侍卫，大家围坐在矮桌前，矮桌上摆放着热气腾腾的日本菜肴和烧酒。3名731部队的技术人员原田、青木和花冈被安排在浅丘经道对面的居中位置。浅丘经道为部下一个个斟酒："来，再喝一杯，老婆子从家乡带来的烧酒，我父亲酿的，自从离开家乡，就再也没有喝到过这么好的烧酒了，大家一定要尽兴。"

浅丘夫人端着一只石锅进来，把石锅放在桌上说："打扰啦，尝尝我做的关东煮。婆婆在世的时候教我做的，传说离开家乡的勇士都喜欢吃，可惜走得太急，要是有石野的赤大酱蘸着吃，那就更好了。"

浅丘经道："嗯，味道不错。小林，你要多吃点。原田、青木、花冈，你们也吃吧。"三人："是。"朴渚芳："夫人，您也一起来吧。"浅丘夫人："你们吃吧，我再去给你们做个酱汤，这可是母亲的手艺，你们远离家乡，就让我来代替你们的母亲，尽尽责任吧。"

小林正雄："夫人，平山君的事，我们都很难过。"

朴渚芳："说这个干什么？"春山二路："太不懂事了！"

浅丘夫人微笑着向众人致意："你们还记着平山，真是谢谢了。"

浅丘经道："坐下吧，酱汤一会儿再做也不迟。"浅丘夫人顺从地跪坐在浅丘经道身后，浅丘经道为夫人端来一杯酒，说："替儿子谢谢大家吧。"浅丘夫人以日本礼节敬过在座军人，饮下那杯酒。军人们一齐陪饮。

浅丘经道："幽明两断水暌违，一缕孤魂二上飞。月暗山高新冢冷，扉前遥望更伤悲。——古人留在《万叶集》里的吊亡和歌，这是小林此时的心情，小林是想到了自己，所以才提到平山。"小林正雄："是。"

浅丘经道："小林，还记得你那些风华正茂的同学吗？"

小林正雄："平山君、赤井君、秋野君、武田君，班上27个同学，我们一起入伍，他们都战死了，就剩下我一个。我应该和他们在一起，光荣地走进靖国神社。"

浅丘经道："我们都会在神殿中相逢，这是日本军人的天职。可是，在日本军人的辞典中，没有宽恕这个词，决不能宽恕敌人和他们的子民。"

浅丘经道把目光投向3位技术人员，说："原田、青木、花冈，这次动用你们731部队，你们是我们的复仇之神，是靖国神社中的镜子和长剑，帝国军队会向世人证明，香岛永远属于大和民族，中国人和美国人赢不了支那战争。拜托你们了。"浅丘经道率属下向731部队的3名军官鞠躬致意。3人慎重还礼。浅丘经道："来，再喝一杯。"众人饮掉一杯。

浅丘经道轻轻唱起《樱花》："樱花樱花，正盛开着，樱花樱花，春日的天空下……"浅丘夫人和军官们都红着眼圈跟着和唱起来："就我所能看到的范围内，那是雾还是云？朝日下弥漫芬芳，走吧走吧，去看看她。"

夜晚，海风习习，蔡广得、岳小白和杨桃三个人坐在海边。杨桃开心地搂住菜花头的胳膊摇晃，问："菜花头，干吗骗我，明明救了我还撒谎。你是怎么找到我的？"蔡广得："和我没关系，问他，是他要找你。"杨桃不解地看岳小白。

岳小白："谁说和你没关系，你说你有一份责任，得找到她，还让水花子到处打听，要不，怎么打听到她的下落。"蔡广得："我是说了，我说人家跟着亲爹，什么福享不了，又没说让我跟着一块享，我找她干什么？"

岳小白："那你说她丢的时候就你在，你答应过她，不把她弄丢了，你说过这话没有？"

蔡广得："竹叶青，我没出卖你啊，你别没事找事，一会儿我说出来你收拾不了。"

岳小白忍气吞声，不敢再造次。杨桃左一下右一下看两个人，看糊涂了，问："你们在说什么？谁出卖谁？对了，渣子和老鳗鱼在哪儿，为什么你们不告诉我？"

岳小白犹如解放了，松了一口气，说："被鬼子抓了劳工。你失踪以后，我们到处找你，遇上鬼子搜街，他俩钻进了劳工队伍里，没跑出来。"杨桃："那现在呢，他们在哪儿？"

岳小白："不知道，所以菜花头才来九龙打听他俩的下落。"

蔡广得："暴露了吧，我来是找渣子和老鳗鱼，就没说找别人的事。"

杨桃越来越糊涂。问："你们到底在打什么哑谜，能不能把话说明白？"蔡广得："他心里有鬼，说不出来，我替他说吧，不然坏事都让我背了。"岳小白急了："不许说！"

杨桃："为什么不让说？竹叶青，你心里有什么鬼？菜花头，别听他的，我做主。他干了什么坏事，说。"岳小白急得要命。蔡广得洋洋得意说："我早说了，别跟我作对，真作对，你国军非败在我共军手上，现在时候到了，我不整治你，我枉叫菜花头。"

岳小白："你敢！"蔡广得："我凭什么不敢？小蜜蜂，你听好，事情是这样……"岳小白跳起来捂住蔡广得的嘴。杨桃一掌将岳小白推倒在地，坐了个屁股墩。杨桃："老实点，没做亏心事你怕什么。"蔡广得开心坏了，说："你推他干吗，直接大耳光侍候，你都扇过我了，你也别饶过他，这样才公平。"

杨桃："你先说，他再捣乱我就扇他。"

蔡广得："我说了啊，他吧，心里的鬼一串一串的，暗地里算计你，打你的主意。"

岳小白乱了方寸，忙开脱："我跟他说的话全是假话，没一句真的，你别信他！"

蔡广得不高兴了："你要这样就别怪我了。小蜜蜂，我警告你，离这种人远点，别让他缠上，缠上你吃亏，他怎么都是占你便宜。"

杨桃问："占我什么便宜？"蔡广得："他吧，喜欢你，又不光明正大，假模假式，说来香港救你，说撇下我就撇下我，一点情谊也不讲，你跟着自家爹，不愁吃不愁穿，有什么好救的？其实吧，他就是想你了，心里憋不住，非来不可。我是陪他来，替他打听你的下落，我们就是这么找到你的。"

杨桃问岳小白："真的？你真是，为我来的？"岳小白没反应过来，还呆在那儿。蔡广得："还装，能装到什么时候？要不你放下你那念头，别祸害人。"

岳小白应付不了，起身说："我去看看美沙子，看她醒了没有。我怕她伤口血凝不住，这儿没血给她输。"岳小白匆匆离开。

杨桃目送岳小白离开。蔡广得开心极了，越发使坏，说："我最讨厌他，他这个人吧，心里鬼大了，就想着他那任务，也不管把别人家祸害成什么样，别人伤心不伤心，他……"蔡广得情知失口。杨桃："他什么任务祸害人，谁伤心？"

蔡广得："我是说，男人就是这样，什么坏事都能做，小蜜蜂我警告你啊，你得留心点，他背后真对你做了坏事。什么坏事我不能说，说了出卖朋友。你就记住一句话，不管出什么事，和我一点关系也没有，这种事，打死我我也做不出来。"

杨桃："行了，我记住了。其实吧，我早看出来他喜欢我，你要不当面揭穿他，他不会承认。可我从来没想过这种事，我觉得，我还没有准备好。"蔡广得："我吧，挺同情你的，我觉得你脑子不转弯。我没听说一个人受祸害还要准备，那祸害下来你拿什么准备？"

杨桃看着海湾，有些苦恼地说："说真的，我不是没有准备好，我对竹叶青没那个意思，他不是我喜欢的那种人。"蔡广得："你是说杀手还是毒蛇？"

杨桃给了蔡广得一拳。杨桃："正经点好不好？"蔡广得："腰上挨了石头，坐不正。"

杨桃："还疼啊，我给你揉揉。"蔡广得："别下手，动嘴吧，说事儿。"

杨桃："他吧挺深的，说他我说不好，你这个人简单，我说你吧。你和竹叶青不一样，你没正经，痞里痞气，葫芦掉进河里，按不住，可你比谁都善良，谁受了委屈，心里最疼的那个人都是你。"蔡广得："受用。"杨桃："有时候吧，我觉得你就像我的一个亲人，特别让人想念。"蔡广得："往下说，往亲人上说，说你怎么想念我了。"

杨桃："离开你们以后，好几次夜里，我都梦见了你，他们谁都没在我梦里出现，就你往梦里钻。"蔡广得："继续说，我溜进你梦里干吗去了？"

杨桃："我梦见你，人还是你，脑袋变了，变成个菜花头，老在我面前蹿来蹿去的，样子可笑极了。"杨桃说完笑得捂住肚子。蔡广得僵在那儿，脸上还带着笑。杨桃笑了一会儿觉得不对，站起来，说要去看看美沙子，走了。

蔡广得一个人坐在海湾边，风吹动他的头发，他显得有些忧伤。

赛南粤脸色苍白，安静地躺在床上。岳小白站在床头，说："放心，你没事了。"赛南粤没有说话，静静地看岳小白。岳小白沉默了一会儿，说："我在照片上见过你。"赛南粤没有说话，静静地看岳小白。岳小白："要喝水吗？"赛南粤："不。"岳小白高兴了，但很快意识到对方是拒绝，有些拘谨，掩饰地四处看了看说："那，我走了。"赛南粤："嗯。"岳小白站在那儿没动，还看赛南粤，看一会儿再问："要喝水吗？"赛南粤："嗯。"岳小白没去倒水，直接走到赛南粤身边坐下，静静地看她。赛南粤也看岳小白。远处不知哪家在收听广播，丝竹乐中浸淫暧昧。

岳小白和赛南粤目不转睛地看着对方。赛南粤伤口疼痛，轻轻呻吟一下。岳小白："怎么啦？来，我看看。"岳小白要为赛南粤检查。赛南粤拦住不让。岳小白看赛南粤，慢慢接近她。赛南粤也慢慢贴近岳小白，他们同时吻住了对方。门推开，杨桃高兴地走进来，惊诧地看着眼前的一幕，然后返身跑出去，靠在门外委屈地哭泣。

赛南粤不安地躺在床上，挣扎着从床上起来，想安慰杨桃。杨桃厌恶地躲开，说："走开，别碰我。"赛南粤尴尬地站在那儿，站不住，靠在墙上。赛南粤连续遭到水溺和枪伤，身体十分虚弱，支撑不住，慢慢挪回屋里。杨桃更加委屈，哭得更厉害。

蔡广得气势汹汹站在岳小白面前质问："你把她怎么啦？"岳小白垂头丧气。蔡广得："说话呀？"岳小白："说什么呀，怎么也没怎么。"蔡广得："没怎么她哭成那样？你小子到底对她干了什么？！"岳小白："我亲了美沙子，让她看到了。"蔡广得："你什么？那个日本娘们？你你你，当着小蜜蜂的面？"岳小白："没当她的面，她进来看到了。"

蔡广得愤怒难抑，当面一拳将岳小白打倒在地上。岳小白要爬起来，蔡广得连续出脚，将他踢得满地滚。已经睡下的水花子闻声光着膀子跑进来，呆呆地看着这一幕。蔡广得："滚回去睡觉，滚！"水花子连忙退出去。蔡广得没停下，一脚接一脚猛踢岳小白，让他站不起来。岳小白自知理亏，抱着脑袋护住裆，被蔡广得踢得满地乱滚。

蔡广得气喘吁吁住了手，伸出舌头舔掉拳头上的血，说："你要杀她阿爸，你那是任务，国家让你杀，拦你那是对不住国家，可你当着她的面和她阿爸的女人亲热，你他妈就像一条公狗，还是人吗？"岳小白不狡辩，坐在地上抹鼻血。岳小白收拾好脸上的血，捂着下身趔趄着站起来往屋外走。蔡广得黑着脸问："去哪儿？"岳小白："去看看，尿血没。"

蔡广得："明天一早我们就离开这儿。这儿已经不安全了。"岳小白："为什么？"

蔡广得："港九大队的人已经在找我们了。"

岳小白："这么快？"蔡广得："我们不能和自己人联系，得躲着点。"

岳小白："去哪儿？"蔡广得："这个不用你操心，我会想办法。水花子打听到劳工关在哪儿了，等找到地方，把小蜜蜂安顿了，你守着她，我去找渣子和老鳗鱼。"

外间，泥菩萨睡了，打着鼾。水花子没睡，躺在床上，偷听到蔡广得的话，愣了一下。

岳小白："美沙子怎么办？"蔡广得怒气冲天："你还惦记着那个日本娘们？"

岳小白："有点良心好不好，不是她，小蜜蜂就落在鬼子手里了。"

蔡广得："还有脸提小蜜蜂，你把她的心伤透了！"

岳小白："那你要我怎么办，总不能把美沙子丢在这儿吧？"

蔡广得："把美沙子送回去，交给杨子昆，让他去处理。"

岳小白："不能把她交出去！美沙子说了，杨子昆被鬼子带走了，她是为救杨子昆才把杨桃转移走的，她的身份已经暴露了，交出去她就是死！"

蔡广得："她什么身份暴露了？"

岳小白："替鬼子监视杨子昆。"

蔡广得："她是鬼子的眼线？"

岳小白："过去是，现在不是了，为了救杨桃，她连命都豁出来了。鬼子肯定在找她，找杨桃，在事情没有弄清楚之前，不能把她送走！"

蔡广得："你说你都是什么人？要杀爹，你拿女儿当眼线，姨太太你也往怀里拽，我说祸害还真没冤枉你，一家人都坏在你手里，现在又想充好人，人家招你惹你了？！"

岳小白："我的任务你别干涉，小蜜蜂那儿我什么也没干，就算莽撞了，也轮不上杀头。美沙子不能送走，我得保证她的安全，如果你做不到，我自己来，我带着她。"

　　蔡广得："能耐上了，你带她去哪儿？"

　　岳小白："任务已经完成了，你们不欠东纵的，我也不欠联合司令部的，就算你们的人找来，我也不怕。我就带着美沙子待在避风塘，哪儿也不去。"

　　蔡广得："不行，你不躲，我还让你连累呢，我们必须离开这儿。"

　　岳小白："你说离开离开，可为什么呀？"

　　蔡广得走到门口朝外间看，见泥菩萨打着小鼾，水花子一动不动。蔡广得回去说："水花子和鬼子的人有联系，人多嘴杂，我不放心，怕出事。"

　　岳小白："德力克是殖民地军团的兵，和鬼子有二心，水花子又拿住了他，出不了问题。"

　　蔡广得："你还没看出来，他做事靠不住，老吹牛。他说有个未婚妻，叫安迪娅，是个女书院的学生。可我发现，那些女学生中，根本就没有一个人搭理他。你说，有未婚妻不搭理未婚夫的？"岳小白："这算什么，这样的牛你也没少吹过，要说吹牛，你俩谁也不比谁差。"蔡广得："我不吹这种牛，反正我不喜欢他，待在这儿我憋气。"岳小白："我们什么时候离开？"蔡广得："天一亮就走，这事儿不再商量，安顿下来我就去找渣子。"

　　岳小白："还是那句话，不管去哪儿，我得带上美沙子，我不会把她交给任何人。"

　　蔡广得："这件事得问小蜜蜂，她要同意，我不反对。"

　　杨桃哭够了，擦掉眼泪，控制住情绪，推门进屋。赛南粤不安地倚在床头，下意识地坐直身子看杨桃。两个人默默看着对方，都很戒备。杨桃打破沉寂，问："好点了吗？"赛南粤拘束地点了点头。杨桃走过来，给赛南粤倒了杯水，端给她说："竹叶青说，你得多喝水。"赛南粤茫然。杨桃："就是岳小白，竹叶青是他绰号，我们都这么叫。"赛南粤发窘地接过水杯，下意识朝门口看。

　　杨桃："他不在这儿，和菜花头商量事去了。"赛南粤："杨桃……"杨桃："你不用说了，什么也别解释。"赛南粤："不，你听我说，我不是故意的，我不知道你俩的关系，他的眼睛会说话，我从没见过这样的男人，我是一时冲动，脑子里什么念头也没有，我……"

杨桃："你错了,我和竹叶青没有关系。竹叶青喜欢我,我很高兴,但我不会爱上他。我从来没有对男人有过恋情,我不会爱上任何人。"

赛南粤感到困惑,问:"那,你为什么哭?"

杨桃:"为我阿爸。"赛南粤不安地低下头。杨桃:"我知道,为了我阿爸,你什么都做了,如果不是你冒死赶到港大,我会落入日本人手里,成为他们对付我阿爸的筹码,他会交出日本人需要的情报,而日本人同样不会放过他,我们父女俩谁也跑不掉,都会死在日本人手里。你是我们父女俩的救命恩人,可我要说的不是这个。我阿爸在意你。"

赛南粤:"他根本就不在意任何人,他只是需要我。"

杨桃:"那是你不自信。他身边从没断过女人,他从不在乎她们,她们也不爱他。我甚至不确定,我阿妈是不是爱过。两天前,他亲口告诉过我,他在意你,你是他唯一愿意说话的人。过去,我为这个吃过你的醋,恨过你,也是因为这个,我从家里跑了出去,参加了东纵。我只是没有想到,你会背叛他,让他再度成为一个孤独的人。"

赛南粤:"我没有背叛他……"

杨桃:"你不必解释,你为他已经做得够多了,已经够难为你了。我清楚,他是个危险人物,不会给任何人未来,他连安全都给不了,包括我这个做女儿的,你根本不可能爱他。"

赛南粤:"杨桃,谢谢你能理解我。你这么说,我心里一块石头落了地。"

杨桃:"可他是我父亲,是我在这个世界上唯一的亲人,我爱他,只是,这种爱无济于事。"赛南粤:"我在意你父亲,在意过,可他一直防备我,不管我做得有多好,他都不肯交出他那颗心。我真的很害怕,真的太累了,他根本就不是一个能够让人去爱的男人,对他来说,爱情一点也不重要,我根本就来不及爱上他。我已经为他死过了,也许,我该离开他了。"

杨桃:"也许你是对的,但我还是替我阿爸难过,我是为这个流泪。"赛南粤:"那,我呢,你会把我当成朋友吗?"

杨桃:"不,我不会把你当成朋友,永远也不会。"赛南粤目光失望地黯淡下来。

杨桃犹豫片刻,说:"也许,我可以试试。"

赛南粤感激地看着杨桃，两个命运休戚相关的女人拥抱到一起。

天还没亮全，晨雾笼罩着海湾，棚户区影影绰绰的。海湾边，蔡广得告诉水花子，我们一会儿就走。水花子没有说话，看海湾。蔡广得："是有点突然，可我们有事，得去办事，待在避风塘不方便，所以……谢谢你了。"水花子还是没有说话。蔡广得有些不安，说："我知道，你对我好，你这儿一大摊子，有模有样，让我做大哥，是抬举我。可我这个人自由自在惯了，在一个地方待不住，这个大哥我做不了。"

水花子扭过头，盯着蔡广得说："你可以走，但在走之前，你得跟我去见安迪娅。"蔡广得："我干吗要去见她？"

水花子："我知道你瞧不起我，嫌我吃日本人的软饭，没骨气，嫌我的人都是烂仔，一堆垃圾，靠不住。"蔡广得尴尬，问："昨晚听到我和竹叶青的谈话了？"

水花子："你可以这么想，我水花子就是这种人，就是一个烂仔头，可我不许你小看安迪娅，我要让你看看，安迪娅她是不是我老婆，让你把眼珠子瞪出来再也收不回去。"水花子说罢扭头就走。蔡广得不知所措，水花子已经走远了。

杨桃在为赛南粤梳头，两个人小声说着话。两个女人已经消除了芥蒂，成了好朋友。岳小白背着行囊推门进来，谁也不看，说："收拾一下，一会儿我们就走。"两个女人都没有说话，岳小白不解，看她们，发现她们正在看他，马上扭过头去收拾东西。身后传来两个女人的窃笑声，他如芒刺在背，在屋里待不住，拉开门出去了。

岳小白出了门，往海边看去，发现那里没有蔡广得和水花子了。杨桃从屋里出来，说："我想和你谈谈。一会儿菜花头回来，你们走，我不跟你们走。我得回港岛，我得去打听我阿爸的下落。"岳小白："你不能回去，那样很危险，再说，你父亲已经被鬼子放出来了，已经安全了。早上来之前，我去了一趟街上，冒充银行的客户打了个电话，对方告诉我，你父亲昨晚就在银行，今天也会在那儿。"

杨桃松了一口气，问："我是不是应该谢谢你？"岳小白："免了吧，不骂我就行。"

杨桃："你打算把她怎么办？"岳小白："你是不是说，我得对她负责？"

杨桃："负不负责我不管，可她救了我，得罪了鬼子，鬼子会抓她。"

岳小白："这个我不管。"

杨桃："那我换一个说法，她是我阿爸的人，你引诱了她，她不可能再回到我阿爸身边去，你对她不能就这么轻薄。"岳小白："我没轻薄，我喜欢她。"

杨桃："别说这个，我看不出来有哪个女人你不喜欢。"

岳小白笑了，说："菜花头也这么说。"杨桃："没皮没脸的，以为这是人家表扬你。"

岳小白正色："对她，我不是随便的。"杨桃："我看出来了。从昨晚到现在，你没对她说一句话，你连看都没有看她一眼，只有心里有爱的人才会这样。"

岳小白："我不知道，看见她的第一眼，我就觉得我的世界改变了。她与众不同，我不是说她的美丽，她很伤感，没着没落，我为她着迷，这是从来没有过的感觉。可她是日本人，日本人是我的仇人，我全家都是日本人杀害的。"

杨桃："那你为什么要走近她？你吻她的时候，想过她是日本人吗？你是在害她。"

岳小白："我不知道，我是鬼迷心窍。"

杨桃笑了，说："美沙子也说过同样的话，她说她是鬼迷心窍。不管你怎么对我，你是条汉子，而且你也没有伤害过我。美沙子是在日本人的胁迫下才监视我父亲的，她从没出卖过我父亲，我不许你欺负美沙子，如果你欺负她，我会对你不客气。"

岳小白："奇怪，她是你父亲的姨太太，你为什么要帮她，你是拆你父亲的台？"

杨桃："美沙子并非爱我阿爸，而是被我阿爸的神秘迷惑。总有一天，她会发现我阿爸是个魔鬼，她会离开他。"岳小白："你呢？既然你父亲是你说的魔鬼，你会离开他吗？"

杨桃："我已经离开了，不过，现在我要回到他身边去。"岳小白："为什么？"

杨桃："我阿爸深陷泥潭出不来，没有人进入过他的内心，没有人知道他是谁。事到如今，也没有人在意他，没有人管他，可我在意，我会把自己变成一块石头，垫在他脚下，让他从泥潭中走出来。"岳小白被杨桃的父女情感动了。杨桃："竹叶青，我要你帮我。如果需要，帮我把我阿爸从泥潭里拉出来。你会帮我吗？"岳小白："我得想想。"

水花子气冲冲走着，蔡广得跟在身后不断地解释："水花子，你听我说，我没有瞧不起你的意思，也没有瞧不起安迪娅，我连她是谁都不知道……"水花子不理蔡广得，大步往前走。蔡广得："安迪娅她挺好的，她是九龙最漂亮的姑娘，她就是你老婆，你就当我的话说错了，我给你赔不是，我们回去吧……"

鹭鸶脚拉一辆黄包车过来，水花子甩开蔡广得，上了车，鹭鸶脚拉上车就走。蔡广得沮丧地站在那儿，丧气地给了自己一嘴巴，说："你说我这臭嘴，怎么就闭不上。我管那么多闲事干吗？"蔡广得沮丧得要命，再给了自己一巴掌，用冲刺的速度追上去。

庇理罗士女书院大门口，正是上早学的时候，女学生和老师纷纷进入书院。水花子等在门口，探着脑袋看。蔡广得满头大汗地跑到，气都喘不上来。

安迪娅和两个女同学边说边向这边走来。等在门口的水花子眼睛一亮，快速整理发型和衣裳，鼓足勇气迎向安迪娅："安迪娅。"安迪娅站住，一脸狐疑，问："你是谁？"水花子快速回头看了一眼说："我，我叫吴皮特，你也可以叫我水花子。"

安迪娅："对不起，我不认识你。"水花子："我认识你。我认识你3年了。我每天都会来这儿看你。"两个女同学在一旁偷偷地乐。

安迪娅吃惊地问："你在跟踪我？可是，你到底是谁？"

水花子："不不，不是跟踪，是看你，在远处躲着看，一点也没有打扰你。"

安迪娅："我不认识你，你看什么，还躲着？真讨厌！"安迪娅要进校门，水花子拦住她。安迪娅嫌弃地撇开水花子，和两个女同学走进书院。水花子被冷落在那里，尴尬得要命。

蔡广得看到了书院门口发生的那一幕，瞪大了眼睛，不敢相信，然后他明白过来发生了什么，扑哧一声乐了。

水花子丧气地走在前面，蔡广得跟在后面，憋着笑说："人家根本就不认识你，哪有不认识的女人就成了老婆？还有，没见过吹牛能吹成这样，你那安迪娅根本就没你说的那么漂亮，我在一堆女学生当中找，就没发现她，你怎么不说胡蝶是你老婆？……"水花子站下，冲蔡广得大喊："你放屁，没有人比安迪娅漂亮，安迪娅最漂亮，她是天上的仙女！"

蔡广得："她就是嫦娥妹妹，跟你扯得上关系吗？我就奇怪了，挺会来事的，一帮烂仔哄得跟鸭群似的，德力克精贼一个，你也能拿住了，日本人的火车你说偷就偷，野兰花，阿香，避风塘的女人个个围着你转，跟茶碗似的，怎么一见到女学生你就尿了，连话都说不清楚？"水花子伤心透了，说："我知道你瞧不起我，我知道。"

蔡广得："你要让人瞧得起呀？那个安迪娅她根本就不认识你，你要真动了心，也别身边围着些不尴不尬配不上壶嘴的茶碗，你把安迪娅娶回家，正正经经养两个孩子过日子，我就瞧得起。还烂仔头呢，就你这样的，我就算给你做大哥，我都嫌憋屈。"

水花子气急了，说："别以为我认你大哥是窝里草多得没处放，闲的，老实告诉你，我没那份菩萨心肠，我是一报还一报，你救过我两次命，我冲这个也要还你。"

蔡广得："别别别，你这份大恩大德我担不起，我自己有一身财富，不用人伺候，自己取去，不留在你这儿祸害你。"

水花子冷笑："别嘴硬了，你以为我不知道，你和竹叶青，你俩根本就不是来港九取财富的，我早看出你俩是来干什么的了。"蔡广得愣一下，问："我俩来干什么？"

水花子："你不是什么都知道吗，别以为伪装得不错，人家看不出来。老实告诉你，我水花子和你们没关系，我阿爸可是和你们有关系，我知道你们想干什么。我阿爸是海员工会的，原来跟着曾生干，当联络员。你们不是曾生手下的人吗，不都是摽着膀子要和日本人干吗，论起来，你们见了我阿爸，还得管他叫长官。"

蔡广得愣了一下。问："他叫什么？"水花子："吴东山。"

蔡广得如遭电击雷劈，定在那里动弹不得。身后有人撞上了他，他愤怒地回头要与之理论。那是两个黑壮的日本海员，上来就推蔡广得，傲慢地给了蔡广得一拳。蔡广得怒火中烧，几拳将日本海员揍得东倒西歪。另一个日本海员见状冲上来，与同伴一起合殴蔡广得。已经走远的水花子没见蔡广得跟上来，回头看了一眼，大惊，扭头往回跑。

蔡广得擦拭着嘴角的血沫，和水花子在海湾边说话。水花子："那些年，我阿爸在日和丸上当水手，中国事变后，他和一些在日本人船上干活的中国水手辞了工，在海员工会帮忙……"水花子见蔡广得发着呆，擦拭嘴角的手有些颤抖，停下来问："你没事吧？"蔡广得："没事，你接着说。"

水花子："那以后，八路军办事处廖承志主任介绍他加入了共产党，曾生离开海员工会回惠阳建立游击队的时候，他成了曾生和廖承志的联络员，宝安港九两头跑，直到两年前，他被日本人抓住打死。"

蔡广得："他是哪儿人？"水花子："大鹏。你忘了，我和你是乡党。"

蔡广得："你阿妈呢？"

水花子："我阿爸死后，她跟一个卖药材的马来人跑了，去了南洋，从此再也没有音讯。"

蔡广得："你阿爸跟你说过他老家的事情吗？"水花子："说过，他说他年轻的时候，有过一个家，是我爷爷指腹为婚，他不满意，逃婚出来了。"

蔡广得："他放屁！"水花子："你说什么？"蔡广得极力掩饰住，说："没什么。我不走了，我留下来。"水花子诧异地看着蔡广得，不明白发生了什么。

蔡广得和岳小白站在棚户区巷子口，岳小白吃惊地问："留下来？为什么？"蔡广得："你别管。"岳小白："我能不管吗？你说避风塘不安全，闹死闹活要走，可出去一趟，回来就说不走了，到底发生了什么事？"

蔡广得不想说，转身就走，岳小白一把拽住他说："你离开这会儿，发生了很多事情。杨桃要离开避风塘，回到杨子昆身边去。"蔡广得："任务完成了，我们不再是一个小组了，杨子昆是她爹，她想干什么都行，随她的便。"

岳小白："你是说，我们现在就分头行动，各走各的？"

蔡广得："对。"岳小白："好吧。没想到事情变得这么快，你出一趟门，我们就得散了。我去通知她俩，然后我带美沙子走。"岳小白离开，走几步又回来了，问："到底出了什么事？"

蔡广得："别问我，要走快走，别一会儿让港九大队的人扣住。你没什么，美沙子的身份说不清楚，你想保护她，反倒把她给害了。"

岳小白："你要不说清楚，我怎么走？"

蔡广得："你烦不烦？"岳小白："烦你也得说。"

蔡广得不想说，但不得不说："我找到我兄弟了。"

岳小白笑一下，问："你是说，亲兄弟？"

蔡广得："同父异母兄弟，亲兄弟。"岳小白："谁？"蔡广得："水花子。"岳小白笑了，说："别开玩笑。"蔡广得："谁有心思跟你开玩笑。"岳小白看见杨桃在沙追沙马家门口探头往这边看，拉着蔡广得就走。

两人坐在海边。蔡广得："我阿爸叫吴东山，我3岁的时候，他离开我们母子俩走了，以后再也没有回过家。我妈给我改了姓，随她姓蔡。我知道我阿爸一直活着，是个海员，但从来没有见过他。鬼子占领香港后，我在港九大队听说了我阿爸的消息，他就在港岛，是八办的联络员，我想去找他，但组织上不让，直到我离开港九大队，回到宝安。然后，就听到了他的死讯。"岳小白这才明白，水花子是蔡广得同父异母兄弟，调侃道："我说水花子对你怎么这么亲，原来你俩是兄弟，这就说得过去了。"

蔡广得心里有火，说："说得过去什么？一会儿我去那堆船里给你拖个兄弟出来，你说得过去吗？"岳小白："这不很好吗？我家就留下我一个，我就想要个兄弟。"蔡广得起身就走，岳小白拽住他说："你能不能不烦？"蔡广得："你不觉得，我阿爸在大鹏有一个家，老婆孩子他丢下不管，跑到外面再找个女人，再生个孩子，他这是混蛋干的事？"

岳小白："他给上司当联络员，一把年纪，跑来跑去，谁都怀疑，不能单身吧？工作夫妻，很正常，都夫妻了，能不生孩子？"蔡广得："别说得那么轻松，摊上你试试？"

岳小白："我能试什么，和工作关系亲个嘴都让你抓住不放，我就不往下试了。说吧，你打算怎么办？"蔡广得："不知道，我就觉得我阿爸对不起我阿妈，我阿妈守他那么多年，他俩都是组织上的人，我阿妈一定知道他的事，可她一直没嫁人，她太冤了。"

岳小白："我看不是。你爹妈是共产党的人，你爸再娶，生下孩子，你妈不会不知道，她知道了还守着你爸，说明她心里再冤也过了。你嘴里说你妈委屈，其实心里觉得冤的是你自己，你接受不了水花子是你弟弟这件事。"蔡广得瞪岳小白一眼，走掉了。

水花子情绪低沉地坐在四方麻将馆外，大井等人守在一旁。大井："水哥，出什么事了，你这么不高兴？"水花子阴着脸不说话。众人不知道出了什么事，不断看水花子。

大井："水哥，鸡杂、猪屎渣和蚬仔回来了，九龙这边的劳工营，他们都找过了，没发现有叫老鳗鱼和渣子的人，倒是有叫老懵仔、老花尾、老三刀的。"

水花子："谁叫他们去找的？"

大井："那不是你让去打听的吗？"

水花子："我让打听就打听？我让打听总督府里藏着多少宝贝，你们打听来了吗？就你们这听屁就是风的，难怪人家嫌你们没能耐！"大井被饧在那儿说不出话。

泥菩萨在一边没心没肺地念儿歌："小小子，坐门墩，哭着喊着要媳妇。要媳妇干啥，点灯，补袜，吹灯，说话……"

二楼茶馆和麻将室传来洗牌声和李香兰的日语歌声。

赛南粤躺在三楼里间（原来水花子腾给蔡广得的房间）休息。

岳小白和杨桃在外间，一旁放着几个人的行李。杨桃："你们刚才在说什么？菜花头去哪儿了？不是要离开避风塘吗，怎么不走了，出了什么事？"

岳小白："不知道，他不让问。"

杨桃："你俩不是和好了吗？别遮着掩着了，这次我一见到你们就觉得不对劲儿，过去黑白双煞，横竖不对付，不说话都能拿眼珠子杀死对方，现在是黑白双雄，跟穿一条裤子似的，有什么事，他能不告诉你？"

岳小白："我们散伙了。不是我和他，是我们大伙儿，包括你。我不知道他去哪儿了，他的事我也不操心。我在这儿等着，他一回来我就走。"

杨桃："为什么散伙？"岳小白："不是告诉过你吗，任务完成了，不散伙还搭伙过日子？"

杨桃："我一直盼着回到小组，没想到……那，你不管菜花头了？"

岳小白："不是我不管，是他不让管。"杨桃："散伙后，你去哪儿？"

岳小白："我能不能不告诉你？"杨桃："随你的便，反正大家都散伙了，爱干什么干什么。要早知道，我也不拼死拼活地往外逃了。"

岳小白："你觉得，我要趁这会儿工夫去里面和她谈谈，你不会反对吧？"

杨桃："她是跟过我父亲，可她不是我妈，你没必要问我。"岳小白进了里面。杨桃很烦。

九龙南昌街，街头熙熙攘攘，人来人往。

蔡广得一身破烂打扮，脸上涂着油污，一顶破草帽压得低低的，看不清脸。街对面的南通运输社不断有客人和伙计进进出出，看得出生意火热。运输社王掌柜送两位客人出来，揖手道别。客人上了黄包车走了。蔡广得看没人注意自己，压低草帽，快速穿过街道走进运输社。

运输社里一片忙碌景象，伙计和脚夫们跑前跑后地搬运着货物。王掌柜吩咐着众伙计干好各自的活计，向后院走去。蔡广得装作扛活的脚夫进来，混在伙计当中，东磨磨西蹭蹭，趁人不备，钻进后院。王掌柜在后院瓜架下打着算盘喝茶盘账，蔡广得出现在他面前，他诧异地放下茶壶。蔡广得："别出声，我带着武器，但我尽量不使用它。"王掌柜："你是谁？"

蔡广得："我是谁不重要，你只要坐着别动，回答我两个问题。"王掌柜坐下了。蔡广得："吴东山到底是什么人？"王掌柜："我不明白你在说什么。"

蔡广得："既然我能找到你这儿，我就知道你是谁，是干什么的，也知道你和西贡方面的关系。废话少说，我再问你一遍，吴东山是干什么的？"

王掌柜："我不认识你说的这个人。"蔡广得上前一步揪起王掌柜。王掌柜要反抗，一把小刀横在王掌柜脖颈下。蔡广得："别逼我，我不想伤害你，但我做得到。我知道你认识吴东山，你们是同志，也是朋友。"

王掌柜："他人已经不在了，你想知道什么。"蔡广得："他是一个什么样的人？"

王掌柜："一个好人，大家都喜欢他。"蔡广得："知道他家里的情况吗？"

王掌柜："他是做大生意的，来往的都是大东家，敝人店小，和客人不谈家里的事。"

蔡广得："知道他在九龙有个儿子吗？"

王掌柜："这位朋友你不是从西贡来的，那儿的老顾客我都认识。如果你是从宝安来的，应该知道规矩，不该打听的，不要打听。如果不是，最好早点离开。"

蔡广得："别威胁我。"王掌柜："我们有一批货，是日本人吩咐送的，他们的人一会儿就到，我这不算威胁吧。"蔡广得松开王掌柜。

一群伙计手握抬扛扁担冲进来，不由分说，抬扛扁担迎面劈向蔡广得。王掌柜："抓住他！"蔡广得连续打倒两个伙计，抽出手枪止住众人。伙计们吓住了，纷纷退后。蔡广得后退几步，纵身跃上围墙，回头说："吴东山有个儿子在12区避风塘，叫吴皮特，你们别口口声声叫同志，只管让人干活，人死了连儿子都不管，去看看他缺点什么，这个规矩，你们也应该知道。"蔡广得纵身跳下围墙，消失掉。王掌柜："愣着干什么，快出去抓住他！"伙计们鸭子飞似的有人蹿墙，有人绕道，撵将出去。

野阑花着居家装，趿着木屐，柳腰款摆地走来，说："大白天的，你们不去干活，围在这儿干什么？"大井朝水花子看一眼，答："大哥他们要走。"

野阑花："铁打的身子流水的客，他走他的，有你们什么事？不干活，你们喝西北风啊？"

大井："我们还想跟着岳大哥学神腿呢，人一走，怎么学神腿？"

野阑花："别神腿了，我都看见了，拎着条腿不放，跟公狗尿尿似的，难看死了。干活去吧，别在这儿待着了。"众人慢慢散去。

野阑花在水花子身边坐下，往水花子嘴里塞了一颗橄榄，正好被从屋里出来的杨桃看见。杨桃倚在门口看街道那头卖橄榄的挑子。野阑花扭头问杨桃："大户人家的千金小姐吧，港岛那边过来的？"杨桃看一眼懒洋洋不在乎的野阑花，再看水花子。水花子谁也不看，说："别问。"野阑花："那个挨了枪的女人是谁？你们不像一家人，她有一股撩拨人的妖姬味。"杨桃："和你没关系。"

野阑花："哟，这话可不该你说，我不是李香兰和严月娴，没跑到你们中环去拉客唱野调子，倒是你们一来，避风塘里风气都坏了……"水花子："闭嘴。"野阑花："救火龙让你们给烧了，西洋菜丢了米票，大井他们也不往教堂里送水了，整天围着你们转，你们倒也是一路神仙呀，不光驾着祥云下凡，也给送点粮食来，别让人饿着肚子吧……"

水花子扬手给了野阑花一记耳光，训道："叫你闭嘴！"野阑花惊呆了，捂住脸。

杨桃："你打她干什么？"水花子发作："我爱打，这儿我说了算！"

杨桃："你说了算也不能打人，你凭什么打她？"

水花子气急败坏："我就打了！我还想杀人！滚，都给我滚！"

岳小白为赛南粤检查伤口，赛南粤羞涩，但不再拒绝。岳小白："很干净，跟刚出生的婴儿一样。"岳小白发现赛南粤看着他，连忙解释："我是说，伤口。"赛南粤一笑百媚生，说："用不着解释，我知道你说的是什么。"岳小白笑着说："有件事我想告诉你。我是谁。"

赛南粤："说吧，我听着。"岳小白将自己身世和盘说完，赛南粤："我不明白，你给我说这些干什么？"

岳小白："我想问，你已经知道了我是谁，你打算怎么办？"

赛南粤："你是问，我还想不想回到杨子昆身边去，对吗？"岳小白："嗯。"赛南粤："我跟了他，不回去我去哪儿。"岳小白："日本人在抓你，回去你就是自投罗网。"

赛南粤："我不在乎，如果子昆对我说，回到我身边来，我不会犹豫，会回到他身边。如果他对我说，去为我死，我也不会犹豫，会为他死。我这一辈子也活不成别的命了，可惜我出身卑微，不是为他准备的，他不会看重我。"

岳小白："他看重什么？"

赛南粤："你们男人怎么看女人？在你们眼里，女人只有3种，处女、妓女、圣女，这3种，我一样都不是。我是男人的附属品，一个满足他们冒险心的玩偶。"

岳小白沉默了一会儿，问："如果我送你回到杨子昆身边呢？"赛南粤："你会送我回去？"

岳小白："我不知道，老实说，我很犹豫，可我只能那么做。"赛南粤脸上露出一丝失望的表情，说："不用你操心，也不用麻烦你，我会自己回到他身边去。"

岳小白看出了赛南粤的失望，急了："我说的不是这个意思。我是，我是有我的任务，我必须完成。"赛南粤："不就是他手中的情报吗？日本人惦记着，你们也惦记着，除了这个，还能有什么？你出去吧，我累了。"岳小白要替赛南粤盖上单子，赛南粤拒绝，自己朝墙壁躺下。

杨桃一脸纳闷儿地进来，问："菜花头和水花子出了什么事情？我们昨天来的时候，水花子对我们可热情了，怎么今天就变了？"岳小白："别问了。"

杨桃："你知道发生了什么，也知道菜花头去哪儿了，对吗？"岳小白不说话。杨桃："到底出了什么事，怎么你们一个个都变得怪里怪气的？"

杨桃撇下岳小白去照顾赛南粤，她发现赛南粤在默默地流泪，问："美沙子，你怎么啦？"杨桃转头问岳小白："你把她怎么了？"岳小白无言以对，扭头走出屋去。

油麻地一带华人居住区，小街两边是商铺，街头行人大多是华人和南洋人。蔡广得拎着一个酒瓶子沿街走来，人已经喝醉了，摇摇晃晃一连撞了好几个路人，遭人白眼，甚至被一个莽汉粗鲁地推搡开。笔直的弥顿大道，北面是西式建筑的商家和别墅，南面是军营。

蔡广得醉醺醺走来，找不到方向，在街头来来回回转悠，挡住一辆黄包车。车上一对富家夫妇骂蔡广得，女人怀里抱着狗也朝蔡广得叫。蔡广得冲狗叫，叫不过狗，嘿嘿傻笑。两名华人巡警沿街走来，看一眼醉醺醺的蔡广得，骂一句过去了。

迎面一队日军迈着整齐的步伐从马路上走来，大皮鞋踩得马路发出一个声音。路人见状，纷纷避让。蔡广得一看日军队伍，乐了，旁若无人地拦在马路当中，挡住日军队伍的路，大声唱起《东江纵队之歌》："我们是……广东人民的游击队……我们是八路军……新四军的……兄弟……"

日军听不懂中文,排头的日军士兵将蔡广得推开。蔡广得还往上闯。日军士兵粗鲁地将蔡广得推倒在地。酒瓶子在马路上摔碎了。蔡广得站起来,跟跄着一头闯进队列中。蔡广得:"我们的队伍……驰骋在……东江战场上……"

日军队伍让蔡广得那么一搅和,乱了,士兵们试图保持队伍的整齐。一名日军士兵迎面一拳将蔡广得打出队伍,打倒在地上。日军队伍复归整齐。蔡广得摇晃着爬起来,再度闯入日军队列。蔡广得:艰苦奋斗……英勇杀敌……取得了辉煌的胜利……

已经走远的两名巡警发现了,回头看,大惊失色。日军队伍没有停下,士兵挨着来,你一脚,我一脚,反复将蔡广得踢出队列,踢到路边上,然后继续往前走。蔡广得又反复从地上爬起来,摇晃着闯入队伍,高扬双臂,唱:"同志们……前进吧……光明已……来临……"

日军曹长发怒:"混蛋!"和一名上等兵上来,围住蔡广得一顿臭脚乱踢,将蔡广得踢得爬不起来,然后丢下蔡广得扬长而去。日军曹长:"虫子!"日军队伍踏着整齐有序的步伐过去了。蔡广得被踢得七窍蹿血,挣扎着从地上爬起来,摇晃着跪住,嘴里还唱着:"今天……啊……今天我们是……民族解放的……战士……"

蔡广得在腰后掏枪,枪掏出来掉在地上,摸索着捡起来,枪口指住了自己,看清楚了,调了个方向,枪握不住,晃悠得厉害,试图瞄准走远的日军队伍。蔡广得:"明天我们是……新中国的……主人……"

两名巡警从后面扑上来,将蔡广得扑倒,枪缴掉,人摁住,取下腰上的警绳捆住。两名巡警没能走掉,身后有人拍他们的肩膀,两名巡警回头。傻乎乎看岳小白。岳小白:"我借他用一用,行不?"两名巡警摇头,不同意。巡警甲:"你当他是一头蒜还是一瓶醋?"巡警乙:"不借。"

岳小白抓住两名巡警,互相脑袋一碰,松开手。两名巡警晕厥过去,倒在马路上。岳小白扛起蔡广得,看一眼马路边不知所措望着他的路人,宽慰:"都是让酒闹的,没事儿了,各位继续。"岳小白扛着晕死过去的蔡广得扬长而去。

第十九章

龙潜深渊　鱼跃浪尖

千夏麻也在侦听室向浅丘经道汇报："我们6个月抓了3000多人，审过以后放了700多，我们让'薄荷叶'和另外两个不重要的共匪名单也出现在释放的人当中，属于误抓，这样，'薄荷叶'就有合理的理由死而复生。"

浅丘经道："东纵会相信？"千夏麻也："我们已经把他的住处恢复了，周边全安排上了我们的人，我们把他押回住所，让他待在住所里，外面能够看到，但没法行动，他受刑时受到了很严重的伤害，医生每天会去住所为他检查，宪兵部已经根据我们的要求，宣布对他进行隔离审查，这样更真实，即使外面人看到也是很正常的，东纵只能相信。"

浅丘经道："能坚持多久？"千夏麻也："我想，不出意外，10天时间能蒙过去。"

浅丘经道："10天够了，那个时候热带风暴可以替我们阻止美国人。情报准备好了？"

千夏麻也："都准备好了。"

浅丘经道："发出去吧。"浅丘离开侦听室。

小林正雄和朴渚芳等在行动队，浅丘经道进来。小林正雄："从昨天开始，港九一带的反日武装突然活动频繁起来，今天凌晨，我们抓到两名反日分子，他们试图拍摄海军基地的照片。"浅丘经道："他们想干什么？"

小林正雄："他们招供，他们是港九大队外围组织成员，照片用来干什么，他们不知道。我们根据他们的口供去抓捕上线，可上线已经逃走了。"

浅丘经道："重庆方面没有这么大的野心，英国人还得靠美国人撑腰，是美国人，他们究竟想干什么？"小林正雄和朴渚芳相视一眼，没有回答。

浅丘经道："'黄蜂'那边呢？"

朴渚芳："从他进入葡萄牙银行到现在，他一步也没有离开那儿。教授，我在想，他手上那些情报是不是就藏在葡萄牙银行里。他知道我们不会得罪萨拉查，我们需要葡萄牙的钨矿，会求他们，所以，葡萄牙银行是藏匿情报的最安全地方。"

浅丘经道："如果这样，他现在和他那些情报在一起？"

朴渚芳："对，而且，他有两种选择，带着它们逃走，把它们毁掉。"

浅丘经道思忖片刻，说："你说的有道理，上尉，立刻带上你的人给我把情报取回来，如果你能做到，替我向萨拉查总理的画像致敬。"朴渚芳转身离去。小林正雄不满地看着朴渚芳的背影。

三号和几名指挥员在布置工作。三号："南下支队到什么地方了？"指挥员："部队已经全部进入湘北，在那儿打了一仗，正在集结，准备继续南下。"

三号："我们这边的行动要快一点，要保证安全无误地把南下支队迎进粤北山区。"指挥员："误不了，我们有3个支队已经过去了，就等着南下支队到。"

三号走到等在一旁的吴为面前。吴为："'薄荷叶'出现了。"三号："他还活着？"

吴为："嗯，鬼子上次搜捕并没有抓到他的证据，他咬死了不知情，鬼子没办法，把他和我们另外两个同志一起放了。"三号："他说了什么？"

吴为："他说受刑伤得厉害，鬼子也不再信任他，他已经被宪兵部除名了，他想回到根据地组织的怀抱。"三号："派人把他接回来。"

吴为："不过他提到一件事，鬼子正在从华南往华北调动兵力。"

三号："哦？为什么？"吴为："他不知道，只说他被捕前获取了几份鬼子的情报，被捕的时候没有来得及发出，现在在接受宪兵部的调查，身边随时有人盯着，他不方便，一有机会，他就会把情报传递出来。"

三号："让他暂时待在那儿别动，派我们敌后的同志看看他身边的情况，然后再做决定。"吴为："是。"

三号："港九大队那边有消息吗？"吴为："正在搜集情况。"

三号："要他们抓紧，一旦情报到手，立刻向联合司令部汇报。"吴为："是。"

三号盯着吴为。吴为知道首长关心什么，垂下眼皮，说："没有，首长，还没有找到叶德全他们，一点消息也没有。"

蔡广得被安置在外间，呼天抢地地呕吐着，连赛南粤都挣扎着从里间出来看。岳小白躲得远远的，气恼地收拾身上的呕吐物。杨桃为蔡广得擦洗，蔡广得一脸的血，狼狈不堪。杨桃问，他何以弄成如此这般？岳小白："我又不是他的警卫，又没跟着他，你问他。"

杨桃："谁打的他，怎么揍这么厉害？"

岳小白："当着路人，就在大街上，拦住鬼子的道，给人家唱《东江纵队之歌》，还带指挥的，你们的歌都是谁写的，太有煽动性，鬼子听毛了，上来就踢他肚子。"

杨桃教训蔡广得："你疯啦，没事给人家唱什么歌？"蔡广得挣扎起来，两条胳膊乱挥，唱："我们是……广东人民游击队……"杨桃："还唱呢，省省吧，脸都让人打开花了。"蔡广得：我们是八路军……新四军的……兄弟……"没唱两句蔡广得又吐，人难受得往床下滚，杨桃连忙接住，搂在怀里，没觉得脏，没觉得烦，反倒被蔡广得的滑稽样子逗乐了。

赛南粤："别笑了，看吐你一身。"杨桃："没事儿，谁不是粮食喂大的，他爱吐就吐。"杨桃满不在乎，在蔡广得脖颈上垫了块手绢。

赛南粤已回到里间，蔡广得被杨桃搂着，安逸地在杨桃怀里睡着了。岳小白靠在对面墙角看杨桃，杨桃说："他这样睡得踏实。"岳小白脸上突然有一种真情涌动，说："你俩这样挺温馨的。"杨桃瞪一眼岳小白，嗔怪："说什么呀。"

岳小白："别误会，我是心里话。"杨桃："竹叶青，你把话说清楚。"

岳小白："我是说，你们东纵的人一直在误解你，其实吧，你就不知道怎么恋爱。"

杨桃："我不在乎，他们爱怎么想就怎么想，你也别在我面前摆资格，我不爱听。"

岳小白："爱听不爱听，我说的都是事实，你也是大户人家的小姐，你这个小姐白当了。"

杨桃："说这个干吗，不是一会儿就散吗？你不进去对她交待两句，蹲在这儿废什么话。"

岳小白："用不着，有什么话留着以后慢慢说。"杨桃："什么意思？"

赛南粤靠在床头，听外间杨桃和岳小白的对话。

岳小白："她回不去，你也回不去，我们还得待在一起。"

杨桃："为什么，不是说，我找我阿爸，菜花头去找渣子和老鳗鱼，你带她走吗？"

岳小白："这话等于白说，鬼子在抓你，你爹那儿，你回不去，菜花头嘴上硬，他不会让你离开这儿。"杨桃："那，她呢？"

岳小白："一样，她也不能在鬼子面前露面，她在中国没根没系，能去哪儿，她要落在鬼子手里就没命了。"杨桃："你不是不管她吗，怎么又关心起她来了？"

岳小白："我说过不管了？你们谁听见我说不管的？"

赛南粤脸上露出激动的神色。

杨桃手累，换了个姿势，安顿好蔡广得，让他在自己身上睡得更舒服。杨桃："别人怎么样，我不管，我得走。我不能丢下我父亲不管。"

岳小白："真要这么想，就老老实实待着，别露面，别再给他制造麻烦，你安全，他多活两天，你要一露面，他的死期就到了。"

杨桃："什么意思，你这话我怎么听着味儿不对？"

岳小白从角落里站起来，扭头看窗外，说："你爹不只得罪了日本人，他有能耐，给自己在满天下找对手，他能躲过日本人的手，躲不过天下人的清债，你最好还是把自己保住，别把一家人都搭进去了。"

杨桃："你在说什么，谁要清我阿爸的债？"

岳小白说："他为什么要从深圳墟把你偷偷弄回来，连你的同事都瞒着？要是我没猜错，你回到他身边这几天，他应该给你说过一些事情，至少你会发现一些什么，所以，如果你真在意他这个父亲，就别和他走得太近，免得把自己也搭进去。"

杨桃："我知道他得罪了很多人，我不在乎这个，谁也别想威胁我从他身边走开。"

岳小白："如果他得罪的是国家，你还这么想吗？"杨桃看岳小白。

岳小白："别看我，这只是我个人的建议，行不行，你自己决定，你要觉得我这话多余，一会儿他醒了你问问他。"杨桃一愣，要说什么，怀里蔡广得醒了，迷迷糊糊要起来。杨桃："哎，别动。"

蔡广得硬要撑起来，一用劲手按进杨桃怀里，杨桃害羞地一把打开他的手说："干吗手乱伸！"蔡广得发了一会儿蒙，发现自己躺在杨桃怀里，连忙推开杨桃爬起来，问："我这是，在哪儿？你搂着我干吗？"

杨桃："谁搂你了？"蔡广得："你没搂我我在你怀里？我睡着了还不老实，往你怀里钻？"杨桃被蔡广得一番无理的话噎得半天无语。岳小白吃吃地笑，杨桃瞪岳小白："笑什么，你也不替我解释一下。"岳小白："别解释了，越解释他越来事儿。"

蔡广得："来什么劲儿？你们串通好算计我？是你让她搂我的？她对我干吗了？"

岳小白："你看，我说中了吧？"又说蔡广得："别借酒装疯了，人家小蜜蜂伺候你够惨的，你吐人家一身，还不快替她洗洗，换身衣裳，一会儿送小蜜蜂走。"

蔡广得："去哪儿？"岳小白："她回港岛找她爹，她亲爹，有吃有喝的赖在这儿干什么，给你当醒酒婆子啊？"

蔡广得："不行，不能走。"杨桃："凭什么不能走？"

蔡广得："你回去干什么，回去鬼子饶不了你，相反给你爹招鬼子。"

杨桃看岳小白。岳小白憋住不敢笑，说："这回不是我说的。"

杨桃："那我们去哪儿？"蔡广得："我自有安排。"

蔡广得站起来，没站稳，咣当一声又重重地摔下去，人要爬起来，伸手向杨桃。杨桃下意识地去扶蔡广得，想到刚才的事儿缩回手。蔡广得闪失了，咣当一声又重重摔下去。岳小白想忍没忍住哈哈大笑起来。杨桃忍不住也咯咯笑了。

朴渚芳带着一队情报部行动队特工冲进银行。朴渚芳："大门关上，不许任何人进出，控制楼顶和通风口。"行动队员们训练有素地四散开来。

襄理办公室，朴渚芳翻动一个账本。杨子昆坐在沙发上，人很疲倦，问："你们到底想从我这儿拿到什么？"朴渚芳："你是明知故问。告诉你吧，南方政府派来的熊专员，我们已经在香岛酒店扣下了。楼下那位等着见你的温斯特先生，也被我们逮捕了。战争就要结束了，找你的不只是我们，谁都想掌握更多的情报，你这只鼹鼠可真是引人注目。这一点，你没有想到吧。"

杨子昆："我说再多也没有用，你们还是不会相信，可你们把心思花在我身上，实在是白费力气。"朴渚芳把手中的账本丢在桌上说："是吗，那我就告诉你，我们不会让你和你的情报走出香港。从现在开始，你已经不再享有离岛的权利，24小时都有人跟着你，港九所有的车站码头都收到了禁止你通行的命令，60万香港居民，任何人窝藏或协助你逃亡，全家都会被枪毙。"

杨子昆："我不和你说话，请你们浅丘先生给我电话，否则我会向领事先生投诉你们。"

一名特工进来，在朴渚芳耳边小声说了一句，朴渚芳点点头，起身向门口走去。朴渚芳："你可以继续办公了，杨襄理，看好萨拉查总理的财产。我猜，盟军在欧洲大陆登陆以后，他已经把办公桌上的纳粹旗子收起来了，包括你们领事馆里的万字旗。"说完在门口站住，回过头来补充："顺便说一句，你女儿和你的待遇一样，情报部对她下达的命令是，只要见到她，不问理由，格杀勿论，她不会活过48小时，这都是因为你造成的，不，是因为你迷恋的那些情报造成的。"说罢推门走了出去。

杨子昆呆呆地坐在那里。少顷，黄叔匆匆进来，要说什么。杨子昆示意隔墙有耳，让黄叔什么也别说。杨子昆和黄叔检查过洗手间，没有人，两人窃窃耳语。杨子昆："今天就走。"黄叔："可伊莉莎白号明天才到港。"杨子昆："不等了，日本人不会让我轻轻松松上船，你亲自去找三合会万洪门，就说我要走，他会安排。"

黄叔："我这就去。"杨子昆："一会儿我会去中环逛逛，让日本人紧张一下，6点以前我会回到书信馆，告诉万洪门，最好我一回去就走。"黄叔领命先出去了。杨子昆在镜子前站着，看镜子里的他。

油麻地背街一条巷子，12区宪兵队侦察司令王九天的住宅，一个大院子，一座四层高的碉楼，三出两进的大房子。王九天剔着牙从屋里出来，看院子里站着的蔡广得和岳小白一眼，人呆住。蔡广得："王司令，不认识了？"

堂屋里供着菩萨，烧着香烛，墙上抢眼地挂着十孝图。蔡广得酒醉还在，接过下人端来的茶大口喝了一嘴，烫得直跳，埋怨："又没让烫猪毛，有凉的没？井水就成，弄一大缸来。"王九天把下人驱赶走，朝院子里闲坐的岳小白看了一眼，吩咐贴身跟班阿挺："门把着，谁来都不许进，就说我不在家。"阿挺："司令，你的黄包车还在门口停着。"

王九天："你傻呀，就不能说我病了，嗨，都让你们这些蠢人闹的，你不能把车拉进院子里来，要我教？"阿挺得令离开。王九天回到蔡广得身边。蔡广得酒醉后头疼，捂住脑袋，一脸烦躁。

王九天问："你怎么到这儿来了，你不是离开西贡了吗？"

蔡广得："我走了就不能再回来？九龙城头张贴了我的禁人令？别站着，一会儿让人看见，你这个12区宪兵队的侦察司令在我面前站着，怎么跟人解释，你不能当人面叫我舅吧？"王九天不安地在蔡广得对面坐下。蔡广得："你看你急的，别急，我没让你管我叫舅，我是给你送信来的，你妈我表姐让我捎来的。"

蔡广得装模作样地在身上摸来摸去，哎呀一声，说："老太太的信让我给弄丢了。"

王九天吓一跳，问："我阿妈怎么了，她没出事吧？"

蔡广得："没出事，好好的，整天带着小鬼班的小鬼头们学文化。阿、北、猜、得，也不知道念的什么经。前些天不知哪根筋碰动了，硬要闹着去文工团，说是要往唱戏上发展，组织上没让，她闹着要回宝安找老领导评理，你说，她都这把年纪了，脸上褶子比甘蔗林子还密，去文工团有什么好发展的？"

王九天："我阿妈就这个脾气，想干什么拦不住。我阿爸呢？"

蔡广得："老样子，什么活都不干，床上躺着，吃喝不讲究，就是那口大烟戒不了。"

王九天："这就好，回头你替我捎点云土去，不能给你们添麻烦。"

蔡广得："行，我给你捎去，也真不能让我那不争气的姐夫断了顿。"王九天："你这次来……"蔡广得："没什么事，随便逛逛，带了几个人路过这儿，一看，这不是王九天王大司令家吗，得看看他去吧。"

王九天："瞧你说的，自家舅，哪有这么客气。"蔡广得："真不让我客气？那这样吧，不给你添麻烦，就住两天，理个发掏掏耳朵，你给安排安排。"

王九天鬼奸，马上推辞："哎呀，这可不好办，上两个月刘黑仔来过我这儿，没几天就把宪兵司令部的陆通译给抓走了，过几天又把启德机场的油库给炸了，日本人恼火，这几天查得紧，我也受了牵连，你们住下，恐怕不方便。"蔡广得："那怎么办，人都来了，你不会赶我走吧？我俩可是亲戚，我就奔着你来的。"

王九天："不是路过吗？"蔡广得："开始路过，人都进来了，还路过呀？你要不给安排，回头你妈生气，组织上硬要让你爸戒掉大烟，我怎么说？说你不管我们，我们一到就撵我们走，你爸你妈受点欺负也没啥？"

王九天："别介呀，我没说不安排，就是难了点。我阿爸阿妈真没事儿？"

蔡广得："不就是一封信让我给带丢了，下回塞裤裆里，带结实，你不至于非咒你家老人出点什么事吧？"

王九天掌自己一嘴巴，说让人带你们去元朗，那儿日本人查得松点，你们住几天就走，饭我让人送到，我也不问你们的事。蔡广得抹下脸，茶盅放桌上一蹾说，王司令，我还就在你家住下了，别给我打马虎眼，我俩谁都知道对方的底细，一会儿我就领人过来，你也别给我腾正房，我看上后院那座碉楼了，我有个伤号，你给我弄点药，再给炖个猪肚鸡。说完起身就走，把王九天撇在那儿发怔。

王九天心急火燎，咣当把大门关上，吩咐阿挺："门看紧了，别往后院带人，把阿顺他们叫回来。"走几步又回来说："派个人去宪兵队看看，今天出不出更，要出更把我名字画掉，就说我有事。"走几步又回来说："去街口荷兰人店里弄点枪伤药回来，记着，别凑合，我这舅贼精，凑合不过去。"走几步站住，无可奈何地说："我这脑子全乱了，让老周煮5斤米，炖两只鸡，去街上买2斤辣鱼旦，猪大肠煎酿三宝各来点，饭做好告诉我。"阿挺报着手指记王九天交待的任务，忘了什么，抬头要问，王九天已经拐进后院匆匆往碉楼去了。

后院一栋四层碉楼，岭南风格，楼面爬满了植物，像个巨大的怪物。两只拴着铁链的大狼犬冲着人狂吠。岳小白身上挂着大包小包，和杨桃挽着赛南粤进了炮楼。蔡广得俨然一副回家当主人的架势，前后殷勤张罗。王九天从前院匆匆过来，一把拉住蔡广得。

蔡广得："鸡汤炖好了？这么快？你让人添把火，菜随便弄点就行，别太麻烦。"

王九天："饭已经布置了，就好，他们是干什么的？我怎么觉得，事情有点儿不对，看模样，他们跟你不是一路的。"蔡广得："怎么不是一路的？"

王九天："我要说了，你别怪我嘴直。俩女的就不说了，羊台山水硬，你们打那儿出来的，没这样的水灵肤色，那男的吧，长得比你不止周正百倍，能和你是一路的？"

蔡广得生气，说："他们是我的人，我的手下，再周正也得听我吆喝，这回明白了？"

王九天："更不明白了，要这样，这世界更不公平了。菜花头，真不是我埋汰你，看看你这模样，再看看那三个，一看就是有来头的，不是江湖漂，做不了你手下，你别把不该带的人往我这儿带，我兜不住。"蔡广得："看出他们有来头了？"

王九天："神态就不一样，模样也两层天，和你够不着一类人。我说啊，你们的忙，我没少帮，但帮不了的，我不能胡乱应酬，害人害己。"

蔡广得："还真让你说上了，我和他们真不是一类人，有什么办法，大米番薯煮进一口锅里，账房先生弄串了。对了，两个女的没带换洗衣裳，你给弄两身，人家真是天上落下来的，粗布打发不起，坏肤色。去吧，有什么一会儿再说。"又训斥两条狗："叫够了没？欢迎仪式该结束了，别鬼子管了3年，都学会鬼子的叫法了。"训完扭头进了碉楼。两只狼犬看着蔡广得的背影，嚃了口，怯怯地不叫了。

碉楼三楼的一个大房间，杨桃收拾东西，岳小白将赛南粤安排好，出去，赛南粤不安："住这儿行吗？"杨桃："放心住下吧，竹叶青会照顾好你。"

赛南粤："你呢？"杨桃："一会儿搭小轮回港岛，趁天黑没人看见，去见阿爸。"

赛南粤："他俩把话都说成那样了，没一句是吓唬你，你不能回去，回去有危险。"

杨桃："我才不听他们的呢，我不怕。"

赛南粤："日本人一定会在你父亲身边安排眼线，你要回去，他反而不安全。"

杨桃："可我不能把他一个人丢在那儿不管，那算什么，我会悄悄地回去，阿爸他会把我藏起来，你就不用操心了。"

赛南粤："有一件事我要告诉你，你父亲不是无懈可击。我没告诉你真话，我被安排在你父亲身边并不是为日本人做眼线。我的真实身份是英国情报员，我真正的任务是奉命盯住你父亲，看他在多大程度上背叛了英国，他们是在我接近你父亲后才找到了我，给了我监视你父亲的任务。我没有向日本人出卖过你父亲，但不等于我没从他那里拿到我需要的情报。你父亲自以为藏得很好，可他到处都是漏洞，日本人随时都有可能再次抓他。"

杨桃："越是这样，我越得回去，我得回去救他。"赛南粤："杨桃，你那是往火坑里跳！"

二楼，蔡广得铺床，岳小白进来说："我看了一下，住没的说，可碉楼门一关，没地方可跑，这样不行。"蔡广得："怎么不行？住这儿等于进自己家了。王九天的奶奶是我妈的表姐，论辈分，他得管我叫表舅。"

岳小白乐了："看他岁数，比你大一轮有吧？这舅当的，你不觉得端不住？"

蔡广得："他原来是九龙的保安头子，香港沦陷的时候，摇身变成第5纵队的胜利友，靠杀人放火发了财，以后当上宪兵队的侦察司令，做了日本人的眼哨。"

岳小白："那我们不是住进狼窝了吗？"

蔡广得："还有套狼的呢？为了控制他，我带人把他阿爸阿妈给劫了，人送到羊台山根据地，以后转移到南头城，好吃好喝供着。他爸是老顽固，他妈开通，非要加入游击队，部队因材施教，让她当了文化教员，渣子就是她教会识字的。"岳小白乐。蔡广得："王九天坏事做绝，却是个大孝子，一直想花大价钱把他父母从东纵手上赎回来，东纵没答应，只说两个老人喜欢根据地生活，他只要关照好港九大队，东纵就会关照好两个老人，所以，住在他这儿，等于住到家了。"

岳小白："你们这一招也太狠了吧？"蔡广得："你别告诉我，你们没做过这样的事。"

岳小白："说实话，做过不少。"

蔡广得："那不得了吗？辣椒别说胡椒辣嘴，你还辣肠子呢。"岳小白想想还是不放心，说："你就这么放心，王九天这种人可是属狗的，改不了吃屎。"

蔡广得："我心里有数，这么跟你说吧，他这会儿正布置怎么算计我。既然他属狗，你就拦不住他惦记屎，得让他把屎想透，想不出屎了，我再给他上锁头，那会工夫，他才会乖乖地听喝。"岳小白："你这套办法都是从哪儿学的？"

蔡广得："你们特工教材上肯定没有，等我有空了，把它写下来，你可以拿去教你那些学生。"蔡广得收拾好，满意地看屋里，说："行了，新家有了，该干什么干什么，别都窝在这儿长膘。你的事我不管，我身后一堆人等着我去搭救。"

王九天心急火燎地召集几个心腹在堂屋里密谋。王九天："斑鸠踢了喜鹊的窝，姓蔡的也欺人太甚了，你们有什么主意，都说说。"阿顺："这还不好办，往宪兵队里一报，来一队太君，拿下绑了，送到乱尸冈去填坑。"阿挺："你那算什么主意，老太爷老太太在他们手里，你让司令绝上啊？我们做个笼子让他们钻，怎么样？"

王九天："快说，笼子怎么做？"

阿挺："日本人刚布置下来，让查港九大队的探子，借这个机会，让宪兵队到区公所搜查，连司令家一块查，一查人就查出来了。戏演真，连司令一块带到宪兵队，他们的人毙了，再把司令放出来。"

王九天："你当东纵是二呆子，人一块带走，我回来，他们的人没了，你那笼子是做出来装谁的？我怎么养你们这群呆鸟。"王九天在屋里走了两圈，说："无毒不丈夫，舍不了牛犊套不住下山虎。这样，阿挺阿顺，一会儿你俩去弄一些炸药，多弄点。"二人："嗯。"王九天："三明子，你带人去乱尸冈，弄几具尸首，照你们的样子扮装。"三明子："知道了。"

王九天："明天我说有公差去澳门，我离开以后，你们夜里把炸药送进碉楼，把碉楼炸了，然后看看他们的人炸死没，没炸死用石头把脑袋砸碎，然后把扮装尸首放进去，点把火一烧。事成后，通知西贡港九大队，就说他们自己摆弄炸药，炸了，我们自己人也搭进去几个，我又不在家，他怎么都想不到事情是我干的。"

阿挺："好主意！"阿顺："司令就是司令，难怪连太君都得仰仗司令您。"

王九天不免得意，说："你们再给我想想，看看还有没有什么漏洞，一个漏洞都不能有，事情就得给他往绝里做。"门外望风的手下高声喊："蔡老板来了？"

蔡广得："王司令在吗？"手下："在在在。司令，蔡老板来了。"

王九天："快，你们躲着他，别让他看见。"阿挺等人连忙从后门溜走。

蔡广得进了堂屋，开口叫大外甥。王九天故作关心："住下了？还行吧？楼上多年没住过人，有点潮，一会我让人端两个火盆上去烤烤，去去潮气。我给下面吩咐了，不管你们住多久，见天让你们换套干净衣裳，别客气，都是自己人，有什么你尽管吩咐。"

蔡广得坐下，自己动手，给自己斟茶，若无其事问："商量好了？"

王九天愣一下，反问："商量什么？"

蔡广得："你没和手下商量如何对付我，还是心里烦，没来得及商量？"

王九天："你看你，这话说的，你不是和我说笑话吧？"

蔡广得："一会儿我有事，不啰唆，我刚才给上级发了电报，汇报了在你这儿住下的情况，顺便也替你问候了老太太、老太爷。上级让我在你这儿安心工作，让我转告你，别惦记老太太老太爷，他俩小日子过得不错，乐不思蜀。上级特别交待，要我回去的时候，提醒你给老太太老太爷捎封信，说说你的情况，我给捎回去，免得他们惦记。"

王九天："这个一定，一定，我还记着带烟土的事呢。"

蔡广得："大外甥，情况复杂，我得多留点心。但我也不瞒你，我这儿也有计较，别让我跟日本人见面，一见面事情就往坏里走，你把握不住，我也把握不住。"

王九天装傻，说："你说什么事情能往坏里走？"蔡广得："你别往宪兵队里引我。"

王九天："瞧你说的，怎么会，你住在我家，和宪兵队那是九龙到港岛，隔着维多利亚海，八竿子打不着。"

蔡广得："日本人要来了，我就说咱俩是亲戚，是你非要我住在你这儿，还在你家里发电报，这些事，你一辈子说不清楚。"王九天："我就没打算说，我缺德带阴损我才说。"

蔡广得："你看，你是明白人，该知道的一样没少知道。我不是怕别的，我是怕我们在你这儿住得好好的，突然来个暴尸楼内什么的，这事可就闹大了。"

王九天："这话打哪儿说起？"

蔡广得："我给上面说了，我们要在你这儿出了事，别问理由，事都是你的，你也知道，东纵饶不了你，就算你隐姓埋名，溜去别的地方当和尚，老太太老太爷溜不掉，你不能眼睁睁看着他俩暴尸南头城，连个收尸人都没有吧？"

王九天："你看你这话说的，跟真的似的，我不高兴了。这事不用你叮嘱，我还能没数？"

蔡广得："我就不打扰了。饭做得了你让人送到碉楼上去，我们就不下楼吃了，免得在你眼前晃悠，你还得拣菜舀汤在一边侍候，心里窝火，行了，我走啦。"蔡广得说罢起身，看一眼桌上的一只大包，拿过去闻一下说："伤药吧，谢了。"拿着药包迈出堂屋。

王九天气得要砸茶碗，怕砸碗动静让蔡广得听见，狠狠地在八仙桌角上掐了一把，把自己的手掐疼了。阿挺和阿顺进来了。王九天："听见了，我还得拣菜舀汤在一边侍候，他那还算不麻烦我，共产党都是些什么人？"

阿挺："一不作，二不休，今晚就把他们炸了。"王九天："炸屁！共产党报复起来比谁都狠，就算我不想活，他那4条命，能顶得过我家老太太老太爷？"

阿顺："那，我们该怎么办？"

王九天："从长计议，先把门外打扫干净了，确保4个王八蛋的安全，让他们安安心心住两天，再想个法子把他们赶出老子府上，让他们在九龙待不下去。"

岳小白靠在那儿发呆，蔡广得进来，看一眼岳小白，去自己的床边收拾行囊。岳小白："锁头上了？"蔡广得："上了。你什么时候走，是这会儿告别，还是打算晚上再溜掉？平时到一个地方，你像怀孕的兔子似的房前屋后地窜，窗帘上挂颗手雷，门后插把刀，屋顶上挂张床，就没消停过。你不是老鳗鱼，当不了思想家，坐在这儿能想出什么。"

岳小白："天热，我就不兴喘喘？"

蔡广得打开药包，一样样捡，说："喘什么，我俩一路过来，不说我是你肚子里最靠近心眼的那根肠子，也是最顶着你心眼的那根肋骨，知道你想干什么。"岳小白："我想干什么。"蔡广得；"你想把美沙子和小蜜蜂丢给我，让我替你背着抱着，你自己溜掉，去继续你未竟的事业，我没说错吧？"

岳小白："我不会把美沙子丢给你，只是让你替我担待两天，两天足够了。"

蔡广得："嚯，还担待，这就当上人家的家了。"

岳小白："小蜜蜂我得丢给你，她跟着我下不了手。"

蔡广得："你还打算杀掉杨子昆？"

岳小白："我没打算，从头到尾我就没打算过，我只是完成上级的任务。"

蔡广得脱掉上衣，往身上的旧伤抹药膏，说："知道吗，我挺替你揪心的。我实在弄不懂，你怎么面对楼上那两个女人？你要杀掉美沙子的男人……"岳小白："杨子昆不是她男人，她只是被日本人胁迫，不得不和他在一起，杨子昆根本就没有真心待过美沙子。"

蔡广得："哦，人家没真心过，你真心了，你替她把那个没真心的前男人杀了，事后她是该谢你还是饶得过你？"岳小白说不出话。

蔡广得："小蜜蜂我更不能说，不见面也就算了，一块走了20天，生死与共，这种毒手谁都下不去，你能下，我只能当你是王八蛋，铁石心肠，她这辈子遇着你，算是倒了八辈子霉。"岳小白非常痛苦，说："你能不能不说这些？"

蔡广得："别把自己打扮成铜头铁臂，不让说，那你自己去说呀，你干吗不敢对美沙子说你喜欢她，愿意带她走，带她去任何地方，遮来掩去的，我真不想和你说。"

岳小白："说实话，你刚才的话让我心里动了一下，我也说不清，我觉得你挺了解我的。不是我要杀杨子昆，他是党国的罪人，是党国要杀他，他手里有不少国家的机密，留下他不知会酿成多大的祸害，换了你，你该怎么办？"

蔡广得："别给我说党国的事，我离党国远着呢，也不爱顶那么老大一口锅。你只摸摸你的良心，你自己的同志，你把她爹杀掉，缺德事干了，拿党国来说事儿，那你那个党国就跟寡蛋似的，没什么意思。"

蔡广得收拾好行囊，往肩上一背，撇下岳小白向门外走。岳小白："你去哪儿？"蔡广得："我说了，一堆人等着搭救，我去找渣子和老鳗鱼。"蔡广得拉开门出去了。

杨桃从楼上下来，人收拾得十分朴素。蔡广得："你也出去？"杨桃："嗯。"径直进了房间，走到岳小白面前，蔡广得跟了进来。杨桃："能替我化一下装吗？我得趁天亮过海，我不想让人认出我。"

蔡广得："你不能回港岛。你回去有危险！"

杨桃："再说一句，我谁都不求，就这样走出去。"

蔡广得被堵住，无语。杨桃问岳小白："愿意帮我吗？"岳小白："然后呢？"

杨桃："如果你愿意，就送我回去，送我到家门口，只要家里亮着灯，门口没有鬼子，我进去，你离开。你放心，我会很快把我阿爸带离那里，不会让鬼子抓住。"

蔡广得脱口而出："他不能见你阿爸！"杨桃："为什么？"蔡广得说不下去，看岳小白。岳小白冷冷的，沉默不语。杨桃："你们到底怎么了，出了什么事？"蔡广得和岳小白仍然沉默。杨桃看看两人，扭头出门。

蔡广得："站住！"杨桃："谁也别想拦住我。"蔡广得把肩上的行囊卸下，往床上一丢。说："我送你去。"杨桃在门口站住。岳小白吃惊。

　　杨桃做了化装，打扮成一个学生，学生帽压得低低的，样子改变了许多。赛南粤在楼梯口送她，叮嘱："别去山顶，也别去司徒拔道我那儿，他不会回那两个地方，去书信馆找他，如果他打算行动，只能在那儿。"杨桃点点头，朝楼下看了一眼，小声对赛南粤说："我不会告诉他们你的事，也不会告诉阿爸。"

　　赛南粤勉强笑了笑，替杨桃整理衣裳，说："天没黑之前别进门，日本人会盯得很紧，天黑以后，日本人会撤掉一些人，只留下一两个值班，小心点，不要走正门，不要逗留，见到他立刻带他走，一分钟也不要停下。"杨桃："我知道了，你进去吧，一会儿累着伤口。"杨桃匆匆下了楼。

　　一辆背着炭包的汽车在站台上停下。蔡广得和杨桃从车上下来，蔡广得看杨桃，说："你这样打扮，我都不认识你了。"杨桃："你什么时候认识过我？"蔡广得笑了笑说："走吧。"杨桃想和蔡广得说什么，蔡广得已经走到前面去了。杨桃跟上。

　　蔡广得和杨桃跟着人群走向小轮码头。远远的，码头上有几个宪兵和黑衣缉查在检查路人。杨桃有些害怕，下意识地往后退，蔡广得附耳轻声说："别害怕，越害怕越出纰漏。"他镇静自若地把她拉到一旁，替她把帽子戴出俏皮的样子："你这身学生打扮真好看，别说我，你阿爸都认不出你。"杨桃："你没骗我？"蔡广得："我有没有告诉过你，你是我见过的最漂亮的女孩。"杨桃瞪大了眼睛，十分吃惊，说："你从没说过这种话。"

　　蔡广得取过杨桃的书包，快速把一样东西放进去，系好书包的带，说："是吗，还想听？"杨桃："想，再说一遍。"蔡广得："不好意思说了。"杨桃乐了，松弛下来。蔡广得："这样好多了，听着，跟在我后面，我保证他们谁都不会看你一眼。"杨桃受到了鼓舞，用力点头。

　　蔡广得在先，杨桃远远跟在后面。快到轮渡检查站，蔡广得突然推开旅客，心急火燎地往前跑，旅客不高兴了，责备他，人流也乱了。宪兵和缉查们的目光转向这边。蔡广得急匆匆冲向渡轮，几个宪兵相互看了一眼，上前阻拦，喝令他站下接受检查。蔡广得脚下一滑，从跳板上堕落下海里。蔡广得在海里大声嚷嚷着扑通着，像是不会游泳，引得宪兵们和旅客争相围看。杨桃趁乱擦过宪兵和缉查的身后上了船。

渡轮上，杨桃十分开心，攀着栏杆到处看风景，像个快乐的孩子。蔡广得把湿衣裳搭在栏杆上，拧去裤腿上的海水，看看四周，快速把杨桃书包里一样东西取出，塞进腰里。

阿榕将雪佛兰停在书信馆路杨府门前，下来开车门，杨子昆下了车，接过阿榕递给他的包卤菜的油纸袋。杨子昆："歇着吧，今天不出门了。"杨子昆把油纸包交给出门迎接他的南丫头，装作不经意地朝马路对面看了一眼，进了家。

马路上，一辆日产车慢慢开过来，停下。杨宅对面一栋高级民宅里，朴渚芳用望远镜监视杨宅，身后有两名日军特工。朴渚芳："告诉山田，让他别把车停在那儿，找个地方待着，打个盹。"一名特工离去。

南丫头替杨子昆脱下外套。黄叔匆匆从后门进来。杨子昆："见到洪门了？"黄叔："全都安排好了，天黑以后，前院的书信馆会发生火灾，消防局和义勇队的人会赶来救火，疏散居民，那里面有三合会的人，他们会解决掉日本人眼线，然后趁乱掩护您从澳门走，上和丸号，二副负责你在船上的安全，日本人怎么也不会想到，你会乘坐他们的船，被他们的人掩护离境。"

杨子昆："等着吧，一会儿我们就上路。南丫头，给我煮杯咖啡，阿黄，你也去换双鞋，一会儿得走一段下山的夜路。"杨子昆心平气和地在宽大的沙发上坐下，拿起一沓马经报展开。黄叔紧张地掏出怀表看时间，南丫头拉了拉他的衣衫，示意他注意杨子昆，黄叔回头看。那沓马经报重新放在茶几上。杨子昆腰背直直地坐在沙发上，人有些发呆。

太阳偏西了，蔡广得和杨桃沿着一条小路走来，两人走得气喘吁吁，攀上小路高处。已经能够看到书信馆后杨子昆的家了。杨桃："我们到了，绕过那个街口就是。"

蔡广得："歇歇吧，一会儿我先去看看动静，天黑你再进去。"两个人在路边坐下。黄昏的晚霞将两个人染成金红色，蔡广得套上半干不干的外套。杨桃："别穿，还是湿的。穿我的。"杨桃脱自己的外套。蔡广得："别别别，当大街脱衣裳，你不害羞我还害羞呢。"杨桃："封建残余思想。"杨桃瞥蔡广得一眼，衣裳穿回去，去蔡广得脚上把鞋扒下来，拿到当风的地方晾着，被鞋臭熏得直扇。蔡广得不好意思。杨桃一点也没在意，眼看回到家，一路风景不错，心情舒畅。杨桃要蔡广得讲讲他家里的事。蔡广得不想说。杨桃缠着，非让他说。

蔡广得无奈，说："我没家。我爹妈都去世了。"

杨桃愣住，一下子乱了。杨桃："对不起，我，我不知道，我不该提这个。"杨桃把蔡广得鞋里的沙土倒掉，放在他脚边。蔡广得："你会带你父亲去哪儿？"

杨桃："不管哪儿，只要能逃出日本人的眼界。"蔡广得："然后呢？"

杨桃："不知道，也许他会坚持带我出国，他已经安排好了，可我得做一件事。他得向国民政府交代他和日伪的情报关系，说清楚，然后我们再走。"

蔡广得："为什么不让我们帮你？"

杨桃："那样他就不会跟我走了，他讨厌共产党。"

蔡广得："我也不喜欢他。"杨桃："菜花头！"

蔡广得："他不喜欢共产党，我也不喜欢国民党，扯平，不很正常吗？"杨桃想想，自己笑了，回头看蔡广得，发现他有些伤感，埋头抠鞋上的泥。

杨桃："你怎么了？"蔡广得："以后我们就见不着面了。"

杨桃想想，脸上的笑容也隐去，说："还真是的，我阿爸欠下那么多债，我要跟他一走，还真回不来了，我怎么就没想到这个。"蔡广得："小蜜蜂，以后你要好好照顾自己。遇上事，别任性。睡觉的时候，别把手放在胸口上，那样会做噩梦。"杨桃没有回答。蔡广得："天要黑了。"杨桃顺着蔡广得的目光看去，海湾那边，最后一缕晚霞正在快速收去。

杨子昆仍然直直地坐着，目光涣散。黄叔从后门领着一名中年警官进来了。黄叔："大先生，这位是洪门爷派来的林先生。"林警官："大先生，我的人都到位了，一小时后，火就着，您准备好，我们从隔壁胡买办家出去。"杨子昆看着林警官。林警官："怎么，没收拾好？行李不用带太多，带上重要东西就行。"

杨子昆："东西都带上了，就怕日本人下卡，碰上钉子。"

林警察："下卡？不会不会，他们不会那样做。"

杨子昆："那，我们一会儿怎么走，勒子、底子、还是兜肚子？"

林警官："这个，您放心，怎么走都行，全包在我们洪爷身上。"杨子昆点点头，说："嗯，我不走了。"林警官、黄叔、南丫头都愣住。杨子昆："对不起，林先生，替我谢谢万洪门，就说，我和他非亲非故，交情没那么深，是我逼他，给他添麻烦了。"说罢转身头也不回，上了楼。3个人都傻了眼。林警官："这，这算什么，玩人呐？"南丫头将林先生送走。

黄叔匆匆上楼，咨询杨子昆。杨子昆："他是假的。日本人的功课做得还真结实，连洪门都吃住了。"黄叔："您是说……"杨子昆："我和万洪门交情匪浅，我遇到大事，他没有不救之理，可有一个细节别人不知道，他会差人带一份随手礼，以示安慰。"

黄叔："林警官是空着手的！"

杨子昆："还有，他心太急，进门就关心我带什么重要行李，却连洪门切口都不会，我说日本人会派人防守，他说不会，我问我们坐轿、乘船还是骑马，他说怎么走都行，既然全都安排好了，有这样的接应？看来，万洪门那边已经被日本人控制了，所以，我不能跟他们走。"黄叔："那，我们就坐以待毙？"

杨子昆："没那么便宜，他日本人不是使计让我钻吗，我就钻给他看。他人不是到位了吗，消防局，义勇队，警局，我这儿没让他得逞，他不能在外面守一晚上，撤也得一会儿，让南丫头从后门出去看看，那些看戏的往回撤的时候，我们混进去，让他们做掩护，带我们一块走。"黄叔："好主意！"杨子昆："是有点冒险，可我们身上什么也没有，就算抓住了，他们也得把我放出来，大牢里可没有他们想到的东西。"

黄叔："我这就安排。"黄叔匆匆离去。

林警官站在朴渚芳面前。朴渚芳："不走了？"林警官："他说了一个很奇怪的理由，说是他和三合会没有这么深的交情，是他逼万洪门做这件事，所以不走了。"

朴渚芳："这个老家伙，他知道了。看到他带的行李了吗？"林警官："他坐在客厅里，身边什么也没有，看上去，他的确没有打算动身。"

朴渚芳思索片刻，吩咐："1小时后，把人撤掉。"林警官离开。林渚芳："秋野，告诉山田，今晚的计划取消，我去睡一会儿，你们派两个人在这儿盯着，别出什么差错，其他人也休息一下。"特工："是。"

杨子昆坐在客厅里，他换上了下层人朴素的短褂，准备出门。黄叔领着南丫头匆匆进来。南丫头："老爷，前街的人开始撤了。"黄叔："大先生，我们走吧。"

杨子昆坐在那里没有动，说："我要走了，阿桃怎么办？"黄叔和南丫头呆住。杨子昆："日本人来之前，我就在犹豫，我在想，阿桃她们在哪儿。"

黄叔："日本人并没有抓住小姐和夫人，说明她们已经藏起来了。"

杨子昆："她们藏起来了，可她们还在港九，日本人不会让她们逃出去，没有人策应，她们也逃不出去，她们最好别那么傻，别往陷阱里跳，再返回来。"

黄叔："夫人有经验，她不会带着小姐回来找您。"

杨子昆："可是，我得给她们留着门。万一她们走投无路，要想找到我，我不能不给她们留一条后路。"黄叔急了，说："大先生，这是唯一的机会了，日本人能把陷阱挖成这个样子，他们不会再留任何机会给您，这个时候您再不走，可能就永远走不掉了！"

杨子昆："阿黄，我想过了，这些年，我以为我能主宰别人，我以为谁都需要我，可我自己呢？妻子没了，阿桃和我生分了，我什么也没落下，我这是在干什么，我为什么活在这个世上？日本人要的是我手里的情报，我对他们算不了什么，可阿桃却是我的一切，我不能活了一辈子，把自己活丢了，连唯一的女儿也保不住。"黄叔不说话了。

天黑尽了，杨桃焦急地等在书信馆背街的小坡上，蔡广得像幽灵似的从黑暗中钻出来，杨桃迎上去。蔡广得："你阿爸在家，黄叔也在，看上去行动自由，身边没有可疑的人，附近也没有可疑迹象。"杨桃欣喜，马上要离去。蔡广得："等等。"杨桃站住。

蔡广得："你确定要进去？"杨桃："不然我来干什么？"蔡广得欲言又止，杨桃："你怎么啦？"蔡广得："没什么，我就是，有点担心。"

杨桃："怕我出事？我不会出事。"

蔡广得从身后抽出手枪，检查了一下递给杨桃，说："带上这个，以防万一。"

杨桃："我回自己家，用不着。你都说了，没有可疑迹象。"

蔡广得收起枪，说："那我在外面等你。"

杨桃："不用了，菜花头，你为我已经做得够多了，早点回去吧，一会儿过海小轮就收班了。"蔡广得："可是……"杨桃已经迫不及待地走了，走几步停下说："菜花头，谢谢你送我回家，谢谢你让我回到我阿爸身边，就为这个，我发誓一辈子都对你好。"杨桃消失在黑暗中。

蔡广得静静地站在黑暗中，站了一会儿，抽一下鼻子，慢慢扭头走掉，消失在黑暗中。

杨桃悄悄来到家门前，按响门铃，机警地躲至暗处。阿榕起身去开门，门外没有人，阿榕走出门廊四下看，四下里很安静，能看见附近几栋豪宅亮着灯。阿榕站了一会儿，回身向大门走去。杨桃快速从后门溜进来，轻手轻脚上了楼。阿榕回来，关上门，回到沙发上继续看报纸。

杨桃上了楼，机敏地躲避开从储衣间出来的南丫头。南丫头下了楼。杨桃推开杨子昆的卧室，闪身进去。卧室里亮着灯，杨子昆不在卧室里。杨桃摘下学生帽丢在一旁，坐在床上，替父亲整理枕头，发现枕头下有一把小巧的勃朗宁手枪。她笑了，拿起手枪把玩着，心里急，起身离开了卧室，去找杨子昆。

不成想，这些情况被对面监视的日军特工发现。一辆日产轿车无声地开来，停在杨宅门外街道对面。5名日本特工坐在车内，由一名扁平头领着。

杨桃轻手轻脚来到书房外，正打算推门进去。她听见书房里有人说话，黄叔："您不能去情报部。"杨子昆："为什么不能，如果没有我的情报，他们根本不知道共产党'木棉花'特工小组的情况，现在不是他们找我要情报，而是我找他们要人……"杨桃大吃一惊，贴到门边去听。

书房里，杨子昆显得很疲惫，有些失控。黄叔："大先生，还是忍忍吧，别去惹怒他们。"杨子昆："我和他们做交易不是一天两天，这些日本人嘴里说保护我的利益，可他们保护了吗，追捕我的女儿，还有美沙子，对我杨子昆，他们有过什么信誉？我去找浅丘，我会告诉他，他没有多少时间了，如果他想要他一直惦记着的情报，就放过我女儿，交回美沙子，别再打我家人的主意。"黄叔不敢再劝杨子昆。

书房的门被猛然推开，杨桃一脸愤怒，手中的勃朗宁手枪对准杨子昆。黄叔："小姐！"杨桃："别动。"杨子昆："阿桃，我正在为你担心，你这是干什么？"杨桃："您不光勾结汪伪政府，还和日本人交换情报，出卖我的同志，您到底还是欺骗了我！"

杨子昆："我没骗你，我告诉过你我是间谍，我的工作就是交换情报，不管对方是谁，只要我能拿到需要的情报，我都会和他来往。"杨桃："是吗，那我的行动小组是怎么回事，我把我的事告诉了您，因为您是我阿爸，我相信您，可您却把他们出卖给日本人，知道吗，他们当中有两个人至今下落不明，您连自己的女儿都出卖，您究竟是什么样的人？"

杨子昆："事情不像你想的那样，我没有出卖我的女儿，也永远不会。孩子，把枪放下，放下我们慢慢说。告诉我，你怎么样，美沙子在哪儿，我一直在为你们担心。"

杨桃："别过来，过来我就开枪！"杨子昆："你听我说……"杨桃："我什么也不想听，您已经说得够多了，您还有多少谎言要对我说？"

杨子昆："孩子，离开我的时候你还小，什么都不懂，然后你长大了，该知道一些事情了，可你等不及，不给我任何机会。让我俩坐下来好好说一次话，现在，一个女儿用枪指着她的阿爸，她嫌他话说得太多，她什么也不想听，难道这就是我们父女俩命里注定的关系？"

杨桃："别给我说命运，我的命运早被您毁了。我还担心您会被鬼子抓走，现在我知道您是什么人了，我不想再和您说什么，我不想再听您说任何谎话！"

阿榕和南丫头出现在杨桃身后，他俩很快抓住杨桃，下掉她手中的枪，将她制服。黄叔："别伤着小姐！"杨桃拼命挣扎。杨子昆："放开她，放开她！"阿榕和南丫头松开杨桃，杨桃气呼呼地瞪着杨子昆说："把我送给日本人吧，你不就是这么出卖我的同志的！"

杨子昆："孩子，这都是误会，我们能说清楚。"

杨桃突然抬脚狠踹阿榕的肚子，阿榕痛苦地捂着肚子蹲下，杨桃转身向窗户跑去。杨子昆："拦住她！"杨桃打开窗户，攀上去，试图从楼上跳下去。南丫头从身后抱住杨桃，把她从窗台上拽下来。杨桃脸上充满了悔恨之意，一颗泪水挂在她脸上。杨子昆："孩子，事情一时半会儿说不清，等我们都安全了，我会全部告诉你，我只要你记住，阿爸就是出卖这个世界，也绝不会出卖你。"

杨子昆转身吩咐："阿榕，去外面看看小姐是不是一个人回来的。阿黄，你先赶回山顶收拾一下，我得用用那个地方。南丫头，把小姐带下去，我们离开这儿，去山顶。"

黄叔和阿榕匆匆离开。南丫头押着杨桃出了书房。杨子昆将勃朗宁揣进口袋，跟了上去。

第二十章
老父护女 以命相救

黄叔和阿榕在前，南丫头押着杨桃在中，杨子昆在后，5个人从楼上下来，全都呆住了。楼梯口和门口各站着一名日本特工，客厅里，扁平头特工坐在沙发上，拿着阿榕刚才看的《香岛日报》看，身后站着一名特工。

南丫头见状，拉着杨桃转身就往楼上跑。扁平头："站住。"站在楼梯口的特工刷地用枪指住南丫头和杨桃。南丫头站住，将杨桃掩在身后。楼梯口的特工上楼来，从南丫头手中夺杨桃。南丫头不肯将杨桃交出，宪兵挥动胳膊狠狠一扫。南丫头跌出楼梯，直接翻过扶手从楼上摔下来，哼了一声，不动了。黄叔和阿榕抢下楼去看南丫头。

特工押着杨桃从楼上下来，杨子昆绝望地亦步亦趋跟在后面。特工粗鲁地将黄叔和阿榕推开，说："站到那边去，站好，别动。"扁平头丢开报纸站起来，说："你们最好老实点，乖乖的别动，不然都跟她一个下场。"又向门口的特工吩咐："叫山田把车开过来，人押回去。"守在门口的特工开门出去，刚探了个头，脑袋上就挨了重重一击，顺着门滑下去。

蔡广得闪身进屋，没容押着杨桃的特工掏出枪，开枪将他击毙，再回手将门口挣扎起来的特工打死。看押黄叔和阿榕的特工刚举起枪，阿榕扑上去掐住他的脖子，黄叔一件宋瓷砸下来，人瘫软在地，阿榕再狠跺两脚。

一听枪响，杨子昆连忙趴到地上，黄叔爬上楼保护他。

扁平头快速将杨桃钳住，杨桃试图挣脱，没成功。扁平头将她推到前面当盾牌，连续向蔡广得开枪。蔡广得躲到沙发后面，沙发被打得絮胆四飞，蔡广得怕伤着杨桃，不敢开枪。扁平头试图带着杨桃从后门跑掉，一边推搡着杨桃一边向蔡广得开枪。杨桃去抓扁平头的枪，被扁平头挥枪打倒。蔡广得急了，冒死从沙发后冲出来，扑向扁平头。扁平头开枪。蔡广得中弹，他负痛扑上去，和扁平头扭打成一团。

杨子昆手里握着勃朗宁，连续三枪将扁平头击毙。杨桃替蔡广得察看腰上的枪伤，黄叔拿来药箱，蔡广得忍着疼痛快速缠上伤口，说："没事儿，擦掉块皮。你怎么样？"杨桃："我没事儿。"蔡广得："这里不能久留，我们快走。"

杨桃看杨子昆。杨子昆："你们快离开这里，日本人很快就会过来。"

蔡广得："你也得离开，不能待在这儿，杨桃是冒着风险专门回来接你的。"

杨子昆："我不能走，我还有事没完成。"杨桃："您不能留下！"杨子昆："孩子……"

蔡广得："杨先生，你是见多识广的人，总不能连事大大不过人命的道理都不明白吧。"

杨子昆："你是谁？"杨桃："我的同志，他刚才救了我们。"

杨子昆："我看到了，他差点被打死，可就算这样，也轮不到他在我家里教训我。"

阿榕已经将4名特工的尸首掩藏起来，南丫头也被抱到沙发上，醒过来，在那儿轻声呻吟。杨子昆匆匆过去，扒下南丫头脚上的鞋，用茶几上的水果刀挑开鞋底，从夹层中掏出一把钥匙和半截撕破的钞票，回到杨桃面前，交给她，说："孩子，爸爸有很多话要对你说，可现在来不及了。你拿着这半张钞票，还有这把钥匙，去半岛饭店找孙向南，他是那儿的杂役，别弄丢了。钞票是暗号，孙先生见到钞票，会交给你一只箱子，记住，那个箱子很重要，里面有我留给你的一封信，该说的，我都写在上面了。"

杨桃："您呢，您不跟我们一起走？"杨子昆："我还有一些善后的事情要处理，我必须把它们做完，你们先走，我处理完，会尽快离开这里。"

杨子昆走到蔡广得面前，看了他一会儿，将两支特工的手枪递给他。说："小子，你不是改变世界的人，也别做那样的人，那个靠不住，但你知道自己在做什么。我把女儿交给你了。"蔡广得："你放心，我……"杨子昆："我没让你回答，你把嘴闭上。我要你知道，阿桃是我的命根子，我这辈子没有好好待她，但我不允许别人这样做，她要是丢掉一根毫毛，你后半辈子就别想安生。"

蔡广得："我能说话了吗？"杨子昆："你们走吧。"杨子昆没有打算再和蔡广得说下去，撇下他，过去拉开门。蔡广得无奈地看了杨桃一眼，将枪别在腰上出了门。

马路边停着日军特工的日产轿车。蔡广得从驾驶座上拖出已经断气的驾驶员，阿榕过来将驾驶员拖走。

杨桃父女俩在黑暗中告别。杨子昆："孩子，你真是为我回来的？"杨桃点头问："阿爸，您真不跟我们一起走？"杨子昆："知道你这样对阿爸，阿爸就知足了，我得把这儿收拾一下，再处理一些事，然后再离开。"杨桃："爸，您答应我，您离开以后会去找我。"杨子昆："你也答应我一件事，藏得结实一点，再结实一点，别让小鬼子抓住你，在香港光复前，就算饿死，也别露头。"杨桃："我答应你。"

蔡广得钻进驾驶室，说："走吧。"

杨桃："爸，还有一件事，美沙子让我转告您，她没有出卖您的真正原因，不是因为她爱您，而是因为她是英国情报局的人。"杨子昆脸上露出一丝恍惚的微笑，说："我就觉得有什么不对劲，我猜到双十委员会会派人盯我的梢，没想到是她。你告诉她，她不是一个能成事的特工，但她是一个不会败事的人。"

蔡广得着急地从驾驶室里探出脑袋，说："走不走啊！"

杨子昆朝车里看了一眼，说："孩子，最后一个判断，这小子，以后会让你烦透了他。"杨桃："爸，他不可能烦我，他只是我的同志，回头我们就得分手。"杨子昆："别说分手的话，别轻易说那个话，真的分了手，那就成了山和水，再见面就难了。"杨桃有些发呆。杨子昆："好了，爸不说了，去吧。"杨桃紧紧地拥抱了杨子昆，依依不舍地松开他，上了车。

蔡广得十分生涩地点火，好几次车才发动，歪歪扭扭地把车驶上道路。

　　杨子昆依依不舍，追着车走出两步，然后站下，那一刻，他仿佛一下子死去了。杨子昆看着日产车歪歪扭扭地消失在夜幕中，交代黄叔："阿黄。这儿出了命案，不能待下去，我得换地方，你马上回山顶，替我把山上收拾出来。"黄叔说："您是为了小姐才留下的。您一直在准备，没有什么需要再准备的了，您是想拖住日本人，让小姐逃得更远一点。"

　　杨子昆："日本人盯死了我，现在他们的人死在我这儿，如果我从他们的眼皮子底下消失掉，他们会满城搜查，阿桃逃不出香港，也藏不住，上天没有给我留退路，我只能这样做。我已经很累了，不想再说什么。你去把我们的人都召到山顶，再从宝安调一些人来，我没想过这辈子会杀人，可这一次，我不会让日本人轻松赢了这局。"

　　黄叔点点头，迟疑了一下走掉。

　　日产车生涩地从马路上驶过。蔡广得紧张地驾驶着车子，腰上的伤让他很不方便。杨桃揭开蔡广得的衣摆，检查伤口，说："伤口还在淌血。你把车停下，我来开。"

　　蔡广得："我刚学会，没听说吗，新牵进圈里的马爱尥蹄子，这家伙遇到我活该倒大霉。不是我吹，没什么难得住我，下回我弄艘小火轮，再弄架飞机，看我菜花头能开出什么花样来。"杨桃并不想听蔡广得胡吹滥侃，问："你不是走了吗，怎么没走。"蔡广得："不就是维多利亚海吗，我就生在海里，一只手也能游过去，干吗要走？"

　　杨桃："菜花头，谢谢你没走。"蔡广得："你就干脆说谢我救你得了，羞羞答答的，让人猜半天。我能走吗，我救你不是一次，哪一回我都知道，你还得落到我手里，跑不掉。不过，这回我学乖了，再不拿鞋装水淋你了，省得挨你嘴巴子……"

　　杨桃凑过身子快速在蔡广得的脸上亲了一下。蔡广得蒙了，没把住方向盘，车子撞向一边。蔡广得扳过方向盘，眼睛直着，半天才缓过来，问："刚才发生什么了？谁揍了我一巴掌？"杨桃开心，咯咯地笑。

　　朴渚芳在打电话，电话仍然没人接。朴渚芳挂掉电话，在那儿站了好一会儿，然后转身离去。朴渚芳沿着长长的走廊走来，经过侦听室站下。半掩的门内能够看到浅丘经道和千夏麻也在说话。朴渚芳走了过去。小林正雄从另一个办公室出来，看到了朴渚芳的背影。

　　浅丘经道和千夏麻也小声说着话，小林正雄过来说："教授，田中总督来电话。冲绳岛上的32军已经弹尽粮绝了，港岛将进入战时戒严状态。"浅丘经道点点头，说："军部也发来密电，明天天皇召开御前会议，确认本土作战方针。帝国决战在即，天皇将与庶民共同抗击犯敌，我们在海外作战的将士必须守住最后的阵地，开辟第二战场，与帝国同进同退。"报务员："东纵回电了。"3个人转向报务员。

　　朴渚芳从大楼里出来，上了车，把车开走。

　　朴渚芳慢慢走进监视屋里。望远镜放在窗台上，那里有几只吃剩下的饭团和水。她环顾四周，走到窗户前，拿过饭团中的望远镜向对面看。

　　杨子昆站在二楼窗前，神色平静地看着窗外。窗外一片漆黑，能看到远处山下维多利亚海湾星星点点的灯火。

　　阿四领着两个家仆将南丫头搀扶出后门，阿榕叮嘱阿四："告诉黄叔，大先生吩咐，家里的事一切照旧，什么也别动，他明天早上会去银行上班，下班后去兰桂坊和朋友喝茶，晚上打一圈牌，然后回山顶那边，让黄叔别来接了。"

　　阿榕再叮嘱另一名家仆："你们把尸体处理了，别留下痕迹，然后在外面看着，一有动静就报告。记住，如果日本人来，无论他们说什么，不许和他们发生冲突。"阿四和家仆答应着离去。

　　朴渚芳放下望远镜，将望远镜放回饭团中，离开了那里。

　　赛南粤在熟睡。岳小白在床头静静地守着她，疼惜地看着她。赛南粤突然战栗了一下，睁开眼睛，问："杨桃回来了？"岳小白摇摇头。赛南粤："她不会有事吧？"岳小白："菜花头送她，不会有事的。你身子骨太虚，多睡会儿。"赛南粤不肯再闭眼睛，靠在床头坐着，岳小白给她端来一杯热水。赛南粤去接水杯，岳小白不给，要喂她。赛南粤坚持，终拗不过，任由岳小白一口一口喂她喝水。

　　岳小白："你在发抖？"赛南粤："我冷……"

　　岳小白："想到我这儿来吗？"赛南粤点点头。岳小白把水杯放在一旁，把赛南粤搂进怀里，赛南粤舒服地依偎在岳小白怀里。岳小白："有件事我要告诉你。"赛南粤："别说。"

　　岳小白："这事我得说，要不说，你不知道我是谁。"赛南粤："我不想知道。"

岳小白再次坚持，说："我叫岳小白。"赛南粤："他们叫你竹叶青。"赛南粤仰起脸来看他，问："我能插嘴说话吗？"岳小白点点头。赛南粤动弹了一下，让自己在岳小白的怀里靠得舒服一点。

岳小白："民国11年，我出生在上海。"赛南粤悄悄伸出一只指头，慢慢贴着衣裳在岳小白胸脯上爬动。岳小白："我父亲是弄堂老虎灶的茶炉工，母亲替人做家佣。我还有两个妹妹，加上爷爷奶奶，家里一共7口人。"赛南粤专心致志地爬动她纤长的手指。岳小白："鬼子进攻上海的时候，我一家人都被小鬼子杀掉了，只有我一个人，被爷爷奶奶死死地压在身下，得以偷生。"赛南粤的手指停下来，停了片刻，然后继续爬动，触动到岳小白的喉咙。岳小白停了一下，继续说："那以后，我进了江西青干班，又辗转到了重庆。"赛南粤的手指在岳小白脖颈间停留了一会儿，一只手掌继续往上。岳小白："菜花头说得对，如果一个党国让你的良心过不去，你就不该再相信那个党国。可我必须告诉你，我是一个以杀人为职业的特工。"赛南粤的手攀爬上岳小白的脸上，温柔地抚摸着它。岳小白："我这次来香港，有一个任务。我的任务是，杀掉党国的罪人'黄蜂'。"赛南粤的手突然僵在那儿，岳小白困难地咽了一口唾沫说："是的，你知道他是谁，我要杀的，是杨子昆。"

赛南粤猛地推开岳小白，惊愕地看着他。

凌晨前那段时间，天还黑着，两条狗在狗窝里睡觉，听见什么警觉地醒来。蔡广得跳下院墙，再接下杨桃，杨桃扑进他怀里，碰到他的伤口，他哎哟一声，身子一软坐到地上，杨桃压在他身上。杨桃："你没事吧？"蔡广得："这样还不算事，不如你再给我一嘴巴。"

杨桃："就知道贫嘴。"蔡广得："你压在我身上，不贫嘴我也起不来呀。"杨桃反应过来，脸红了，连忙起来，把蔡广得拉起来。

两条狼狗从狗窝里冲出来，拼命叫起来，挣得铁链直响。蔡广得冲狼狗作恐怖脸。狼狗畏缩地收声，夹着尾巴退回狗笼子里了。杨桃好奇。蔡广得解释："天亮之前，老虎见了我都得夹尾巴。"杨桃："为什么？"蔡广得："天亮之后告诉你。"两个人机警地钻进碉楼。

杨桃进屋就翻找，把给赛南粤治枪伤的药都找出来。赛南粤披着衣裳靠在床上问："见到他了？他怎么样？"杨桃顾不上搭理赛南粤，说：

"等你见到他就知道了。"赛南粤喜忧参半，问："他要来这儿？"杨桃："他在书信馆，我进门后鬼子闯进去了，幸亏菜花头在，不然我们都跑不出来。他答应很快离开家，来找我。"

赛南粤有些紧张，说："我不想见到他。"杨桃看出她的担忧，过来坐在她身边，说："你担心他会对你不好？别怕，我已经告诉他了你的身份，有我在，他不会把你怎么样。"赛南粤："我不在乎他对我怎么样，我只是替他委屈。他活得人不人鬼不鬼的，你不肯原谅他，我又离开了他，他身边再没有一个人了，我……"杨桃："美沙子，知道你的问题在哪儿吗？你根本就不爱他，你迷恋的是一个危险的男人，你得去找自己的爱情。"

赛南粤："怎么可能？"杨桃："现在你可以那样做了，可你还走不出来，要是这样，你，我和他一样，都把自己活丢了，我们3个谁也没资格说谁不对，你也不能说他。"赛南粤看杨桃。杨桃："你是不是觉得，我这话伤了他？"赛南粤："嗯。"

杨桃："他是我阿爸，我爱他，比爱任何人都爱，可现在我才知道，他不光是我生命中最重要的那个人，他还是我的教训，我不能像他那样，把自己活得看不见，等他找到我，我会把这个告诉他，我相信他会明白的。"赛南粤想对杨桃说什么，发现杨桃手里抱着药包，问："你拿药干什么？"杨桃这才想起来，说："菜花头受伤了，有什么事，等我替他处理好伤口，你再给我说。"杨桃起身匆匆出去。

岳小白用匕首割断蔡广得的裤腰带，正帮他扒下血衣。蔡广得夸张地哎呀呀叫唤着，岳小白："怎么中的枪？"蔡广得："急眼了，什么也没顾就扑上去了。别动。"

岳小白："你得把血衣脱掉，不然怎么处理伤口。急什么眼，让人逼到墙角里了？"

蔡广得："逼什么，是我逼他。叫你别动，一会儿有人给我脱。"

岳小白："我不是给你脱着吗？"蔡广得："你脱有什么意思。"

岳小白："作什么怪，你中枪了，你当是让蚊子叮了一口？"岳小白操过匕首，不由分说，三两下把蔡广得的衣裳从后背上割开，露出腰上的枪伤。岳小白看过，松了一口气，说："算你撞大运，子弹没穿进去。"

杨桃抱着药包进来，说声躲开，用肘把岳小白拐到一旁，将手中的药包放下，叫蔡广得把衣裳脱了。蔡广得得意地看岳小白，岳小白恍然大悟。杨桃："叫你脱衣裳，都这样了，扮什么鬼脸？"蔡广得连忙脱衣裳，手抬不起来，不方便。杨桃抬着蔡广得的胳膊往下退衣袖。杨桃："谁这么缺德，把衣裳割了，这不得脱两次吗？慢点，别急。"蔡广得："我不急，有人急。哎哟。"杨桃："碰着了？忍着点儿，一会儿我用生理盐水洗伤口，你别怕。"

蔡广得："鬼子比我还怕，我都这样了，怕不过来。"

杨桃的动作突然停下。蔡广得的背上露出三处伤，一处老伤。一处刚结痂的伤。杨桃把衣袖轻轻拿掉，她的手沾上了血。杨桃愣住，她把蔡广得的另一只衣袖慢慢脱下来，丢在一旁，人呆在那里。蔡广得的脖颈、背上、胳膊上、腰上全是伤，有的结了痂，有的露出新鲜肉，有一处伤口已经溃烂掉了，流着脓血。

蔡广得背对着杨桃，不知道身后发生了什么，问："我就这样站着，跟光猪似的？"无人应答。蔡广得："喂，我不习惯让人当光猪。"杨桃惊呆在那里，人像入定。

赛南粤进来。岳小白示意赛南粤，两个人悄悄离开，轻轻掩上门。

蔡广得没有等到回答，有些不安，又问："怎么啦，这究竟是怎么啦，我犯错也没这种罚法呀？"杨桃从后面一把搂住蔡广得，心疼得哭了。蔡广得龇了一下牙，忍住，越发不安，人僵在那里，说："出什么事了，我老老实实站着，没做什么呀？"

杨桃："你还要做什么……别说话。"蔡广得："我不说。"

杨桃呜呜地哭："一路上发生了那么多事，我知道那是什么，我都知道，可我从来没有担心过，从来没有想过，你也是肉做的，你也会受伤，你也会烂掉……"蔡广得这才明白，相反放松地笑了，说："这样啊，吓我一跳，不就是伤着肉擦着骨头吗，没事儿，你就当我是石头长的，石头好，烂掉也是泥土，能养粮食。"

杨桃哭得更厉害，说："不许你胡说！我不让你烂掉！"

蔡广得："好好好，我不烂，我就做颗铁蛋蛋，一辈子称手，谁也下不了牙，行了吧？"

杨桃："你太坏了，你能不能，不说话……"汗水顺着蔡广得的脸上淌下来，淌进嘴里，他闭上了嘴。此刻，杨桃像个委屈的孩子，蔡广得像个乖孩子，从未见过地听话。

蔡广得脱光了，趴在床上，腰间裹着件衣裳。杨桃泪流满面，为蔡广得仔细处理一处处伤口。蔡广得龇牙咧嘴，脸上却是一副舒坦的样子。蔡广得："你不是，不敢见血吗？美沙子中了枪，你让竹叶青给处理，你说害怕。"

杨桃抹一把眼泪，脸上多了一抹血污，说："那是她，这是你。"蔡广得："明白了，我俩不一样。"想了想，问："可我俩为什么不一样？"一串眼泪滴落在蔡广得背上。杨桃："你不用明白。"蔡广得："那怎么行，要那样，我不就成了不明不白的人了？"一串眼泪滴在蔡广得背上。杨桃："你就不能把嘴闭上，你就不能养养神？"

蔡广得："你得告诉我，我才能闭嘴。"

杨桃："你再说话，我不给你收拾伤口了。"

蔡广得："不收拾我就烂成泥土，我养粮食去。"

杨桃伸手捂住蔡广得的嘴，眼泪哗哗地往下淌。杨桃："你要再敢烂，我饶不了你！"蔡广得嘴被捂住，说不出话，一个劲地点头。

赛南粤和岳小白面对面坐着，赛南粤猛地推开岳小白，惊愕地看着他，问："你也和他一样，对吗？"岳小白没有回答。赛南粤："我真想知道，你们到底是什么样的人，你们为什么拼命，为什么就打不垮？"岳小白神态平静，没有回答。赛南粤长叹一口气，问："好了，是你自己脱，还是我来？"岳小白久久地看着赛南粤，然后说："不用了，我自己能够对付。"

岳小白和赛南粤仍然原样坐着，一句话不说看着对方。杨桃流着泪疲惫不堪地进来，脸上全是血污，也不看人，缩进墙角，慢慢顺着墙滑坐下，抱住双膝无声地啜泣。赛南粤从床上下地，走过去，杨桃投进赛南粤怀里，双肩抽搐，就是不哭出声。岳小白看了她俩一眼，起身出去了。

岳小白帮蔡广得穿上干净衣裳，两人各据房间一角，坐下。岳小白："接下来做什么？"蔡广得："杨子昆让小蜜蜂去半岛酒店取一口箱子，说很重要，一会儿天亮了，我先带她去把箱子取回来。"

岳小白："我去吧。你有伤，不方便。"蔡广得："我能行。伤不碍事。"

岳小白："别争了，半岛酒店是占领军司令部，不是谁都能进的，你这副模样进去，马上就会让人盯住，反而出事。"

蔡广得："那我也得去，头一回陪她出门，不能让人。"见岳小白不明白，撑着胯神秘兮兮挪到岳小白面前，满面喜庆地小声说："头一回陪未婚妻呀。事情刚发生，我也没缓过来。"岳小白心情复杂。蔡广得挪回自己床上，说："行，好事全在我这儿，我也真累了，喜气匀点给你，一会儿你陪小蜜蜂去，我睡一会儿。"

岳小白："箱子取到手以后呢？"

蔡广得："箱子取到手，我带小蜜蜂走，离开香港。去宝安南头，让她在那儿等着杨子昆。美沙子你要放心，我也带走。"岳小白："你带走吧。"

蔡广得问："我不在的时候，出什么事了？"

岳小白："没什么，我把事情告诉了赛南粤。"

蔡广得："你要杀掉杨子昆的事？你疯啦，你这样，她的心就不在你身上了，她会恨你。你不是在女人面前挺会来事的吗，怎么会做这么蠢的事？事情让你处理成这样，美沙子我只能带走，我把她俩送到南头，那里有我们的同志，能照顾她们，然后我再回来。"

岳小白："我说了，我的事不用你操心。"

蔡广得："我没说操心你的事，小蜜蜂现在和我是这种关系，要让我看见你杀杨子昆，我不知道我会干出什么蠢事。我回来不挨你的边，我找渣子和老鳗鱼。"

岳小白："知道吗，我挺羡慕你们共产党人的。"

蔡广得："不是共产党人，是人。来时三十六，回时十八双，若还少一个，定是不还乡，我得把他俩带回去。"岳小白看蔡广得，万千感慨。

杨桃停止了啜泣。赛南粤："告诉我，为什么流泪？"杨桃："不知道。"赛南粤："我知道。你是恋爱了。"杨桃愣住，想想要争辩。赛南粤替她抹去脸上的泪水和血污，说："什么也别说，别这么急，就当我没说过这话。"杨桃："难道，这种感觉就是恋爱？"

赛南粤体贴地把杨桃轻轻搂住，说："你说过，你从新加坡回来后一直想见我，想知道我是什么样的女人。知道吗？那个时候我也想见你，他也不让我见你，他其实挺脆弱。就是那天，我问了他一件事，我说，一个从小远离父母的女孩子，一个从来没有在父母面前撒过娇的女孩子，谁来告诉她，应该怎么和男人打交道，她今后该怎么恋爱？我还问他，如果这个孩子今后不会恋爱，怎么办？"

杨桃："他怎么说？"赛南粤："他没说。那天我们在山顶，以后他就一直不说话，一直看着维多利亚海湾，好像那里有答案，他需要把它找到。你父亲，他真的很爱你。"

杨桃又流泪了，赛南粤替她擦泪，她不好意思地挣脱赛南粤的怀抱，起身说："我好了，没事了，我去给竹叶青处理伤口。"赛南粤："不用。他不让动他。他对谁都防范，包括对他自己，表面上，他是你们当中最胆大的，其实，他比谁都脆弱，那些要强的男人都脆弱。"杨桃像是不明白似的看赛南粤，赛南粤起身说："好了，我去吧，他替我处理了伤，我得还他的。"

蔡广得："你在想什么？"岳小白从发呆中醒来说："也许你是对的。我用不着杀掉'黄蜂'，我可以活捉他。"蔡广得高兴了，说："这就对了，不是看在我的面子上吧？哎，我申明啊，未婚妻不等于连她阿爸我都得娶回家，杨子昆汉奸的事，我不替他说情，如果你要捉他，我帮你。"

岳小白："不用了。不是我的事你帮不上，是我的事你看不过去，你别沾那手腥臭，我自己对付吧。一会儿箱子取回来，我就去港岛。"岳小白感慨万端，又说："这回，可真的要分手了。分吧，迟早的事。"岳小白起身为蔡广得加了一件衣裳，然后再坐回原处。

蔡广得："我们刚从罗浮山出来时，我还在想，寻机会和鬼子正面较量。这次出来我才知道，小鬼子没几天好蹦跶的，我想去正面战场上打鬼子的梦想，怕是没机会了。"

岳小白："鬼子不会轻易投降，还得有一战，最后一战，你还来得及。"蔡广得："你呢？"

岳小白有些困惑，也有些伤感，说："我不知道，我一个人，没有友邻，没有策应，又在敌后，在鬼子最疯狂的地方，我不知道接下来会遇到什么，会和谁遭遇。知道了也没用，走一步看一步吧。"

蔡广得："我一直没问过你，你这样把任务咬得紧紧的，一点也不肯松口，到底是为了什么？"岳小白："杀鬼子，为家人报仇，这你都知道。"

蔡广得："可我觉得，你有话瞒着，谁也没告诉。"

岳小白看蔡广得，看了好一会儿，说："知道吗，我跟你不一样，你是心里有什么就去做什么，输赢不论，心里那面镜子不倒，我不同，我只是一个工具，杀人的工具。"

蔡广得："有区别吗？"岳小白："有，一个杀手心里只能有仇恨，不能有别的。如果一个人心里只有仇恨，没有爱，那这个人就没有希望，他就不该在这个世界上活下去，他要活下去，会比别人多很多的痛苦。"

蔡广得："这话太深奥，我听不懂。我们从罗浮山出来的时候，那会儿我们中间有个内鬼，我们不得不把对方当成敌人。我第一个念头，内鬼是老鳗鱼，还有你。"

岳小白："我也害怕，夜里都不敢合眼，我也猜过你俩。"

蔡广得："走了这么一路，遇上了这么多事，到现在，不要说害怕了，这事我连想都不愿想了。现在要让我说，你就像我的兄弟。"岳小白看了一会儿蔡广得，起身过去拥抱他，说："你也是我的兄弟。"蔡广得："哎哟，你往我腰上搂干吗，搂你也温柔点儿。"两个人都开心地笑了。岳小白看窗外。窗外，天边露出一道鱼肚白。岳小白："天亮了。"

赛南粤抱着药包，靠在门口。

天蒙蒙亮，吴为在一片桃林前向三号汇报情况："港九大队完成了联合指挥部下达的任务，港九日军的部署情况摸清了。"三号："一会儿你和C.罗交接一下。叶德全他们有消息吗？"吴为："一点消息也没有，派出去的人一直踩着他们的脚后跟走，人刚到，他们就离开了。"三号："你是说，他们在有意识地躲避我们？"

吴为："他们是在躲避敌人的追踪清剿，我们也给了他们指示，不让他们与我们的任何组织取得联系，他们会执行这个指示。不过，港九大队报告，有一个年轻人去打听过吴东山，他们怀疑是我们派出的人，可我们没有派人出去。"

三号："吴东山是谁？"吴为："曾生司令员和八办廖主任的联络员。"

三号："他打听曾司令的联络员干什么？"吴为："不知道，不过，吴东山还有一个身份，他是蔡广得的阿爸，蔡广得很小的时候，组织上就安排老吴同志去香港工作，这件事一直没有告诉蔡广得，我怀疑，那个年轻人是蔡广得。"

三号："你是说，叶德全他们去香港了？他们为什么要去香港，他们去那儿干什么？"

吴为："他们从罗浮山去了深圳墟，再从深圳墟去了惠阳，然后再去了大亚湾，再返回深圳墟，他们去的地方都是鬼子的重镇，这一路上闯下去，到处捅马蜂窝，鬼子给他们的压力，可以说，难以想象，东江一带又到处都是我们的人，他们得躲着，无处藏身，只能往港九躲避。"

三号："让港九大队尽快把他们找到，不能让他们再这么躲下去，再往南就是伶仃洋，他们没处可去了。"吴为："是。"三号："联合司令部那边有消息吗？"

吴为："没有，自从日军海防工事情报和129师团的情报送到盟军最高指挥部之后，这几天C.罗一直守在电台边，可他的电台一直沉默着，一点动静也没有。"

三号："欧戴义那边呢？"吴为："联络组的电台也没动静，过去联合司令部每天都会有指示来，这两天一声没响，好像盟军最高指挥部消失了。"

三号："这是假相，欧战已经结束，就剩下太平洋战场，天就要亮了，世界不可能睡过去，决战在即，人们都在等待最后时刻的到来。离盟军最高司令部（沙马计划）的最后时间还有几天？"吴为："6天。"

三号："6天以后，几十万中美盟军就要在华南登陆了，我们这儿就会成为震惊世界的战场，除了等待，我们什么都做不了。"

吴为："有一件事可以做，我打算去香港，去找'木棉花'小组的人。"三号看吴为。吴为："首长，我不想用那个字眼，可他们的确在逃亡，您刚才说了，再往南就是外伶仃洋，他们没处可去了，如果他们在那儿，我就去找到他们，不让他们往海里跳。"

三号："去吧，你把手头的工作处理一下，交给小梁，两天以后出发，去把他们从大战的风眼中带出来。"

黎明时分，两条狼狗讨好地围着蔡广得撒欢。阿挺找到蔡广得，说是避风塘来的人，指名点姓要找蔡老板。蔡广得问是谁，阿挺说，是个傻子，老在那儿唱儿歌。他在大门外等着。

　　杨桃和岳小白从外面回来，两个人打扮得时尚，俨然富家小姐少爷，岳小白手里拎一只箱子。杨桃想和蔡广得说什么，见阿挺在一旁，过来替蔡广得拉抻卷起来的衣裳，问："腰上没事吧？"蔡广得："没事儿，刚塞进肚里三大碗肠粉。你们呢，还顺利吗？"杨桃："非常顺利，问到了他的地址，就在上海街，他还没起床，我们就把他的门敲开了。"杨桃不满地朝岳小白瞥了一眼，说："一会儿你骂他，见个女招待就往上凑，还有个少爷样吗？"杨桃上了楼。岳小白小声说："我给自己找了份工作，一会儿就走。狗怎么不咬了，做过思想工作了？"蔡广得得意："那是狗嘛，我说了，我人缘不错，到哪儿我都能搞好关系。"岳小白作势要揍蔡广得，一想到蔡广得伤口的事，拳头放下走人。

　　阿挺看杨桃和岳小白俩，一时看直了眼。蔡广得："别看了，看进眼里拔不出来。"

　　泥菩萨等在大门外拿门墩当马骑着，傻头傻脑唱儿歌："小板凳，四条腿，我给媳妇嗑瓜子。媳妇嫌我脏，我给媳妇煮面汤。媳妇嫌我抠，我给媳妇加点油，媳妇喝完直点头。"蔡广得从大门里出来，机警地朝两边看看，问泥菩萨你怎么找到这儿来的，泥菩萨上前拉住蔡广得的衣袖，笑嘻嘻往小街一头指说："大哥，大哥找你。"水花子没精打采地靠在墙上，无聊地冲地上吐着唾沫。

　　水花子带着蔡广得匆匆回避风塘，蔡广得一直想找机会和水花子说话，水花子有意识不理他，让他找不着机会。两个人进了麻将馆。蔡广得疑惑地看水花子，水花子冲楼上努努嘴说："人在上面，你自己去吧。"不再搭理蔡广得，走开了。蔡广得迟疑地上楼。

　　蔡广得站在门口，惊呆了。叶德全和丁荷，两个人蓬头垢面，几乎完全光着身子，已经没有人样了，就剩下一把骨头，桌上堆了一大堆食物，两人心慌地往嘴里填食物，狼吞虎咽。蔡广得："渣子？老鳗鱼？"丁荷朝蔡广得扑来，一头扎进蔡广得怀里，手中的食物糊蔡广得一脸，把蔡广得的眼泪都扎出来了。蔡广得搂住丁荷，再抢过去一把挽住踉跄一下的叶德全，惊喜交集，问："怎么是你们？怎么是你们！"丁荷也贪婪地摸蔡广得的脸，哽咽："哥，是我们！我们活下来了！"叶德全泪眼婆娑地说："到底找到你们了！你们怎么会在九龙？"

蔡广得："先说你们，你们怎么在水花子这儿？"

叶德全："我们从大屿山逃出来，差点儿淹死在海里，是前天吧，正好遇上一条船，有个船工，叫香港脚，说是水花子的人，说你在水花子这儿当大哥，我们开心坏了，就让香港脚送我们到这儿来了。"蔡广得："你们在大屿山？"

叶德全："一言难尽，那天在深圳墟，我看跑不掉，正好鬼子抓的劳工从那里过，就拉着渣子钻进去了。"蔡广得："我和竹叶青看到了，我俩想去救你们，没得手。"叶德全："没想到，上船就不让下来了，人给拉到大屿山挖山洞，一个叫海生的劳工帮我们逃了出来。"

蔡广得："我就猜你们在香港，不可能去别的地方，我说一会儿去南丫岛找你们，就没想到大屿山。"叶德全："小蜜蜂呢，你们找到她了吗？竹叶青和你在一起？"蔡广得："小蜜蜂找到了，是让杨子昆给绑架了，她小妈也找到了，竹叶青也在一起。说来话长，以后再说。走，先回去收拾一下，让竹叶青小蜜蜂看看，他俩准高兴得跳起来。"蔡广得说罢一手拉一个兴冲冲往楼下走，叶德全不经拉，哎哟一声倒下了，蔡广得连忙把他扶起来。他明白，他们让鬼子当劳工使唤，吃了不少苦，蔡广得要看叶德全腿上的伤口，叶德全拦住没让他看。蔡广得咬牙忍住腰上的伤疼，一用力背起叶德全。丁荷连揣了几个包子在怀里，三个人下了楼。蔡广得背着叶德全从楼上下来，水花子冷着脸等在楼下。蔡广得："水花子，谢谢你……"

水花子："客气话免了，人你清点齐，怎么来的怎么领走，一粒海盐没落下，别到时候说我这儿克扣了斤两。"水花子说罢扭头进了里面。蔡广得愣一下，把叶德全放下，交给丁荷。嘱咐二人在外面等一会儿。蔡广得跟着水花子进了里面。

大井等人在杂物间里收拾刚偷来的东西，吵吵闹闹，水花子在一旁指点："别吵了，烦不烦。昨晚弄的那两箱荷兰水，一会儿大井你去德力克那儿，问他要不要，开个好价，别的东西也清清，得把今天的粮出出来。"蔡广得进来，叫水花子。大井等人停下吵闹，向蔡广得点头哈腰。蔡广得："我找水花子说点事儿。水花子，谢谢你救了他俩。"水花子爱答不理说："人不是我救的，别往我脸上贴好，贴再多我也摊不上，是他俩自己爬上船的。"

蔡广得："那也得谢谢你，要不是香港脚给带回来，他俩上不了岸，得死在海里。"

水花子："命是老天爷管着，论不上我管，我这儿码头小，靠不了双桅船，你赶紧出港，小心别蹭破了你的好帆。"大井看出两个人不对付，示意其他人跟自己出去。水花子："干吗，我的地盘，要给谁腾地方？都给我站住，收拾东西。"大井等人尴尬地站下。

蔡广得："水花子，你这是怎么了？"水花子："问得着吗？我怎么了，你还不清楚？"

蔡广得："看你问的，今早一见你就拉个脸，到底出什么事了？"

水花子："我就拉一早上的脸，你拉了多长时间？见我第一天你就拉脸，从梧桐山拉到惠阳，再拉到九龙我家门口，我是欠你的还是该你的？"大井等人见状不妙，还是悄悄地一个接一个溜出仓库。

蔡广得："我对你态度不好，是我的错，我认。渣子和老鳗鱼他俩是我的同志，我们一块出来的，丢了这么些天，我心里一直惦记着，没想到你给送回来了，所以我得谢谢你。"

水花子："话是你说的，要不是他俩正好碰上香港脚，我也不会去宪兵队的人那儿打听你的下落，你别觉得我是没你活不成，硬要死皮赖脸地缠着你。"

蔡广得："水花子，你这话听着可刺人。"

水花子："我说这个你就受不了了？你的同志你整天在心里惦记着，自己的兄弟你往外推，这话要说出去，你自己估摸，谁受得了？"蔡广得一愣，问："你，你说什么？"水花子："你就别装了，你们走那天，竹叶青把什么都告诉我了，我知道你是谁。"蔡广得："为什么不告诉我？"水花子白了蔡广得一眼，扭头出去。蔡广得撵上来。

水花子："告诉你干什么？老实说，你这个哥哥，别说比不上大井泥菩萨，比德力克你都嫌冷，我告诉你不窝心，还自讨那个没趣？还待在这儿干嘛，打算跟我分家产？我阿爸女人娶了两个，家产一分没有，你分不上。"蔡广得血涌脑门，一把揪住水花子的衣领。水花子："怎么，兄弟一块肉，你打算割我哪块？"蔡广得搡开水花子，大步朝门口走去。水花子："我看，我阿爸娶二房没错，他一个大老爷们，顾上了东家顾不上自己家，他也得活人，错的是他不该生头胎，生出个爹不认兄弟也不认的东西，我还能认谁？"蔡广得被钉在门口，动弹不得。

丁荷搀着叶德全等在外面，和大井等人大眼瞪小眼。蔡广得黑着脸从里面出来，从丁荷手中接过叶德全，一弓身上了背。3个人在大井等人的注视下走了，大井发现自己身上的东西不见了，到处找。

朴渚芳、小林正雄和千夏麻也站在大楼台阶上，目视院子里。院子里，浅丘经道在春山二路的陪同下钻进座驾，车驶走。朴渚芳："教授去哪儿？"小林正雄："（光一号作战）香港方面最后一次会议，酒井隆将军和田中将军都来了。"

千夏麻也："教授的（光弥漫作战计划）会在今天的会议上确定下来。"朴渚芳："（光弥漫作战计划）内容是什么？"

小林正雄："你得问千夏。"千夏麻也："计划是保密的，除了8604给水部队的原田他们，没有人知道，特别行动队不介入这个计划。"

小林正雄："别打听了，走吧，去看看杨子昆那老东西在干什么。"朴渚芳和小林正雄走下台阶，朴渚芳上了日产车，小林正雄上了丰田车，车驶离大楼。

小林正雄一行来到杨宅对面的街。一名特工匆匆过来报告："少佐，山田他们不在监视点。"小林正雄愣一下，拉开车门匆匆下车。

小林正雄和朴渚芳带着几名特工冲进监视点，朴渚芳一进来就奔向窗前。房间里空空的。小林正雄："山田组在哪儿？"特工："我们来接班的时候他们就不在，已经派人去找了。"小林正雄拔枪，说："是杨子昆那混账。"朴渚芳："等等，他还在。"小林正雄过去，从朴渚芳手中接过望远镜朝对面看。望远镜镜头中，杨子昆近在咫尺，站在窗边看着镜头。小林正雄放下望远镜，吩咐："秋河，你们组接上，剩下的人去找山田组。"

原汇丰银行大楼，占领军香港总督府，军警荷枪实弹，戒备森严。大楼里三步一岗，五步一哨，日军设防严谨，气氛沉重。

（光一号作战）香港方面作战会议在总督府作战室召开。酒井隆、新见政一、鹈泽尚信、吉田喜八郎、浅丘经道等十余位高级将领在座。鹈泽尚信在一幅巨大的惠/港地区作战图前介绍情况。

鹈泽尚信："我129师团波香部队已完成秘密进驻香港各要塞阵地的任务……3个步兵联队，4个炮兵大队，两个警备旅，加上台湾山地作战旅，南京政府的两个师，分别布置于香岛、九龙、大屿山、南丫岛和青洲一带，随时准备反登陆作战。南方海军集团香港支援舰队正在向我靠拢，在这一带，明日中午前完成舰队集结，随时待命。敌人一旦进攻，我军誓将入侵者消灭在滩涂阵地前，不使一兵一卒登港。"

酒井隆："大本营命令，香港海军有关陆上作战，由第23军129师团司令官鹈泽将军处理，为使第5航空军集中力量支援沪、杭地区抗击美军的登陆作战，由吉田喜八郎中将师团长的第13飞行师团负责支援香港地区的沿海防御作战。"吉田喜八郎中将起立示意。

新见政一："香岛一介弹丸之地，易攻难守，一旦打起来，如何作战？"

鹈泽尚信："对盟军作战，素来与对华作战不同，对其优势兵力，必须利用特种作战方案。波香部队将使用单向自杀式攻击机和潜艇，一旦敌人攻击，我方将运用夜间、凌晨和傍晚，从陆上、海上和空中与敌人进行肉搏，撞击和斩断敌方挺进之航母和大型登陆船只，杀伤敌主要兵力，摧毁敌战斗决心。"

新见政一："别忘了，3年前，英国人也是抱着与岛共存之决心与我激战，可不到20天，英国人就竖起了白旗，历史有时候会以重演的方式让我们记住它。"

鹈泽尚信："新见总督不要长他人志气，灭自己的威风。"

新见政一："我身为帝国香岛总督，不会和杨慕琦爵士一样，向美国人举白旗，鹈泽将军何必紧张？"

酒井隆："大家都不要争了，关于最后作战方面，我们有一系列计划，还有一张王牌确保战争的胜利。诸位，大本营已经批准了浅丘大佐的《光弥漫作战》方案。浅丘君，请介绍一下情况。"鹈泽尚信回到座位。

浅丘经道站起来，说："长官，《光一号作战计划》香港方面作战最后会议，在座将星云集，以我的军衔，应该最后一个发言。"

酒井隆微笑道："浅丘君的军衔由参谋本部授予，派遣军无权干预，十六世纪名将蒲池统安的后代，浅丘君的祖先可没有军衔啊，我相信在座诸位已经不耐烦了，我们在等待你对香港方面作战的最后演讲。"军中会议严肃，众将领都会心地笑了。

浅丘经道："那么，我就不客气了。请诸位移步户外。请相信，离开这张没有感情的地图去户外呼吸一下新鲜空气，对你们的心情是必要的，同时，你们将听到一堂战争史上绝无仅有的战例课。"

高级将领们站在港岛的最高处，凭高鸟瞰全港。浅丘经道："它有一个名字，叫东方之珠。昭和十三年，我第一次来到这座奇妙的岛屿上，就对它产生了强烈的兴趣，那个时候我就在想，谁是这块美丽飞地的主人？谁将主宰这座美丽的岛屿，成为它最后的终结者？是呵，这就是问题的核心——战争的结局。美国人的登陆目的在于占领香港，在华南和华东建立大量远程轰炸基地，胁迫帝国在战争终结书上签字，他们只有拿下并且完成占领香港之后，这一战略目标才能实现。（光弥漫作战计划）的思路，是以特种作战方式，达到不与敌人作战的目的。"浅丘经道停顿了一下。众高级将领期待地看着浅丘经道。

浅丘经道："长官们，我很荣幸地告诉诸位，731部队驻广州波字8604部队的11名勇士，昨天已经根据（光弥漫作战计划）的要求到达香港，他们带来了一种秘密武器，鼠疫、炭疽和霍乱炸弹。他们已经在我的指导下投入了工作。我将在3天内，将72枚炸弹部署在港岛和九龙全境，并且在适当的时候在人群密集处引爆。"即使身经百战，浅丘经道的话还是在众高级将领中引起一阵不安的骚动。

浅丘经道："3年前，我是华人离港计划的支持者，但老实说，当我开始实施（光弥漫作战计划）的时候，我后悔了，我们不该赶走了那么多的华人，让（光弥漫作战计划）的舞台上少了60万演员。如果美国人登陆成功，占领了香港和九龙，72枚细菌炸弹在他们当中引爆，炸弹爆炸后72小时内，30万岛上居民将会因为耶尔森菌的暴发而死去；15天内，另40万居民将因为原发性急性肺炎和败血症离开这个世界。尊敬的长官们，我刚才的描述只是这场悲剧的第一幕，我们只能在战前悲观地估计，除了香港居民，盟军参加登陆作战的部队和后援部队将有60万人染上不治之症，这批可怜的士兵不会在香港停留，他们会将病菌快速带到南支那大陆，新几内亚群岛或者别的地方，如果我们的对手聪明一点，他们会在10天内宣布香港成为一座死城，然后，他们会悄无声息地远远离开它，去另一个他们认为能够保全性命的地方。长官们，我想我的话已经足够清楚了，（光弥漫作战计划）要点，是交出战争的主宰权，但不是向美国人和中国人，主宰这场战争的将不再是帝国军人和盟军军人，而是鼠疫、炭疽和霍乱病，它们是没有对手的。这场战争，如果帝国军队不胜，就永远不会再有胜利者。"

没有人说话，高级将领们全都面容严峻，屏住呼吸，仿佛末日来临，有两位高级将领掏出手绢擦拭额头上淌出的汗。

岳小白出现在书信馆背街街口，他化了装，装扮成卖糕郎，推着小车吆喝着走来。岳小白："钵仔糕，弹牙可口的钵仔糕，红豆馅尝了……"岳小白向路人吆喝着，用眼角余光观察杨家大门。

太阳已经老高了，杨子昆仍然站在窗户前，像是入定在那里。楼下自鸣钟响了10下，杨子昆离开窗前，去衣架前取了外套，走到书桌前，将桌上的东西仔细摆放整齐。杨子昆从容地归整好屋里的一切，巡视一眼，走出卧室，带上门。

阿榕等在楼下。杨子昆下了楼，看了一眼自鸣钟，走过去，掏出怀表把钟表拨准，掏出手绢揩了揩手，手绢揣回兜里。杨子昆："阿四他们都走了？"阿榕："回大先生，去山顶了。"杨子昆："黄叔来过电话了？"阿榕："问了好几次，问大先生什么时候动身。"杨子昆："走吧，去银行。"阿榕抢先一步去开门，出去发动车子。杨子昆从外套里掏出一只信封放在茶几上，朝门口走去，巡视了一眼屋里，带上了门。

岳小白注意到杨府门前。雪佛兰从车库里开出来。杨子昆从院子里出来。岳小白快速打发掉一个买糕的孩子，把钵仔糕桶收了。岳小白四下观察了一下，推着钵仔糕车，吆喝着向杨府门前走去。

同时对面监视点日军特工也注意到了。小林正雄："跟上他，看他去哪儿。"众人快速离开。

阿榕把车门打开。杨子昆朝街对面的民居看了一眼，平静地上了车。

岳小白放下糕车快速向雪佛兰走去，他突然发现一边的巷子里，一群青壮年便衣匆匆走来。岳小白警觉地退回糕车，在车担上坐下，他再度发现，其中有朴渚芳。一个青年便衣撩开的怀里露出枪套。岳小白愣住，迅速回身，用草帽扇着凉，遮掩住脸。

阿榕从另一边上了车，要将车开出车道。杨子昆："阿榕，有样东西要给你，忘在茶几上了，我们不回来了，你去拿着。"阿榕下了车。杨子昆从后视镜里看着阿榕进了家，换到驾驶座上，换挡，将雪佛兰驶上了车道。

阿榕刚刚拿到放在茶几上的信封，就听见外面雪佛兰驶走的声音，他向门口冲去。雪佛兰绝尘而去，拐过背街口。小林正雄带着特工冲到。小林正雄："去开车，追上他！"说完和特工们向街对面奔去。阿榕从屋里冲出来，愣住，拔腿便向雪佛兰追去。远处，岳小白快速做出判断，他丢下糕车，穿过小巷跑走。

阿榕插着巷子冲上书信馆路车道。雪佛兰已经驶远了。阿榕打开手中的信封。信封里有两条小黄鱼和一沓港币。信中留言：阿榕，你跟我这么多年，现在我不能照顾你了，这点钱你拿着，回顺德老家做点小买卖过日子吧……

一辆日产轿车和两辆丰田轿车从背街街口冲出。日产车在前，朴渚芳在副驾，一名特工开车。阿榕身后蹿出岳小白，站到道路当中。日产轿车急刹，朴渚芳看见了岳小白，她愣了一下。岳小白抬手一枪，同时扑向日产轿车。车窗碎裂，溅上一片血花。

丰田车内，小林正雄："是杨子昆的人，别管他，超过去！"特工驾驶员用力踏下油门。丰田车一个漂移，绕过日产车冲了过去。丰田车疾驶而过，将阿榕手中钞票吹得到处乱飞。

岳小白拉开日产车门。特工倒在驾驶座血泊中，副驾座上已经没人了。另一辆丰田辆加速漂移，车上的特工同时向岳小白开枪。子弹打在门上，岳小白快速转身，枪口连续冒出火花。漂移的丰田车被击中，撞上一棵大榕树。丰田车油箱被击中，车爆炸，气浪卷着火焰扑来。岳小白抱着脑袋扑出去。

一辆德国车和一辆小货车急速驶来，车上下来黄叔和阿四等人。路边，一脸黑油的阿榕傻了似的抱着脑袋慢慢站起来。黄叔："快，上车！"德国车和小货车风驰电掣地从阿榕身边驶过。阿榕手中最后一张钞票随风而去。岳小白装填着弹药快速跑开。

雪佛兰驶过盘山道，它开得并不快，杨子昆平静地驾驶着车。远处，一辆丰田轿车快速追来。小林正雄坐在副驾座上指挥："盯住他，别让他跑掉了。"驾驶员:"少佐,要截住他吗?"小林正雄:"先跟着他,看看他去哪儿。"

杨子昆单手掌住方向盘,另一只手从副驾座的风衣兜里掏出一支雪茄,咬掉头,点燃,从容地吸了一口。杨子昆从后视镜里看到了跟在后面的丰田车。他一只手掏出手绢,将熄灭的雪茄仔细地包在手绢里,装进上衣口袋,微笑了一下,油门踩下,雪佛兰快速驶上海湾道,海湾就在不远处,海水闪烁着冷光。

丰田车跟了上来。驾驶员:"他驶上海湾道了,他在加速。"小林正雄感觉到不对,下令快超过去,截住他!驾驶员踩下油门,丰田车加速了。

杨子昆从后视镜里看见后面的丰田车加速了。油门用力踩到底。

丰田车冲上来,试图拦截雪佛兰。雪佛兰猛地一拐,冲出马路,冲上海岸,高高跃起。雪佛兰一头扎进维多利亚海峡,很快被海水吞噬掉。

丰田车停下。小林正雄和3名特工从车上下来,冲向岸边,呆呆地看着海面上冒起的气泡。远处,德国车和小货车快速开来。

第二十一章
劫后重生　机密情报

　　朴渚芳提着枪匆匆走来，被出现在小巷对面的岳小白堵住。朴渚芳："你到底是谁？"岳小白推开一个挡道的路人，说："你的老东家找你清账来了。"朴渚芳："什么老东家？"岳小白："金永洲，别装了，你以为装扮成女人就能骗过去。"朴渚芳扭头就跑。岳小白拔腿就追，躲开几个路人连续向朴渚芳开枪。子弹打在朴渚芳四周。几个路人吓得四散而开。朴渚芳借路人的遮挡，快速消失在巷子口。

　　朴渚芳见身后岳小白追上来，推门进了一家豪宅。仆佣正想干涉，朴渚芳强行将其推倒，闯入院子。岳小白过来，掩身大门外，然后冲进去向正想往屋里跑的朴渚芳开枪。朴渚芳躲过连续枪击，逃进屋里。岳小白掩身假山后，快速换上最后一匣子弹，然后冲出去。

　　后院，一对正晒太阳的中年富家男女吓得躲在躺椅后发抖。朴渚芳攀上墙，子弹射来，打得他四周的墙土飞扬，他翻过墙去消失掉。岳小白跑来，飞身而上翻过墙去。朴渚芳蛇形往山坡跑，身后的子弹不断飞来。岳小白边追边射击，又一发子弹打断朴渚芳脚下的草叶，朴渚芳奔跑的脚猛地停住，慢慢转身。岳小白冲过来，枪口指向朴渚芳。朴渚芳："你确定真要打死我？如果你使用16连发南部式手枪，就能打死我，回去向你的老板交差了，可惜你用的是杉浦式，你已经打完了8发子弹，弹匣空了。"说完枪口指向岳小白。岳小白突然跃向一边的草窠，然后顺着山坡滚下去。朴渚芳轻蔑地一笑，扭头消失在山林中。

叶德全洗刷过，换了衣裳，人黑瘦得像炭棍，能看出人样来了，人坐在床上，杨桃为他处理腿上的创口。叶德全："这回算是活回来了。"杨桃："伤口怎么烂成这样，一会儿让菜花头去弄点盘尼西林，要是得上坏血症就麻烦了。"

叶德全："不容易啊，三道海峡，那可是边都看不见的大海呀，真不容易。"杨桃："要是再找不到你们，菜花头可要急得上房了。"

叶德全："哪能让他上房？他又上房了？上谁的房？没上老百姓的房吧？"杨桃："还真上了，上了不少，到哪儿人家都是水，他都是鱼，不信你问他去。"杨桃四处看，问："渣子呢，他在哪儿？"

叶德全："在楼上，守着菜花头。"杨桃："守他干什么？他又怎么啦？"

叶德全："来这儿前和水花子拌了两句嘴，也不知道出了什么事。对了，你们都好吧，没出什么事吧？"杨桃："我们都好，什么事也没有。他俩拌什么嘴了？"

叶德全："都好就好，我就放心了。我也没听见说什么，反正俩人不高兴。对了，听说你们找到了你小妈，她在哪儿，让我见见。"杨桃糊涂："什么小妈？谁说是我小妈？"

叶德全："菜花头，他说，找到了你，也找到了你小妈。小蜜蜂，这可是好事啊，找到了你爹，又找到了你小妈，双喜临门啊。"

杨桃："菜花头这张烂嘴，我找他算账去！"杨桃气恼地冲了出去。

蔡广得沮丧地坐在角楼里，阳光刺得他睁不开眼。丁荷在一旁守着蔡广得，不断地看他。

杨桃气冲冲上来了。丁荷一见杨桃就黏上去，亲人似的缠住杨桃，亲热得要命。杨桃扑棱丁荷长长的头发，连问："没伤着吧？吓坏了吧？看你，都长成刺猬了，想姐了吧？"丁荷："想了。"杨桃："姐也想你了，一会儿竹叶青回来，让他给你把头剃了，找点石灰杀杀虱子。"杨桃看一眼蔡广得，示意丁荷："姐一会儿再和你说话，啊？"丁荷乖巧地点点头，看一眼蔡广得，下楼去了。

杨桃本来要找蔡广得算账，让丁荷一黏糊，再一看蔡广得没精打采的样儿，气消了，在蔡广得身边坐下，问："怎么啦？"蔡广得打不起精神，不想理杨桃，杨桃去撩他的衣裳，蔡广得不耐烦地把她拨开。杨桃看蔡广得的脸色，扳着他的手摇晃。杨桃："怎么了吗？看看伤口，又没吃你。"

丁荷进了房间。叶德全："菜花头怎么了？"

丁荷："不知道，垮着脸，连我都不搭理。伤口还疼吗？"

叶德全："药一上浑身舒坦，跟喝了鸡汤似的。还真亏了有你。我已经不行了，坚持不下去了，要不是你在，我想还撑着干吗，死就死吧。"丁荷坐在那儿不高兴地说："我都几天不在了，从避风塘一接到我们，他脸就黑了。他就不想我们回来。"

叶德全："瞎说什么。不都说了吗，他来香港就是找咱俩的。我想起来了，水花子说，他爹娶了两个女人，没家产，菜花头分不上，还说，他爹生出个不认兄弟的东西，嘁。"叶德全倒抽一口冷气。丁荷连忙过来给他看伤口。叶德全："难道说，水花子他，他是菜花头的兄弟？不对呀，我怎么没听说菜花头有个兄弟？"丁荷瞪大了眼睛，像挨了一记耳光。

蔡广得吃惊地看杨桃，问："你也知道这事？"杨桃："嗯，水花子不是你弟弟？多好的事呀你找到他，别人还没地方找呢，我都羡慕死了，你要不认我认，我让他做我兄弟。"

蔡广得："得了吧，他比你大3岁，还是二房生的。能做你什么兄弟？"杨桃啪地给了蔡广得一巴掌说："你这种人，封建思想一套套的，连亲弟弟都不认，还排上大房二房了，什么旧思想，就该打。"

蔡广得："我思想好到天上去能怎么样，我已经把水花子彻底得罪了，他不愿意原谅我。"

杨桃："活该。你打人三巴掌，人家还你一下，不该呀，你还委屈？"蔡广得："我不委屈，可我冤枉，我哪儿知道他是我兄弟，见他第一面就挺腻烦他，瞧他那身打扮，抹头油，搽雪花膏，跟女人似的，我不喜欢。"

杨桃："就你那样儿，能喜欢谁。水花子你得认，他不待见你，是怨你对他不好，你得挺住，让他再打你两嘴巴，看他还能打下去不。"蔡广得嘟囔："他打不下去，你打得下去，你这儿打我好几下了。"

丁荷来到三楼，好奇地看赛南粤。赛南粤："你是丁荷？得仔和竹叶青老说你，耳朵都磨出茧了。来，到这儿来。"丁荷进屋，到赛南粤身边坐下，从兜里掏出一副纸牌塞到赛南粤手里说："送你的。小组里的人我都送过礼物，你刚到咱们小组，我也刚回部队，没什么拿得出手的。有机会，我送你好的。"

赛南粤："你把我当自己人？"丁荷："嗯，我能看出来，你是个好女人。"

赛南粤被丁荷的一本正经和大人口气逗笑了，说："我也能看出来，你是他们中间最聪明的。"丁荷抹一下鼻子，说："那当然。"

蔡广得经杨桃那么一做工作，情绪好多了，说："这么说，是我错了？"杨桃："不是错了，是错大了。"蔡广得："你都批评了，说明我真是错了。没关系，错了我改，别的优点我没有，改错我数第一，没人能赢过我。"

杨桃："你这是自我表扬还是自我批评？"

蔡广得："有你在，我真能给自己挣回个表扬来。"

杨桃："你挣表扬，有我什么事？"

蔡广得："怎么没你的事儿，你都和我好了，我还能是原来的老样儿，还能老让人家说没个表扬？你等着，我能挣不少表扬回来，到时候，你抱都抱不住，累死你。"

杨桃："表扬先别挣，也先别累死我，你先告诉我，谁和你好了？"蔡广得："你呀。你不是说，一辈子和我好，在你家门口，你忘了？"

杨桃："我没忘，话是我说的，可我说的是，我一辈子对你好，不是一辈子和你好，这两句话可差远了。"蔡广得："对我好，不就是和我好吗？你不和我好，怎么对我好？"

杨桃哭笑不得，说："你这脑子，难怪老鳗鱼和竹叶青收拾你。对你好是我的事，和你没关系。和你好是两个人的事，那就有关系了。你比方说，渣子那儿，老鳗鱼，我也能一辈子对他好吧？亲人、同志，哪一个你不得一辈子对他们好？可我要和你好了，咱俩就是恋爱关系，这是两码事。"蔡广得蒙了，有点转不过弯来。蔡广得："等等等等，别说那么复杂，我想想，让我想想。"想起来，又说："对了，那你还亲过我呢。"

杨桃咯咯地乐了，推蔡广得一下，说："你太逗了，我还亲过猫呢，我还亲过狗呢，红棉花凤凰花，我没少亲，连枕头我都亲过，我不能和猫狗枕头好吧？"蔡广得呆在那儿。杨桃在蔡广得面前摆出上课的架势，说："菜花头，看来我得给你普及普及恋爱知识。人吧，和动物不同，分喜欢和爱，我喜欢你，喜欢渣子，喜欢竹叶青，喜欢老鳗鱼，因为你们是我的同志，我喜欢你们，我就得对你们好，可那和爱不一样。爱只能是对一个人，你要爱上他了，和他好了，那就得一辈子，这辈子你就交给他了，不会有别人。这回懂了？"

蔡广得直着眼睛说："你不是说，你不会谈恋爱吗，就你这一套套的，比谁不懂啊？"杨桃笑得直不起腰。

丁荷从楼下上来说："哥，楼下有人找你。"

王九天热锅上的蚂蚁似的在狗窝边走来走去，两只狗呆呆地看他。蔡广得没精打采地进来。两只狗亲热地过来围着他打转。王九天："刚才来的两位是谁？"蔡广得心思还在刚才的事情上，一脸懊丧说："你别管人家的事儿，闹不懂他是喜欢还是爱，别挖个坑把自己埋了。"王九天没明白，问："埋什么？我问你刚才来的那两位，他俩是战俘营逃出来的？这样的人你也敢往我家里带，不是给我找事吗！"蔡广得："你说什么？"

王九天："得仔，你看，你说随便逛逛，硬住到家里来，我让你住了，你白天晚上进进出出，大半夜的翻墙进家。这还不到一天，又给带回两个来，这两个人不人鬼不鬼，比那三个更费猜疑。得仔，你不是随便逛，你是往死里整治我！"蔡广得："别说得那么难听，也就两天的事，你急什么？我这儿事也结束了，明天一早我就领人走。"

王九天："真的？没骗我？"

蔡广得："东纵骗过谁了？你放心，你睡你的觉，早上起来去碉楼看看，保准一个人影你也见不到，东纵的规矩，屋子给你打扫得干干净净，一根针线不少你的。"王九天："得仔，也不是我要撵你，都是亲戚，我能做那样的事吗？老太太老太爷也不会让我做，对吧？行了，你忙你的，我让人给准备两只咸水鹅，再给弄两瓶好酒，你们吃饱了上路。"

蔡广得："你才上路呢，怎么说话的？"

王九天捆自己一嘴巴，说："你看我让这宅鬼闹的。"

蔡广得扭头就走，走两步回头，去狗窝里抓一把脏土，闻了闻，摸出一张纸头包好，揣进口袋走掉了。

王九天看着蔡广得进了碉楼，问："你相信他刚才说的话？"阿挺："他说了走，不会诓人吧？"王九天："共产党的事，难说，反正我是不相信。不能让他这么舒服，万一给我来缓兵之计，人赖下来，我这儿就成他的窝了。得把他赶走。"

浅丘经道上了座驾，车驶离总督府。从车窗里看出去，大街上到处是扶老携幼准备撤离香港的日侨。浅丘经道："撤侨计划已经开始执行了？"

春山二路："昨天田中总督下了命令，要求在港日侨尽快撤离香岛。"

浅丘经道："这个老东西吓成这样。他暗中和汪系渝系勾结，利用裕祯公司控制鸦片运输和专卖，捞取不义之财，把这点心思用在治政上，香港的治安不至于这么糟糕。"

车驶过大街。春山二路："教授，千夏少佐的潜伏人员挑选出来了，您要不要去视察一下？"浅丘经道："把他们撤回本土。"千夏麻也不解："教授？"浅丘经道："如果盟军在华南和香港登陆，这里将寸草不留，我们不会让大和人陪着敌人送命。"

小林正雄向浅丘经道汇报杨子昆的事，浅丘经道讶然："冲进了海湾？"小林正雄："我就跟在他的车后面，从山上下来的时候，他车速不快，没有任何异样。可是，一拐上海湾道，他的车突然加速，像是要开溜，我去截他，他的车就冲进了维多利亚海。"

浅丘经道："人捞上来没有？"

小林正雄："车沉得很快，来不及，人在车里没出来，宪兵队正在打捞。"

浅丘经道思忖片刻，问："你怎么看？"

小林正雄："他想溜掉，可没成功。"浅丘经道："是吗？"

小林正雄："他的人随后就赶到了，我审过，可以肯定，他的人事先没有接受安排，从迹象上看，是个意外事故。"浅丘经道琢磨着，没有说话。小林正雄："'黄蜂'是个傲慢的家伙，把命看得很重，我们只是跟着他，并没有下手杀他，他不至于害怕到了结果自己。"

浅丘经道："不，这不是一场意外事故。你想想，离开深圳墟的时候，他向我们透露了'木棉花'小组的情报，回到香港不久，他的女儿出现了，然后很快消失掉，接着是美沙子，她背叛了我们，从我们的眼皮子下劫走了杨桃，然后两个人同时消失了，现在又是他自己。"

小林正雄："'黄蜂'是溺水，不是消失。就算他死了，尸首也在我们手上，我们知道他在哪儿。"

浅丘经道："你以为，他躺在维多利亚海底，你就真的知道他在哪儿了？不，你愚蠢。他在和我博弈。他是那个注定要输掉的一方，只是他有运气，在每一个关键点上都成功地逃脱掉了。他知道最终会落入我的手中，这个贪婪无耻、像海蛇一样狡猾的中国人，他下出了最后一步棋，用卑鄙的手段玩弄我，用死亡从我面前消失掉，和他的女儿、情妇、我需要的情报一起，从我眼皮子底下彻底消失掉了。"

小林正雄："我们正在打捞他和他的车，也许他会把情报带在身上。"浅丘经道："你错了，他不会把情报带在身上，任何有经验的情报员都不会做出这样愚蠢的事。"

小林正雄："教授，我马上去下令冻结杨子昆的全部财产和私人物品，也许那些情报锁在哪家银行的保险柜里，我们一定能搜出情报。"

浅丘经道："你还是不明白。论玩心计，这个世界捆在一起也玩不过中国人。'黄蜂'在决定走最后一步棋之前，会把情报交到另外的人手里，他不会给我们留下任何有价值的东西。现在一切都完了，他把我们欺骗了。"浅丘经道思忖片刻，说："听着，现在'黄蜂'走完了他所有的棋，我也只有一步棋可走：立刻收网，把你掌握的所有东纵情报力量全部干掉，防止杨子昆手中的情报离开香港。"

小林正雄："可是，现在我们手中一个东纵的情报员也没有了。教授，您忘了，大鹏湾海防要塞遭到攻击后，'凉帽'小组失去了踪迹。129师团在布吉的野战机场遭到袭击后，'候鸟'小组消失掉。深圳墟袭击事件后，'木棉花'小组也不见了，他们全都从我们的眼皮子底下消失掉了。"浅丘经道盯着小林正雄，目光阴鸷。小林正雄胆寒。

一名特工冲进来报告："少佐，朴上尉回来了。"浅丘经道不解，问："回来是什么意思，他去哪儿了？"

浅丘经道和小林正雄听朴渚芳讲述完情况。浅丘经道："这么说，要劫走杨子昆的不是他的人，而是另外有人，是谁？"小林正雄："很难说，美国人，英国人，重庆政府，南京政府，共产党人，想从他手里拿到情报的不只我们。"

朴渚芳："不，那个人是军统局的刺客，不是来找情报的，他是冲着我来的。我的事情,共产党、美国人、英国人和南京政府的人都不知道,但那个刺客叫出了我的名字。少佐,别忘了,他比我们更早一步到达书信馆街路口,如果他是为了情报,他会抢先下手劫走杨子昆,至少他会拦下你,掩护杨子昆逃走,而不是转过头来追我。"

浅丘经道点点头说:"朴,看来你的身份已经暴露了,重庆方面已经知道了你的下落,他们会继续追杀你。"朴渚芳:"我也这么想。"浅丘经道思忖了片刻,说:"照说,你在特别行动队的工作很重要,这种时候不应该离开,可我也不愿意看到你在我面前被重庆方面的人用点三口径的手枪打出脑浆。这样吧,我联系一下,把你调回朝鲜,躲开他们。"

朴渚芳:"教授,朝鲜青年义勇军也在追杀我,回到朝鲜,我的麻烦更大。"

浅丘经道:"那就送你回本土,你看怎么样?"

朴渚芳:"御前会议已经确认了本土作战方案,本土也进入决战状态了。教授,怕死我就不进特别行动队了,事到如今,我哪儿都不去,留在您身边。"浅丘经道欣赏地看着朴渚芳,走到他身边,抬手轻轻地拍了拍他的肩,说:"那就不用再藏着躲着,还你的真面目吧,上尉,像个男人那样去战斗。"

蔡广得、杨桃、叶德全、丁荷4个人坐在房间里,叶德全正色地清了清喉咙说:"'木棉花'行动小组5人,除竹叶青去执行上级交待的任务,东纵的同志都到齐了,我们这是劫后余生,是战友重逢。这样,趁竹叶青不在,我们抓紧时间开个会,说说情况。杨桃先说,然后菜花头接着汇报。"

杨桃开始说。叶德全热情高涨地边点头边记录。蔡广得没精打采地坐在那儿。丁荷眼皮子打架,鸡啄米似的要睡觉……杨桃:"嘴都说干了,我就汇报到这儿吧。"

叶德全:"汇报得不错,很清楚。现在我总结一下,从杨桃的汇报分析,她是内鬼的嫌疑可以摘掉,理由有五条,我先说第一条,看我分析得对不对……"

蔡广得不耐烦了,说:"别五条八条的了,她要是内鬼,我和竹叶青早就没命了,这儿也早被鬼子盯上了,你和渣子一露头,也得被鬼子抓进大牢，用得着你在这儿从容地审她？"

叶德全："我的意思就是说，杨桃她不是内鬼。"

蔡广得："她不是，照你说，谁是？我就看不来你这样，你一回来就审人，你说要这样，你回来干什么，不是害人吗？我就问你，在你眼里，我是不是内鬼？我嘴里没长獠牙吧？竹叶青呢，他是不是？没证据吧？渣子跟了你5天，他没把你卖给小鬼子，没把你往海水里摁吧？要查你先查查自己，你汇报给我们听听，我们把你排查排查，看你是不是嫌疑最大。"

叶德全："笑话，我能有什么嫌疑？"

蔡广得："刚才肠粉吃够了？"叶德全："就吃了八盘，我和渣子饿过头了，怎么，晚上还吃肠粉？不能让他们给熬点番薯粥，一下，汤也行。"

蔡广得："汤轮不着你，你时间不多了，趁这会儿脑子还清醒，想留什么话你让小蜜蜂记下来，一会儿发作了就没工夫说了。"叶德全："发作什么？我要留什么话？"

蔡广得："水花子那儿的肠粉不是给你们吃的，大井他们和尖沙咀的烂仔闹上了，要向对方下手，肠粉里下了药，就等着找人偷偷送到对方饭桌上，没成想让你们给吃了。"

叶德全眼睛直了："你，你你你说什么？"

杨桃也吓住了，问："你怎么不早说，这么晚才说，他要死了怎么办？"

蔡广得："那我哪儿知道，我不也是后来才知道的吗，谁让他吃那么多的？"

叶德全急着抠喉咙眼儿，一阵干呕。叶德全："小蜜蜂，快，快去给我弄碗水！你他妈站着干什么，快去弄巴豆，我得把肠粉泄出来！"

杨桃："快帮帮他，替他控控！倒着吊起来，让他吐！"蔡广得上去搬倒叶德全。

叶德全："不行，这个没用，肠粉稀了，堵嗓子眼，人会憋死！你照我肚子上打两拳，用力打！"蔡广得照叶德全肚子就是一拳，打得叶德全窝到地上说不出话。

杨桃："别蹲着了，快吐啊！"叶德全："我吐，吐不出来……"

　　蔡广得从衣兜里掏出那包从狗窝里抓来的脏土，说："别忙了，解药大井给我了，小蜜蜂你去弄水，让他把解药吃下。"叶德全撑起身子一把抢过纸包，哆嗦着撕破纸包，叶德全被纸包里的东西熏得呛了一下，狗粪到了嘴边，悟起什么。平静下来，捂住肚子站直了，狡黠地一笑，瞅了瞅手上的纸包，将纸包里的东西慢慢倾倒在地上。

　　叶德全："竹叶青告诉你了？我就说过，国民党信不得，关键时刻就出卖人。说吧，还有什么招，都使出来，也别学我，自己拿点招数，我都接着。"

　　杨桃明白过来，说："你们无聊不无聊？"

　　蔡广得："他先无聊。我话放在这儿，狗屎我非让他吃进去不可。"

　　杨桃不高兴地说："你们能不能不这样，都什么时候了，还要怎么闹？"叶德全和蔡广得不说话了，屋里一片沉寂。杨桃打破沉寂，说："我同意菜花头的意见。老叶，你想过吗，这一路发生了多少事，哪一样都是天大的事儿，内鬼他都有机会出卖咱们，可为什么他一直不露面？我寻思，他是被吓住了，不敢再当内鬼，要不，他就是看清楚形势了，鬼子没几天好混的，不然他早该现出原形了。"

　　蔡广得："我也同意。"叶德全拍一下脑袋，说："都是海水泡的，脑仁儿给泡空了。其实吧，你们误解我了。我提内鬼的事，我是觉得，任务咱们完成了，总得有个自我总结，小组鉴定。不然回去怎么向组织交待？"

　　蔡广得烦得拉开门要出去，杨桃也跟上去。叶德全动了感情说："你们还是误解我，其实吧，我在路上就想，死也得死在同志们面前。我说同志们，是说你们每一个人，没把谁摘出去，现在我的愿望达到了，以前的想法收回来，我不死了。我收回刚才的话，内鬼的事先放在一边，但我先申明，我这个意见不代表组织，只代表我自己。"

　　蔡广得："行了，别光收回刚才话，代表这一套你全收起来，你几句话把你的说完，我可是答应王九天了，明天一早我们就走，这儿不能长住，住长了，他脑子里没屎，指不定都想出屎来。"

　　叶德全："那行，那我就说接下来的安排。小组刚刚胜利会合，接下来呢，又得分开。你们是这样决定的吧？"蔡广得："对，我和竹叶青这么决定的。"

叶德全："那我们就按这个决定执行，今天收拾一下，我和菜花头研究研究撤出九龙的路线，其他人好好睡一觉，明天一早……"蔡广得突然伸出手阻止住叶德全，蹑手蹑脚去了门边，猛地打开门。在赛南粤门口站着，说："我能和杨桃谈谈吗？"叶德全点点头。杨桃离开，出去了。叶德全："她就是你们说的，杨桃的小妈？"蔡广得来气，说："还提，都是我的错，我就没干过正经事儿，行了吧？"

赛南粤问杨桃："竹叶青出去前，和你说过什么？"杨桃："什么也没说，从半岛酒店一回来，他收拾了一下就走了。"赛南粤："他有没有说，他去哪儿了？"

杨桃："没有，怎么了？"赛南粤："他是去杀你阿爸。"

杨桃："你撒谎。"赛南粤："他亲口告诉我的，这是他的任务，他就是为这个才来香港的。"

杨桃："为什么？"赛南粤："他是军统的特工，是军统要他干掉你阿爸的。"杨桃转身冲出房间。赛南粤："哎，还有一件事。"杨桃已经咚咚地下楼了。

杨桃推门进来质问蔡广得："竹叶青去杀我阿爸了，对不对。"蔡广得没反应过来。叶德全："真有这事？组织上可没交待这个，这么大的事，为什么不汇报？"杨桃："你知道这件事，对不对？"蔡广得点头。杨桃扬手抽了蔡广得一耳光，扭头冲出房间。蔡广得被打蒙了。叶德全和惊醒的丁荷呆呆地看着这一幕。

天色已偏晚，岳小白一身凌乱，匆匆往这边走。杨桃急匆匆冲出碉楼，杏眼圆睁，从一旁抓了支木棍冲上去。岳小白回头观察前院，没提防，被扑上来的杨桃一闷棍敲在脑袋上。岳小白眼疾手快，下掉杨桃手中的棍子。杨桃换了手揍，被岳小白钳住，她又踢又咬，冲岳小白脸上唾了一口。杨桃："你混蛋，你是杀人犯！"岳小白不敢恋战，也不能解释，一用力把杨桃抱起来，扛进了碉楼。

岳小白扛着又踢又咬的杨桃上楼梯，在楼梯口遇到冲出来的蔡广得、叶德全和丁荷。蔡广得："你抱她干什么，放下她！"岳小白："没法放，放了我就没命了！"蔡广得过去从岳小白手中夺杨桃，也挨了两下。岳小白："抓紧了，她会杀了我们！"

杨桃："你才是杀人犯，我会杀了你！"蔡广得拼命把杨桃往怀里搂，这样她踢打起来就没那么容易。

蔡广得："你下手了？"岳小白："下了。"蔡广得一脚踹向岳小白。岳小白滚下楼，倒在地上。岳小白："可我那是拦住鬼子，没让鬼子下手！"所有人都静下来，杨桃、蔡广得、叶德全、丁荷，他们看着楼梯下的岳小白。杨桃身子一软，瘫在蔡广得怀里。蔡广得把杨桃抱走，叶德全跟进去。丁荷匆匆下楼去外面放哨。岳小白慢慢从地上爬起来，捂着脑袋上楼，他感到什么，抬头看。赛南粤站在三楼楼梯口，默默地看着他。

杨桃被安置好，众人围着她，她已经冷静下来，可情绪非常低落。岳小白："我看他出了门，想劫下他，把他抓住带回来，没想到，鬼子出现在那儿，我就冲着鬼子开枪，把鬼子拦下来了，情况就是这样。"

蔡广得后悔不迭地说："怪我，一直我就不敢提这事，要早告诉小蜜蜂，竹叶青是去抓她阿爸，不是杀她阿爸，不就没事了。"杨桃："你们抓了他，然后呢？"

蔡广得："哎，抓你阿爸和我没关系，是他抓，别你们你们的。"

岳小白："交给组织上，由组织上处理。"

杨桃："等于还是要杀他。"岳小白不说话。蔡广得看看岳小白，再看看杨桃，咳嗽一下，说："小蜜蜂，别这样，竹叶青不是为自己。"

杨桃："要为自己呢，他是不是要杀掉我们所有人？"蔡广得不同意，说："我要说了，我是不懂事，可我要不说，我是混账。竹叶青不是随便，他没有杀所有人，你阿爸和鬼子做交易，和汪伪汉奸政府做交换，他缺德事干大了，难道就随着他干下去，让他把国家给卖掉？"杨桃愤怒地瞪蔡广得。蔡广得："别瞪，瞪也没用，得罪你的事我已经干了，索性干下去。我说句实在话，我不是竹叶青，可要换了我，我也这么做。"杨桃冷笑："那你就别和老鳗鱼过不去，整天缠着他报这个仇报那个仇。"蔡广得呆住。叶德全："哎，怎么往这事上提了？"

赛南粤叫杨桃。众人回头。赛南粤站在门口。杨桃起身走去。

叶德全："竹叶青，你刚才说，你看见了杨子昆，却冲着鬼子开枪，这说不过去呀……"

赛南粤和杨桃说："刚才你太急，话没说完。昨天你和得仔回来以后，我一直在想你阿爸说的话。他让你藏结实一点，光复之前不要露头。"

杨桃："怎么啦，他这么说不对？"

赛南粤："他思路一贯缜密，做事小心，不留痕迹，也不放过任何机会，可你让他来找你，他答应了，却没有问你在什么地方落脚，那他脱身以后，到哪儿去找你？这个漏洞也太大了，这不是他做事的风格。我觉得事情不对，我在想，这可能是他的计谋。"

杨桃："什么计谋？"赛南粤："他在保护你。他想让你彻底消失掉，让日本人找不到你的线索，而他自己可能会走一条绝路。"

杨桃紧张了，说："他不会这么做，他没必要这么做！"

赛南粤："杨桃，我在你阿爸身边3年，我知道他。这两天我没事，把过去3年的事情好好想了想，他说他爱我，那不是他的真实想法。他只是需要我，因为害怕才需要，可他从来没有对我交过心，关键时刻，他会抛下我。"

杨桃："怎么可能？"赛南粤："我可以告诉你一件事，他早就在筹划逃跑，他秘密预订了3艘返回内地的船、两艘去国外的邮轮。春天的时候，他还托人从德国买回一架小飞机，就藏在我的后院。知道那架飞机上有几个座位？两个，他没有打算带我走。"杨桃："你的话我怎么听不明白？"

赛南粤："你怎么还不明白，在这个世界上，他可以出卖一切，而且他也那么做了，只有两样他不会放弃，你，还有他的情报。可日本人不容他这么做，他们一定要从他那里拿到情报，这就是为什么他们要抓你的原因。现在他和你都暴露了，日本人随时可能抓住你，为了保护你，他可以杀掉我，他的确那么做过，他也会杀掉自己，如果他必须那么做。"

杨桃："你是说，他现在可能有危险？"

赛南粤："不是危险，是绝路。我刚才在门口听到了你们的谈话，日本人在他那儿，他凭什么大白天出门和日本人斗气？要不是竹叶青拦住了日本人，可能……"

杨桃急了，说："那我该怎么办？我得去找他，我得阻止他那么做！"赛南粤："来不及了。如果他做了决定，就没人可以阻止他。你拿回来的箱子在哪儿？"

杨桃："楼下。"赛南粤："我跟了他3年，从没看到他一个字的情报，他不会把情报交给任何人。查查箱子，如果里面有情报，说明他把最看重的两样东西都托付给你了，如果那样，那他……"

　　杨桃看了赛南粤一眼，去自己床边找杨子昆给她的那把钥匙。

　　蔡广得在一边发呆，叶德全审岳小白："你私下里还藏了多少秘密，都说出来，别一个小组战斗个七生八死，你还闹独立性，小组还算什么？"岳小白："好吧，我坦白，我冲鬼子开枪，不是为了救杨子昆，是我见到了一个我要找的人。"叶德全："谁？"岳小白："这我不能告诉你。"叶德全盯着岳小白，岳小白急了，说："我不能什么都说，统一战线也没这条规定，那成谁领导谁了？"

　　正说着，杨桃进来，谁也不理，径直去岳小白床下拖出箱子。众人看她，不明白出了什么事。杨桃用钥匙开箱子。岳小白："等等。"杨桃看岳小白一眼，继续开箱子。

　　岳小白："别碰它！"岳小白跳起来冲过去，一把推开杨桃，夺过她手中的钥匙，说："这是爆炸式公文箱，如果没有密码，开不好就爆炸。"杨桃："你怎么知道？"

　　蔡广得："这话你别问，他一个干特务的，能不知道。"岳小白："箱子不能动，等你父亲自己来开。"

　　杨桃："如果他能来，我就不急着打开它了。"

　　岳小白："什么意思？"赛南粤进来说："我们怀疑，他遇到了麻烦。"岳小白回头，他听出赛南粤的话中有话，说："我已经说了，我没对杨子昆下手。我完全能做到，他的车从我面前开过去的时候，我枪里有8发子弹，哪一发也能从他脑袋中间穿过，但我没开枪。"赛南粤："我指的不是你。"

　　杨桃看看这个再看看那个，赌气再去开箱子。岳小白再度拦住杨桃，问："你父亲告诉你怎么开这口箱子了吗？"

　　杨桃："没有，他只给了我这把钥匙，说在箱子里给我留了一封信。"岳小白："非得现在打开它，不能再等等？"

　　杨桃："不能等。"岳小白："钥匙给我。"

　　杨桃迟疑。岳小白："陪你取它回来的路上我就研究过，这箱子是英国情报局的杰作，用来装敏感文件，锁包很厚，那是起爆装置，一旦开箱的方法不对，箱子就会爆炸。"

　　赛南粤："杨桃，钥匙给他。"杨桃看一眼赛南粤，把钥匙交给岳小白。岳小白要求大家都出去。叶德全："都离开这儿，去楼下。"赛南粤："我留下。"

蔡广得："他能对付，交给他处理。"

赛南粤："你们相信他，我不相信。"岳小白痛苦地咬了咬牙。蔡广得看一眼赛南粤，搀扶着叶德全离开了。赛南粤要杨桃也下去。

众人都离开了，屋里只剩下岳小白和赛南粤。岳小白看了赛南粤一眼，开始研究箱子，说："躲到床后去。"赛南粤："用不着。"岳小白："你能看见我，我没什么猫腻可玩。"

赛南粤："可我看不见你的心。"岳小白一下子发作了，丢开箱子，上前一把拽住赛南粤，说："谁又能看见谁的心？炸弹一炸，眼睛一闭，命没了，你就看见了！"

赛南粤："你弄疼我了。"岳小白不由分说，将赛南粤拽到床后按下，说："你要不想被伤害，就老老实实待在这儿，别给我惹事，别逼我。"赛南粤犹豫了一下，被岳小白的凶狠唬住，没有挣扎，捂住肩膀。岳小白气呼呼回到箱子旁，开始研究箱子。

岳小白用匕首小心翼翼地在锁头边的皮革上割开一道长长的口子，刀尖慢慢挑开皮革，凑近了看皮革下的装置。岳小白研究完箱子，用一张纸头小心地封住箱子右边的锁。钥匙小心地插入左边的匙孔，在那儿停顿了一下。汗水从岳小白额头上渗出来。赛南粤紧张地躲在床后，下意识捂住耳朵。岳小白屏住呼吸，汗水顺着他的下颌滴落下来。钥匙一点点转动，然后停住。一只指头慢慢按下锁舌。咔嗒一声，锁开了。岳小白绝望地停在那儿，他松了一口长气说："好了。"赛南粤从床后冲过来。岳小白："箱子腾空。别碰右边的锁。"说完，看都不看赛南粤一眼，从她身边走过，出去了。赛南粤打开箱子。满满一箱国外银行汇票、支票、存折和闪着金光的大黄鱼。

岳小白走出碉楼门口。对杨桃说："你可以进去了。"杨桃冲进碉楼。丁荷搀着一瘸一瘸的叶德全也跟了进去。岳小白靠着墙坐下，沮丧地看两只老老实实的狗。蔡广得在他身边坐下，同情地拍了拍他的肩膀。

箱子空了，金条、珠宝、钞票、证券、钢笔枪、手表相机等特工装备铺了一床。叶德全和丁荷被那一大堆财富给吓蒙了。杨桃和赛南粤在财宝中间寻找，什么也没找到。赛南粤："没有他说的那封信，他骗了你。"

杨桃脸色苍白，呆呆地坐下，突然欣喜，说："就是说，他没把情报托付给我，他是安全的？"赛南粤犹豫了一下，点点头。杨桃紧绷的情绪一松，搂住赛南粤，眼睛湿润了。

岳小白："她们什么也找不到。"蔡广得不解地看岳小白。

岳小白："我需要一些东西。"蔡广得："说。"

岳小白："那口箱子用的是双面牙花片子锁，我需要一套插片，如果弄不到，手术刀和剃须刀片也行。"蔡广得："箱子不是已经打开了吗？"

岳小白："杨子昆不是雏子，他不会只有一个设防。插片我自己能弄到，可你也知道，这件事，我不方便太主动。"蔡广得："美沙子那儿弄砸了？"

岳小白："她现在非常恨我，不管我做什么，她都把我当成敌人。"

蔡广得："我叫你别告诉她，怪谁？你自己找敌人，一大堆鬼子还嫌不够，要去惹她。"

岳小白："我不能欺骗她，我做不到。"

蔡广得："就是说，你一直很单纯，没对一个姑娘撒过谎？"岳小白不好意思。蔡广得："你说，这女人也是啊，好端端一个特工，撒谎算职业吧，脸要红了就不能给及格吧，金刚不坏之身就这么毁了。要这样，对付特工用不着武器计谋，直接上女人得了。没说的，我只能表示同情，我去弄你要的东西。"岳小白："谢了。还有，告诉她们，打一个电话就知道杨子昆是不是安全，美沙子知道电话打给谁。"

蔡广得："你怎么知道她们要打电话？"

岳小白："你上去就知道了。"蔡广得护着胳膊起身离开。

杨桃突然起身冲出屋外，被上楼来的蔡广得拦住，蔡广得："不就打个电话的事吗，用得着那么紧张？"杨桃不明白他在说什么。

蔡广得对跟出屋来的赛南粤说："竹叶青说，你知道电话打给谁。"

赛南粤："阿榕，他不会离开子昆，一定知道子昆的情况。"

蔡广得："你俩都不能露面，我和渣子去吧。"

蔡广得和丁荷在电话局外站住，观察周边。蔡广得把丁荷拉到身边，问："还恨我吗？"丁荷看着蔡广得，拼命摇头。蔡广得："在深圳墟的时候，我不该让你离开我身边，是我把你弄丢了，让你吃了那么多的苦，我认错。"丁荷："那不是你的错，你没想弄丢我。"

蔡广得："可我还是把你弄丢了，那就是我的错，我得认，现在我就惩罚自己。"蔡广得捏紧拳头，抬手给了自己腮帮子一拳，拳头重，打得龇牙咧嘴，嫌不够，再往腹部上来一拳，带动了受伤的腰，没经住，抱住自己窝下去，疼得说不出话。

丁荷心疼地冲上去抱着蔡广得，说："你干什么呀你，是我自己走丢的，我不要你打自己！"蔡广得摇晃着站起来，憋半天喘过来，抽一口冷气，挤出一脸的笑，说："好了，我已经惩罚过自己了，你也回来了，我可以原谅自己了。下回你别再走丢，永远也别走丢。"丁荷欲言又止，蔡广得看看四周，说："走吧，一会儿打烊了，我在门口等着，记住，别再从我眼皮子底下溜掉。"丁荷用力点头，说："我再也不会了。"两个人进了电话局。

封闭式电话间里，丁荷一副大人腔："阿榕不在？我是谁？我是杨桃姐的弟弟。没有弟弟？不关你的事儿，她没让你知道，我就是她弟弟……"丁荷朝外面看了看，说："我不能和你说多了，你把阿榕叫来，他不在你就叫南丫头，阿虫也行，就说小姐找他们。你是黄叔？那你废什么话，我们又不是没见过面，你让人打菜花头的事我还给你记着呢。听着，杨桃姐要我问你，大先生现在怎么样，她想知道大先生……"

丁荷从电话间里出来，去柜台付账，趁旁边写电报的商人不注意，拿走商人的拐杖。出了电话局，蔡广得跟了上去……蔡广得惊愕："车毁人亡？"丁荷："宪兵队一直在那儿，尸首还没打捞上来，黄叔刚从海边回来。"蔡广得有些发呆。商人从电报局里追出来，叫："小崽子，把我的手杖还给我！"蔡广得："快跑！"两个人拔腿就跑。

杨桃直着眼看蔡广得，蔡广得咽了一口干唾沫："杨桃？"杨桃目光发直。蔡广得不敢看杨桃的眼睛，扭过头去。杨桃身子一软倒下去。蔡广得连忙接住杨桃。

岳小白看赛南粤。赛南粤站在窗前，背对着岳小白，那里，夜色已经降临。岳小白站了一会儿，转身慢慢向房间外走。赛南粤："你是不是觉得，没有亲手杀掉他，你很遗憾。"岳小白站下，回头看赛南粤，赛南粤流泪了。赛南粤："没有什么可以靠住，永远也靠不住。"岳小白转身走向赛南粤，去搂她。赛南粤挣扎了两下放弃了，埋在岳小白怀里默默地流泪，然后推开岳小白。赛南粤："你走吧，我想一个人待一会儿。"岳小白不放心，但还是离开了房间。

杨桃埋在蔡广得怀里放声大哭。叶德全和丁荷不知所措，叶德全操过手杖，示意丁荷，两人悄悄离开房间。丁荷泪眼婆娑："杨桃姐和我一样，也没有爹妈了。"叶德全一瘸一拐地过去，把丁荷搂进怀里，安抚他。

岳小白从楼上下来，看了一眼两人，推门进了房间。杨桃还埋在蔡广得怀里哭泣。蔡广得从兜里掏出一套插片交给岳小白。岳小白小心收拾起空箱子，抱着箱子出去了。蔡广得松开杨桃，跟了出去。

一架马灯下，岳小白打开箱子，用匕首割开内衬，露出一只内锁。蔡广得出现在身后，岳小白没有回头说："你最好躲远点。"蔡广得在岳小白身后坐下，叹息一声说："杨子昆为什么要这么做，他完全可以逃走。"岳小白仍然没有回头，继续摆弄着插片。岳小白："让你躲远点，不然你也会和杨子昆一样，把命丢掉。"

蔡广得："你当我那么傻，我在你身后，要崩先崩你。会找到什么？"岳小白："不知道。"

蔡广得："你说，杨子昆是怎么想的？"岳小白："他在保护小蜜蜂。"

蔡广得一愣，说："拿他的命？他也太绝了吧。"

岳小白："他不往绝里做，他和杨桃两头都牵挂着，两头都是软肋，鬼子迟早顺着这条线找到杨桃，他还是跑不掉。他把自己这根线头掐断，杨桃就彻底消失掉了。"蔡广得感慨说："杨子昆死了，你的任务也完成了，你可以和我们一起离开香港回去交差了。"

岳小白："不行，我还走不了。"蔡广得探头看岳小白，说："对了，你说你见到一个要找的熟人，你不会告诉我，杀杨子昆不是你唯一的任务，你还得杀一个人吧？"

岳小白："你说对了，我还得杀一个人。"蔡广得站起来，满不在乎地溜达到门口，说："我一点也不吃惊。自从你告诉我你是一个工具，我对你就只剩下同情了。党国的任务真是繁重啊，可委员长不该自己躲在大西南的防空洞里，让你一个人出来干活。"

岳小白："你真不怕我弄砸了，连你一块崩掉？"

蔡广得："干你的活吧，要这样，你还配叫竹叶青吗？"咔嚓一声，内锁被拨开了。岳小白丢开插片，打开箱子的夹层。蔡广得听见院子外面传来大声说话的声音，一出溜消失掉。岳小白从底层掏出一摞资料、两个微型胶卷和几粒蚕豆似的东西。

王九天站在院子里，阿挺和阿顺从门外迎进两名日本宪兵。王九天："哎呀，藤本先生大驾光临，快请进，快请进。"王九天将两名日本宪兵迎进堂屋。

蔡广得溜进柴房，说："是鬼子，收拾东西，我去接小蜜蜂他们。"蔡广得抽出枪，出溜一下出了门。岳小白快速收拾箱子。

他们在海边，那里空无一人，只有拍岸的巨浪和礁石下啾鸣着的海鸟。杨桃独自坐在一块礁石上，打着手电筒读杨子昆留下的信，一边读信一边抹泪。蔡广得、岳小白、叶德全和赛南粤在离着不远的一块大礁石上。蔡广得与事无关地坐在那儿揭胳膊上的伤痂。赛南粤不断朝不远处读信的杨桃看一眼。岳小白和叶德全整理箱子里发现的资料。岳小白拿起一粒小蚕豆看了看。叶德全问："这是什么？"岳小白："微型胶卷，里面应该是杨子昆的情报副本。"

叶德全："都有些什么？"岳小白："这样看不了，需要阅读机。"

蔡广得眯着眼看杨桃。赛南粤忍不住起身。蔡广得："别过去，别去打扰她。"赛南粤难过地坐下了。杨桃一边看信一边抹泪。

岳小白拿起一个纪录簿翻看。叶德全："是什么？"

岳小白："账本。他记的银行账目。"

赛南粤："不，是情报。"叶德全和岳小白扭头看赛南粤。赛南粤："需要破译。"

岳小白："知道密码吗？"赛南粤："没人知道密码。"

叶德全："能破译吗？"岳小白："得知道他的密码本，箱子里没有。"

叶德全："就是说，我们没办法知道他留下的东西是什么？有办法吗？"

岳小白："我试试。我需要一些器材，"岳小白揣起纪录簿，收起几页资料起身，问："一会儿我到哪儿找你们？"叶德全："要下雨了，还回王九天家吧。"

　　蔡广得目光还在杨桃身上，没有回头，说："不能回去，鬼子宪兵在他那儿。一会儿我们要离开了，会让渣子回这儿等你。"岳小白："我去去就来，要人跟着我吗？"叶德全看看蔡广得，再看看赛南粤，犹豫一下，说："不用了，你一个人去吧。"岳小白跳下礁石走了。

　　入夜，路人渐稀，岳小白在一家照相馆外徘徊。一个男人牵着一个小囡囡从照相馆里出来，店主跟出来说："3天以后来取照片吧。"男人道过谢，撑起伞牵着囡囡走了。店主从店里取出一把伞，锁了照相馆，撑开伞回家了。人们在雨中奔跑，急匆匆往家里赶。岳小白过去，一眨眼卜掉门锁，溜进照相馆。

　　大雨倾盆，海面上茫茫一片，雨将整个天地都搅烂了。杨桃水人儿似的坐在那块礁石上，默默地流泪。蔡广得被雨水淋透，他没有改变位置，坐在礁石上，默默地看着不远处的杨桃。离着稍远处的一块巨大的礁石下，叶德全和赛南粤在躲雨，两个人衣裳都打湿了，赛南粤不安地探头往杨桃和蔡广得那边看。

　　赛南粤："他们还在那儿。"叶德全："别管他们，两个犟人，管不了。"

　　岳小白顶着大雨匆匆过来，也是一个落汤鸡。岳小白从怀里掏出用油布包裹着的资料，说："杨子昆是个人物，情报一大堆，看得我顺着背淌汗。"叶德全："都有些什么？"

　　岳小白："太多，说不过来。"叶德全："那也得说啊。"岳小白看看赛南粤，赛南粤知趣地离开，岳小白追上去，脱下衣裳替她遮掩着胳膊。赛南粤躲到另一块礁石下面。

　　岳小白："开罗会议美方和英方首脑的谈话纪要；盟军战略物资补充计划，涉及飞机、船舶的数目清单；国军第4、第7、第9战区兵力布置情况；大陆交通线秋季反击作战的准备计划。"叶德全抽了一口冷气，说："这么重要的情报，他是从哪儿弄到的？"

　　岳小白："不管从哪儿弄到的，这些情报要是落在鬼子手里，国军一半的兵力就毁了！"叶德全："还有别的吗？"

　　岳小白："有，剩下的全是鬼子方面的情报。"

　　叶德全："都有什么？"岳小白："日军华南华东沿海一带对盟军作战的准备纲要；日军华南海军部署计划，舰船数量、指挥官情况、自杀式潜艇秘密基地；港、惠、汕地区港口防御能力，火炮和水雷的布置情况。香港大屿山、鹤咀山、南丫岛要塞布置图，兵力和弹药库情况；机场情报，包括陆军和海军3个新建秘密机场的确切位置、单向自杀式飞机隐藏机库、弹药库、油料库、飞行员集结地和观察点详图。还有不少别的情报，一时半会儿我说不清。"

叶德全："简直是个宝库！杨子昆是怎么做到的？"

岳小白抹一把脸上的雨水，说："一般的间谍做不到，他一定是从鬼子的核心情报人员那里拿到的。对了，记事本里还有一个微缩情报，笔迹是新的，有点潦草，好像是刚写上去的。"叶德全："是什么？"

岳小白："日军特种作战情报。军事技术人员名单、武器储存地详图、武器分布点详图，还有操作要点。"叶德全紧张地问："特种作战指什么？"

岳小白："上面没说，只说和一种炸弹有关。这就明白了，鬼子为什么要抓小蜜蜂。杨子昆是军政委员会战略物资供应局的人，又和英国情报局有联系，鬼子盯上杨子昆，是想知道盟军掌握了多少他们的情报，同时以情报交换的方式获取盟军的情报。可鬼子万万没有想到，杨子昆比他们的野心更大，他拿到了他们的重要情报，如果鬼子知道这个，就不会采取监视的方式，而是会直接把他丢进大狱，永远不会让他死掉。"

叶德全："这些情报太重要了，得尽快把它们送回罗浮山。"岳小白："也可以送到任何一个国民军的情报站去。"

叶德全："情报是小蜜蜂拿到的，她是我们的人，情报的所有权归我们。"岳小白："我没有意见，统一战线，交给谁都行，可有一个问题，我们无法判断这些情报的真伪。"

叶德全："你不是说，全在这儿吗，送回去一看就知道了。"岳小白："还记得我们在大鹏湾遇到的两个情报员吗？他们分别给了我们一份情报，两份情报互相矛盾，难辨真假，幸亏我们在大鹏湾试探了一下，又在布吉打了一下，为此险些丧命，现在可以肯定，那两份情报全都是假的。"

叶德全："你的意思，杨子昆也会有假情报？"

岳小白："为了保护真正的情报，情报员有时候会使用假桃代李的手段，让窃取情报的人上当，保护真正的情报。"

叶德全："要是这样，情报不能就这样送回去，得核实一下真假。"

岳小白："我的任务还没有完成，没有时间陪你们了，你们自己商量着办吧。老叶，我提醒你，杨子昆已经脱离他的情报管辖方很长时间了，不管他和多少情报方有来往，没有任何一方知道他手里有这么重要的情报，包括联合司令部和你们共产党。"

叶德全："我知道，我们现在是这些情报唯一的知情人，谢谢你的提醒。"

杨桃在大雨中哭泣。蔡广得在大雨中静静地看着杨桃。

岳小白抹一把脸上的雨水，探出头去看海边，问："他俩待在那儿有多久了？"叶德全："从你离开到现在，一直这样。我就奇怪了，一对冤家怎么在这件事情上咬上了？"

岳小白缩回礁石下，发了一会儿呆，说："只有真看重对方的，才配做冤家。"叶德全："你说什么？"岳小白："没什么。伤口不能被雨水泡了，你别在这儿待长了，你去街上找个地方躲躲雨，我在这儿守着。"

叶德全："我哪能丢下你们不管，这种事我做不了。"

岳小白："那我就说实话吧，你手里的情报能改变很多事情，甚至能改变世界，为了它，你可以杀掉我们当中的任何人。"说罢，离开大礁石。

大雨如注，蔡广得如松般坐在礁石上，一动不动。杨桃停下啜泣，慢慢合上眼睛，摇晃了一下，慢慢倒下去。蔡广得起身跳下礁石，向杨桃走去。蔡广得小心翼翼抱起杨桃。丁荷匆匆跑来说："鬼子走了。"

第二十二章

核实情报　重铸战力

雨停了，屋檐还在不断地往下滴雨。

王九天在堂屋里喝茶，门关着，他看见岳小白推开门，赛南粤搀扶着叶德全进来，蔡广得把杨桃抱进院子。王九天放下茶盅，走到后门，招手叫过阿挺。王九天："人回来了，去吧。"阿挺离去。

蔡广得把昏迷中的杨桃抱进房间，赛南粤帮助他把杨桃安置在床上。蔡广得对赛南粤说，给她换身干衣裳吧，让她睡一会儿，会没事的。

蔡广得回到二楼，把湿衣裳脱掉。岳小白："情报都交给老鳗鱼了，一会儿他会告诉你都有什么。"蔡广得没接岳小白的话，他听到了什么，走到窗前往外看。

阿挺领着两名日军宪兵进来了，大声喊："司令，宪兵队的佐藤先生来了！"王九天从堂屋里迎出来，殷勤道："是佐藤先生啊，快请进。"把两名日军宪兵领进堂屋。

蔡广得一看有情况！重新套上湿衣裳，抓起枪，和岳小白两人快步出屋。岳小白快速下楼，抽出枪掩身门后。蔡广得吩咐从另一间屋里出来的丁荷："待在屋里别动，告诉老鳗鱼，做好战斗准备。"丁荷钻回房间。蔡广得纵身从二楼窗户跳下，落地时碰痛了腰上的伤口，强忍着护住屁股离开。

蔡广得钻到后院一堆柴火后面，抽出枪监视外面的情况。丁荷摸过来，蔡广得一把将他拽进柴火堆后，问："你来干什么，不是叫你待在屋里吗？"丁荷："我不放心你。"蔡广得亲昵地在丁荷脑袋上抽了一下。

说："还少不了你了。"

蔡广得张头探脑监视着外面。丁荷："哥。你找到你弟弟了？"蔡广得回头看丁荷，问："你也知道了？"丁荷："你以后会不会不理我了？"蔡广得："傻话，怎么会。"丁荷："没关系，我又不是你亲弟弟，你找到了亲弟弟，可以不理我，我不会恨你。"蔡广得见丁荷不开心，说："听着渣子，不管我找到谁，你都是我兄弟，永远是，明白了？"丁荷："嗯。"蔡广得："怎么这么没有底气？大声点儿。"丁荷："知道啦！"蔡广得吓得一把捂住丁荷的嘴，说："喊什么，不怕人听见？"丁荷："你让我大声点。"

前院有人声传来。蔡广得摸出柴火堆，消失在黑暗中，过了一会儿回来，向丁荷示意，两人离开柴火堆来到围墙边，蔡广得示意两只狗："嘴闭上。"两只狗冲蔡广得摇尾巴，一声不吭。蔡广得："渣子，盯住那两个鬼子，看他们去什么地方，外面有没有其他人，小心点儿。"蔡广得一用力将丁荷扛上墙。丁荷消失在墙外。蔡广得护住伤口，疼得直跳脚。

叶德全坐在床上，支着伤腿，身边放着手杖，就着一盏油灯，舔着半截铅笔在一张小纸片上写写画画。岳小白进来，枪收好，说："不是冲着我们来的。"叶德全没理岳小白，好像刚才发生的事与他无关似的。蔡广得也进来了，收了家伙，去换湿衣裳。蔡广得："虚惊一场。"岳小白示意蔡广得看叶德全。叶德全收起半截铅笔，说："别看，有你俩在外，我什么心也不用操。行了，大家商量一下，怎么核实情报的真假吧。"岳小白和蔡广得交换了一下目光。岳小白："我先申明，你们节外生枝是你们的事，别把我牵连进去，这事和我无关，我不干。"蔡广得："我也不干，任务已经完成了，我没必要再把自己搭进去。"

叶德全："意见说完了？"二人："说完了。"叶德全拖着伤腿下了床，说："你俩的意见我记下了，我说一个意见。我们这次出来，第二天小组就被打掉了，组织上解散了小组，我们不知道任务是什么，从深圳墟闯到惠阳，再闯回深圳墟，闯到香港，没头没脑闹了不少动静，到了也是没真弄明白组织上交待给我们的任务究竟是什么，所以，应该说，我们什么任务也没完成。"蔡广得和岳小白互相看了一眼。叶德全："现在，我们手里有了杨子昆的情报，用竹叶青的话说，这些情报连联合司令部都不知道，我们是唯一知道的人，如果这样，它就是能把天震下来的大家伙。

你俩说得没错，上面没给我们这个任务，没有人要我们完成情报的核实任务，但我们是反法西斯同盟的战士。事情让我们碰上了，没让别人碰上，鬼子在做最后挣扎，我们得往他的要害处再捅一刀，这一刀捅进去了，我们才算完成了任务，才不枉叫反法西斯同盟的战士。这就是我的意见。"

岳小白："别说我们，是你们。我已经说了，这件事与我无关，我不干，天一亮我就走。"叶德全看蔡广得。蔡广得："杨子昆死了，鬼子不会善罢甘休，他们会继续追捕杨桃和美沙子，她俩有危险。当务之急，是尽快把她俩送到安全的地方，不是核实什么情报。"

丁荷气喘吁吁地推门进来，说："外面没有鬼子的人。"蔡广得："那两个呢？"丁荷："我一直跟着，他俩一路说中国话，去了慰安区，叫了两个日本娘们，进去就没有出来。我看没有什么情况，就回来了。"蔡广得："干得好。"

丁荷："杨桃姐要你去一下。"蔡广得看一眼叶德全，离开房间。岳小白："我去弄把剪子，替你俩收拾一下，算我替你们做最后一件事。"说完也离开了。

叶德全气恼地把小纸片团成一团，说："都是什么觉悟，我才离开几天，小组就涣散了！"

叶德全问丁荷："渣子，想回罗浮山吗？"丁荷："太想了！"叶德全："你说，要是我们留下来，不走，我们干一场大的再回罗浮山，你干不干？"丁荷："你的决定？"叶德全："还能有谁的决定，当然是我的。"丁荷："我哥呢，他怎么说？"叶德全："他老毛病又犯了，不听指挥，闹自由性，他不干。"丁荷："你俩干，我就干。"叶德全失望极了，把拐杖丢到一边。丁荷给捡回来，他又丢。丁荷不捡了，看他。

杨桃已经醒了，形容憔悴地坐在床上。蔡广得进来说："你太虚弱了，得休息一会儿。"杨桃不说话。蔡广得："我们都能理解，这种事，她……"杨桃伸手递给蔡广得几页纸，说："履职书。我父亲让我替他转交给军政委员会的。"蔡广得见杨桃已经很平静了。接过履职书，凑到油灯下看。赛南粤离开了。

蔡广得看完履职书，一时有些茫然，说："他不是我们想的那种人。"

杨桃："我也误解了他，他一直在忍辱偷生，瞒着所有人搜集战时情报，好在战后提供给国家，他做到了。他在狼群中，把自己也变成了一只狼，他不相信任何人，连自己的组织也不相信，只相信他自己。"蔡广得："你打算怎么办？"

油灯下，杨桃的头发还没干，贴在脸颊上，显得那么的楚楚可怜。杨桃："他在留给我的信里说，他从来没有觉得事情这么难，他希望我能为他做一件事，替他把情报交给军政委员会。我现在知道了，而且相信，他是爱我的，一直爱我，只是，他从来没有对我说起过。"

蔡广得点点头，说："我相信。"杨桃凄凉地笑了一下，说："连我自己也不信，阿爸死了，最后一个亲人离开了我，我现在是个孤儿了，可我反而踏实了，因为我找到了阿爸，找到了他对我的爱，不会再怀疑了。"

蔡广得："你现在用不着再和任何人恋爱了。"杨桃笑了，说："你错了，过去我没有恋爱过，现在我可以恋爱了，用不着再怕什么。"两个人都不说话了。然后，蔡广得转身离去。

岳小白用一件衣裳掸了掸凳子，操起剪子问："你俩谁先来。"叶德全："渣子，你先剪吧。"蔡广得推门进来，径直走到叶德全面前说："我干。"叶德全欣喜："太好了！我知道你会明白过来，我就等你这句话！"

蔡广得："有两个条件。"叶德全："你说。"

蔡广得："杨桃和美沙子留在这儿很危险，先把她俩送走。"

叶德全："这个不用说，她俩留着也没用，相反是负担，让渣子送她俩走。"丁荷："我不走，菜花头留下，我也留下。"叶德全："组织决定，不讲条件。"

丁荷："菜花头都讲条件了。"叶德全："他是他，你是你，鹅和鸡崽别往一块混。说第二个。"蔡广得故意碰了一下叶德全的腿，叶德全痛得大叫一声。蔡广得："除了嘴皮子，你现在根本动弹不了，竹叶青有他的事，渣子要送杨桃和美沙子，核实情报的事情只能我一个人干。"叶德全："我刚才就琢磨过，我也为这事挠头。"蔡广得："别说挠头的话，你算过人头，能干这件事的就我这头蒜，就算挠破脑袋，你也想不出别的人。"

叶德全："说你的办法。"蔡广得："我需要有人帮我。我得组建一支新的行动小组。"叶德全："哪儿来的人？"蔡广得："我有办法。"
岳小白忍不住说："别胡吹了，你当是组织一支讨饭的队伍，在敌占区建立一支行动小组，就算戴笠亲自来，他也得抓瞎。"叶德全也觉得这事不靠谱。

蔡广得："我心里有数。我只要求指挥权。"叶德全问："什么意思？"蔡广得："行动小组归我指挥，我说了算，包括你在内，你们怎么走，都得听我的。"叶德全："慢着，这事别这么快决定，得考虑考虑。"蔡广得："没有什么可考虑的，要我干，就是这一条。"

叶德全："你这是要挟组织。"蔡广得："别提组织，你不在的时候，我照样干得很好，你要说要挟，就算我要挟了。"叶德全："你这是处心积虑，有组织有预谋。"

蔡广得看叶德全一眼，扭头朝门外走，吩咐："渣子，准备好，明早我俩送你杨桃姐她们去宝安。"叶德全："等等。"蔡广得没停，拉开门走了出去。叶德全无助地看岳小白，岳小白嘲讽："别看我，我一个人，身边没组织管着。"叶德全一咬牙，说："渣子，拐杖给我！"

叶德全挂着手杖坐在那儿向杨桃和赛南粤交待："明天一早，菜花头和竹叶青送你俩上船，路上由渣子陪着你们，竹叶青会替你们做好证件，路上能应付鬼子的盘查，你俩是……"叶德全扭头看站在一旁的丁荷。丁荷："华人自治委员会工作人员。"叶德全："对，你俩是华人自治委员会的，渣子知道去什么地方联络我们的人，到了那儿，你们就安全了。"

杨桃："你们呢？"叶德全："我们留下。"杨桃："为我父亲的那些情报？"叶德全："你是自己人，事情不瞒你，得核实一下情报的真伪。"杨桃："我不走，我留下。"赛南粤："我也不走。"

叶德全："说说理由。"赛南粤："我不需要理由。"

叶德全："不行。"赛南粤："那好，我是M15的情报员，不受贵方节制，贵方无权过问我的去留。"叶德全目瞪口呆地看赛南粤。赛南粤："M15是什么，说了你也不明白，就一句话，我的真实身份是盟军情报员。"

杨桃："她说的是真的。"叶德全看杨桃。杨桃："我要亲眼看到我父亲留下的情报被证实，还他一个清白。"叶德全："你会看到的。"杨桃："我说的看到，不是由别人告诉我，是我自己来核实。"叶德全嘴张

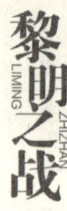

着，一句话也说不出来。丁荷："老鳗鱼，你领导不了她们，要不，还是算了吧。"

叶德全恼火："菜花头闹分裂，竹叶青闹独立，她俩又不听命令，要这样，我还能领导谁？"丁荷："还有我呢，你领导我，我听你的。"叶德全憋了半天才说下楼，睡觉去。

烛台昏暗。王九天在神龛前烧香拜佛："菩萨保佑，驱魔消灾；菩萨保佑，驱魔消灾。"三拜九叩毕，起身吩咐一旁的阿挺和阿顺："你俩去看看，他们行李收拾好了没有，有没有要走的架势。"阿挺："司令，还是您亲自去看吧，不然我们说他走，他明早还让备晚上的饭，不成了我们的责任？"王九天："养你们有什么用？"轻手轻脚溜出堂屋。

王九天脱了鞋拎在手上，轻手轻脚摸进碉楼。阿挺和阿顺跟过来，躲在一边看。楼道里黑黢黢的，王九天轻手轻脚摸上二楼轻轻推开一个房间的门。叶德全和丁荷在睡梦中，叶德全在说梦话："同志们……胜利离我们不远了……一定要坚持住……"

王九天推开另一个房间的门。两张床空空的，一个人也没有。王九天疑惑不解，转身向楼上摸去，他差点撞上一个人，吓一大跳。蔡广得起身一把揪住王九天的衣领说："黑灯瞎火的，往女人房间里摸，不合适吧？"

王九天被蔡广得押进了堂屋。王九天的胖老婆睡眼蒙眬地从卧室里出来了。蔡广得："外甥媳妇，你睡你的，别管我们，我和他说点事儿。"蔡广得带王九天进了子女房。王九天有些紧张，问："你想干什么？"蔡广得："你不想看看你儿子睡得怎么样，我还想看看我搭档能睡不能睡。"王九天困惑："你搭档？"蔡广得："你不是在找我俩吗，开灯吧。"岳小白啪嗒一声打开灯，打了个哈欠，手中一枚手雷锁了销子，挂回腰上。

王九天吓了一跳，问："你，你怎么在这儿？"蔡广得："他属海瓜子的，没窝，从不在一个固定的地方睡觉，昨晚他就在你和你老婆的床下睡，你俩的私房话他都听见了，怎么，你没发现？"王九天的儿子醒了，迷迷糊糊从床上爬起来。王九天上去一把搂住儿子，充满怨恨地看蔡广得。蔡广得："你当你让两个假鬼子来家里走动走动，我就吓得屁颠着跑，我不至于那么蠢吧？告诉你王九天，我能把他俩灭在慰安区日本窑姐的床上，你信不信？"王九天气得发抖，说："菜花头，我王九天无赖，你比我更无赖，我算服了你了。"

吴为在一名通信员带领下匆匆来到三号住处。吴为："首长，'薄荷叶'发来电报，这是刚译出来的，还有两份在译。"三号："说什么？"

吴为："鬼子在大亚湾反登陆防御阵地是空的。"

三号："什么？"吴为："鬼子的确在大亚湾布置了几个重炮阵地，但实际上并没有在那儿屯兵，他们判断，盟军会选择华东沿海作为登陆地点，23军已经去了华东，在宝安东莞一带发现的129师团，是由汪伪52师化装成的。"

三号："这么说，我们拿到的情报是假的？"

吴为："我让惠宝大队连夜核实这个情况，他们已经派人赶往布吉了，来不及向你请示，我也向延安发电请求核实华东方面的情况。"

三号来回踱步，思忖着。三号："把欧戴义和C.罗叫起来，得把这个消息尽快传给联合司令部。"吴为匆匆离去。

浅丘经道轻松地喝着咖啡，和千夏麻也说着话。千夏麻也："如果确如我们判断，东纵获取了大亚湾海防工事的情报，这会是中美联军获取的第二份情报，要是他们没有拿到第一份情报，我们岂不是自己送上门去了？"

浅丘经道："这就是为什么我要你等等。热带风暴很快就会形成，我们离风暴登陆不到10天了，几十万士兵，他们做不到在这个时间内把人送上滩涂。越是这种时候，真戏假做和假戏真做就是情报战的要诀，它会让决策者出现幻觉，因为一份假情报的出现，怀疑其他的情报，包括那些真的。"浅丘经道放下咖啡杯，起身说："我和你打赌，他们现在正在开会，重庆和延安都会紧张起来。明天，他们会发疯似的呼叫你的'薄荷叶'，为此烧坏几架电台。不过，我得去睡一会儿了，我是真的困了。"浅丘经道向门口走去，想起什么，问："对了，晚上怎么没看见朴上尉？"

随着剪刀声，几缕长发被丢弃在地上。一件件女人的衣裳丢弃在地上。烛光映入盥洗室的镜子，金永洲已经剪去长发，恢复了男儿面目，他是一个英俊的男人。

天未破晓，蔡广得等在门口，岳小白蹬着一辆黄包车过来了。岳小白："车上有几件衣裳，两件随身携带的行李，身份证在行李里，一会儿我帮你把老鳗鱼和美沙子送上船，然后我就走。"蔡广得："我说过不再问你的事，不是我反悔，可不问不行。你打算去哪儿？"岳小白："我的目标在日军情报部，我得去对面港岛。"蔡广得："那个日本娘们？"岳小白："别再多问了。"蔡广得："行，我不问了，不过，你得带上一个人，不然你走不了。"岳小白："为什么？"蔡广得："这话别问我，问美沙子去。"岳小白愣住。

杨桃看了一眼岳小白和赛南粤，拿着自己的行李出去了。赛南粤："我跟你走。你和他们不一样，他们人多，你一个人，我得帮你。"岳小白："你不知道我要干什么，凭什么帮我？"

赛南粤："不用知道那些，我只知道，你和我都在为同盟国战线服务，我们为同一个目标工作，你在香港人生地不熟，我能帮上你。"岳小白："你并不知道我是什么人。"

赛南粤："你觉得自己还有多少可以隐瞒的？我还知道一件事，你是为了我，才没有对杨子昆开枪的。"岳小白一时说不出话。赛南粤："我不像杨桃，她现在已经知道了她父亲是为她死的，她找到了她阿爸的爱，她只是要证实这些情报是不是真实的，证实她父亲是不是真的爱她。我和她不一样，日本我永远也回不去了，杨子昆的情报在你们手上，你们不会给我，情报五处那边我也没法交代，我什么都没有了，唯一能做的就是帮助你完成任务，算我没白潜伏3年。"

岳小白："你知道我要做什么？"赛南粤："我说了，你不必告诉我，只要让我明白做什么就行。"岳小白："我可以告诉你，我要杀掉一个叛徒。"赛南粤："我做你的助手。"

岳小白激动地上前想抱住赛南粤。赛南粤阻止住岳小白说："不，我不是那个意思，我只是，不知道自己还能做什么。如果没有人需要，我就再没资格在这个世界上活下去了。"

岳小白："好吧，我答应你，可有个条件，如果有需要的地方我会告诉你，但现在我不需要你的帮助。你和杨桃一起回宝安。"赛南粤："你还是想保护我？"

岳小白："我要做的事非常危险，我的目标很狡猾，我已经和他交过手了，可他比我棋高一着，我甚至不知道我俩鹿死谁手，我没有权利让任何人陪着我去冒险。"赛南粤："如果我不接受呢？"岳小白："你想知道答案？"赛南粤："嗯。"

岳小白上前一步，吻住赛南粤。赛南粤被强大而炽烈的吻定在那儿，动弹不得。岳小白松开赛南粤。赛南粤摇晃了一下身子，差点儿倒下，怔怔地看岳小白。岳小白："我不管你怎么想，我需要你，我要你在这个世界上活下去，这就是我要告诉你的答案。"赛南粤软绵绵的，说不出话，眼睛直直地盯着岳小白，仿佛灵魂出窍，点了点头。

蔡广得背着叶德全下楼，丁荷抱着行李和手杖跟在后面。叶德全："我们去哪儿？"蔡广得："去了你就知道了。"叶德全："我得提醒你，情报到手之时，就是内鬼出笼之日，我们5个人，每个人的行动都必须做到在其他4个人的严密监视之下……"蔡广得："我们说好了，从现在开始，由我指挥。"叶德全："你没指挥经验，我不放心。"蔡广得："你昨晚说了一夜胡话，什么事都说出来了，内鬼要在你身旁，用不着你再向他交代，你让谁放心？"叶德全无奈。

蔡广得把叶德全背出来。叶德全："让我下地自己走。"蔡广得："你能行？"叶德全："你上来，我背你。"蔡广得放叶德全下地，丁荷递过手杖，挽着叶德全朝前院走去。

蔡广得大包小包地往身上挂行李，杨桃过来问："你打算怎么建立你新的小组？"蔡广得："我还不知道。我从没干过领导的活。我觉得，这事肯定很难。"杨桃："可你又不能不做，因为竹叶青要走，小组里能挑大梁的就剩你了。"蔡广得点点头，说："如果没有一支队伍，我什么也做不了。"杨桃："我可以提一个请求吗？"

蔡广得："说吧。"杨桃："我想成为你的小组的第一名队员。"天有点蒙蒙亮了，杨桃的脸在晨曦中十分坚定。杨桃："我阿爸在信里对我说了一句话，他说，我们父女俩这辈子没在一起多少日子，最后却在情报上共同做了一件事。我知道，他这么说，是希望我把情报替他送到他的组织手上。"

蔡广得笑了，用力鼓起腮，一张脸鼓成一只皮球，两边一拍，皮球爆了。杨桃扑哧一声乐了，指着一旁安静地看着他俩的两只狼狗，说："它们告诉我，你到哪儿都能招惹出你要的人来，你能做到。"蔡广得冲两只狗扮了个鬼脸，两个人背起行李向前院走去。

岳小白和赛南粤从碉楼里出来。岳小白替赛南粤整理肩膀上的绷带。赛南粤冲岳小白抿嘴笑笑，说："已经收口了，一点都不疼了。"岳小白点点头，两个人向前院走去。

王九天不安地在屋里踱步，听见大门传来一阵响动，站下。阿挺和阿顺进来。王九天："走了？"阿挺："千真万确，已经出上海街了。"王九天一屁股坐在太师椅上，立刻站起来说："把钟馗牌坊抬到碉楼上去，点上香，磕三天三夜头，去去晦气。"阿挺和阿顺答应着离去。

水花子刚刚起床，在镜子前收拾自己的二分头。野阑花刚做完生意回来，凑着烟灯烧好一颗烟泡，递给水花子。水花子："说了多少遍，我不抽那玩意儿。"

野阑花："看你没精打采的，让你提提神。"

水花子："你这一颗烟泡，顶大井一家3天的粮，就知道糟蹋。"野阑花不高兴，说："我自己挣的，又没让你养，你没在我这儿少拿，都贴给你那些没用的烂仔了。"

水花子要发脾气，门被猛地推开。大井直愣愣冲进来。水花子生气地说："没见我衣裳都没穿上？你是不是想看见我骑在她身上？"大井："大哥来了！是，是你哥。"水花子："他来干什么？"大井："不知道，他在海边等着，让你去。"水花子看野阑花一眼，套上衣裳跟着大井匆匆出门了。野阑花："不识好歹。"

水花子匆匆跟着大井走，脚步比大井还快，后面跟着泥菩萨。有早起的居民路过，和水花子打招呼，水花子一反常态，没理会，只管大步往前走。眼见着看到避风塘主街了，水花子脚步慢下来，装作不急的样子，一摇三晃地往前走。

天色渐亮，海边有一群早起的水鸟。水花子有些意外，问："住我这儿？"蔡广得："对。"

水花子："我这儿地盘小，养不了你那些狮虎龙凤。"

蔡广得："没让你养，就让你帮忙给找个地方住几天。"

水花子："王九天的家，12区有名的肥佬，说是销金窟也不为过，还不够你住的？你就直说了吧，你是遇上麻烦了，王九天那儿住不下去，别的地方又不让住，想在我这儿躲躲风头。"蔡广得："算是吧，你给想个法子。"

水花子："我凭什么管你的事？凭什么你遇上好了，弥顿大道你扬着脑袋走，遇上麻烦了，我避风塘就成了你喘气的窝？"蔡广得："我，我是你哥，你得帮我。"

水花子上上下下看蔡广得，像不认识，说："你是谁？我哥？我什么时候来了个哥？"又朝远处喊："大井，泥菩萨，你俩知道我有哥吗？"大井和泥菩萨停下丢石头，往这边看。水花子回头再说蔡广得："我阿爸可没告诉我，他有这么一个树高山壮的野儿子。"

蔡广得恼羞成怒，却得忍着，说："水花子，别这样说，我是真遇到困难了，真需要你帮忙，你要不帮我，港九我没法待，只能退回深圳墟去。"

水花子："爱退你退，你最好早点儿退，别留在这儿祸害人。"水花子说罢撇下蔡广得就走。蔡广得万般无奈，他一咬牙，扭头就走，扭猛了，拉了腰上的伤，一口气抽在那儿。

正是早上值日时间，日军特工们纷纷出门，他们套上外套、往身上扎枪袋、互相打着招呼。金永洲从自己的宿舍出来，走过回廊，他一身男装，英俊潇洒。

小林正雄坐在自己的车里，吊着胳膊修指甲，看见金永洲，吹了声口哨。金永洲回头看见车中的小林正雄，朝这边走来。小林正雄："上车吧。"金永洲拉开车门坐进车里。小林正雄上上下下端详金永洲，表情复杂，说："我习惯了你是个女人，你这样，我很伤感。"

金永洲："如果你想说的是这个，我们一会儿行动队见。"金永洲去拉车门。小林正雄收了指甲刀，正色道："前天晚上你在哪儿？"金永洲："我在暗室里冲洗当天拍摄的照片。"

小林正雄："我去侦听室查了一下，6日晚上和7日凌晨，有人往书信馆街监视点打了个电话，用的是特别行动队办公室的电话。"金永洲：

"我们有几百个监视点，每天从办公室里打出的电话不计其数，那有什么可奇怪的。"

小林正雄："7日早上我们到达书信馆路监视点的时候，花冈组消失了，到现在都没找到人，打那3个电话的人应该知道花冈组那个时候不在监视点上，但他没有说。"

金永洲："你的意思，花冈组的失踪，行动队有人知道？"小林正雄："我记起来了，7日凌晨1点左右，你刚好从办公室出来，你会不会告诉我，那是一种巧合？"

金永洲："明白了，你是在怀疑我，可惜你怀疑不上。你说的那个时间，我和秋田、佐治在一起，显影水用光了，秋田去楼下拿，佐治还说了对秋田的不满。"

小林正雄："太有意思了，5个小时以后，他俩跟我们一起去了书信馆路，被追杀你的那个军统特工射中油箱，车炸人亡，无人再证实你说的是真话还是假话。"

金永洲笑了，说："小林君，你自诩平安时代遗风的承袭者，迷恋男色，可惜我不好菊花之恋，这让你恼怒，我劝你风过叶止，把心思用在正道上，别因为贪恋私欲而耽搁军机。"金永洲拉开车门下去了。小林正雄看看刚剪过的手指，说："还得修修。"

水花子心思不宁地在屋里翻来折去。野阑花从被窝里钻出来，说："你还让不让人睡，要不想出钟就上床，陪我睡一会儿。"门在外面敲响了，水花子去开门，门外站着蔡广得。

水花子出了门，把门掩上，不耐烦地看蔡广得。

蔡广得："水花子，我还是想，请你帮忙，我得留下来。"水花子不说话，看海边方向。蔡广得："我不能回深圳墟，我有重要的事，退不回去，就算我求你了。"

水花子问："你也能求到我头上？"

身后野阑花穿着暴露，嘲讽说："一会儿把你楼下的关公像丢了，他要混账，你比他也好不了。"水花子过去把野阑花推进屋，门关上。硬话说过，到底看不下蔡广得过不去，又让野阑花那儿一激，心里软了，问："他们在哪儿？"蔡广得："我让他们在麻将馆外等着。"

水花子："大哥你不能再当了。"蔡广得："我不当。"

水花子："你当着大井他们的面把我脸撕了，我那帮兄弟对你有意见，不待见你。"

蔡广得："我明白，是我自找。"

水花子："还有，阿爸硬让你做的那个大哥，那个我不习惯，叫不出口，那个你也不能当。"蔡广得难过，说："都依你，你给找个地方，只要人能住下就行。"

水花子："避风塘你们也不能住。不是我小心眼儿，也不知道你们究竟捅了什么娄子，你们走以后，西贡的人来过几次，宪兵队的侦察也来过，连日本人都来避风塘里里外外搜了一遍。这里住不了。"

海浪冲击着礁石，拍打出漂亮的浪花。一座不大的荒岛，显得生机勃勃又杂乱无章。岸边有一艘废弃掉的小火轮，岸上有几艘被海难摧毁冲上来的木船残骸，小岛当中一块空旷的地方是一大片雪白的沙地，一个被海风摧毁的棕榈棚子已经塌掉了。不远处，靠悬崖的一片避风处，有一个自然溶洞，山泉顺着陡峭的悬崖流下，海鸟群栖，一些猴子在灌木丛中好奇地打量来人。水花子介绍，这儿是港岛渔民避风雨的地方，平时没人来。对岸就是避风塘，要去港岛也方便，大井也留给你，有什么事，让他跑个腿……

大井背着叶德全，岳小白搀着赛南粤，杨桃、丁荷、泥菩萨抱着扛着行李，一行人进了山洞。山洞宽敞，众人卸下行李布置居所。丁荷看见山洞里有一架船木板搭成了床，高兴地跳上去。

山洞外，水花子向蔡广得介绍："洞里很干燥，现成能住人，行李我那儿也没富余的，你们弄点棕榈叶子凑合着吧。你们都是文化人，想听鱼说话，外面那艘小火轮上能睡人，要睡不着，还能装作自己是船长，去驾驶台玩玩舵……"

蔡广得："我们吃什么？"水花子："溶洞上面有烧火做饭的锅，柴火不缺，岛上有淡水，隔天我会让沙马沙追兄弟俩送点粮食来，米票不好搞，只能匀点木瓜粉给你们，不饿死就行，非要讲究，海里有鱼有虾，林子里有鸟有蛋，你们自己伺候。"水花子交待完，一副马上要走的架势。

蔡广得："还想求你一件事。"水花子："别说求，你跌不起这份面子。"

蔡广得说不出口，困难地咽了几口唾沫。水花子："说吧，不说我知道什么事？"

蔡广得："我需要几个人手。"水花子："大井不是留给你了吗，要不够，让泥菩萨也跟着你，他脑子慢点儿，你们别欺负他，别拿他逗乐子。"

蔡广得："我需要20个人，而且得是能干的，不怕死的。"水花子吓一跳，问要这么多人干什么。蔡广得："水花子，我可能得和小鬼子干一场，就在港九。我没人手，需要人。"

水花子忍不住笑了，说："你想用我的人组织一支军队，让他们和日本人干？"

蔡广得："可以这么理解。"水花子："码头上扛活的、乱尸冈背死尸的、大街上蹬黄包车的、给洋人跑腿的、店里的小伙计、海上打鱼的，你把他们组成一支军队，和日本人的飞机大炮玩一把？你真敢想。"

蔡广得："我知道，这么做是有点疯，就算在宝安，我也凑不齐一支队伍。"

水花子："你不是有点疯，是彻底疯了。知道这是哪儿？日本人的占领地，内地打了14年，这里占领了3年，但凡能扛枪的，都拉上去当了炮灰，你还指望能在这儿建立一支军队？就别做这个梦了，好好吹两天海风，吹凉快了走人吧。"水花子说罢要走，蔡广得："你得帮我，我没有别的办法，可我必须这么做。"水花子："帮不了，要能帮，我就改作香港总督了，省得让人瞧不起。"水花子走掉了。蔡广得失望地站在那儿，看一地的雪白沙子。杨桃一直站在山洞口看这边，她跟上水花子。

香港脚把水花子接上船，准备摇船走，杨桃赶来，叫水花子。水花子下了船。杨桃把手绢里裹着的一样东西塞给水花子，说："一半用来支付我们的吃喝，一半周济你那些兄弟。"

水花子："别介，养你们两天我还养得起。"

杨桃："你也不宽裕，够难为你了，拿着吧。"水花子要打开手绢看，杨桃不让水花子打开，说："水花子，别生你哥的气，他不是坏人。他只是一个人惯了，不会和人打交道，你得原谅他。"水花子："我也是一个人，不比他多爹多妈，凭什么就该我原谅他？"杨桃："你不一样，你见的世面比他多，知道的事也比他多，操持那么大的家，要帮那么多兄弟，你能待见人，不然大井他们也不会跟着你。"

水花子愣了一下，问："你真这么想？"杨桃："看看你身边的人，没一个能让你借光，让你往脸上贴亮的，可你照样待他们好，连泥菩萨你都看着护着，你告诉我，你还能不待见谁？"水花子一时有知遇之恩的感觉，有些激动，说："你这话，还是头一回有人给我说。"杨桃："好了，上船吧，早点儿回去，还得带着你那帮兄弟去干活呢。"

水花子上了船，船打橹离开岸。杨桃笑眯眯冲水花子挥手。水花子迟疑了片刻，也冲岸上的杨桃挥了挥手。香港脚摇着橹，泥菩萨在一旁起劲地帮忙。水花子坐在船舱里，打开手绢包，愣住。手绢包里是一块沉甸甸的金条。

叶德全烧糊涂了，说着胡话，赛南粤为他试体温，岳小白、杨桃和丁荷守在一旁。赛南粤："烧得厉害。"岳小白："是伤口溃疡，让海水泡的。"丁荷："他的腿在大屿山就烂掉了，他不让说。"赛南粤："需要弄几支盘尼西林，不然得上败血症就麻烦了。"

杨桃自责，说忘了告诉水花子。丁荷自告奋勇，要过海去买。杨桃夸奖渣子能干，掏出一把钞票交给丁荷。赛南粤："我们还差不少东西，我写个单子，别的也一块儿买回来。"岳小白看了看昏迷不醒的叶德全，再看众人失去分寸的乱样儿，想了想，离开山洞。

蔡广得坐在破船的残骸上，看着大海上一群群的海鸟发呆。岳小白过来，在蔡广得身边坐下，说："我不想打击你，可我得说实话，你做不到。"

蔡广得："忙你的去，我不需要你提醒。"

岳小白笑了笑，继续说："照情报上最简单的核实，你得进入鬼子的要塞，不然根本没法知道情报的真假。"蔡广得："我的事不用你管，该走快走，我这儿省下一口粮。"

岳小白："鬼子的要塞有重兵把守，美国人的轰炸机都找不着地方，你一个人，不会日语，鬼子哨兵和你打招呼你都听不懂，怎么进去？"

蔡广得怒气冲冲，说："你是不是觉得现在你可以看我的笑话了？"岳小白："还有一件事我不明白，你怎么把一些连枪都没见过的歪瓜裂枣训练成士兵？我是说，你没有更多的时间。如果你忘了，我提醒你，出来时，盟军指挥部给我们的时间是26天，今天是21天，也就是说，你还有5

天可用。你用什么办法能在4天之内速成一支能和鬼子精锐部队作战的行动小组，然后用剩下的一天攻入鬼子要塞，核实你的情报。"

蔡广得被岳小白堵得严严实实，说不出话，看大海。岳小白站起来，向山洞走去，走几步停下，回过头来说："也许你可以考虑一下，在你的行动小组中给我留个位置。"蔡广得愣了一下。岳小白："我不反对继续当我的副组长，我觉得那个官衔够高的，而且按照你们共产党军队的组织分配，它负责训练和作战，挺适合我干。"

蔡广得很快明白过来，欣喜若狂地跳下残船，向岳小白冲去说："你这条阴险毒辣的蛇！"岳小白回身迎住蔡广得，两个人搂作一堆，在沙地上开心地扭打起来，你把我压在下面，我再把你踹到下面，雪白的沙子扬了一片。

山洞口，杨桃站在那里，看着沙地上扭打成一团的黑白双雄，欣慰地笑了。

叶德全在一张船木搭成的床上昏睡着，赛南粤在一旁照顾他。一旁的马灯下，蔡广得、岳小白和杨桃在研究核实情报的办法。蔡广得："我同意竹叶青的分析，要核实情报，最管用的办法是进入要塞，我选择青山道要塞。你阿爸的情报中，它被重点标出来，核实了它，其他情报的真假就出来了。"

岳小白："先解决一件事，人在哪儿，不能就我们三个。要那样，我们一人抱一门大炮往上冲，也冲不进要塞。"蔡广得："我不知道从什么地方搞到人，就算搞到了，怎么才能把他们训练成战士。"

岳小白："还是那句话，根本做不到。"杨桃："我们不是有钱吗？我们去招募人。"

岳小白："去哪儿招募？这是在占领区，能扛枪的全是敌人。战争打到这会儿，能上战场的，命全耗光了，没有人会为几个钱去卖命。"

杨桃："那怎么办，就我们3个，怎么进鬼子要塞？"3个人都没有主张，沉默着。赛南粤过来问："你们刚才说，你们要进青山道要塞？"

蔡广得："对，我们想进去看看。"赛南粤："只有在一种情况下你们能够进去。"

蔡广得："哪种情况？"赛南粤："取得占领军军方的允许。"3个人面面相觑。

岳小白："这不可能，如果有策应，有时间，也许我能做到，现在不行。"

赛南粤："就是有策应和时间，你们建立起一支游击队，你们也做不到。青山道要塞有重兵把守，警戒森严，当年为打下这个要塞，日军准备了两个联队的兵力，要不是靠断掉水源，很难说结果是什么。很显然，你们无法靠硬攻进入要塞。"蔡广得："化装进入呢？"

赛南粤："现在就可以放弃。一个月前，占领军司令部已经把要塞的管辖权移交给日军23军了，进入要塞必须由23军司令官亲自批准，连占领军司令部的人也不能例外。我可以确定，你们不会受到23军司令官的邀请。"

杨桃："那怎么办？进不了要塞，情报就不能核实。"

赛南粤："还有一种情况，你们可以试试从地下通道进去。"岳小白："要塞有地下通道？"

赛南粤："港九所有的要塞都是英国人建的，不管哪一处要塞，地下设置都非常完备，我进去看过，完全是一座地下城市。"

岳小白："就是说，不通过大门，从外面可以进入要塞内部？"

赛南粤："要塞地下通道四通八达，这也是为什么沦陷时英军大意了，他们认为自己拥有最好的要塞，日本人短期内打不下香港。"蔡广得："你能带我们进去吗？"

赛南粤："我愿意那么做，可我做不到。"随后她说，香港沦陷前她只是受英军邀请去地下通道里参观了一下，走了一段就退回来了。要塞的地下通道十分复杂，不熟悉情况一定会迷路。要了解通道的情况就要找舒尔茨，他是英军基建营工程师。香港沦陷时，他和一些军官躲在汇丰大楼里，以后就没有他的消息了。岳小白和蔡广得交换目光。

大井从山洞外进来，说："得仔哥，水哥来了，他给你带了一些人来。"蔡广得欣喜地向山洞外冲去。沙地上有十几个烂仔，他们站没个站相坐没个坐相，打打闹闹，没个正经。水花子："我没处给你去弄人，只有他们，现在他们归你了。"蔡广得："他们是自愿的？"

水花子："我问他们，谁愿意拿饷吃粮，当兵打仗，哗啦一下站出来一堆，吓我一跳。"

蔡广得："没强迫？"

水花子：“给粮吃你就是爹，没看什么世道，饿肚子的多了，干吗要强迫？”

蔡广得：“别给我添乱，让我做违反纪律的事，不然我饶不了你。”

水花子不高兴了，说：“你能不能不用这种口气和我说话，我又不是你什么人，又不该伺候你，听你吆喝，要你饶什么？”蔡广得：“我该用什么口气和你说话？”

水花子：“你用什么口气你知道，叫了你两天大哥，你还真把自己当成大哥了，别他妈一块稀泥捏巴捏巴就当自己是力士菩萨，有事没事教训人。”

蔡广得勃然大怒，骂道：“我他妈不是你大哥，我是你爹，行不行！”水花子瞪蔡广得一眼，扭头走开，看到远远站在山洞口往这边看的杨桃，站下回头，说：“我不是为你做这件事的，我犯不着有碗汤喝，在这儿等着捡你丢在地上的骨头。实话告诉你，你是沾了她的光，要不是她，你连一个人毛都见不着。”水花子走掉了。

杨桃从海边收回视线，问：“你说，他们能行吗？”岳小白哭笑不得地摇头，说：“看你问什么了，抢钱吃大席，吓唬孩子调戏姑娘，能行。”杨桃：“我是问，能派上用场吗？”岳小白：“这些人还不如海龟海蟹子，菜花头是逼疯了，想出这么个馊主意，我看，悬。”说罢进了山洞，杨桃还留在那儿担忧。

沙地上，蔡广得茫然地站在一群烂仔面前，水花子瞥了他一眼说，他们你都见过，可能记不起来了，这回记仔细了。然后一个个为蔡广得介绍烂仔：“大井、沙马、沙追、鹭鸶脚、濑尿虾、山狗、老榕树、蚬仔、鸡杂、鬼鸟、旺财、吊钟、猪屎渣、腊嘴、西洋菜、琵琶鱼、香港脚、阿福。18个，你要的人头差两个。”

蔡广得努力让自己打起精神，走到大井面前，问：“知道我要干什么？”大井：“知道，你需要几个扛枪的，我能扛枪。”蔡广得：“为什么要扛枪？”大井：“我家让利子王害苦了，我爷爷借了他20块，如今翻到780，我孙子也还不清，我要扛上了枪，先去把利子王那狗东西杀了。”

蔡广得皱眉头，走到沙追沙马面前，问：“你两兄弟为什么想扛枪？”沙追：“娶不上媳妇。”众烂仔笑。大井：“有人给介绍了一个，是个老寡妇，比他俩大8岁，拖着只油瓶。"沙追："她愿意跟我俩，白天跟我，夜里跟我兄弟，我俩怕坏了兄弟情谊，没答应。"沙马："如果扛上枪，就能再去抢一个女人，我俩就不用分着用一个女人了。"水花子鼓励俩兄弟："有志气，枪都扛上了，老寡妇不要，要黄花闺女。"

蔡广得撇下水花子走到泥菩萨面前，问："泥菩萨，你也想当兵？"泥菩萨呵呵笑，揩一把流到下巴上的口水，念了一段儿歌："当兵的，跑得快，抬上桌子摆上菜，你一筷，我一筷，抢个姑娘家里带。"烂仔们一阵哄笑，拿泥菩萨开涮。泥菩萨被逗急了，抓了沙子去追打烂仔们，被烂仔们七手八脚摁在地上扒了裤子。

蔡广得头都大了，呵斥："别闹了！你们这算什么扛枪的？都给我起来！"蔡广得上去拉泥菩萨，被烂仔们推倒，一个摞一个，眨眼压在身上没了人影。水花子站在一旁阴着脸笑。杨桃跑来，一个个往外扒人。杨桃："起来，快起来，他腰上有伤，别把他压坏了！"

杨桃为蔡广得检查腰上的伤口。杨桃："要不行再换些人，别队伍没带出来，人给压折了。"蔡广得扭头向在地上打闹的烂仔们看了一眼说："能借我点钱吗？"杨桃："真要招募？"蔡广得："没地方招，就是他们了，得把他们训练出来。"杨桃看一眼蔡广得，进了山洞，一会儿出来，交给蔡广得一根金条。杨桃："够吗？"蔡广得："这么多？"杨桃："箱子里的家底你也看到了，少的我也没有，嫌多你咬一块下来。"蔡广得拿着金条向沙地上走去。

水花子教训烂仔们："你们就不能有点出息，光知道打打闹闹，一点真本事也没有。裤子扒掉能干什么，有本事，你们扛着枪，去扒日本娘们的裤子去。"鹭鸶脚："大井扒过，日本娘们要军票，大井给不起，让人给骂出来了。"众烂仔笑。水花子："好好跟着人家学本事，长眼界，然后自己打天下去，先把北九龙那帮家伙吃掉，油麻地就是我们的地盘了。"

蔡广得过来拉拉水花子说，有事和你说。两个人走到一旁，蔡广得把金条塞给水花子。水花子看一眼金条，用牙咬了一下，问蔡广得："你们没抢日本人的银行吧？半天工夫，我拿到两条大黄鱼，港督家也没这么富裕。"

蔡广得："犯不着抢，我是借的，用完得还。"

水花子："说吧，要我干什么，是不是嫌18个不够，还得再找几个？"蔡广得："你手上要都这样的，就是他们了。我需要几样武器。我得和小鬼子干，光往沙地上摁人不行，得教会他们用枪，不然人没贴近，就让小鬼子给搁在那儿了。"水花子把金条塞回蔡广得手里，说："这事我帮不了你。"蔡广得："你不是说，有钱你连掷弹筒都能弄到手吗？"

水花子："你当日本人的军需司令是我当着，想要什么就有什么？要这样，我早去东京吃炸虾喝烧酒享福去了。"蔡广得："我就知道你是吹牛，我只是想，总不至于件件事都吹吧，不然你靠什么活，你还真靠这个？"

水花子："你瞧不起我。"蔡广得："记得在梧桐山你是怎么给我说的，在九龙有个热热闹闹的地盘，九龙城是你的天下，你说了算。你的天下，你把我搁在荒岛上，要几个正经人都没有，整天靠吹牛活着，你让人瞧得起吗？"

水花子："跟我走。"水花子朝海边走去，朝大井们喊："跟我回去几个人，把你们的狗窝衔着，口粮背来，国军的规矩，拿国家的饷，吃自家的粮。"大井叫上沙追沙马和濑尿虾，几个人闹哄哄跟上水花子。

正睡觉的野阑花被撵起来，坐到一边打哈欠。水花子指挥大井和沙追兄弟把床抬开，然后揭开床下一块木板，露出一口地窖。水花子从大井手中接过一盏油灯，弓着身子下去了，蔡广得跟着下了地窖。

地窖不大，能容下几个人，站不直。蔡广得从上面下来。见水花子掀开一床麻布，露出几口大箱子。水花子："别站着，自己动手。"蔡广得过去揭开箱子盖。那是满满一箱英式步枪。再揭一口箱子，是几支油纸封住的冲锋枪。蔡广得再掀开一口箱子，箱子里是一挺崭新的轻机枪。蔡广得傻了眼似的看那些武器，说："你说你不是军需官。"

水花子："民国30年，九龙城落到日本人手里，我和几个兄弟弄了一辆车，冒死冲进深水埗军营，抢了这些家伙。"蔡广得："兵荒马乱的，干吗不弄些粮食，怎么会想到弄武器？"

水花子："香港沦陷的时候，我在独九旅当兵，知道日本人过了深圳河，弟兄们都想从背后揍日本人一下，帮助英国人保住香港，部队已经到了宝安，弹药都发下来了，不知为什么，上面却让停下来。我和几个家在九龙新界的兄弟心里不甘，就留下枪，趁夜溜过了深圳河。"蔡广得："你就是这么当了逃兵？"

水花子："那会儿九龙还没有陷落，街上打得很乱，我们也不知道能做什么，眼睁睁看着英国人一点一点把大帽山阵地丢掉，再把垃圾防线丢掉，接下去，九龙和港岛也丢了，港九的地界全都换成了太阳旗。"蔡广得看着感伤的水花子，好像头一回认识他。

蔡广得："这些事过去你怎么没给我说？"

水花子："你问过我吗？"蔡广得："我以为……水花子，我冤枉你了。"

水花子："说那些屁话没用，东西都在这儿，你看着拿。出了事，别带上我，也别牵连野阑花，人家是贵族，让人把命革了，家没了，逃到香港来，可她没害过人，你们也别害她。"

蔡广得："你这儿有一窖的武器，为什么不和日本人干？"水花子不答，阴阳怪气地看蔡广得。蔡广得改口说："我的意思，你这儿有人，闲着也是闲着，怎么不教大井他们学会打枪。"水花子："学会了干什么，让日本人收去以华治华？你看看王九天什么样，那种人我不做。"蔡广得点头，掏出金条塞给水花子，水花子把金条塞回蔡广得手里说："东西不是给你的，是给杨桃的，钱她已经给了我。"说完把油灯递给蔡广得，往地窖外钻。

蔡广得："水花子，和我一起干吧。"水花子："你是干大事的，我干不了。"

蔡广得："3年前你想打小鬼子，没打上，现在你可以跟我打。"

水花子："今非昔比，我劝汉阳造别干，他硬干，结果尸骨难归，家人还不知道。大井他们要跟着你干，我不拦，可我不会跟着你去找死。"说完，水花子钻出地窖。

水花子从地窖里钻出来，说："他是神经病。"

大井："你要不喜欢，我们就撤回来，不跟着他。"

水花子："你们留在那儿，该学的都学着，干不干另说。他一直出我的丑，你们都别理他，让他尝尝受冷落的滋味，有事找竹叶青，那家伙还算正点。"大井："我们能臭他吗？"水花子："我没说清楚？我什么时候叫过他哥？"大井："知道了。"

野阑花在烟碟里摁熄烟头，嘲讽："要有这个志气，香港你们也丢不了了。"

第二十三章
点豆成兵　平民抗战

　　叶德全醒了，赛南粤在给他注射盘尼西林。丁荷掌着灯，蔡广得马灯下照着资料笨拙地画图，杨桃在一旁指点，蔡广得把位置让给杨桃。叶德全问："竹叶青在哪儿？"

　　杨桃："在小火轮上给大井他们开训练课。"叶德全："你真打算把他们训练成一支军队？他们这种人没觉悟，没信仰，还不如汉阳造的人，怎么训练？"

　　蔡广得："针打完了，裤子提上。女同志在，注意点影响。"

　　叶德全连忙拉起裤子。蔡广得继续看杨桃画图。

　　小火轮的船舱被布置成烂仔们的住处，烂仔们围着岳小白，岳小白熟练地把玩着一支步枪，说："李·恩菲尔德四式步枪，新式枪种，香港沦陷的时候刚在英军中装备，这枪刚去油封，连一个敌人还没打死过。"岳小白演示射击预备、操枪、快速上弹匣、推弹上膛、举枪，说："这枪准头好，能打远距离目标，弹匣10发装，上弹动作简单，经过训练的士兵每分钟能发射出一匣半子弹。大井，你来试试。"

　　大井笨拙地学上膛。岳小白："不是和姑娘亲嘴儿，别使劲掰，用巧劲儿，这样。"烂仔们哄堂大笑。大井："笑什么，我看它跟姑娘差不多，看着就喜庆。"

　　岳小白拿起一支冲锋枪，说："斯汤姆冲锋枪，32发装，每分钟能发射550发子弹，在近距离作战中，它是最有效的武器。"大井连忙把步枪塞给一旁的沙追，抢过冲锋枪。

杨桃把图画好了。蔡广得在灯下看图。叶德全："我是替你考虑，那些七长八短的家伙哪一个能打鬼子？别说听见枪响，怕是鬼子的军号一响，他们就吓得尿裤子，你怎么把他们训练成一支军队？"蔡广得："那你说我该怎么办？"

叶德全："怎么办都没用，鬼子要不用八抬大轿抬你进去，你进不了要塞。"蔡广得："你能不能少说点风凉话，我现在不想听怀疑的话，好好养你的腿，岛上黄麻不少，有时间帮我搓些绳子，打几双草鞋。"蔡广得把图塞给杨桃，起身出了山洞。叶德全："瞧见没，现在人家不想听风凉话了，人哪，还得当领导，不当领导不知道当领导的难处。"

岳小白拿起那挺机关枪，说："布朗式轻机枪，这家伙是宝贝，22磅重，一个人就能对付，每分钟能发射500发子弹，精确度非常高。"大井把冲锋枪塞进鹭鸶脚怀里，从岳小白手中抢过轻机枪，说："我学这个。"岳小白指点大井："弹匣30发，从这儿装，这是节制钮，扳机，这样你就可以击发了。"大井邪里邪气地抱着机枪在船舱里晃着肩走，嘴里说着蹩脚的日本话："卡哇科摸喏，喔喏卡摸喏，亚库它它紫，木西科哪！"岳小白斜着眼睛看烂仔们，一点也不急，等大井们玩够。大井："岳教官，什么时候教我们神腿？"岳小白："你们先学会使用武器，晚上教你们单兵作战动作，时间紧，来不及学那么多，简单学几样，别摆在那儿给人当靶子就行。"沙追："岳教官，单兵都教些什么？"岳小白："你们要学会分辨地形，在火力下运动，袭击和被袭击时的反应，最重要的是如何躲避炮火，如何逃命。"

蔡广得进来，发令："都有了，到外面集合。"大井："岳教官在教我们玩枪。"蔡广得："枪放下，到外面去，你先学格斗。"说完扭头出去了。大井看岳小白。岳小白："他是长官，他说了算。"

烂仔们七歪八倒地站在沙地上。蔡广得看烂仔们，突然过去，一拳将大井打倒在地上。大井抹一把鼻血，坐在地上呆呆地问："你揍我干什么？"蔡广得："我不揍你鬼子也得揍你，站起来，就当我是鬼子，过来揍我。"沙追和沙马偷偷乐。蔡广得扭头看两兄弟，大步过去，一拳一个，将两兄弟揍倒在地。两兄弟要反抗，蔡广得连续起脚，将他俩踢得满地爬。濑尿虾："喂，他们招你了还是惹你了，你下手这么狠？"蔡广得朝濑尿虾走去，一拳将他打倒。一旁鹭鸶脚和鸡杂上来拦蔡广得，蔡广得拳脚相加，将两人打倒。

大井愤怒地从地上爬起来，吼一声扑向蔡广得。蔡广得飞起一脚把大井踢得仰下去。鹭鸶脚和西洋菜率其他烂仔也扑向蔡广得。蔡广得受到众人的攻击，拳打脚踢地抵挡，很快不敌，被打倒了。烂仔们怨气冲天，你一脚我一脚猛踢蔡广得，踢得他爬不起来。

岳小白扭头向小火轮走去，杨桃和丁荷朝这边跑来，丁荷一边跑一边拉足弹弓。一个烂仔脑门上挨了一下，哎哟一声住了手，捂住脑袋。另一个烂仔抱着腿窝下去。烂仔们看到杨桃，脚下渐渐止住，只有大井一个人还在狠狠地踢。

杨桃："好了。"大井停下，朝地上吐了一口唾沫说："有什么了不起，不就是腰里插了支家伙，我要是插支家伙，也轮不到你欺负人！"杨桃把大井拉开，大井还不解气，说："你兄弟为你把人弄到这儿来，连生意都做不下去了，沾上你这么个当哥的，呸！"大井领着烂仔们离开了。蔡广得躺在沙地上，痛苦地撑住腰，喘着粗气。丁荷扑向蔡广得，泪眼婆娑地说："他伤口被踢开了。"杨桃在蔡广得身边跪下，去搀扶蔡广得。

太阳正在往下落，海面被晚霞染红了。蔡广得和杨桃坐在海边，杨桃已经为蔡广得重新包扎过伤口，替他系好衣扣，再掏出手绢替他抹去满脸的血污。蔡广得沮丧得要命，说："我是天底下最大的傻瓜。竹叶青说得对，我没有办法进要塞，我训练不出一支队伍，我根本就做不到。"杨桃："你知道做不到，为什么要去做？"

蔡广得："我就想，要是我去做了，鬼子就能早点滚出中国，这场战争也许就能早点结束，千千万万的人就能活下去。"

杨桃："你刚才说，你是天底下最大的傻瓜，你想过没有，日本皇室和朝野政党，他们一致对外，发动战争，欺负了我们多少年？"蔡广得："从北大营被小日本攻占起，14年。"

杨桃："要是算上清朝北洋舰队覆灭呢？"蔡广得："那就是51年。"杨桃："可在日本侵略我们这51年当中，我们自己在干什么？在不断地内讧，没有一天停止过自己人打自己人的内战，这算不算傻？"蔡广得："傻透了。"

杨桃："日本人口不到我们四分之一，他能占领朝鲜半岛，占领中国，占领东南亚和南亚，横行霸道。我们呢，却有超过200万人在帮助他们杀害自己的同胞，这算不算傻？"

蔡广得："我他妈最痛恨汉奸伪军！"

杨桃："你的傻和他们比，你的傻是多么可爱！"蔡广得扭头看杨桃。杨桃："你把气撒在大井他们身上，你是心里太急了，你想早点把他们练成，这不怨你。可他们都看水花子的眼色，你要处理不好和水花子的关系，这支队伍不要说4天，一辈子你也别想带出来。"

蔡广得："我俩的关系已经让我闹僵了。"

杨桃："你俩是兄弟，一个阿爸传下的亲兄弟，可就因为他不是你妈生下的，你就不认他，心眼儿比针尖还小。其实吧，我能看出来，对水花子你有一份亲情和关心，可这份亲情和关心到你这儿，让人看着比什么都难受。"

蔡广得："我不已经认他了吗，我都过来求他了，现在是他不认我。"杨桃："你那是怎么认，看他样样不顺眼，这也不是，那也不是，他怎么做都不对，你让他怎么接受你？我看你不是他哥，你是他爹。"

蔡广得乐了，说："水花子也这么说。说我又不是他爹。"杨桃抿嘴乐。蔡广得："你说得对，我是心里憋住了，一时没法接受，可要真认他，我不知道该怎么做。"

杨桃："你难，水花子也难，没听大井怎么说，你这儿需要人，他那儿把人散了，生意没法做下去，他还在帮你。你是他哥，他的难和委屈，你管过吗？要这样，连兄弟之间都为自己，战争结束了，仇报了，冤清了，还有利益呢，还有争雄斗艳呢，该如何了结？"

蔡广得佩服地看杨桃，说："你是打哪儿学来这些的？"

杨桃："不用学，我自己的经历。"海风把杨桃的额发吹拂起来，她低下头。蔡广得："又想你阿爸了？"杨桃点点头，又摇头说："从昨晚起，我就告诉自己，我已经找到他了，我最后一件事，把情报核实了，如果他欺骗了世界，他就欺骗了我，如果情报是真的，我不会再怀疑了。我不想看到任何人为失去亲人而难过。"蔡广得："我听你的，一会儿我去找水花子。"杨桃笑了。

岳小白安静地坐在小火轮里。大井抹一把鼻血气呼呼进来，烂仔们跟在后面一个个进来。岳小白站起来，直了直腰，说："你们这儿有多少人，18个？来吧，一齐上。"

大井明白岳小白要干什么，说："我们不想和你打。"

岳小白："我要你们打。"大井："岳大哥，别开玩笑了。"

岳小白："那我就打你们。"大井："你这就欺人太甚了，我们人多，你占不了便宜。"岳小白："为什么不试试？"鹭鸶脚："给脸不要。"阿福："把他丢下海去。"

大井把脸拉下来，一声："上。"众烂仔蜂拥而上。岳小白几乎没挪位置，连续起脚。大井和众烂仔被踢得飞起来，菊花瓣似的贴到船舱壁上，再滑下来。大井等人不服，再度扑上来。岳小白操起一支步枪，枪托枪杆一套凌厉地还击，打得众烂仔一个个趴到地上起不来。岳小白收了枪，说："知道为什么打不过我？"大井："你有神腿。"

岳小白："不，不是我有什么，是你们除了莫名其妙的仇恨，你们什么也没有。"岳小白过去，一个个拎起烂仔，说："起来吧，别黄泥巴一团，让人往墙上糊。"大井等人从地上爬起来。岳小白拎着步枪走到舷窗旁，出枪瞄准隔海相望的港岛。

岳小白："人，要有志气，怒气，血气，有了这些，你才算个人。可和日本人干，光有气还不够，我这儿手指一动，你们再大的气也得见阎王。"岳小白突然回身，枪口对准烂仔们。烂仔们吓得纷纷靠墙的靠墙，趴下的趴下。岳小白收了枪，说："我手里拿着枪，不会打你们，因为我们是同胞，我的枪不打中国人。记住，中国人的拳头，中国人的枪，都是用来对付小日本的，别他妈的打中国人。"大井："岳大哥，你这样的，我服。"

岳小白把枪丢给大井，说："那就别废话，别浪费时间，继续下一个科目，练瞄准，今晚谁也不许睡，把枪给我练熟了。"烂仔们在马灯下练瞄准。岳小白在一个一个指导，烂仔们对他言听计从。岳小白发现赛南粤出现在舱口，朝她走去。

赛南粤表示，想去一趟港岛，找舒尔茨。她告诉岳小白，没有舒尔茨，进不了要塞。香港沦陷后，很多英国军官没有投降，藏起来了，舒尔茨可能还藏在香港。并说，中立国银行有一个董事联席会，秘密帮助过一些英国执政官员，让他们躲过日本人的搜捕。她想试试，去找瑞士银行的爱德蒙德先生，也许他知道舒尔茨的下落。

岳小白："不行，你带着伤，身子骨弱，这件事你做不了。"

赛南粤："你们中间谁没有伤，你们不都在坚持做吗？"

岳小白："你在香港名气太大，认识你的人多，你一露面就会被人认出来，这样太危险！"

赛南粤："你忘了我是干什么的。我是你的助手，我得替你分担工作。"岳小白看着赛南粤，爱惜地把她搂进怀里。赛南粤："你们谁也不认识舒尔茨，谁也没有找到舒尔茨的渠道，只有我去。你放心，我不会让日本人抓住我，我不会再受伤，我会安全地回到你身边。"岳小白犹豫不决。赛南粤从他怀里挣出来，热切地看着他，说："答应我，我想知道我被人需要，我想知道我真的站在反法西斯的一方。"

岳小白："你打算什么时候走？"赛南粤："时间紧，尽快走，今晚就过海去九龙，如果顺利，明天一早我就能乘上过海的头班小轮。"

岳小白："我替你化一下装，这样别人不容易认出你。"

赛南粤："我是百变赛南粤，我描的脸，亲爹亲妈也别想认出来。"岳小白笑了，说："你总是让我感到意外，我以后可得留心了，和我在一起的时候，我不会让你挨任何油彩。"

赛南粤在化装，岳小白在帮她收拾东西。丁荷带着蔡广得和杨桃匆匆进来。岳小白："她的计划是对的，我们无法打进要塞，只能找到舒尔茨，让他带我们从地下通道进去，这是进入要塞的唯一办法。而且，必须在两天之内找到舒尔茨，否则时间不够，计划也得放弃。"

蔡广得："这样行吗？我是说，鬼子在到处抓美沙子，她去港岛不是自投罗网？"

岳小白："这话我已经说过了，她坚持这么做。"

叶德全愤愤不平，说："你们没有做过指挥员，考虑问题就是不全面，为什么不让渣子跟着，这样可以一举两得。"丁荷自告奋勇，要保护美沙子。杨桃也认为这个主意不错。

蔡广得："主意虽好，出主意的人一股馊味，这个时候了，还忘不了处处防人。"

叶德全："防人不对吗，她要落进鬼子手里，我们谁跑得出去，怎么完成任务？"岳小白："都别争了，老鳗鱼的计划用不着，渣子也不用去，我陪美沙子去。"赛南粤惊讶："你？"岳小白："这回我给你当助手，我保证不用你等明天早上的过海小轮，今天晚上我就把你送到港岛。"赛南粤欣喜。

叶德全："你不负责大井他们的训练了？你走了，谁来训练他们？"

蔡广得："你。我们当中你是唯一的指挥官，有带兵经验，腿动不了，嘴上拦不住，你给他们上课，连思想政治工作一块做了，这叫一举两得。"转身对岳小白和赛南粤说："我送你们去九龙，你们自己想办法过海。"

叶德全愤怒地说："到底是怎么回事，怎么全颠倒了，我们这儿还算一个小组吗？"

"算。"蔡广得在马灯下巡视众人，严肃地说："我们五个，加上美沙子，小组核心人员都在这儿，不开会，就三句话。第一句，恢复行动小组建制，番号'木棉花'，我是组长，竹叶青是副组长，其他人愿意参加的是组员，不愿参加一边歇着。第二句，尽快把18名避风塘的兄弟训练成战士，让他们能够参加战斗。三，找到舒尔茨，进入青山道要塞。有意见吗？"众人皆答没有。叶德全耸了耸肩，说："你们都决定了，我还能有什么意见？没意见。"蔡广得："一致通过，现在按照刚才布置的，分头行动。"

岳小白背上行囊，和赛南粤向山洞外走去。杨桃和丁荷跟了上去。叶德全十分失落，孤零零地撑着拐杖回到船木床上。蔡广得走过去，在叶德全身边蹲下，要看他的腿伤，叶德全生硬地推开他的手，说："别假惺惺的，我知道，你早就在等这一天。"说完把身子移到另一边。蔡广得："老叶，我知道你心里不好受，我也给你说个实话吧，这个组长我不想当，当上才知道，你们做指挥员的有多难。你当组长那会儿，我就没少给你惹事，在我阿妈被鬼子杀害的那件事上，我就和你不依不饶，让你受不了。"

叶德全哼了一声，说："事情到了今天，这件事你我该了结了。你妈的事，就我和她知道，我找不到证人，事情我说不清，也不想说了。我答应你，任务完成之后，我不还手，任你处置。"

蔡广得："事情就是这样，我也一直解决不了这个问题，累了两年。刚才在外面，我把这事给小蜜蜂说了。她说别问别人，问别人不知道，也别问自己，自己是糊涂的，问你妈。我在海边问了我阿妈，她一句话也没说。"叶德全说："人都不在了，你让她怎么说？"

蔡广得："我要说的不是这个，我在想，我们这个小组一直在捉内鬼，我们捉了一路，把一多半的力气都花在上面了，一多半都在自己和自己斗。"叶德全不说话了。蔡广得："老叶，他们不在，我俩掏心窝子话，你觉得，我俩是内鬼吗？"叶德全："要是才怪。"

蔡广得："他们呢？竹叶青，小蜜蜂，渣子他们3个，谁是内鬼？"叶德全："说实话，我琢磨了一路，脑袋都想烂了，还真没想出来是谁，要我说，他们谁都不是。"

蔡广得："这一路上，我们谁都把自己的命，把自己的心掏出来了，没人藏过假。我们中间，不管谁是那个内鬼，如果他因为杀鬼子救国有罪，那我们剩下的4个人，理应同罪；如果我们没有罪，那他就应该和我们4个人一样，享有同志的认可和信任。老叶，这话你听着可能没有原则，我没有把你当领导，我把你当同志，当战友才说这话。我的话你琢磨琢磨，我去了解一下要塞的情况，顺便解决水花子的事，明天上午带点粮食回来。大井他们，拜托你了。"蔡广得离开了。叶德全陷入深思。

杨桃和赛南粤已经等在船上，赛南粤几乎变了一个人，没有人能认出她。岳小白在船下等着，将匆匆赶来的蔡广得拦住，说："任何情报都是有寿命的。杨子昆情报中鬼子防御体系这条，我们经历的事情都印证上了。我们从罗浮山出来时，上面给了我们26天时间。"蔡广得："我们分析过，盟军要动手，26天，这就是情报搜集的期限。"岳小白："你手里的情报，寿命只有5天，5天之内，你是我的上司，5天之后，我是我自己。"

蔡广得："我不说谢，上船吧。"岳小白："我没说完。你在领导一个糟糕的行动小组，小组没有建立电台，小组的人员没有专业能力，缺少军事和技术专家，甚至没有在敌后作战的经验。最重要的是，你没有领导一个特工小组的经历。"

蔡广得："组长我已经当上了，现在要反对已经来不及了。"

岳小白："如果说从罗浮山出来的时候，我们要执行的任务根本不是我们能够完成的，那么现在你要做的比那个难得多。你没有任何成功的条件，只有三件事可以依靠：冷静的头脑，热烈的心脏，坚强如钢铁的意志。"蔡广得："我把它当成忠告。"

岳小白："下面的话才是忠告。绝不抛弃遇难的部下，绝不让一个部下去作无谓的牺牲。"两人达成共识，一起上船。小船载着4个人离岸。丁荷留在岸上。

蔡广得、杨桃和岳小白、赛南粤在油麻地的一条巷子里分手。

海湾边，水花子带着泥菩萨，德力克带着两个韩国兵团士兵，双方为做生意争吵起来。水花子："说好了价，你不能不讲道理，说变卦就变卦。上次你答应的粮食一车没给，现在又克扣我的价，要这样，咱俩这生意没法做下去。"

德力克："给点糖霜你连面包都敢拿走，老子和你做生意是给你张脸，老子要烦了，别说生意，避风塘都给你踩平了！"德力克向两个韩国士兵下令："推走。"两个韩国士兵强抢恶要，推了车就走，水花子要拦，两个士兵把水花子推开。德力克："小子不识抬举，别跟他胡搅蛮缠，揍他。"两个韩国士兵上来就揍水花子。水花子挨了几下，卑躬屈膝地抱着脑袋挨拳头。泥菩萨急得哭了。

蔡广得从黑暗中出来，架住韩国士兵的拳头，拦在水花子和德力克中间，说："兄弟，揍两下行了，别当人是沙袋子，有话好好说。"德力克："你谁呀？"

蔡广得："我是他哥，你忘了，我俩前两天见过。"水花子："你别管我的事。"

德力克："是你呀，喝血吃肉的，他是这么叫你的吧。怎么，为你兄弟护驾来了？"

蔡广得："兄弟得护，但也不乱护，他要强讹你，不用你动手，我收拾他。可他没那么做，你就不该半尺高的孩子上凳尿尿，尿出二尺远，嫌不够，还想上房尿。"德力克："什么话？"蔡广得："伤着你了？那就是我的不对了。我听人说，你们日本军队里，福冈兵是一等，釜山兵是二等，桃园兵是三等。有这个说法吧？你都桃园兵了，落到三等了，不是半尺高的孩子是什么？"

德力克一把揪住蔡广得的衣领，说："你敢瞧不起我台湾兵，给我揍他！"两个韩国兵上来给了蔡广得两拳，把蔡广得打倒，水花子想拦没敢拦，躲到一旁。德力克揍完蔡广得，拍拍手，带着两个韩国兵推着车走了。水花子看着倒在地上的蔡广得，想去扶，犹豫了一下，站在那儿没动。蔡广得从地上慢慢爬起来，吐了一口血唾沫，说："待在这儿别动。"跟上了德力克。

德力克带着两个韩国兵，推着抢来的小车走来。德力克见蔡广得跟在后面站住问："怎么，还想请我喝茶呀？"蔡广得："茶就免了，我跟你去兵营，把车取回来，顺道见见你们长官。你卖给水花子那两架掷弹筒在我这儿，那玩意儿不好用，我跟你去军营找你的长官退货。"德力克："你到底是干什么的？"

蔡广得："我干什么的你别管，我能把原编号的掷弹筒扛去你那儿，让你的长官给我换架新的，你信不信？"德力克："你敢去我就打死你！"

蔡广得："那就得看谁先把谁撂倒了。"德力克："嘿，小子不接受教训，再给他几下！"两个韩国兵上来，蔡广得没等两人靠近，一拳出去，一个韩国兵被打进街边的居民堆。蔡广得飞起一脚，一个韩国兵脸搁石板路趴下。街边的居民见状，纷纷尖叫着散开。德力克气急，去捡韩国兵丢在地上的长枪，骂道："我他妈崩了你！"蔡广得扑过去，只一下就制服了德力克，腰上摘下一枚手榴弹，快速捅开油封，扣住拉环，手榴弹塞到德力克脸下，说："动拳头先得把话说清楚了，别动了拳头丢了脑袋。"德力克被压在石板路上，脸都挤歪了，恐惧地央求："别拉弦，我俩都别弄响了！"蔡广得："车从哪儿推来的，给推回哪儿去。"

德力克："行行行，照你说的办！"蔡广得起身放开德力克。德力克从地上爬起来，犹豫了一下，示意两个韩国兵。

水花子沮丧地坐在烂船上，德力克一脸丧气，领着两个一步三回头的韩国兵推着小车回来了，蔡广得在后面押着。德力克让两个韩国兵把车放下，说："看清楚了，一样不少。"水花子完全不相信眼前乾坤颠倒的场面。

德力克扭头就走，蔡广得拦住，德力克害怕，说："车已经还给你兄弟了。"蔡广得把德力克搂到一边，说："不打不相识，兄弟，再横的人他也挡不住一命呜呼。水花子要把命丢了，他家在这儿，就地埋了，你还得大轮船里挤个旮旯角，几百里地往岛上运，值当吗？"德力克怔忡。蔡广得亲热地拍了拍德力克的肩，说："行了，水花子你俩不是一天两天，你心里清楚，日本人撑不了两天，这生意也就几天的事，先得把命留下，朋友往长远里做。你俩行个文明礼，握个手，就当什么事也没发生。"

德力克看看蔡广得，问水花子："他真是你哥？"水花子犹豫一下，点头。德力克和水花子握手，说："有这样的哥，你还愁什么，下回你给安排安排，我请你哥好好喝一顿。"德力克带着两名韩国兵走了。水花子收拾车上的东西。

杨桃过来问："没事了？"蔡广得："没事了，要塞的事问清了？"杨桃："电话里问过黄叔了，他答应明天给咱们找两辆车。"杨桃又说："水花子，你哥是专门过海来找你，你和他谈谈。"有了刚才那一场，又驳不了杨桃的面子，水花子勉强点了点头。杨桃拉着泥菩萨，高高兴兴去海边玩了。蔡广得："我们也去海边吹吹风吧。"兄弟俩也朝海边走去。

蔡广得和水花子坐在避风塘边一条渔船上。水花子："没事你来避风塘干什么？"蔡广得："大井说你这儿没人，活干不了，我心里惦记，来看看。"

水花子："有什么好看的，我的事你干不了，也瞧不起。"

蔡广得："别这么说，我知道，你是让我伤透了心，心里有气。"

水花子："我能伤心？你也太小看我了。"蔡广得看出水花子赌着气，不在意地笑了笑说："不说这个，说点别的。这两天看到安迪娅了？"水花子警惕地看蔡广得。蔡广得："没别的意思，就是关心关心。"

水花子："有人到12区来打听吴东山的儿子，留下两袋粮，一些军票，说过些天还会送东西来。阿爸死的时候，没说过有这样的朋友，这事是你干的。"蔡广得掩饰："我会干这种事？别扯淡了，不谈这个，给我说说安迪娅的事儿。"

水花子："她又不是我媳妇，有什么好说的？"蔡广得："大井他们都知道，我这个当哥的不能连他们都比不上吧，说说吧。"水花子："我不想说。"

兄弟俩陷入尴尬，一边海滩上传来杨桃和泥菩萨唱儿歌的声音："石榴香，石榴甜，领着姐姐上菜园。菜园里，一池水，湿了姐姐的花裤腿……"两个人扭头向滩涂看去。杨桃和泥菩萨坐在地上，两个人你一掌我一掌拍着巴掌唱儿歌："姐姐姐姐你别哭，南面过来咱的哥。咱哥领着花轿轿，高头大马人俏俏。"

杨桃:"谁抬轿?"泥菩萨:"小蚂蚱。"杨桃:"怎么抬?"泥菩萨:"一蹦跶。"杨桃:"谁打伞?"泥菩萨:"红蜻蜓。"杨桃:"怎么打?"泥菩萨:"一忽搭。"杨桃:"谁吹笛?"泥菩萨:"绿蝈蝈。"杨桃:"怎么吹?"泥菩萨:"滴滴答。"杨桃:"谁放炮?"泥菩萨:"傻知了。"杨桃:"怎么放?"泥菩萨:"轰隆隆。"杨桃:"谁牵裙?"泥菩萨:"小蜜蜂。……"

水花子和蔡广得被那样的童趣逗得笑了。水花子笑过犯愣,说:"我是两年前认识安迪娅的。那会儿她不满15,可单纯了,两只眼睛忽闪忽闪,让人心里甜丝丝的。"

蔡广得笑说:"你一说,我都觉得甜丝丝的。"

水花子:"之前我不认识她,那天我和泥菩萨从普庆戏院看戏出来,看见两个宪兵司令部的日本宪兵在那儿欺负她。"蔡广得一愣,问:"当街欺负?"

水花子:"嗯,就在大街上,当着满街的人,两个狗东西把她从车上拉下来,摁在地上……"蔡广得:"那,你呢?"水花子非常痛苦,说:"我就在那儿,在戏院的台阶下,离她不远,我想冲过去把她从地上拉起来,想找把刀把那两个混蛋砍了,可我什么也没做。"

蔡广得没想到事情会是这样,惊愕不已,问:"为什么你不去救她?"水花子痛苦地埋下头,说:"我不敢。"蔡广得一时说不出话。水花子:"后来我打听到,她家就在普庆戏院后面的加士居道,她是庇理罗士女书院的学生。那以后,我就天天去书院,在门口等着她,就想看她一眼。我也说不清楚,我是怎么了,我觉得,欺负她的人好像不是日本人,而是我。"风吹来,海湾里的渔火闪烁着。兄弟俩陷入沉思。

入夜,港九进入宵禁时间,油麻地码头的过海小轮已经停航,码头上空无一人。赛南粤躲藏在码头的一艘小轮旁,她在等待岳小白。码头上,两名巡逻的伪军过来,看着接近小轮了,在台阶上坐下说话。赛南粤发现了伪军,悄悄往后藏。两个伪军说一会儿话,站起来准备离去。赛南粤继续后藏,不期然碰响了锚链,两个伪军听见响声,执枪向赛南粤的方向搜索而来。赛南粤没处躲,想攀上锚链离开船坞,没提防失脚掉下,情急中抓住锚链,吊在上面。伪军发现了赛南粤,端着枪跑过来,快接近锚链了。黑暗中岳小白闪身而出，迎面一拳将一名伪军打得倒下，人晕了过去。岳小白再一脚踢飞另一名伪军手中的枪，枪口指住伪军。

两名伪军被绑住塞在小轮下，眼睁睁看着岳小白攀上船坞，伸手把赛南粤从锚链上拽起来。岳小白为赛南粤检查肩头的伤。赛南粤："你要再晚点来，我就没命了。"

岳小白："我不会让那样的事情发生。行了，伤口没事，我们走吧。"

赛南粤："船弄到了？"岳小白："你会大吃一惊。"岳小白带赛南粤消失在夜幕中。

一艘日式小型高速艇离开码头，穿过夜色中的维多利亚海，向港岛方向驶去。两名值班的日军观察员看到码头上的情况，马上去打电话……探照灯刺破黑暗中的海面。

岳小白驾驶着高速艇，他发现鬼子一艘日军AB型巡逻艇向快艇驶来，扬声器中传来要求高速艇停下检查的命令。岳小白要求赛南粤躲到后面去。赛南粤不理，反而过来了。岳小白："抓紧了，我得甩掉它！"赛南粤拦腰抱住了岳小白的腰。岳小白猛打方向舵，将快艇开得斜飞起来。高速艇尾翼掀起白色浪花改变了方向，划了个大弯躲开巡逻艇，向另一边高速驶去。海浪掀起，迎面扑向两个人。赛南粤幸福地把脸贴在岳小白的后背上。岳小白抹掉脸上的海水，问："你没事吧？"赛南粤："有！"岳小白："怎么啦？"赛南粤："你的船开得太慢！"岳小白加速。高速艇高高翘起，拖出一条白色翼浪，几乎在海面上飞起来。

日军AB型巡逻艇开火。平射机枪吐出火舌。子弹在海面打出一串串水花。高速艇很快消失在夜色中。

吴为一身短打扮，披挂整齐，守着发报员。老梁进来问："主任，人都集合齐了，什么时候出发？"吴为："让小张等一下，等我办完这事再走。"发报员："首长，时间到了。"吴为："和他联系吧。"发报员发报，点划组成的摩尔斯密码声响起。

日军报务员在电台前工作。日军报务员："少佐。他们要求核实上一份情报。"千夏麻也："按预定方案回答他们。"档案夹打开，一份整理好的电文从诸多电文中取出。日军报务员发报。

走廊里不时有特工进进出出，匆匆走过。金永洲从走廊中走过，他注意到，作战室的门紧紧关着。浅丘经道和8604防疫给水部队少佐原田良树、青木城久上尉、花冈星野中尉站在作战室里，原田良树在一份署名"（光弥漫作战计划）作战方案图"的地图前做介绍："第一轮引爆地点在跑马地、香港仔、薄扶林、浅水湾、九龙塘、旺角、何文田和观塘，一共28枚。第二轮作战是重点，一共44枚，它们会按照计划顺序，依次在港岛、九龙和新界的72个地点引爆。"浅丘经道："炸弹全部布置到位了？"

青木城久："港岛已经全部布置完毕，九龙和新界方面最迟36小时内布置完毕。"原田良树："爆炸地点是经过严密设计和控制的，由专人负责守卫；投弹手是经过严格训练的，每个人都有过活体实验经历，经验丰富，随时可以完成引爆炸弹的任务。"

浅丘经道："很好，要他们随时待命。"

原田良树："需要提醒情报部方面，必须控制时间，在帝国军队主力撤离之后、国际舆论了解真相之前引爆全部的炸弹，占领军政府和侨民要在第一轮武器引爆之前撤离，不能把病原带回日本。"浅丘经道："我们预留了时间、飞机和船只，港督和侨民已经收到了紧急撤离警告，他们不会留下来等死。"

千夏麻也吩咐一名特工："去作战室告诉大佐，东纵来电询问情报真伪，请他过来一下。"特工出去了。特工从电报室里出来，金永洲再度从走廊里走过。金永洲："赤山，还在忙啊。"特工："东纵刚刚来电，少佐让我请大佐过去。"金永洲："这样啊，我去吧，我正好有事向大佐汇报。"特工："那就拜托了。"特工转回电报室。

门敲响了，春山二路去开门，见金永洲站在门口，叫浅丘经道。浅丘经道起身朝门口走去，出了门。金永洲向地图投去一瞥，浅丘经道伸手把门掩上。

千夏麻也向浅丘经道汇报电文内容："东纵发来电报，询问上一封情报的真实性。电报结束语，是私人性质的内容。宝宝和囡囡想念你，他们希望你早日回家。"浅丘经道问："你怎么回答他们的？"千夏麻也："转告他们，我也想念他们。"浅丘经道思忖。

　　译电员将译过的电文交给吴为。吴为匆匆看电文，眉头锁紧了。吴为："叫三号过来。"老梁匆匆离去。稍后，老梁带着三号匆匆进来，三号："广州的同志不是核实过吗，'薄荷叶'的确放出来了，怎么又怀疑上他？"

　　吴为："'薄荷叶'发出和组织告别的最后一份电报后就消失了，然后他又出现了，和我们重新取得了联系，我一直对这件事有怀疑，也一直在留意从'薄荷叶'那儿重新得到的情报在关键问题上，'薄荷叶'吞吞吐吐，拖延时间，而且提供给我们的情报，凡是重要的内容都无法核实，或者在短时间内无法核实，这和之前他的表现不一样。"

　　三号："就因为这个，你怀疑他？"

　　吴为："对，他现在被宪兵队控制着，我们的情报员没法接近他，无法知道他的具体情况，但我可以依靠他所提供的情报，还有他的习惯工作方法来判断。"吴为将一份电报递给三号。吴为："这是我发过去的电报，这是刚才译出来的他的回电，我核实情报是假，我特意在电报结束时，加了一句私人性质的结束语，宝宝和囡囡是他的一对双胞胎，我在给他发去的家人问候中，有意漏掉了他的母亲，可他是一个孝子，非常关心他母亲的情况，在过去发回的电报中，我们没提他母亲的情况，他都主动询问过。"

　　三号："就是说，他忘掉了他母亲？"

　　吴为："他不该忘，因为组织有如他母亲，我说到了他的孩子，但遗漏掉他的母亲，这可能表示他母亲出了问题，他不可能不在意。"三号："你是说，'薄荷叶'叛变投敌了？"

　　吴为："不，如果那样，他更不会忽略掉他的母亲，因为他知道组织会怀疑。电台那边的人不是'薄荷叶'，是鬼子。"

　　三号："如果电台那边是'薄荷叶'呢？"

　　吴为："那他一定有了麻烦，可能已经成了鬼子的俘虏，他故意用一个鬼子不注意的破绽向我们暗示，他和他的电台出了问题。"

　　三号："就是说，在'薄荷叶'这条线上，我们一直被敌人牵着鼻子走？"

　　吴为："恐怕是这样。"三号陷入沉思。

　　一名女干部进来报告："首长，联络处的欧戴义少校请你和吴主任去一下。"

千夏麻也紧张地注视着踱步的浅丘经道。浅丘经道站住，问："东纵前几份电报有过这样的私人问候吗？"千夏麻也："没有，这是第一次。"

浅丘经道："你知道'薄荷叶'家里的情况吗？"

千夏麻也："我查了他在宪兵部的档案，他的确有两个孩子，是双胞胎，所以我回答，我也想念他们。"

浅丘经道："千夏，东纵的这个问候语有问题，他们不是在核实情报，而是在试探'薄荷叶'的真伪，鼹鼠可能暴露了，这条线不能再用了。"

一名特工冲进来报告："大佐，我们截获了14航空队陈纳德发给占领区一个秘密电台的加密电报！"浅丘经道："叫小林少佐和金上尉去我的办公室。千夏，你也来一下。"

C. 罗和欧戴义等在屋里，两个人都很兴奋。三号和吴为进来了。C. 罗："刚刚接到的消息，第4舰队开始实施（沙马计划）的登陆行动了！"

三号和吴为一阵惊喜。三号："太好了，我们终于盼到这一天了！老刘，让他们准备酒，今晚不睡了！"

吴为："首长，我走了。"三号："去吧，一定要找到他们，我把酒备好，等你们回来，我们痛饮3天。"吴为匆匆离去。

金永洲、小林正雄、千夏麻也三人在浅丘经道办公室里。浅丘经道："刚刚截获了中美联军司令部发出的一份电报，中美联军司令部两个小时前下达了正式作战命令，他们的太平洋舰队开始行动了，有关情报会陆续到达。"小林正雄、金永洲、千夏麻也都显得有些紧张。

春山二路推门进来报告："教授，华南战区司令部要您立即赶到总督府开会，决定（光弥漫计划）的反击实施时间。"浅丘经道看着几个部下说："诸位，别那么紧张，我们不会扛着一百式火焰发射器上前线，唯一要做的是不让杨子昆手上的情报离开香港，以免计划实施行动的破产。"

小林正雄："可是，太平洋舰队已经起锚向我们驶来了！"

浅丘经道："只要再坚持5天，就算美国人和中国人派出100个情报小组，也没用了。"浅丘经道走到办公桌前，收拾公文包，又说："我倒是希望他们来，我向诸位保证，我会用最好的清酒款待我们的客人，请他们欣赏美国人在东方诺曼底滩涂上的死亡表演。"浅丘经道将一封信交给小林正雄，又说："这封信，让它3天后出现在东纵指挥官手里，我们一起玩了一个中国游戏，一个惊世骇俗的谜语。现在，游戏快要结束了，他们应该知道谜底是什么了。"小林正雄接过信。浅丘经道离开办公室，春山二路跟上去。

天还没亮，加士居道路上行人很少，只有几个挑水、送菜的小贩过去。蔡广得趴在公共水龙头上睡着了。有人接水，上前将蔡广得拍醒，蔡广得连忙起来让开位置。安迪娅提着水桶，穿过马路过来了。蔡广得眼睛一亮，揉搓一把脸，笑眯眯迎上去问："你是安迪娅吧？"安迪娅警惕地站住，看蔡广得。蔡广得："你不认识我，我是水花子的哥哥。"安迪娅目光怀疑地看蔡广得。蔡广得："对了，水花子是他小名，你可能不知道，就是吴皮特，12区避风塘的，记起来了？"安迪娅困惑地看蔡广得一眼，绕过他去水龙头边。蔡广得跟过去，接过安迪娅手中的桶，拧开水龙头接水。蔡广得："我呢本来不该来，可我弟弟这事办得吧，我又不能不来。安迪娅，我来是想告诉你，水花子是有点不会收拾，人显得老相，可他心眼儿好，他心里有你，他……"

安迪娅："我不认识他。"蔡广得惊讶，好像不明白对方在说什么。安迪娅："我不认识你说的这个人，不认识水花子，也不认识吴皮特。"蔡广得傻在那里。安迪娅关上水龙头，蔡广得："安迪娅，是这样的，你不认识水花子没关系，你可以认识他，你们……"安迪娅拎着水桶走了。蔡广得在后面叫，安迪娅头都没回。蔡广得跟了上去。

安迪娅在家门口站住，蔡广得跟上来。安迪娅："你要干什么？"蔡广得："安迪娅，听我说，我想让你认识一下水花子，他的名字叫吴皮特，他是我弟弟……"

安迪娅："快走开，不然我叫人了！"蔡广得往旁边看。邻居有两个下自家门板的男人，正往这边看。男人："你要做啲咩经。"蔡广得：

"我……"两个男人操起顶门杠朝这边走来。男人："乜跟住人哋女？"蔡广得连忙退后，一步三回头地走开了。

野阑花刚回来，脱了衣裳准备上床，门咚咚地敲响了。野阑花开门，门外是黑着脸的蔡广得。野阑花冲蔡广得媚笑。野阑花："我喜欢哥俩一块，进来吧。"蔡广得又气又急地冲进屋子，冲到床边，一把掀开被子，把迷迷糊糊的水花子从床上拎起来。野阑花："哎，要上床一块，别把他拉起来。"水花子："怎么啦？"

蔡广得："怎么了，问问你自己。"水花子："我怎么了？"蔡广得看看一旁的野阑花，顺手操过水花子的衣裳，揪着把他拽下床，拽着水花子出了门。

蔡广得站在街角训斥："你天仙也说，地女也传，把我感动的，冰凉的水龙头上趴了一夜，结果人家根本就不认识你，连你叫什么都不知道，你背上插根鸡毛就当自己是只鸟儿，你这叫一厢情愿！"水花子一愣问："你去找安迪娅了？"蔡广得："我找什么，不是你说的她家住加士居道吗，好容易打听到，我在她家门口守了一夜。"

水花子急了："谁让你去找她的，你到底想干什么？"蔡广得不由分说，衣裳裤子往水花子怀里一塞说："喊什么，衣裳穿上，黑眼镜也别戴，头油也别抹，本本分分的，别装腔作势，跟我走。去告诉安迪娅，你是吴皮特，小名水花子，告诉她你喜欢她，你想娶她。"水花子："我不去。"蔡广得："你告诉我，你在意她吗？我看你根本就不在意。"水花子呼地一下往上贴，像是要一口把蔡广得吞掉。

早上上学的时候，女学生和老师们不断进入女书院。蔡广得和水花子等在书院门口，水花子很紧张，说："我们还是回去吧。"蔡广得："回去干什么，这一脚要踢不出去，她一辈子都不认识你。别两年前在戏院门口见一面，你这儿喜欢上了两年，她连你叫什么都不知道。"

水花子："我愿意。"蔡广得："过两天她让人娶走了，你也愿意？"

水花子："不愿意。"蔡广得："那不得了，记住我刚才怎么教你的。"

水花子："我叫吴，吴皮特……"蔡广得："文明点儿，先问好，再握个手。"蔡广得做示范，一张脸笑得灿烂说："你好，安迪娅。会说吗？"

水花子："你好，安迪娅，我叫吴皮特。"蔡广得："没那么笨嘛，就这样。接下来呢？"

水花子："接下来不用你教，我自己知道。"蔡广得："知道两年了你还守着寡……"水花子身子一僵，目光直了，说："她来了！"安迪娅和两个女同学远远走来。蔡广得："还等什么，快去呀！"水花子站着不动，蔡广得在后面一推，人差点儿软在地上，蔡广得一把拽住衣领，勉强站住，在水花子耳朵边嘀咕："死活就是这一次，要不行，换媳妇娶，去。"蔡广得一搡，水花子直着身子过去了。

安迪娅要进书院，水花子直着身子过来，拦住安迪娅。安迪娅看水花子，没认出他。水花子："你好，水花子，我叫安迪娅……"安迪娅一愣，身边的女同学捂着嘴笑。安迪娅："你叫什么？"水花子蒙了："我我，我叫，我叫，我忘了叫什么了。"安迪娅白了水花子一眼，绕过他走进书院。水花子傻眼站在那儿，看着安迪娅走远。

蔡广得一拍大腿说："完了完了！"

太阳升起来了，海面销金融银，一艘大眼鸡渔船在海峡中行驶。蔡广得："有你这么自我介绍的？你怎么不说你是海里游的鸟，她是天上飞的鱼？"水花子："你能不能不说我，我心里正难受呢。"船上载着几袋口粮。水花子沮丧地掌着舵。蔡广得不甘地摇着橹，看一眼边上。杨桃和泥菩萨够着身子在船舷边捉鱼。蔡广得丢开橹到水花子身边坐下，压低声音说："我都懒得说你，不就是向姑娘说个情话吗？让姑娘知道你喜欢她，弄得这么复杂，像扒你的皮似的。"水花子："别说我，有本事你试试。"

蔡广得："我试什么，我还用得着试？换我我早搞定了。"水花子："吹吧。"

蔡广得："吹什么？我是吹的人吗？赶明儿我找个姑娘来演给你看，看我怎么搞定她。"

水花子："别赶明儿了，那儿有个现成的。"蔡广得回头看杨桃，再看水花子，一缩脖子回到橹旁，操了橹用力摇。水花子嘲笑地看蔡广得。蔡广得不经水花子看，一咬牙，丢下橹，大摇大摆，昂首挺胸走到杨桃身边，拍了拍她的肩膀。杨桃从船舷旁抬起头，问："干吗？"

蔡广得："我俩认识一下。"杨桃："认识什么？"

蔡广得："我叫蔡广得，小名得仔，绰号菜花头，大家都这么叫。"杨桃莫名其妙地看蔡广得，问："我知道，怎么了？"蔡广得吞一口唾沫，扭头看水花子，水花子不无挑衅。蔡广得豁出去了，抢过杨桃的手握了握，说："那什么，我喜欢你，喜欢两年了，你喜欢我吗？"杨桃笑眯眯地看着蔡广得，伸手过来，在蔡广得肩头上摘掉一根干海草。蔡广得身子都酥了，人往下软。杨桃快速变了一张恶脸，瞪一眼蔡广得，说："神经病。"撇下蔡广得，够下身子去捉鱼。

杨桃："捉到了吗？"泥菩萨："捉到了，又又又又跑了。"杨桃："再捉。"

蔡广得尴尬地回头看水花子。水花子笑得丢开舵，歪倒在船尾打滚。蔡广得："笑什么，舵把住，小心翻了船！"

船靠在岸边，蔡广得跳下船，接下泥菩萨，再接杨桃。杨桃不让蔡广得接，自己跳下船，瞥蔡广得一眼，拎着东西走掉了。蔡广得沮丧。水花子在一旁偷偷地笑。蔡广得："笑什么？"水花子："就你那手段，比我还差，你就没资格教训我。"蔡广得："我教训你什么了？"水花子："怎么和女人打交道。指使我这样，指使我那样，好像你挺懂女人似的。"蔡广得："我怎么不懂了，哈，我还不懂她们？我……"蔡广得吹不下去了，只能去船上扛粮袋。

蔡广得一行扛着粮袋回到岛上，4个人愣在那里。沙地上，大井等人黑汗水流地唱着陆军军歌，在丁荷的带领下挺着胸脯迈正步。"风云起，山河动，黄埔建军声势雄，革命壮士矢精忠。金戈铁马，百战沙场，安内攘外作先锋……"蔡广得目瞪口呆："正规军哪！"杨桃目瞪口呆。水花子目瞪口呆。叶德全坐在破船的残骸上，守着一大堆黄麻，一边搓草绳一边大声唱着军歌为新兵们打拍子。叶德全："纵横扫荡，复兴中华，所向无敌，立大功……"

叶德全腿伤犯了，龇牙咧嘴，蔡广得架着他回到山洞。蔡广得："我说动嘴，没让你瘸着腿在地上打滚，看把自己折磨的，成什么样子了。"叶德全："连匍匐前进都不会，一个个像拱食的母猪撅着屁股，我不示范行吗？哎哟。"蔡广得连忙安排他躺下。

蔡广得安顿好叶德全，发现船木床上有张纸头，想去拿。叶德全一把抓过纸头掖进怀里，说："没你的事儿。刚当上个破组长，还是自己任命的，好的没学会，学会打听领导的秘密了。"蔡广得笑了笑，手一操抱在胸前，下令："渣子，搜他。"叶德全从怀里掏出纸头交给蔡广得，丁荷趁机跑出去了。蔡广得看一眼纸头上的内容，不解，问："情况汇报？没事你写这个干什么？"叶德全不好意思，说："要是杨子昆的情报是真的，我就能将功补过，我们就能回到罗浮山了，我总得向组织上交代情况吧？"蔡广得："交代什么？"

叶德全："小组我是怎么指挥的，10个战士是怎么牺牲的，为什么违抗命令没让解散，小组都做了什么，每个同志的表现，我们和内鬼的阶段性斗争，现在我们对这件事的看法。当然，关于这个，我们之间是有分歧的，这些事情你不会考虑，可我得考虑。"蔡广得笑着摇摇头，没说什么，翻过纸头另一边看，那是一幅手画的草图，标了港岛、九龙和新界的主要地名。蔡广得："这是什么？"叶德全："杨子昆的情报里，有一份特种作战情报，没说怎么作战，武器是什么，我心里犯嘀咕，老觉得不是什么好事，就琢磨。我发现，那些作战地点分布很广，全在港岛和九龙的居民集中地区。"

蔡广得要说什么，丁荷跑进山洞说："组长，杨桃姐让你去帮着做饭。"蔡广得："我做饭？留着她干吗。"丁荷："杨桃姐说，饭要做夹生了你们别挑剔，她还说，你要闹意见就别吃。"蔡广得："看来，我们这儿想当领导的还真不少。"蔡广得把纸头交还给叶德全，说："慢慢琢磨吧，也许小组能配个参谋长。"叶德全一喜，问："真打算配？"蔡广得没理叶德全，朝山洞外走去，丁荷跟上去。叶德全自言自语："还给弄成三把手了。"

叶德全越想越憋气，冲山洞口喊："这事我不同意，怎么着，也得给个小组政委吧！"蔡广得扭头朝山洞里看看，笑了笑，从山洞里出来，朝水花子走过去，丁荷跟上。

水花子坐在破船残骸上。大井等新组员七横八竖，疲惫不堪地倒在沙地上大睡，泥菩萨在他们当中转悠，一个一个地点人头，怎么都点不清，点上5个就糊涂了，得从头再点。蔡广得和丁荷过来，蔡广得打算叫起大井等人。水花子："让他们睡一会儿吧。"丁荷："昨晚你们走了以后，老鳗鱼一直拉着他们练，一直到现在。"

蔡广得："渣子，去海边看着，竹叶青一回来就来叫我。"丁荷答应着跑开了。蔡广得看一眼烂仔们，在水花子身边坐下，两个人听不远处的海浪拍击海岸的声音，海鸟飞过头顶时的啾鸣声。

黎明之战
LIMING
ZHIZHAN

第二十四章
欲探要塞　智闯俘营

港岛女王码头，两个日军士兵和两个华人宪查在检查过海乘客。岳小白和赛南粤一前一后过来。赛南粤将证件交给负责检查的宪查，宪查看看证件，再看看她，示意她通过。岳小白过来，递出证件，一名削肩膀宪查看过证件，准备放人，发现岳小白的衣裳被汗水渍湿了，肩头有一片暗红色。宪查将岳小白拦下，问："肩上是什么？"岳小白面无表情地说："是块伤。"

削肩宪查："伤？哪来的伤？你当过兵？"岳小白："没有，上个月美国人轰炸的时候，被弹片崩了。"一个日军士兵过来，一把将岳小白的衣裳撕开，肩膀上缠着绷带。岳小白疼得叫了一声。日军粗鲁地将绷带撕下来，肩头的新皮被撕开，流淌出鲜血。岳小白疼得咬住牙。已经过去的赛南粤扭头看，担忧极了，后面的乘客上来，她不得不往前走。日军士兵检查绷带。削肩宪查："太君，没藏什么。"日军士兵："让他走，不要挡在这儿。"

削肩宪查："走吧，快走。"岳小白掩上衣裳过去了。大嘴宪查目光盯着走过去的岳小白。

小轮响笛，水手解缆。岳小白上了船，找了个能看到码头方向的地方靠着，看一眼被血染红的肩头，再观察检查站方向。大嘴宪查凑在一名日军曹长耳边说着什么，日军曹长："去看看。"大嘴宪查和削肩宪查两个人匆匆朝小轮跑去。

岳小白离开那里，快速从人群中穿过。赛南粤拦住岳小白。岳小白小声说："离开我。"说完过去了。须臾，人群中已经不见岳小白的身影。小轮正在离开码头，两名宪查跳上船，在人群中寻找，从赛南粤面前挤过。岳小白的身影在船尾闪了一下。大嘴宪查："他在那儿。"两名宪查向船尾挤去。

轮机舱内机器运转着，机器轰鸣。一名轮机工光着膀子拎着一桶废油上了舱外。少顷，岳小白溜下来，轮机舱里太小，他操起一把扳手，掩身运转的机器后。两名宪查手里拎着枪下来，一前一后搜索着。岳小白突然从机器后面扑出，手起扳手落，削肩宪查脑袋开了花。岳小白回身要打另一个，脑袋上已经被枪口顶上了。大嘴宪查："放下。"岳小白不得已放下扳手，举起双手。大嘴宪查："你就不能紧张一下，装你也得装着害怕吧？都撕你伤口了，还那么平静，有这样的老百姓？人扛着，跟我走。"岳小白欲反抗，脑袋上的枪口一捅。大嘴宪查："别动，动你就不识抬举了，走。"

岳小白笑了，举着的手放下。大嘴宪查略有感觉，要回头，已经晚了，头上挨了赛南粤一闷棍，人倒下去。岳小白夺下赛南粤手里的铁棍，说："没看出来，你还会这一手。"赛南粤："我不光演青衣，刀马旦我也练过。"岳小白手起棍落，再将两具尸首拖到角落里藏起来。岳小白："走吧，我该改叫你樊梨花和杨排风了。"岳小白拉着赛南粤匆匆离去。

杨桃端着叶德全的饭站在山洞口。见蔡广得和水花子还坐在那里，杨桃："看什么，没你们俩的饭，罚你俩下海捉鱼去。"端着饭进了山洞。水花子阴阳怪气地笑，说："别再给我说安迪娅的事，有的人下场比我还惨，我现在心情好过多了。你也就能和男人打打交道，我早看出来了，其实你连女人的边都没挨过，对女人，你一点也不懂。"

蔡广得："是啊，女人是海水变的，在她们面前，我们兄弟俩就像一对小丑。"水花子扭头看蔡广得。蔡广得不理水花子，一脑门雾水地琢磨："我就奇怪了，为什么阿爸能娶两个女人，两个女人都拿他当宝贝，我俩是他生的，却连一个都搞不定。"

水花子站起来，说："我走了。鹭鸶脚会在避风塘等岳大哥和美沙子，把他俩接回岛上。让大井他们多睡一会儿，他们也不容易。"水花子过去把鹭鸶脚踢醒，带着他走了。

蔡广得目送水花子消失在海岸边，回头困惑地看丁荷，说："我刚才说什么了，他那么看我？"丁荷："你说，你阿爸娶了两个女人，你俩是他生的，连一个女人都搞不掂。"蔡广得想一想，笑了。然后起身，过去一个个踢新组员，叫大家起来练习。

蔡广得和杨桃等在岸边，将刚靠岸的岳小白和赛南粤接下船。岳小白："找到舒尔茨了。"蔡广得欣喜万分："太好了！"进到洞里，赛南粤为岳小白重新包扎伤口，说："爱德蒙德先生说，3个月前，国际红十字会观察员到香港视察战俘收容情况，见到过舒尔茨，他在港岛躲藏了10个月，最终还是被日本人抓住，关进了深水埗战俘营。"

杨桃："现在怎么办，舒尔茨被关在战俘营，谁带我们进要塞？"赛南粤摇头，说："没有人了，舒尔茨不是唯一了解要塞地下通道的人，但别的人我不认识，他是唯一能够帮助你们的人。"蔡广得和岳小白交换了一下目光。岳小白："我在路上想过了，没有别的出路。"

蔡广得："就这一条路？"叶德全有所察觉，忙问："你们想干什么？"蔡广得："进战俘营，把舒尔茨救出来。"叶德全："怎么进去？怎么救？你们别胡来！"

蔡广得："现在还不知道，想办法。我在港九大队的时候，曾经从机场战俘营救出过4名英国军官。我们扮成修路的民工，事先和战俘取得联系，他们夜里从引水涵洞爬出来，我们把人接走，后来鬼子发现了，把涵洞堵死了，以后再救就困难了。"杨桃："深水埗战俘营也有涵洞？"蔡广得："凡是靠海的地方都有涵洞，包括居民区和军营。"叶德全："就算有，鬼子也会吸取机场战俘营的教训，早把它堵死了。"

蔡广得和岳小白还在自己的思路里。蔡广得："民工要通过区公所和鬼子的宪兵队派遣，宪兵队里没有我们的人。"岳小白："还得现找保人，时间来不及了。"

蔡广得："只有一个办法，闯进去。"

岳小白："打一仗，输掉，被鬼子抓住，当战俘，这样就能进战俘营。"

叶德全："你们疯了！自己去当鬼子俘虏，那叫投降！"

杨桃："不是真降，是诈降。可是，要是战俘没当成呢？要是打仗的时候你们被鬼子打死了，怎么办？"赛南粤打好绷带的结，让岳小白试试抬手活动，说："就算没被打死，怎么知道日本人会把你们关进深水埗战俘营？要是你们被关进别的战俘营，两头落空，谁去救你们，不是更糟吗？"

蔡广得不让自己受到干扰，说："想想办法，总会有办法。"

叶德全："我反对，简直是开玩笑！"杨桃："我也反对，这是在作无谓的牺牲！"

赛南粤："如果你们问我，我认为这样做太冒险，几乎没有成功的机会。"

蔡广得看岳小白。岳小白："不用看我，我会和你一起行动。"蔡广得："没点默契，我是告诉你，他们太烦人，这儿没法讨论，换地方。美沙子，你来一下。"蔡广得起身往山洞外走，岳小白和赛南粤跟上，蔡广得对美沙子说："你了解深水埗战俘营的情况，对吧？"赛南粤："比你想象得要多，军情6处获取的港岛战俘营资料，就是经我手送出去的。"蔡广得："把战俘营的情况告诉竹叶青，同时告诉他舒尔茨的详细资料，你会画脸，最好画一张舒尔茨的相貌图。"3个人出了山洞。

叶德全气得拄着手杖大叫："蛮干，简直是蛮干！"

杨桃四处找："渣子呢，碴儿去哪儿了？"

山洞上面一片乱石乱草丛中，新组员们在训练如何躲避火力，完全没有章法。丁荷坐在高处当监督，用弹弓射新组员。大井撅着屁股爬在一丛灌木后，长枪带被灌木缠住，怎么都爬不出灌木丛。丁荷一弹弓射出，石子击中大井的屁股，他"哎哟"叫一声。丁荷："沙追沙马，你俩分开爬，别躲在一块儿！"新组员们一个个累得筋疲力尽，在地上匍匐爬行，笨拙地躲避着丁荷的弹弓。丁荷射出一弹，鹭鸶脚脚上中弹，捂住中弹处，恨不能哭出声："哎哟，你都射我两回了！"丁荷："又不是真子弹，上了战场就变成真家伙了，你连开口叫疼的机会都没有。快爬，别偷懒！"丁荷又射出一弹。新组员们抱着脑袋拼命往前爬。

蔡广得、岳小白和赛南粤在沙地上继续讨论。岳小白："袭击军营，战亡的几率大，这个办法不能用。"蔡广得："抢日本人的店铺，怎么样？"岳小白："罪名太轻，区公所的宪查就能解决，落不到鬼子手上，更别说被准确关进深水埗战俘营，此法也不能用。"

蔡广得："别停下来，继续想，想别的办法。"

岳小白琢磨一会儿，边在沙地上画图，边说："有个办法。我们在深水埗一带跟上日本人，搭乘汽车，在车上故意掉落武器，让日本人把我们抓住，我们就说是香港义勇军的遗留人员，也许鬼子会就近把我们关进深水埗战俘营。"叶德全："老想好事。"3个人回头。杨桃搀扶着叶德全站在身后，叶德全也不管蔡广得一脸的无可奈何，说："鬼子是你部下，听你的？要是日本人当场把你们揍死呢？战俘营里不埋死人。"

蔡广得眼睛一亮，说："我有个办法，可以试试。"众人："什么办法？"蔡广得："先说另一件事，我们进去了，怎么出来？"岳小白："这个好办，爱德蒙德说，鬼子已经开始撤离重要人员和物资了，这几天，每天都有船只往台湾和福冈转运战俘，只要能进去，就有办法出来。"蔡广得："好，我来告诉你们怎么进去，怎么出来。"

叶德全："这是儿戏，儿戏！"拄着拐杖起来，气冲冲要走。蔡广得叫他别走开，说既然这是小组行动，每个人都要参加，包括反对者，也要提出自己的意见。叶德全气呼呼地坐下。杨桃想说什么，蔡广得用平静的目光阻止了她，说："我知道，我这么做是很傻，但你告诉我，我要做必须做的傻事，你是对的，我得做。"杨桃沉默了，不再说什么。

蔡广得和岳小白找到水花子，说让德力克帮忙，设法把他俩送进深水埗战俘营。水花子吃惊。蔡广得："如果你不好找他，我去，他欠我一顿酒。"水花子看蔡广得一眼，扭头回屋，蔡广得一把拽住他说："你得帮我。算我欠你的。"水花子："我不管你想干什么，可我不喜欢出格的事，更不想和日本人玩老鼠逗猫的游戏。"

蔡广得："所以你只能小打小闹，捡点鬼子不要的腐食，拿小小的避风塘当你的世界，永远看着人家的脸色过日子。"水花子愤怒，瞪了蔡广得一眼，扭头进了麻将馆。岳小白："你就不能好好说吗？他真不欠你的，你别到哪儿都占着理。"蔡广得沉默了。

水花子为关公像上香。蔡广得和岳小白进来了。蔡广得凑到香案前，示好地替水花子划燃洋火，说："我嘴烂，刚才的话，当我没说。"水花子没理蔡广得，去关公像前跪下，拜了三拜。岳小白："他那张嘴漏了，老管不住，别和他一般见识，我就不和他一般见识。"

蔡广得："他说得对，他总是说得对，没办法。"水花子从脏兮兮的蒲团上起来，怀疑地看蔡广得，说："我不想问，可事情说不过去，为什么要把你俩抓进战俘营？"

岳小白："这个，你最好别问。"水花子："战俘营不是人待的地方，每天都有成车的死尸往停尸冈上拉，别人躲都躲不及，你们还往里面钻。"

岳小白："战争快到头了，战俘营里乱糟糟的，警戒没那么严，事情没那么糟糕。"

蔡广得："水花子，你不要问那么多了，只要让德力克把我们抓进去，只要是深水埗战俘营，你就算帮了我们。"水花子："不行。别说不尴不尬的，你和我还沾点亲戚的边，把你抓进去，我八辈子没法向祖宗交待。"

蔡广得："你就把我当成不相干的人。"水花子瞥了蔡广得一眼，说："就是不相干的人，我也没必要去惹这份不待见。把两个华人送进战俘营，让避风塘的人怎么说我，见面还不啐我一口？"蔡广得："水花子……"水花子："不用说了，和日本人换口嘴上的食，我做，把中国人往日本人手里送的事，我水花子绝不做。"水花子撇下两个人出了议事厅。

岳小白无奈地看蔡广得，说："行了，先回岛上吧，再想别的办法。"

岳小白解开船缆，丁荷去摇橹。蔡广得攀在船帮上发愣。岳小白："水花子说得对，逼人卖娼行，别逼人卖祖宗，除非你找到愿意出卖祖宗的人，上来吧。"蔡广得攀住船帮上船，突然停下，说："你刚才说什么？除非找到愿意出卖祖宗的人？你说对了，真有那么一位，自家祖宗一个不卖，别人的祖宗他全卖完了。"蔡广得从船上跳下来，说："走，找那个卖别人祖宗的人去。"

王九天吃惊地看着蔡广得，问："送你们进宪兵队？开什么玩笑？"蔡广得："不开玩笑。"王九天眼睛骨碌碌看着蔡广得，蔡广得挠头，说："我也不解释了，王大司令，事情是我决定的，我负责，你就照我说的给办了。条件只有一个，必须把我俩关进深水埗战俘营。"

王九天叫过阿挺，吩咐去德庆楼定一桌酒菜，要最好的，让赵师傅亲自操勺，菜做好了用食盒装了，锦被包着，再要两坛好酒，小心提上给你蔡叔送去。阿挺答应着离去。王九天："菜花头，我不管你玩什么名堂，我不会上你的当，说吧，要是嫌一桌酒菜贱了，打发不了你，只要我王九天能拿出来的，你开口，我照办。"

蔡广得："你看你这是……"王九天："我家老太太老太爷在你们手上，你当我整天惦记着，不知道什么地方把你们给得罪了，我不辛苦，不窝心？"

蔡广得："你还真想错了，这一回，你没诈，我也不诈，我是真的得进战俘营。"

王九天："真什么，我背个出卖贵军人员的恶名，让你们一辈子拿住我，一辈子我都得活给你们，得了吧，我没疯。"蔡广得："这么说吧，我俩大小也是亲戚，也不是个人恩怨，谁都知道谁，你恨我早恨得牙痒痒，想报复又没招。这回，我给你送到家门口了，我进去干什么，你别管，反正落在日本人手里，我讨不了好。这个，对你的心思吧？"王九天盯着蔡广得。蔡广得："事情与你无关，你用不着负责，口实我也替你想好了，两个香港义勇军的潜逃分子被你抓住，你把仇报了，顺带着，还能在日本人那里讨个赏。"岳小白进来，将几样东西放在桌上，是两支英式步枪和两份义勇军证件。王九天拿起证件翻了翻，看两个人。蔡广得："别看，看你也看不明白，不如装傻，算你抓住一次机会。"

王九天带着阿挺等几名手下押着五花大绑的蔡广得和岳小白从院子里出来。王九天："走油麻地戏院，再去果栏绕一圈，那儿人多。"阿挺："太远了吧？"

王九天："你懂什么，不远能显出我能耐大？"蔡广得看自己身上的绳子，对王九天说："捆得太紧了。"王九天："松了那叫捆？你没抓过人吧？忍着点儿，走吧。"

一行人离开王宅，没走几步，头顶上传来轰鸣声，蔡广得扬头看。一队美军轰炸机从头顶上飞过。丁荷在巷子口躲着，看见蔡广得和岳小白被押出来，远远地跟了上去。

黄昏时分，太阳往下落了，王九天和手下走得满头大汗，押着蔡广得来到宪兵队大门外。蔡广得站下，略显发怵。王九天幸灾乐祸地说："想反悔？这可不行，鸭子煮熟了，你想跑，没门儿，走！"王九天推一把蔡广得。

岳小白担心，凑近蔡广得说："咱们是不是赌过了，他别真把咱俩卖了，那可冤大了。"蔡广得："翅膀让人撸了，不熟也飞不了，我琢磨，一会儿你先招，还是我先招？"岳小白气结："我他妈咬死你！"王九天："别聊了，进去有的是时间，到时候你俩捉着虱子好好聊。"王九天不由分说，连推带搡押着两人进了宪兵队。丁荷远远地跟在后面，看见人进了宪兵队，扭头拔腿就跑。

蔡广得和岳小白苦雨凄风地靠墙站着。王九天用力拍桌子，大声训斥："老实交代，你们躲藏在什么地方，和谁联系，窝主是谁！"蔡广得和岳小白被王九天的装腔作势弄得不快，互相看一眼。王九天："看什么？别想着串通，老实交代，你们中间还有谁躲着，说！"

岳小白生气："你还来真的了？"王九天装傻："不是你们让来真的吗？你们当我吃斋念佛，老佛爷面前袖着手，小鬼面前就不敢来真的？"外面有脚步声和日本人的说话声传来，王九天连忙提起精神，离开桌子走到蔡广得身边说："我早看出来了，刺儿头堆里，就数你蔫坏……"

两名日本宪兵进来。王九天狠狠地猛踹了两脚蔡广得。蔡广得被踹倒了，再爬起来。王九天："不给你点厉害，你不知道王字倒着写它也念王，搁在哪条大虫脑门上，它都错不了！"王九天揍完蔡广得，低眉顺眼地迎向日本宪兵："太君，抓了两个潜逃的义勇军分子，正审着呢。妈的，还真是嘴硬的家伙，什么也不肯招。"两名日本宪兵上上下下看蔡广得和岳小白。王九天："太君，抓了两个落网的义勇军，逃了3年，掘地三尺我把他俩挖出来了，一会儿把他俩关在深水埗战俘营，我继续审着，说不定能审出大家伙来。"两名日军看王九天，再看蔡广得和岳小白。蔡广得抽着气揉被踹疼的地方。

丁荷从船上跳下来，来不及拴缆，拔腿就跑。叶德全、杨桃和美沙子3个人焦急地等待着。丁荷冲进山洞说："他俩被抓进去了！"叶德全："你亲眼看到的？"

丁荷："看到了，王九天押着他俩进了12区宪兵队，一路推推搡搡，菜花头还摔了一跤！"

叶德全："摔得好，让他长点教训，和敌人拉拉扯扯，没好果子吃。"众人用奇怪的眼光看叶德全。丁荷："你这是报复。"叶德全："你懂什么，他要来诈的，就得诈出个真样儿，不然鬼子信不了，要我说，再给他几个大耳刮子，打出满脸的血，那才叫真练。"

杨桃："老叶，过了吧，你这样可叫幸灾乐祸。"叶德全尴尬，说："行了，现在不是疼人的时候，他们进去了，该我上了。"叶德全拄着手杖下了船木床，丁荷去扶他。杨桃："你上，你上哪儿？你不能动。"

叶德全："不但要动，还得动到位，近距离指挥。"杨桃："指挥什么？"

叶德全："你当个个都能当指挥员？就靠他俩，这一场仗打不了。"

杨桃："怎么打不了，他们已经商量好了，进战俘营找到舒尔茨，上战俘转运车，找机会从车上跳下来，带着舒尔茨跑掉。"叶德全已经下了地，在床上收拾着什么，往怀里揣。叶德全："就他们那办法，你们觉得管用？鬼子是他们的友邻，会给他们机会，让他们撒着大脚丫子，沿着弥顿大道可劲地跑？天真，太天真了。"

杨桃："可是，菜花头让我们等在这儿，我们不能违令，你不能去！"

叶德全："我不去，他们一辈子都别想出来。"

叶德全拄着拐杖一瘸一拐往山洞外走，说："小蜜蜂，美沙子，根据地交给你俩了，你俩好好地看着。渣子，走，送我去九龙，咱爷俩再渡一回海峡去！"丁荷搀上叶德全，两个人出了山洞。杨桃和赛南粤面面相觑。赛南粤："怎么办？菜花头走的时候可没交待。"

新组员们在练习肉搏，如同媳妇打架，抱在一起又挠又啃。大井站在叶德全面前，抹一把脸上的黑汗，说："我们练得不错，鬼鸟能打过猪屎渣了，琵琶鱼和老榕树也能使枪了，照这个样子练下去，要不了两天，我们就能把北九龙那帮家伙给灭掉。"叶德全："干得不错，但还得长点志气，别老惦记着华人自己掐架，要掐也得找到真对头，和鬼子掐。"大井："这道理岳教官说过，可我们觉得，这是岳教官逗我们，就我们这样的能和鬼子掐什么。"

叶德全："先喝汤，再吃肉，吃席一样一样来，现在就看你们能不能干点简单的事。"

大井："什么事？"叶德全："跑路，接几个人。"

大井："这还不简单，行。"叶德全："别掉以轻心，事情坏就坏在掉以轻心上。你们这18个人，分成两个班，9个人一个班。给我听好了，是我，委任你还有鹭鸶脚，你俩当一二班的班长，濑尿虾和西洋菜给你俩当副班长。"

大井欣喜："真的？就干这点事，就能委任当班长？那，要是我多跑点路，多接几个人，是不是还能往上给委任？可是，咱们这些人不是得蔡大哥说了算吗？"叶德全："蔡大哥是谁？他说了算，那不还得通过我吗？知道什么叫通过？"

大井："不知道。"叶德全："这么说吧，你想讨媳妇，爹说行，你就讨，爹说不行，你就憋着吊着，继续当你的光棍，明白这个意思了？"

大井糊涂："明白了。"叶德全瞪大井一眼，训斥："明白了还不敬礼。"

大井挺着胸脯向叶德全敬了一个英式军礼："是，长官！"叶德全："现在我考验考验你，看你能不能带兵打仗。"大井："是，长官！"叶德全："挑5个能干的，不，6个，带上枪，跟我回油麻地避风塘，我们找地方练练枪去。"大井："是，长官！"

叶德全拄着手杖一瘸一拐领着丁荷向海边走去。叶德全："渣子，收拾船，我们走。"大井："鸡杂，琵琶鱼，鬼仔，沙马沙追，带上家伙，干活去！"

杨桃和赛南粤站在海边向远处看。远处的海上，一艘大眼鸡渔船已经看不见了。最后一抹晚霞落入海面，天黑了。

小林正雄和金永洲各自收拾着手头的事。小林正雄走到金永洲身边说："你最近对我很冷淡。"金永洲："你应该知道，我从来没对你热烈过，也从没让你得过手。"

小林正雄十分伤感："我曾经是那么地爱着你，难道那些日子，就这么过去了？"

金永洲："不，你谁也不爱。你只是一个胆小鬼，你只想找一个男人做妈妈，让他舔着你的手指，这样你就可以不那么害怕，能够入睡了。剩下的人，你都想杀掉他们。"

小林正雄恼羞成怒，伸手揪住金永洲的衣领。金永洲平静地迎着小林正雄的目光，手枪同时顶在他的脑门上。金永洲："松手。"小林正雄："你敢？"

金永洲："你可以试试。"小林正雄："韩国佬，我会让你知道厉害。"小林正雄哼了一声搡开金永洲，扭头出了办公室。金永洲收了枪，然后他走到一张椅子前坐下。

金永洲从办公室里出来，向走廊两头看。走廊里空无一人。金永洲向走廊尽头的作战室走去。金永洲推开作战室的门。靠墙坐着一名抱枪的情报部士兵，看见金永洲，持枪站起来。金永洲掩饰住自己，问："大佐不在？"士兵："这里只有我，上尉。"金永洲朝墙上看了一眼。作战图拉上了布帘。金永洲离开了作战室，静静地站在大楼外，他似有感觉，扭头看。小林正雄远远地站在黑暗中，阴沉沉地看着他。

一辆三井牌带篷卡车开进深水埗战俘营营区停下，蔡广得和岳小白被押送的日军推下车。趁押车日军士兵向战俘营日军交接的时候，两个人四处打量。探照灯下，铁丝网纵横交错，四角4个观察台，数十排简易营房，当中一个大操场。正是晚点名后的时间，蓬头垢面的战俘们排着队被押送回各自的营区。

一名日军曹长领着一名眼睛有点斜的上士衔英军战俘和另外三名英印战俘过来。日军曹长和押运日军士兵点烟说话。蔡广得和岳小白老老实实配合四名英印战俘，接受搜身。交接完，日军曹长向押运日军挥手，然后转身指示："欢迎你们的同伴。"4名英印战俘一句话不说，两个对一个，一顿拳打脚踢，蔡广得和岳小白被踢得满地滚。日军曹长吩咐："好了，带他俩去领营具。"说完丢下烟头，扬长而去。

蔡广得和岳小白痛苦不堪地捂着肚子，喘不过气。斜眼上士："起来吧，别躺在那儿了，日本人现在顾不上，入营手续减免了一半，算你们福气。"蔡广得和岳小白强撑着从地上爬起来，吐一口血沫子，捂着肚子跟上斜眼上士。

昔日的军营被改造成战俘营，营区里乱糟糟的，战俘们都被押解回营房了，能听到营房里乱糟糟的说话声。斜眼上士带着蔡广得和岳小白走来。蔡广得怀里抱着一床破毛毯，到处看。岳小白紧撑几步，跟上斜眼上士，问："伙计，认识舒尔茨少校吗？"斜眼上士扭头看岳小白。岳小白："罗辛·舒尔茨，海军基建工程营的。"斜眼上士冲地上啐了一口，说："小子，别他妈刚进门就学着抱大腿。军官老爷可不好侍候，你就是把他靴子舔得再亮，他也不会打发你一支香烟。"

岳小白："我也是军官，我不会给同行擦鞋子，我……"斜眼上士：

"中国佬，照顾好自己的小屁股吧，别让爱尔兰人把你插肿了。"说罢撇下岳小白往前面走了。蔡广得跟上来问："你跟他说什么？"岳小白："他给我说，你要找的人很忙，没时间接客。"

避风塘沙马沙追兄弟俩的住处，一间破船木板搭成的简陋棚子。丁荷在外面放哨。

油灯下，叶德全坐在一张船木搭成的破桌前，桌上放着事先写好的两封信，开始坐镇指挥众新组员。几个新组员都很兴奋，努力在叶德全面前站得像模像样。叶德全："鬼仔。"鬼仔上前，英军士兵模样地抬腿跺脚："长官。"叶德全："跑一趟旺角，去登打士街永发货栈，找到金玉香金老板，把这封信交给他。他要问谁让你送信去的，就说路上遇到的客人，不认识。"鬼仔："知道了，长官。"

叶德全："鸡杂。"鸡杂过来了，照样抬腿跺脚："长官。"叶德全："你跑一趟西贡，去澳朗村，找朱屠夫朱眨巴眼儿，把这封信交给他。"鸡杂："这么远？长官，能不能派个近点的活儿？"叶德全："近了用你干什么，我自己就去了。你不是有黄包车吗，记住，明天凌晨之前，信一定要送到，朱眨巴眼要问什么，你就说客人让你送的，你不认识。"鸡杂："知道了，长官。"鸡杂收起信跟在鬼仔后面走了。

大井："我们呢？"叶德全："都有活干，落不下。沙马沙追，琵琶鱼，你们3个，去找3辆黄包车。"沙马："去哪儿找？"大井："长官面前，这种话多余了。找认识的兄弟借，不行下手偷，这点事干不了，你们就回家待着，别和鬼子练了。"

叶德全装糊涂，说："能借最好借，犯纪律的事别干。车找到检查检查，要能跑远道的。"3个人答应着走了。叶德全再吩咐大井，要他去找把锯子，把带来的那几条枪，枪把子都锯了，就留下枪筒。大井认为好好的枪锯了把子，可惜了。叶德全告诉他，长枪无法背上街，锯了枪把，依旧可以打鬼子。大井答应着离开了。

丁荷进来问："我干什么？"叶德全："你是我的警卫员，负责我的安全。你先去弄点吃的，再弄点热水，泡泡脚。然后睡觉，养足精神，明天一早，去青葵公路和葵涌道路口等着，接他们回来。"丁荷："你怎么知道能在青葵公路等到他们？"

叶德全："他们的办法，你当有多少出路，就是一个字，逃。找舒尔茨花不了多少时间，可往哪儿逃，怎么逃，他们说了不算，得照鬼子的路线来。去台湾和日本的战俘船停在货柜码头，他们只能出现在那儿。"丁荷钦佩，说："你真能算，他们怎么不听你的？"

叶德全："看出来了？我真是委屈啊，这叫什么？我这个组长不是上面白让当的，也不是谁想拿就能拿掉的，虎落平川，人落排挤，老话说的就是我。"丁荷："老鳗鱼，你太可怜了。"叶德全差点眼泪都出来了："渣子，现在也只有你理解我了。人生经验，以后见了老的叫大爷，见了瘸子伸把手，别欺负，别不待见，啊？"

丁荷："嗯，我记住了。"嘿嘿地笑。叶德全也笑，摸一把丁荷的脑袋。

蔡广得被关在士兵战俘营里，这里关押的都是英、加、印军士兵和香港义勇军士兵。国家民族各异。条件很差，格式床架拥塞住整个营舍，营舍里一只低瓦数灯泡亮着昏暗的光。临睡前，营养不良萎靡不振的士兵们或凑在一起贪婪地共吸半截香烟，说话，捉蚤子，发呆，或为了什么事情争吵推搡，也有人在拥挤的床架中散步。

岳小白从外面进来，在人堆中寻找蔡广得，撞上正和人聊天的斜眼上士。岳小白道过歉，离开了。斜眼上士不满："没教养的华人。"

蔡广得正和两名香港义勇军士兵说话，岳小白过来。蔡广得："你怎么来了，军官营舍不收你？"岳小白："我给营舍管理员说，我兄弟在这边，腰打穿了，我得给他把尿，人家就让来了。"说完将蔡广得拉到一旁的角落，说："找到了，人在9号军官营舍。"蔡广得扭头往营舍外走，岳小白一把拉住他，说："他中国话不利索，听不懂你的话，我去吧。"岳小白向营舍外溜去。战俘堆中，斜眼上士注意到岳小白。

蔡广得在战俘堆中到处走，到处看，一个还是少年的战俘偷偷挤过来拉了拉蔡广得，问："你们是华人？"蔡广得警惕地看少年战俘。少年战俘："我是4战区的。"蔡广得吃了一惊，抓住少年战俘，挤开战俘往一边走。两人在马桶边蹲下。蔡广得："4战区的，你怎么在这儿？"少年战俘："我是在垃圾防线被俘的。不光我，我们被俘了几十个，都是4战区的。"蔡广得："怎么回事，说给我听听。"少年战俘："我们驻扎在宝安，被日本人撵过深圳河，英国人下了我们的枪，关进来……"一泡尿射来，横穿两人，落入马桶中。蔡广得抹去脸上溅的尿液，拉着少年战俘躲到一旁去。

军官宿舍的条件稍好一点，人不那么多，都有木板搭起的简单床，仅此而已。军官们已经休息了，有呼噜声。舒尔茨躺在床上假寐。岳小白进来，摸到舒尔茨床边，轻轻拍他。舒尔茨睁开眼，狐疑地看岳小白，问："你是谁？"

岳小白："我是岳中尉，能和您说几句话吗？"

两人来到营舍背后一个暗处，双方都很警惕，不断观察四周。岳小白："少校，我是来救您的。"舒尔茨一喜，问："你是哪部分的？"岳小白："中国军人。国民革命军的。"

舒尔茨激动地紧紧握住岳小白的手，说："感谢上帝！我知道你们，你们救了我们不少人！谢谢你们！"一道探照灯划来，两人躲进黑暗中。舒尔茨："你们来了多少人？"岳小白："两个。"舒尔茨犹豫了，问："就两个？"

岳小白："足够了，明天一早，我们会设法让你上转运战俘去福冈的车，在路上带您离开。"舒尔茨："你怎么知道明天我的名字会出现在撤离的名单上？"

岳小白："不需要日本人的名单。您能找到士兵服装吗？"

舒尔茨："能。"岳小白："明天早上，换上士兵服装，我们会想办法帮助您混上车。"

舒尔茨："还有哪些军官和我一起走？"岳小白："我们不管其他人，只带您一个人走。"

舒尔茨警惕了，问："是谁让你们来找我？你们怎么知道我的？"岳小白："您认识美沙子小姐吗？"舒尔茨迟疑。岳小白："赛南粤？"舒尔茨："杨夫人？你说的是她？"

岳小白："对，是她介绍我们来找你的。"舒尔茨："为什么会救我？"

岳小白："我们需要您的帮助。带我们进青山道要塞。"

舒尔茨："去那儿干什么？"岳小白："我们有任务。"

舒尔茨看了一会儿岳小白，说："对不起中尉，我不跟你们走，我不想干傻事，我宁愿待在这儿。"岳小白："少校……"舒尔茨："中尉，我不替日本人说话，他们在装备上不是无懈可击，可他们是世界上最不可理喻的家伙，你没法把他们当成人。听我一句，别去碰他们。"说罢不再理会岳小白，钻进营舍。

舒尔茨在床上躺下。岳小白跟着摸进来。岳小白："少校……"舒尔茨示意岳小白噤声，说："美国人很快就要来了，老实待着，等他们来收拾日本人。"

岳小白："可我们不能等，我们没时间等！"

舒尔茨："回去吧，别让日本人看见，他们会割掉你的阴茎，让你永远也弄不清自己是男人还是女人。"有军官醒了。岳小白无奈，只能悄悄离开。

少年战俘告诉蔡广得，他才15岁，不是当兵的，当年来看他爹，他爹战死了，他因为穿了他爹的衣裳，被关进英军战俘营。其他兄弟都关在机场战俘营，他和另外4个大哥关在这儿，那些兄弟没挨得住折磨，都病死了，就剩下他一个人。他很害怕，担心会死在这儿，求蔡广得想办法救救他。

岳小白从外面溜回来，把蔡广得拉到一旁，说："他不愿意跟我们走。"蔡广得："他没病吧？我们在救他。"岳小白："他好像吓坏了，不愿意和他过去的经历发生联系。"蔡广得："他还能记得他爹妈吗？那可是他过去最好的经历。"蔡广得往外走，要去找他。岳小白一把拽住蔡广得，说："你想干什么？"蔡广得："请他吃牛丸粉。"黑暗中，斜眼上士看到蔡广得和岳小白溜出营舍。

舒尔茨烦躁且担心，不断观察着晃过去又晃过来的探照灯，说："你们别再缠着我，我不会跟你们走。"岳小白："事关重大，你必须跟我们走。"舒尔茨："请你注意说话的口气，中尉，别想命令我。"岳小白："对不起少校，如果你真不愿跟我们走，那就把青山道要塞地下通道的情况告诉我们。"舒尔茨："告诉你了也没有用，没有熟悉的人领着，谁也不知道通道的路怎么走，杨夫人应该告诉过你们，那里曾经发生过什么悲哀的故事。"

岳小白和蔡广得对视一眼，说："请少校务必跟我们走一趟。"舒尔茨："听着中国勇士，你们的胆子的确不小，两个人就敢闯进战俘营里带走一名皇家军官。可你们的官衔小了点儿，如果真要带我走，回去向你们的上司说，让他派一位上校来，也许我愿意和他谈谈。"

蔡广得开口说："没有必要，如果你不跟我们走，我就杀死你。"舒尔茨愣了一下，问岳小白："他说什么，什么杀死我？"蔡广得："告诉他，让他选择一种死法，是用他自己这双破皮鞋噎死，还是在茅厕里的尿水中溺死。"岳小白："他打算把你淹死在茅厕的粪便里，问你是否介意这种死法。他小时候是种菜的，喜欢大粪，真做得出来。"

舒尔茨生气了，说："你们无权这样对待一名皇家军官。"岳小白："别提你那皇家军官了，香港都让你们给守丢了，在缅甸你们见了日本人跑得比兔子都快，让我们冤枉死了不少人，没有脸当盟军。请你配合我们，我们会保护你的安全。"

舒尔茨："你们在污辱一名军官，他为女王的海外殖民地英勇地战斗，流过血，他不怕死。"蔡广得："听着小子，明天早上如果你没有换上士兵服，我会当着你的面杀死日本看守，告诉他们，是你指使我干的。"岳小白将蔡广得的话翻译给他，舒尔茨生怒，慢慢挺起胸脯，说："士兵，你可以试试，看看自己能不能做到。"

战俘们都睡了。岳小白和蔡广得蜷缩在脏兮兮的角落里，岳小白小声问："如果他不跟我们走，怎么办？"蔡广得瞪着黑暗中的天花板，过了老半天。蔡广得小声说："我说了，我会当着他的面，杀掉鬼子看守。"

天蒙蒙亮，大多战俘还没起来。岳小白窝在一个角落里，他被几名早起的战俘吵醒了，睁眼一看，身边空空的，蔡广得不在身边。岳小白从营舍中出来，发现蔡广得坐在营舍外，靠着墙，盯着对面的军官营舍。岳小白过去，在蔡广得身边坐下。

几名英军、加军和印军军官正在晨练。舒尔茨从军官营舍里出来了，和战俘营军衔最高的英军军官乔治上校说着话，他仍然穿着军官服。舒尔茨向对面的士兵营舍看了一眼，微笑了一下，挺着胸脯，走着正步，绅士般消失在晨练的军官人群中。

岳小白忧心忡忡，说："他没有换士兵服。"蔡广得铁青着脸不说话。岳小白有些担心，提醒："我们再想别的办法。别干傻事。"蔡广得不说话，起身走开。

4辆黄包车停在门口，叶德全上了其中一辆，正要走。泥菩萨领着杨桃匆匆赶来了。叶德全："你来干什么？瞎胡闹！你来了，根据地怎么办？"杨桃："你放心，美沙子管得好好的，大家很喜欢她。"叶德全："你不能跟我们去，我不知道会发生什么，可一定会有战斗，那样很危险！"杨桃："我是小组的人，我不能离开小组。"叶德全："我命令你……"杨桃："别再说了，我是小组第一个成员，你没有资格安排我，更没有资格撤掉我。"叶德全拿杨桃没有办法。杨桃得意地笑了。

天刚亮，街上行人不多。4辆人力车，一辆拉着叶德全，一辆拉着杨桃，另两辆空着，丁荷和大井跑步跟着，他们飞快地通过大街。叶德全等人离开了城区，4辆人力车在低洼不平的市郊路上行驶。杨桃从黄包车上跳下来，向前跑。叶德全有些害臊，也想下车，丁荷拦住："不行，你腿不方便，学不了杨桃姐。"叶德全狠狠地瞪丁荷，丁荷连忙改口："你在车上坐着，能更好地动脑子，指挥我们打仗。"叶德全释然："别说那么多废话，快走！"

早饭时间，战俘们在操场上排着队，挨个儿打饭。队列分两排，一排是军官战俘，队列较短，一排是士兵战俘，队列长长的。负责打饭的是一胖一瘦两个日军伙夫，两名日军看守在一旁维护秩序，对战俘十分轻蔑和粗鲁，不断地挑剔和打骂战俘。

舒尔茨在军官战俘队列中，他很快就要排到前面了。蔡广得和岳小白在士兵战俘队列中，他俩排在较后面，两个人一直盯着军官队伍中的舒尔茨。舒尔茨回过头来向士兵战俘队列中看了一眼，骄傲地笑了笑，回过头去。岳小白小声劝蔡广得："别乱来，我们再想办法。"蔡广得没有说话，眼睛一直在舒尔茨身上。岳小白："我们会想到办法。"

毫无预兆，蔡广得离开士兵战俘队列向前走去。岳小白快速伸手，但没有拉住蔡广得，他着急。蔡广得慢慢向前走去，目光盯着打饭的日军伙夫和看守。舒尔茨发现了从后面走来的蔡广得，愣住。蔡广得向前走去，眼中渐渐露出凶光，手中紧紧捏着汤匙。舒尔茨紧张了。有士兵战俘不满："嘿，伙计，你要干什么？"斜眼上士："小子，别插队。"蔡广得充耳不闻，稳稳地向前走。蔡广得手中的汤匙已经握成一把匕首。舒尔茨额头上渗出汗。

斜眼上士："小子……"岳小白出现在斜眼身边，暗地里拉了一下他，说："伙计，通融点儿，他饿坏了。"斜眼上士："谁是饱着的？丘吉尔先生很忙，他没工夫请我们吃法国大餐。"队列中哄堂大笑，引起日军看守的注意，呵斥："回到队列去。"蔡广得稳稳地向前走。

战俘们全都停止了喧哗，静静地看着蔡广得。军官队伍中，乔治上校一脸平静地看着。岳小白额头上沁出汗，慢慢地移动脚步向前面靠近。蔡广得已经走到舒尔茨身边了。日军看守拎起一支大棒过来。舒尔茨闭上了眼睛，然后睁开，说："士兵，站住。"蔡广得站住。舒尔茨走出来，说："请回到你的队列中去。"蔡广得看了舒尔茨一眼，没有搭理他，继续向日军看守走去。舒尔茨一把拽住蔡广得，附耳小声说："我去换衣服。"

岳小白等在士兵营舍外，向对面的军官营舍看。舒尔茨从军官营舍里出来，他换上了士兵军装。岳小白松了一口气，看了舒尔茨一眼，转身进了士兵营舍。

战俘管理员："第11士兵营舍转移的人，艾伦、奥斯顿、沃尔夫、阿尔瓦、安格斯、阿奇柏德、亚尔曼、萨尔汗曼、罗义、婆罗门、英迪拉，半小时后带上行李，去营区门口上车。"接到转移通知的英印加籍战俘收拾私人物品，暂时不走的战俘和他们惜惜相别。

蔡广得坐在角落里，眼睛盯着那些收拾私人物品的士兵战俘。少年战俘小可怜似的坐在他身边。岳小白过来说："我们得去找那3个可怜的家伙。"蔡广得点点头，说："4个，得多加一个人。"岳小白看看少年战俘，说："不行，来不及去找4个顶替者，再说，我们逃掉的几率很小，他会成为我们的累赘，那样我们谁都跑不掉。"

蔡广得："我不想看见中国人关在鬼子的战俘营里。"

岳小白："鬼子在中国有上百个战俘营，关着几百万中国人，你能救完？"

蔡广得："我看见了就得救。"岳小白："你他妈又不是委员长！"

要走的战俘沃尔夫和人打着招呼朝外走去。蔡广得目光跟着战俘，站起来，丢下一句话："干活吧，就要集合了，少一个谁也走不成。"走掉了。岳小白无奈地告诉少年战俘："别紧张孩子，一会儿我会告诉你你的监号是多少，叫什么，鬼子念到你的监号时你就站出来。你什么也别说，什么也别做，按我说的做，明白了？"少年战俘害怕地点点头，岳小白安慰地拍拍少年战俘，去追蔡广得。

战俘沃尔夫和人打着招呼，说些告别的话，向茅厕那边走去。蔡广得若无其事，远远地跟着。战俘沃尔夫提着裤子从茅厕出来，被埋伏在外的蔡广得和岳小白制服，捂住嘴拉走。战俘沃尔夫被捆得结结实实，害怕地看着用一块破布蒙住脸的蔡、岳两人。岳小白："叫什么名字。"沃尔夫："沃尔夫。马丁·沃尔夫。"岳小白："监号。"战俘沃尔夫："0945。"岳小白："对不起了沃尔夫，我们借用一下你的名字和监号，这一次你走不成了，等下一次吧。"战俘沃尔夫惊恐万状地看岳小白。岳小白："日本海被美国人控制了，也许我们这样做会救你一命，不让你喂了美国人的鱼雷。抱歉了，伙计。"岳小白用一块破布堵住战俘沃尔夫的嘴。外面传来喧闹声和汽车的轰鸣声，蔡广得到门口看，说："车来了，还差3个，我们得快点。"……二人如法炮制，很快绑了另3个要转移的战俘。

集合的哨声响了。值日战俘："集合点名了，都到操场上去！"战俘们纷纷离开营舍，去操场集合。舒尔茨从营舍里出来，走在战俘人群中。蔡广得和岳小白远远跟在后面，蔡广得突然想起什么，问："那个孩子呢？"两人着急地四下寻找，那个少年战俘没有跟着他们。岳小白："别管他，他也许不想走了。"

蔡广得："你他妈的傻呀，名单上的战俘失踪了4个，四个假的都得上车，不然会引起鬼子警惕。"岳小白呆住。蔡广得："想什么，你能把绑着的哪一个放回来？他要向鬼子一说都得查出来！"岳小白："你跟着舒尔茨，提防他反悔，我回去找那孩子。"

岳小白扭头返回营舍。营舍里只有两三个病恹恹的战俘还在拖沓着。岳小白冲进营舍，他看见少年战俘瑟缩在角落里。岳小白冲过去，说："你怎么还在这儿，快走！"少年战俘："我，我害怕。"岳小白不由分说，拉起少年战俘就走。

几个负责杂工的战俘在斜眼上士带领下向操场走去。岳小白拽着少年战俘急匆匆追上来，没留意撞上了斜眼上士。斜眼上士："臭小子，你不会又说没看见吧？"

岳小白："嘴里干净点儿。"

斜眼上士："我他妈就爱不干净，你长没长眼？"

岳小白："我一只眼横一只眼竖，能看见你？"

斜眼上士一拳打来。岳小白挨了一拳，倒退两步，冲过去。两个人你一拳我一拳打起来，旁边的战俘们起哄，纷纷叫嚷着打。少年战俘更加害怕，往一边躲。岳小白和斜眼上士打得不亦乐乎，他很快制服了斜眼上士。几名日军看守朝这边跑来，喝令着用枪托砸开围观的战俘，把岳小白和斜眼上士抓了起来。少年战俘吓坏了，突然扭头就跑。日军看守喝令站住。少年战俘拼命跑，很快跑到铁丝网前。一声枪响，他扬手跌出去趴在铁丝网上不动了。岳小白喘息未定，目瞪口呆地看着这一幕，然后被日军看守连推带搡地押走了。

操场上停着数辆日军军车。一名日军少佐军官挨着监号念转移战俘的名单。被念到监号的战俘向身边的伙伴告别，走出人群，在日军士兵的监视下依次上车。蔡广得站在舒尔茨身后，一边听着名单一边不断着急地回头看。一名军官战俘奇怪地看舒尔茨，说："罗辛，你怎么穿了这身，今天可没有咱们的分。"舒尔茨看了身后的蔡广得一眼，说："难说，也许我今天不叫罗辛，上帝要我改叫别的什么。"蔡广得着急地往身后看。

要走的战俘一个个被点出来，拎着自己的私人物品，在日军士兵的监视下走向卡车。日军少佐军官："1028号。"蔡广得呆在那里。日军少佐军官："1028号，文启德，出列。"蔡广得没有动，豆大的汗珠顺着额头往下淌。日军少佐军官回头吩咐一名看守："去看看，这家伙在哪儿。"日军看守离去。日军少佐军官："0945。"舒尔茨凑近蔡广得说："叫我了。马丁·沃尔夫，0945。顺便说一句，你们应该给我换个白人士兵的名字，我可不是北非来的黑鬼。"蔡广得听不懂，沉默。日军少佐军官："0945，出列。"舒尔茨向前走了一步，准备答应，蔡广得突然伸手在暗中拉住舒尔茨。

岳小白和斜眼上士被日军看守押解着走来。岳小白远远看见操场，暗自着急。日军看守过来，一枪托砸在岳小白后脑门上。岳小白被打晕过去，两名日军看守拖着失去知觉的岳小白往前走。

战俘营管理处前一排重营仓。斜眼战俘和岳小白分别被日军看守各自丢进一间重营仓，落上锁。岳小白醒来，他艰难地捂着脑袋爬起来，重营仓不到一人高，人在里面站不直，岳小白躬着腰，着急地抓住铁栅栏向仓外看。

几辆卡车装满战俘依次开走。解散哨吹响，战俘们纷纷散去。念名单的日军少佐军官叫过两名日军看守曹长，吩咐："查一查，这4个人去哪儿了，找到他们。"两名日军曹长奉命离去。

蔡广得和舒尔茨走在返回营舍的战俘当中。舒尔茨不解，靠近蔡广得问："你们到底在玩什么把戏，为什么说走又不走了？"蔡广得听不懂，无从解释。舒尔茨换了生硬的汉语问："你们，反悔了？"蔡广得："我们会离开这儿的。"舒尔茨听不懂了。

王九天端坐在太师椅上，一串念珠在手中数动。阿挺阿顺等几个手下人站在王九天面前不解地看他，再互相看，不知道他打什么哑谜。王九天："考你们一个问题，菜花头还会不会回到我这儿来？"

阿挺："人都送进战俘营了，不死也得脱层皮，回不来了。"

阿顺："对，太君饶不了他们。"

王九天："你们把脑袋洗刷干净了再说话，太君知道他俩是谁吗？"阿顺："不，不知道。"

王九天点点头，说："我没请他来，他来了，当我这儿跟自己家似的，推门出踢门进，说好了替老太爷老太太带烟土，走的时候一句话没提，可走了又回来了，两条枪拍在桌上，硬让我送进战俘营。你们说，共产党的人说话算话吗？"众人互相看看，摇头。王九天："再考你们一个问题，他俩进战俘营干什么？"

阿挺："这，说不好。"王九天："你们当然说不好，可不管他们进战俘营去做什么，都不是好事，都是往日本人头上浇大粪的事。如果日本人知道了，我能脱了干系？"

阿顺："司令，您的意思？"阿挺："司令没意思，不对，司令没想那么多，你别怂着司令瞎琢磨。"

王九天："好了，这两件事你们一辈子也想不出来。我告诉你们吧。"王九天把手上的念珠放在桌子上说："头一件，我一辈子都不得安宁；第二件，我没一辈子，不管菜花头他们在战俘营里干什么，人是我送进去的，事情一出，日本人就会来要我的脑袋。"

阿挺："司令，这怎么办？"王九天："你说呢？你们觉得，我还能留下他俩吗？"

第二十五章
化解危机　成功越狱

　　太阳升得老高了。青葵公路与葵涌道交叉路口旁，一个用简易的材料搭成的路边茶水点，一个上了年纪的老人和一个小女孩在那里摆摊供应茶水。4辆人力车停在茶水点外，大井等人汗透了，坐在树下用衣襟扇着风，喘着粗气。

　　叶德全在茶水点前站着，观察了一下环境，说："就在这儿等。"杨桃不知所云，向四处眺望。青葵公路和葵涌道在茶水点前交会，道路西头是杂乱无章的货柜码头，远远地，能看到几艘大型运输船停泊在港口。叶德全抬头看看日头，再看港口方向，皱眉头，自言自语："怎么没动静？"

　　杨桃："你要什么动静？"叶德全："一会儿你就知道了。"

　　叶德全撇下杨桃，一瘸一拐走向大井等人。叶德全："枪藏好了？"大井点头。叶德全："你们几个别进去，守着车，就在外面喝茶。"鹭鸶脚："是的，长官。"大井踹鹭鸶脚一脚，训道："我们什么身份，这儿不能叫长官。"

　　叶德全："一会儿日本人的车来了，会停到货柜码头上去，你们听我的吩咐行动。大井，鹭鸶脚，沙马，你们3个每人拖一个走，路上别停，能跑多快就跑多快。要有人拦，就开枪。"大井："知道了。"叶德全向丁荷示意，丁荷跑过来。叶德全："渣子，你去路口看着，葵涌道方向有没有车来，来了叫我一声。"丁荷答应着向葵涌道那边跑去。叶德全挂着拐一瘸一拐扭头向海边走去，杨桃跟了上去。

隔着货柜码头，海边滩涂上堆着一堆破烂的货柜。叶德全和杨桃趴在一只破货柜后向码头方向看。叶德全丧气地一屁股坐在烂泥里，说："怎么什么动静也没有？"

杨桃："我们要看什么动静？"叶德全这才道出，自己估计，日军对运战俘的车看管很严，他们在路上逃不掉，港口是他们唯一可能逃走的地方，他们只能选择这里，利用上船时的乱劲设法逃跑。可是，船上岸上都是鬼子，光靠他们自己，没法跑掉。得有人配合，因此他昨晚给港九大队写了两封信，说今天有重要人员从这里转移去日本，港九大队的联系方式是菜花头告诉他的。可是港九大队一点动静也没有。杨桃疑虑，不知道港九大队会不会来，说这是在碰运气。叶德全认为港九大队不知道信是谁写的，他们会担心错过机会，误了信里提到的重要人员，他们不敢不重视，再加上不是自己人不会同时知道他们一个以上的联系点，这就排除了鬼子的诡计，他们肯定会来。

杨桃："老叶，你这是在骗人家港九大队。"

叶德全："我不骗手里有人吗？要把话说实了，港九大队就不会来了，他们会和罗浮山取得联系，核实情报，然后再行动。而且，他们的行动不是打鬼子，是把我们抓回去。"

杨桃："难怪菜花头老不来正经的，你当领导的都这样，他学不好。"叶德全："别表扬他，他没我这把刷子。"

杨桃踮着脚往公路上看。叶德全："别看公路，公路上飞个蚊子都能看清楚，藏不住队伍，他们不会从公路上来，只能从海上来，可是……"

海面漾着阳光，除了几艘大型货轮和一些海鸟，什么也看不见。丁荷连蹦带跳地跑来通知："鬼子的车来了！"葵涌道公路上，几辆转运战俘的日军卡车远远地开来。叶德全和杨桃有些紧张，知道没有港九大队的支援，单凭眼前这些人无法策应，救不了他们！叶德全挂着拐杖匆匆往公路上走，杨桃跟上去。叶德全："事已至此，没有别的办法，只能拼了。"

杨桃："怎么拼？"叶德全："别慌，沉住气，见机行事，能帮他们逃就帮他们一把。"

杨桃："要帮不了呢？菜花头不会让人拉到日本去，他会亡命逃跑，他们会把他打死！"叶德全："他们要被打死了，就把他们的尸首抢出来拉走，不能把他们留给鬼子糟蹋！"

　　两个人快到茶水点了，海上突然之间出现了好几条渔船，它们向港口方向快速驶来。叶德全欣喜若狂，说："是海上大队的人！"杨桃："你能确定？"

　　叶德全："这种时候，谁都躲着，往上冲的不会有别人！活爷爷，他们到底来了，菜花头他们有救了，我们走！"3个人跌跌撞撞向公路上的茶水点跑去。

　　运送转移战俘的卡车车队驶下葵涌道，从茶水点前过去，卷起一阵尘土淹没了茶水点。大井等人紧张地放下茶碗，向黄包车靠近。车队驶进货柜码头，停下来。日军士兵纷纷从车上跳下来，卸下车厢板。

　　叶德全跑到茶水点，大井等人也过来了。叶德全一边从黄包车下抽出锯成短铳的步枪，顶上子弹，放进衣袖，一边紧张地吩咐："小蜜蜂，你负责找人，眼睛瞪大点儿，看住了，别漏过他俩。"杨桃扑回滩涂方向，去观察码头方向。叶德全："渣子，看见菜花头他们一行动，你就过去，把他们往这边引，别让他们没着没落地乱跑。"丁荷离去。叶德全："大井，你们几个做好准备，人一上车就拉走，别管枪打成什么样，用最快的速度跑，一刻也别停下。"众人按照叶德全的布置分头行动。叶德全一瘸一拐地向滩涂方向走去，

　　日军看守吆喝着，指挥战俘们下车。日军士兵将战俘们押上货轮的舷梯。最后一名战俘从车上跳下来。车上空了，战俘中没有出现蔡广得和岳小白的人影。叶德全不相信地揉眼睛，问："都下完了？"杨桃："都下完了，我看得很仔细，不会漏掉，战俘中没有他们。"丁荷："也许，他们在路上逃跑了。"叶德全："胡说，要是路上跑了，鬼子不会这么悠闲，早就紧张了。"3个人正争论着，货柜码头方向传来了爆炸声和枪声。

　　一艘满载炸药的渔船撞上停靠在港口的一艘货船。货船爆炸，腾起高高的火焰和黑烟。码头上的日军和押解战俘的日军一时惊慌，大声叫喊着，集中战俘往一旁疏散，战俘们也乱了，场面一时失控。突然之间，一些游击队员从码头上埋伏着的各处冲出来，向日军发动攻击。日军士兵仓促还击。战俘们四下逃散。

　　叶德全："不能待在这儿，走！"杨桃趴在货柜箱后面没动，丁荷犹豫。叶德全："他们不在这儿，我们留在这儿等死啊？快走！"丁荷搀扶

着叶德全匆匆向茶水点走去。叶德全："大井，车拉上，撤！"杨桃还趴在货柜上，不甘地看货柜码头方向。叶德全回头说："数尸首不是我们的事，别磨蹭了，快离开这儿！"杨桃目光呆呆地盯着货柜码头方向。叶德全着急："不想活命了？一会儿鬼子的增援来了，我们就走不掉了！"杨桃："他说了他会出来，他不会撒谎。"杨桃突然离开货柜，拔腿向货柜码头方向跑去。叶德全："你要干什么？"杨桃不管不顾，拼命向货柜码头方向跑去。叶德全慌里慌张回头，没站好，摔倒在烂泥里。

货柜码头上乱成一团。港九大队的人从海上、港口和码头各个隐藏处向日军发动攻击，有游击队员中弹倒下。日军拼命还击，不断有日军士兵倒下。战俘们四下逃散，不时有人倒下。杨桃躲避着子弹，跑到码头上，拉住一名躲藏在货柜后面抱着脑袋吓坏了的战俘问："你们中间有两个中国人吗？"战俘："上帝啊，救救我吧！"

杨桃："两个中国军人，他们昨天被抓进去的，见过他们吗？"战俘："没有，我们当中没有中国战俘。"战俘一把抓住杨桃，要求她指示逃生路。子弹打得货柜箱木渣四溅，杨桃和战俘抱住脑袋，趴在地上不敢动。

丁荷和大井躲避着子弹跑过来。杨桃绝望极了，说："他不在这儿，他们不在这儿！"丁荷："姐，快走，我们离开这儿！"杨桃："我不走，见不到他们我哪儿也不去！"一串子弹打来，他们被封锁在货柜箱后面，出不去了。大井用手中的短把步枪向外放了两枪，什么也没打着，人却很兴奋，待要放第三枪时，子弹卡壳了。一发子弹打在大井身边，吓得他一抱脑袋，丢掉手中的枪杆，躲到货柜后面。

4辆黄包车在郊外的野地里仓皇奔驰。车上多了一个人，是那个英军战俘。叶德全不安地回头看。杨桃呆呆地坐在车上，丁荷不安地跟着车跑，不断地看杨桃。

英军战俘最高长官乔治上校和两名军官在战俘营区一角小声说话，目光向一边。蔡广得焦急地在战俘中转来转去，他抓住一个战俘，用中文夹带生涩的英文问："知道被带走的那两个兄弟关在什么地方？"战俘不明白，蔡广得连比带画说："中国军官，白脸，高个子，瘦瘦的，长得挺俊，是中国人。"战俘糊涂地摇头。蔡广得再拉住另一名战俘，问："会说中国话吗？"战俘摇头，蔡广得烦躁："不会中国话你往这儿跑干什么？"战俘不明白蔡广得在说什么，问："你说什么？"蔡广得："我说你鼻子大，你听得明白吗？"远处，一群军官站在一起，舒尔茨看着这边。

蔡广得在战俘中到处找人，他急了，大声喊："谁会说中国话？"战俘们都转过头来莫名其妙地看蔡广得。一个长着小胡子的英国士兵过来告诉他，凡是违反营规的战俘，都会被日本人关进重营仓。里面根本站不直身子，全是一指长的毒蝎子，人关上两天，拖出来就成了一条没气的死狗。

集合的哨子响了。日军看守四处撵人，往营舍里赶。小胡子向那边看了看，凑近蔡广得说："老兄，别惦记你的伙伴了，就当他去见上帝了，你再也见不到他，想想办法保住自己的小命吧。上午该离开的人当中少了4个，日本人发现，那4个家伙被人绑起来，关进了工具房。"蔡广得警惕地看小胡子，问："你给我说这个干什么？"小胡子不怀好意地冲蔡广得笑，说："没人看见谁绑了这4个兄弟，可我听说，绑他们的两个人说的是中国话。我不和你瞎胡扯了，不然日本人忘记了你那个关在重营仓里的伙伴，把我当成绑架者当中的一个，我就该遭殃了。"说罢，撇下蔡广得走开了。

日军戒备森严，战俘们顶着烈日被集中在操场上。4名被绑架的战俘奄奄地站在队列前。日军少佐军官在战俘队列前走来走去，问："事情是谁干的，站出来。"通译将军官的话翻成英语。战俘中没有人回答。舒尔茨在军官队列中，有些不安地悄悄侧过头向士兵队列中看去。蔡广得站在士兵队列中。日军军官向4个被绑架的战俘下令："把绑你们的人找出来。"战俘沃尔夫："他们用布蒙着脸，看不……"日军少佐军官一耳光将他抽倒在地，暴跳如雷："给我去找！"战俘沃尔夫从地上爬起来。

4名战俘走进战俘队列中，开始一个个地辨认。蔡广得深深地吸了一口气，他只能听天由命了。蔡广得紧张地等待着。一名被绑架的战俘走到蔡广得面前，茫然地看了看他，走了过去。蔡广得暗中松了一口气。第二名战俘过来了，看蔡广得，他多看了一会儿，但也过去了。一串豆大的汗珠从蔡广得下颌上滚落到地上。

剩下的两个战俘挨个儿在战俘队列中寻找。日军少佐军官的目光紧随着两名战俘。舒尔茨十分担忧，蔡广得紧张得要命。一名被绑架的战俘走到一名印度战俘面前，犹豫了一下，指了指印度战俘。两名日军士兵冲过来，把印度战俘拖出队伍。印度战俘："不是我，我没做这种事，放了我！"战俘队伍里越来越紧张。

那名被绑架的战俘在蔡广得面前站下，看蔡广得。蔡广得盯着战俘的眼睛。被绑架战俘的目光经不住，从蔡广得脸上移开，走了过去。蔡广得不易觉察地松了口气。战俘马丁·沃尔夫过来了，他走到蔡广得面前，看了看蔡广得，眼睛里露出一丝犹豫，站在那儿不动，盯着蔡广得看。蔡广得的手不由自主地痉挛着。

叶德全不安地等在屋外，丁荷在一旁守着他。大井等人不知所措地站在稍远处。

杨桃和水花子在屋里谈话。杨桃："按照计划他们应该出现，可我们在码头上没有看见他俩，他们不可能在路上逃掉，他们在路上逃不掉，他们还在战俘营里！"水花子脸色不好，盯着自己的手指不说话。杨桃："水花子，菜花头遇到危险了，这回他们真的做了鬼子的俘虏！"水花子："你告诉我这个干什么？"杨桃："因为只有你才能救他！你们是兄弟！"水花子看了杨桃一眼，起身向屋外走去，在门口站住说："他那是活该，没有人像他那样自找。"杨桃冲过去拉住水花子说："他是你哥哥，是你的亲人，你不能这样无情！"水花子发作："无情的不是我，是他！他从来没有把我当成他的兄弟，从来就瞧不起我，我凭什么要救他！他本事大了，连日本人都敢去招惹，凭什么我要去替他顶缸！"说完甩开杨桃，一脚踹开门出去了，杨桃追了出去。

水花子气冲冲从屋里出来，杨桃追出来，叫水花子。水花子不理会杨桃，大步流星朝前走去。杨桃绝望地站下。水花子走过大井等人时站下，看他们一眼，说："闹够了没？没闹够你们继续找死去，闹够了都给我回来！"大井羞愧难当地点了点头。水花子不再说什么，走掉了，泥菩萨摇摇晃晃跟了上去。大井朝杨桃和叶德全看了一眼，带着人霉头霉脑地跟着水花子走掉了。

杨桃绝望极了。叶德全："别指望他了，咱们先想想，那个英国战俘怎么办，我们把他丢在哪儿？"

两辆日产汽车在大楼前停下。日军特工将一捆绑着的男人带下车，押进大楼。小林正雄和金永洲从另一辆车上下来，一名特工匆匆过来汇报："少佐，1小时前，货柜码头遭到游击队袭击。"小林正雄："确定是游击队？"

特工："确定，我们打死了他们3个，捉住一个负伤的，我们自己丢了8个人。"

小林正雄："那个负伤的在哪儿？"特工："正在送来的路上。"

小林正雄："人一到就通知我。"小林正雄朝大楼里走去，金永洲跟上去。

浅丘经道从作战室出来，掩上门，向自己的办公室走去。

浅丘经道盯着小林正雄，问："上一次港九大队发动袭击是在什么时候？"小林正雄："上个星期二，他们在皇后大道公开散发反日传单。"浅丘经道："我指的是武装袭击。"

金永洲："一个月前，他们打死了九龙宪兵司令部的陆通译，抓走了南支派遣军的高级情报员东条正之。"浅丘经道："港九大队的活动区域在新界和西贡，公开袭击重兵把守的码头这是第一次。也许他们嗅到了什么气味。"

金永洲："我们和中美联军的决战箭在弦上，显然，他们是来搞破坏的。"

浅丘经道："他们为什么袭击货柜码头？"

小林正雄："现在还不清楚，第9联队已经派出一个中队去那儿了，捉到的那个游击队员也在送来的路上。教授，有一个情况。今天有一批深水埗战俘营的战俘被转运回福冈，袭击发生的时候，战俘刚好送到码头。"

浅丘经道："你是说，游击队是为营救战俘发动的这次袭击？他们为什么要营救战俘？"

小林正雄："不知道。"

浅丘经道向春山二路示意："把深水埗战俘营的名单调过来。"春山二路离去。

小林正雄："这可能只是一次偶然的军事行动。"

浅丘经道："不，决战在即，中美联军不会轻易安排一次武装袭击，没有任何行动是偶然的，必须找到港九大队这次军事行动的真实目的，立刻提审那个负伤的游击队员。"

小林正雄："是。"

舒尔茨突然开口："报告。"众人的目光一起转向舒尔茨。战俘沃尔夫也把目光从蔡广得脸上移开，转过去看舒尔茨。蔡广得深吸一口气，紧张地盯着舒尔茨。日军少佐军官指了指舒尔茨，下令："你，出列。"舒尔茨走出军官战俘队列。少佐军官："你想说什么？"

舒尔茨："先生，你没看出来，这只是一个玩笑。"少佐军官："什么玩笑？"

舒尔茨："我说不好，也许被绑架的人他们得罪了谁，有人想报复他们。您知道，这种事情在战俘营里经常发生。"

少佐军官："少校，你很清楚，大日本皇军有铁的纪律，任何违反规定的人都会受到严厉处罚，谁有那么大的胆子敢违反营规？"舒尔茨："贵方的营区管理怎么样不用我说，您应该知道。我想，出了这样的事情，应该可以理解。"

少佐军官："我想知道，为什么你会甘冒风险站出来解释这件事，你能落到什么好处？"

舒尔茨："我病得不轻，夜盲症、疟疾刚好，你们给的粮食不够，没有足够的维生素。现在烈日曝头，我只是在阳光下站不住，想早点回营舍休息，也许这对我算是一种好处。"

乔治上校站了出来，说："坂田先生。"日军少佐军官转向乔治，问："上校，你也不想在宝贵的阳光下多待一会儿？"

乔治上校："少佐，罗辛少校说得对，没有人从这里逃跑，离开的人中差4个，现在4个人都在，用不着这么小题大做，应该尽快让大家都回到营舍去，我不希望看到战俘再倒下的事情。"日军少佐军官："上校，我提醒你，你的身份不适合在这种时候出头，我认为你是在暗示你的士兵造反。"

乔治上校："你太夸大其词了，这些人连自己的鞋都脱不下来，能造什么反？"

舒尔茨："太阳这么烈，如果倒两个人，你会更麻烦。"

仿佛在印证舒尔茨的话，战俘队列中，一名战俘晕厥过去，倒在地上。然后是另一名，第三名，一连倒了好几个。站在蔡广得前面的战俘沃尔夫奇怪地笑了笑，他看到了同伴的默契，他耸了耸肩膀，转回视线，看了蔡广得一眼，把目光从蔡广得脸上移开，走了过去。

一名日军士兵匆匆过来，在日军少佐军官耳边小声说了句什么。日军少佐向身旁的下属下令："让他们解散，把他们押回营舍。"然后匆匆跟着日军士兵离开。

战俘们解散了。蔡广得彻底地松了一口气，身子一软，坐到地上喘着粗气。战俘沃尔夫出现在蔡广得面前，把手伸向他。蔡广得犹豫不决地伸出手，沃尔夫将他拉了起来。

日军少佐军官接完电话，向一名日军曹长下令："立刻把战俘名单送到情况部。"

桌子上堆着一沓军票、一只老鼻烟壶、两块玉石、两尊老佛、一堆女人的首饰。德力克从桌上的财富上收回视线，看面前的水花子。水花子从怀里掏出金表，摘下来放在桌上，再拿起水晶墨镜看了看，不舍地放下，说："我全部的家当。它们都归你了。"德力克拍了拍水花子的肩膀。说："够下本钱的。有一件事我一直想不明白，想问问你。我德力克到底算哪中国的人？台湾人？中国人？还是日本国人？"

水花子："我也没想明白，我到底算九龙人还是中国人。"

德力克："就是说，我俩一样，活得都糊涂，连自己是谁都不知道了。"水花子："过去我没想过，直到这几天我才开始想，我还真觉得，自己活得不值。可有一点我知道，也一直没忘，清明祭祖的时候，我应该回大陆，到我祖先的坟头上跪下，向祖宗磕头，他们在那儿。"德力克看水花子，笑了，笑得怪怪的，眼泪都笑出来了。水花子也笑了，抹着眼泪。两个人勾肩搭背，你给我一拳，我给你一掌，笑得直不起腰。

大井等人等在麻将馆外。水花子将德力克送出来，德力克拎着鼓鼓囊囊的包袱，说："你准备好，到时间我来接你。"说完走了。水花子目送德力克走远，收回视线，返身向屋里走去，大井等人跟上去。

水花子在一堆垃圾中翻找着，翻出一根绳子，再翻出一套破烂的英军作战服在身上比画着。水花子从地窖里钻出来，把两支手枪插在后腰上，一把子弹哗啦啦揣进兜里，说："我肚子饿了，给我弄点吃的。"野阑花看了看大井等人，走开了。水花子收拾好，对大井说："我要去会会日本人，我会挨他们的枪子。也许一枪，也许被打得满身窟窿，反正都一样。我不需要太多人，我要两个人。"大井："我跟你去。"水花子："别急着答应，想好了再找死，我现在还不想死，天黑以后我才动身，去死。"水花子说完，突然有一种灰心丧气，说："你们出去吧。"大井等人退出屋去。

野阑花站在水花子身后，她把一碗糖水放下，到梳妆台前坐着梳头。水花子过去，从后面搂抱野阑花，野阑花推开水花子，说："别让我晦气。"水花子："我可能，再也回不来了。"野阑花："爱回来不回来，和我有什么关系。"水花子在野阑花身后站了一会儿，黯然退到床头坐下。野阑花起身走到水花子身边，问："怎么啦？"水花子不说话，颤抖得更厉害。野阑花抓住水花子的手，又问："一个男人，挨枪子就挨枪子，死就死，有什么大不了的，值得这样吗？"水花子哭了，哭得很伤心。野阑花温柔地为水花子宽衣解带，说："我和你睡觉，可我不是你的女人；我吃过醋，你要死了，我不吃醋了，现在，我再和你睡一次，你睡了我再去死，像个男人一样，好好地死。"野阑花将水花子推倒在床上。

丁荷把船锚检查了一遍，垂头丧气地往回走。行动小组剩下的那些新成员不知所措地站在那里，看着丁荷垂头丧气走进山洞，互相看了一眼，垂下头，慢慢向小火轮走去。

叶德全腿伤犯了，他毫无主张地坐在床头，赛南粤在为他检查伤口。杨桃："告诉我，他们到底出了什么事，也许他们在路上已经被鬼子打死了！也许他们根本就没有上车，鬼子就没让他们上车，鬼子把他们抓起来了！"叶德全："照你说还找什么，他们早就没命了。"杨桃："那我们还在这儿待着干吗？我们快去救他们呀！"

叶德全："怎么救？拿什么救？我们什么也做不了。"

杨桃："我们不是一个小组吗？就这么看着他们去死，我们算什么小组？"

叶德全："你让我怎么办？我现在不是组长，我什么也做不了！"杨桃狠狠地看叶德全一眼，转头向山洞外走去。赛南粤追上去拉住杨桃，说："杨桃，你冷静点儿！"杨桃推开赛南粤不顾一切地说："放开我，我要去救他们！"

赛南粤："你救不了他们，你这样只能去送死！"

杨桃："那我就去死，我宁愿去死，我去陪他们一块儿死！"赛南粤将杨桃搂进怀里，安慰着她："好了，冷静点儿，冷静点儿。"杨桃窝在赛南粤怀里，终于软下来，哭了。丁荷不知所措地看着这一切。叶德全十分沮丧，狠狠地砸了一下自己的伤腿，疼得他直抽冷气。

一名负伤的港九大队队员正在接受金永洲的审讯。金永洲："告诉我，你们为什么要袭击战俘船，目的是什么？"

负伤队员："唔知，我只系，奉命执行任务……"

金永洲非常着急。说："告诉我你上级的情况，告诉我，怎么才能联系上你们的人？"

负伤队员："唔知，我乜野都唔知……"

金永洲口气平和："你伤得很重，现在很难受，告诉我怎么联系上你们的人，也许我能帮你。"负伤队员："我，疼……"

金永洲："我知道，可如果你不说，你会吃更多的苦头。告诉我，我在哪儿能找到你们的人……"外面传来脚步声，金永洲失望地停下审讯，从负伤队员身边退开。

小林正雄匆匆进来，问："他招了吗？"金永洲疲倦地点点头说："招了，港九大队的，叫万福元，普通游击队员……"

小林正雄和金永洲向浅丘经道汇报审讯情况。金永洲："他说他并不知情，在袭击货柜码头前，连袭击目标都不知道，按照港九大队的做法，他的话可信。"

浅丘经道："不，没有这么简单，他们已经知道了杨子昆情报的事情，想抢在我们之前截走情报。"浅丘经道拿出一份文件丢给二人，说："12区宪兵队一个侦察司令举报，昨晚，有两名东纵的游击队员混进了深水埗战俘营，很显然，这是一次预谋，港九大队想里应外合，从战俘营中救出战俘。可那个战俘是谁？"

金永洲："9联队报告，战俘清理结果，有一名战俘逃跑。"

浅丘经道："他们有两名游击队员进入了战俘营，那两名游击队员去哪儿了，你不会告诉我，他们也死了吧？"小林正雄和金永洲无语。浅丘经道："你们赶到深水埗战俘营看看，我和原田谈完就去，我们可能会在那儿找到他们，要是这样，真相就大白了。"

小林正雄和金永洲带着几名特工从大楼里冲出。两辆丰田车离开圣约翰教堂。

夕阳照在重营仓上，岳小白困难地囚在重营仓里，直不起腰，伸不开腿，人已经显出昏迷状态。蔡广得拎着一桶屎尿从战俘营舍那边过来，他左顾右盼，眼看接近重营仓了，放下屎尿桶快速向重营仓走去。被日军士兵发现，一顿训斥，骂道，滚！岳小白听见声音，勉强睁开眼睛，看见蔡广得拎着尿桶离开，消失在营区拐角处。岳小白再度昏睡过去。

太阳快要落下去了，傍晚放风的时候，战俘们在营内各处自由活动。两辆日军丰田战车驶入战俘营，小林正雄和金永洲从车上下来。日军少佐军官领着小林正雄和金永洲匆匆走向战俘管理处。蔡广得警惕了，他开始寻找家伙，结果非常绝望。蔡广得开始撕裤子，把布条连成一条绳子。

小林正雄一到管理处，就要求把昨天晚上入营的那两个战俘带来。日军少佐询问日军曹长，曹长不知，要去查名册。被小林正雄一顿臭骂。

小胡子战俘带着几名战俘向蔡广得这边走来。蔡广得警觉地站起身来，手揣进裤袋里。几名战俘慢慢逼近蔡广得。蔡广得孤立无援，一步步往后退，一直退到铁丝网上靠着。一名英军战俘扑上来，蔡广得一脚将他踢倒。很快地，他就被连续扑上来的战俘们摁倒在地上，堵住了嘴，将他带走。

蔡广得被堵着嘴押进军官营舍。舒尔茨："放开他。"战俘们将蔡广得松开，留下稍通中文的小胡子战俘，其他战俘退出营舍。蔡广得狠狠地整理了一下被撕破的衣裳，恨恨地瞪着舒尔茨。舒尔茨莞尔，问："你是不是想杀了我？"小胡子将舒尔茨的话翻译给蔡广得。蔡广得："如果可以，我会那么做。"舒尔茨："你以为我会把你交给日本人？"蔡广得："你总不会请我喝下午茶吧？"

乔治上校："我是战俘自治委员会的乔治上校，士兵，日本人不高兴了，他们很快会在战俘中继续清查上午战俘失踪的事情……"一名军官战俘匆匆进来，在乔治上校耳边说了一句，然后离去。乔治上校："更正一下，日本人已经这么做了。我知道，战俘失踪的事情是你和你的同伴干的。"蔡广得自知逃不掉，把胸脯挺起来，说："那又怎么样，总不至于你们先把我的屌咬掉，再拧掉我的脑袋吧？"

日军曹长抱着名册匆匆进到管理处。说："是第7营舍。"小林正雄："把他们抓来，别伤着他们。"日军曹长匆匆离去。日军曹长带着日军士兵冲进士兵战俘营舍，到处查找。放风时间，营舍里战俘不多，几个生病的战俘被日军士兵从床上拉起来辨认。搜查无果，日军曹长："去操场，他们在那儿！"日军匆匆离开营舍。日军曹长吹响了口哨。小林正雄、金永洲、日军少佐站在一旁。日军曹长："收风了，集合，各队集合！"日军士兵持枪将战俘们驱赶到操场上。

乔治上校不苟言笑，示意几名军官去操场集合，然后转向蔡广得说："我们会掩护你，让你离开这儿。给你两分钟时间，你准备一下，我会立刻送你离开战俘营。"

蔡广得："你们，可以离开战俘营？"舒尔茨："我们有一条秘密逃亡路线。"蔡广得更蒙了，说："那，你们为什么不逃跑？"舒尔茨："除非战俘营里几百名战俘同时逃掉，否则留下的人会付出惨重的代价。皇家军队尊重自己的荣誉，我们不会自己溜掉，让其他的军官和士兵受到连累，让日本人杀死剩下的人。"

乔治上校对小胡子交待："帮他准备一下，送他离开。"蔡广得："上校，我不能走，我走不了，我的同伴被关在重营仓里。"舒尔茨："我们救不了他，我们只能救你。"蔡广得："那就别救我，算我谢过你们了。"舒尔茨："日本人会在战俘中清查两个嫌犯，几百名战俘，我们无法确定有多少人知道事情是你们干的、知道的人当中有没有犹大，你留下来非常危险。"蔡广得："我和我的同伴是一起来的，我不能丢下他不管，要么一起离开，要么一块交待掉，我绝不单独离开。"

集合的哨声不断，一名军官战俘匆匆进来："长官……"乔治上校伸手止住军官战俘的汇报，说："通知大家，按战俘营方的要求集合，谁也不许留在营舍里，谁也不许和战俘营管理方发生冲突。"战俘军官领命离去。乔治上校向舒尔茨下令："把他藏起来，能藏多久藏多久，看他的运气了。"乔治上校走近蔡广得，说："我在你身上看到了团队荣誉感，士兵，我欣赏这个。我们尊重你的选择。"

操场上打起了火把，全部战俘都被集中到操场上，按营舍列队报名。报名结束，两名曹长向少佐军官报告，那两个战俘不在这儿，他们跑掉了。日军少佐紧张地走向小林正雄和金永洲，欲开口。小林正雄："人也有可能藏在他们当中，昨天晚上谁收的营，给我一个一个认，把他们找出来。"金永洲："等等。恐怕教授希望由他自己来。"

小林正雄："来不及了，教授说过，他们可能是为'黄蜂'手上的情报来的，必须阻止他们，不让一切情报从香港流散出去。"小林正雄向日军少佐下令："去吧。"日军少佐匆匆返回队列前去布置。

小林正雄："你给教授打个电话，让他别来了。我会把那两个家伙找出来。"金永洲犹豫。小林正雄："你也去忙你的，特别行动队不是审犯人的，你应该抓捕可疑分子，打掉港九大队的嚣张气焰，而不是在这儿看人玩猫捉老鼠的游戏。"金永洲转身向管理所走去。两个日军曹长带着几名日军士兵在战俘中一个一个辨认。

金永洲打完电话，走出管理所办公室，朝操场上走去，他发现了旁边不远靠墙的暗处，是一排重营仓。金永洲朝重营仓走去。

岳小白醒过来了，他伤口发作，痛苦不堪。岳小白撕开衣裳，解开绷带，他身子严重弯曲着，做得很难。岳小白在地上抓蝎子，塞进嘴里嚼动，然后吐出来，把蝎子酱涂抹在伤口上。岳小白往外看，一个黑影朝这边走来。

金永洲在重营仓前站下，蹲下身子朝里看。逆着操场上火把和探照灯的光，岳小白看不清对方。金永洲认出了岳小白，说："是你。"岳小白愣了一下，脱口而出："是你，金永洲？"金永洲："真是冤家路窄，说吧，你怎么会在这儿。"岳小白缄默。金永洲："不说？知道我会怎么对付你，我会让你尝遍地狱的滋味，告诉我，你为什么跟着我，军统怎么知道我在这儿。"岳小白不说话。

一旁传来斜眼上士的叫声，金永洲起身过去，在斜眼上士的重营仓前站下。斜眼上士："长官，我知道是怎么回事，请把我放出来，我会告诉您。"金永洲冷冷地看斜眼上士。斜眼上士："请相信我，长官，我知道你们要找的人。"金永洲点点头，从外面打开重营仓，退后一步。斜眼上士困难地从重营仓里爬出来，可没等他直起腰，他的下颌就重重地挨了一脚。斜眼上士仰天倒下，头撞在重营仓铁门上，他的脖颈被扳住一拧，人软了下去。岳小白惊呆了，他看见金永洲快速把斜眼上士塞回重营仓，然后朝这边走来，说："等着，我一会儿回来收拾你。"说罢掸了掸身上的土，快步向操场走去。岳小白绝望了。

两名日军曹长检查完，回到日军少佐面前汇报，没有他俩。日军少佐困惑："他们在上午送走的战俘中吗？"日军曹长："他们不在。"小林正雄过来，说："让战俘留在这儿，谁都不准离开，给我搜，战俘营每一个角落都给我查遍，一寸也别落下，他们不可能逃跑，他们藏起来了。"日军少佐向日军官兵下令。金永洲回到小林正雄身边，看了他一眼。小林正雄已经沉不住气了。日军士兵向各营舍分散，在士兵营舍搜查。几名生病的战俘被拖出营舍。日军士兵在军官战俘营舍搜查。

一条臭水沟通往一个涵洞，不远处能听见大海的涨潮声。德力克向涵洞里努了努嘴，说："涵洞不是直线，大约3000尺长，得费点力气，如果没被里面的臭味熏昏过去，你需要爬两小时。"水花子："我进去以后找谁？"

德力克："我的朋友今晚轮哨，他叫罗希德，他会在那边接应你。我们是一个部落的，从小一起长大，不过，我不能保证他今晚一定出现在哨位上，看你的造化了。"水花子点点头。德力克："兄弟，我只能管到这里了，记着，出了事我可什么都不会承认。"说罢匆匆离开了。

水花子看了一眼黑漆漆的涵洞口，打了个寒战，回头对大井说："你跟我进去。"再吩咐沙追沙马："你俩在外面守着，别弄出动静，别让人把涵洞口堵上了，我不想死在粪便里。"水花子一咬牙，拉下头上罩着的一块布蒙住口鼻，钻进涵洞，大井跟了上去。

沙马："你讲，佢俩还能出嚟咩？"沙追："难讲，出嚟也系鬼咗。走啩，我哋去嗰边。"兄弟俩退进黑暗中。

水花子和大井打着手电筒在恶臭扑鼻的污水中困难地蹚着。水花子摔进污水中，大井手忙脚乱地上前把他拽起来。水花子灌进了污水，呕吐不已。大井："水哥，太难走了，我们根本就走不到，要不，还是别去了。"水花子呕吐了一会儿，止住咳嗽，说："要回头，你自己回去。"水花子吐了一口嘴里的脏水，艰难地向前蹚去。大井跟了上去。

污水恶臭，水花子扶着肮脏的墙，吐得翻天覆地。大井也在呕吐，吐得翻江倒海。吐完，两个人靠在墙上喘息。水花子："我阿爸死的时候，我很害怕，日本人没让收尸，至今我不知道他被丢在哪片避风塘里烂掉了。第二天天没亮，阿妈就走了，她把我摇醒，说，花子，你们老吴家就剩你了，再没人了，你就好好替你们老吴家活着。"说完水花子抹掉嘴角的呕吐物，开始继续蹚着污水往前走，大井跟了上去。水花子："我讨厌他，可他是我哥，我没替我阿爸收成尸，就替他收一次尸吧。"两束手电筒的灯摇晃着，渐渐消失在涵洞尽头。

搜查无果，日军曹长汗流浃背站在小林正雄面前。小林正雄托着下颌困惑地看曹长，再看一旁的日军少佐，说："给我一个解释，少佐，他们去哪儿了？"日军少佐无法回答，转身挥手抽了两个日军曹长各一耳光。骂道："混蛋，去给我找出来！"

乔治上校从军官队伍中走出来说："少佐，在你们继续搜查之前，请让我的士兵就地休息，他们干了一天的活，在这儿站了整整4个小时。"战俘们哄闹起来。日军士兵上去弹压，劈头盖脸用皮鞭抽。乔治上校："住手！"日军少佐伸手示意日军士兵停下。乔治上校："作为战俘管理委员会的最高长官，我会下令我的士兵不离开这里，让我的士兵去把他们的毛毯带到这儿来，我们在你们的眼皮子下休息。"日军少佐回头看小林正雄。小林正雄："让他们回营房睡两个小时，凌晨两点回到这里。"日军少佐："解散，回营舍！"战俘们纷纷返回自己的营舍。

一个战俘冲进茅厕，痛苦地拉着肚子，拉得稀里哗啦。蔡广得藏在茅厕后面的粪池旁，用一些植物遮盖着，强忍着浓烈的臭味。拉肚子的战俘离开了。蔡广得警惕地观察着四周，他发现一个黑影摸索着走向这边，握紧了手中的一条木棍。

蔡广得站在乔治上校和舒尔茨面前，旁边是担任翻译的小胡子。有战俘在门口放哨。乔治上校看了看蔡广得手中的木棍，笑了，问："你以为靠这个就能保护自己？"蔡广得："至少我能捅死一个，不白死。"乔治上校："你是个勇敢的士兵。"

舒尔茨："乔治上校已经代表战俘自治委员会向战俘营管理方提出了严正要求，要求他们尽快释放两个受到营规惩罚的战俘，日方答应为他们减刑，不会关押他们7天，他们会在两天之后被放出来。"

乔治上校："日本人没有找到要找的人，他们还会继续清查，我们不能保证两天之后你还能安全地待在营内。"

蔡广得："我不走，我留下等我的同伴。"

舒尔茨："你是在找死，你没法在战俘营里坚持两天。"

蔡广得："我没想坚持两天，我只坚持到我能够坚持的时候，我认了。"乔治上校和舒尔茨对视了一眼。舒尔茨向另一名军官战俘示意，那名军官战俘离去。

乔治上校："我想知道一件事，你们为什么要带走罗辛少校？"蔡广得犹豫了片刻，说："我们想进青山道要塞。"

乔治上校："你们为何对青山道要塞感兴趣？"蔡广得："我不确定，是不是该告诉你们。"舒尔茨："你没有别的办法。"蔡广得不说话。乔治上校："除你之外，这里都是军官，你应该相信他们的判断力，他们能推测到你们想干什么。"蔡广得："我们想知道日军要塞的工事情况和兵力部署。"乔治上校："你们认为罗辛少校会帮助你们？"蔡广得："他主管要塞的修建，如果他不愿意带我们进去，至少应该知道要塞里的情况。"

舒尔茨："你们太傻了。我的确主管过要塞的修建，可那是在港英政府时期，你们应该想到，日军占领了香港3年，他们一直在对香港地区的军事设施进行秘密改造和强化，要塞里的情况已经发生了很大变化，我帮不了你们。"蔡广得傻了眼。

乔治上校："有一个人可以帮助你们。"蔡广得忙问："谁？"乔治上校："平治修夫。"舒尔茨："一名日军少尉，因为反战被关押在这个战俘营，他是从青山道要塞里出来的。"乔治上校："不过，我不确定他是否会告诉你要塞里的情况。"蔡广得："我愿意试试。"乔治上校向一名军官战俘示意，那名军官战俘离开。乔治上校："你们要了解要塞的情况，那只能是一次特别的军事行动，我期待它能够成功。我给你的时间不多，士兵。1小时之后，我们会送你们离开这里。"

蔡广得："我说了，只要我的同伴不出现，我不会离开。"乔治上校："我是说，送你们离开，你，和你的同伴。"蔡广得愣在那里。舒尔茨："我们正在设法将你的同伴救出来，如果能够做到，他会和你一起走。"蔡广得一时冲动，问："可是，这样不是会牵连你们吗？"

舒尔茨："你以为你们留下就不牵连我们了？"乔治上校："我们不做无谓的牺牲，战争就要结束了，谁都想活下来，谁都应该活着回到家里，去和他们的亲人团聚。可我们是军人，知道在什么时候，为什么事情，去做什么样的牺牲。"

蔡广得激动得差点流出眼泪，连声道谢！乔治上校："谢谢正义之神，他无所不在。"

日军少佐囚犯平治修夫戴一副近视眼镜，他坐在蔡广得对面，困惑地看了看一旁的舒尔茨，再看蔡广得。蔡广得看着平治修夫，几次想开口，都没能启齿，只能无助地对舒尔茨说："他是鬼子。我没法和他说话，一开口我就想掐死他。"

舒尔茨："我提醒你，时间不多了，你只能说，而且，你得对他客气点儿。"蔡广得强迫自己调整好情绪，看着平治修夫说："我想知道青山道要塞的情况，我想知道你们在要塞的兵力部署。"小胡子将蔡广得的话翻译给平治修夫。平治修夫皱了皱眉头，对舒尔茨说："长官，我反对军国主义，讨厌做靖国神社里的幽灵，那是大和民族的耻辱，但我不是日本共产党，我不做日本国的叛徒，我不接受这样的审问。"小胡子将平治修夫的话翻译给蔡广得。舒尔茨："平治，你现在不再是军人了，你的国家不再承认你，这就是你在战俘营的原因，你必须告诉他他想知道的事情……"

蔡广得冲动地推开舒尔茨，对平治修夫说："平治先生，你刚才说错了，你不是你民族的叛徒，没有人会这么想，你反对战争和杀戮，你是战争的叛徒，这没有什么可耻的。你的国家不需要战争，也应该为发动了这场战争而忏悔，中国人正在结束战争，你会挽救无数的生命，你会因为这个而骄傲。"平治修夫沉默了。蔡广得紧张地看着平治修夫。平治修夫犹豫了一下，摘下眼镜擦拭着，把眼镜重新戴上，说："好吧，我告诉你。"舒尔茨从同事那里接过纸头和铅笔，快速递给蔡广得。

在赛南粤极力安抚下，杨桃慢慢从激动的情绪中平复下来。丁荷蹲在叶德全面前，眼巴巴地看他，问："我们就这样，把菜花头他们丢了？"叶德全长长地叹息一声说："我不想这么说，可我必须说，我们只能等待，看他们的造化了。除此之外，我们什么也做不了。"

杨桃看了叶德全一眼，站起来向山洞口走去，大步向海边走去，赛南粤从山洞里追出来，拦住杨桃，劝道："杨桃，别冲动！"杨桃冷静极了，说："美沙子，放开我。我不能就这么等着，我去港岛找黄叔，也许他能帮我联系到谁，至少我能知道他们是否还活着，也许我真能把他们救出来。"赛南粤："你怎么会这么幼稚？你指望谁能说服日本人从战俘营里把他们救出来？你简直是疯了！"杨桃："我不相信这就是结果，我不相信他们只能等死，只要还有一点点希望，我就会去找到那个希望。"

丁荷搀扶着叶德全从山洞里追出来。叶德全："不许去！我不允许你瞎胡闹！"杨桃："老叶，从罗浮山出来的时候，我对你说过，不管你们走到哪儿，我不会被你们落下。现在我还这么说，菜花头和竹叶青在哪儿，我也会在哪儿，不让他们落下。"叶德全："可他们在战俘营里！"杨桃："那我就去那儿，我去做他们的战友，和他们在一起。"

叶德全急得捶胸顿足："乱套了，全乱套了！"杨桃："老叶，别一副没主心骨的样子，如果你没忘，我还给你说过一句话：'有了孩子，你得疼他，别让他离开你，让孩子离开自己的男人不算男人。'现在，我把这话变一下，'别让爱人离开自己，让爱人离开自己的女人，不算女人。'"没有人听明白杨桃的话，都拿困惑的目光看杨桃。杨桃笑了，一张脸在月光下显得十分美丽。杨桃挺起胸脯宣布："我在说我，我在说菜花头。我喜欢菜花头，我喜欢他，我不会让他离开我，如果他离开了，我就去找他，让他再回到我身边。"叶德全蒙住了，丁荷头一个反应过来，一蹦老高。

赛南粤激动："杨桃，我跟你去，我俩一块去！"杨桃一脸灿烂地笑了，说："竹叶青会高兴你这么做的。"

舒尔茨带着因意外斩获而十分兴奋的蔡广得从营舍里出来。蔡广得看清楚了，岳小白已经被两名英籍军官搭救出来，等在营舍外探照灯照射不到的角落里，蔡广得和岳小白激动地同时冲向对方，两个人搂抱到一起。蔡广得狠狠地给了岳小白一拳，岳小白不经打，往下倒，蔡广得连忙抱住他。舒尔茨："别耽搁了，快走吧。"蔡广得将岳小白交给舒尔茨，走向乔治上校说："上校，谢谢您和您的部队，我现在知道了，你们一直在战斗！"

乔治上校："在战争结束之前，我的部队会安静地待在战俘营里，我的战斗是让士兵们回到家，和他们的亲人团聚。"

蔡广得："可是，你们把他救出来，不是会遭到鬼子的报复吗？"乔治上校："这是我们的事，你不用管。士兵，战场交给你们，去杀死那些恶魔变成的侵略者吧。"

蔡广得："您放心，我们会为正义而战，我们会把法西斯恶魔赶出自己的国家！"蔡广得敬重地向乔治上校行了个军礼，然后走向舒尔茨。舒尔茨耸了耸肩膀，说："对不起，士兵，我不能跟你走了。"蔡广得："我能拥抱一下你吗？"

舒尔茨犹豫："军队条令上，士兵不能对军官这么做。"蔡广得不由分说，上前紧紧拥抱了舒尔茨。舒尔茨："我原谅你这么做，没有时间了，你们要快点离开。"蔡广得松开舒尔茨，在小胡子和另两名士兵战俘带领下，和岳小白一起消失在黑暗中。舒尔茨揉着被搂疼的胳膊，目送蔡广得和岳小白离去的背影。舒尔茨："他力气真大，看来他们能打赢这场战争。"乔治上校："他们一直在这么做。"乔治上校面无表情，扭头回到军官宿舍。

探照灯划过去，小胡子和两名士兵战俘带着蔡广得和岳小白摸到涵洞口。小胡子："进涵洞，顺着涵洞走，你们会到达海边，接下来就靠你们自己了。"5个人正准备告别，听见涵洞里有动静，立刻隐蔽。涵洞口的臭水荡漾了几下，水花子面目全非的脑袋露出来，他几乎昏厥过去，一露头，就迫不及待地一把抓下蒙住口鼻的湿布，大口呼吸着新鲜空气。蔡广得惊愕："水花子？"水花子吓得魂魄全飞。蔡广得从隐蔽处站起来，冲过去一把抱住水花子，吓得半死的水花子看清是蔡广得，一时欣喜，差点儿没坐到地上去。

探照灯划过来，几个人隐蔽。蔡广得："你怎么来了？"

水花子："我来救你。"蔡广得激动地说："好兄弟！"岳小白和两名战俘过来了。小胡子："别磨蹭了，快走吧，天就要亮了。"蔡广得："谢了，兄弟。我们走。"水花子带头，蔡广得随后，岳小白押后，3人钻进涵洞消失掉。探照灯照过来，小胡子带着两个士兵战俘消失在黑暗中。

第二十六章

东纵死间　临危现身

天亮前的黑夜中，金永洲匆匆过来，观察了一下四周。金永洲抽出手枪，快速来到重营仓前。两个重营仓都空了，仓门大开。金永洲不解，但很快的，他不易觉察地松了口气，手中的枪插回枪套里，快速离去。

黎明前最黑暗时分，手电筒的光照下，小林正雄从污水中捡起一块蒙脸的脏布，看一眼，把它丢掉，对日军少佐说："你自己去向浅丘大佐交代吧。"说完恶狠狠瞪了日军少佐一眼，扭头离去。日军少佐恼怒地向日军曹长下令："找两个战俘，给我毙掉。"

小林正雄和金永洲向被叫起床的浅丘经道汇报完。浅丘经道思忖片刻，说："东纵没少从战俘营里救战俘出去，可过去他们都是等着战俘自己逃亡，或者在外面接应，然后把他们带出港九，这次为何要进入战俘营去救人？"金永洲："他们要救的人很重要。"

浅丘经道："正确，但他们要救谁，救他干什么？"小林正雄："除了那两个东纵的假冒战俘，战俘一个不少，全都在。"金永洲："你错了少佐，有一个死在重营仓里了。"

小林正雄："我说的是东纵的人没有救出人去，战俘们没有一个跑掉。"金永洲："可东纵的那两个人却跑掉了。"小林正雄："你……"

浅丘经道："别争了。"小林正雄和金永洲停下争论。浅丘经道："据通告，尼米兹的混编舰队已经向台湾海峡进发了。"小林正雄："美国人实施登陆了？"

浅丘经道："混合舰队不少于1000艘舰船，其中埃塞克斯级航母9

艘，独立级航母5艘，航母护卫舰43艘。"金永洲："光舰载机就不下于2000架。"

浅丘经道："可是，他们的步兵师却并没有从巴拉望、马尼拉、巴布亚新几内亚和瓦努阿图登船。"小林正雄："没有步兵师？那他们拿什么登陆？"浅丘经道："我们的情报员没有拍到大型登陆舰的照片，一张也没有，这不正常。"小林正雄和金永洲糊涂了。浅丘经道："美国人的混合舰队到达攻击地点，完成攻击准备，至少还有3天时间，南方情报部门正在抓紧时间核实情况，现在，我们要抓紧时间做准备，以应付来犯之敌。"二人："是。"

浅丘经道："今天原田那边安装最后一批（光弥漫作战）计划武器，千夏那儿人手不够，你们派一个小组去帮一帮千夏。记住，任务完成后，把那个小组送回本土，让大本营监视起来，不要让他们与外界接触。"金永洲："我去吧。"

浅丘经道："让小林去，你一定要尽快找到杨子昆留下的那些情报，不能让它们落到中美联军手中。"金永洲："是。"浅丘经道："军统的人还在找你的麻烦？"金永洲："这两天没有出现，但他们不会放过我，我有准备。"

天还黑着，小林正雄和金永洲从浅丘经道住所出来。小林正雄："上尉，我知道你想干什么。你想引起混乱。"金永洲："是吗？我为什么要那么做？"小林正雄："我没想出来。不过，我相信你会告诉我的。"说完将车驶走。金永洲随后上了自己的车。

天还黑着，三号系着衣扣，在老梁的带领下行色匆匆。老梁："欧戴义少校刚刚让老刘通知，昨天夜里，14航空队发来电报。内容要等他们见到你才说。"三号困惑了。老梁："还有，刚才收到港九大队的电报，吴主任已经到了新界。"

民宅外的磨房，翻译老刘困得靠在墙边睡着了。C.罗推磨，欧戴义添料，两人一副好心情，干得不亦乐乎。一旁农妇看着两个人笨拙地推磨，捂着嘴笑。两名警卫员忙着往灶房里抱柴火，准备做米粉。老梁领着三号匆匆走来。欧戴义："将军，来得正好。一会儿米粉就做好了，您正赶上头一碗。"三号："你们什么时候告诉我电报内容？"欧戴义和C.罗交换了一下目光，停下推磨。

三号、C.罗、欧戴义、老梁和老刘站在桃林前。欧戴义："上尉接到命令，他将尽快离开罗浮山，回到情报局去向惠特尼上校报到，执行新的任务。"三号把目光移向C.罗。C.罗："将军，我向您和您的部队表示最崇高的敬意，并谢谢你们为战争的胜利所做的卓越工作。"三号："完了？"C.罗："我会在正式的告别场合转达陈纳德将军对贵部的谢意。"

三号："那就说正事。电报里说了什么？"欧戴义："您知道，将军，麦克阿瑟将军和尼米兹将军的部队已经开始行动了，他们正在太平洋上对日本人展开最后的打击，并在各个战场上取得了决定性的胜利。现在，我们将展开最后的打击。"

三号："别给我说大好形势，我做梦都在研究战局，且知道发生了什么。告诉我，（沙马计划）进展到哪一步了，盟军何时在华南登陆，攻击什么时候开始？"C.罗和欧戴义交换了一下目光，欧戴义尴尬地说："对不起，将军，（沙马计划）放弃了。"

三号大惊："什么意思，不是已经开始行动了吗？"

C.罗："日军在华南做了充分的反登陆作战准备，如果执行（沙马计划），我们的士兵将付出难以承受的牺牲，可能将有数万到上十万美国士兵、中国士兵还有加拿大、澳大利亚、新西兰士兵死在滩涂上。"欧戴义："美国人民无法接受这样的牺牲，美国政府将为此垮台，这是一场灾难，所以，盟军最高司令部决定，放弃（沙马计划）。"

三号："就是说，我们白干了一场？"

欧戴义："不，因为贵部出色的情报作战结果，盟军最高指挥部才做出这样的决定，避免不必要的牺牲，应该说，是你们的情报员挽救了无数人的生命。"

C.罗："盟军最高指挥部决定，在放弃（沙马计划）的同时，启动最后的打击计划。在此之前，盟军将集中所有战略打击力量，对台湾、香港、惠汕一带的日军占领地区进行大规模战略轰炸，消灭他们的主力军。"

欧戴义："将军，我们授权向您透露一个秘密，盟军将有13000架次的空中堡垒参加这一战略行动，这是整个战争期间最大的一次空中战略打击行动。这一切，都归功于贵部的卓越工作。"三号："盟军什么时候开始行动？"

欧戴义："我们最开始说的时间不变，从我们派出3支情报搜集小组开始，26天，盟军开始实施轰炸。"C. 罗："贵部提供了杰出的情报，盟军最高指挥部才做出这样的战略决定，可以说，战争的最后结束是沿着贵部提供的情报方向决定的。你们是太平洋战争的功臣，人们将永远记住你们。"

三号恍如隔世，说："就是说，3天以后，盟军就要开始行动了，战争真的要结束了？"

欧戴义："将军，我们正在看着它到来。"

三号看了一眼欧戴义和C. 罗，眼神很奇怪，然后他离开他们，朝桃林外走去。然后，一动不动地看着远山。

欧戴义不解："他在想什么？他真是一个怪人。"

C. 罗："我不那么认为，他是一个令人尊敬的军人，还有他那些受到不公待遇的士兵，他在想他们。"

金永洲静静地坐在宿舍里。外面传来小声说话的声音，有人过来了。金永洲从枕头上拿起一支小号手枪，检查枪膛和弹匣，将枪收好，站起来走到靠门的窗户前，撩开窗帘的一角向外看了看。一个人影进了小林正雄的宿舍。金永洲回头走到桌旁，拉开抽屉，处理了一下，然后打开另一个方向的窗户，从那里跳出屋去。

金永洲从黑暗中摸过来，避开岗哨，溜进大楼。潜进浅丘经道办公室，打开保险柜，取出文件。金永洲把文件摊在桌上，借助手电筒的光，用一架微型照相机为一份份文件拍照。

作战室的门开了，值班哨兵从屋里出来，打了个哈欠去楼下厕所大解。金永洲从拐角处闪身出来，进了作战室。他快速走到作战图前，拉开遮挡着地图的幕布。地图前，小林正雄靠在那里，手里的枪对着金永洲。小林正雄："我猜你会来，凌晨5点的确是个不错的时间。"金永洲视若无睹，举起手中的微型相机对着地图按动快门，拍下了地图。小林正雄用枪顶到金永洲脑门上说："你在干什么，你觉得那还有意义吗？老实点，我不想你死在我手里。"金永洲举起手，把手中的相机递出去。小林正雄抓过相机，同时把金永洲的武器解除掉。他的胳膊还吊着，有些行动不便。小林正雄："想解释一下吗？"金永洲不说话。小林正雄："那我们换个你熟悉的地方慢慢解释，我想你会喜欢审讯室的气味。走吧。"小林正雄押着金永洲离开作战室，他试了试手中的两支枪，把自己的那一支沉重的手枪插进枪套，手中握着金永洲的一支小号手枪。

小林正雄押着金永洲朝走廊尽头走去。小林正雄："你是不是在纳闷儿，谁进了我的宿舍，那当然不是我，可我猜，天那么黑，你看不清楚那是谁。另外，今天大楼门口的哨兵获准休息半小时，10分钟后，他们会回到自己的哨位。"他们下了楼。少顷，哨兵沿着走廊的另一头走来，进了作战室。

小林正雄押着金永洲下楼。小林正雄："至于作战室的哨兵为什么会擅离职守，答案是同样的，他遵照我的指示去楼下撒泡尿，这样，你就有机会溜进作战室。"

金永洲站住，慢慢回头。小林正雄举枪对准金永洲说："别冒险，你很聪明，应该知道这不值得。"金永洲笑了，他走向小林正雄。小林正雄："再上前一步我就开枪了。"金永洲不说话，继续上前。小林正雄扣动了枪机，枪机清脆地响了一下，没有动静。金永洲扑向小林正雄，没费多少力气就将肩膀上有伤的小林正雄制服。

天蒙蒙亮，街上没有车，偶尔有一两个行人匆匆走过。金永洲骑着陆王边斗摩托车快速驶来。边斗中，小林正雄被捆绑得结结实实，嘴里塞了布团，连头用一件军用雨衣罩住。金永洲与一辆日军侦缉车擦身而过。侦缉车停下，快速调头追了上来，车上4名日军侦缉队员探出脑袋叫停车。金永洲将车横着停在马路当中，人没下车。侦缉车在陆王边斗前面停下，3名侦缉队员从车上下来盘问。金永洲将证件掏出来递过去，声称是特别行动队的。侦缉队员看了一下，将证件交还，向金永洲敬礼，说声抱歉，中尉您可以走了。金永洲换上挡。一名侦缉队员无意间发现，边斗上，雨披下的小林正雄挣扎着。侦缉队员问："那是什么？"金永洲："我的战利品，他会咬人。"金永洲松开刹车，边斗摩托向前滑去。那名侦缉队员挡住了金永洲，说要检查一下。金永洲："放肆，让开，回到你的车上去！"

侦缉队员："中尉，请下车。"另两名侦缉队员对视一眼，掏枪返身往回走。金永洲用小林正雄的南部式手枪，连发3枪，3名侦缉队员倒在地上。金永洲从车上跳下来，迈过倒在地上的3名侦缉队员向侦缉车大步走去，途中向侦缉车开了两枪，然后他过去拉开车门，将已经中弹的侦缉队员拉下车，一脚踩断他的脖子。

金永洲快速去了车尾，打开车厢，提出一桶汽油，将汽油浇在车上，丢掉汽油桶。金永洲没有停留，快速回头，在路过一名没断气的侦缉队员时朝他脑袋上补了一枪，跳上陆王摩托车绝尘而去。金永洲没有回头，甩手一枪，击中侦缉车，大火燃烧起来。侦缉车在大火中爆炸了。

金永洲将陆王边斗摩托车停在海边，静静地看了一会儿黎明时分的维多利亚海。被捆绑在边斗中的小林正雄挣扎着。金永洲收回视线，从小林正雄嘴里掏出布团，丢进海里。小林正雄气恼地大骂："你这个杂碎，禽兽，没用的丑男人，我怎么没有早点看出你！"

金永洲平静地看小林正雄，说："你有伤，想换一件轻一点的武器，这不是你的错，可你不该嫌自己的南部式手枪太重，换了我的四式手枪，我的枪的确轻便，子弹一发不缺，可我却在出门前卸掉了撞针，它打不响。"小林正雄朝金永洲吐了一口唾沫。金永洲："你更不该告诉我关于门岗和作战室值班哨兵的事，这样我就知道了，我们可以调换个位置，由我押着你安全地离开圣约翰教堂。"小林正雄挣扎着。金永洲："我一直没问过，你在大学里学什么。"

小林正雄："垃圾，傻子，虫子！"

金永洲："也许你学的是建筑，或者是医生。可当你开始以凶手和屠夫为职业的时候，你已经不是文明人了，我替你的班级感到羞辱。我想不出，为什么它会培养出那么多的屠杀者，而你是它最后一个进入地狱的败类。你的班级应该为这个感谢我。"

小林正雄："畜生，我会杀了你！"

金永洲从车上下来，掏出自己的四式手枪看了看，用力挥动枪柄。小林正雄停止咒骂，晕厥在边斗里。金永洲收好枪，掏出小刀，割断捆绑小林正雄的绳索，将他的两条腿在边斗匣中塞紧，推动陆王，将陆王连带小林正雄推进大海。

金永洲站在海边，风吹动他的头发，他显得十分平静，然后他转身向正在升起的太阳大步走去。

新界一处山坳里，雾气未散，打扮成商人的吴为在两名游击队员的保护下等在这里。南通运输社王掌柜领着几名便衣游击队员过来。王掌柜："吴主任，你怎么亲自来了？"

吴为："我的事暂缓说，找到'木棉花'小组的踪迹了？"

王掌柜："还没有，但他们肯定在港九。前天夜里，我们的两个联络站分别收到匿名信，信里提供了一个重要情报，鬼子要把一些重要人员送离香港，我们根据情报，昨天上午在货柜码头袭击了鬼子，可惜，鬼子的人太多，我们没能营救出战俘。"

吴为："你们向根据地汇报了吗？"

王掌柜："事先来不及，昨天战斗结束后汇报了。可是，经过我们事后核实，战俘中并没有重要人员。我们不明白送信人的目的，但可以肯定，送信人熟悉港九大队的情况，还知道港九大队的秘密联络点。我们推测，这件事和蔡广得有关系。"

吴为："走，先去九龙，设法寻找他们。"

王掌柜领着吴为匆匆走了，游击队员们警惕地随行警卫。

阿四领着黄叔从杨宅屋里出来，印度门童和一个学生装的孩子站在外面。黄叔："孩子，找我有事？"学生："有位小姐托我给先生带个字条。"学生把字条交给黄叔。黄叔看一眼纸条，惊了一下。叫过阿四，在他耳边细声交代。

两个日军特工守在加列山道路口，监视杨宅。一辆蒙着车窗的车从杨府道上出来，拐向山下。一名日军特工驾车跟了上去。少顷，另一辆蒙着车窗的车从杨府道上出来，拐向山下。日军特工收了望远镜，上了另一辆停在路边的车，驾车跟了上去。

化了装的杨桃、赛南粤和丁荷三个人朝山下方向离去的日军车辆看了一眼，匆匆向杨宅走去。黄叔焦急地等在门口，把3个人带进家里。杨桃："他俩你都见过，蔡广得、岳小白。现在他们被关押在深水埗战俘营里，得尽快把他们救出来。"黄叔讶然："去战俘营里救人？这根本做不到。"

杨桃："黄叔，我是什么办法也没有了才来找你的，你一定要想办法把他们救出来！"

黄叔："可是小姐，那是日本人的战俘营，别说我，就是你父亲还在，他也救不了！"

杨桃："他们是为了我阿爸的名誉才进战俘营的，如果他们出不来，我阿爸不会原谅你。"

黄叔："小姐，你别急，你俩先把衣裳换了，等我再想想。"

叶德全领着一帮新队员埋伏在海边礁石后，紧张地观察着海面。海面上有大雾，茫茫一片白雾中，一艘小船朝荒岛划来。叶德全把一支枪拖到身边，小声吩咐："检查武器，没有我的命令，谁也不许开枪。"新队员们纷纷手忙脚乱地检查武器，弄得一片响。叶德全："小声点儿。"一名新队员紧张，从礁石上滑下去，摔了个坐墩。叶德全急坏了，训斥："这还打什么仗！"众人屏住呼吸，紧张地等待着小船接近。

叶德全紧张地观察着海面。小船越划越近，已经能够听见吱呀的摇橹声了。一名新队员太紧张，扣动了扳机，一声刺耳的枪声划破了寂静。摇橹声停止了，小船停在浓雾中不动。叶德全捶胸顿足，训斥："一群尿包，这叫打得哪门子仗！"大井："那，还打不打？"叶德全："不打让人家一锅端哪？准备战斗！"叶德全丢开拐杖，操起枪向海面瞄准。

浓雾中传来蔡广得的声音："老鳗鱼，老鳗鱼？"叶德全愣了一下："菜花头？"跳起来向海边冲去，他瘸了一下，一屁股摔下去，痛得他"哎呀"一声，不管不顾地爬起来，问："菜花头，是你吗？"又回身下令："都把枪朝天上，子弹卸掉！"

小船靠岸了，新队员手忙脚乱地从船上接下蔡广得和显得十分虚弱的岳小白。叶德全嘴都笑得合不拢了，说："你们还活着？我以为你们已经丢了！"蔡广得："我们活着，活得好好的。"叶德全："你们把舒尔茨弄回来了？他人在哪儿？"

岳小白："用不着他了，老鳗鱼，我们已经拿到了要塞的情报。"叶德全惊喜："真的？"蔡广得："我们不用再进要塞了，已经有人替我们核实过情报了。"叶德全不明白，问："你说什么？"蔡广得："一句话给你说不清楚，这么说吧，现在可以肯定，杨子昆手中的情报是真的。"

叶德全："太好了！这一回鬼子的屁股帘可全给你们揭开了！你说你俩干的什么事儿，人家没生气？"叶德全兴高采烈，想想不对，问道："谁替你们核实的？"

蔡广得："一会儿我慢慢告诉你，你先办件事，让人下海捉两条鱼，炖个鱼汤，先给竹叶青补补，补晚了他这口气回不来。"

岳小白啃着一只番薯，和叶德全在山洞口说话。叶德全："一个日本人的话，你们能相信他？"岳小白："他是反战人士，痛恨战争，就因为这个，他才被关进了战俘营，他说的每一处工事，菜花头都和杨子昆的情报做过比较，一点差异也没有。"

叶德全："那可能是鬼子的一个圈套。"

岳小白："鬼子没必要在战俘营里安排一个人，等我们去钻，再说，我们去战俘营，找的是英国人舒尔茨，不是日本兵。平治修夫的话是可信的。"

蔡广得从山洞里冲出来问："小蜜蜂在哪儿？渣子在哪儿？美沙子呢？他们去哪儿了？"

叶德全："他们去找你们去了。我们去货柜码头等你们，没看见你们的人，小蜜蜂急了，硬闹着去战俘营救你们。美沙子添乱，我拦不住，只能让她俩去了，她们走后我不放心，就让渣子跟上去了。"蔡广得："他们去哪儿了？"叶德全："港岛，他们去找黄叔了。"

蔡广得和岳小白相视一眼。岳小白："他们要坏事。"蔡广得："我去把他们追回来。我们得尽快离开九龙，返回惠州，把这儿收拾一下，我们一起去避风塘，等我把人找回来，我们就走。"叶德全："走？去哪儿？"蔡广得："你怎么还不明白，情报核实了，用不着再冒险闯要塞，你可以带着人回根据地去向组织上交差了。"叶德全如坠梦里，说："就是说，我们可以回罗浮山了？我还真有点舍不得刚打下的这块根据地呢！"

蔡广得："这回你的汇报得写长一点，一张纸可不够。不过，现在你还顾不上，马上把这里收拾一下，找到小蜜蜂他们后，我会让人来接你。"又对岳小白说："竹叶青，我们走。"两人行色匆匆，向海边走去。

杨桃和赛南粤已经换好了干净衣裳。黄叔："日本人隔三差五来，这里不安全，我先带你们去别的地方。"门敲响了，黄叔立即说："快，去书房藏起来，抽屉里有枪！"门再度敲响，黄叔听了一下，示意两人不要惊慌，是阿四。黄叔开门，门被强行推开，金永洲押着阿四进来。黄叔大惊。赛南粤认出了金永洲，下意识扑过去保护杨桃。黄叔试图冲进书房去拿枪。金永洲用枪指住众人："别动，都站在那儿别动！"众人无奈地站住。杨桃在深圳墟见过金永洲，只是那个时候他是女装，杨桃一时糊涂，问："你是男的？"

金永洲："坐下，都去沙发上，老实点，别乱动。"众人按照金永洲的指示坐到沙发上。金永洲把阿四操开，吩咐："趴到地上，快点。"阿四害怕地趴在墙角里。

金永洲看众人都落位后，收起枪，转头对杨桃说："我想通过黄先生找到你，没想到你在这儿，真是太好了，让我节约了时间。"赛南粤用身体掩住杨桃，问："你想干什么？"金永洲："美沙子，这儿没你的事，我跟她说话，坐到一边去。"金永洲急切地对杨桃说："我没有太多时间，我要立刻找到你们的人。"杨桃："你要找谁？"金永洲："'蚂蚁'行动小组的负责人，或者说，'木棉花'行动小组的负责人，都一样。"杨桃："我不知道你在说什么。"

金永洲："我没法跟你说清楚，事情很重要，请你快点带我去见你的上级。"

赛南粤："别告诉他，他是情报部的人，监视子昆，和我联系的都是他！"杨桃冷笑着对金永洲说："你休想。"赛南粤："有什么你跟我说，她什么都不知道，你可以把我带走。"金永洲烦躁："把嘴闭上！"杨桃："你别跟他去，我们哪儿也不去，他要么就打死我们。"

金永洲无奈，说："好吧，我换一种说法，如果我是自己人，你会带我去找你的负责人吗？"杨桃："你说什么？你太可笑了。"赛南粤："别相信他！"金永洲烦躁地把枪指向赛南粤，呵斥："你再说一句我就打死你！"赛南粤："那就正好说明你是谁。"金永洲气急败坏，走向赛南粤。赛南粤一屁股坐在沙发上，杨桃冲上来用身体掩护她，说："别碰她，你先打死我！"金永洲拿两个女人没办法，一时失去分寸，暴躁地抓起一只花瓶砸到地上。

屋里的人都吓坏了，紧张地看着金永洲。金永洲很快冷静下来，按捺住情绪。说："好了，事情不能再拖延，请你相信我，按照我的话做，带我去找你们的上级，这件事非常重要。"杨桃冷冷地看着金永洲，说：

"我和你没有任何关系，我不认识你，凭什么要相信你。"金永洲看了看表，说："我没有时间了，我必须尽快见到你的上级，快带我去见他。"杨桃："做不到。"金永洲被逼到绝境，抬手用枪指住阿四和黄叔，说："如果你不按我说的做，我先打死他，再打死另一个。别逼我，我做得出来。"阿四和黄叔害怕得哆嗦。杨桃、赛南粤和黄叔脸上同时显出吃惊的神色。

丁荷出现在门口，手中握着一支枪，紧张地对准金永洲。令其："不许动，手举起来！"

金永洲："孩子，把枪放下，我是自己人。"丁荷紧张得要命，枪在手中颤抖着，尖着嗓子喊："枪放下，把枪放下！"金永洲犹豫了一下。把枪放在地上，手举起来。杨桃冲过去一把捡起地上的枪，枪口指住金永洲。

金永洲："好了，孩子你看，我手上没枪了，现在你可以把枪放下。去，把你们的负责人叫来，快去。"丁荷："退后，往后退！"金永洲笑了笑，走向丁荷说："我手里已经没有武器了，别紧张，快去叫你们的……"丁荷紧张地扣动了扳机，枪响了。金永洲捂住腹部痛苦地弯下腰去，他的手指间涌出大股鲜血。金永洲遗憾地摇头说："怎么会，这样。简直，糟透了……"金永洲一头扑倒在地上。

杨桃冲过去，把枪从丁荷手中夺下来，交给黄叔。丁荷脸色苍白地呆在那儿。杨桃向金永洲扑过去，赛南粤已经在那儿了。赛南粤："阿虫，快去拿药箱！阿四，去外面看着！"阿虫冲进厨房。阿四从地上爬起来，出去了。杨桃努力把金永洲抱起来，抱进怀里，她的身上立刻染满了鲜血。杨桃："你怎么样？"金永洲努力让自己撑住，对杨桃笑了笑，说："别紧张，别紧张，我已经被你们，打中了，不再危险了，把我的武器收好，带我去见，你的上级……"

杨桃被搞糊涂了，她手忙脚乱地去堵金永洲腹部上的血。杨桃："你到底是谁，你到底要干什么？"金永洲："别再多问了，时间不多了，按我的话去做，如果你不这么做，香港就要毁掉了……"

杨桃和赛南粤交换了一下目光。阿虫从厨房里抱着药箱冲出来。赛南粤接过来为金永洲处理伤口。杨桃："带他走。"赛南粤："可是，他真的是鬼子的人。"杨桃："现在他什么也不是了，他是一个中弹的人！"

杨桃一努力，把金永洲抱了起来。赛南粤上去帮助她。

加列山道路口边停着金永洲的丰田牌轿车。杨桃和赛南粤架着金永洲向轿车走来，将金永洲送进后座。金永洲："把车牌摘掉，后厢有一块车牌，换上去……"

丁荷恢复过来，手忙脚乱去后车厢找车牌。黄叔抱着药箱匆匆赶来，把药箱递给杨桃。杨桃："黄叔，12区有你的人吗？"黄叔："区公所有。"

杨桃："马上给你的人打电话，要他们尽快去12区避风塘四方麻将馆，找到麻将馆的老板吴皮特。告诉吴皮特，就说我说的，让他立刻去接老鳗鱼，把老鳗鱼接到避风塘等着我。要快！"黄叔答应着离开。杨桃上了后座，去照顾金永洲。赛南粤拎着药箱上了车，发动汽车，丰田车驶出。

赛南粤驾驶车，丁荷坐在副驾位上。金永洲痛苦地歪靠在后座上，杨桃毫不犹豫地撕开他的衣裳，为他包扎伤口，弄了满手的血。杨桃："你再忍一忍，我没法替你取出子弹，我先把你的血止住。"金永洲："没事，我一时半会儿死不了，我还不能死……"赛南粤："我们不管菜花头和竹叶青了？"杨桃："你没听他说，他有重要的事情，先送他去见老鳗鱼。"

丁荷一直在看金永洲。金永洲冲丁荷困难地笑了笑，说："小兄弟，谢谢你，你做了一件好事，不然她们不会送我去我要去的地方……"丁荷不敢直视金永洲那双眼睛，把头背过去，吓得抽泣起来。赛南粤："孩子，别哭。"

浅丘经道冲几名特别行动队的人发火："小林在什么地方，他为什么没有派人去千夏那里，他误了我的大事！"春山二路匆匆进来说："没有找到他，也没人知道他去了哪儿。"浅丘经道："金永洲呢？"春山二路不安，答："也没有看见。"浅丘经道："混账！这种时候，他们还躲起来贪恋私情，让特别行动队失去指挥，误我的大事！去，找到他们，让他们立刻到我这儿报到！"春山二路匆匆离去。

半个时辰后，春山二路向浅丘经道汇报，该找的地方都找过了，哪儿都找不到他俩。浅丘经道想了想，指示立刻搜查他们的房间，并要千夏少佐马上来见他。春山二路匆匆离去。

浅丘经道向千夏麻也布置任务："小林不在期间，你代理特别行动队队长职务。'黄蜂'手中的情报不知下落；货柜码头运送战俘的货轮遭到袭击；两名东纵游击队员混进深水埗战俘营，然后又从那儿失踪；侦缉队一辆车4个人凌晨在中环被袭，袭击者没有留下任何有用的线索；现在，特别行动队两名指挥官又在我的眼皮子下同时消失。这一连串事件不是孤立的。"千夏麻也："有人在背后策划了这一切。"

浅丘经道："立刻加强水陆交通要道的警戒，对港九全境进行大搜查，查找可疑分子，逮捕肇事者，阻止'黄蜂'手中的情报流出香港。"千夏麻也："是。"

春山二路领着负责搜查金永洲房间的情报员进来汇报："大佐，他们在金上尉的房间里发现了这个。"情报员将一摞照片交给浅丘经道，浅丘经道看那些照片。照片上全是各种时间各种场合的赛南粤，看得出来，那些照片是在远距离拍摄下来的。春山二路："美沙子由他负责联络，这是他的工作。"浅丘经道思忖着。

千夏麻也："如果金上尉出现，你的判断是对的，如果他失踪了，这就是他故意留下的痕迹。教授，他在拿特工的那一套对付我们，他想把我们的视线引向一个误区。"

春山二路："可他本来就是一个情报员。"千夏麻也："我不这么想。"

浅丘经道："我应该早一点注意到他。继续寻找他和小林，直到找到他俩。还有，和朝鲜派遣军方面联系，让他们立刻用飞机把金玉英送到香港来。"春山二路："是。"

千夏麻也带领日军情报人员封锁住渡海小轮码头，在码头上到处搜查。

日军情报人员在主要道路上设置了关口，拦查过往车辆人员，抓捕可疑人员。日军宪兵和华人宪查在小巷里挨家挨户搜查，其中有王九天。日军在南昌街一带搜查，不远处就是南通运输社……

丰田车开进避风塘，停在麻将馆外。赛南粤和丁荷匆匆下车，帮助杨桃从车里抬下金永洲。水花子和大井从屋里出来看见，十分吃惊。水花子："怎么回事？他是谁？"杨桃："别问那么多了，快把他抬进去，给他一点水喝。他来没有？"

水花子："他在楼上。"杨桃："美沙子，照顾好他。"赛南粤："知道了。"杨桃匆匆进屋，一上楼，她愣住了。杨桃看到了两个不敢相信会出现的人：岳小白和蔡广得。杨桃身子一软，摇晃了一下，站稳了，不肯相信地盯着蔡广得。蔡广得奇怪，问："你怎么啦，不认识我？我就当了一回俘虏，还是假的，变化就这么大？"岳小白："你怎么在这儿？我们正打算去港岛找你们。"

杨桃情绪激动地向蔡广得走去，挥手给了蔡广得一巴掌，蔡广得懵里懵懂挨了一下，抓住杨桃下一巴掌打来的手，浑然不知何以被打。杨桃气自丹田起，挣开蔡广得，撵着继续打他，打得他满屋乱钻。蔡广得往岳小白身后躲，直呼救我。岳小白去拦，也挨了好几下。岳小白："哎哎哎，怎么连我也打上了，我惹谁了我，小蜜蜂你这是干什么？"杨桃："谁让你人影都见不着！"岳小白抓住杨桃。杨桃委屈得要命，眼泪都出来了，然后又破涕为笑，对蔡广得傻乐。

赛南粤从楼下上来，看见蔡广得和岳小白，也愣住了。岳小白看着赛南粤笑，赛南粤回过神来，说："他在楼下，他受了伤，行动不便，他要见你们的负责人。"蔡广得一脸雾水，问："你在说谁？"

金永洲被安置在楼下议事厅里，脸色苍白，忍着腹部的剧痛。丁荷远远地站在门口，不知所措地看着金永洲。蔡广得和岳小白进来。岳小白看见金永洲，愣一下，快速拔出枪。杨桃和赛南粤眼疾手快，连忙上前拦住岳小白。岳小白："躲一边去，没你们的事。"两个女人拼命拦住岳小白，抱住他的胳膊，不让他向金永洲开枪。

蔡广得过来说："你们别拦他，他要杀他。"杨桃："为什么？"蔡广得："你得问他，我能告诉你的就是，他要杀的是个男的，结果他遇上一个女的，可这女的怎么又变回男的了。"

金永洲喘息着说："别忙了，我没那么傻，送上门来让你杀。"岳小白再度举枪要射杀金永洲。蔡广得把岳小白的枪拨到一旁，问金永洲："为什么找我们？"金永洲困难地喘息着问："你们谁是负责人？"蔡广得："我。"金永洲："让其他人离开。"

蔡广得示意杨桃和赛南粤出去。杨桃和赛南粤犹豫。杨桃："你们会打死他。"蔡广得："暂时不会。离开这儿。"杨桃和赛南粤退出屋去，把门口的丁荷带出去。

金永洲："让他也离开。"蔡广得："他得待在这儿。"金永洲："那我什么也不说。"岳小白："那我就打死你。"金永洲："我说的事，知道的人越少越好。"蔡广得："他是我的战友，生死不弃，我知道的他都应该知道，就算他不在场，回头我也会告诉他。"金永洲妥协了："好吧，扶我一把。"蔡广得上前去搀扶金永洲。岳小白犹豫了一下，枪收起来，过去帮忙。金永洲靠墙坐好了，伸手抹掉嘴边的一丝血丝，说："我是'紫罗兰'，东纵的情报员。"岳小白："你不是……"金永洲："那是你知道的，我说的是你不知道的，你最好别插嘴，我应付不了两个人。"

蔡广得："我没听说什么'紫罗兰'。"金永洲："你不可能听说，那不是你该知道的。我是死间，只有一个人知道我的存在。"岳小白疑惑。金永洲："好了，我知道你在追杀我，因为我是党国的叛徒，很遗憾，你们一直被蒙在鼓里，在韩国光复军总司令李青天将军把我推荐给蒋委员长时，我就是中共的秘密情报员了，走军统这条路容易打入鬼子内部，不是我一个人这样干，但我做到了。"岳小白："所以你装扮成女人？"

金永洲："我没有时间，不说过程了。来，帮我一下，把鞋脱下来，还有口袋里。"金永洲指点着，两个人脱下金永洲的鞋，从他口袋里掏出微型照相机。金永洲："相机里有一幅武器装备布置图，其他情报在鞋底中缝着，立刻把它们送到东纵情报处，交给吴为同志，1分钟也别耽搁。"蔡广得："这里面是什么？"金永洲："鬼子在港、惠、汕、雷等地修筑了大量防御工事，做好了反登陆战准备，这里面是鬼子防御部署的情报。"

岳小白："你晚了一步，我们已经掌握了这些情报。"金永洲："你们掌握的，不算重要情报。鬼子早就准备了几套方案，也知道你们拿到了一些情报，那都是计划中让你们拿到的，或者估计到你们会拿到的。"

岳小白："你胡说。"金永洲："为了减少伤亡，盟军调整了进攻计划，他们放弃了在华南的登陆计划，准备对香港、台湾和华南沿海一带实施空中战略打击，这次的轰炸远远超过欧战的任何一次大轰炸，规模超过德累斯顿和德国大轰炸。"蔡广得和岳小白面面相觑。

岳小白："就是说，是毁灭性轰炸，不分平民百姓和军事区域？"金永洲："对。鬼子已经从盟军的'十二月大轰炸'中掌握了情报，他们把主力秘密调离上述地区，现在那里已经没有鬼子的主力部队了，而是几万名穿上了日军军装的囚犯和劳工。所以，你们手中的情报，已经过时了。"

蔡广得："你是说，如果盟军发动登陆作战，他们的轰炸机和舰炮最先打击的是囚犯和劳工，然后是香港、台湾和华南沿海地区？"金永洲首肯。蔡广得："轰炸什么时候开始？"金永洲："3天之后。"蔡广得和岳小白愣住了。

金永洲："这还不是最重要的情报。为了扭转战争态势，报复盟军的攻击，一周前，鬼子从广州8604防疫给水部队调来了一支特别行动小组，他们属于731部队。"岳小白一惊："731部队？"金永洲："对，是一支秘密的细菌作战部队，他们在港岛和九龙一带人口密集区布置了大量的细菌弹，在盟军轰炸香港的同时，他们会引爆这些细菌炸弹。"

蔡广得不明白，问："为什么要这么做？"岳小白："如果这些炸弹爆炸，病菌会快速蔓延，受到细菌传染的人会很快死去。"金永洲："不是受到传染的人，是整个香港，细菌弹不少于70枚，具体数字我不清楚，但70枚已经足够了，细菌会很快在香港辐射开，香港会变成一座死城，登陆的盟军也会遭遇细菌袭击，在撤离时把病菌带走，扩散到别的地方，造成世界性的鼠疫病，鬼子会把这一切都推到盟军头上，否认细菌弹是他们引爆的，把罪行转嫁到盟军的轰炸上。"蔡广得和岳小白吃惊。蔡广得："你是说，鬼子要毁掉香港，用细菌？"

金永洲再一次强调，一旦那些细菌炸弹爆炸，几个月后，香港将变成一座没有任何人类生命的空城，而且，病菌会快速向世界上其他地方蔓延。金永洲困难地喘息一会儿，又说："现在，这些情报在你们手里。"蔡广得和岳小白看看手中的相机和微缩胶卷。蔡广得："那些炸弹安放在哪儿？"岳小白："怎么才能找到它们？"

金永洲："炸弹的安置地点相机里有，启爆作业程序和时间只有日军情报部的浅丘经道和8604防疫给水部队的原田少佐知道。"岳小白："怎么才能接近8604防疫给水部队的人？"金永洲："你们做不到，我也做不到，如果能做到，我早就做了，用不着把情报往外送，也不会挨这一枪了。"他喘息了一会儿，又说："我可以打死原田，但那没用，打死了他，会有其他人接替，细菌弹仍然会爆炸。还有，你们就是找到了炸弹安置地点也没办法，保卫措施非常严密，对付一处都别想做到，更别说70处。"

蔡广得和岳小白被金永洲的话吓住了，一时没有主张。金永洲："这不是我的任务，我没有接到上级的命令，上面不知道这件事，谁也不知道。盟军和东纵潜伏在香港的情报员和观察员都没有发现，事关重大，我只能自己决定，违反规定，采取了行动。"

金永洲又对岳小白说："我知道，我背叛了军统，军统会对我动手，我一直提防着，所以才换了装扮。我也知道，总有一天你们会得手，杀掉我，我不是没有地方可躲，可战争就要结束了，我要躲了，会有更多的人死在战争结束之前。"

蔡广得："我们能商量一下吗？"金永洲："我理解，你们得快点。"蔡广得答应会尽快回来，和岳小白起身离开议事厅。金永洲捂着腹部，无助地靠在那里，他吐了口唾沫，那里面有血。

蔡广得和岳小白来到杂物间，两个人额头上都吓得渗出汗。蔡广得："我承认，我背上全是汗，腿是软的。"岳小白："杨子昆的情报里有一份特种作战情报，没说怎么作战，使用什么武器。看来，说的就是细菌战。"

蔡广得："真像他说的，香港会毁掉？"岳小白："如果他说的是真的，炸弹一旦被引爆，香港将不复存在，而且会在香港之外的其他地方蔓延！"

蔡广得："妈的，这帮兔崽子够狠的！"岳小白："必须确定一件事，我们信他还是不信。"蔡广得："你呢？"岳小白："有两件事情让我相信他，那天我追杀他，他没有向我开一枪，当时我就很纳闷儿，猜测他的枪卡住了。昨天晚上他在重营仓看到了我，但他没有出卖我，而是把那个想出卖我的英军战俘杀死了。可是，在情报核实之前，我没有理由相信任何人。"

蔡广得："他说他知道会死在你们手上，他不是没有地方可躲，可战争就要结束了，他要躲了，会有更多的人死在战争结束之前。就凭这句话，我相信他。"

岳小白："听你的，我们尽快离开这儿，把情报送出香港。"

蔡广得："他伤得很重，不能丢下他不管，得把他带走。"

蔡广得抹了一把额头上的汗，扭头出了门。

蔡广得回到议事厅，金永洲休息了一会儿，精神好多了。蔡广得："你是怎么找到我们的？"金永洲："我一直知道你们的情况。"蔡广得呆住。金永洲："我是说，鬼子一直知道你们的情况。除了你们从深圳墟消失，进入港九之后，其他时候你们都在鬼子的监视下。还记得你们在惠阳遇到的那两个情报员吗？他俩都是假的，是鬼子设下的苦肉计，两份情报相互否定，你会相信一个。"

蔡广得："你知道这件事？"金永洲："不光这件事，我还知道你们根本就没有可能完成情报搜集任务。"岳小白拎着简易药箱进来了，在金永洲身边蹲下为他重新检查伤口。金永洲："谢谢。你们的对手叫浅丘经道，他是一个绝顶聪明的情报专家，是马来和新加坡华人屠杀计划的设计者，非常狡猾，设计了一个又一个圈套来对付你们。你们唯一的作用就是做一只被猫玩弄的老鼠，让他从你们逃亡的路线和行动上，判断出他需要的情报，等他拿到情报，再把你们干掉。"

蔡广得："我们刚从罗浮山出来就被打掉了。"金永洲："我看到了你们，我在那儿，那也是浅丘的计划之一。之前，盟军联络员去罗浮山，路上遭到了伏击，那一仗我也在，伏击是我指挥的，你们俩我都看见了。"蔡广得和岳小白面面相觑。金永洲："不过，你们很顽强，一直没有被打掉，也一直不肯散开。你们咬死了，能做的，做不了的，都让你们做了，也让你们做成了，你们打破了浅丘的计划，让他没有得逞，也为我提供了一线机会，让我拿到了情报。"金永洲困难地笑了，说："'蚂蚁'行动小组，然后是'木棉花'，名字取得真好。"

蔡广得："最后一个问题，我们中间有一个内鬼，他是谁？"

金永洲："不知道。"岳小白："你不是什么都知道吗？"

金永洲："我只知道发生了什么，不知道浅丘的核心计划。他疑心很重，防着所有人，很多事只有他自己知道。"蔡广得："好了，剩下的话以后再说。我们会立刻把情报送出香港，送到罗浮山，同时把你也送走。"金永洲："不行，我不能走。我要尽快回到浅丘身边，不然会引起他们的怀疑。要是他们知道情报泄露了，狗急跳墙，提前引爆炸弹，事情就麻烦了。"

岳小白："你不能回去，事情做到这个分上，你不可能不受到怀疑，回去太危险。"金永洲："我知道，我这样仓促出手，留下太多的痕迹，可能已经暴露了，可我没办法，必须回去。我诈降时，军统有好几个同志牺牲在我手上，即使这样，鬼子仍有防范，对我做了严格甄别，同时扣押了我的未婚妻，她现在被关押在釜山，如果我跑掉了，她会遭到残酷无情的报复，我想象不出那会是什么，我不能丢下她不管。"

岳小白："可是，如果你暴露了，回去也会受到严酷审问，你能经受住吗？"金永洲："不知道，我说不清楚，可我得回去。玉英是无辜的，她没有选择任何阵营，她是那么的善良，她的《阿里郎打令》唱得好极了。这是我的命，你们把我送到加士居道九龙宪兵司令部，然后你们尽快走，回到内地去。"岳小白："可是……"

金永洲："别说了，没有时间了，你们越拖延，我的危险越大。战争让我背弃了一切，家乡、民族、爱情，我已经说不清，我是人还是鬼，手上都有谁的血。现在，战争就要结束了，没有人知道我是谁，我们朝鲜人，你们中国人，还有日本人，都会诅咒我，我只能以死告慰玉英，以谢正义战争的一方。拜托诸位，战胜法西斯，拯救香港。"

岳小白冲动地握住金永洲的手说："我们会的！我们会！"蔡广得从发愣中醒来，由衷地说："我不知道你的真实姓名，我就叫你一声，同志！"金永洲激动地抓住蔡广得的手，流着泪说："谢谢，谢谢你！这是我这些年听到的最动人的称呼！有了这个，我可以不再说话了！"蔡广得眼睛湿润了，一把将金永洲抱在怀里，说："同志，我们按你的吩咐，把你送回去。"金永洲伤口疼得呻吟了一声，无言地点了点头。

蔡广得和岳小白小心翼翼把金永洲搀扶出来。等在外面的杨桃和赛南粤上前帮助，众人把金永洲安排到副座。岳小白："我去吧。"蔡广得说不出话，点点头，从脚上扒下鞋子，跪在地上，小心地为金永洲穿上，又小心地替他检查腹部的绷带。金永洲："不用了，一会儿我还得解开，不能让敌人发现我收拾过。"蔡广得愣了一下，鼻子酸了，仔细替金永洲揩去嘴角的血迹，两人对视一眼，关上车门。金永洲困难地转过头，隔着车窗看蔡广得，他吃力地把拳头举了起来，搁在胸口。那是一只带血的拳头、一个带血的仪式。蔡广得承诺地、慎重地对金永洲举起拳头。金永洲笑了，车开走。蔡广得等人目送丰田车开远，消失掉。

蔡广得转身向杨桃和赛南粤说："你们去一个人，尽快把老鳗鱼从岛上接到这儿来。"杨桃："渣子已经去了。"蔡广得："你安排的？"赛南粤："你们在屋里的时候，她让丁荷去岛上了。"杨桃："给你一个建议。你和竹叶青回内地，其他人留下，去西贡就地隐藏起来，等待战争结束，这样，你们行动起来就没有拖累了。"

蔡广得诧异，问："你的主意？"杨桃："别问谁的主意，你只判断，对，还是不对。如果你同意，我愿意担任留守小组组长，负责指挥留下的人。"蔡广得笑了，说："两个建议都不错，是我菜花头的风格，采纳了。你怎么想出来的？"杨桃："别忘了，我不光是东纵的游击队员，还是情报专家杨子昆的女儿，这一点，没人可比。"

赛南粤："她是爱你才会动脑子替你想办法。"蔡广得愣了一下，看赛南粤。赛南粤："看我干什么，我不爱你，你应该看她。"蔡广得欣喜若狂，连忙向杨桃求证。杨桃一脸正色："谁说我爱你了？"又扭头对赛南粤说："就他，一头疯了的狍子，一段没头没脑的云彩，我会爱他？别扯了。"赛南粤窃乐。蔡广得蒙了。杨桃："我警告你，别以为当了个组长就可以利用职权谋私欲，打小组成员的主意，骚扰她们更不行。"

蔡广得："我什么时候这样干过？这不都是你们自己说的？"杨桃："好了，组长同志，把心思用在怎么往回送情报上。还有，把脸洗干净，别让你的部下认不出你，这是本组员对你的第三个建议。"杨桃说罢撒下蔡广得进了麻将馆。蔡广得连忙擦拭脸，呆在那儿，无辜地看赛南粤。赛南粤连忙收住窃乐，也进了麻将馆。蔡广得悔得要命，给了自己一巴掌，自语："我也是，怎么不接受教训，讨这个没趣。"然后打起精神，进了麻将馆。

水花子在喝茶，见蔡广得进来，说："我不打听，但我知道，你要离开九龙了。有件事没来得及说，我告诉过你，有人往这儿送东西和钱，他们又来过两次，打听你们的情况，我能看出来，他们是你们的人，我没告诉你们在这儿。"

蔡广得有些生涩，但还是伸出手替水花子整理了一下乱糟糟的衣裳，说："我不劝你，可我得说一句，九龙光复的时候，别带着大井他们到处劫浮财，别欺负老百姓，别动性命上的事，把自己弄丢了。"水花子："你这还是劝。"蔡广得："我是你哥，当然得劝，不劝你怎么走正道？"水花子不高兴，茶碗往桌上一蹾，起身走开。蔡广得上前一把拽住水花子，无可收敛，一副兄长的口气说："我话还没说完，你怎么就这么不耐烦？"水花子扭头看别处。蔡广得笑了，说："嚯，还别扭上了。行了，我不多说了，让你生堵。好好活着，战争结束以后，我来找你。"水花子不相信地回过头，怔怔地看蔡广得。蔡广得："你当我还惦记在你这儿当大哥呀，送给我我也不当。"水花子失望。

蔡广得认真了，说："我是说，我没爹妈了，你也没爹妈了，我俩不在一起过日子，还放单撒野呀？"水花子一下子激动了："哥！"冲向蔡广得。蔡广得没让水花子扑进怀里，伸手在他脸上重重地拍了一下，扭头上了三楼。蔡广得："你们快点收拾，老鳗鱼一到我们就走。"水花子怔怔在那里，不相信刚才发生的事情。

第二十七章
回传情报　退路受阻

王掌柜焦急地等在运输社门口。街上，路人惊慌走过，不远处传来日伪军沿街搜查的吆喝声和叫骂声。一名伙计打扮的游击队员匆匆进来告诉王掌柜："阿坚说，是日军情报部下的搜街命令，不光宪查和警署，连正规军都出来了，阿坚没有办法阻止，一会儿搜过来了。"王掌柜："告诉我们的人，照常出货，不要引起鬼子的注意。"

王掌柜来到后院，走到吴为面前说："老吴，这里保不住了，得走。"吴为嘱咐，留下两个人，万一蔡广得再回到这里，好有个照应。王掌柜答应安排。吴为扣上鸭舌帽，在两名游击队员的保护下朝后门走去。

日军生化武器仓库外，警戒森严。一队身穿防化服的日军士兵小心翼翼地将一些箱子搬出仓库。浅丘经道、原田良树、青木城久、花冈星野、春山二路等人站在仓库外。原田良树："这是最后6枚，等它们安装上，72枚炸弹就全部就位，可以使用了。"

浅丘经道："确定没有任何问题？"

原田良树："以我大日本皇军神圣的名义起誓，我们将与炸弹一起为帝国效忠。"浅丘经道点点头，黯然神伤。良久，说："保护好这72颗炸弹的安全，它们是帝国最后的尊严。"

千夏麻也匆匆过来说："大佐，金永洲找到了。"浅丘经道看了看身边的人，和千夏麻也走到一旁。千夏麻也："金上尉在九龙宪兵司令部。"浅丘经道讶然："他去九龙干什么？"

千夏麻也："据他说，他在山顶杨子昆的住所外跟踪了一名可疑分子，很可能是去杨宅取情报的，他跟着那名可疑分子到了九龙，准备实施抓捕的时候，遭遇到可疑分子同伙的袭击，他受了伤。"浅丘经道："伤得怎么样？"

千夏麻也："腹部中弹，是盲管伤，暂时没有生命危险，但他昏迷了4个小时，失血过多，需要立刻手术。"浅丘经道："昏迷了4个小时？在什么地方？"

千夏麻也："袭击现场，九龙宪兵司令部的人去了那个地方，的确发现了大量血迹和两枚弹壳。"浅丘经道："他知道小林的去向吗？"千夏麻也："不知道。"

浅丘经道思忖："千夏，你想一想，香港决战前，小林和金同时失踪，然后金出现了，还受了伤，你不觉得，事情太蹊跷？"千夏麻也："您在怀疑小林少佐和金上尉？可是，他俩都是我们的情报骨干，是您的左右臂。"

浅丘经道："令人怀疑的是，他们不该同时失踪，然后一个负了伤，另一个没有了消息，这里面一定有关联。况且，金永洲的宿舍里为什么一件私人的物品也没有，而他会把美沙子的照片放在那里，而不是办公室？"千夏麻也："我看不出有什么不对。"

浅丘经道："他这样做太用力，好像他知道有人会去他的宿舍，他在暗示，他的所有事情都与他的职务工作有关，但他忽略了一点，除非他刻意不想别人知道他的情况，或者他害怕疏忽大意暴露了自己，没有人一点私人痕迹都没有，事情说不过去。立刻把他接回来。"

千夏麻也："我已经安排人去接了。"浅丘经道目露凶光，说："接回来以后，不要让任何人接触他，马上给他治伤，保住他的性命。人一旦救过来，立刻严厉审讯，撬开他的嘴，弄清他到底是谁。"千夏麻也领命匆匆离去。

"木棉花"小组的人到齐了，集中在三楼。蔡广得思考了很长时间，开口说："我在想两件事。'紫罗兰'他太难了，他是怎么做到的，他这么做，得有多大的信念？"众人沉默，岳小白想说什么没说出来，抽了一下鼻子。

杨桃："那，另一件呢？"蔡广得："我一直没有想明白，那个内鬼，他在哪儿，他到底是谁。"众人相视，都露出奇怪的笑容。岳小白："要说，他也不容易，跟我们到现在，我们做到的，他都做到了，可他却一直没有现身，我们在为我们的信念而战，他呢，他为什么？"叶德全："说句没有原则的话，和我们当中的任何人比，他是最难的那一个，他也是条汉子。"蔡广得："知道我怎么想？我想知道他是谁，我希望他这个时候站出来。"众人看蔡广得。没有人站出来。岳小白："他要站出来，我保证不杀他。"叶德全："我保证，在组织上过问这件事之前，我一句话也不说。"杨桃："你们看我和渣子干什么，好像内鬼就是我俩，别忘了，也包括你们。"大家都笑了，这么严肃的话，竟然有了奇怪的快乐。

蔡广得："看来，他和我们犟上了，我们永远也不会知道他是谁。好吧，我说最后一句，不管这个人是谁，我和他一块和鬼子斗过，一块死过了，他和我是生死兄弟，除了这个，我找不出别的理由来称呼他。"岳小白："我是不是应该替他说声谢谢，不然不会有人说。"众人都笑了。蔡广得收住笑容，一脸严肃地说："现在分配任务，我和竹叶青护送情报过海回惠州，留下的4个人，由小蜜蜂负责，她担任留守小组组长，带队去西贡隐蔽。"杨桃高兴，叶德全沮丧。蔡广得："任务大家都清楚了吗？"众人："清楚了。"蔡广得："大家到楼下清理东西，行动吧。"

众人分头行动。丁荷去搀扶叶德全，叶德全不高兴，甩开丁荷，说："我能走，别让人拿我当瘸子，以为我什么都不能干。"蔡广得笑了，下意识地看了杨桃一眼，下了楼。杨桃本想和蔡广得说话，没来得及，有些遗憾，过去搀扶住叶德全，3个人下了楼。

屋里就剩下岳小白和赛南粤，两个人都磨磨蹭蹭的，然后都笑了，赛南粤走向岳小白，关切地替他检查伤口，问："能行吗？"岳小白："一直在上药，脓头消了，没问题。你把自己保护好，别让伤口绽开。"

赛南粤："我没事。你太累了，路上别让自己睡过去，情报送到后，先让他们给你瞧瞧伤再睡，别一觉睡不醒。"

岳小白："知道了，你也多小心，遇到事情问问老鳗鱼，他比小蜜蜂有经验。"

赛南粤："我们不动枪，不过是找个地方躲起来，不会有什么事。好了，你去吧。"岳小白掏出一支枪检查了一下，塞进赛南粤手里，说：

"留着防身。"然后恋恋不舍地看了赛南粤一眼，向门口走去。

赛南粤突然冲动地向前迈了一步，问："就这么走了？"岳小白回到赛南粤身边，人有些紧张，说："我不知道，该怎么说。"赛南粤嗔怪道："和别的女人你也这么说？"岳小白："你和她们不一样。你不是她们。"赛南粤："那就什么也别说。来，抱抱我。"岳小白犹豫了一下，上前一步，生涩地伸出肩膀，轻轻搂住赛南粤，两人就像睡梦中的天鹅，交颈喃喃。

岳小白："我还是想说。战争结束以后，我能来香港找你吗？"赛南粤："也许我不在香港了。"岳小白："我会去你在的地方。"赛南粤："你会找到我吗？"

岳小白："走遍天涯海角，我也会找到你。"赛南粤幸福地流泪了，嗔怪道："你没有那么风流，你差远了，你连爱我的话都说不出口，你还是个雏子。"岳小白："我……"赛南粤用一只手指封住岳小白的嘴唇，说："什么也别说了，把情报送走，然后来找我，找到我。"岳小白搂紧了赛南粤。

大井和鹭鸶脚、沙马沙追兄弟在准备路上的行李，蔡广得进来，问："水花子呢？"大井："他去召集人了。"蔡广得一时有些茫然。杨桃和丁荷搀扶着叶德全进来了。众人收拾好了东西，准备出发。蔡广得走到丁荷面前，在他脑袋上抽了一下，说："好好的，跟着你杨桃姐，替我看好她。"丁荷："嗯！"蔡广得："别把自己弄丢了，弄丢了我找你算账。"丁荷："放心吧！"

蔡广得走到叶德全面前说："老叶，我们走了。"叶德全："我也不多说了，你们路上小心。找到组织了，先告诉他们，我们所有人都很勇敢，没有放弃信念，而且很团结，没有给组织上丢脸……"蔡广得安静地看着叶德全。叶德全拍一下脑袋，说："话还是多了。"众人笑。

岳小白和赛南粤进来了。岳小白："走吧。"蔡广得背起行囊，朝一旁的杨桃看了一眼，和岳小白两个人离开议事厅。杨桃一直在等待蔡广得，没想到他一句话也没说就走了，愣了一下。众人跟了出去。

众人在麻将馆外，看着蔡广得和岳小白顺着街道走远了。杨桃遗憾地站在那儿发愣。赛南粤一脸幸福地过来问："遗憾了？谁叫你当着人的面否认，自找。"杨桃不理赛南粤，过去拽住丁荷，问："他给你说什么了？"

丁荷："他让我看住你。"

杨桃生气："我要他看什么？他怎么不自己来看？"

丁荷："他本来要看，他就想看你，可你不让他看。"

杨桃笑道："好了，反正他跑不掉，迟早一天我收拾他。"水花子满头是汗地领着几个烂仔赶来了。杨桃："我们走。"大井和鹭鸶脚把叶德全扶上人力车，水花子领着留守小组的人沿着街道向另一个方向走去。

一辆破烂的日军制式卡车在王宅大门外停下。王九天全副武装，一头的汗，跳下车吩咐阿挺、阿顺："车别熄火，在这儿等着我，一会儿搜上海街那边。"说完匆匆进了院子。

王九天冲进院子一看，两眼翻白，一屁股坐在门槛上，泄气到顶点。蔡广得和岳小白在院子里坐着悠闲自在地喝茶，两人一脸痞相。蔡广得："狗撵兔子，撵出窝去，没想到窝让狐狸占了；满世界找我们，没想到我们在你这儿。"

王九天怨气冲天，说："谁找你们，别把自己当二郎神，以为牵着只哮天犬，天下都得知道你们，日本人就不知道你们。"岳小白："他们真不知道我们？"

蔡广得："这怎么行，他也太没用了，不行，得告诉他们。"

王九天："反正我一句话没说，日本人要抓的真是你们？"

蔡广得："你主子没向你交待？那你忙活半天干什么？"

岳小白："行了，茶也喝够了，送我们走吧。"

王九天："去哪儿？"蔡广得："走东线，从沙鱼涌出九龙，去惠阳游击区。"岳小白："不用你送太远，送到沙鱼涌就行，剩下的路我们自己走。"

王九天："你们犯下什么事儿，日本人这么追杀你们？"

蔡广得："老规矩，别问。"

王九天："新情况，沙鱼涌去不了。日本人把淡水封了，水上全是炮艇，谁也过不去。"蔡广得看岳小白。

岳小白："走西线。"蔡广得："那就走陆路，过青山道，去宝安。"王九天："天门关上了，没门儿。日本人封锁了荃湾和元朗，见人就抓，港九如今成了一只铁桶，没人能够离开。"蔡广得和岳小白交换了一下目光，说："你给想个办法。"

王九天："没办法。我说了，日本人封锁了全港岛，新界你都去不了，这一回，别说你在我老婆床下躺着，你就是在我老婆床上躺着我也帮不了你们。"

蔡广得："你得帮。"王九天："帮不了。"岳小白："你老婆和儿子在我们手里。"

王九天愣一下，起身往屋里冲，叫："儿子，儿子！"蔡广得："没用，他俩不在这儿。"岳小白："我藏起来了，只有把我们送出了九龙，你才能见到他们。"

王九天捶胸顿足，一屁股坐在地上嚎天嚎地："我的那个天哪！你们干吗还活着！你们这两个害人精哪！"

蔡广得啪嗒一下把茶盅砸在地上，怒目而视，说："王九天，别在这儿装疯卖傻！你这3年都干了什么，害了多少百姓，你还有脸在这儿哭丧！告诉你，账我给你记着，今天你送也得送，不送也得送！"岳小白上前一把揪起王九天。

蔡广得和岳小白换了宪查服装，押着王九天从院子里出来。蔡广得吩咐王九天："王司令，你跟他坐前面，他会侍候好你。"说罢去了后车厢。岳小白去驾驶台。王九天趁机暗下吩咐阿挺："左右都是绝境，没法活了，索性破釜沉舟，在路上找机会灭掉他们！"岳小白拉下驾驶室里的阿顺。阿顺乖乖地去了后车厢，阿挺过来小声对他暗授机宜。岳小白坐上驾驶台，叫王九天坐中间。王九天无奈地上车坐到中间，阿挺再上车。

后车厢里好几名王九天手下的宪查，呆呆地看蔡广得。蔡广得攀上后车厢。阿顺跟着爬上车。车在行驶，蔡广得坐在车厢一边。宪查们坐在另一边。蔡广得："干吗都坐那边，不嫌挤呀，坐过来几个。"宪查们不说话。蔡广得过去，坐到宪查们当中，伸手摸一名宪查的枪，宪查紧张地把枪抱进怀里。蔡广得："这么小气。"宪查们像听到了命令，一起离开蔡广得，坐到对面去。蔡广得莫名其妙，他发现自己身边只剩下一个阿顺。阿顺离蔡广得坐近了一些，蔡广得看了他一眼。阿顺冲蔡广得笑，笑得很僵硬，蔡广得打了个寒战，问："你没犯疟疾吧？"

日军在大街上搜查过往行人。王九天的制式卡车驶来，顺利地通过日军的关卡。岳小白扭头冲王九天一笑，说："你这张脸还真管用。"岳小白见王九天阴阴地盯着自己，问："怎么啦？你脸不管用？日本人没拦咱们啊？"

王九天："你道走错了。走葵涌。大埔被日本人封锁了，你们过不去。"岳小白："你不是说，荃湾也被封锁了吗？"

王九天："我们走上葵涌，绕过去。"岳小白狐疑地看了王九天一眼，把车拐向一条道。

蔡广得耐不住困倦，睡着了。阿顺轻手轻脚过去，打算下掉蔡广得腰上的武器，车在崎岖不平的路上开着，颠簸得厉害。阿顺摸到了蔡广得的枪，眼看着得手了，车一颠，差点碰着蔡广得。众宪查："呀……"阿顺连忙缩回手，急得示意宪查们噤声："嘘！"众宪查一起伸出手，互相捂住别人的嘴巴。阿顺小心翼翼地抓住了蔡广得的枪柄，没等他抽出枪，车子一个颠簸，蔡广得一机灵，人跳起来，头撞上阿顺的下颌，阿顺咬了舌头，一屁股坐到地上去。众宪查遗憾地放开手，齐声叹息："唉！"蔡广得抱歉地冲坐在地上抱着脸吐牙血的阿顺笑了笑，打了个哈欠，起身站到车厢中央，来个骑马蹲裆式，运足气，挥拳踢腿打了一套蛤蟆拳，立刻精神焕发，不再有瞌睡。众宪查吓住，一个个紧贴车厢板。

车在人烟稀少的道路上开着，不断颠簸。岳小白发现这里民居少了，路上的日军多了，起了疑心问："怎么这么多日本人？走这条路对吗？"

王九天："错不了，就是这条道，放心大胆地走吧。"

岳小白："你不会卖了我们吧？"

王九天："我也在车上，我能把自己也卖了？"岳小白看了一眼王九天，换了个挡，车速加快了。

远远的，一个日军重兵把守的检查站出现在车窗前。岳小白一个急刹车。王九天和阿挺的头重重地撞到车上。

众宪查被惯性甩作一堆，乱成一堆粽子。蔡广得稳稳地站着，看着狼狈不堪的宪查们嘿嘿乐。阿顺悄悄地爬起来，绕到蔡广得身后，扑向蔡广得，从后面把他箍住。众宪查一拥而上，很快将蔡广得压倒在地上。

岳小白快速倒车，试图原路返回。王九天扑向岳小白，制止他调头，阿挺也扑上来。3个人在驾驶室里扭打成一团。岳小白拼命掌握着方向盘，用另一只手与两人搏斗。

卡车向旁边一倾，阿顺和众宪查跌落开，蔡广得又出现了，他站不稳，扑在阿顺和众宪查身上，相反压着众宪查。

制式卡车没停下来，在公路上歪歪扭扭地开，几次差点侧翻。岳小白一肘将王九天打得满脸开花，失去了攻击力。岳小白一头撞向阿挺。阿挺被撞得脑袋磕在车窗上，破碎的玻璃插进阿挺后脑，阿挺一命呜呼。岳小白重新夺回方向盘，摸了摸撞出血的额头，踩下油门。制式卡车快速驶回公路。

车身一歪，蔡广得再度被众宪查重叠着压住。众宪查突然像着了魔似的不动了。阿顺："起来，快起来！"众宪查纷纷从蔡广得身上起来，吓得你挤我撞地到处躲，车厢里乱成一片。蔡广得躺在地上，喘着粗气，手里握着一颗手雷坏笑着。他慢慢从地上爬起来，手中的手雷指向众宪查。下令："坐回去。"众宪查连忙坐回原来的位置，坐得规规矩矩。蔡广得："手放在膝盖头上，让我看见。"众宪查连忙把手放在膝盖上。

制式卡车停在公路旁一片野地，王九天和众宪查一律光着白花花的屁股，嘴里用破布堵着，手脚捆绑着丢在地上，像一堆牲口。他们的身边丢了一堆裤子。蔡广得和岳小白撕破一条宪查的裤子，捆绑好最后一名宪查。蔡广得累得一屁股坐在草地上喘气。岳小白气呼呼拔出枪，过去一把拎起王九天，咬牙切齿将枪口顶在他的脑门上，说："我他妈一枪打碎你的脑袋！"王九天一脸恐惧地看岳小白。岳小白比画了两下，回头说："他恨的是你，你来。"蔡广得起身过去，拔出枪，枪口顶在王九天脑门上，咬牙切齿地说："我他妈二拇指一扣，一枪就能打碎你的脑袋，你信不信？"王九天闭上眼睛，屏住呼吸，等待枪响。蔡广得摆足姿势，又运气又叉腿站稳，在王九天的脑袋上换了好几个地方，说："你有没有觉得，动静大了点儿？"岳小白："没事儿，我不怕听响。"蔡广得枪口从王九天脑门上滑下来，往一边走，说："你来吧。我下不了手。回去他妈一问，我怎么说，他阿妈就这么一个儿子，我不干断人家子孙的事儿。"

岳小白起来，将宪查的枪收集起来，挑两条挂在肩上，其他的卸掉枪栓，说："看在你爹你妈分上，这回饶你一命，下次你要再……"回头看，一半话咽进肚子里。王九天倒在地上，人已经吓得昏厥过去。

蔡广得回头训斥众宪查："你们听着，小日本没几天好日子过了，是华人的，认祖宗的，抱着枪回家待着。光复之后挨几下耳光，别把命丢在小日本手里，不值。"说完，捡起地上剩下的枪去撵岳小白。

一辆日军的救护车从大街上驶过。

金永洲躺在救护车内，他已经换下了血衣，伤口经过了简单处理。两名日军情报人员目光呆滞，一边一个守着金永洲。车在行驶中，车外能听见防空警报声和乱糟糟的人的咒骂声、汽车争道的鸣笛声。金永洲躺在那儿，从车窗上能看见半边天空。那里，有一队盟军的轰炸机飞过。金永洲神色平静，可以隐约看见，在他刚刚清洗过的嘴角上有一丝未曾抹干净的血迹。

救护车驶进一座兵营，停下。担架兵将金永洲抬下车，春山二路迎上来说："大佐交待，一定要保护好你的安全，医院容易被敌机轰炸，所以就把你接到兵营来了。"想想话不对，掩饰道："当然，这个兵营已经不用了，你在这里会很安全。"金永洲十分平静，一句话也没有说。春山二路扭头向担架兵交待："送进去，让医生立刻手术。"金永洲被抬走了。

一间房屋被临时当成简易手术室。几名日军医生护士准备为金永洲做手术。金永洲平静地躺在手术台上。军医："请别紧张，我会为你注射麻醉药，你不会有丝毫痛苦。"金永洲平静地看着军医。军医犹豫了一下，俯身为金永洲检查嘴。金永洲咬住牙，拒绝张开嘴，那里有一缕鲜血流出。医生掰开金永洲的嘴，呆若木鸡，手中的镊子当啷一声掉在地上，慌里慌张大叫："快，快去通知浅丘大佐！"

军医等在那里。浅丘经道从车上下来，在军医的陪同下匆匆往屋里走。军医："他嘴里什么也没有，他没法再说话了！"浅丘经道在医生的带领下，冲到手术台前。金永洲神情平静。浅丘经道让自己的情绪平缓下来，伸手爱惜地抚摸着金永洲那张俊俏而失血过多的脸，说："你干得太漂亮了，上尉，他们是怎么做到的，给了你一枪，再把你的舌头给割掉？他们真是太没有人性了。"医生快速用纱布为金永洲填住嘴止血。浅丘经道："我会把你的战功报告给上级，为你申请立功勋章。不过，不要以为事情就这么过去了，好好养伤，我会很快来看你，听你讲述你的动心事迹。"浅丘经道转身，恶狠狠吩咐医生："我要他活着，如果他死了，你们都得死。"浅丘经道扭头出了手术室。金永洲脸上露出了安静的微笑。

南丫岛，浅丘经道的座车驶向日军秘密攻击阵地，停下。浅丘经道从车上下来，在春山二路陪同下匆匆走向阵地。

阵地上，酒井隆和鹈泽尚信在一大群随员的陪同下视察自杀式攻击部队。鹈泽尚信："最后一批主力部队已于凌晨撤离南丫岛，我大日本皇军神勇队已做好攻击准备，一旦敌军舰队进入香港海面，我攻击部队即可对敌实施毁灭性打击，诱使敌人进行大轰炸。"

浅丘经道匆匆走来。酒井隆："大佐，你来晚了。"

浅丘经道："对不起，遇到点小麻烦。"

酒井隆："军部转来南方军情报部门消息，敌第四舰队航母群今天早上通过台湾海峡，驶向香港方向，预计24小时后到达香港海面，48小时内完成集结。决战已经开始了，诸位，为天皇尽忠的时候到了。"

鹈泽尚信："我的部队在完成神武冲击后，会全部撤离阵地，香港的最后防守拜托浅丘君了。"浅丘经道和鹈泽尚信双双向对方长久地鞠躬致意。

酒井隆："浅丘君，去做准备吧。"浅丘经道转身离去。

戒严期间，公路上人烟稀少。制式卡车飞快地驶过公路。岳小白和蔡广得在驾驶室里。蔡广得："去沙田。"岳小白："大埔被鬼子封锁了。"蔡广得："那是王九天说的。"岳小白恼怒，张口一串上海话："吾受伐了了，侬个十三点、寿头、蜡烛、小八蜡子、刮皮、三脚猫、阿木林！"蔡广得呆呆地看岳小白，突然乐了："好听，再来两句。"岳小白气绝。

沙田要道，日军设置了关卡，戒备森严。两人同时发现了远处的关卡。岳小白踩下刹车。两个人盯着车窗前的关卡，额头上渗出汗。岳小白："过不去。回头，走海上。"蔡广得："如果沙田有鬼子的关卡，王九天就没有撒谎，海上的路也会被封锁住，时间来不及了，闯过去。"岳小白松开刹车。蔡广得："等等。你枪法好，你去上面。"岳小白："驾驶室危险。"蔡广得："我要枪响慢了，更危险。"蔡广得把身上披着的微型相机掏出来，扒下脚上的鞋，一起交给岳小白说："你有经验，活下来的机会大，情报一定要送到罗浮山。"岳小白："只要我还有一口气，我会把它们交给你们的吴长官。"岳小白上了车头。蔡广得坐到驾驶位上，握住方向盘，松开手刹。

日军严密警戒。制式卡车高速冲来。日军发现了，上前阻止未果，向卡车开火。车窗被子弹打得粉碎。蔡广得埋下脑袋，用扳手捅开看不清的车窗，继续驾驶。岳小白向日军连续射击，将日军打倒数个。卡车撞倒两名试图阻拦的日军士兵，冲过关卡。两名抱着机枪的日军从掩体中跑出，向闯过关卡的卡车猛烈扫射。岳小白转到车尾向日军射击，他被机枪火力压制住，躲到车厢板后面。车厢板被打出一串窟窿。车轮被机枪子弹打爆，发出怪异的声音。制式卡车歪歪扭扭驶出一段，一头撞上路边的大树。

杨桃和水花子领着留守组成员在山道上艰难前行。探路的鹭鸶脚和鸡杂满头大汗从前面返回来。鹭鸶脚："水哥，飞鹅山山脚下的路戒严了，过不去。"水花子："看清楚了？"

鸡杂："不光有宪兵队，还有日本人，有两个闯关的人被打死了，丢在路边上。"杨桃："有没有别的路过去？"水花子："绕一段，往北走，从大老山翻过去。"

鹭鸶路："不行，从那边过来的人说，大老山也被日本人封锁住了，只准进，不许出。"

水花子："要这样，就是所有去西贡的路都被堵上了。"众人焦急地看杨桃。杨桃："我们必须去西贡，闯过去。"叶德全："怎么闯？我们这些人没有战斗力，根本没法闯过鬼子的关卡。"杨桃："不硬闯，还走飞鹅山，路封锁了，他不能把整座山都罩上，翻山过去。"水花子附和："她说得有道理，日本人只是封锁路口，山上封不住，跟我走。"水花子抢到前面去，领着留守组成员向山上爬去。

山高路难，留守组的成员在茂密的植物中艰难地行走。对面的山上突然传来喊话声："站住，你们是干什么的？"叶德全首先发现对面山上，隐约能看到几个持枪搜山的伪军，说："坏了，我们被发现了！"伪军："你们是干什么的？站在那儿别动！"留守组成员一下子慌了。杨桃："别慌，都趴下！"赛南粤："没用了，我们已经被发现了！"叶德全："快隐蔽！"枪声响了，好几发子弹打在留守组的身边。对面山上一下子冒出很多伪军，他们一边开枪一边向这边跑来。叶德全："往回撤，去悬崖那边！"

赛南粤抽出枪，说："你们走，我掩护！"留守组的人慌忙回头往来路跑，没跑几步就站住了。迎面7名便衣武装向这边奔来，领头的是一个结实的黑脸汉子。留守组的人用枪指住便衣武装。刘黑仔："别忙活了，今天天气不错，蚂蚁都在窝里待着。"叶德全："天气就要变了，一会儿它们还得出来。"刘黑仔："我是刘黑仔，港九大队手枪队队长。"

叶德全："我是叶德全，这位是杨桃，我们的组长。"刘黑仔："你们让我找得太苦，别站在那当靶子，跟我来。"刘黑仔将众人领走，留下两名手枪队队员断后。

很近的地方不断传来枪声，手枪队的4名武装队员在山坡上警惕地望风。刘黑仔在山涧边匆匆向杨桃和叶德全交待："纵队首长一直在寻找你们，你们躲得太严实了，哪儿都找不到。"叶德全欣喜："你是说，组织上在寻找我们？"刘黑仔："对，从宝安找到惠阳，再找到新界九龙，组织上一直惦记着你们，吴主任亲自到港岛来了。"

叶德全欣喜，激动地对杨桃说："我早就说过，组织会相信我们的！"刘黑仔："鬼子正在围剿西贡游击区，想打掉你们的策应，你们不能去那儿了，你们往回撤，去南昌街南通运输社找王掌柜，纵队首长在那儿等你们。"杨桃："嗯。"

刘黑仔："对了，菜花头呢，怎么没看见他？"杨桃："他和竹叶青去送情报了，走的是东线。"刘黑仔："菜花头是我的战友，我一直想见他，这小子腿快，没让我见。鬼子封锁了所有离开港九的路，他走不出九龙。你们快走吧，去南通运输社，这里留给我。"

追兵到了，两名负责退后的手枪队队员边打边撤过来，四名队员迎上去向丛林中开枪。刘黑仔从腰间拔出双枪，说："敌人追上来了，其他的事回头再说，快走吧。"刘黑仔跃上山坡，向丛林奔去。留守组的人你搀我扶地快速通过山涧，消失在山涧对面的丛林中。

华人慈善组织东华三院的一座救生站，大量的难民、病人和战争孤儿拥挤在这里，一些华人和外籍慈善组织人员在安置他们。医疗点里躺着大量濒死的难民和战争导致的伤员，一些华人和外籍医护人员正在抢救他们，为他们看病、治伤。

一队日军闯入，到处搜查，引发骚乱。医护人员上前交涉。几名日军发现一间关闭着的房间，不顾医护人员阻拦硬闯进去，发现那是一个停尸间，里面躺满了尸体。日军士兵过去，掀开一床床罩尸单，搜死尸的身上的财物，搜出什么就往兜里揣。一名日军士兵掀开一床白单，一具死尸全身都腐烂了，面容极其恐怖。日军士兵吓得丢下被单，晦气地叫自己的同伴，两人退出停尸间。

日军在管理人员和医护人员的交涉下离开。停尸间里一片寂静，突然，一段阴森森的对话传出，蔡广得："看来我们没法离开九龙，情报是送不出去了。"岳小白："有一个办法。找一部电台，把情报发出去。"蔡广得："走吧。"

两人揭开身上的白布单，从停尸台上跳下来。岳小白收拾身上，重新披挂。蔡广得挨个儿去翻死尸的脚。岳小白这才想起来，掏出鞋还给蔡广得。蔡广得从死尸脚上扒下一双鞋，穿上，说："大哥，对不起了，我要活着，一准买两双新鞋给你送回来。"岳小白："别假模假式了，走吧。"蔡广得："去什么地方找电台？"岳小白："电台都控制在鬼子手里，我们拿不到；我们身上有重要情报，也不能贸然往鬼子堆里冲，去邮局。"蔡广得："还非得有你这么个特工跟着，不然什么也做不了，只能等死。"岳小白："谢了，你可是头一回表扬我，能再表扬我一句吗？"

蔡广得要说什么，门响了。一名护士推门进来，发现停尸房里站着两个大活人，吓了一大跳。护士："你们，怎么活了？"蔡广得冲护士努力地扮出一张笑脸，笑得非常难看。蔡广得："不好意思，姑娘别叫，千万别叫。"护士一经提醒，反应过来，尖声叫起来。两个人像惊了的兔子，拔腿冲出停尸房。

医疗点的医护人员听见停尸房传来护士恐怖的尖叫，岳小白和蔡广得一前一后冲出停尸房。众人吓坏了，紧张地往后退。岳小白和蔡广得穿过众人，飞跑出救生站。蔡广得一只鞋跑掉了，不敢回头捡，只穿一只鞋跑。

戒严期间，大街上路人稀少，只有一些离岛的日侨扶老携幼匆匆地从街上走过。岳小白和蔡广得一前一后沿着大街拼命奔跑。蔡广得只穿着一只鞋，样子非常狼狈。岳小白："继续刚才表扬我的话！"蔡广得："这回你像兔子，跑到我前面去了！"蔡广得索性脱下另一只鞋，随手丢掉。两个人一眨眼掠过大街。

太阳落下去了，大街上不断有日伪军通过。水花子和琵琶鱼在一家商

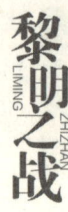
铺外徘徊，悄悄回头向街道对面的南通运输社看。一群日军、宪查和伪军从运输社里押解着一些伙计出来，连打带推地押上车。濑尿虾从街对面溜过来说："王掌柜走咗，店里一个管事嘅都冇，日本人将伙计都外卖喇，只不过界封咗。"水花子："琵琶鱼，你喺度，注意睇，要有人返嚟，就返嚟报个信。"琵琶鱼："知咗。"水花子领着濑尿虾匆匆走掉了。

岳小白和蔡广得在邮局外徘徊。一些撤离九龙的日侨扶老携幼匆匆从街上走过。一队宪查押着两名嫌疑者从大街上走过。岳小白和蔡广得躲到一旁。一家撤离的日侨从他们面前走过，那家人老的老，小的小，很慌张，老人摔倒了，孩子在哭。蔡广得忍不住，上去把老人搀扶起来，嘱咐小心点儿，老人："谢谢关照。"蔡广得心态复杂地看着日侨一家走远。两名日军士兵从邮局里出来。岳小白看着日军士兵走远，向蔡广得示意，进了邮局。

邮局已经打烊，一个中年男职员和一个年轻女职员在收拾东西准备回家。岳小白闯了进来，问："电台室在哪儿？"中年职员："已经打烊了，有事明天再来。"岳小白不商量了，径直闯进柜台，往后面走。中年职员生气，过来阻止："哎，你这位先生怎么回事？"

岳小白："我下面的话你站稳了听，别吓着了。"

中年职员："我胆大，吓不着，你说。"

岳小白："我是中国军人，4战区的。现在我宣布，你这儿我接管了，我需要电台，立刻带我去电台室。"

中年男人："我说小子，打劫你也看着地方打，这儿是政府公产，港督司令部管着，戒严期间你到这儿来打劫，就不怕皇军把你一家人的脑袋都砍了？"

岳小白火了，掏出枪用力拍在柜台上，说："我要砍的是他的脑袋，你要把他叫来了我谢你！"中年职员吓坏了。岳小白："带我去电台室！"

岳小白回头指着进来的蔡广得说："嘴闭上，别拿你的三大纪律八项注意说事儿，这是日本人的公产，我就是砸了它也不算骚扰百姓！"中年职员哆嗦着，连忙带着岳小白去了后面。蔡广得一脸糊涂，对吓坏了往柜台后躲的女职员说："我什么也没说呀，他发哪门子火？你们就不该惹他，惹他没好果子吃。"女职员："别过来，别过来！"蔡广得无可奈何地站住，说："你看这闹的，这一点国军就是不注意。"

中年职员哆嗦着带岳小白进了电台室。电台被封上了。岳小白一把扯下封条，熟练地开启电台。中年职员："先生，先生，这个不能用。"岳小白："闭嘴。"岳小白开启电台。电台怎么都启动不了。岳小白急得直冒汗，问："怎么回事，电台怎么不启动？"中年职员："日本人把发射机芯卸下来收走了，频道也关闭了。前两天，港督司令部来了人，说是战争状态，电台实行军事管制，不光我们这儿，全香港邮局的电台都给查封了，连海关和气象台的电台都没落下。"岳小白沮丧地一屁股坐下。

岳小白和蔡广得从邮局出来，两个人一脸的绝望。蔡广得："想想，还能去哪儿弄电台？"岳小白："上天无路，那就下地，只有去鬼子手上弄了。我去鬼子那儿抢，能抢到算命大，抢不到，算命不济。"蔡广得一把拽住岳小白说："你疯了！鬼子连民用电台都管制了，他能不守住自己的电台？"岳小白："那我也得拼一下，别弄得人没了，心还悬着，要死连心一块儿死！"蔡广得："你要让鬼子打碎了，我是守住情报还是满世界捡你的碎骨头碎肉？"岳小白朝蔡广得吼："那你说怎么办，你光知道不行，总不能在这儿等死！"

蔡广得冷静地说："路越是绝掉，绝没了影儿，越不能说人没了的话，人要没了，情报就没了，我们活着也白活了。"岳小白："别说那么多废话，跟老鳗鱼似的，说怎么办吧。"

蔡广得："先回避风塘，从长计议。"岳小白："从长？你搞明白，还有3天时间，我们活着的目的就到头了！"蔡广得："那也得找个管用的死法！"

岳小白烦躁地瞪蔡广得一眼，扭头就走。蔡广得追上去拦岳小白。岳小白挥拳就打。蔡广得一头撞进岳小白怀里，两个人抱成一团，扭打着倒在路上。一家疏散的日本人从邮局前经过，被两个人吓住了，呆呆地看两个人。两个人同时看到日本人，突然停下来。蔡广得："没你们的事，我们自己掐。"岳小白："别看了，快走吧，晚了走不掉了。"日本家庭战战兢兢过去了。

两个人坐起来，岳小白看到蔡广得仍然赤着的脚问："鞋呢？"蔡广得："那是情报，'紫罗兰'拿命换来的，香港的命，穿不起。"岳小白不再说什么，脱下脚上的鞋丢给蔡广得。蔡广得看了一眼鞋，捡起来丢回给岳小白。两个人一来一回，像两个无家可归的孩子，坐在马路牙子上丢鞋。

　　众人七手八脚把叶德全等人从人力车上搀扶下来。水花子去敲门，门半天才开，野阑花掩着衣襟露出脸，看见水花子，一脸的意外。水花子不由分说推门进去，说："快把衣裳穿起来，让人笑话。大井，你们来几个人。"大井等人跟上去，一个个不由自主地往野阑花半裸的怀里看。

　　床上躺着光着身子的英军战俘，懵里懵懂地看进来的人。水花子像没看见英军战俘似的，向大井下令："搬开。"大井气呼呼的，上去抓住英俘就给了他一下。大井："你妈的吃了豹子胆，敢往这儿睡！"水花子："没叫搬他。搬床。"大井不甘地松开英俘。濑尿虾等人上来，将英俘连床抬起来，搬开。英俘坐不稳，从床上滚下来。水花子皱了皱眉头说："让他把衣裳穿上，没见外面有女士？"濑尿虾把衣裳丢过去。英俘手忙脚乱地往身上套衣裳，两只腿捅进了一个裤腿里，一屁股摔下去。

　　水花子揭开地窖盖。杨桃等人搀着叶德全进来了。水花子叫杨桃下地窖，杨桃带头下了地窖，再把叶德全接下去。赛南粤和丁荷跟着下了地窖。水花子回头看英军战俘。英俘往回缩。水花子："你做不了缩头乌龟，也得下去。"野阑花过来护住英军战俘。说："别找他麻烦，是我让他上我的床。关了3年，他连女人味都忘了。"水花子："行了，完事后，让他把大兵们都叫来，你挨个儿体贴。"野阑花扬手抽水花子耳光，水花子一把捏住她的手，说："别磨蹭了，一会儿日本人来把他搜走，你谁也体贴不了。"英军战俘下了地窖，水花子盖上盖子，并叫大井等人把床搬过来。水花子伸手把野阑花头上一朵压碎的野花摘掉，说："今晚别去安慰区接客了，就待在家里，睡在床上。"野阑花："床上没人，我干吗要睡？"水花子："废话，床上没人，床下还没人？照我说的做。"说完带着大井等人离开。唯留野阑花懵里懵懂犯愣。

　　杨桃、叶德全、赛南粤、丁荷和那名英国战俘挤在不大的地窖里。叶德全一脸丧气地说："刚找到组织，又失去了联系。"杨桃："别灰心，刘黑仔会找到我们的。"

水花子和大井在麻将馆外。鹭鸶脚和濑尿虾匆匆过来。鹭鸶脚："水哥，避风塘里到处都是宪查。"濑尿虾："区公所的人说，今晚日本宪兵队要进避风塘，挨家挨户搜。"水花子："野阑花不该被牵连进来，不能让她受惊吓。"几个人面面相觑。水花子："把人从她那儿弄出来转移到岛上去，没人知道那个地方，让我们的人都回来，把地窖里的武器一块儿弄走。"几个人匆匆离开麻将馆。

蔡广得赤脚走在前面，岳小白老远跟在后面，两个人一脸沮丧。蔡广得突然站住。岳小白上来，看他一眼，嘴角慢慢咧开，露出笑意，说："说吧，你又打谁主意了，冤家是谁？"

一艘中立国籍海轮停泊在港口，看样子很快就要起锚离港。蔡广得和岳小白摸到海轮下，藏在货柜后。岳小白："我怎么没想到，鬼子管得了香港，管不了中立国的海轮。"蔡广得："别想了，没看要起锚了，一会儿上了船，我掩护，你去找电台，电报发快点，你水性不好，船到了海上，我可不能保证把你背回来。"两个人刚要出去，立刻隐身。一队日军士兵匆匆过来，登上舷梯。两人对视一眼，先后闪出货柜，向海轮摸去。

蔡广得和岳小白摸上甲板，躲避走过的海员，摸进舱内。偌大的船，蔡广得不知去哪儿找电报室。岳小白提示，电报室应该在船长室附近。在过道上，两名日军突然出现。蔡广得和岳小白猝不及防，开枪将两名日军打倒，返身就跑，逃上甲板，身后有日军叫喊着追来，子弹不断射向他们。蔡广得和岳小白还击着。蔡广得从高高的船上跃下大海。岳小白向追来的日军士兵连续开枪，然后纵身跃下大海。

天色已过子夜，街上已经没有人了。水花子坐在门口一架躺椅上，一边是打盹的泥菩萨，一边是靠着墙角的野阑花，像是一家人。野阑花嗑着一把瓜子，有一搭没一搭地往黑暗中吐壳。野阑花："我那儿搬空了，你是不是打算把我甩了？"水花子不说话。野阑花："日子过得好好的，来了个兄弟人就变了，整天魂不守舍，好好的日子给毁了。"水花子不接话。野阑花哼一声："小心眼儿。"水花子："野阑花。回家吧。"野阑花："回哪儿？"水花子："俄国。"野阑花看一眼水花子，一把瓜子撒向黑暗中。说："我就是一粒嗑过的瓜子，仁没了，就剩下个壳，在哪儿不是飘着活。"水花子不说话了，把手臂张开，说："过来。"野阑花一时感动，靠在水花子身上，两个人不再说话，看漆黑的夜。

浑身湿漉漉的蔡广得和岳小白走近，蔡广得不好意思，说："战争还没结束，我回来早了。"水花子没有说话。蔡广得拧了一把衣襟上的海水，打了个寒战，说："明天我陪你去加士居道，去看安迪娅。"水花子不接话。蔡广得扭头看别处，说："我没用，没逃出港九，还得回来赖着你。"水花子："我一直在这儿等你们。"蔡广得："你知道我们会回来？"

岳小白："他和小蜜蜂在一起。只有老鳗鱼能算出我们逃不出九龙，肯定会回来。"

岳小白问水花子："就是说，他们也没走成？"

水花子点点头，说："我们在飞鹅山遇到了你们的一个同志，叫刘黑仔，他一直在找你。"

蔡广得大喜过望："是他？竹叶青，我们有办法了，刘黑仔本事大了，他能帮助我们把情报送出去！"蔡广得问水花子："刘黑仔在哪儿，快带我去见他！"

水花子："他不在这儿。他让杨桃去南昌街的南通运输社找王掌柜，我带人去了，可那里全是日本人，南通运输社被砸了，人都抓走了，我让琵琶鱼留在那儿，一有动静就往这儿送信。"蔡广得沉默了，满腹绝望地看一边。远处避风塘的海湾中，渔火点点。

小船从黑暗中划来，靠岸了。蔡广得和岳小白从船上跳下来，水花子和泥菩萨留在后面系船。叶德全和杨桃、赛南粤默默地站在沙滩上，看着两个出逃未果的同伴，没有说话，也没有上前迎接。蔡广得和岳小白站在齐腿深的海水里，默默地看着沙滩上几位寄希望于自己的同伴，说不出话。丁荷冲过去，从海水里拽出蔡广得和岳小白。叶德全扭头一瘸一拐地走了。海风吹动杨桃的头发，她的眼睛被头发遮住。

山洞内，叶德全坐在船木床上发呆。杨桃和赛南粤在一旁剖海鱼。丁荷从外面进来，丢下一条刚捕的鱼。杨桃："还要。"赛南粤："够了。"杨桃头都没抬说："他们饿了。"丁荷看一眼杨桃，扭头出了山洞。

蔡广得和岳小白坐在双桅船的废墟上,谁也不说话。他们的头顶,繁星璀璨。水花子和泥菩萨过来,在一旁坐下。水花子:"现在有时间吗,听听你们遇到了什么。"蔡广得和岳小白回头看水花子。水花子:"泥菩萨,告诉他们。"泥菩萨兴奋地念一首儿歌:"拉个呱,敲个盆,一敲敲到鲤鱼门。鲤鱼门,放大炮,一放放到青山道。青山道,吹喇叭,一吹吹到港督家。港督的婆子摊煎饼,一摊摊出满天星。港督的婆子去摘星,坐了一腚黑蒺藜。宪兵队,保安队,快点帮着摘了去。"

水花子:"泥菩萨说,鲤鱼门炮台、青山道军火库、大屿山要塞一带,日本人迁移了大量居民在那里,他们要用居民做肉盾,让美国人丢向军事要塞的炸弹落到老百姓的头上。"岳小白:"他怎么知道?"水花子:"这些日子他没闲着,别以为他傻,他心里比什么都清楚。还有,琵琶鱼送信回来了,你们的一个人已经招了,日本人在南通运输社布置了不少宪兵,等着抓去那里接头的人,我让他继续待在那儿,一有消息就赶紧往回送。"

蔡广得长长地叹了一口气,说:"水花子,这些年我死了几次,每死一次,我都觉得有很多事没做,有很多心愿没完成,心里不甘。听哥一句话,去找安迪娅,告诉她,你心里是怎么想的。"水花子站在那儿没动,脸扭到一旁说:"我不想她了,想也没用,就当我做了一回梦吧。"说罢离开了那里,摇晃着瘦弱的身子向山洞口泥菩萨走去。

杨桃双肩在压抑地轻轻抽搐。赛南粤抬头看了杨桃一眼,停下手中干着的活,问:"你怎么啦?"杨桃掩饰,一失手,刀划破了手指。杨桃丢下手中的鱼和刀,扑进赛南粤怀里,失声痛哭。杨桃:"他们做不到。他们尽力了。那不该是他们做的……"赛南粤强忍住,想劝杨桃,说不出话,轻轻拍杨桃的背,安慰她。

蔡广得灰心丧气:"做不到了,我们做不到了。"岳小白也灰心丧气:"情报送不出去,没有人知道鬼子要把香港变成一座死城。"蔡广得抬头看了一眼满天繁星的天空,痛苦地说:"我没用,看着法西斯的阴谋一步一步实现,我还算什么游击队员?我怎么就不能变成一只鸟儿,飞出九龙?"岳小白也下意识地跟着蔡广得往天空上看,说:"人不是鸟,没有翅膀,飞不了……"岳小白被自己的话激了一下,突然想起,在杨宅后山私人领地,曾经看见杨宅后院的一块平地上,有一样庞然大物。那是一架遮着油布的双座动力滑翔机。

　　岳小白："有办法了！变成一只鸟飞出去！"

　　蔡广得："可我不是鸟，我他妈恨自己没有翅膀，不能飞！"

　　岳小白："那就去找一对翅膀，飞一次！去找美沙子！"岳小白跳起来冲向山洞，蔡广得不解，也跟了上去。一进山洞，岳小白问赛南粤："我们在你家后山的峡谷里，看到你家后院停放着一架滑翔机。美沙子，我需要那架滑翔机。"赛南粤没有回答。杨桃："我家的确有一架滑翔机，是我阿爸从德国买的，德国哈斯牌。印象里我爸爸从来没用过，也不知道他买来干什么。"叶德全拄着拐杖过来了。

　　赛南粤："我知道。子昆是为他自己准备的。他觉得自己已经不安全了，打算随时离开，所以秘密添置了汽车、汽艇和滑翔机。那架滑翔机自带动力，双座，另一个座位，是为你准备的。"杨桃："可是，你们要它干什么？"岳小白："带着情报飞出去。"蔡广得兴奋："能行吗？"岳小白："如果是动力滑翔机，能行。现在是夏季，气流变化大，只要能升空，滑翔机就能获得不断上升的支持。港岛离惠阳不远，凭借自由飞行，完全能够降落在惠阳！"

　　蔡广得："你能驾驶飞机？"

　　岳小白："别说滑翔机，川崎制造的Ki-64侦察机我也飞过。"蔡广得高兴得一拳打在岳小白胸口，把猝不及防的岳小白打倒在地。赛南粤生气："你打他干什么？"蔡广得异常兴奋："他了不得了，能上天，你们谁能？他不该挨打你们谁该挨打？你们要像他这样能，我也打你们！"众人被蔡广得的逻辑绕糊涂了。赛南粤去扶岳小白。

　　蔡广得："行了，废话少说，现在就走，让他飞出去！"岳小白："别忙，现在还飞不了。我需要良好的视线，得等到天亮，还得看看那架飞机能飞不能飞。"蔡广得心急火燎，现在就要去看。他转头吩咐叶德全："老鳗鱼，这里交给你，我和竹叶青、小蜜蜂去港岛。"岳小白对水花子说："你麻将馆里有一袋锡箔纸，现在派上大用场了，我需要它。"水花子："我这就回去拿。"

　　蔡广得冲进小火轮的一个房间。房间成了一个军火库，水花子藏在野阆花家地窖里的武器全都搬到这里来了。蔡广得往怀里装手雷、弹夹，一支斯科特手枪插进腰里，挂了一支斯汤姆冲锋枪在脖子上，再提了一支在手中，反身出了房间。他将斯汤姆交给岳小白，斯科特手枪交给杨桃。赛南粤从山洞里追出来，要求跟他们一起去。杨桃："你伤还没好，别去了，有我就行。"赛南粤坚持要去，蔡广得首肯。众人匆匆向海边走去。

第二十八章
空飞受挫 以死传讯

天露熹微，还没亮开，四周树林中，一片晨醒的鸟叫。港岛黄泥涌峡谷间一块狭长的草地上，蔡广得和杨桃推着一桶航空汽油过来。黄叔指挥阿四将一辆小货车从草地上开走，丛林中有一条狭长的通道，明显是不久前砍开，拖曳着滑翔机进来的。草地尽头，停泊着一架德国生产的轻型双座动力滑翔机。

岳小白一身一脸全是油污，刚刚检查好发动机，再一一检查仪表盘：空速表、高度表、升降速度表……赛南粤心有不安，在岳小白身旁帮忙，可她只是不断地看岳小白，为他擦拭去脸上的油污。

蔡广得为滑翔机加好航空油，一张大花脸从机翼下钻出来，吐出嘴里的汽油。他看到赛南粤为岳小白擦脸，轻手轻脚把杨桃往一旁拉，两人往树林边走去。蔡广得闷声一直把杨桃拉到树林边，杨桃甩开蔡广得。杨桃："干什么呀你拉拉扯扯的？"蔡广得："懂事不懂事你？没看见美沙子心里挂不住，想和竹叶青说会儿话，你给人家点机会。"

杨桃回头往草地上看了一眼，再回头说蔡广得："让你送个情报，你没跑成，回来变成个媒婆了，要再让你跑一趟，你是不是得变成老鸨？"蔡广得："别骂人。"

杨桃："骂你怎么了，别人的事你管那么宽，自己的事怎么不管管。"蔡广得："我要有事管别人干什么，自己还忙不过来呢。"杨桃："没事你不会找事吗？你惹事也行，我看你就是个惹事大王。惹了又不负责，当缩头乌龟。"蔡广得："哎，你怎么又骂人？"杨桃："我骂了，有本事你再惹，看我这回饶过你。"

岳小白认真地检查完仪表盘，感到没问题了，满意地从仪表盘上抬起头，看赛南粤。赛南粤被岳小白冷不丁一看，受不住，躲开眼神，往一边走。岳小白迟疑了一下，跟过去，拽住赛南粤，问："怎么啦？"赛南粤快速抹掉眼角的泪，笑着看岳小白，答："没什么。天快亮了，别让他们的防空炮盯上你，快走吧。"岳小白默默地看赛南粤，赛南粤推岳小白说："走吧，走吧。"

岳小白一把将赛南粤搂过来，看着她的眼睛。赛南粤被岳小白炽热的目光看得不自在，说："别这么看我，你看得我心慌。"岳小白示意赛南粤别说话，温柔地为赛南粤整理了一下被风吹乱的头发，把她的脸捧住，头轻轻安放在自己的胸膛前，问："你听见了吗？"一颗心脏在那儿强有力地搏动着。赛南粤闭着眼睛着迷地倾听着岳小白胸膛中传来的心脏搏动声，一颗幸福的泪水顺着她美丽的脸庞滚落下来。岳小白温柔地为赛南粤抹去泪水，说："从现在开始，我只记住你告诉我的一件事。把情报送走，然后回来找你，找到你。"赛南粤点头，几乎是把岳小白从自己身上剥离下来，用力把岳小白从身边推开，疼得咧了一下嘴，说："走吧！"岳小白回头向树林边喊："走啦！"

蔡广得和杨桃还在无端争吵，听见草地那边传来岳小白的叫喊声，蔡广得往草地走去。杨桃不依不饶地追上来问："哎，你刚才说我身上好好的，要不好是什么？"蔡广得痞笑，问："你没吃过粽子呀？好好的粽子是什么样？那粽子叶要被拉拉扯扯地剥掉是什么样儿？"蔡广得说罢，丢下一脸困惑的杨桃走掉了。杨桃自言自语地思忖："粽子叶被剥掉是什么样儿？那不还是粽子吗？我和粽子有什么关系？"杨桃突然明白过来，脸红了，怒形于色，拔腿去追蔡广得。大叫："菜花头，你这个流氓，我饶不了你！"

岳小白把装着锡箔纸的袋子装上滑翔机，捆扎好，对蔡广得说："我仔细检查过，滑翔机是新的，真得感谢杨子昆先生。"蔡广得把杨桃往前拉，说："好好听着，他在表扬你阿爸。别光听表扬，也别到处找人吵架，向人家多学着点儿，对你有好处。"

岳小白拍了拍机翼，说："强力航空铝硬翼，内部加固了龙骨，哈斯牌，留空能力和滑翔比是滑翔机里最棒的。"岳小白扯了扯保险绳。又说："主挂钉和保险绳相当结实，活塞式发动机和螺旋桨推进器非常有力，适合空中再次启动。一会儿，我会先利用动力装置让滑翔机飞起来。等到达一定高度，找到上升气流之后，我会关闭动力装置，让滑翔机进入自由滑翔，就像鸟儿那样飞翔。"

蔡广得一个劲地点头，像听故事一般入迷，夸奖："太好了，都是谁发明的，你说这些人，他们真是了不起。"岳小白对蔡广得说，一会儿你坐在我后面，记住，系上保险带，别乱动，空中平衡条件差，你别把飞行器晃下来。蔡广得蒙了："我？上这架飞机？不是，我去干什么，我不会驾驶飞机。"

岳小白："没让你驾驶飞机，飞行员是我，别的事不用你做，你也做不了，你只需要替我观察一下后面的情况，看看发动机有没有出问题。"蔡广得急了："哎，怎么有我的事？咱们没说过我要上飞机。再说，我也不会看发动机，我连它是公的母的都不知道，怎么看？"岳小白奇怪，问："你得跟我在一起，这事需要说吗？"蔡广得："当然需要，那是地上，是水里，这是天上，不一样。"岳小白："那好，这么跟你说吧，我要知道空中的气流变化，需要人帮忙。我不知道降落时的地形情况，如果地形复杂或者恶劣，降落时有可能会遇到危险，我要是一个人去，万一腿摔折了，人摔晕了，情报怎么送到？两个人保险系数大一倍，我要出了事，你还在。现在明白了？"

蔡广得扭头就跑，岳小白早等着，一把将他捉住，拎回来。蔡广得急得跳脚，说："我害怕上天！"杨桃："你怕什么？你要怕上天，怎么老往人家房上蹿？"蔡广得："我那就是蹿着玩，我在房上全都闭着眼！"岳小白、杨桃和赛南粤3个人没忍住，爆发出快乐的笑声。

天在渐渐亮开，他们准备好了。岳小白："不能带太多东西，枪给她们。"蔡广得将两支斯汤姆冲锋枪、弹匣和手雷交给杨桃和赛南粤，只留了一颗手雷和自己的手枪。岳小白在前，蔡广得在后，他们坐进了滑翔机，系上了安全带。蔡广得战战兢兢地抓住岳小白的衣领。岳小白发动了滑翔机。赛南粤下意识要冲上去，杨桃一把拽住她，说："别让他看见你的眼睛，他会犹豫。"螺旋桨搅起的风将两个女人的头发吹乱了。黄叔、阿虫和阿四冲出树林，向草地上跑来。滑翔机跳了一下，向前滑行，越来越快。滑翔机鸟儿似的一跃飞上天空，一缕阳光露出，照射在渐渐升高的滑翔机上。

朝霞初升，阳光从地平线上破土而起。双座动力滑翔机划破朝霞向天上升去。赛南粤挣脱杨桃向滑翔机追去。杨桃站在那里没动。滑翔机扇起的风消却，一缕头发贴在她的眼睛上。

风将蔡广得的头发吹得乱飞，他害怕，用力闭上眼睛。岳小白驾驶着滑翔机，朝蔡广得大声喊："别掐着我脖子，掐死了我你也得掉下去！"蔡广得松开岳小白的脖子，紧拽舱门，尝试着一点一点睁开眼睛，一幅动人心魄的画面映入眼帘。云彩在黎明时分是彩色的，伸手可及，一缕缕从机翼旁掠过。大地在脚下，海洋在远处，它们像一块块蓝色的宝石和翡翠，闪烁着动人的光泽。

蔡广得兴奋了，睁大眼睛四处看，显得有些贪婪。滑翔机追上一队早飞的白鹭，它们排着整齐的队列，和滑翔机一起飞翔。蔡广得："快看哪，那是我兄弟！"岳小白微笑，说："别乱动，我正在升上去！"蔡广得已经止不住了，疯癫起来，探出身子招呼白鹭："伙计，别抢道，让我飞前面，天空大着呐，够你飞的！"岳小白厉色道："坐下！"蔡广得："你们去哪边！你们几个留下！让我在中间，你们跟我一起飞，飞出个样儿来……"机身突然开始下降。

刚刚飞起来的滑翔机突然开始下降。杨桃和赛南粤气喘吁吁冲上一处高坡。赛南粤惊骇地说："他们摔下去了！"

蔡广得害怕地缩回座位上，紧张地拽住座舱两边问："怎么啦？"岳小白紧张地检查仪表，说："我们在下降！不知道出了什么问题！你去看看，可能是垂直安定面和升降舵卡住了！"蔡广得不得要领地茫然四顾。问："它们在哪儿？"岳小白："在水平安定面和副翼的下面！"蔡广得："水平安定面和副翼在哪儿？"岳小白绝望了："要你有什么用！"蔡广得："我说过不来的！你快降落，放我下去！"岳小白："别他妈的喊叫，我们正在降落，飞机会摔下去！"

滑翔机在继续下降，已经贴近山峦了。岳小白努力操纵方向舵，把滑翔机往一边飞。在撞向山峦前的一瞬间，滑翔机绕过高峰，从狭小的山谷间穿过。山谷扑面而来，悬崖上的树梢差点扫到蔡广得。滑翔机穿过山谷，绕了个圈子，朝回滑翔。岳小白解开身上的安全带，说："把住方向舵，我去处理升降舵！"蔡广得："我不行！我做不到！"岳小白：

"我们没有机会了，不然都得死！"蔡广得战战兢兢爬到驾驶座上，接过岳小白的升降舵，和岳小白交换了位置。岳小白："用力往怀里带，别撒手！"岳小白往后爬去，抓住保险绳，探出身子去够机翼上的升降舵。他够不上，他顺着机翼向前攀去，滑翔机受重不均，开始倾斜。

岳小白："保持平衡！"蔡广得把持不住方向舵，说："我抓不住它！"机翼倾斜得厉害，岳小白被甩了出去，幸亏抓住了机翼的保险绳，整个身子悬在空中，来回晃悠。蔡广得拼命往怀里拉方向舵。岳小白被高空的劲风吹得身子几乎拉直，他拼命搂紧机翼保险绳，说："往回带方向舵！"蔡广得咬牙切齿，用力往怀里拉方向舵。岳小白："再用力！"蔡广得瞪圆了眼睛，再用力。滑翔机在空中拐弯，机翼随着惯性渐渐平衡。岳小白凭借最后一点力气回到机翼上，一只胳膊抠住机翼，伸出一只手去拨动升降舵。第一次他没有成功。第二次他成功了。蔡广得手中的方向舵突然轻巧了。机头往上一翘，滑翔机快速上升，几乎九十度与地面垂直。岳小白再度被摔出去，悬吊在空中。

岳小白抓紧机翼，叫道："把握住平衡！"蔡广得慌乱不已，说："我不知道怎么把握！"岳小白："别用力往怀里带，把升降舵推出去一点！"蔡广得慌乱中把方向舵用力推出去。机头往下一倾，滑翔机向下栽去。岳小白再度被甩向另一方。蔡广得找到了窍门，学会了平衡，把方向舵拉起来，定在渐进位置，滑翔机开始倾斜着上升了。岳小白艰难地攀回座舱，倒在后面的座位上，人已经虚脱掉。

蔡广得："欢迎回来。"岳小白："别说话，让我，让我先，活回来……"蔡广得把持着方向舵，他已经能够操纵它了。滑翔机在渐渐上升，已经离开了山峦。蔡广得兴奋极了，天空任飞翔，那是一种从来没有体验过的新鲜和满意。蔡广得兴奋地叫喊着："我们上来了！我能行！真不敢相信，我飞得很好。"蔡广得大笑着，像个开心的孩子。

滑翔机再度飞过头顶。杨桃和赛南粤看着滑翔机脱离了危险平稳地飞了起来，渐渐远去，两个人开心地又蹦又笑，拥抱到一起。黄叔、阿虫和阿四欢呼雀跃。

滑翔机在低空的位置上，从几个在湾仔峡谷旁马路上设卡的日军头上飞过去，他们发现飞机没有标识。日军少尉要日军伍长荒井带几个人去峡谷里看看，是怎么回事。荒井带着10个人的一队日本兵和宪查朝山上跑去。

一处防空观察点的两个日军兵也看见了滑翔机，他们发现滑翔机在局部空域滞留了那么久，飞行状态太奇怪。滑翔机从他们头顶飞过，向大鹏湾海域飞去。两个士兵相视一眼，拔腿跑进观察点，电话向日军防空司令部作了汇报……

滑翔机在美丽如画的朝霞中飞行。蔡广得兴奋地驾驶着滑翔机。岳小白突然想起，打开装锡箔纸的麻袋，抓出锡箔纸往外撒。蔡广得："那是什么？"岳小白："锡箔纸，干扰雷达用的，这样鬼子就没法发现我们。"蔡广得："你真聪明。"岳小白："还有什么表扬的话，都说出来。"蔡广得："我飞得不错，你没觉得吗？"岳小白："我没叫你表扬自己。"蔡广得："那换你来，你可以表扬我，不然我就给埋没了。"

他俩欣慰地笑了。岳小白告诉蔡广得，滑翔机在上升气流里，按下左边那个蓝色按钮，现在可以把动力关上了。蔡广得依言，将动力关上，滑翔机无声滑翔着。蔡广得："嘿，这回真像鸟儿了！"岳小白："如果气流不捣乱，要不了1小时，我们就能看见惠阳的海岸。"

浅丘经道在接电话，兴奋地说："他们终于出现了！通知防空部队和海岸警卫队，不要打掉他们，用火力拦截，不许他们飞出香港，让启德机场派战斗机升空，把他们逼下来！"浅丘经道放下电话，转身向千夏麻也下令："把他们带到我这儿来。"千夏麻也得令离去。

高炮阵地上，日军军官大声喊叫着，日军士兵们奔向阵地，跳上炮位。一门九九式八厘米高射炮快速仰起炮口。两门九八式二十毫米高射机关炮快速寻找目标。

两架二百型秋水式防空战斗机紧急升空。

两艘快速炮艇高速离开码头。

蔡广得悠然自得地驾驶着滑翔机。岳小白一把一把地往外撒着锡箔纸。岳小白要求替换蔡广得。蔡广得正在兴头，自然不依。岳小白："航向偏了，你会把我们带到元朗去。往东12度。"蔡广得："12度是多少？"岳小白一看，现教现学出不了徒，说："一会儿我还得告诉你，过来吧，我来。"蔡广得："不行，我刚飞出感觉，我爱死它了。"

岳小白："你还是节约点力气，爱小蜜蜂去吧。"蔡广得："提她干什么，提她我生气。"岳小白："人家小蜜蜂可对得起你，当着大家伙儿的面，人家公开宣布她爱你，见过这样的女人吗？"蔡广得："谣言害死人，我就是听了这个闹了个没趣。我发誓，以后谁的话我也不听，打死我也忍着，绝不相信。"岳小白："谣言的话是小蜜蜂告诉你的吧？这你就不懂了。女人都这样，求爱的话不能她先说出口，不然一辈子你都得挂着。"蔡广得不相信，问："你没骗我？"岳小白："对女人，我比你有经验。我骗你干什么，骗你让这飞机栽下去。"蔡广得欣喜，还没说什么，滑翔机一震。蔡广得："出什么事啦？你别乌鸦嘴！"

滑翔机头前爆开一团白色的气团，然后拉起一道道白烟。岳小白："是高射机关炮！妈的，我们被发现了！快转向！"蔡广得："怎么转？"岳小白："到后面来！"蔡广得和岳小白调换位置。蔡广得一失手，滑下去，人挂在滑翔机上，滑翔机受了力，向一边倾斜。岳小白努力掌握平衡。蔡广得抓住座位，有惊无险地攀回滑翔机。岳小白操纵方向舵，将滑翔机转向，避开前方密集的炮弹。滑翔机拐了个弯，避开火力网，然后绕了个大弯，再度飞回来。蔡广得："你要干什么？"岳小白紧盯前方，说："闯过去！"蔡广得："我们会中弹！"岳小白："没有别的路！如果我们飞回去，就再也飞不起来了！"

99式八厘米高射炮吐出火舌。两门98式二十毫米高射机关炮快速射击。滑翔机前方密密麻麻，全是高射机关炮弹炸开的烟花。高射炮也响了，炮弹在空中炸出一团团火花，它们形成一堵严实的墙，拦截住滑翔机。滑翔机被迫再次调头往回飞。炮弹爆炸的硝烟一股股扑向滑翔机，将两人淹没。眼看冲不过去，蔡广得着急。岳小白调转方向舵，向海上飞去。

滑翔机飞到海上。一艘日军的高速炮艇上，日军军官下令开火。回旋式高射机关炮吐出猛烈的火舌。滑翔机四周全是炮弹爆炸的火团。滑翔机在剧烈颤抖，猛地向一边倾斜。蔡广得："海上也过不去！"岳小白不说话，努力把握住方向舵。

远处，两架日军的秋水式防空战斗机出现在视线中。蔡广得："我们飞不过它们，我们要被打下去了！"岳小白快速调整滑翔机的方向，往回飞。蔡广得将装锡箔纸的麻袋用力推出座舱。滑翔机摆脱炮艇的火力网，回头了。天空中突然散开无数闪亮的锡箔纸。两架战斗机快速撺上来，它们闯进了锡箔纸阵，一阵慌乱地摇晃。

滑翔机刚飞稳，两架战斗机快速逼近，又追上来了。战斗机开火，曳光弹拉着亮光从滑翔机的两边飞过。岳小白："坐好，我要下去了！"岳小白用力压住方向舵，机头快速下斜，向海面上栽去。两架防空战斗机一前一后从高处掠过滑翔机。滑翔机继续往海面栽去，蔡广得死死拽住保险带，恐惧地大叫。岳小白死死盯住前方。宝石般的海水扑面而来。岳小白用力拉动方向舵。滑翔机擦着海面拉平，贴着海面飞行。两架防空战斗机一前一后再度飞回。战斗机不敢贴近海面，从高空中掠过。滑翔机贴着海面飞行，前方出现了海岸和山脉。蔡广得回头看。两架战斗机一前一后，正在迫近，准备拦截滑翔机。蔡广得掏出手枪。

岳小白紧盯前面，寻找逃生之路。两道山峰中间有一道狭窄的缝隙，岳小白调整滑翔机方向，海岸和山脉扑面而来。一架防空战斗机压低飞行，接近海面，直逼滑翔机。蔡广得向身后的战斗机开枪，连续打光弹匣里的子弹，然后掏出手雷，拔掉插销，手雷捏在手中。等日机离他近在咫尺，蔡广得数着数，在接近海岸线的一刹那，向身后丢出手雷。岳小白用力拉起方向舵。滑翔机掠过海面，掠过海岸，在撞向山脉的一瞬间，从两峰之间一穿而过。

手雷凌空爆炸。飞行员被手雷爆炸的光亮刺了眼，什么也看不见，一时慌乱。战斗机撞上山峦，爆炸起火，化为乌有。滑翔机从峡谷间一掠而出，在森林的树梢上空飞行，将成片的树梢带倒。伍长荒井带着上等兵相元、二等兵安藤和一队宪查穿过森林。滑翔机从他们头顶一掠而过。荒井带着人跑步向前。

滑翔机降落在草地上，快速滑行。杨桃和赛南粤，黄叔、阿虫和阿四向滑翔机跑来。滑翔机停了下来。蔡广得脸色苍白，紧闭着眼坐在机舱里，样子十分狼狈。杨桃扑向蔡广得问："你怎么啦，受伤了？"杨桃慌忙在蔡广得身上寻找。蔡广得突然扑出座位，脖子一伸，大口大口呕吐起来。赛南粤扑向岳小白问："你怎么样？"岳小白从滑翔机上跳下来，一把推开赛南粤，抓住蔡广得的衣领，把他拖死狗似的拖下来，丢在草地上。吩咐："快，把飞机藏起来！"黄叔："阿四，快去把车开来！"杨桃去照顾蔡广得。众人上前七手八脚推滑翔机。

他们的头顶上，突然有无数高射炮的曳光弹爆炸开。众人停下，抬头往天空中看。一队盟军的轰炸机从头顶飞过，它们的四周出现无数炮弹炸开的蘑菇云。

小货车牵引着滑翔机在林中小路穿行。路窄林深，车行走得很慢。蔡广得和岳小白、杨桃、赛南粤跟在滑翔机后面。蔡广得一脸沮丧地说："鬼子已经发现了我们的意图，飞不出去，还留下它有什么用？"岳小白："它是我们唯一通往外界的工具，得留着它。"蔡广得："留它装粮食？"岳小白没回答，眼睛红着，人呆滞着，如囚笼困兽。赛南粤："别问他了，他心里难过，别把他那点儿希望给戳破了。"大家都不说话了。

一声枪响，然后连续响了几枪，子弹打在车厢上。小货车突然停下，众人连忙找地方躲藏。阿四后脑中弹，倒在方向盘上。一梭子子弹击中驾驶室后窗，玻璃四溅。黄叔后脑中弹，脑浆四溅，倒在驾驶室里。

荒井带着相元、安藤和宪查们从后面追赶上来，叫喊着向这边射击。岳小白连续向后面射击，退到驾驶室外查看。蔡广得忙着往手枪里压子弹，同时指挥杨桃和赛南粤，别暴露，去后面躲着！岳小白从前面过来说："黄叔和阿四死了，我掩护，你把飞机拖走，找地方藏起来！"赛南粤："我知道一个地方！"蔡广得："我摆弄不了飞机，你掩护她去，我断后！"杨桃手持斯汤姆冲锋枪，向身后打出一梭子弹。杨桃："你们把飞机拉走，我掩护！"蔡广得："你往哪儿打，别掩护了，你跟他们走！"赛南粤也向后面的追兵开火。蔡广得向后面连续开枪，然后一把夺过赛南粤手中的冲锋枪说："去帮他隐藏飞机，快去！"

岳小白上了驾驶室。赛南粤冲向驾驶室的另一边。小货车启动了。蔡广得向身后射击，一边射击一边向杨桃喊："快上车！"杨桃："我跟着你！"一梭子弹打得两人脚下草皮乱飞。蔡广得扑上去把杨桃摁在草地上。杨桃："你又往地上摁我！"蔡广得愤怒："我不摁你行吗？节约弹药，去森林里！腰弯着，别站直了！"杨桃打出一梭子弹，弓下身子钻进森林。蔡广得向身后打出几个点射，钻进另一边森林。

岳小白开车，赛南粤坐在一旁，不断向后观察。林间小路路况差，车开得颠簸。一串子弹飞来，把后视镜打得粉碎。岳小白打开车门，把方向盘交给赛南粤，攀上车厢。赛南粤接替岳小白驾驶小货车。岳小白躲避着子弹，跳进车厢，子弹在他四周乱飞。岳小白透过车厢板的缝观察。蔡广得和杨桃已经消失在林中小路上。荒井带着宪查们开着枪喊叫着追上来。

岳小白连续向后面射击，将两个宪查打倒。

荒井带着宪查边射击边向货车追去。杨桃出现在森林边上，向荒井等人扫射。一名宪查中弹倒下。杨桃钻进森林里不见了。荒井吩咐相元带人去截车，他带着少年兵安藤和3名宪查去追杨桃。上等兵相元带着剩下的几名宪查去追小货车。

杨桃在森林间躲闪着，身后射来的子弹不断打在她的四周，断枝落叶如同下雨。杨桃边跑边向身后开枪。她没有战斗经验，一匣子弹32发，两次就打光了。她换上最后一匣子弹。

赛南粤驾驶着小货车，她的伤口发作了，强忍着开车。岳小白向车后射击。又有一名宪查中弹倒下。岳小白掩身车厢后装填子弹。上等兵相元带着剩下的4名宪查追击小货车。岳小白再度射击。一名宪查中弹倒下。剩下的4名宪查交替开火，密集的火力打得岳小白难以还击，只能躲在车厢板后。

蔡广得出现在宪查身后，他一点也不吝啬弹药，扣动扳机不松手，打光整整一梭子子弹。上等兵相元和3名宪查全都倒在地上。蔡广得看着小货车消失在小路尽头，提着枪向倒在地上的宪查走去。

杨桃向身后射击，她打光了弹匣里的子弹。杨桃慌里慌张找弹匣，身上已经没有了。她更加惊慌，提着空枪拼命跑，大喊："菜花头！"荒井从隐蔽处现身，说："她没有子弹了，抓活的！"宪查们一拥而上。杨桃害怕了，她丢掉手中的冲锋枪，没头苍蝇似的拼命逃亡。

蔡广得在收集宪查身上的弹药，他像是有感应，突然撇下倒在地上的宪查，拔腿向林中奔去。蔡广得在森林中狂奔，拐撒着双臂，腿抬得老高，那么密的森林竟然毫无障碍，跑得飞快，就像森林中的一个幽灵。一只受了惊吓的野兔在森林中狂蹿。蔡广得狂奔而来，大脚从野兔身上飞跃过去，眨眼消失掉。

杨桃拼命地奔跑，好几次摔倒，再爬起来，她惊慌失措，不断地回头看。荒井带着3名宪查在后面追赶。杨桃摔倒了，爬起来继续跑，在悬崖前猛地刹住。一道高高的悬崖，深不见底。杨桃无路可逃，喘着气惊慌失措地回身。荒井带着宪查们赶到，拦截住杨桃，他们也跑累了，喘不过气。杨桃害怕地向悬崖边退去，她绝望地哭了。

杨桃蹲在地上，捂着脸绝望地哭泣。荒井和宪查们喘匀了，慢慢围上来。杨桃停止哭泣，放下手看逼近的荒井和宪查，她站了起来，朝森林里看了一眼，一咬牙转身向悬崖冲去。荒井丢下手中的枪，追上两步向前一扑，将杨桃扑倒在地。杨桃挣扎着。另两名宪查冲上来，帮助荒井将杨桃摁住。杨桃狠狠咬住荒井的手。荒井疼得大叫，一挥拳头将杨桃击晕过去。荒井："把她带走。"一名宪查去扛杨桃，枪响了，连续两个点射。一名宪查扑倒在他身上，把他压倒。宪查丢开杨桃忙乱爬起来，第三个点射响了，他被打得飞了出去。荒井抢上去捡地上的枪。一发子弹将枪打得往边上一跳，荒井往前扑去，再一发子弹将枪打得跳向一旁。荒井在离枪咫尺之处停下，站直了身子，向森林边看去。

蔡广得站在森林边，喘着粗气举着枪盯着荒井，向这边走来。荒井步步后退，一直退到悬崖边上。蔡广得示意荒井回头看。荒井回头看，身下是悬崖万仞。荒井闭上眼，再睁开，恐惧地看蔡广得。蔡广得的枪口顶住荒井的胸膛，轻轻一推。荒井惨叫一声跌下悬崖。

少年二等兵安藤哆嗦着蹲在地上，吓得一把一把地抹泪。蔡广得枪口指着安藤走近他，用枪口将他头上的钢盔揭掉。那是一张孩子的脸，他是那么的恐惧，两行清泪挂在肮脏的脸上。蔡广得的枪口慢慢放下，脚一勾，将身边的枪勾在手上，离开孩子兵，奔向杨桃。

杨桃苏醒过来，看见蔡广得，不顾一切地爬起来，一头扑进他怀里，把他紧紧搂抱住，再也不肯松手，大声地哭出声来。蔡广得不得要领地抚慰着杨桃："好了，没事儿了。"然后抱着杨桃，向森林里走去。

一栋因战争被废弃的巨大的修船厂车间，小型货运车开进来停下。赛南粤和岳小白从车上跳下。赛南粤："这里原来是修船厂，去年连续遭到美国人的轰炸，日本人把它放弃了，没有人会注意这里。"岳小白："好地方。"

吴为一身商人打扮，和王掌柜在一栋民宅中焦急地等待。刘黑仔进来了。吴为："怎么样，找到他们了吗？"刘黑仔："没有，能找的地方都找遍了，没有他们的踪迹。"

王掌柜："鬼子搜索得厉害，他们不会在闹市待下去，就算来过南通运输社，一看情况也会快速离开，不会逗留。"刘黑仔："怪我，我该多告诉他们一个联络点。"

吴为："再去找。黑仔，告诉老梁，让他多派一些人，把网撒开一些，一定要找到他们！"刘黑仔匆匆离去。吴为想了想，把礼帽戴上，朝门口走。

王掌柜："掌柜的？"吴为："我亲自去。"

千夏麻也向浅丘经道汇报："防空司令部没有拦截住飞行者，我们的一架秋水式防空战机撞到了山上，滑翔机跑掉了。"浅丘经道："滑翔机飞行员没有抓住？"

千夏麻也："滑翔机在地面有策应，他们打死了我们11名前往搜寻的宪查，跑掉了。"

浅丘经道思忖片刻，问："就是说，他们不止两个人，他们到底是谁？难道东纵也向港岛派出了小组？"千夏麻也："看来是这样。"

浅丘经道："继续搜查，直到找到他们。"千夏麻也离去。

浅丘经道："给我接原田。"春山二路摇通电话，递给浅丘经道。浅丘经道："进入引爆准备，等待我的最后命令。"浅丘经道放下电话，慢慢坐下。春山二路静静地守在一旁。

港岛中环汇丰银行大楼前，戒备森严。占领军的车队驶来停下。原田良树从车上下来，带着两名情报人员匆匆进入大楼。一队情报部士兵从车上跳下，跑步上前，把大楼前的哨兵替换下来。另一队情报部士兵跟随原田良树进入大楼。

细菌弹被搬出地下室，运至大楼天台上。气象球升上空中。原田良树指挥情报人员将细菌弹保护体揭开，做引爆前检查。四周有数名荷枪实弹的日军士兵守卫。

港岛跑马地，跑马场中正在进行赛马，人头攒动，人声鼎沸。花冈星野在一队情报人员护送下匆匆通过赛马专用道。马厩地下室，花冈星野指挥情报人员将细菌弹保护体卸掉，做引爆前检查。四周有数名日军士兵守卫。

九龙南昌街华人慰安区，莺歌燕舞，浪语声声。青木城久带着几名情报人员下车。佛像慈眉善目。青木城久指挥情报人员将细菌弹保护体卸掉，做引爆前准备。四周有数名荷枪实弹的日军士兵守卫。

巨大的细菌战势图上，一支红笔在某一点上慎重地画了一个圈，图上红圈已经密密麻麻。春山二路回头对浅丘经道说："大佐，72枚炸弹全部拆除保护体，进入待爆准备。"浅丘经道还端坐在那里，没有回答春山二路，也没有看地图，他慢慢起身，朝门口走去，在门口站住，轻蔑地说："炸弹还没有炸响，我还在这儿，你们已经改口了，你们就这么害怕？"说完，离开作战室，把门关上。春山二路擦拭了一下额头上的汗，答道："是，教授。"

一栋客家围屋，一些东纵的游击队员在作行前准备。三号和几名支队干部布置任务。老梁从外面冲进来，递给三号一封信，说："联络点刚刚送来的，是浅丘经道给你的亲笔信。"三号匆匆看信，愕然。

"将军，这是我给您的最后一封信，我们之间的决战近在眼前，作为军人，你我都期待这样的时刻到来……很不幸，这一次，您输了，您希望中的盟军在华南的东方诺曼底奇迹，将在我杰出的计划中化为乌有。孙子兵法说，形兵之极，至于无形，无形，则深间不能窥，智者不能谋，他说得多好啊！现在我可以说出真相了，您派来的那支代号'蚂蚁'的情报搜集小组，他们当中并没有我的人，那不过是我对孙子兵法的一次充满尊敬的学习，我利用了您安插在我身边的情报员'薄荷叶'，让他发现我在您的根据地里的情报网，同时牺牲了我安插在您身边3位情报员的性命，完成了一次反间和死间的完美结合，当然，这一切都是我的虚拟，正如孙子所说，凡间有五，五间俱起，莫知其道……我必须承认，您派出的那些勇士，他们是真正的军人，他们没有辜负军人的荣誉。将军，我手里有37位您的勇士，当然，他们已经死了，现在他们正干干净净地躺在地下室里。我向您保证，等决战结束之后，我会把您的勇士的遗体全部奉还给您，同时，邀请您和您的同僚们听一出不错的能剧……顺便告诉您，您安排在我身边的那两位勇士中的勇士，他们的情况很好，我将和他们在很长的一段时间里谈到您，我相信，那会是一段非常愉快的经历。大日本中国华南派遣军情报部，浅丘经道呈上。"

三号慢慢收了信，问："他说的那两位勇士是谁？"老梁："如果他的话可信，他们是'紫罗兰'和'薄荷叶'，他俩都落到浅丘经道手里了。"三号发呆。老梁："首长，吴主任来电了，刘黑仔见到了我们的人，但随后又失去了消息，吴主任正在设法重新寻找他们的踪迹。首长，现在可以肯定，他们就是'蚂蚁'行动小组，他们就在九龙和港岛战斗，给鬼子制造了不小的麻烦！"

三号："就是说，他们还活着！"

浅丘夫人在家里整理切腹用具，和服、束腹带、束额带、垫膝布、白布。浅丘夫人把它们叠得整整齐齐，再将一把透着阴气的切腹刀放在切腹用具的最上面，然后收进衣柜中。她很从容，十分平静。

浅丘夫人毕恭毕敬候在门口。浅丘经道从外面进来，挥手示意跟随他回来的侍卫们留在院子里。浅丘夫人迎上前去，替浅丘经道放好脱下的鞋子，跟随他进入屋内。浅丘经道在妻子的服侍下换上和服，然后在榻榻米上跪坐下，接过妻子递来的茶，慎重地喝了一口。浅丘夫人在丈夫对面安静地跪坐下。浅丘经道轻轻唱起《樱花》："樱花樱花，正盛开着，樱花樱花，春日的天空下，就我所能看到的范围内，那是雾还是云？朝日下弥漫芬芳，走吧走吧，去看看她。"

浅丘夫人安静地看着丈夫，耐心地等待他唱完，问："我们死了以后，世界会太平吗？"

浅丘经道静静地说："你愿意那样吗？"浅丘夫人不安地点点头。浅丘经道长长地叹息一声，说："你死之后，会见到平山儿；我死之后，死神还会继续飞翔，它不会降落。"浅丘夫人点点头，起身离开。

他们失败地回到荒岛上。叶德全和丁荷站在海边，稍远处的地方是水花子和大井等人。小船靠岸，蔡广得、岳小白、杨桃和赛南粤一身硝烟从船上跳下，都急切地问水花子："怎么样，南通运输社那边有消息吗？"叶德全："琵琶鱼刚回来送过信，还是没有消息。"4个人眼里的希望立刻熄灭掉。叶德全："你们呢？"蔡广得和岳小白对视一眼，两人沉默着。叶德全扭头看杨桃和赛南粤，赛南粤摇了摇头。

杨桃："试过了，鬼子下达了禁飞令，他俩刚升空就被发现了，差点儿回不来。"叶德全点点头，问："接下来，你们打算做什么？我是说，去天上飞过一次之后，你们还打算做什么？"蔡广得和岳小白对视一眼，沮丧地摇了摇头。叶德全："就是说，你们准备放弃了？"

岳小白连说话的力气都丧失掉，说："能怎么样，什么办法都想过了，上面又联系不上，没有办法了。"叶德全问蔡广得："你呢？"蔡广得呆呆地站在那儿，说不出话。叶德全："你们跟我来。"叶德全拄着拐杖扭头往回走，走几步回头说："愣着干什么，跟上。"两个人都有些趔趄，走不稳，跟上叶德全，杨桃和赛南粤跟了上来。

琵琶鱼："我还去南通运输社门口守着吗？"水花子："没必要了。"大井扭头看水花子，问："那，我们怎么办？"水花子沉默了一会儿，说："让我们的人收拾东西，尽快回避风塘，带着家人离开九龙，不管去什么地方，别留下来等死。"

杨桃、赛南粤和丁荷站在山洞口，看着山洞里面，不敢进去。

赛南粤："他们在干什么？"杨桃没有说话。

山洞里，蔡广得和岳小白一边一个围坐在叶德全身边，叶德全一副重回领导岗位的架势，说："按照'紫罗兰'提供的情报，3天以后，盟军就要对香港进行大轰炸，鬼子也会在这个时候引爆细菌炸弹。现在，我们拿到了这个情报，被鬼子封锁在港岛和九龙，人出不去，情报送不走，和组织刚联系上，线头又断了，现在我们找不到组织，这就是我们的现状。没错吧？"蔡广得和岳小白点点头，两人都打不起精神。

叶德全："鬼子要毁香港，这事我们知道了，可就我们这几个人，伤的伤，残的残，又是女人又是孩子，被鬼子撵得像炸了翅的鸟儿，东躲西藏，我们干不过鬼子，拿鬼子没办法，我们阻止不了鬼子毁香港。没错吧？"蔡广得和岳小白沉重地点点头。

叶德全："除了我们，没有人知道鬼子要毁掉香港，总部不知道，4战区不知道，盟军也不知道，也就没有人出面阻止鬼子的阴谋，香港还得毁掉，对吧？"蔡广得和岳小白听出叶德全的话中有话，相互看了一眼。岳小白："翻来覆去的，你到底想说什么？"叶德全："说什么，说你俩蠢！你俩光想着情报就我们知道，得送出去，送不出去香港就得毁掉，鬼子不让送，上天入地也得送，你俩把鬼子当什么了？他能欺负中国50年，侵略14年，占领8年，他200万军队，能把四万万中国人戳在水深火热中动弹不了。他一个小小岛国，能把美国人英国人新加坡人加拿大人澳大利亚人印度人打得屁滚尿流，他就不能把你这几个毛猴子堵在香港，能让你从他身边溜出去？做梦吧！"

岳小白："光骂有什么用，你不也在这儿做梦吗，你要是有想法，就直截了当说，说我们怎么办。我们去过邮局，打过中立国海轮的主意，想弄部电台把情报传回去，可鬼子把全港九的电台都控制住了，没有电台，情报靠什么传？"叶德全："邮局的电台鬼子控制住了，港九大队的电台他鬼子也控制住了？"

岳小白："你们要去西贡，怎么回的头？刘黑仔不是告诉你们了，鬼子封锁了去西贡的所有道路，现在正对西贡和新界游击区进行大规模扫荡，你们找不到港九大队的人，去哪儿用他们的电台？你那办法是馊办法。"

蔡广得一直没说话，开口说："老鳗鱼是对的。我们不能光想着自己，光是硬着脑袋往外冲，得找友邻。"岳小白："刚才说了，友邻让你们弄丢了，时间就剩下3天，港九那么大，鬼子到处抓人，怎么找，来得及吗？"蔡广得："我说的友邻不是他们。你们注意到没有，自打我们来香港以后，盟军的侦察机每天都会出现在头顶，而且，差不多总是同一个时候，我观察过，基本都是在中午的时候。"

岳小白："我注意到了，每次都是1点钟，这个时候阳光当顶，地面防空观察最困难，侦察机安全系数大。怎么，你想打盟军侦察机的主意，让它给你当友邻？"蔡广得："至少它是友邻。"岳小白："可这个友邻在天上，怎么接近它？"

蔡广得："我们手上也有一架飞机，有没有可能，用它把情报传出去？"岳小白："如果滑翔机上装有电台，情报早传出去了，可滑翔机上没有电台。"蔡广得："我是说，有没有可能，我们让滑翔机飞上去，在天上接近盟军的侦察机，把情报递过去？"

岳小白冷笑道："我太佩服你了。"叶德全兴奋地说："我也佩服，是真佩服！菜花头，想事情就得有这个劲儿！"岳小白："那我就佩服你们俩。对了，你俩是东纵的，我就佩服你们东纵吧。你们胆子真够大，侦察机怕鬼子的防空火力，通常飞行高度都在6000公尺以上，滑翔机是轻型飞行器，设计高度和速度不是够不上，是远远够不上，根本不可能接近侦察机。就算接近了侦察机的飞行高度，两架飞机在空中怎么靠近？就算靠近了，是把情报当手榴弹丢过去，还是在滑翔机上拴根绳子，人荡悠过去？"

叶德全："别停下，继续，说不定真能想出荡过去的办法。"岳小白差点没被噎晕过去，说："我不是佩服你们共产党，我是佩服得五体投地，你们要真决定了，我去找根结实的长绳子，你们谁荡去？"岳小白瞪叶德全一眼，起身向外走去。蔡广得琢磨着，起身跟了出去，叶德全跟上去。

岳小白从杨桃、赛南粤和丁荷身边擦身而过，去了沙地上。蔡广得和叶德全相继出来，都去了沙地上。丁荷："他们要打起来了！"3个人担忧地看沙地。

岳小白烦躁透了，往沙地上一倒，说："我求你们离我远点，别给我说绳子，我听着可笑，不，是我得一头撞死。"蔡广得："别急着撞，绳子不行，那我们就想别的办法。"叶德全："对，总不能就这么让鬼子把咱们给噎死。"

岳小白："要想你们想，就当这儿没我。"岳小白往地上一倒，抓了团海草蒙在脸上睡觉。蔡广得极有耐心地哄他："别睡，竹叶青，你听我说，我们唯一的希望在天上，情报送不出去，递不到盟军手上，但不是没有可能被侦察机发现。"叶德全："对呀，盟军的侦察机每天都定时出现在头顶上，就是说，香港在它的视线内，它能够看见我们。"蔡广得："它能看见我们，我们怎么让它看见情报。"

岳小白愣了一下，脸上的海草拿开，半支起身子，开始琢磨。

叶德全："对呀，它能够看见我们，它就能够看见情报，它要看不见，它算什么侦察机？"岳小白："你闭嘴，别把事情扰乱了。收回我刚才的话，我还的确佩服你，这思路行。"蔡广得："那你继续。"岳小白："有一个办法。在侦察机的视线内，把情报传递出去。"蔡广得："怎么传递？"岳小白："让我想想，关键是引起侦察机的注意，如果有它感兴趣的东西，它会拍照，这样，情报就传递出去了。"蔡广得："怎么才能引起它注意？"岳小白："办法有很多，已知目标的突然变化，新出现的目标，行动中的军队或者辎重，都能引起它的注意。"蔡广得："我们不是鬼子，不是它的老目标，也不知道那些细菌弹在什么地方，做不了它的新目标，我们就这么几个人，没法拉出一支大部队出来，这个主意不行。"岳小白："还有，夜里的火光，比如把弹药库给炸了。不过，侦察机是白天飞来，这个也不行。"蔡广得："还有没有别的办法能吸引它的注意？"

岳小白："让我想想，侦察机遇到通用呼救信号……对了，我们可以使用国际通用受困信号引起它的注意！"蔡广得："什么是国际通用受困信号？"岳小白："夜里用3堆火，白天用3堆烟，排列成三角形，这就是国际通用的受困信号。我们还可以用莫尔斯电码救难信号，它是国际无线电公约组织通用的海难求救信号。它需要电台，我们没有，但我们可以使用它的国际通用呼救方式，任何人都会注意到，而且引起重视。"

蔡广得："好主意！然后呢？"岳小白："然后把情报写在侦察机发现我们的地方，也就是我们发出信号的地方，它会拍照。"蔡广得："我们手上的情报这么多，怎么写得下来，得要多大张纸来写？情报上的那些地图怎么办，怎么才能画出原样儿？还有，那些没有破译的情报，我们拿它们怎么办？"岳小白："你问得太快了，让我想想。"

叶德全："你嘴慢点，鞭打快牛，有时候牛也得累死。"

岳小白："不可能把全部的情报都写下来，但可以把情报最核心的部分提炼出来，用符号缩写成简单的几句话，当然，字得是大号的。只要引起侦察机的注意，让它拍下来，盟军的情报部门会分析那几句话，明白我们要传达什么情报。"岳小白开始在沙子上画图。沙地上很快出现一组图形。岳小白："我们在侦察机经过的航线上，找一块目标显眼的空地，空旷的海面也行，我们事先把情报的缩写写在信号布板上，在侦察机飞过的时候，用国际通用受困信号和求救信号吸引它的注意，如果它注意到我们发出的信号，并且把情报缩写拍下来，而且在返回基地的途中没有被打下来，就成功了。"

叶德全："那块传递情报的平地或者海面在哪儿？"蔡广得："这个不用问，在侦察机经过的线路上找。"岳小白："最后一点，点燃受困信号不光会引起盟军侦察机的注意，也会引起鬼子的注意，我们需要争取侦察机注意的时间，而且，要确认它把情报拍下来了。"蔡广得："香港到处都是鬼子，他们不会让我们这样做，他们会在侦察机注意到我们之前把我们干掉，同时消灭掉情报信号。"

岳小白："问题的关键是，我们需要时间来完成这一切，可我们靠什么来争取到这个时间？"3个人突然都没有话了，都像突然之间停止了呼吸，僵持在那里。海涛声和海鸟声传来，他们是死的，海是活的。

过了好一会儿，蔡广得才开口："靠死。"岳小白和叶德全没有明白。蔡广得："我们去死，去和鬼子纠缠，和他们拼命，往他们窝里扎。只有那样，我们才可能赢得时间。"蔡广得的脸上突然轻松了，说："你们知道我在说什么，这是我们唯一可以做的事情。"岳小白点了点头说："没什么留给我们选择，我们早就死了，没人知道我们还活着，要这样，我不想再活回来，让细菌吃掉一次。"叶德全默默地点点头说："还有20个小时，侦察机会出现在我们头顶，我们没有时间了，你俩先休息一下，养养神，给你们半点钟，我们开始行动。"蔡广得："我有多少时间？"

叶德全："半小时，1分钟也不多给。"蔡广得和岳小白相视一眼，站起来。

蔡广得："半小时之内，别叫我。"岳小白："我也一样，谁叫我，我把他脑袋拧下来。"两人扬长而去。叶德全糊涂，看着两人朝山洞走去。

丁荷："他们结束了！"杨桃和赛南粤看着蔡广得和岳小白向这边走来。岳小白腿快，径直走到赛南粤面前，向她伸出手。赛南粤怔忡一下，把手交给岳小白。岳小白什么话也没说，牵着她的手离开那里。丁荷瞠目结舌。

蔡广得过来了，他在离山洞口几步的地方站住，默默地看杨桃。杨桃也看蔡广得。丁荷屏住呼吸。杨桃扭头往山洞里走，看着进去了，突然转身向蔡广得冲去，直接扑进他怀里。他们手牵手离开那里。丁荷看看岳小白和赛南粤消失的方向，再看看蔡广得和杨桃离开的方向，高兴得一蹦老高。叶德全瞪大了眼，嘴张得合都合不上。

第二十九章
草根英雄　壮士殉国

太阳快速坠落，黄昏到来。荒岛高处，几只海鸟好奇地攀在树上往树下看。

岳小白和赛南粤来到山洞顶的草地上，岳小白手忙脚乱，生硬地去剥赛南粤的衣裳，弄疼了她的伤口，她忍不住叫出声，岳小白停下来。赛南粤："别停。"岳小白："我会弄疼你。"赛南粤："我说了别停！"赛南粤咬牙撕开自己的衣裳。两个人拥抱到一起，消失在草窠中。

海潮声悦耳，蔡广得和杨桃来到海边，在蓝色的大海背景下，两人默默对视。他们同时去拥抱对方，双方的情绪亢奋造成了磕碰，他们停下来，等待对方来拥抱，这样反而造成了生涩。他们再次行动，同时去拥抱住对方，却不知道接下来做什么，他们再一次停下来。杨桃："你会接吻吗？"蔡广得："不知道，我得试试。"杨桃点点头，又摇摇头。蔡广得猴急着要吻杨桃，杨桃不好意思，阻止住蔡广得，说："我得告诉你一句实话，然后你再亲我。"

蔡广得："亲了再说不行吗？"杨桃："不行。"蔡广得："那你快说。"

杨桃羞涩极了，一横心说："我是头一次这样。我还没学会和男人接吻，我怕你会笑话我。"蔡广得："我不会。"杨桃："你会，你就会！你笑话了就会嫌弃我！"

蔡广得深情而紧张地说："别紧张，你一紧张我也紧张，我们都不紧张，都不笑话对方，我们一起来学习，我们做得到。"两人深情地看着对方，慢慢凑近，吻住了对方。

蔡广得甜蜜而贪婪地亲吻着杨桃，他似有感觉，慢慢松开杨桃，回过身去。水花子站在稍远处。更远处的地方是大井他们，他们背着抱着自己的行李，站在一艘松开船缆的船边。杨桃不好意思地推开蔡广得，背过身去。蔡广得愣了一下，离开杨桃走向水花子。

水花子眼里是怨恨的神情，说："别和我说话。都怪你，要不是你，我不会再去找她，她也不会骂我了！"蔡广得问："你去找安迪娅了？她骂了你？"水花子："她让我以后不要再去纠缠她，她不想见到我！"蔡广得想安慰水花子，水花子一把将蔡广得推开，说："别理我，要不是你，我根本不会接近她，也不会鼓足勇气去找她，我只会远远地站在一边看着她，她会是我心里永远的仙女，可我还是失败了，还是被她嘲笑了！"

蔡广得看着绝望的水花子，心里发疼，劝道："没事，没事了兄弟，这世上不止一个安迪娅，好姑娘多的是，以后哥给你找一个更好的。"水花子跺脚大吼："没有更好的，只有她！没有以后，你都要死了！"蔡广得愣了一会儿，打起情绪问："你们要去哪儿？"水花子："离开香港。"蔡广得："你不能走，我需要你的帮助。"

水花子："我帮不了你。香港不是我们的，是那些阔佬的，我们不过是香港的一粒灰尘，我们没有必要死在这儿。"说完水花子转身走向等在渔船边的大井等人。杨桃过来，叫水花子，水花子没有理会，和大井等人上了船，船离岸而去。蔡广得伤感地站在那里。杨桃担忧地看看蔡广得，再看远去的渔船。

叶德全和丁荷坐在不远处的一块礁石上。叶德全从渔船边收回视线，认真地在一张纸头上一笔一画写着。丁荷担忧地说："就剩下我们6个了。"叶德全没有抬头，一笔一画地在纸头上写着。

他们和她们在海里洗澡，清洗征尘。蔡广得、岳小白和丁荷光着身子，在海里开心地打着水仗。隔着一块巨大的礁石，另一边是杨桃和赛南粤，她们湿发披肩。杨桃听礁石那边传来丁荷快乐的喊叫声，心里痒痒，说："我们去他们那边。"杨桃说着往礁石那边走，被赛南粤一把抓住。赛南粤："他们没穿衣裳。"杨桃："让他们穿上。"

赛南粤："穿上也不行。你还没结婚呢，有这么猴急的吗？"杨桃吐了吐舌头。

蔡广得和岳小白看海平面的瑰丽云层，他们的身上布满了新旧伤痕。夕阳正在往海水中落去，海水被染得流金溢彩，分外壮丽。礁石上，叶德全舔了舔铅笔头，在纸头上写下最后几个字，满意地把笔和纸头收起来。

洗涤一新的"木棉花"小组成员们回到沙地上，蔡广得、岳小白、叶德全，3个人面前有一个临时堆成的沙盘，3个人在沙盘前运筹帷幄，杨桃在为蔡广得处理腰上的伤，赛南粤在为岳小白处理胳膊上的伤，丁荷在沙地和小火轮之间两头跑，把武器搬出来，堆放在沙地上，他们每个人身上都披着一层夕阳，犹如黄金战袍。蔡广得："'木棉花'行动小组的人都在这儿了，我不需要提醒大家，我们只有一次机会，如果错失战机，则时不我待。现在我把行动方案说一下，海上目标明显，没有回旋余地，易攻难守，一旦被鬼子发现，我们坚持不了多久，所以，放弃把信号平台建立在海上。"

蔡广得把一根小木棍摆放在沙盘的一处，说："我们把信号平台建立在这里，鹤咀山要塞的背后。"所有人的目光都盯着沙盘，杨桃一眨不眨地盯着蔡广得。蔡广得："鹤咀山是盟军侦察机每天都会飞过的必经之地，根据'紫罗兰'提供的情报，鬼子的主力部队已经从这里撤走了，要塞里关着2000名劳工和囚犯，他们被用来充当盟军轰炸时的打击目标，要塞里只有少数鬼子看守，这对我们是一个机会，为了保证盟军的侦察机能够注意到信号，我们分成3个小组行动。"

蔡广得将三枚贝壳依次放在沙盘上，说："我是第一小组，负责把鹤咀山要塞的大门炸开，让劳工和囚犯从要塞里冲出来，吸引盟军侦察机的注意，时间是明天下午12点40分，也就是盟军侦察机通常到来前的20分钟。"众人神色严峻，没有人说话。

蔡广得对叶德全说："老鳗鱼，你和渣子是第二小组，如果我成功了，盟军的侦察机会注意到要塞，它会在通过要塞的时候经过信号平台，12点55分，你们在信号平台上准时点燃受困烟堆，向侦察机传递信号。你们是最重要的一组，信号是不是能够传递出去，盟军的侦察机是不是能够看到信号，并且把信号拍下来，都取决于你们这一组。"

叶德全："你放心，我和渣子保证完成任务。"

蔡广得看着岳小白，说："竹叶青是第三小组，明天中午12点45分，我那边打响之后，你驾驶滑翔机飞上去，拦截盟军的侦察机，把它引导到信号平台上方。"岳小白："明白。"蔡广得："也不需要提醒你，我们没有更多的人手，我一个人，不知道能不能炸开要塞大门，把劳工和囚犯们放出来，要是我没有做到，侦察机在飞过鹤咀山的时候，就不会注意到下面的情况，它可能会从信号平台上飞过去，而看不到信号，只能靠你把它拦截住，带回信号平台。"岳小白："我会那么做。"

蔡广得："这样，盟军侦察机在飞过鹤咀山的时候，会看到要塞里冲出的劳工和囚犯，引起注意。接着，它会看到要塞背后升起的受困信号。如果这两步侦察机都错过了，或者我们中间的一个组出现了失误，大门没有炸开，发烟信号没有点燃，竹叶青的滑翔机会把侦察机带到信号平台上空。"叶德全："计划很周密。"

杨桃开口："我呢？我做什么？你们的计划中为什么没有我？"赛南粤："还有我。"

蔡广得："你们两个人在我们的计划中，一会儿再说。"

叶德全："我和渣子怎么布置信号烟堆？"岳小白用木棍在沙盘上摆出样子，说："信号平台不能离要塞太远，需要在侦察机注意到要塞后，让它马上看到信号平台。平台一定要建立在空地上，不能被附近的树林和悬崖遮住，烟堆要形成三角形。要多找一些树脂含量高的树枝，就算树枝是湿的，也能很快点燃。烟堆点燃后，要注意观察天空，看见侦察机了，赶快往火堆里填一些湿树枝，这样烟堆会产生大量的浓烟，便于侦察机发现。以防万一，再找两支手电筒，在侦察机飞临头顶时，用莫尔斯电码救难信号通知侦察机。"

叶德全："莫尔斯电码怎么使用？"岳小白："方法很简单，用手电筒照射侦察机，三短，三长，再三短。不断反复，直到侦察机发现你们。"

杨桃："情报怎么传送给侦察机？"岳小白："写在信号布板上。用橙色油漆写。空中往下看，橙色最容易被发现。"杨桃："内容是什么？"岳小白："GERMWARFARE。"杨桃："细菌战？"蔡广得："我去过鹤咀山，那里不可能找到足够大的空地，我们在鬼子的腹地，条件有限，也没办法把大量信号板运到鹤咀山上去，信号布板上写不了更多的内容。"

赛南粤："要是盟军不知道你在说什么，怎么办？"岳小白："盟军会分析，他们有世界上最了不起的情报专家，他们能分析出来我们告诉他们的是什么。"赛南粤："万一他们没有分析出来呢？"杨桃："那就直接告诉他们，香港将发生什么。"杨桃从蔡广得手中拿过木棍，在沙盘上写出一串文字：1345·FACA。杨桃："公元1345年，鞑靼人进攻黑海城市法卡，因为久攻不下，军队伤亡过大，他们急于结束战争，就找来一些患上鼠疫死去的人，用抛石机把尸体抛进城内。法卡之战的结果是，鞑靼人胜利了，战争结束了，鼠疫却蔓延开来，它在欧洲整整猖獗了300年，夺去了2500万人的生命。"

岳小白："小蜜蜂的这个主意太好了！法卡之战是人类历史上第一次细菌战，把法卡的名字和年代写上，盟军会立刻知道我们传递的情报内容是什么！"蔡广得欣赏地看杨桃。说："采纳，就按这个主意办。"

杨桃："现在该说我的事了，在你们的计划里，我到底做什么。"蔡广得："你和美沙子，你们送情报回惠州。"杨桃："回惠州？"赛南粤也惊讶。蔡广得："我们不知道这次的行动能不能成功，能不能把日军细菌战的情报传递给盟军，而且，杨子昆先生和'紫罗兰'提供的情报中除了细菌战，还有很多重要的情报，必须尽快把它们交到组织手上，这个任务只能靠你们了。"岳小白："你们走海上，一会儿就出发，从鲤鱼门海峡出海，过大浪湾进大鹏湾，路绕得远一点，时间会长一些，但能避开鬼子的海上封锁。"蔡广得："明天中午，一旦鹤咀山要塞大门炸开、信号烟堆点燃、滑翔机升空，鬼子会把全部的注意力转移到那里，他们在香港的主力已经撤离，没有更多的兵力，只能把撒开的封锁网收缩回去，直奔鹤咀山，你们只要躲开海上撤回的鬼子，再往前，就是一片真空地带，你们就安全了。"

杨桃："让老鳗鱼送情报回去，他带着重伤，不能参加战斗。"叶德全："我是小组前任组长，我不能离开，再说，我们当中谁没有带伤。"赛南粤："那就让丁荷去。"叶德全："他不会水，根本不可能到达惠州。"

蔡广得："不用争了，你们也知道，小组只有我们6个人，竹叶青和我不可能离开，我不知道我一个人能不能炸开要塞的大门，竹叶青也不知道天空中有什么在等着他，老鳗鱼和渣子必须让发烟信号堆准时点燃，送情报回根据地的人一定得是两个以上，确保一个人出事，另一个人能接着完成任务，该想的都想到了，这是唯一可行的办法，老实说，你们不是没有危险，你们的危险可能比我们更大。"岳小白："现在商量最后一件事：去什么地方找到做信号板的材料？"丁荷："我有办法。"

水花子和大井等人远远地站在海滩那头。蔡广得转身一看，起身向海滩那边走去。

蔡广得来到海滩上，有些感到意外，问："你们怎么没有走？"水花子："走了，半道又回来了。有一件事我没有告诉你。从加士居道回来的时候，我去看了德力克。可是，我没见到德力克。日本人下令，部队撤走的时候丢下家眷，德力克不肯丢下老婆孩子，昨天晚上，他把全家人叫到一起，拉响了两颗手榴弹。"蔡广得从震惊中缓过神来，拍了拍水花子的肩头，安慰道："别难过了，天色晚了，一会儿就看不见了，你们也早点儿上路吧。"

水花子："大井他们不走了。"蔡广得看一眼水花子，再扭头朝大井他们走去。蔡广得："为什么不走？"大井："我们想留下来。"蔡广得："鬼子要毁掉香港，他们的手段非常卑鄙，也十分残忍，留下不安全，你们带着家人赶快离开吧。"大井："蔡大哥，我们在背后议论过，我们这些人在你们眼里都是歪瓜裂枣，一群烂仔，你们没把我们放在眼里。"

蔡广得："大井，你听我说……"大井："不，蔡大哥，你不用解释，这些日子我们跟着你们，听得够多了，你们说的每一句话我们都听在耳朵里。现在你听我说，我们知道你们要干什么，我们也知道，你们是奔着死去的。你们不是香港人，用不着管香港的事，凭你们的本事，你们能从这儿跑掉，可你们没那么做。水哥说得对，香港也不是我们的，我们不过是香港的一粒灰尘，可我们生活在这儿，我们真是香港人。我们不知道能做什么，我们愿意跟着你们走。"蔡广得感动了："大井！弟兄们！"众人："大哥！"

水花子过来亲切叫了声："哥。"蔡广得："哎。"水花子："如果，如果我死了，安迪娅会怎么样？"蔡广得有些困惑，说："我不知道，我说不好。"水花子："你就说，她会为我伤心吗？"蔡广得："会，她会，如果她知道你是什么样的人，知道你一直在默默牵挂她，知道你把自己豁出来，去保护她，她会哭得一塌糊涂，她会后悔没有早一点拉住你的手。"水花子憧憬地微笑了，说："那我就去死。"

岳小白等人站在沙地上，看着海滩那边，他们已经看出名堂了。叶德全欣慰："我算了一下，'木棉花'行动小组比从总部出来时，多了6个。"

一支支枪和一箱箱弹药被搬走。大井指挥沙马沙追等人搬运武器弹药。大井："全都拿走，一粒子弹也别剩。"船工琵琶鱼和香港脚在一艘双桅船上收拾船具，泥菩萨跑前跑后帮助他们。另一艘双桅船上，旺财等人在往船上搬运武器和弹药。叶德全回头恋恋不舍地看荒岛，自言自语道："也算一块根据地，真舍不得丢下呀。"

蔡广得、岳小白和丁荷在海边送杨桃和赛南粤。蔡广得："情报收好了？"杨桃点点头。蔡广得："你阿爸会为你骄傲。"杨桃盯着蔡广得，眼里噙着眼花。蔡广得朝身后看了看，人有些控制不住地烦躁，说："别这样，小组的人都看着。"

叶德全过来，把几页纸宝贝似的交给杨桃，嘱咐："小蜜蜂，这个你替我交给首长，所有的情况我都写清楚了，你就告诉首长……"叶德全想了想，说："算了，没有什么好交待的了。"杨桃似乎没有听见叶德全在说什么，眼睛仍在蔡广得脸上。岳小白过来，捅了捅蔡广得，示意蔡广得关注杨桃的情绪。蔡广得突然发作，大声吼道："捅我干什么，我能看见！"弄得岳小白和叶德全一脸尴尬。

杨桃从蔡广得脸上收回视线，她突然之间变得十分坚强。她离开蔡广得，走向叶德全，把他抱住。叶德全尴尬道："好啦，好啦。"杨桃不松手，好像一旦松手叶德全就会彻底消失掉似的。杨桃："想听我说句话吗？"叶德全："说吧。"杨桃："不管你有多老，你得有孩子，没有孩子的男人不算男人。还有，有了孩子你得疼他，别把他再弄丢了。"叶德全："可是，我去哪儿弄那个孩子？"杨桃："好好回来，去找那些漂亮寡妇，生下你的孩子。"叶德全乐了，一张老脸笑得灿烂无比，说："这话我爱听，我找她们去。"

杨桃松开叶德全，走向岳小白，上前把他抱住，杨桃："待自己好一点，飞上去的时候，把自己捆紧点，别从滑翔机上掉下来。"岳小白："我会的。别记我的仇。"杨桃咬牙切齿地说："做梦吧，你别想得逞，我会记你一辈子。"岳小白笑了。

杨桃松开岳小白，走到丁荷面前，杨桃："渣子，来。"丁荷奔向杨桃，投入她的怀抱。杨桃："你多大？"丁荷不解，抬头看杨桃。杨桃："姐是想，再听你说说。"丁荷："14，再过3天就吃15的饭了。"杨桃："记着，你要带姐姐去卖鱼，姐姐要请你看电影。"杨桃松开丁荷。大家都以为她最后会去拥抱蔡广得，但她转过身，低下头，从众人当中穿过去，快速向渔船走去，连看都没看蔡广得一眼，在泥菩萨的帮助下攀上船。蔡广得有些失望。

岳小白走向赛南粤。赛南粤微笑着看他说："你知道我在哪儿。"岳小白点点头。赛南粤："你答应过会来找我。"岳小白点头。赛南粤："我会在那儿等着。你要是不出现，我就一直等在那儿。"赛南粤说罢，不等岳小白说话，转身向双桅船走去，在泥菩萨的帮助下上了船。

琵琶鱼："升帆……"双桅船升起了船帆，船帆被风鼓得满满的。琵琶鱼："起航！"双桅船驶离岸边。最后一抹夕阳突然一跳，被海水淹没。

蔡广得、岳小白、叶德全和丁荷，像四尊雕塑站在海边，目送双桅船离去。蔡广得："我们走。"带着3人走向另一艘双桅船，水花子和大井等人早已等在船上了。船帆张满了，海涛声扑面而来。

吴为和几名港九大队的队员等在鲁班先师庙后。刘黑仔带着两名队员匆匆过来报告："找到他们了！他们在12区避风塘外的一座荒岛上。"吴为："走，去接他们！"吴为带着港九大队的人匆匆离去。

吴为在荒岛上茫然走动。荒岛人去岛空，到处都留着"木棉花"小组停留过的痕迹。吴为捡起那些东西，一样样地看，眼睛湿润了。刘黑仔带着两名手枪队队员打着火把从洞里钻出来，朝吴为摇了摇头。吴为揪心地问："他们去哪儿了？他们在哪儿？"

万仞悬崖上是鹤咀山要塞。悬崖下大海无垠。要塞用石头砌成，四角有四座炮楼，大门紧闭，固若金汤。天阴得厉害，乌云密布，要下雨。

要塞背后的山坳上，蔡广得趴在大石头后面，用一架英式望远镜向要塞观察。蔡广得放下望远镜，朝天上厚厚的云层看了一眼，十分担忧地朝手边看了看。一条长长的导火索，从蔡广得手边沿着草窠攀出，一直通往看不见的地方。

蔡广得返回营地，第一组营地建在要塞背后的一片密林中，离要塞较远，大约二百来米。水花子和濑尿虾等人在林间睡觉，一个个东倒西歪，四仰八叉。蔡广得过来，轻轻地摇了摇水花子，水花子一个激灵醒来，问："开始行动了？"蔡广得示意水花子轻声，说："天刚亮，还有6个小时，让他们睡一会儿。我去信号平台看看，你去前面看着点儿，注意鬼子的动静，如果他们出来，发现了炸药，就把捻子点燃。"水花子："提前点？"蔡广得："我们不可能再趁黑夜去安放一次炸药，没有机会了。"水花子拿着望远镜走开了。蔡广得钻进身后的林子。

清晨，林间的鸟啾声悦耳，一条溪流顺山而下，溪流两边各自空出一片开阔地，再两边，则是一望无际茂密的森林。"木棉花"小组在这里建立起他们的第二组营地——信号平台，它处于蔡广得的第一组营地和岳小白的第三组营地当中。溪流边的空地上，呈三角形堆起三堆发烟柴堆，发烟堆旁放着两块信号板。叶德全和丁荷在往发烟柴堆上堆树枝。叶德全抬头看天，见天阴得更厉害，嘱咐丁荷再捡点松枝来。丁荷离去。

第三组营地建在鹤咀山一片林间空地，空地狭长，大约一百来米，滑翔机停在空地上。清晨，林间一片悦耳的鸟叫。岳小白在检查滑翔机，大井、西洋菜、鹭鸶脚、沙马和沙追在给他帮忙。岳小白检查完滑翔机，再看了看滑翔机的跑道，十分满意。抬头看了看天色，吩咐："鹭鸶脚，西洋菜，你俩在这儿守着，别走开，要是雨下来了，用油布把飞机遮起来，别让发动机进水。"二人："哎。"岳小白要大井带沙马沙追兄弟俩回要塞那边。大井不肯走，说一定要让岳小白飞起来。岳小白："我这边全都准备好了，一会儿飞的时候你们也帮不上忙，要塞那边的任务重，也最需要人，你们去帮帮你蔡大哥。"大井答应着，带着沙马和沙追兄弟俩走了。岳小白钻进了森林里。

叶德全坐在发烟堆边，咬牙切齿地用一根缝衣针，一根白线，将绽开的伤口硬缝合起来。岳小白过来，在一旁检查信号板。信号板有两块，用白丕布绷在木架上，长约10尺，上面用橙黄色的油漆写下两行大字，分别为：GERMWARFARE（细菌战）、1345 FACA（1345年法卡）。岳小白检查完信号布板，不安地抬头看天色。

　　蔡广得从要塞那边过来，钻出树林，从山坡上滑下来，蹚过溪水。蔡广得："怎么样？"岳小白："老鳗鱼和渣子干得不错，是我看到的最棒的发烟堆。"蔡广得担忧地说："天阴得厉害，怕是要下雨。"岳小白："要是下雨，能见度会降低，侦察机在空中的视线会受到影响。这还不打紧，就怕侦察机担心鬼子的防空火力，在云端上面飞，那就看不见信号了。"蔡广得一时无语。岳小白："要塞那边动静得大一点，得把那2000名劳工放出来，把侦察机的注意力吸引下来。"蔡广得："我尽量吧。你能飞上去吗？"岳小白："天气要好，滑翔机能飞到4000米，不知道今天侦察机会在什么高度飞，别超过6000米，这个高度我没飞过，滑翔机也飞不上去。"蔡广得："下雨能飞吗？"岳小白："雨倒不怕，最好风能小点儿，不然别说飞上去，风一搅，飞机失去平衡，我得摔下来。"蔡广得："你尽量飞得离侦察机近一点，把它引过来。"岳小白："我试试吧。"

　　蔡广得有些伤感，说："再也回不去了。真可惜，没有在正面战场上痛痛快快打一仗。"岳小白："下辈子吧。"停了一会儿，又说："下辈子我们还做兄弟，我们一块儿去正面战场。"蔡广得点点头，转身离开岳小白，走向丁荷。

　　丁荷丢下怀里抱的树枝，迎过来。蔡广得替丁荷整理了一下衣裳，问："我答应过你，等事情结束后，带你去找你爹娘。你没恨我吧。"丁荷一副无所谓的样子说："我早知道他们死了，我就是不想承认，不过没什么，我已经找到新爹了。"蔡广得："在哪儿？"丁荷回头看在发烟堆前忙碌的叶德全。蔡广得糊涂了，看看丁荷，再看看叶德全，问："老鳗鱼？"丁荷："我觉得，他挺像一个当爹的。"丁荷像个大人似的耸了耸肩说："哥，你别担心我了，从大屿山回来以后，我一点也不害怕了。我爹没守住东北，我不怪他，我也不想让他怪我，他和我娘生我一场，我会让他们觉得生我值。"蔡广得："这些话都是谁教你的？"丁荷："老鳗鱼。他说了，要是我们能活下来，他让我和他一起过，我不用再去找我爹，他也不用生儿子了。"蔡广得有些惆怅，他下意识地抬手要抽丁荷的脑袋，手在空中停了一会儿，放下，心有不舍地拍了拍丁荷，粗鲁地把他推开，朝叶德全走去。

　　叶德全好像知道一切，抬头等着蔡广得走近，说："我这儿没问题，你就放心吧。你也早点过去，一会儿你那儿得先打响，你的压力比谁都大。"蔡广得："嗯。"叶德全："我没有出卖你阿妈。"蔡广得说："我知道。"停了一会儿，蔡广得："我走了。"

蔡广得回头看了岳小白一眼。岳小白的目光在远处等着。蔡广得收回视线，几步跳上坡，回头向丁荷挥了挥手。丁荷也向蔡广得挥了挥手。蔡广得涉过溪流，钻进树林中。

岳小白："一会儿要是下雨，把信号布板扣过来，别让油漆被雨水冲了。"叶德全："放心吧。"岳小白说声我也走了，钻进树林里不见了。叶德全目送二人离开，收回视线，发现丁荷一直看着蔡广得离去的那片树林，然后丁荷朝一棵小树走去，把蔡广得送给他的那把弹弓挂在上面，转身离开，去发烟堆边拢树枝。

天大亮了，蔡广得和水花子等人趴在山坳里，观察坡下的要塞。雨点落下来了，不大。蔡广得紧盯着要塞，雨点儿很快在他脸上布满。

下雨了，岳小白带着鹭鸶脚和西洋菜用油布将滑翔机罩起来。岳小白叫鹭鸶脚和西洋菜去树林中避雨，岳小白没有走开，他坐在滑翔机旁的草地上，陷入回忆，不知想到了什么，微笑着。

下雨了，丁荷手里拿着他的弹弓，歪着脑袋在一棵树下看树上的鸟儿。在溪流边洗脸的叶德全一瘸一拐地跑回来说："渣子，把信号板和柴火堆盖上，别让它们打湿了。"丁荷恋恋不舍地看了树上躲雨的鸟儿一眼，弹弓挂回树上，跑开了。两人七手八脚把信号布板翻过来，用油布把它们和发烟柴火盖上。

下雨了，一艘双桅船在茫茫的大海上行驶。杨桃坐在船头，看着前方的海面。赛南粤从船舱里钻出来，叫杨桃快进船舱避雨。杨桃没有动，她好像魔住了。

浅丘经道的座驾和一辆囚车开进兵营。浅丘经道冒雨从车上下来，囚车的车门打开，一双女人焦急的脚踩进雨水中。

金永洲在临时病房里，仍然看着窗外，仿佛一直没有改变过姿势，已经成了一尊化石。门被推开，浅丘经道走进来，然后是一位年轻美丽的朝鲜女人，她是金永洲的未婚妻金玉英。浅丘经道示意两名行动队员和跟随的随从离去。

金玉英："永洲？"金永洲战栗了一下，慢慢地、不甘地回头。金玉英扑向金永洲，将他紧紧搂住，泪水夺眶而出。金永洲也抱紧恋人。他贪婪地捧着她的脸，看着她，不停地亲吻她，抹去她脸上的泪水，再亲吻她，一对恋人就那么热烈而绝望地亲吻着对方。浅丘经道轻松地掸了掸军帽上的雨水，轻轻掩上门，在外间的椅子上舒服地坐了下来。

金永洲捧着金玉英的脸，目光炽烈，张开口呜呜地对她说着，那是一段旋律。金玉英听懂了，她泪水淌满脸颊，点了点头，她也捧住他的脸，开始哽咽地为他唱歌，她唱的是《阿里郎打令》："阿里郎，阿里郎，阿里郎哟，我的郎君翻山越岭，路途遥远，你怎么情愿把我扔下，出了门不到十里路你会想家。"

浅丘经道愣住，慢慢地站起来。

金永洲捧住金玉英的脸，痴迷地看着恋人，金玉英仍在唱："阿里郎，阿里郎，阿里郎哟，我的郎君翻山越岭，路途遥远，今宵离别后何时能归来，请你留下你的诺言我好等待。"

浅丘经道猛地站起来，将手伸向腰间的佩枪，它在那儿停了下来，颤抖着。然后，他一屁股坐回椅子上去。

蔡广得和水花子在同一块岩石下避雨。水花子："哥你说，我们做这件事，有人知道吗？"蔡广得看水花子。水花子："我指的不是日本人，是那些我们要救的人。"蔡广得看茫茫雨雾，半晌才说："没人知道。"水花子凄凉地笑了笑说："我猜也是这样。没人知道，我们在为他们死。"蔡广得把水花子往里拉了拉，让他避开雨。水花子有些生涩，但很享受蔡广得的照顾，偷偷地看他问："哥你恨阿爸吗？"

蔡广得："有点儿。"水花子："我也是。"蔡广得："可我觉得，他没做错什么。"水花子看蔡广得。蔡广得笑了，替水花子抹去脸上的雨水。兄弟俩靠得更紧了。

叶德全一瘸一拐地在3堆发烟堆边走动，用油布遮挡越来越大的雨。叶德全："渣子，你去那边躲躲。"丁荷："你才该去躲。"叶德全："听话。"丁荷："你要不躲，会更瘸的。"叶德全停下来，看丁荷。丁荷在雨中冲叶德全扮鬼脸。叶德全笑了，非常开心。

鹭鸶脚和西洋菜在一棵大树下躲雨。岳小白全身都淋透了，但他坐在草地上一动也不动，陶醉在雨水的洗涤中。

雨大了起来，十分密集。蔡广得看手中的怀表。怀表指向12点40分。蔡广得："到点了。"众人突然一下子都直起背，屏住呼吸。林中的鸟儿像是听到了命令，一下子全都收了声，山坳上一片寂静。蔡广得："大井，点捻子。"沙马沙追兄弟俩用衣裳罩了个避风围子，大井把导火索点燃。导火索掉进草丛中，在草丛中跳跃着燃向前去。众人的眼睛盯着向前燃去的导火索。蔡广得紧盯着要塞。一声巨响，要塞的大门被炸得粉碎，飞上天去。大井等人欢呼雀跃。蔡广得脸上露出欣喜的笑容。

要塞里传来日军的惊呼声、指挥官尖着嗓子的口令声，警报声刺耳地响起。炮楼里一挺机枪响了，然后是另一挺，子弹打得大门附近碎石乱跳。

爆炸声和隐约的枪声传来，丁荷："菜花头打响了！"叶德全："再检查一遍，千万不要出错！"叶德全从避雨处跑出来，一瘸一拐走向发烟堆。丁荷看了看手中的弹弓，叹息一声，起身将弹弓挂在那棵有鸟儿的树上，冲树上的鸟儿挥了挥手，跳跃着向叶德全奔去。

远处爆炸的声音传来，岳小白扭头朝那边看，然后，他躺下了。雨点落在岳小白的脸上，他眯缝起眼睛，心无旁骛地望着天空。天空中，无数雨点由小至大，像欢乐的赤子，落下来，落下来。

蔡广得盯着要塞的方向。要塞里的警报仍在响着，机枪仍在向被炸毁掉的大门空地上扫射，可大门口空空如也，没有一个劳工和囚犯出现。蔡广得脸上的欣喜不见了。众人紧张了。大井："怎么没见劳工和囚犯出来？"沙马："坏了，他们可能被锁在地牢里，出不来！"蔡广得紧紧盯着要塞的方向，雨水顺着他的脸庞流淌下来。

一架美军F-5E闪电侦察机在乌云上方飞行，那里阳光灿烂。机翼下，乌云滚滚。在接近港岛前，因为能见度低，飞行员压下操纵舵。侦察机从阴霾中钻出。它在阴霾密布大雨交加的海洋上飞行。

蔡广得脸上全是雨水，他神经质地掏出怀表看了看。说："还有15分钟，我们上，把劳工放出来。"水花子吃惊地说："可是，计划里我们只负责炸开大门，掩护他们，没有说要攻打要塞。"蔡广得："天气不好，云层太低，如果侦察机忽略掉要塞，就会从我们身后的信号平台上飞过去。一定要让侦察机注意到要塞。"水花子突然有些冲动，说："哥，要是我们上去了，美国人的飞机没有来，我们岂不是白亡命了？"

蔡广得的脸色阴沉，下令："上！"他一撑地面，从石头后面跃起，拎着斯汤姆冲锋枪冲了出去。大井朝水花子看一眼，抱着布朗式轻机枪跟着跃身出去，鸡杂和鬼鸟抱着弹匣跟上他。然后是沙马沙追兄弟，濑尿虾和旺财。山坳中只剩水花子，他趴在泥水里，没有跟上去。

机枪仍然在响，只是没有发现目标，有点懈怠了，扫射变成点射，有一搭没一搭。蔡广得顺着要塞的高墙摸到大门旁，隐蔽观察，试图找到要塞里机枪火力点的位置。几名日军士兵从要塞里出来，打算侦察要塞外的情况。两相遭遇，猝不及防，蔡广得率先开枪，手中的冲锋枪吐出火舌，打倒两名日军士兵，其他日军士兵一边胡乱地开枪还击一边退回去。机枪猛烈扫射，将大门一带打得碎石乱溅。日军指挥官在要塞里大声吼叫，紧张地调遣防守。

大井等人毫无作战经验，从山坡上呐喊着冲下来，雨地滑，有人摔倒，爬起来继续往前冲。蔡广得急叫："别过来，找地方隐蔽！"已经晚了，要塞4个炮楼上的枪声响了。刚冲到大门前的老榕树和蚬仔中弹倒下。老榕树躺在那儿没动，蚬仔还没死，爬动着，被一串子弹打得不动了。大井等人抱头乱躲，退到高墙死角下贴着墙，完全被打蒙了。

大井等人不知所措。蔡广得检查了一下冲锋枪说："准备手榴弹！"沙马沙追、吊钟、腊嘴和猪屎渣，几个人纷纷掏出手榴弹。蔡广得："听我口令，手榴弹一起丢进去。大井，你掩护我。丢啊！"沙马沙追等人把手榴弹丢进高高的石墙内。猪屎渣想把手榴弹丢远一点，退后几步，暴露在外面，一串子弹打中了他，他跪下来，手榴弹掉在地上，他撑起来摇晃着去捡手榴弹，手榴弹从手中滑掉，再捡起来，手榴弹爆炸了，将他掀上天空。数枚手榴弹在要塞里爆炸了，掀起火光和烟尘。

蔡广得闪身冲进大门，手中的冲锋枪吐出火舌。两名在院子里向楼上退去的日军士兵中弹倒下。院子四周的底楼下，一排十几个囚牢里关满了劳工和囚徒，他们一起摇动栅栏门大声喊叫。要塞四周的炮楼吐出交叉火力，打得蔡广得脚下火星四溅。蔡广得边打边向底楼下冲，选择廊柱死角掩蔽，同时发现了机枪的火力点。

蔡广得冲到底楼死角，快速接近机枪火力点，将一枚手榴弹丢进枪眼，手榴弹爆炸，机枪哑了。大井冲进院子，手中的机枪吐出火舌，和炮楼上一挺机枪对射。吊钟、腊嘴、沙马沙追兄弟冲进院子，用步枪向躲在楼上回廊中的日军胡乱射击，毫无章法。

一间屋子里突然冲出几名日军士兵，向院子里开火。大井机枪打空了，躲到一旁去换弹匣。腊嘴被几发子弹打得跳起来，倒在地上不动了。蔡广得和大井前后火力交叉，向冲进院子里的日军开火，将日军打倒。蔡广得边换弹匣边冲到楼梯口，用火力封锁住一队从楼上冲下来的日军。吊钟等人边开枪边冲向楼底。

蔡广得："去两个人找到地牢，把地牢打开！把人放出来！"吊钟和沙马沙追兄弟边射击边向地牢方向跑去。吊钟在半途被子弹打中倒下，在地上挣扎，再度中弹，不动了。沙马沙追兄弟俩消失在楼下。其他人分头散向底楼，去开各囚牢房间的门。

隐约的枪声中，叶德全看着怀表说："时间到了，渣子，点火。"两个人跑向发烟堆，揭开油布开始点火。柴火湿了，怎么都点不着，丁荷慌了："柴火点不着！"叶德全也点不着发烟堆，手在颤抖。叶德全："别慌，用干柴点！"丁荷从怀里掏出两片用胸脯暖着的干柴，继续划火，火柴不是被风吹灭，就是划燃了却点不燃柴火，丁荷越来越慌。

叶德全也点不着，绝望地四处张望，他突然灵机一动说："用子弹火药把柴引着！"两个人快速从弹匣里卸子弹。丁荷用石头砸子弹，手被石头砸中，手指被砸碎了，惨不忍睹，他颤抖着把手指吮在嘴里，抽出手指继续砸，子弹响了，丁荷抽搐了一下，倒下去。叶德全扑向丁荷，把他从雨水里抱起来。血从丁荷腹部涌了出来。叶德全："渣子，渣子你怎么啦，你醒醒！"丁荷睁开眼睛，吃力地去推叶德全。丁荷："快去，点火……"

叶德全松开丁荷，跑向一堆发烟堆，用力咬子弹头。叶德全终于把子弹头咬下来，连同一颗牙将弹头吐掉，火药倒在柴火上，划燃火柴。火药蹿出一团火花，发烟堆燃了。叶德全冲向另一堆发烟堆。

丁荷向一堆发烟堆爬去，雨水和着血水从他身上淌开。丁荷爬到发烟堆前，将手中几颗带血的子弹埋在柴火下，掏出手枪，颤抖地瞄准子弹开枪。一枪，又一枪，第三枪。子弹炸开了。丁荷的脸被子弹炸开了花，他扑倒在地上。柴火被点燃了。叶德全那边也点燃了。

3堆柴火都被点燃了，它们冒出熊熊大火。叶德全一瘸一跳地在火堆间跑来跑去，往柴火堆上添湿树枝。叶德全："渣子，躺在那儿别动，我一会儿就来！"3股浓烟升上天空。叶德全高兴坏了，哈哈大笑，大喊："点燃啦，我们成功了！"叶德全没有听到丁荷的回答，回头看，愣一下向丁荷扑去。

鹭鸶脚和西洋菜不安地往草地上看。岳小白闭着眼躺在草地上，像是睡着了，他的睡姿舒服极了。鹭鸶脚："时间到了。"鹭鸶脚和西洋菜向草地上冲去。

岳小白突然睁开眼，起身向滑翔机走去，一边把几件衣裳一件件往身上套。鹭鸶脚和西洋菜跑过来，揭开罩住滑翔机的油布。岳小白坐到驾驶位上，从裤腿中抽出自己的匕首，递给西洋菜，说："弄坏你的救火车，不好意思，这个算赔你的。"西洋菜接过匕首。岳小白："兄弟，再见了。"鹭鸶脚和西洋菜退到一旁。岳小白摁下动力钮。螺旋桨开始旋转。滑翔机向前滑行，滑行，然后它跳跃了一下，飞起来，快速升空，消失在雨雾中。鹭鸶脚和西洋菜相视一眼，拔腿向树林中跑去。

蔡广得将两名试图冲下楼的日军士兵打倒，回头喊："大井，压制住炮楼上的火力！"大井找到了掩蔽物，与炮楼上的一挺机枪对射，他身后的鬼鸟中弹倒下。大井："弹匣！"旺财丢下手中的长枪冲上来，从鬼鸟身上翻出弹匣递给大井。鬼鸟惨叫着爬向一边，他再度中弹，背上溅出一串血花，趴在那儿不动了。

山狗等人无法打开栅栏门上的铁锁，慌不迭地用枪托砸锁。山狗被楼上射下的子弹打倒，顺着栅栏门滑下去。濑尿虾："退后！"栅栏门里的劳工和囚犯退后，濑尿虾向门锁开枪。门打开了，劳工们一拥而出。濑尿虾："去大门！"劳工们冲进院子，遭到来自楼上火力的扫射，纷纷倒下，其他人纷纷回头。山狗："唔好睇，向门外，冲！"

蔡广得和大井向炮楼上扫射，压制日军的火力。濑尿虾向另一个门锁射击，门里，一名劳工中弹倒下，鲜血溅了濑尿虾一脸，他不管不顾，打开那个门。劳工们一涌而出。濑尿虾推开劳工，踉跄向另一个牢门，向门锁射击，打开门锁。劳工们一拥而出，把濑尿虾冲倒在地上。濑尿虾："向门外，冲！"他被劳工纷至沓来的人浪踩在脚下。

叶德全用布条包扎住丁荷的腹部，抹去他脸上的血，紧紧搂着他，不断地抬头看天上。叶德全："没事了，孩子，没事了。"雨大了，发烟堆的火势越来越小，浓烟在淡去。丁荷："火，火要熄了……"叶德全放下怀里的丁荷，过去往发烟堆里添柴火。鹭鸶脚和西洋菜从树林里冲出来，顺着岸坡滑下来。叶德全："快，往火里添柴！"鹭鸶脚和西洋菜帮忙往火堆里添柴。

叶德全发现远处的树林里，有几个隐约的黄色身影出现了。叶德全跑过去操起长枪说："鬼子！准备战斗！"鹭鸶脚和西洋菜去抓枪。丁荷爬向发烟堆，从泥水里捡起手枪。十几名日军士兵从树林中冲出，向溪流冲来。叶德全向日军射击，一边不安地回头看发烟堆。鹭鸶脚和西洋菜向日军射击。丁荷一脸血污，看发烟堆。发烟堆的火在雨水浇淋下再次减弱下去。丁荷向发烟堆爬去，吃力地将火堆燃旺。一团火一冲而起，燎着了丁荷的头发和眉毛，他爬向另一个发烟堆。

被放出来的劳工们遭到来自炮楼上火力的压制，全都躲藏在四处的角落里。与其说是听到，不如说是感觉到，蔡广得突然停下射击，抬头看天上。一串子弹打在他脚下，他继续射击。蔡广得："侦察机到了，快呀！"

滑翔机很快被日军发现，防空高射炮弹的云朵在滑翔机四周出现。岳小白眯着眼紧盯浓厚的云层，他用力操纵升降舵，让滑翔机垂直上升。滑翔机冲破高射炮弹爆炸开的云朵，冲进云团，冲破乌云，仰头而上。

雨雾迷蒙，滑翔机破雨而来，它飞得很沉重，就像一艘汪洋中颠簸着的小船。岳小白驾驶着滑翔机，风雨交加，风吹得滑翔机剧烈颤抖，雨水打得他睁不开眼睛，他的全身都湿透了，他努力操纵着升降舵，让滑翔机快速上升。

乌云之上，美军侦察机在灿烂的阳光下飞来。侦察机飞行员看到云层边缘的爆炸亮光，准备升高避弹。观察员无意中发现一架滑翔机冲破乌云，摇摇晃晃出现在阳光下。

阳光刺得岳小白睁不开眼睛，他操纵方向舵向侦察机追去，同时操纵平衡舵。一口呕吐物从岳小白嘴里喷溅而出，他没有理会，硬撑着控制住平衡舵。滑翔机左右摇摆，向侦察机发出信号。侦察机收到信号，在空中绕了个弯，往回飞，很快在高处接近滑翔机。滑翔机不停地摇摆着机翼，向侦察机发出信号。滑翔机降下机头，没入乌云。侦察机往下，跟着滑翔机穿破乌云。

被放出来的劳工和囚犯越来越多，他们仍然被要塞上方的火力网阻止住，躲藏在角落里不敢冲出院子。蔡广得：“大井，得把人放出去！”

蔡广得的子弹打光了，他试图去死尸中找，一发子弹击中他的肩膀，他被一股巨大的力量掀倒在地上。蔡广得在雨水中决绝地爬动，他的肩膀上涌出大团的鲜血，他从日军的尸首中捡起一支九九式步枪，继续阻击楼上冲下来的日军。一名日军士兵中弹倒下，然后是另一名，第三名。蔡广得丢下打空的步枪，抓起另一支。楼梯口出现更多的日军士兵。蔡广得慌手慌脚打出一发，推弹上膛。他快速寻找目标，瞄准楼梯口一具日军尸体腰间的手榴弹袋，扳机扣动。手榴弹袋爆炸，尸体被掀起来，连续的爆炸炸倒数名日军士兵。烟火扑向蔡广得，他的头发被燎去一片，他退壳填弹，枪膛空了，他丢下手中的枪，爬过去捡起另一支。

地牢口，沙马躺在血泊中，沙追负了伤，他的身后躺着几名日军的尸体。外面响着激烈的枪声，沙追喘息着朝外面看了看，说：“大佬，咪死，你等住我。”离开沙马，爬过去开地牢的铁门，没有力气，他将一枚手榴弹插在门栓上，拉燃导火索，爬着退回去，用整个身体抱住兄弟沙马。沙追：“大佬，我嚟啦。”手榴弹爆炸了。浓烟散去，一片寂静。沙追和沙马血肉模糊，睁着眼睛躺在那儿不动了。少顷，地牢的铁门被慢慢移动。铁门打开，一群鬼魂似的衣衫褴褛的囚犯出现在那里，他们一句话也不说，往外涌，往外涌，像世纪末出现的幽灵，没完没了。

大井和炮楼上的机枪对射，他必须对付来自两个炮楼的交叉火力，他身后递弹匣的旺财中弹倒下，他再没有弹药手了。濑尿虾人被劳工们踩得血肉模糊，看不出人样，挣扎着向炮楼射击。一串子弹打得他飞了起来，他不甘地挣扎了两下，倒地而绝。大井的身上连续中弹，他撑在那里，一口气打光了弹匣里所有的子弹，不甘地倒下。

蔡广得再度中弹，他的腿上溅出血花，他绝望地倒下了，枪从手中飞了出去。要塞的院子里，突然一片寂静。蔡广得绝望地趴在那儿，大喘着粗气，看着前方。一队日军从楼上下来，向蔡广得冲来，一串子弹飞向他们，他们接二连三地倒下。

水花子出现在二楼，手持斯汤姆冲锋枪，一副老兵油子的打法，不断隐身在掩蔽物后，再突然出现，用点射从后面将日军一个接一个打倒。水花子将一支冲锋枪丢下楼，同时开枪将两名日军打倒。蔡广得接住水花子从楼上丢下的冲锋枪，开枪将两名冲近的日军打倒。蔡广得拖着冲锋枪向弹药库爬去。一发子弹飞来，击中了蔡广得的后背，他没有停下，继续往前爬。又一发子弹飞来，击中了蔡广得的腿，他没有停下，继续往前爬，身体拖出一道血痕。

大井从血泊中爬起来，抱着机枪向蔡广得身后的日军射击，然后再度倒下，不再动弹。

院子里突然出现大群的囚犯，他们一句话也不说，像幽灵似的冲进雨地，向院子外面冲去。四处躲藏的劳工也跟了上去，不断有人中弹倒下，但囚犯和劳工们没有人停下，他们踩着同伴的尸体，潮水般地往前冲。

蔡广得浑身鲜血，靠坐在弹药库门口，喘息着往屋里看。满满的弹药箱，堆了整整一房间。蔡广得无力地伸出胳膊，想去抚摸那些宝贝似的弹药，手指上滴下一串血珠。

滑翔机领着侦察机穿破雨雾而来。雨空中，奇妙的乳黄色烟云密集地爆开，滑翔机和侦察机闯进了防空火炮的火力网。滑翔机的固定机翼被几发高射机枪子弹打穿。滑翔机严重地倾斜。岳小白朝机翼看了一眼，努力控制着方向舵，回头看了一眼。侦察机远远地跟在后面。固定机翼的另一边也中弹了。滑翔机剧烈地摇晃起来，岳小白把升降舵死死抱在怀里。

侦察机终于发现，疯狂的鹤咀山要塞，那里大门敞开，无数的黑点像蚂蚁群般涌出，无休无止。无数衣衫褴褛，蓬头垢面的劳工和囚犯从要塞里冲出来。他们没有人说话，没有人喊叫，挤成一团又一团冲出要塞，像黑色的蒲公英般四散而去。观察员连续按动快门。要塞突然之间爆炸了，无数礼花般的火团升上天空。观察员不断按下快门。飞行员看见滑翔机在调头，操纵方向舵，随着前面剧烈摇晃着的滑翔机调整方向。

3堆受困信号发烟堆冒出滚滚浓烟。叶德全向树林中的日军射击。鹭鸶脚和西洋菜向树林中的日军射击。森林中，一群黄衣日军试图冲出来，他们被子弹压制住。叶德全腿上的伤口绽开，湿漉漉的鲜血涌出，他的胳膊上、小腹上全是被打开的弹洞。西洋菜中弹倒下，他不甘地撑起来，再度中弹，跌进溪流中，被水带走。鹭鸶脚向冲上来的日军投出手榴弹，他被一发掷弹筒轰上半空，消失在爆炸的气浪中。3堆受困信号发烟堆冒出滚滚浓烟。丁荷爬向信号布板，吃力地将它们翻向正面。两块信号布板面向天空，两行橙黄色的大字分外醒目：GERMWARFARE。1345 FACA

侦察机飞行员看见了在溪流边空地上，有受困信号。观察员也看见了信号板，他不断按动快门。

丁荷满脸满身是血，高举起信号布板，让它保护着平衡，有一刻他体力不支，信号布板向一边倾斜，他努力撑住它。滑翔机从头顶一掠而过。侦察机从头顶一掠而过。叶德全跟着两架飞机冲来，他腹部被子弹击中，随着惯性重重地砸在丁荷身边。叶德全浑身是血，扭着脸看着丁荷，脸上带着微笑，想说什么没说出来。丁荷吐掉嘴里的雨水和血水，仍然高举着信号布板，他显得十分镇定。

滑翔机和侦察机一前一后在布满雨空的炮弹云朵中飞行。滑翔机摇晃得厉害，它的发动机被打中了，冒出黑烟。滑翔机拖着黑烟往下坠落。侦察机从滑翔机上方一掠而过，向高空攀去，消失在乌云中。滑翔机快速坠落，消失在笼罩着群山的雨雾中。

信号发布平台不再有抵抗，枪声停止了。一群日军小心翼翼接近已经燃出明火的发烟堆。叶德全把丁荷搂在怀里，像一个累极了的父亲，把同样累极了的儿子搂在怀里，两个人浑身是血，黑不溜秋像两个炭人，安静地靠坐在一块大石头上。日军士兵逼近，他们惊呆了。叶德全和丁荷的手中，双双捏着一枚手榴弹，信号平台顷刻之间火光腾起。

蔡广得浑身是血，战衣碎落，几乎裸露着身子，提着枪踉跄地向大门外走，在他经过之处，一些中了弹没断气的劳工和囚犯顽强地向要塞外爬去。蔡广得身后响起一串激烈的枪声，他站下，慢慢回头。一名日军中弹倒在蔡广得脚后，另一名中弹的日军看了一眼蔡广得，不甘地倒下，在他们身后，水花子鲜血淋漓，身中数弹，喘息着看蔡广得。蔡广得吃力地笑了，转身困难地向水花子走去。水花子眼神散开，手中的斯汤姆冲锋枪颓然滑落在地上，双膝一软跪倒在地上。蔡广得踉跄着奔向水花子，把他搂进怀里，大声呼喊。

雨点中，杨桃一动不动地坐在船头，看着渐渐接近的海岸线。双桅船靠岸了。水花四溅，三号和老梁带着游击队员们冲向海中。杨桃和赛南粤被游击队员从船上接下来。杨桃从怀里掏出情报，郑重地交给三号。三号焦急地问："他们呢？他们在哪儿？"杨桃一脸苍白，张了张嘴，说不出话，回头看。那里是一片烟雨苍茫的大海。

三号急切地问杨桃："告诉我，那些参加战斗的人，他们是谁？他们叫什么？"杨桃没有回答，她也不知道，那些只有绰号的人，水花子、大井、沙马沙追兄弟、鹭鸶脚、濑尿虾、西洋菜、旺财、山狗、老榕树、蚬仔、鸡杂、鬼鸟、吊钟、腊嘴、猪屎渣，他们的真实姓名是什么……

略多年之后杨桃才知道，在那个雨天之后，盟军最高指挥部调整了战争计划，他们放弃了对香港和台湾的大规模轰炸，使这两座美丽的岛屿没有消失在黎明前的战火中。

她还知道一件事，那些失踪的人们，他们本来完全可以离开战争，让自己活下来，但他们没有那么做，而是迎着罪恶的子弹走上了战场。现在，战争结束了，他们消失了，她还活着，和所有渴望活下去的人们一样，她必须尽快地忘掉战争，开始新的生活。

杨桃站在海边，面对遥远的海峡，她泪流满面。

9月2日，同盟国代表登上停泊在东京湾的密苏里号战列舰上，参加宣告第二次世界大战终结的日本投降书签字仪式，那一天，杨桃回到鹤咀山，站在悬崖边，看着脚下无垠的大海。杨桃回头看，远处是郁郁葱葱。不远处，冷清的要塞废墟已经开始长出植物。那里看不到任何战争的痕迹，关于在那里发生的战斗，没有任何人知道，好像菜花头他们从来就没有在那里出现过。

杨桃泪流满面，她目不转睛地看着远处。她曾经和他们一起生活过24天，她知道，在漫长的逃亡路上，那四个男人，菜花头、竹叶青、老鳗鱼、渣子，他们每个人都怀揣着一个梦想，一个他们想要去生活的地方，一个永远没有战争的地方，她不知道那是哪儿，她希望他们能够如愿以偿，为此，她宁愿一辈子也不再见他们。